# 순수의 시대

# The Age of Innocence

Edith Wharton

# 순수의 시대

이디스 워튼 지음 | 이미선 옮김

문예출판사

* 《순수의 시대》는 1920년 7월부터 10월까지 4회에 걸쳐 《화보가 있는 리뷰》에 연재되었다. 많은 수정을 거친 후 같은 해에 뉴욕과 런던에서 D. 애플턴 앤 컴퍼니가 책으로 출판했다. 워튼은 소설이 재인쇄되어 나올 때마다 계속 수정을 했고, 1판 6쇄에 이르러서야 완결된 형태를 갖췄다고 생각했다. 이 책은 바로 그 텍스트를 번역한 것이다.
** 옮긴이 주는 1, 2, 3…으로 표기했다.

# 1부

# 1

1870년대 초 1월의 어느 날 저녁에 크리스틴 닐슨[1]이 뉴욕의 아카데미 오브 뮤직[2]에서 〈파우스트〉를 공연하고 있었다.

사치스러움과 화려함에서 유럽의 큰 수도들에 위치한 오페라하우스들과 필적할 만한 새 오페라하우스가 '40번 가 위쪽의' 한적한 대도시 지역에 세워진다는 소문이 벌써부터 있었지만, 사교계 사람들은 친근한 옛 아카데미의 낡은 붉은색 박스와 금색 박스에서 매해 겨울마다 기꺼이 다시 만나곤 했다. 보수적인 사람들은 아카데미가 작고 불편해서, 한편으로는 뉴욕에 두려워하면서도 끌리고 있는 '새로운 사람들'[3]이 오지 않는다는 사실 때문에 오히려 아카데미를 더 소중하게 여겼다. 감상적인 사람들은 아카데미의 역사적인 연관성 때문에 아카데미를 고수했고, 음악을 좋아하는 사람들은 음악을 감상하기 위해 지어진 건물들에서 항상 큰 문제가 되는 특성인 뛰어난 음향 효과 때문에 아카데미를 고수했다.

---

1  Christine Nilsson(1843~1921) : 스웨덴 출신 소프라노. 1871년 뉴욕에서 공연된 구노의 〈파우스트〉에서 마르그리트 역을 맡았다.
2  Academy of Music : 14번 가 유니온 광장에 있었으며, 메트로폴리탄 오페라하우스의 전신이었던 대규모 오페라하우스.
3  코넬리어스 밴더빌트와 앤드류 카네기, 제이 굴드 같은 신흥 자본가들과 실업가들.

그날 공연은 그해 겨울 닐슨 부인이 처음으로 출연한 공연이었다. 일간 신문들이 "대단히 훌륭한 관객"이라고 평하곤 했던 사람들은 개인 소유의 유개마차나 널찍한 가족용 사륜마차, 혹은 더 좁긴 하지만 더 편리한 '브라운 쿠페'[4]를 타고 눈 덮인 미끄러운 길을 달려왔다. 오페라를 보러 브라운 쿠페를 타고 온다는 것은 자기 소유의 마차를 타고 오는 것만큼 명예로운 일이었다. 또한 브라운 쿠페를 타고 떠나게 되면 추위와 진으로 빨개진 자기 마부의 코가 아카데미의 주랑 현관 아래 보일 때까지 기다리는 대신, (민주적인 원칙들을 장난스럽게 언급하면서) 줄 맨 앞에 있는 브라운 쿠페에 올라타기만 하면 되는 큰 이점이 있었다. 미국인들이 여흥 장소에 도착할 때보다 더 빠른 속도로 여흥 장소를 떠나고 싶어 한다는 사실을 알아낸 것이야말로 그 위대한 마차 대여업자가 깨달은 가장 훌륭한 직관들 중 하나였다.

뉴랜드 아처가 클럽 박스의 뒤쪽 문을 열었을 때는 막 커튼이 올라가고 정원 장면이 시작된 후였다. 그가 좀 더 일찍 오지 못할 이유는 전혀 없었다. 그는 일곱 시에 어머니와 누이와 함께 저녁을 먹은 다음, 아처 부인이 집 안에서 유일하게 흡연을 허용한, 번쩍이는 검은색 호두나무 서가와 등받이 모서리 꼭대기에 뾰족한 장식이 달린 의자들이 놓인 고딕 양식의 서재에서 담배를 피우며 시간을 끌었다. 그러나 무엇보다도 뉴욕은 대도시였고, 뉴욕 사람들은 대도시에서 오페라하우스에 일찍 도착하는 것이 '세련되지 않은 일'이라는 것을 잘 알았다. 그리고 뉴랜드 아처가 살던 뉴욕에서는 무엇이 '세련되고' 무엇이 '세련되지 않은지'가 몇천 년 전에 조상들의 운

---

[4] 사륜마차의 한 종류.

명을 지배했던 토템에 대한 불가사의한 공포감만큼 중요한 역할을 담당했다.

그가 늦은 두 번째 이유는 개인적인 것이었다. 그는 내심 딜레탕트였고 다가올 즐거움이 실현되는 것보다 그것에 대해 생각해볼 때 더 미묘한 만족감을 느꼈기 때문에 담배를 피우면서 꾸물거렸다. 그가 느끼는 즐거움이 주로 그렇긴 했지만, 그 즐거움이 섬세한 것일 경우에는 더더욱 그랬다. 이번 경우에는 그가 고대하던 순간이 질적으로 너무나 희귀하고 절묘해서, 설사 프리마 돈나의 무대감독과 같은 시각에 도착하도록 시간을 맞췄다 해도 그녀가 "그는 날 사랑해…… 그는 날 사랑하지 않아…… 그는 날 사랑해!"라고 노래하며 이슬처럼 맑은 목소리에 맞춰 데이지 꽃잎을 뿌리는 그 순간보다 더 중요한 순간에 아카데미에 들어설 수 없었을 것이다.

물론 그녀는 영어를 사용하는 청중의 이해를 위해 스웨덴 가수들이 부르는 프랑스 오페라의 독일어 가사를 반드시 이탈리아어로 번역해야 한다는 바꿀 수도 없고 의문의 여지도 없는 음악계의 법칙 때문에 "그는 날 사랑해"가 아니라 "마암 마!"라고 노래했다. 뉴랜드 아처에게는 이것이 파란색 유약으로 이름 이니셜을 새겨놓은 은제 빗 두 개로 가르마를 타야 한다거나, 사람들 앞에 나설 때 반드시 단춧구멍에 꽃(되도록이면 치자꽃) 한 송이를 꽂아야 한다는 식으로 그의 삶을 형성한 다른 모든 관습들만큼 자연스럽게 보였다.

"마암 마…… 논 마암 마……"[5] 프리마 돈나가 꽃잎이 다 떨어진 데이지 꽃을 입술에 대며 큰 눈을 들어 몸집이 작고 피부가 거무스름한 파우스트 역의 카폴[6]의 순진하지 않은 얼굴을 바라보면서 "마

---

5 'M'ama…… non m'ama!' : 그는 날 사랑해…… 그는 날 사랑하지 않아…….

암 마!"라고 마지막 사랑의 탄성을 당당하게 내뿜었다. 그는 꽉 끼는 자주색 벨벳 상의에 깃털 달린 모자를 쓰고 자신에게 사로잡힌 천진한 사랑의 포로만큼 순수하고 진실하게 보이려 애썼지만 그런 노력은 수포로 돌아갔다.

뉴랜드 아처는 클럽 박스의 뒤쪽 벽에 몸을 기댄 채 무대에서 시선을 돌려 오페라하우스의 반대쪽을 훑어보았다. 바로 맞은편에는 엄청나게 찐 살 때문에 오랫동안 오페라 관람을 하러 올 수 없었지만 사교계 사람들이 모이는 밤에는 항상 가족 중에서 젊은 사람 몇을 대신 내보내는 맨슨 밍고트 노부인의 박스가 있었다. 이번 행사에는 박스 앞부분을 며느리 로벨 밍고트 부인과 딸 웰렌드 부인이 차지하고 있었다. 그리고 무대 위의 연인들을 황홀한 시선으로 뚫어지게 바라보는 흰옷을 입은 한 젊은 아가씨가 수단(洋緞) 옷을 입은 이 부인들 뒤로 살짝 떨어져 앉아 있었다. 마담 닐슨의 "마암 마!"가 조용한 극장 안으로 퍼져나가자(데이지 노래가 울려 퍼지는 동안에는 박스석들이 잡담을 삼갔다) 그녀의 뺨에 따뜻한 홍조가 피어올라 땋은 금발머리 뿌리까지 이마를 물들이고, 한 송이 치자꽃으로 여민 얌전한 망사 깃 장식 위에 드러난 봉긋한 젖가슴으로 가득 퍼져나갔다. 그녀는 무릎 위에 놓인 커다란 은방울꽃 다발로 눈길을 떨어뜨렸다. 뉴랜드 아처는 그녀가 흰 장갑을 낀 손끝으로 꽃들을 부드럽게 만지는 것을 보았다. 그는 우쭐해진 기분으로 한숨을 쉬고 무대 위로 눈길을 돌렸다.

무대장치에 아낌없이 돈을 쏟아부었기 때문에 파리와 빈의 오페라하우스를 다녀온 적이 있는 그와 같은 사람들조차 대단히 아름다

---

6  Victor Capoul : 프랑스 테너.

운 무대라고 인정할 정도였다. 무대 전면은 각광이 있는 곳까지 에메랄드빛 녹색 천으로 덮여 있었다. 중앙에는 좌우 대칭의 보드라운 푸른 이끼 언덕들이 작은 철주문들에 둘러싸여 있었고, 이 언덕들에는 오렌지 나무처럼 생겼는데 커다란 분홍색 장미꽃과 붉은 장미꽃이 여기저기 달려 있는 관목들이 자리 잡았다. 장미꽃보다 상당히 더 크고, 멋쟁이 목사님들을 위해 여자 교구민들이 만든 꽃 모양의 펜 훔치개[7]와 흡사한 엄청난 크기의 팬지들이 장미 나무 아래 이끼에서 솟아 올라와 있었다. 장미 가지 여기저기에 접붙여놓은 데이지 꽃은 루터 버뱅크[8]가 먼 훗날 이룰 경이로운 일들을 예견하듯이 무성했다.

마법에 걸린 이 정원 한가운데서 연푸른 공단으로 슬릿을 낸 흰 캐시미어 드레스를 입고 파란색 허리띠에 그물 주머니를 매단 채 모슬린 슈미젯[9] 양쪽으로 탐스럽게 땋은 금발머리를 얌전히 늘어뜨린 마담 닐슨이 눈을 내리뜨고 카폴의 열정적인 구애를 들으며 그가 말이나 눈짓으로 무대 오른쪽에서 비스듬히 튀어나온 깔끔한 벽돌집의 일층 창문을 설득하듯 가리킬 때마다 순진하게 그의 의도를 못 알아듣는 척했다.

"사랑스러운 사람!" 뉴랜드 아처는 은방울꽃을 들고 있는 아가씨에게 재빨리 눈길을 돌리며 생각했다. "저 사람은 저게 무슨 말인지 짐작조차 못할 거야." 그는 공연에 빠져 있는 그녀의 앳된 얼굴을 바라보며 짜릿한 소유의 기쁨을 느꼈다. 그 감정에는 자신이 이제 사내대장부가 다 되었다는 뿌듯함과 그녀의 무한한 순수함에 대

---

7 펜글씨를 쓴 후에 마르지 않은 잉크를 닦아내는 솜뭉치.
8 Luther Burbank(1849~1926) : 미국의 육종학자. 꽃 교배의 선구자로 알려져 있다.
9 슈미즈 위에 입어 목과 가슴을 가리는 속옷.

한 다정한 경외심이 섞여 있었다. "우리는 이탈리아의 호숫가에서…… 함께 《파우스트》를 읽을 거야……." 그는 자신이 상상한 허니문 장소와, 남자다운 특권으로 신부에게 알려주어야 할 불후의 문학 작품들을 약간 흐릿하게 혼동하면서[10] 이렇게 생각했다. 바로 그날 오후에야 메이 웰렌드는 그에게 (아가씨의 승낙을 나타내는 뉴욕식의 신성화된 표현인) '마음이 있다'는 뜻을 넌지시 알렸다. 그리고 그의 상상력은 이미 약혼반지와 약혼 키스, 로엔그린 행진곡[11]을 뛰어넘어서 고풍스러운 유럽의 매력이 가득한 어떤 경치 속에 그녀와 나란히 있는 모습을 그려보았다.

그는 미래의 뉴랜드 아처 부인이 바보가 아니길 바랐다. 그는 아내가 (깨우침을 주는 자신과의 교류를 통해) 사교적인 요령과 임기응변의 재치를 갖춰서 '젊은 층'에서 가장 인기 있는 기혼 여성들과 교류할 수 있도록 만들어줄 작정이었다. 이 젊은 층에서는 남자의 경의를 부추겨놓고 그것을 장난스럽게 단념시키는 것이 관행이었다. (가끔은 거의 그럴 뻔했지만) 그가 자신의 허영심을 속속들이 살펴보았더라면, 약간 흥분해서 지냈던 2년 동안 자신을 반하게 만들었던 매력을 지닌 어떤 유부녀만큼 아내가 처세술에 능하고 다른 사람의 비위를 잘 맞추는 사람이길 바라는 마음이 있었음을 발견했을 것이다. 물론 그 불행한 사람의 생활을 거의 망가뜨리고 그 자신의 겨울 계획을 전부 헝클어뜨렸던 부정함을 아내는 눈곱만큼이라도 비치지 말아야 했다.

그는 어떻게 불과 얼음의 이런 기적이 만들어져서 거친 세상에서 유지될 것인지에 대해 한 번도 생각해본 적이 없었다. 굳이 분석해

---

10 《파우스트》의 배경은 이탈리아가 아닌 독일.
11 바그너의 오페라에 등장하는 전통적인 결혼행진곡.

보지 않은 채 자신의 견해를 간직하는 것으로 만족했다. 단정하게 빗질한 머리에 흰 조끼를 입고 단춧구멍에 꽃을 단 채 클럽 박스석에 잇따라 들어와서 그와 친근하게 인사를 나누고 오페라글라스로 체제의 산물인 숙녀들 무리를 꼼꼼히 훑어보는 신사들 모두 그와 같은 견해를 가지고 있다는 것을 잘 알기 때문이었다. 아처는 지적이고 예술적인 문제에서 자신이 옛 뉴욕 상류 계층 중 이 엄선된 남자들보다 명백하게 우월하다고 생각했다. 그 어떤 남자들보다 그가 책을 더 많이 읽었고 생각을 더 많이 했으며 세상 구경도 훨씬 더 많이 했을 것이다. 그들은 개별적으로는 열등함을 드러냈지만 함께 모이면 '뉴욕'을 대변했다. 남성적인 결속력의 습성 때문에 그는 도덕적이라 불리는 모든 문제에서 그들의 원칙을 받아들였다. 이 문제에 대해서 독자 노선을 취하게 되면 골치 아픈 문제가 일어나리라는 ― 또한 상당히 무례함을 범하는 일이 될 것이라는 ― 사실을 그는 본능적으로 알았다.

"오, 저런!"

오페라글라스로 무대를 바라보던 로렌스 레퍼츠가 갑자기 고개를 돌리며 소리쳤다. 로렌스 레퍼츠는 전반적으로 뉴욕의 '예의범절'에 관한 최고의 권위자였다. 그는 어느 누구보다 복잡하고 매력적인 이 문제를 연구하는 일에 많은 시간을 할애했을 것이다. 그러나 연구만으로는 그처럼 완벽하고 막힘없는 능력을 갖진 못했을 것이다. 벗겨진 이마의 경사와 아름다운 금발 콧수염의 곡선부터 늘씬하고 우아한 풍채의 맨 끝에 있는 긴 에나멜 가죽 구두까지 그의 모습을 보기만 해도, 사람들은 그런 멋진 옷을 그렇게 자연스럽게 입고, 그런 큰 키에도 그렇게 느긋하게 우아한 몸가짐을 보여줄 수 있는 사람은 '예의범절'에 대한 지식을 선천적으로 타고났을 것이라는 생각을 저절로 하게 되었다. 로렌스 레퍼츠의 젊은 찬미자가 말했듯이 "야회복에 언제 검은 타이를 매야 하고 언제 매지 말아야 하는지 친구에게 알려줄 수 있는 사람이 있다면 그 사람은 바로 래리 레퍼츠였다." 그리고 여성용 구두 펌프스와 에나멜 가죽 구두 '옥스퍼드'[12]를 비교하는 문제에 대해서도 그의 권위는 한 번도 도전을 받아본 적이 없었다.

"세상에!"

그가 말하며 조용히 오페라글라스를 나이 든 실러턴 잭슨에게 건넨다.

레퍼츠의 시선을 따라가던 뉴랜드 아처는 밍고트 노부인의 박스에 새로운 인물이 들어선 것 때문에 그가 놀라 소리를 질렀다는 사실을 알고 깜짝 놀랐다. 메이 웰랜드보다 키가 약간 작고, 관자놀이 부분을 덮은 곱슬곱슬한 갈색 머리를 가는 다이아몬드 머리띠로 고정시킨 날씬한 젊은 여성이 들어왔던 것이다. 이런 머리장식 때문에 그녀는 당시 '조세핀 스타일'[13]이라 불리던 스타일로 꾸미고 있다는 인상을 주었고, 그런 인상은 커다란 구식 버클이 달린 허리띠로 가슴 아래를 약간 과장되게 묶은 암청색 벨벳 드레스의 모양을 통해 완성되었다. 이 특이한 드레스를 입은 사람은 그 옷 때문에 쏟아지는 관심은 전혀 의식하지 못하는 것처럼 박스 중앙에 잠깐 동안 서서 앞쪽 오른쪽 구석에 있는 웰렌드 부인의 자리에 앉아도 되는지 부인과 이야기를 나누더니 살짝 웃으며 승복하고 반대쪽 구석에 자리 잡은 웰렌드 부인의 올케인 로벨 밍고트 부인과 나란

---

12 발등 쪽에 끈을 매는 신사화.
13 Josephine look : 1809년에 이혼할 때까지 나폴레옹의 아내였던 프랑스 조세핀 황후가 즐겨 입었던 옷 스타일.

히 앉았다.

　실러턴 잭슨 씨가 오페라글라스를 로렌스 레퍼츠에게 돌려줬다. 클럽 박스에 있던 모든 사람이 노인의 말을 들으려고 본능적으로 몸을 돌렸다. 로렌스 레퍼츠가 '예의범절'에 관한 대단한 권위자라면 잭슨 씨는 '가문'에 관한 대단한 권위자였기 때문이었다. 그는 뉴욕 가문의 계보가 어떻게 갈라져 나가는지 분파 하나하나를 속속들이 꿰고 있었다. 그는 (솔리 가를 통해) 밍고트 가와 사우스캐롤라이나의 댈러스 가 사이에 어떻게 친척 관계가 이루어졌고, 필라델피아의 솔리 가 종가와 (유니버시티 플레이스의 맨슨 치버스 가와 절대 혼동하는 법 없이) 올버니의 치버스 가가 어떤 친척 관계를 맺고 있는지 같은 복잡한 문제들을 명쾌하게 설명할 수 있었을 뿐만 아니라 각 가문의 주된 특징들을 하나하나 꼽을 수 있을 정도였다. 예를 들어 레퍼츠 가의 신흥 가계(롱아일랜드의 레퍼츠 가)는 굉장히 인색하고, 러시워스 가에게는 어리석은 결혼을 하는 치명적인 성향이 있으며, 올버니의 치버스 가는 한 대 걸러 정신병이 도졌기 때문에 뉴욕의 사촌들이 그들과 결혼하는 것을 꺼린다는—모두가 알고 있듯이 불쌍한 메도라 맨슨 같은 불운한 경우는 예외였지만…… 그러나 그녀의 어머니는 러시워스 가 사람이었다—그런 것들 말이다.

　이런 수많은 가계도 외에도 실러턴 잭슨은 숱 많은 부드러운 은발 아래 좁고 깊은 관자놀이 사이에 지난 50년 동안 뉴욕 사교계의 잔잔한 표면 아래에서 끓고 있던 추문과 비밀을 대부분 담고 다녔다. 사실 그가 아는 정보의 범위가 너무나도 광범위했고 그의 기억력이 너무나 날카롭게 정확했기 때문에, 그만이 은행가 줄리어스 보퍼트가 실제로 어떤 사람이었는지, 배터리에 있던 옛 오페라하우스에 몰려든 관객들을 즐겁게 해준 아름다운 스페인 무희가 배를 타고 쿠바로 떠난 바로 그날, 결혼한 지 채 1년도 안 되어서 (많은 액수의 위탁금을 갖고) 불가사의하게 사라져버린 맨슨 밍고트 노부인의 아버지, 미남 밥 스파이서가 어떻게 되었는지 말해줄 수 있는 유일한 사람으로 간주되었다. 그러나 잭슨 씨는 이런 비밀들과 다른 많은 비밀들을 가슴속 깊은 곳에 감춰두었다. 그는 강한 명예 의식 때문에 개인적으로 듣게 된 그 어떤 말도 다른 사람에게 옮기지 않았을 뿐만 아니라, 신중하다는 평판 때문에 오히려 자신이 알고 싶은 것을 알아낼 수 있는 기회가 많아진다는 사실을 잘 알았다.

그래서 클럽 박스에 있던 사람들 모두 실러턴 잭슨 씨가 로렌스 레퍼츠의 오페라글라스를 되돌려주는 동안 눈에 띄게 긴장하며 기다렸다. 잠깐 동안 그는 핏줄이 보이는 주름진 눈꺼풀 아래 흐릿한 푸른색 눈으로, 자신을 주시하는 사람들을 말없이 찬찬히 쳐다보다가 신중하게 콧수염을 살짝 비틀면서 단지 이렇게만 말했다.

"밍고트 가 사람들이 감히 저런 짓을 할 줄은 몰랐네."

# 2

 이 짧은 사건이 벌어지는 동안 뉴랜드 아처는 묘하게 곤혹스러운 상태에 빠졌다.
 뉴욕 남성들의 관심을 송두리째 받고 있는 박스에, 자기 약혼녀가 어머니와 외숙모 사이에 앉아 있다는 사실이 당황스러웠다. 잠깐 동안 그는 엠파이어 드레스를 입은 숙녀가 누구인지 알아보지 못했을 뿐만 아니라, 왜 그녀 때문에 클럽 박스에 있던 사람들 사이에 그런 소동이 일어났는지 알 수도 없었다. 그러다 상황을 조금씩 파악하면서 그는 순간적으로 분노가 치미는 것을 느꼈다. 정말로 몰랐다. 밍고트 가 사람들이 그런 짓을 할 줄은 어느 누구도 몰랐을 것이다!
 그러나 그들은 그렇게 했다. 분명히 그랬다. 등 뒤에서 들려오는 나지막한 말소리를 통해 아처는 마음속으로 그 젊은 여성이 가족들 사이에서 항상 "불쌍한 엘런 올렌스카"로 불리는 메이 웰렌드의 사촌이 틀림없다고 생각했다. 아처는 그녀가 유럽에서 하루 이틀 전에 갑자기 돌아왔다는 것을 알고 있었다. 메이가 밍고트 노부인과 함께 지내는 불쌍한 엘런을 보러 갔다 왔다고 (못마땅하진 않은 투로) 말해주었다. 아처는 가족 간의 결속에 전적으로 찬성했다. 그가 밍고트 가에 대해 가장 감탄해 마지않는 특성 중 하나는 흠 하나 없는 가문에서 나온 극소수 검은 양들을 단호하게 옹호해준다는 점이었다. 이 젊은이의 가슴속에는 비열하거나 인색한 점이 전혀 없었기 때문에 그는 미래의 아내가 얌전을 떨며 불행한 사촌을 (개인적으로) 냉대하지 않는 것이 기뻤다. 그러나 올렌스카 백작부인을 가족 구성원으로 받아들이는 것과 그녀를 공개적으로, 그것도 하필 그 많은 곳 중에서 오페라하우스에 데려와서 몇 주 후면 뉴랜드 아처 자신과의 약혼을 공표하게 될 젊은 아가씨와 같은 박스에 앉히는 것은 완전히 별개의 문제였다. 절대 그렇게 해서는 안 되는 일이었다. 그는 나이 든 실러턴 잭슨과 같은 기분을 느꼈다. 그는 밍고트가 사람들이 그런 짓을 할 줄은 몰랐다.

물론 그는 가문의 여가장인 맨슨 밍고트 노부인이 남자들이 감히 할 수 있는 일이라면 뭐든지 (5번 가 내에서는) 대담하게 해낼 수 있으리라는 것을 알았다. 그는 항상 고결하고 강인한 노부인을 존경해왔다. 그녀는 불가사의한 일로 평판을 잃은 아버지를 둔 데다 그 일을 만회할 만큼의 돈도 지위도 없는 스태튼 섬 출신의 캐서린 스파이서에 불과했는데도, 부유한 밍고트 가문의 가장과 결혼했고 두 딸을 '외국인들'(이탈리아 후작과 영국인 은행가)에게 시집보냈으며, 센트럴 파크 근처 접근 불가능한 황무지에 (프록코트가 오후에 입는 유일한 옷인 것처럼 갈색 사암이 유일한 건축재인 것처럼 보였던 시절에) 연한 크림색 석조 대저택을 지음으로써 대담성의 최고봉을 보여주었다.

외국으로 시집간 밍고트 노부인의 두 딸은 전설이 되었다. 그들은 어머니를 만나러 한 번도 고향으로 돌아오지 않았다. 의욕적인 마음과 뛰어난 의지력은 있지만 움직이기 싫어하고 살찐 체질을 가진 다른 많은 사람들처럼 밍고트 노부인은 달관한 태도로 본국에 머물렀다. 그러나 (파리 귀족들의 개인 전용 호텔들[1]을 본떠서 지었다고 전해지는) 크림색 집은 그녀의 정신적인 용기를 보여주는 산 증거로 그곳에 버티고 서 있었고, 그 안에서 그녀는 34번가 위쪽에 사는 것이나, 위로 밀어 올리는 들창 대신 문처럼 열리는 프랑스식 여닫이창을 단 것이 특별히 대수로운 점이 없다는 듯 평온하게 혁명 이전 시대의 가구와 루이 나폴레옹의 튈르리 궁정 때 유물들에 둘러싸여 제왕처럼 군림했다.

뉴욕 사람들이 보기에 미모는 모든 성공의 원인이 되었고 어느 정도의 결점은 덮어주는 재능이었다. 그러나 (실러턴 잭슨을 포함한) 모든 사람은 캐서린 노부인이 그런 미모를 뽐내본 적이 한 번도 없었다는 사실에 동의했다. 고약한 사람들은 그녀가 이름이 같은 여제[2]와 마찬가지로 강한 의지와 냉혹한 마음을 통해, 그리고 사생활에서의 극도의 품위와 위엄에 의해 어느 정도 정당화되는 일종의 오만한 뻔뻔함을 통해 성공에 이르렀다고 말했다. 맨슨 밍고트 씨는 그녀가 겨우 스물여덟 살이었을 때 세상을 떠나면서 스파이서가 사람들에 대한 세간의 불신 때문에 더 신중하게 돈을 '묶어두었다'. 그러나 그의 담대한 젊은 미망인은 두려움 없이 자신의 길을 갔으며, 자유롭게 외국의 사교계와 교류했고, 얼마나 부패했는지 아무도 알 수 없는 상류층으로 딸들을 시집보냈다. 그녀는 공작들과 대사들과 허물없이 지냈고, 가톨릭교도들과 친하게 지냈으며, 오페라 가수들을 대접했고, 마담 타글리오니[3]와 절친한 친구로 지냈다. 그럼에도 (실러턴 잭슨이 제일 먼저 선언했듯이) 그녀의 평

---

1  아는 사람이나 초대 손님 외에는 묵을 수 없는 호텔.
2  18세기 러시아 여제 예카테리나 캐서린 대제(1729~1796)를 말한다.
3  Marie Taglioni : 1830년대와 1840년대에 유명세를 떨친 이탈리아 발레리나. 발끝으로 서서 추는 춤을 처음 시작했다.

판은 줄곧 조금의 흔들림도 없었다. 그는 바로 그것이 그녀와 옛 예카테리나 여제가 유일하게 다른 점이었다고 항상 덧붙였다.

맨슨 밍고트 부인은 묶여 있던 남편의 재산을 푸는 데 오래전에 성공했고, 50년 동안 풍족하게 살았다. 그러나 궁핍했던 어린 시절에 대한 기억 때문에 그녀는 극도로 근검절약했다. 옷이나 가구를 살 때는 최고를 고집했지만 식탁에서의 일시적인 즐거움을 위해 많은 돈을 쓰는 일은 결코 하지 않았다. 그래서 완전히 다른 이유 때문에 그녀가 먹는 음식은 아처 부인의 음식만큼 초라했고, 그녀가 마시는 와인도 그 초라한 음식을 전혀 상쇄하지 못했다. 그녀의 친척들은 그런 식탁의 궁핍함 때문에 항상 풍요로움을 연상시키는 밍고트 가문의 명예를 실추시킨다고 생각했다. 그러나 사람들은 '조리 가공 식품'과 맛없는 샴페인에도 아랑곳없이 계속 그녀를 만나러 찾아왔고 (뉴욕 최고의 주방장을 두어 가문의 명예를 되찾고자 애쓰는) 아들 로벨의 항의에 대한 답으로 웃음을 터뜨리며 다음과 같이 말하곤 했다.

"딸들은 결혼시켰고 소스도 먹지 못하는데 한 집 안에 좋은 요리사를 두 명이나 두는 게 무슨 소용이 있겠니?"

이런 일들을 생각하면서 뉴랜드 아처는 밍고트 가족석으로 다시 한번 눈길을 돌렸다. 웰렌드 부인과 그녀의 올케는 캐서린 노부인을 통해 가문 전체가 전수받은 밍고트 가문 특유의 태연자약한 태도로 U자 형태의 맞은편 객석에서 자신들을 비평하는 사람들을 마주 보았고, 메이 웰렌드만이 상기된 얼굴을 통해 (어쩌면 그가 자신을 바라보고 있다는 사실을 알기 때문에) 상황의 심각함을 느끼고 있음을 드러냈다. 이런 소동의 원인 제공자인 그녀는 박스석 구석자리에 우아하게 앉아 무대에 시선을 고정시키고 있었다. 그녀가 몸을 앞으로 굽히자, 적어도 남의 눈에 띄지 않은 채 넘어가기를 바라는 것이 마땅한 숙녀들에게서 뉴욕 사람들이 그동안 보아온 것보다 약간 더 많이 어깨와 가슴이 드러났다.

뉴랜드 아처에게는 '고상한 취향'을 모욕하는 것보다 더 끔찍한 일은 없는 것처럼 보였다. '예의범절'이라는 것은 저 아득한 신성(神性)인 '고상한 취향'을 가시적으로 보여주는 대리인에 불과했다. 올렌스카 부인의 창백하고 진지한 얼굴은 그 당시 상황과 그녀의 불행한 처지에 잘 맞는 것 같아서 그의 마음에 들었다. 그러나 (슈미젯이 없는) 드레스가 그녀의 마른 어깨에서 흘러내리는 모습에 그는 경악했고 심기가 불편해졌다. 메이 웰렌드가 고상한 취향의 명령에 전혀 개의치 않는 젊은 여성의 영향을 받을지 모른다는 생각만으로도 그는 싫었다.

"도대체……." 그의 뒤쪽에서 한 젊은이의 목소리가 들려왔다 (메피스토펠레스와 마르타의 장면 내내 모두가 이야기를 나누고 있었다). "결국 무슨 일이 일어난 건데요?"

"그러니까…… 그녀가 그를 떠난 거지. 그걸 부정하려는 사람은 아무도 없어."

"정말 나쁜 인간인가 보군요, 그렇지 않나요?" 처음에 질문했던 솔직한 솔리 가 젊은이가 계속 물었다. 그는 그 숙녀의 옹호자 명단에 이름을 올릴 준비를 하는 것이 분명해 보였다.

"최악이지. 니스에서 그를 만났다네." 로렌스 레퍼츠가 위엄 있게 말했다. "몸이 반쯤 마비되고 창백한 냉소적인 사람이었어. 상당히 잘생긴 얼굴이었는데 속눈썹 숱이 많았지. 그런 부류의 인간들로 말하자면 여자들과 함께 있지 않을 때면 도자기를 모으는 그런 사람이지. 내가 알기로는 그 두 가지에 대해서라면 돈을 얼마든지낼 거야."

모두 웃음을 터뜨렸고 젊은 옹호자가 물었다. "그렇다면 그런 다음은요?"

"음, 그 다음에는 그녀가 남편 비서와 도망을 쳤다네."

"아, 그랬군요." 옹호자의 얼굴이 침울해졌다.

"그런데 그게 오래가지는 않았다네. 몇 달 후에 그녀가 베니스에서 혼자 살고 있다는 소문을 들었으니까. 로벨 밍고트가 그녀를 데리러 갔을 거야. 그의 말로는 그녀가 무척 불행한 상태였다고 하더군. 그건 괜찮아. 그런데 오페라하우스에 그녀를 이렇게 버젓이 데리고 나타나는 것은 별개의 문제지."

"어쩌면 그녀가 너무 불행해하는 바람에 집에 혼자 둘 수가 없었나 보죠." 솔리 가 젊은이가 용감하게 말했다.

이 말에 사람들이 거침없이 웃음을 터뜨렸고, 젊은이는 얼굴이 새빨개진 채 유식한 사람들이 "이중 의미"라고 부르는 것을 전달하려고 그런 말을 한 척했다.

"어쨌든 웰렌드 양을 데려온 것은 조금 이상하군." 누군가 아처를 곁눈질하며 낮게 속삭였다.

"아, 그건 작전의 일부야. 할머니의 명령이지. 틀림없어." 레퍼츠가 웃었다. "노부인은 뭔가 일을 벌이면 철저하게 해치우니까."

막이 끝나자 박스 안이 온통 소란스러워졌다. 갑자기 뉴랜드 아처는 단호한 행동을 보여주고 싶은 충동을 느꼈다. 그것은 밍고트 부인의 박스에 맨 먼저 들어가서, 기다리는 세상 사람들에게 메이 웰렌드와의 약혼을 발표하고, 사촌의 이례적인 상황 때문에 그녀가 어떤 어려움을 함께 겪게 되건 끝까지 그녀를 지켜주고 싶다는 소망이었다. 이런 충동이 일자 그는 갑작스럽게 온갖 망설임과 주저함을 누르고 붉은색 복도를 지나 오페라하우스의 반대편으로 서둘러 갔다.

그가 박스 안으로 들어서자 그의 시선과 웰렌드 양의 시선이 마주쳤다. 비록 두 사람 모두가 대단히 중요하게 여기는 미덕인 가문의 명예 때문에 그녀가 자신에게 말로 표현하진 않았지만, 그는 그녀가 자신의 동기를 즉시 알아차렸다는 것을 깨달았다. 그들 세계의 사람들은 어렴풋한 암시와 희미한 미묘함의 분위기 속에서 살았고, 그와 그녀가 한마디 말을 하지 않아도 서로를 이해한다는 사실은 그에게 어떤 설명보다도 두 사람을 더 가깝게 만들어주는 것 같았다. 그녀의 눈은 "어머니가 왜 저를 데려오셨는지 당신은 알 거예요"라고 말했고, 그는 "나라도 절대 당신 혼자 멀리 피해 있으라고 하진 않았을 것이오"라고 대답했다.

"내 조카 올렌스카 백작부인을 알지?"

웰렌드 부인이 장래의 사위와 악수를 나누며 물었다. 아처는 숙녀에게 소개될 때의 관습에 따라 손을 내밀지 않고 고개를 숙여 인사했다. 엘런 올렌스카는 커다란 독수리 깃털 부채 위에 흰 장갑 낀 손으로 깍지를 낀 채 고개를 살짝 숙였다. 그는 사각거리는 공단 옷을 입은 덩치 큰 금발의 로벨 밍고트 부인에게 인사를 하고는 약혼자 옆에 앉아서 낮은 목소리로 말했다.

"우리가 약혼했다는 사실을 마담 올렌스카에게 말했길 바라오. 모두에게 알리고 싶소. 오늘 저녁 무도회에서 그걸 발표했으면 좋겠는데."

웰렌드 양의 얼굴이 새벽하늘처럼 붉어졌다. 그녀가 눈을 반짝이며 그를 바라보았다. "당신이 어머니를 설득할 수 있다면요. 그런데 이미 정해놓은 것을 왜 굳이 바꾸려 하죠?" 그가 그녀를 다시 바라볼 뿐 아무 대답도 하지 않자 그녀가 훨씬 더 자신 있는 웃음을 지으며 덧붙였다. "제 사촌에게는 당신이 직접 얘기해요. 그렇게 하도록 허락할게요. 어렸을 적에 당신과 함께 자주 놀았다고 하더군요."

그녀는 의자를 뒤로 밀면서 그에게 길을 내줬다. 아처는 즉시, 조금 보란 듯이, 오페라하우스 전체가 그의 행동을 봐주길 바라는 마음으로 올렌스카 백작부인 옆에 앉았다.

"우리 같이 자주 놀았죠, 맞죠?" 그녀가 그를 진지하게 바라보며 물었다. "당신은 지독하게 싫은 아이였어요. 당신이 문 뒤에서 나한테 키스한 적도 있지만 나는 눈길 한번 주지 않은 당신 사촌 밴디 뉴랜드에게 반했다니까요." 그녀의 시선이 U자 모양의 곡선 형태로 자리 잡은 박스들을 죽 훑었다. "아, 이렇게 있으니 옛날 일이 전부 떠오르네요…… 여기 있는 모든 사람이 반바지와 긴 속바지를 입고 있던 어릴 적 모습으로 보여요." 그녀가 그의 얼굴로 눈길을 돌리면서 길게 끌며 발음하는 외국인 특유의 말투로 말했다.

그녀의 눈빛은 유쾌해 보였다. 그러나 아처는 바로 그 순간 그녀의 재판이 진행되는 엄숙한 법정의 모습이 그녀의 눈에 그렇게 꼴사납게 비치고 있다는 사실에 충격을 받았다. 장소에 어울리지 않는 경박함보다 더 나쁜 취향은 없을 것이다.

"네, 당신이 무척 오랫동안 떠나 있었죠."

"아, 몇백 년은 떠나 있었던 것 같아요. 너무 오래 떠나 있어서 내가 죽어 땅에 묻힌 게 확실해요. 그리고 이 오래된 극장은 천국이고요."

이유를 명확하게 규정할 수는 없었지만 뉴랜드 아처에게는 이 말이 뉴욕의 사교계를 훨씬 더 불경스럽게 묘사하는 말처럼 들렸다.

# 3

 항상 똑같은 일이 일어났다.
 줄리어스 보퍼트 부인은 자신이 매년 여는 무도회 밤에 한 번도 빠짐없이 오페라하우스에 모습을 드러냈다. 사실 그녀는 자신이 가사에 관한 한 완벽하게 우월하다는 점과 자신이 없더라도 무도회의 온갖 세부적인 사항들을 준비할 수 있는 유능한 하인들을 거느리고 있다는 점을 강조하려고, 항상 오페라 공연이 있는 날 밤에 무도회를 열었다.
 보퍼트 가의 저택은 뉴욕에서 무도회장을 갖춘 몇 안 되는 저택 중 하나였다(이 집은 맨슨 밍고트 부인의 저택과 헤들리 치버스 가의 저택보다 먼저 지어졌다). 응접실 바닥에 '성긴 삼베'[1]를 깔고 가구를 위층으로 옮기는 것이 '촌스럽다'고 여겨지기 시작하던 시기에 무도회장을 갖는다는 것은, 다른 목적으로는 절대 사용하지 않고 구석에 금박 의자들을 쌓아두고 샹들리에를 자루로 싸둔 채 1년 중 364일을 덧문을 닫아 깜깜한 상태로 두는 무도회장을 갖는다는 이 의심할 여지없는 우월함은, 보퍼트 가문의 과거에 어떤 유감스러운 점이 있건 그것을 충분히 상쇄하고도 남는 것으로 여겨졌다.

---

1 마룻바닥이 긁히는 것을 방지하려고 까는 천.

자신의 사교 철학을 격언 형태로 표현하기 좋아하는 아처 부인은 이렇게 말한 적이 있었다. "우리 각자에게는 총애하는 평민들이 있게 마련이지……." 대담한 말이긴 했지만 많은 사람들이 그 말이 맞다고 마음속으로 맞장구를 쳤다. 그러나 정확하게 말하자면 보퍼트 가 사람들은 평민이 아니었다. 어떤 사람들은 그들이 훨씬 더 형편없는 가문 출신이라고 말하기도 했다. 보퍼트 부인은 사실 미국 최고의 명문가 출신이었다. 그녀는 (사우스캐롤라이나 분가 출신의) 사랑스러운 레지나 댈러스였다. 그녀는 항상 좋은 동기에서 시작하지만 일을 그르치는 경솔한 사촌 메도라 맨슨에 의해 뉴욕 사교계에 데뷔한 무일푼 미녀였다. 맨슨 가와 러시워스 가와 친인척 관계인 사람에게는 (튈르리 궁에 자주 출입했던 실러턴 잭슨의 표현을 빌리면) 뉴욕 사교계에 들어올 '권리(droit de cité)'가 있었다. 그러나 줄리어스 보퍼트와 결혼하게 되면 당연히 그 권리를 몰수당하지 않겠는가?

문제는 보퍼트가 어떤 사람이냐는 것이었다. 그는 영국인으로 통했고 상냥했으며 미남이었다. 성질이 급하고 붙임성이 있었으며 재치가 있었다. 그는 은행가인 맨슨 밍고트 부인의 영국인 사위가 써준 소개장을 가지고 미국으로 건너온 후 얼마 지나지 않아 실업계에서 중요한 위치를 차지했다. 그러나 그의 기질은 방탕했고 신랄한 말을 일삼았으며 과거의 전력도 미심쩍었다. 그래서 메도라 맨슨이 자신의 사촌과 그의 약혼 소식을 알렸을 때, 사람들은 그것을 불쌍한 메도라의 경솔한 행동을 기록한 긴 목록에 추가될 또 하나의 어리석은 행동으로 간주했다.

그러나 어리석음은 지혜와 똑같은 빈도로 그 결과물에 의해 정당화된다. 젊은 보퍼트 부인이 결혼한 후 2년이 지났을 때 그녀의 집은 뉴욕에서 가장 눈에 띄는 집으로 인정받았다. 어떻게 그런 기적이 일어났는지 정확하게 아는 사람은 아무도 없었다. 그녀는 게으르고 소극적이었으며 독설가들은 그녀를 둔하다고까지 표현했다. 그러나 우상처럼 옷을 차려입고 진주를 걸친 채 그녀는 해가 갈수록 더 젊어졌고, 금발은 더 빛났으며, 더 아름다워졌다. 그녀는 보퍼트 씨의 멋진 갈색 석조 궁전에서 여왕처럼 군림하면서 보석 낀 새끼손가락 하나 까딱하지 않은 채, 그곳으로 세상 사람들을 모두 끌어들였다. 아는 체하기 좋아하는 사람들은 보퍼트가 손수 하인들을 훈련시키고, 주방장에게 새로운 요리를 가르치며, 정원사들에게 저녁 만찬 식탁과 응접실에 놓으려면 온실에서 어떤 꽃을 재배해야 하는지 알려주고, 손님들을 선별하고, 만찬 후에 마실 펀치를 만들고, 아내가 친구들에게 써 보낼 짧은 편지를 불러주었다고 수군댔다. 설사 그가 실제로 그랬다 해도 이런 가사 활동은 드러나지 않게 행해졌고, 그는 초대받은 손님처럼 초연한 태도로 자기 집 응접실을 천천히 거닐면서 "제 처의 글록시니아[2]가 멋지지 않습니까? 큐 식물원[3]에서 그것을 가져온 것 같군요"라고 말하며 태평하고 붙임성 있는 백만장자의 모습을 세상 사람들에게 보여주었다.

보퍼트의 비결은 모든 일에 태연하게 시치미를 떼는 것이라고 사람들은 입을 모았다. 그가 일했던 국제 은행이 영국을 떠나도록 그를 "도왔다"고 수군거리는 소리가 들려온다 해도 괜찮았다. 그는 다른 소문들과 마찬가지로 그 소문에도 태연자약했다. 비록 뉴욕 사업계의 도의가 뉴욕의 도덕적 기준 못지않게 까다롭긴 했지만 그

---

[2] 브라질산 식물.
[3] 런던 교외 큐에 있는 왕립 식물원. 풍부한 식물을 재배하며 병설 도서관과 연구실 등을 갖추었다.

는 모든 것을 자기 앞으로 옮겨다 놓았고 뉴욕 전체를 자신의 응접실로 끌어들였다. 그래서 20년 이상이 지난 지금 사람들은 맨슨 밍고트 부인 댁에 간다고 말하는 것처럼 편안한 어조로, 그리고 생산 연도조차 표시되지 않은 미지근한 뵈브 클리코[4] 샴페인과 다시 데운 필라델피아산 크로켓 대신 따끈한 들오리 요리에 고급 와인을 먹게 되리라는 것을 알기 때문에 더 만족스러워하면서 "보퍼트 가에 간다"고 말하게 되었다.

그날 보퍼트 부인은 평소와 마찬가지로 보석의 노래가 시작되기 직전에 자신의 박스석에 나타났다. 그녀가 다시 평소처럼 3막이 끝나자 자리에서 일어나 사랑스러운 어깨에 야회용 외투를 걸치고 사라지자 뉴욕은 그것을 반시간 후에 무도회가 시작된다는 의미로 받아들였다.

보퍼트 저택은 뉴욕인들이, 특히 연례 무도회날 밤이면, 외국인들에게 자랑스럽게 보여주고 싶은 집이었다. 보퍼트 가는 저녁 만찬용과 무도회용 의자들과 함께 양탄자를 빌리는 대신 뉴욕에서 맨 처음으로 그들 소유의 붉은 벨벳 양탄자를 사서 그들 소유의 하인들을 시켜 그들 소유의 차양 아래 그것을 깔게 만든 사람들 중 하나였다. 그들은 또한 숙녀들이 발을 끌며 안주인의 침실로 올라가서 가스버너의 도움을 받으며 머리를 다시 말아 단장하는 대신 복도에서 외투를 벗게 하는 관습을 처음으로 만들어냈다. 보퍼트는 아내의 친구들 모두 하녀를 데리고 있어서 집을 나설 때 머리 손질이 잘 되어 있도록 하녀들이 보살펴줄 것으로 생각한다고 말했다고 한다.

또한 그 집은 무도회장을 갖추도록 대담하게 설계되었다. 그래

---

[4] Veuve Cliquout : 싸구려 와인. 최상급 샴페인 제조자이자 가장 오랜 역사를 가진 샴페인 제조자 중 하나인 뵈브 클리코는 더 값싼 제품도 판매했다.

서 사람들은 (치버스 가처럼) 좁은 통로를 비집고 무도회장으로 가는 대신, 멀리 광나는 쪽마루에 반사된 수많은 초의 불빛과 그 너머 검은색과 금빛 대나무 의자들 위로 동백나무와 나무 고사리가 비싼 잎으로 아치를 이루는 온실 한가운데를 바라보면서, 길게 도열한 (바다녹색과 진홍색, 노란색) 응접실들을 따라 엄숙하게 걸어갔다.

뉴랜드 아처는 자신과 같은 신분을 가진 젊은이에게 어울리게 약간 늦게 어슬렁거리며 들어갔다. 그는 실크스타킹을 신은 (이 스타킹은 보퍼트가 저지른 몇 안 되는 바보 같은 짓 중 하나였다) 하인들에게 외투를 맡긴 다음 스페인 가죽이 걸려 있고 불 세공[5] 가구와 공작석으로 꾸며진 서재에서 잠깐 동안 꾸물댔다. 그곳에는 남자들 몇이 잡담을 나누면서 무도회용 장갑을 끼고 있었다. 마침내 그는 보퍼트 부인이 진홍색 응접실 문턱에서 맞고 있는 손님들 줄에 합류했다.

아처는 눈에 띄게 긴장해 있었다. 그는 오페라가 끝난 후 (젊은이들이 대개 그렇듯이) 클럽으로 되돌아가지 않았다. 대신 밤공기가 쾌청했기 때문에 5번 가 쪽으로 상당한 거리를 따라 올라가다가 보퍼트 저택 쪽으로 되돌아왔다. 그는 밍고트 가가 도를 너무 지나치지 않을까 분명히 걱정스러웠다. 실제로 그들에게 올렌스카 백작부인을 무도회에 데려가라는 밍고트 노부인의 명령이 내려졌을지도 모른다는 걱정이 들었다.

클럽 박스의 분위기를 통해 그는 그것이 얼마나 중대한 실수가 될지 감지했다. 그리고 "끝까지 어려움을 뚫고 나가겠다"는 결심이

---

5  별갑(鱉甲) 또는 금은 따위의 상감 세공.

그 어느 때보다 확고했지만, 그는 오페라하우스에서 약혼자의 사촌과 잠깐 이야기를 나누고 나서 그녀를 옹호하고 싶은 기사도 정신이 줄어든 것을 느꼈다.

(보퍼트가 대담하게도 논란의 대상인 부그로[6]의 누드화 〈사랑의 승리〉를 걸어둔) 노란색 응접실로 어슬렁거리며 올라간 아처는 웰렌드 부인과 딸이 무도회장 문 근처에 서 있는 것을 보았다. 저편에서는 이미 짝을 이룬 남녀들이 마루 위로 미끄러지듯 춤을 추고 있었다. 밀랍초의 불빛이 빙글빙글 도는 얇은 명주 스커트 위로, 얌전한 꽃으로 장식된 아가씨들의 머리 위로, 젊은 유부녀들의 머리 장식에 달린 화려한 해오라기 깃털 장식과 장신구 위로, 윤나는 셔츠 가슴판과 반들거리는 새 가죽 장갑 위로 쏟아졌다.

웰렌드 양은 춤추는 사람들 속에 막 합류하려는 것처럼 은방울꽃을 손에 들고 약간 창백한 얼굴에 흥분을 그대로 드러내는 반짝이는 눈빛으로 문턱 주변을 배회하고 있었다. 젊은 남녀 한 무리가 그녀 주변에 모여들었고 박수 소리와 웃음소리, 농담을 주고받는 소리가 떠들썩하게 들려왔다. 그러자 약간 떨어져 서 있던 웰렌드 부인이 어쩔 수 없이 찬성한다는 웃음을 보냈다. 웰렌드 양이 자신의 약혼 소식을 알리는 동안 그녀의 어머니는 그런 경우에 적절한 것으로 간주되는, 부모로서 마지못해 허락한다는 식의 태도를 취하고 있음이 분명했다.

아처는 잠시 멈춰 섰다. 그는 자신의 분명한 바람에 의해서 약혼 발표가 이루어졌다 해도 그런 식으로 자신의 행복이 알려지는 것은 원치 않았다. 무도회장의 열기와 소음 속에서 약혼을 발표하게 되

---

[6] Adolphe-William Bouguereau(1825~1905) : 프랑스의 신고전주의 화가로 인상주의에 반대해 엄격한 형식과 기법, 완벽주의 정신으로 작품을 그렸다.

면 가슴속 가장 깊은 곳에 담아둔 것들에 알맞은 최고의 은밀함이 사라져버릴 것이다. 물론 그가 느끼는 기쁨이 너무 깊었기 때문에 이렇게 표면을 흐린다 해도 그 본질은 아무런 영향을 받지 않았다. 그러나 표면까지도 깨끗한 상태로 남겨뒀더라면 더 좋았을 것 같았다. 메이 웰렌드가 이런 기분을 공유하고 있음을 알게 되자 그의 마음이 상당히 흡족해졌다. 그녀의 눈이 애원하듯이 재빨리 그의 눈을 바라보며 눈빛으로 말했다.

"명심해요. 이렇게 하는 것이 옳기 때문에 우리가 이렇게 하고 있는 거예요."

그 어떤 호소도 아처의 가슴속에 이보다 더 즉각적인 반응을 불러일으키진 못했을 것이다. 그러나 그는 자신들이 그렇게 행동할 수밖에 없었던 이유가 단지 불쌍한 엘렌 올렌스카 때문이 아니라 어떤 이상적인 이유였더라면 좋았을 것이라고 생각했다. 웰렌드 양을 둘러싼 사람들이 의미심장한 웃음을 지으며 그에게 길을 내주었다. 그는 자기 몫의 축하 인사를 받는 약혼녀를 무도회장 한가운데로 이끌고 가서 그녀의 허리를 팔로 감쌌다.

"이제는 말할 필요가 없을 거요."

그들이 〈아름답고 푸른 도나우〉[7]의 부드러운 선율을 타고 가볍게 떠다니듯 움직일 때 그가 그녀의 순수한 눈을 들여다보고 웃으며 말했다.

그녀는 아무 대답도 하지 않았다. 그녀가 입술을 떨며 웃었지만 그녀의 눈은 형언할 수 없는 어떤 환영을 바라보는 것처럼 몽롱하고 진지해 보였다. 아처가 그녀를 꼭 껴안으며 속삭였다. "메이."

---

7 The Blue Danube : 오스트리아 작곡가 요한 슈트라우스(아들)의 유명한 왈츠(작품번호 314). 1867년에 작곡되고 같은 해 빈에서 초연되었다.

약혼 후 처음 몇 시간을 무도회장에서 보낸다 해도 그 시간 속에는 중대하고 신성한 뭔가가 존재한다는 생각이 그에게 들었다. 이렇게 순백하고 빛나고 착한 존재를 곁에 두면 얼마나 새로운 삶이 펼쳐질 것인가!

춤이 끝난 후 두 사람은 약혼한 커플답게 온실 안으로 들어갔다. 높은 가리개 역할을 하는 양치류와 동백나무들 뒤에 앉아서 뉴랜드가 장갑 낀 그녀의 손에 입을 맞췄다.

"당신이 부탁한 대로 했어요." 그녀가 말했다.

"그랬군요. 기다릴 수가 없었소." 그가 웃으며 대답했다. 잠시 후 그가 덧붙였다. "다만 무도회장이 아니었다면 좋았을 것 같소."

"네, 맞아요." 그녀가 이해한다는 표정으로 그의 눈을 바라보았다. "그렇지만 어쨌든 이곳에서도 우리 둘만 함께 있잖아요, 그렇지 않나요?"

"오, 세상에서 제일 소중한 사람―항상 그럴 거요!" 아처가 소리쳤다.

분명히 그녀는 항상 자기를 이해해줄 것이다. 그녀는 항상 옳은 말만 할 것이다. 그걸 깨닫자 그의 기쁨의 잔이 넘쳐흘렀다. 그는 즐겁게 말을 계속했다. "가장 끔찍한 것은 내가 당신에게 키스를 하고 싶지만 그럴 수 없다는 것이오." 그는 이렇게 말하면서 온실 안을 휙 둘러본 다음 잠깐 동안 단둘뿐임을 확인하고는 그녀를 끌어당겨 그녀의 입술에 재빨리 입을 맞췄다. 이런 대담무쌍한 행동을 중화시키려고 그는 그녀를 이끌고 온실에서 덜 한적한 곳에 있는 대나무 소파로 갔다. 그녀 곁에 앉으면서 그는 그녀가 들고 있던 꽃다발에서 은방울꽃을 하나 꺾었다. 그녀는 조용히 앉아 있었고 세상은 햇살 가득한 계곡처럼 그들의 발치에 펼쳐졌다.

"제 사촌 엘런에게 말했어요?" 곧 그녀가 꿈속에서 말하는 것처럼 물었다.

그는 갑자기 정신이 확 들면서 그렇게 하지 않았다는 것을 기억해냈다. 낯선 외국 여자에게 그런 말을 한다는 것이 어떻게 할 수 없을 정도로 싫었기 때문에 그는 입을 뗄 수가 없었다.

"아니요. 기회가 전혀 없었소." 그가 급하게 거짓말을 꾸며댔다.

"아." 그녀는 실망한 기색이었지만 상냥하게 자신의 뜻을 피력하기로 결정한 것 같았다. "그렇다면 당신이 꼭 해야 해요. 저도 말하지 않았거든요. 혹시라도 엘런이 오해하지 않았으면 좋겠어요."

"안 그럴 거요. 그렇지만 그녀에게 알려줘야 할 사람은 당신이 아니오?"

그녀는 이 말을 곰곰이 따져보았다. "제가 적당한 시기에 그렇게 했더라면 좋았을 텐데 그랬어요. 그렇지만 그게 미뤄졌으니까 제가 오페라하우스에서, 여기서 모두에게 우리 약혼에 대해 알리기 전에, 엘런에게 알려주라고 당신에게 부탁했다는 사실을 꼭 설명해야 할 것 같아요. 그렇지 않으면 엘런은 제가 자기를 잊었다고 생각할 거예요. 당신도 아시다시피 엘런은 우리 가족이고 너무 오랫동안 멀리 떨어져 있어서 약간…… 예민한 상태예요."

아처는 그녀를 열렬한 눈빛으로 바라보았다. "당신은 사랑스럽고 훌륭한 천사요! 물론 내가 엘런에게 말하겠소." 그는 약간 걱정스러운 눈빛으로 붐비는 무도회장을 힐끗 쳐다보았다. "그런데 아직 그녀를 못 보았는데 여기 왔소?"

"아뇨. 막판에 안 오기로 결정했어요."

"막판에 말이오?" 그녀가 올 생각을 했다는 사실에 놀라움을 드러내면서 그가 되물었다.

"네. 엘런이 춤추는 것을 굉장히 좋아하거든요." 젊은 아가씨는 간단하게 대답했다. "그러다 갑자기 드레스가 무도회에 썩 어울리지 않는 것 같다고 마음을 바꿨어요. 우리가 보기에는 드레스가 무척 예뻤지만요. 그래서 외숙모님이 엘런을 집으로 데려가셨어요."

"아, 그랬군……." 아처가 아무래도 상관없다는 듯 즐겁게 말했다. 약혼녀에게서 그가 가장 마음에 들어 했던 점은 두 사람 모두 어린 시절부터 교육받았던, '불쾌한 것들'을 무시하는 그 관습을 극단까지 끌고 가는 단호한 결의였다.

그는 곰곰이 생각했다.

'자기 사촌이 오지 않은 진짜 이유를 메이도 나만큼 잘 알아. 그렇지만 불쌍한 엘런 올렌스카의 평판에 어두운 그림자가 드리워져 있다는 것을 안다는 낌새를 메이에게 절대 보이지 말자.'

4

 다음 날 의례적인 첫 약혼 방문이 오갔다. 뉴욕의 관습은 그런 문제들에서는 정확하고 완고했다. 그 관례에 따라 뉴랜드 아처는 먼저 어머니와 누이와 함께 웰렌드 부인을 방문했다. 그러고 나서 웰렌드 부인과 메이와 함께 훌륭한 여자 어른의 축복을 받으려고 마차를 타고 오래된 맨슨 밍고트 부인 댁으로 갔다. 맨슨 밍고트 부인을 방문하는 일은 아처에게는 항상 재미있었다. 물론 그 집은 유니버시티 플레이스와 아래쪽 5번 가[1]에 있는 다른 오래된 저택들만큼 유서 깊진 않았지만 집 자체가 이미 역사적인 기록이었다. 다른 집들은 장미 화환 문양의 양탄자와 자단나무 콘솔들, 검은 대리석 벽로 선반이 달린 둥근 아치형 벽난로와 윤나는 거대한 마호가니 책장들이 오싹한 조화를 이루는 가장 순수한 1830년대식이었지만, 나중에 집을 지은 밍고트 노부인은 젊은 시절에 가지고 있던 육중한 가구들을 모조리 내다버리고 밍고트 가문 전래의 가재도구들을 제2제정 시대의 경박한 가구들과 섞어놓았다. 삶과 유행이 자신의 고적한 문 앞까지 북쪽으로 흘러오는 모습을 조용히 바라보기라도 하듯이 1층 거실 창가에 앉아 있는 것이 그녀의 습관이었다. 그녀

---

1 University Place and lower Fifth Avenue : 옛 뉴욕 사교계의 상류층이 살았던 지역들. 이 거리들은 나란히 워싱턴 광장 북쪽에 자리 잡고 있다.

는 삶과 유행이 빨리 다가오도록 절대 서두르는 것 같지도 않았다. 그녀의 인내심이야말로 자신감과 쌍벽을 이룰 정도였기 때문이었다. 그녀는 공터의 판자 울타리들과 채석장들, 단층 술집들과 황폐한 정원의 목조 온실, 염소들이 뒤에 숨어 주변을 둘러보는 바위들이 곧 사라지고 그녀 자신의 집만큼 웅장한 — (그녀는 공정했기 때문에) 어쩌면 훨씬 더 웅장한 — 저택들이 도래할 것이라고 확신했다. 또한 덜거덕거리는 낡은 승합마차들이 덜컹거리는 소리를 내며 달려가는 자갈길은 사람들이 파리에서 보았다는 평탄한 아스팔트로 바뀌게 될 것이다. 그동안 그녀가 보고 싶어 한 사람들이 모두 그녀를 보러 찾아왔기 때문에 (그리고 그녀는 보퍼트 가만큼 쉽게, 그리고 저녁식사 메뉴에 음식 하나 추가하지 않고서도 집에 사람들을 가득 채울 수 있었기 때문에) 그녀는 지리적인 고립 때문에 고생하지는 않았다.

불운한 도시에 물밀듯이 밀려오는 용암처럼 중년의 그녀에게 엄청나게 불어난 살 때문에 그녀는 날쌔게 움직이는 발과 발목을 지닌 포동포동하고 활달한 자그마한 여성에서 자연 현상만큼 거대하고 당당한 존재로 바뀌었다. 그녀는 이 침몰을 다른 모든 시련들과 마찬가지로 달관한 태도로 받아들였다. 대단히 고령인 지금 그녀는 작은 얼굴의 흔적이 한가운데에 발굴을 기다리듯이 남아 있는, 거의 주름 하나 없이 탱탱하고 발그스레한 넓은 살을 거울에 비춰보는 것으로 보상을 받았다. 일련의 부드러운 이중 턱은 작고한 밍고트 씨의 작은 초상화로 적절하게 고정된, 눈처럼 하얀 모슬린으로 가려진 아직도 하얗고 아찔하게 깊은 가슴으로 이어졌다. 그 주변과 아래쪽으로는 검은 실크의 파도가 넘실대며 넓은 안락의자 가장자리까지 밀려갔고 그곳에는 자그맣고 하얀 두 손이 소용돌이치는 파도 위에 떠 있는 갈매기처럼 놓여 있었다.

맨슨 밍고트 부인은 비대해진 몸집 때문에 이미 오래전부터 계단을 오르내리는 일이 불가능했다. 그녀는 특유의 독립심을 발휘해서 응접실을 위층에 만들고 (뉴욕의 모든 예법을 깡그리 어기면서) 자신은 1층에 자리를 잡았다. 그래서 그녀와 함께 그녀의 거실 창문 옆에 앉아 있으면, (항상 열려 있는 문과, 고리로 묶인 노란 다마스크 휘장[2]을 통해) 소파처럼 천을 댄 거대한 낮은 침대가 놓이고 화려한 레이스 주름장식과 금테 거울이 달린 화장대가 자리한 뜻밖의 침실 광경이 눈에 들어왔다.

그녀의 방문객들은 프랑스 소설 속의 장면들을 불러일으키는 이런 이국적인 배치와, 단순한 미국인은 꿈도 꾸지 못한 부도덕함으로 이끌 건축상의 여러 자극적인 요소들에 한편으로는 놀라고 한편으로는 매료되었다. 사악한 옛 사교계에서 정부를 둔 여자들은 소설 속 묘사처럼 방들이 전부 한 층에 음란하게 다닥다닥 붙어 있는 아파트에서 바로 그렇게 살았다. (《드 카모르 씨》[3]의 정사 장면들이 밍고트 부인의 침실에서 일어난다고 몰래 상상했던) 뉴랜드 아처에게는 불륜이 벌어지는 무대 배경 속에서 살았던 그녀의 흠 없는 삶을 그려보는 것이 재미있었다. 정부를 원했다면 이 대담무쌍한 여인은 정부 역시 가졌을 것이라고 그는 감탄해 마지않으면서 생각했다.

약혼한 커플이 방문하는 동안 올렌스카 백작부인이 할머니의 거실에 나타나지 않아서 모두 안도했다. 밍고트 부인은 그녀가 외출했다고 알려주었다. 집안의 체면을 손상시킨 여자가 그렇게 환한

---

2  문 앞에 쳐놓은 커튼.
3  *Monsieur de Camors*: 푸이예(1821~1890)의 연애소설. 푸이예는 주로 불륜을 중점적으로 다루었으며, 이 소설은 1867년에 출판되어 작가에게 매우 큰 성공을 안겨줬다.

대낮에, 그것도 '쇼핑 시간'에 나간 것은 그 자체로 상스럽게 보였다. 그러나 어쨌든 그 덕에 그들은 그녀와 함께 있어야 하는 난처함과 그녀의 불행한 과거가 어쩌면 그들의 밝은 미래에 드리우는 희미한 그림자에서 벗어났다. 방문은 예상대로 성공적으로 진행되었다. 밍고트 노부인은 두 사람의 약혼에 기뻐했다. 눈치 빠른 친척들에 의해 이미 오래전에 예견되었던 그들의 약혼은 가족회의에서 조심스럽게 결정이 난 상태였다. 그리고 보이지 않는 발로 고정된 크고 굵은 사파이어 약혼반지에 그녀는 아낌없는 찬사를 보냈다.

"새로운 세팅이에요. 물론 보석이 아름답게 돋보이긴 하지만 구식인 사람들 눈에는 약간 밋밋해 보일 거예요." 웰렌드 부인이 미래의 사위를 달래듯이 곁눈질하면서 말했다.

"구식인 사람들 눈이라고? 설마 내 얘기를 하는 것은 아니겠지, 애야? 나는 새로운 것은 모두 좋아한다." 노부인은 안경을 써서 미관을 손상시킨 적이 한 번도 없었던 작고 반짝이는 눈 가까이로 보석을 들어 올리면서 말했다. "무척 근사하구나." 그녀가 보석을 돌려주며 덧붙였다. "통도 무척 크고. 내가 젊었을 때는 진주로 세팅한 카메오 반지면 충분하다고 여겼다. 그렇지만 반지를 돋보이게 하는 것은 그것을 낀 손이지. 안 그런가, 아처 군?" 그녀는 작고 뾰족한 손톱이 달렸고, 나이 들어 생긴 지방 덩어리가 상아 팔찌처럼 손목을 감싼 작은 손을 흔들었다. "로마에서 위대한 페리지아니[4]가 내 손의 모형을 만들었지. 자네도 메이의 손을 꼭 모형으로 만들도록 하게. 틀림없이 그렇게 해줄 거다, 애야. 메이 손이 큼지막하구나—바로 요즘 유행하는 운동 때문에 관절이 늘어난 거지. 그렇지

---

4 워튼이 만들어낸 인물.

만 피부는 새하얗구나……. 그런데 결혼식은 언제인가?" 그녀가 아처의 얼굴을 뚫어지게 바라보면서 말을 멈췄다.

"저……." 웰렌드 부인이 더듬거리는 동안 아처가 약혼녀에게 웃으며 대답했다. "부인께서 절 지지해주시기만 한다면 가능한 빨리 하고 싶습니다, 밍고트 부인."

"두 사람이 서로에 대해 조금 더 잘 알도록 시간을 줘야 해요, 어머니." 웰렌드 부인이 적당히 주저하는 체하면서 끼어들자 이 말에 노마님이 대꾸했다. "서로를 안다고? 부질없는 짓이야! 뉴욕에 사는 사람들이야 모두 서로에 대해 잘 알지. 저 젊은이 뜻에 맡기자꾸나, 애야. 포도주 김이 다 샐 때까지 기다리지 말고 사순절 전에 결혼을 시키렴. 이제는 내가 언제라도 겨울에 폐렴에 걸릴 수 있으니까. 결혼 피로연은 내가 열어주고 싶구나."

이 계속된 말에 사람들은 기쁨과 믿기지 않음, 고마움을 나타내는 적절한 표현들로 반응했다. 부드럽게 정중한 말들이 오고가며 이루어지던 방문은 문이 열리고 올렌스카 백작부인이 들어오면서 끝나고 말았다. 보닛을 쓰고 망토를 입은 그녀는 뜻밖에도 줄리어스 보퍼트를 대동하고 들어왔다.

숙녀들 사이에 사촌 간의 즐거운 속삭임이 오갔고, 밍고트 부인은 페리지아니의 모델이 되었던 손을 은행가에게 내밀었다. "이런! 보퍼트, 귀한 걸음을 하셨군!" (그녀에게는 남자들의 이름을 성으로 부르는 이상한 외국식 습관이 있었다.)

"고맙습니다. 더 자주 찾아뵈면 좋을 텐데요." 방문객이 느긋하고 거만하게 말했다. "대개는 일 때문에 바쁜 편인데 매디슨 광장에서 백작부인 엘런을 만났습니다. 그녀가 친절하게도 함께 걸어서 집까지 바래다드릴 수 있는 영광을 제게 허락해주더군요."

"아…… 엘런이 왔으니 집이 더 밝아질 것 같군!" 밍고트 부인이 아무 거리낌없이 외쳤다. "앉아요…… 앉아, 보퍼트. 노란 안락의자를 당겨요. 당신이 왔으니 좋은 소문거리를 듣고 싶소. 당신네 무도회가 대단했다고 하던데. 레뮤얼 스트러더스 부인도 초대했다면서? 흠…… 그 여자를 직접 보고 싶은 마음이 굴뚝같소."

그녀는 엘런 올렌스카의 안내로 현관홀 쪽으로 빠져나가고 있는 친척들에 대해서는 까맣게 잊어버렸다. 밍고트 노부인은 줄리어스 보퍼트가 무척 마음에 든다고 항상 공개적으로 밝히곤 했다. 냉정하고 오만한 방식과 관습을 무시하고 지름길을 취한다는 점에서 그들은 비슷한 점이 있었다. 지금 그녀는 무엇 때문에 보퍼트 가가 (처음으로) 레뮤얼 스트러더스 부인을 초대하기로 결정했는지 알고 싶어 안달이었다. 구두약 회사 주인 스트러더스의 미망인인 스트러더스 부인은 그 전해에 긴 첫 유럽 여행에서 돌아와 뉴욕의 견고한 작은 요새를 공략하기 시작했다. "물론 당신과 레지나가 그녀를 초대한다면 그 일은 결론이 난 거지. 흠, 우리에게는 새 피와 새 돈이 필요하니까……. 그런데 듣자 하니 그녀가 아직도 굉장히 미인이라 하던데." 노부인이 탐욕스럽게 말했다.

현관홀에서 웰렌드 부인과 메이가 모피 옷을 걸치는 동안 아처는 올렌스카 백작부인이 캐묻는 듯한 웃음을 살짝 지으며 자신을 바라보고 있다는 것을 알았다.

"물론 이미 알고 계시겠죠……. 메이와 저에 대해." 그가 수줍게 웃으며 그녀의 눈길에 대한 답으로 말했다. "어젯밤 오페라하우스에서 당신에게 소식을 전하지 않았다고 메이한테 혼났습니다. 그녀가 우리의 약혼 사실을 당신에게 전하라고 명했거든요……. 그런데 사람들이 그렇게 우글거리는 데서는 그럴 수가 없었습니다."

웃음이 올렌스카 백작부인의 눈에서 입술로 옮겨갔다. 그녀는 더 어려 보였고, 그가 소년 시절에 알았던 대담하고 햇볕에 그을린 엘런 밍고트와 더 비슷해 보였다. "물론 알고 있어요. 그래요. 정말 기뻐요. 사람들이 그렇게 붐비는 데서 그런 말을 하진 않죠." 숙녀들이 문간에 서 있자 그녀가 손을 내밀었다.

"안녕히 가세요. 나중에 절 보러 오세요." 그녀가 계속 아처를 바라보며 말했다.

5번 가를 따라 내려가는 마차에서 그들은 밍고트 부인과 그녀의 나이, 그녀의 활기와 그녀가 가진 모든 훌륭한 특성들에 대해 허심탄회하게 이야기를 나눴다. 어느 누구도 엘런 올렌스카를 입에 올리지 않았다. 그러나 아처는 웰렌드 부인이 무슨 생각을 하고 있을지 훤히 알았다. '엘런이 도착한 바로 그 다음 날, 사람들로 붐비는 시간에 줄리어스 보퍼트와 함께 5번 가를 활보하는 모습을 보이다니 그건 실수야…….' 아처 자신도 마음속으로 덧붙였다. '그리고 갓 약혼한 남자는 결혼한 여자들을 찾아다니는 데 시간을 쓰지 않는다는 사실을 그녀가 알아야지. 그렇지만 그녀가 살았던 곳에서는 사람들이 그렇게 하는지도 모르지……. 오로지 그렇게만 하나 보지.' 그리고 자신의 세계주의적인 시각을 스스로 자랑스럽게 여기면서도 그는 자신이 뉴욕 사람이며 비슷한 부류의 사람과 곧 결혼하게 된다는 것에 대해 하늘에 감사드렸다.

# 5

 다음 날 저녁 나이 많은 실러턴 잭슨 씨가 저녁을 먹으러 아처가를 방문했다.
 아처 부인은 수줍음이 많아서 사교계는 꺼렸지만 사교계의 동향에 대해서는 많이 알고 싶어 했다. 그녀의 오랜 친구인 실러턴 잭슨 씨는 수집가의 인내심과 박물학자의 숙련된 지식을 친구들의 일에 쏟아부었다. 그리고 그와 함께 살면서, 찾는 곳이 많은 오빠를 미처 확보하지 못한 사람들에게 대접을 받는 그의 누이 소피 잭슨 양은 그가 그린 그림 속에 난 틈새들을 유용하게 메워줄 작은 소문거리들을 집으로 가져왔다.
 아처 부인은 알고 싶은 일이 일어날 때마다 잭슨 씨를 저녁식사에 초대했다. 그녀에게 초대받는 영광을 얻는 사람은 극소수인 데다 그녀와 딸 제이니가 무척 열심히 자기 말을 경청해주었기 때문에 잭슨 씨는 대개의 경우 누이를 보내는 대신 자신이 직접 찾아오곤 했다. 조건을 모두 마음대로 정할 수 있었다면 그는 뉴랜드가 외출하는 저녁을 선택했을 것이다. 그 젊은이가 마음에 들지 않은 것은 아니었다. (두 사람은 클럽에서 매우 사이좋게 지냈다.) 그러나 나이 든 일화 수집가가 느끼기에 아처 가문의 숙녀들은 한 번도 그런 적이 없었지만, 뉴랜드는 자기가 한 말의 근거를 따져보는 것 같았기 때문이었다.

완벽함이 지상에서 성취될 수 있었다면 잭슨 씨는 또한 아처 부인의 음식이 조금 더 나아졌으면 좋겠다고 요구했을 것이다. 그러나 기억을 최대한 되살려보면 당시 뉴욕은 음식과 옷과 돈에 신경 쓰는 밍고트 가와 맨슨 가 일문과, 여행과 원예와 최고의 소설에 몰두하고 상스러운 형태의 쾌락을 경멸하는 아처-뉴랜드-밴 더 라이든 일족이라는 큰 두 개의 기본적인 무리로 나뉘었다.

어쨌든 모든 것을 다 가질 수는 없었다. 로벨 밍고트와 식사를 같이하면 들오리와 식용 거북에 고급 포도주를 마실 수 있었다. 애덜린 아처의 집에서 저녁식사를 하면 알프스의 경치와 《대리석의 목신상》[1]에 대한 이야기를 나눌 수 있었고 다행히도 아처 가의 마데이라[2]를 맛볼 수 있었다. 그래서 아처 부인에게 친절한 부름을 받으면 진정한 절충주의자였던 잭슨 씨는 누이에게 대개 다음과 같이 말하곤 했다. "로벨 밍고트 집에서 저녁식사를 한 이후 통풍기가 약간 있었는데 애덜린의 집에서 식사를 하게 되면 몸에 좋을 거야."

오래전에 남편을 사별한 아처 부인은 남매를 데리고 웨스트 28번 가에서 살았다. 두 여자는 위층을 뉴랜드에게 모두 내주고 좁은 아래층에서 비좁게 지냈다. 그들은 취미와 관심을 잘 조화시켜서 워드 용기[3]에 양치류를 길렀고, 마크라메 레이스를 만들고 리넨에

---

1 *The Marble Faun*: 1860년에 출간된 호손의 소설. 로마에 거주하는 미국인 예술가와 이탈리아 귀족 도나텔로가 주인공으로, 살인 사건에 얽혀 이야기가 진행된다.
2 Madeira: 알코올 성분이 높은 독한 와인. 주로 식전 와인으로 이용되며 45도 이상 온도에서 숙성된다.
3 식물, 양서류 등의 실내용 식물을 재배하기 위한 반구형 유리 용기.

양모 자수를 놓았으며, 미국 혁명기에 만들어진 유약 칠한 그릇을 수집했고, 《굿 워즈》[4]를 구독했으며, 이탈리아 분위기를 느끼기 위해 위다[5]의 소설을 읽었다. (그들은 풍경과 유쾌한 감정 묘사 때문에 농촌 생활에 관한 작품들을 선호했다. 그러나 전반적으로 그들은 이해하기 쉬운 동기와 습관을 가진 사교계 사람들에 대한 소설을 좋아했고, "한 번도 신사를 그려본 적이 없는" 디킨스에 대해서 혹평을 가했으며, 구식이라고 간주되기 시작하긴 했지만 새커리보다 불위가 상류사회에 더 정통하다고 생각했다.[6])

아처 부인과 아처 양 모두 아름다운 경치를 무척 사랑했다. 이따금씩 외국 여행을 떠날 때면 그들은 바로 멋진 경관을 주로 찾았고 그것에 찬탄해 마지않았다. 그들은 건축과 회화는 남자들과 주로 러스킨[7]을 읽은 박식한 사람들을 위한 주제라고 간주했다. 아처 부인은 뉴랜드 가문의 일원으로 태어났고 자매 같았던 모녀는 사람들 말처럼 "진짜 뉴랜드 가문 사람들"이었다. 그들은 키가 크고 창백했으며, 약간 굽은 등에 코가 길었고, 상냥한 웃음에, 빛바랜 레이놀즈[8] 초상화에서처럼 활기는 없지만 기품 있는 태도를 지녔다. 나이가 들며 풍채가 좋아져서 아처 부인의 검은 브로케이드는 팽팽해진 반면, 아처 양의 갈색과 자주색 포플린 옷은 해가 갈수록 처녀다운 몸매 위에서 점점 더 헐렁해진다는 사실만 없었다면, 그들의 신

---

4 *Good Words*: 1860~1906년에 출간된 영국의 월간 잡지로 가벼운 문학 작품과 여행기 등이 실림.
5 Owida: 대중 연애소설을 많이 쓴 마리 루이즈 드 라 라메(1839~1908)의 예명.
6 사실 새커리는 불위의 상류사회 소설들을 경멸했고 그것들을 패러디했다.
7 John Ruskin(1819~1900): 영국의 비평가·사회 사상가. 미술과 건축에 대해 글을 썼으며, 예술미의 순수 감상을 주장하고 "예술의 기초는 민족 및 개인의 성실성과 도의에 있다"는 자신의 미술 원리를 구축했다.
8 영국의 초상화가.

체적인 유사성은 완벽해졌을 것이다.

뉴랜드가 알듯이, 똑같은 버릇 때문에 두 사람은 겉으로 보기에는 비슷했지만 정신적으로는 겉보기보다 덜 완벽하게 비슷했다. 서로 의지하며 친밀하게 오랫동안 함께 산 습관으로 인해 두 사람은 같은 어휘를 사용했고, 어느 쪽이 자신의 의견을 개진하고 싶으냐에 따라 "어머니 생각에는"이나 "제이니 생각에는"이라는 말로 이야기를 시작하는 똑같은 습관이 있었다. 그러나 실제로는 차분하고 상상력이 부족한 아처 부인이 일반적으로 인정되는 친숙한 것에 쉽게 안주하는 반면, 제이니는 억압된 로맨스의 샘에서 솟구쳐오르는 발작적이고 비정상적인 공상에 쉽게 빠져들었다.

모녀는 서로를 매우 좋아했고 아들이자 오빠를 숭배했다. 아처는 그들이 자신을 지나치게 숭배하고 있다는 느낌과 자신이 그것을 몰래 즐긴다는 사실 때문에 양심의 가책을 느끼며 그들을 무비판적으로 따뜻하게 사랑했다. 그는 가끔 유머감각을 발휘해서 자신의 통치력에 의문을 제기하기도 했지만, 어쨌든 남자가 자신의 집에서 권위를 존중받는 것은 좋은 일이라고 생각했다.

이번에는 자신이 밖에 나가 식사해주기를 잭슨 씨가 바랄 것이라는 확신이 들었는데도 아처가 그렇게 하지 않은 데에는 나름대로 이유가 있었다.

물론 나이 많은 잭슨 씨는 엘런 올렌스카에 대해 말하고 싶어 했고 아처 부인과 제이니는 당연히 그의 말을 듣고 싶어 했다. 아처가 장차 밍고트 가문과 인척이 된다는 소식이 알려졌기 때문에, 세 사람 모두 그가 자리를 함께하는 것에 약간 거북해할 것 같았다. 아처는 그들이 어떻게 그 곤경을 극복할지 보고 싶어서 내심 재미있어 하면서 기다렸다.

그들은 레뮤얼 스트러더스 부인에 대한 이야기로 완곡하게 말을 시작했다.

"보퍼트 가가 그녀를 초대했다니 유감이에요." 아처 부인이 상냥하게 말했다. "그렇지만 레지나는 항상 남편이 시키는 대로 하니까요. 그리고 보퍼트는……."

"보퍼트는 어떤 미묘한 의미들을 파악하지 못하죠." 잭슨 씨는 청어 구이를 조심스럽게 살펴보면서 왜 아처 부인의 요리사는 항상 어란을 숯덩이처럼 태워놓을까를 천 번째 생각하면서 이렇게 말했다. (오랫동안 같은 의문을 품었던 뉴랜드는 침울하게 못마땅해하는 연장자의 표정에서 항상 그것을 감지할 수 있었다.)

"오, 당연하지요. 보퍼트는 상스러운 사람이니까요." 아처 부인이 말했다. "제 친정 할아버지께서는 항상 친정 어머니께 말씀하시곤 했어요. '무슨 일을 하건 절대 그 보퍼트 녀석을 딸들에게 소개하는 일은 없도록 해라.' 그렇지만 적어도 그 사람은 신사들과 교제하는 장점은 지니고 있잖아요. 영국에서도 그랬다고 하더군요. 정말 알 수 없는 일이에요……." 그녀가 제이니를 힐끗 바라보고는 말을 멈췄다. 아처 부인과 제이니는 보퍼트의 비밀을 속속들이 알고 있었지만, 아처 부인은 공식적으로는 그 주제가 결혼하지 않은 사람들에게 적절하지 않다는 생각을 계속 가지고 있었다.

"그렇지만 이 스트러더스 부인 말인데요." 아처 부인이 계속했다. "그녀가 어떤 사람이라고 말씀하셨죠, 실러턴?"

"광산 출신이랍니다. 아니 탄갱 앞부분에 있는 술집 출신이래요. 그런 다음에는 살아 있는 밀랍 인형 극단과 함께 뉴잉글랜드를 순회 공연하러 다녔답니다. 경찰이 그것을 해산시킨 후에는 사람들 말에 따르면 그녀가 산 곳이……." 이번에는 잭슨 씨가 제이니를 힐끗 보았다. 그녀의 눈이 눈꺼풀 아래에서 튀어나오려 하고 있었다. 그녀에게는 아직도 스트러더스 부인의 과거에 메워지지 않은 틈새들이 있었다.

"그러다가……." 잭슨이 말을 계속했다. (아처는 왜 아무도 집사에게 쇠칼로 오이를 자르지 말라고 이르지 않았는지 마음속으로 의아해하는 잭슨의 모습을 보았다.) "그러다가 레뮤얼 스트러더스가 나타난 거죠. 사람들 말로는 그의 광고를 맡은 사람이 그녀의 머리를 구두약 광고 포스터에 썼대요. 그녀의 머리가 새까맣잖아요, 아시다시피―이집트인처럼요. 어쨌든 그가―결국에는―그녀와 결혼했다는군요." 앞뒤에 간격을 두고, 각 음절마다 적당히 힘을 줘서 "결국에는"이라고 말하는 방식에는 엄청난 빈정거림이 들어 있었다.

"아, 그렇지만―지금 상황에서는 그런 게 아무 상관없죠." 아처 부인이 무관심하게 말했다. 숙녀들은 사실 그때만큼은 스트러더스 부인에게 별 관심이 없었다. 엘런 올렌스카라는 주제는 그들에게 너무나 새롭고 너무나 흥미로웠다. 사실 아처 부인이 스트러더스 부인의 이름을 언급한 것은 곧바로 "그리고 뉴랜드의 새 사촌인―올렌스카 백작부인은요? 그녀도 무도회에 참석했나요?"라는 말을 하기 위해서였다.

그녀가 아들과의 관계를 언급할 때에는 약간의 빈정거림이 들어 있었다. 아처는 그것을 알고 있었고 예상했다. 인간사에 지나치게 기뻐하는 법이 거의 없었던 아처 부인조차도 아들의 약혼에는 크게 기뻐했다. "러시워스 부인과의 그런 어리석은 사건이 있고 난 후에는 특히 그렇지." 그녀는 한때 뉴랜드의 영혼에 영원히 상처를 남길 비극처럼 보였던 일을 내비치면서 제이니에게 그렇게 말더랬다. 어떤 관점에서 따져보건 뉴욕에서 메이 웰렌드보다 더 나은 짝은 없었다. 물론 뉴랜드는 그런 결혼을 할 수 있는 자격을 갖추고 있었다. 그러나 젊은 남자들은 너무나 어리석고 헤아릴 수가 없어서—그리고 어떤 여자들은 너무 유혹적이고 파렴치해서—외아들이 세이렌 섬[9]을 무사히 지나 흠 하나 찾을 수 없는 가정생활의 안식처에 도달한 것을 보게 되는 것은 거의 기적이나 다름없었다.

아처 부인은 그렇게 느꼈고 그녀의 아들은 어머니의 생각을 알았다. 그러나 그는 약혼을 서둘러 발표한 것 때문에, 아니 오히려 그 이유 때문에 어머니가 불안해한다는 것도 알았다. 바로 그런 이유 때문에—그가 대체로 다정하고 관대한 가장이었기 때문에—그는 그날 저녁 집에 있기로 결정했다. "내가 밍고트 가의 가족애를 찬성하지 않는 것은 아니다. 그러나 뉴랜드의 약혼이 왜 그 올렌스카 여자 일과 뒤섞여야만 하는지 이해할 수가 없구나." 아처 부인이 완벽한 다정함에서 살짝 벗어나는 모습을 지켜보는 유일한 증인인 제이니에게 투덜대며 말했다.

그녀는 웰랜드 부인을 방문했을 때 훌륭하게 처신했다—그리고 훌륭하게 처신하는 문제에 관한 한 그녀는 타의 추종을 불허했다. 그러나 뉴랜드는 방문 내내 그녀와 제이니가 혹시나 올렌스카 부인이 끼어들지 않을까 예의주시하며 노심초사했다는 것을 알고 있었다(그리고 그의 약혼녀도 틀림없이 그것을 눈치챘을 것이다). 그들이 함께 그 집을 떠날 때 그녀는 아들에게 말했다. "오거스타 웰랜드가 혼자서 우리를 맞아줘서 다행으로 생각한다."

마음이 불편하다는 것을 보여주는 이런 표시들 때문에 아처 역시 밍고트 가가 약간 도를 지나쳤다는 생각을 더욱더 하게 되었다. 그

---

9 Siren Isle : 세이렌은 그리스 신화에 나오는 바다의 요정이며, 아름다운 노래로 지나가는 선원들을 유혹해서 자신들이 사는 섬의 바위에 부딪혀 파멸하게 만들었다.

러나 모자가 제일 먼저 떠오른 생각을 내비친다는 것은 사회규범의 모든 규칙을 거스르는 것이기 때문에 그는 그저 다음과 같이 대답했다. "아, 그러니까 약혼을 하면 항상 치러야 할 가족 모임의 단계가 있잖아요. 빨리 끝나면 끝날수록 더 좋죠." 이 말에 그의 어머니는 젖빛 포도로 장식된 회색 벨벳 보닛 아래로 늘어뜨린 레이스 베일 아래서 입을 다물었을 뿐이었다.

그날 저녁 올렌스카 백작부인에 대한 이야기를 꺼내도록 잭슨 씨를 "꾀어내는" 것이 그녀가 할 수 있는 복수라고—그녀의 정당한 복수라고—그는 느꼈다. 그리고 미래의 밍고트 가문의 일원으로서 공개적으로 자신의 의무를 다했기 때문에 아처는 사적인 자리에서 그녀를 논의하는 것에 대해서는 반대하지 않았다—그 주제가 이미 그에게 지겨워지기 시작했다는 점만 제외한다면.

잭슨 씨는 음울한 집사가 자신의 표정만큼이나 회의적인 표정으로 건네준 미지근한 등심 한 조각을 먹고 거의 눈에 띄지 않을 정도로 냄새를 맡아보고 버섯 소스를 거절했다. 그는 난처하고 배고픈 것처럼 보였다. 아처는 어쩌면 그가 엘런 올렌스카에 대한 식사를 끝내버릴지도 모른다는 생각이 들었다.

잭슨 씨가 의자에 기대앉으며 짙은색 테두리 속에서 어두컴컴한 벽에 걸린 채 촛불을 받고 있는 아처 가와 뉴랜드 가, 밴 더 라이든 가 사람들을 올려다보았다.

"아, 자네 친할아버지께서 훌륭한 저녁식사를 얼마나 좋아하셨던지, 친애하는 뉴랜드!" 그는 흰 기둥이 있는 별장 모습을 배경으로 가죽 목도리에 푸른 코트를 입은 통통하고 가슴이 넓은 젊은이의 초상화를 바라보며 말했다. "흠—흠—흠…… 외국인과의 이 모든 결혼에 대해 그분이 뭐라고 말씀하셨을지 궁금하군!"

아처 부인은 조상들의 요리에 빗댄 암시를 무시했고 잭슨 씨는 신중하게 말을 이어나갔다. "아니요, 그녀는 무도회에 오지 않았습니다."

"아······." 아처 부인은 "그녀에게 그 정도의 품위는 있었군요"라는 의미가 함축된 어조로 중얼거렸다.

"아마 보퍼트 가가 그녀에 대해 모르고 있을 수도 있죠." 제이니가 천진하게 악의를 드러내며 넌지시 말했다.

잭슨 씨는 보이지 않는 마데이라를 맛보듯이 살짝 입을 다셨다. "보퍼트 부인은 모를 수 있지만―보퍼트는 분명히 알고 있습니다. 오늘 오후에 그녀가 그와 함께 5번 가를 걸어 올라가는 모습을 뉴욕 전체가 보았으니까요."

"저런······." 외국인들의 행동을 예의범절에 대한 의식 차이 탓으로 치부하려 해봐야 소용없다는 것을 분명히 깨달은 아처 부인이 한탄했다.

"그녀가 오후에는 둥근 모자나 보닛을 쓰는지 궁금해요." 제이니가 곰곰이 생각하며 말했다. "오페라하우스에서는 정말 수수하고 단조로운 진한 파란색 벨벳을 입었던데―잠옷 같았어요."

"제이니!" 어머니가 소리쳤다. 아처 양은 얼굴을 붉혔지만 대담해 보이도록 애썼다.

"어쨌든 무도회에 참석하지 않은 것은 더 품위 있는 행동이었죠." 아처 부인이 말을 이었다.

심술이 난 그녀의 아들이 대꾸했다. "그게 품위와는 아무 상관없는 문제였던 것 같습니다. 메이 말로는 원래 참석하려 했다가 문제의 드레스가 무도회에 입고 가기에는 별로라서 그만뒀다고 하더군요."

아처 부인은 자신의 추측을 확인해준 이 말에 웃음을 지었다.

"불쌍한 엘런." 그녀는 이렇게만 말한 다음 동정하는 투로 덧붙였다. "메도라 맨슨이 그녀를 얼마나 괴상하게 키웠는지 항상 명심해야 해요. 사교계에 데뷔하는 무도회에서 검은 공단 드레스를 입도록 허락받은 여자애에게 뭘 기대할 수 있겠어요?"

"아―그 옷을 입고 있던 그 애를 기억 못할 리 없지!" 잭슨 씨가 말한 후 그때의 기억을 음미하면서 그 당시 그 광경이 무엇의 전조가 되었는지 다 알았다는 어조로 "불쌍한 녀석!"이라고 덧붙였다.

"엘런이라는 그런 흉한 이름을 계속 고집하다니 이상해요. 저 같으면 일레인으로 바꿨을 텐데요." 제이니가 이 말을 한 후 효과를 살펴보려고 식탁을 둘러보았다.

그녀의 오빠가 웃음을 터뜨렸다. "왜 일레인인데?"

"모르겠어요. 그게 더―더 폴란드식으로 들리잖아요." 제이니가 얼굴을 붉히며 말했다.

"그게 더 눈에 띌 것 같다. 그리고 그녀가 그걸 원할 리 없지." 아처 부인이 냉담하게 말했다.

"왜 안 되는데요?" 그녀의 아들이 갑자기 따지며 끼어들었다. "그녀가 원하면 눈에 띌 수도 있는 건데 그러면 안 되는 이유라도 있나요? 창피스러운 짓을 한 사람처럼 왜 몰래 숨어 다녀야 합니까? 물론 그녀는 '불쌍한 엘런'이죠. 운이 나빠서 그런 불행한 결혼을 했으니까요. 그런데 그게 죄인이라도 되는 것처럼 고개를 못 들 이유는 아니라고 생각합니다."

"내 생각에는 바로 그게 밍고트 가가 취하는 견해인 것 같네." 잭슨 씨가 생각에 잠겨서 말했다.

젊은이의 얼굴이 벌겋게 달아올랐다. "제가 굳이 밍고트 가 사람들의 지시를 기다릴 필요는 없었습니다. 그게 말씀하시고자 하는 바라면요. 올렌스카 부인은 불행한 삶을 살았습니다. 그것 때문에 그녀가 배척을 당해서는 안 됩니다."

"여러 가지 소문들이 있다네." 잭슨 씨가 제이니를 힐끗 보며 말을 시작했다.

"아, 저도 알아요. 비서 이야기요." 젊은이가 그의 말을 가로막았다. "말도 안 되는 소리예요, 어머니. 제이니도 다 컸어요. 그녀가 짐승 같은 남편에게서 벗어날 수 있도록 비서가 도와주었다는 말이 있습니다. 아닌가요? 그런데 그가 그렇게 했다 해도 그게 어때서요? 그런 경우에 똑같이 하지 않았을 사람이 우리 중에 한 사람이라도 없길 바랍니다."

잭슨 씨가 어깨 너머를 힐끗 보며 침울한 집사에게 말했다. "혹시…… 그 소스…… 조금만 줘보게, 어쨌든……." 그가 소스를 덜고는 말했다. "그녀가 집을 알아보고 있다는 말을 들었네. 여기서 살 작정인 거지."

"제가 듣기로는 이혼할 생각이라는데요." 제이니가 대담하게 말했다.

"그러면 좋겠군요." 아처가 소리쳤다.

그 말이 순수하고 조용한 아처가 식당 분위기에 포탄처럼 떨어졌다. 아처 부인이 고운 눈썹을 치켜세워 특이한 곡선을 만들어냈다. 그 의미는 "집사가 있으니……"였다. 젊은이 자신도 그런 사적인 문제를 공개적으로 떠드는 것이 고상하지 못한 행동이라는 것을 깨닫고 서둘러 밍고트 노부인을 방문한 이야기로 말을 돌렸다.

저녁식사 후 오랜 관습에 따라 아처 부인과 제이니는 긴 실크 옷자락을 끌고 위층 응접실로 올라가서, 신사들이 아래층에서 담배를 피우는 동안, 무늬가 새겨진 유리등이 달린 카셀 램프[10] 옆에 앉아 젊은 뉴랜드 아처 부인의 응접실에 둘 '예비' 의자를 장식할 들꽃 태피스트리 띠의 양쪽 끝에 수를 놓았다.

응접실에서 이런 의식이 진행되는 동안 아처는 고딕식 서재에서 벽난로 옆에 놓인 안락의자에 잭슨 씨를 앉게 하고는 담배를 건넸다. 잭슨 씨는 안락의자에 만족스럽게 파묻혀서 자신만만하게 담배에 불을 붙이고(담배를 산 사람은 바로 뉴랜드였다) 가늘고 나이 든 두 발목을 석탄불 쪽으로 뻗으며 말했다. "자네는 비서가 단순히 그녀가 도망치도록 도와주기만 했다고 했지. 그런데 그가 일년 후에도 여전히 그녀를 돕고 있었다네. 로잔에서 같이 살고 있는 그들을 만난 사람이 있다네."

뉴랜드의 얼굴이 붉어졌다. "같이 살았다고요? 그렇지만 안 될 이유도 없지 않습니까? 그녀에게 자신의 삶을 바꿀 권리가 없다면 누구에게 그런 권리가 있겠습니까? 남편이 창녀들과 사는 것을 더 좋아하는데도 그녀 나이 때의 여자를 산 채로 묻어버리려는 위선에 신물이 납니다."

그가 말을 멈추고 화가 나서 몸을 돌려 담배에 불을 붙였다. "여자들도 자유로워야 합니다—우리만큼요." 그가 너무 분개한 나머지 그 엄청난 결과들을 측정할 수 없는 말을 선언했다.

실러턴 잭슨 씨가 석탄불에 양쪽 발목을 더 가까이 뻗으면서 야유의 휘파람을 불었다.

"그런데 올렌스키 백작이 자네와 같은 의견을 가진 게 분명하네." 그가 잠깐 말을 멈춘 후 말했다. "자기 아내를 되찾으려고 손가락이라도 까딱했다는 소릴 못 들었으니까."

---

**10** Carcel lamp : 시계태엽 장치에 의해 심지에 석유를 펌프로 공급해주는 램프.

# 6

 그날 저녁, 잭슨 씨가 돌아가고 숙녀들이 사라사 무명 커튼을 친 침실로 물러난 후 뉴랜드는 생각에 잠겨 자기 서재로 올라갔다. 하인이 신경 써서 평상시처럼 난롯불을 계속 지펴두고 램프 심지를 잘라두었다. 책이 줄줄이 꽂혀 있고, 벽난로 선반 위에 청동과 강철로 만든 작은 '검객' 조각상들이 놓여 있으며, 유명한 그림 사진들이 많이 있는 방이 이상하게도 아늑하고 따뜻해 보였다.
 그는 난로 옆의 안락의자에 털썩 앉으면서 메이 웰렌드의 커다란 사진에 시선을 고정시켰다. 두 사람의 연애 초창기에 메이가 준 그 사진은 지금 다른 모든 초상화들을 제치고 탁자 위를 차지하고 있었다. 새삼스럽게 경외심을 느끼면서 그는 자신에게 영혼을 보호받아야 할 아가씨의 솔직한 이마와 진지한 눈, 밝고 순진무구한 입을 바라보았다. 그러자 그가 속하고, 또한 믿는 사회 체제의 그 끔찍한 산물인, 아무것도 모른 채 잔뜩 기대를 품은 젊은 아가씨가 메이 웰렌드의 친근한 모습 속에서 마치 낯선 사람처럼 그를 마주 쳐다보았다. 그는 결혼이 그가 자라며 배웠던 것처럼 안전한 정박지가 아니라 미지의 바다로 나가는 항해라는 사실을 다시 한번 더 확신했다.
 올렌스카 백작부인 사건 때문에 오랫동안 확고하게 자리 잡았던 확신들이 뒤흔들리더니 그의 마음속에서 위험하게 떠다니기 시작했다. "여자들도 자유로워야 합니다―우리만큼요"라는 그 자신의 외침은 존재하지 않는 것으로 간주하기로 모두가 합의한 문제의 뿌리까지 타격을 가했다. '점잖은' 여자들은 아무리 학대를 당하더라도 그가 말한 그런 종류의 자유를 절대 요구하지 않을 것이다. 그래서 자신처럼 관대한 마음을 가진 남자들은―뜨거운 논쟁을 벌일 때―여자들에게 그 자유를 더 기사도적으로 기꺼이 부여할 자세가 되어 있었다. 그런 말뿐인 관대함은 사실 모든 것을 구속하고 사람들을 오래된 방식에 묶어놓는 냉혹한 관습들을 숨기는 기만적인 위장일 뿐이었다. 그러나 그는 만약 자신의 아내가 했다면 그녀에게 교회와 국가의 온갖 격노가 쏟아지기를 빈다 해도 정당화될 수 있는 행위를 약혼녀의 사촌 편에서는 변호해주겠다고 공언했다. 물론 그 딜레마는 순전히 가정에 의한 것이었다. 그가 천박한 폴란드 귀족이 아니었기 때문에 그런 경우 자기 아내에게 어떤 권리가 있을지 따져보는 것은 우스꽝스러운 일이었다. 그러나 뉴랜드 아처는 자신과 메이의 경우에 훨씬 덜 추잡하고 덜 명백한 이유들 때문에 유대 관계가 손상될 수 있다는 사실을 깨닫지 못할 만큼 상상의 세계에 빠져 있지는 않았다. '품위 있는' 남자로서 그녀에게 자신의 과거를 감추는 것은 그의 의무고, 결혼 적령기의 아가씨로서 숨길 과거가 전혀 없어야 하는 것은 그녀의 의무였다. 그렇다면 그와 그녀가 정말로 서로에 대해 무엇을 알 수 있을까? 두 사람 모두에게 영향을 미칠 더 미묘한 어떤 이유 때문에 서로에게 싫증이 나거나, 혹은 서로를 오해한다거나 상대방을 화나게 만들면 어떻게 될까? 그는 친구들의 결혼 생활을―행복하다고 여겨지는 결혼 생활을― 꼼꼼히 살펴보았지만 메이 웰렌드와 영원히 맺게 될 관계로서 자신이 그리고 있던 열정적이고 다정한 동반자 관계에 근소하게라도 일치하는 것을 찾을 수가 없었다. 그런 그림에서는 그녀에게 경험과 다재다능함, 판단의 자유가 있으리라는 전제가 들어 있지만 사실 그녀는 그것들을 절대 가질 수 없도록 주도면밀하게 훈련을 받았다. 오싹하게 불길한 예감이 들면서 그는 자신의 결혼이 주변의 다른 대부분의 결혼과 마찬가지로 한쪽의 무지와 다른 쪽의 위선에 의해 똘똘 뭉쳐진 물질적이고 사회적인 이해관계의 따분한 결합이 될 것을 깨달았다. 그는 부러움을 살 수 있는 이런 이상을 가장 완벽하게 실현한 남편으로 로렌스 레퍼츠를 떠올렸다. 예의범절의 대제사장답게 그는 너무나 완벽하게 자신의 편의에 맞춰서 아내를 만들어냈다. 그래서 그가 다른 남자의 아내들과 뻔질나게 바람을 피우고 다닌다는 사실을 세상 사람들이 다 알고 있을 때에도 그녀는 아무것도 모르는 웃음을 지으며 "로렌스는 정말로 엄격해요"라고 말하며 돌아다녔다. 그리고 줄리어스 보퍼트가 (의심스러운 태생의 '외국인'답게) 뉴욕에서 '딴살림'으로 알려진 짓을 하고 있다는 사실을 그녀가 있는 자리에서 누군가 언급하면, 그녀는 분개하면서 얼굴을 붉히고 시선을 피하는 것으로 알려졌다.

아처는 자신이 래리 레퍼츠 같은 바보가 아니며 메이 또한 불쌍한 거트루드 같은 얼간이가 아니라는 생각으로 스스로를 달래려 했다. 그러나 그 차이는 결국 지성의 차이일 뿐 기준의 차이는 아니었다. 실제로 그들 모두는 일종의 상형문자 세계에서 살았다. 그곳에서는 진실이 말해지거나 행해지거나 심지어는 생각된 적이 없고 임의적인 기호들의 집합에 의해 재현될 뿐이었다. 예를 들면 웰렌드 부인은 아처가 자신에게 딸의 약혼을 보퍼트 무도회에서 발표하도록 압박했던 이유를 정확하게 알았고(또 실제로 그가 그렇게 해주길 기대했지만), 진보된 문명 사회의 사람들이 이제 막 읽기 시작한 책에 나오는 것처럼, 미개한 신부가 비명을 지르며 부모의 천막에서 끌려 나갈 때와 똑같이, 어쩔 수 없이 주저하면서 억지로 따르는 척해야 한다고 느꼈다.

물론 그 결과 이 정교한 신비화 체제의 중심인 젊은 아가씨는 그 솔직함과 자신감 때문에 더욱더 신비스러운 존재로 남게 되었다. 불쌍한 그녀는 사실 숨길 것이 없었기에 솔직했고 무엇을 경계해야 할지 전혀 알지 못했기 때문에 자신감이 있었다. 그리고 이 정도의 준비만 갖춘 채 그녀는 사람들이 '인생의 현실'이라 애매하게 부르는 것 속으로 하룻밤 사이에 뛰어들 예정이었다.

뉴랜드는 진지하지만 평온하게 사랑에 빠져 있었다. 그는 약혼녀의 빛나는 미모와 건강함, 승마술과 우아함, 게임할 때의 기민함과 그의 지도하에 이제 막 커지기 시작한 책과 사상에 대한 조심스러운 관심을 좋아했다. (그녀는 그와 함께 〈국왕 목가〉를 비웃을 정도로 향상되었지만 아직 〈율리시스〉나 〈연을 먹는 사람들〉[1]의 아름다움을 느낄 정도는 아니었다.) 그녀는 솔직하고 충실하며 용감했다. 또한 유머감각이 있었다(그것은 그의 농담에 그녀가 웃어주는 것으로 주로 증명되었다). 그는 그녀의 순진무구하게 응시하는 영혼 깊숙한 곳에 넘치는 감정이 자리 잡고 있어서 그것을 일깨우면 즐거울 것이라고 생각했다. 그러나 그녀에 대해 잠깐 동안 죽 훑어보고 나자 이 모든 솔직함과 순진함이 인위적인 산물일 뿐이라는 생각에 다시 낙담했다. 훈련받지 않은 인간의 본성은 솔직하거나 순진하지 않다. 그것은 본능적인 교활함의 요령과 방어물로 가득했다. 그러자 어머니들과 숙모들, 오래전에 죽은 여자 조상들의 공모에 의해

---

1 모두 알프레드 테니슨의 시. 〈국왕 목가〉는 보수적이고 자족적이라는 비판을 받은 장편 서사시로 아더왕 전설을 주제로 한 1만 200여 행이나 되는 무운시(無韻詩)다.

너무나 교묘하게 만들어진 이런 인위적인 순수함의 창조물에 오히려 그가 짓눌리는 것같이 느꼈다. 그는 그 순수함을 자신이 원했던 것이며, 눈사람처럼 마음 내키는 대로 부숴버릴 수 있는 자기 것이라고 여겼기 때문이었다.

이런 생각에는 약간 진부한 면이 있었다. 그것은 결혼을 코앞에 둔 젊은 남자들이 흔히 갖는 생각이었다. 대개는 그런 생각 후에 양심의 가책과 자기 비하가 뒤따르게 마련이었지만 뉴랜드 아처는 눈곱만큼도 그런 것을 느끼지 않았다. 그는 신부가 자신에게 줄 흠 하나 없는, 눈처럼 깨끗한 삶에 대한 보답으로 신부에게 내놓을 깨끗한 삶이 없다는 사실에 대해 (새커리의 주인공들이 너무나 자주 그를 격분하게 했던 것처럼) 한탄할 수도 없었다. 그는 자신이 그녀처럼 길러졌다면 두 사람이 숲 속의 아이들[2]과 마찬가지로 제대로 길을 찾아낼 수 없었을 것이라는 생각을 떨쳐버릴 수가 없었다. 또한 아무리 열심히 생각해보아도 신부에게는 왜 여러 경험을 해볼 수 있는 자유가 자신과 똑같이 허용되지 않았는지 그럴듯한 어떤 이유도 (즉 자신의 일시적인 기쁨과 남성적인 허영심의 열정과 아무 연관 없는 어떤 이유도) 찾아낼 수가 없었다.

그런 시간이면 그런 생각들이 그의 마음속에 떠오르곤 했다. 그러나 그는 그런 생각이 마음속에서 불편하게 지속되고 정곡을 찔러대는 이유가 공교롭게도 올렌스카 백작부인이 돌아왔기 때문이라는 사실을 깨달았다. 그 결과 약혼한 바로 그 순간 ─ 순수한 생각과 밝은 희망의 순간 ─ 그는 그냥 덮어두고 싶었을 온갖 특별한 문제

---

[2] Babes in the Wood : 영국 시인 사무엘 페피스의 민요 속에 보존된 영국 노퍼크 지방의 유명한 민담. 재산을 차지하고자 고아가 된 조카들을 죽이려고 살인청부업자를 고용한 삼촌에 관한 이야기. 사악한 삼촌 역시 끔찍한 응징을 당한다.

들을 불러일으킨 추문의 소용돌이에 휘말리게 되었다. "빌어먹을 엘런 올렌스카!" 그는 난로 뚜껑을 닫고 옷을 벗으면서 투덜댔다. 그녀의 운명이 자신의 운명과 눈곱만큼이라도 연관되어야 하는 이유를 도무지 알 수가 없었다. 그럼에도 그는 약혼 때문에 어쩔 수 없이 그녀를 옹호해야 하는 위험을 이제야 막 깨닫기 시작했을 뿐이라고 희미하게 느꼈다.

며칠 후에 벼락이 떨어진 것처럼 일이 터졌다.
로벨 밍고트 가는 '정식 만찬'(즉 세 명의 임시 하인과 각 코스별로 두 가지 요리, 중간에 나오는 로마 펀치[3])으로 알려진 행사를 위해 초대장을 보냈다. 낯선 사람을 왕족이나 적어도 왕족의 대사라도 되는 것처럼 환대하는 미국의 관습에 따라 초대장 머리에는 "올렌스카 백작부인과의 만남을 위해"라는 문구가 적혀 있었다.
처음 초대받은 사람조차도 예카테리나 여제의 확고한 통치력을 알아챌 수 있을 정도로 대담하고 까다롭게 초대 손님들이 선별되었다. 로렌스 레퍼츠 부부와 (사랑스러운 미망인) 레퍼츠 러시워스 부인, 해리 솔리 부부와 레기 치버스 부부, 젊은 모리스 대거넷과 (밴 더 라이든 가문 출신인) 그의 부인처럼 유력한 '젊은 부부들' 중에서 상류층이 가장 선호하고 흠잡을 것이 전혀 없는 부부들 외에, 항상 초대받았기 때문에 어디에나 초대받는 셀프리치 메리 부부, 많은 사람이 사귀고 싶어 하는 보퍼트 부부, 실러턴 잭슨 씨와 (오빠가 시키는 대로 어디든지 가는) 그의 누이 소피처럼 언제든지 부를 수 있는 오랜 지인들이 포함되었다. 초대된 사람들 모두 뉴욕

---

[3] 레몬수에 럼주, 달걀 흰자위 거품 등을 섞은 음료.

의 긴 사교철 동안 지칠 줄 모르고 열심히 밤낮으로 함께 즐긴 극소수의 중심 그룹에 속해 있었기 때문에 사실 더할 나위 없이 잘 선별된 것이었다.

마흔여덟 시간 후에 믿을 수 없는 일이 벌어졌다. 보퍼트 부부와 나이 든 잭슨 씨와 그의 누이를 제외하고 모든 사람이 밍고트 가의 초대를 거절했다. 이것이 의도적인 모욕이라는 사실은, 밍고트 가문의 일원인 레기 치버스 부부조차도 모욕을 가한 사람들에 포함되었다는 사실과, 일반적으로 예의상 쓰는 '선약'이 있다는 듣기 좋은 변명 한마디 없이 모두가 '초대를 수락할 수 없어서 유감'이라고 똑같은 말을 써서 보낸 편지 때문에 더욱 강조되었다.

그 당시 뉴욕의 사교계는 규모가 너무 작고 자원도 너무 부족해서 (마차 대여업자와 집사들, 그리고 요리사들을 포함해서) 사교계에 속한 사람은 모두 어느 날 저녁에 사람들이 한가한지 정확하게 알 수밖에 없었다. 그래서 로벨 밍고트 부인의 초대를 받은 사람들은 올렌스카 백작부인을 만나지 않겠다는 자신들의 결심을 잔인할 정도로 분명하게 밝힐 수 있었다.

그런 재난은 예기치 못했던 것이었지만 밍고트 가는 그들 식으로 씩씩하게 대처했다. 로벨 밍고트 부인은 사정을 웰렌드 부인에게 털어놓았고 웰렌드 부인은 그것을 뉴랜드 아처에게 털어놓았다. 이런 모욕에 격분한 그는 열렬하게, 그리고 거의 명령조로 어머니에게 간청했고 그의 어머니는 내적으로는 반발하고 외적으로는 관망하는 태도를 보이며 괴로운 시간을 보낸 후 (항상 그랬듯이) 결국 아들의 요구에 굴복했다. 즉시 그녀는 이전의 주저함 때문에 배가된 열성을 보이며 그가 주장한 명분을 받아들이고, 회색 벨벳 보닛을 쓴 다음 말했다. "가서 루이자 밴 더 라이든을 만나보겠다."

뉴랜드 아처 시절의 뉴욕은 작고 매끄러운 피라미드여서 아직까지는 이 피라미드에 비집고 들어갈 틈이 만들어지거나 밟고 올라갈 발판을 놓은 적이 거의 없었다. 피라미드의 아랫부분에는 아처 부인이 '평민들'이라 부르는 사람들이 단단한 토대를 이루었다. 그들은 (스파이서 가나 레퍼츠 가 또는 잭슨 가의 경우처럼) 유력한 가문의 일원과 결혼함으로써 신분이 상승한, 훌륭하지만 눈에 띄지 않는 대다수의 존경받는 가문이었다. 아처 부인은 사람들이 예전만큼 까다롭게 굴지 않는 것 같다는 말을 입에 달고 살았다. 캐서린 스파이서 노부인이 5번 가의 한쪽 끝에서 군림하고 줄리어스 보퍼트가 다른 한쪽 끝을 지배하는 상황에서는 오랜 전통이 더 지속되기를 바라는 것이 무리였다.

부유하지만 눈에 띄지 않는 이 토대에서 위로 확 좁아지면 그곳에는 밍고트 가와 뉴랜드 가, 치버스 가, 맨슨 가로 실제적으로 대표되는 소수의 유력 집단이 자리 잡고 있었다. 대부분의 사람들은 자신들이 피라미드의 꼭대기라고 생각했지만, 그들 자신은 (적어도 아처 부인 세대의 사람들은) 전문적인 계보학자의 눈으로 보면 훨씬 더 소수의 가문만이 그런 고귀한 자리를 차지할 자격을 주장할 수 있다는 사실을 잘 알았다.

아처 부인은 자식들에게 다음과 같이 말하곤 했다. "요즘 신문들이 뉴욕의 귀족에 대해 떠들어대는 쓰레기 같은 소리는 내 앞에서 벙긋도 하지 말거라. 귀족이 있다면 밍고트 가도 맨슨 가도 아니다. 뉴랜드 가나 치버스 가도 물론 아니지. 우리 조부님들과 증조부님들은 성공을 좇아 식민지로 왔다가 일이 잘 풀리는 바람에 눌러앉은 그저 훌륭한 영국 상인이나 네덜란드 상인에 불과해. 너희 조상 한 분은 독립선언문에 서명하셨고 어떤 조상님은 워싱턴의 참모로 장군이 되셨다가 새러토가 전투⁴가 끝난 후 버고인 장군의 칼을 받으셨다. 이런 사실들은 자랑스럽지만 그렇다고 지위나 계급과는 아무 상관도 없어. 뉴욕은 언제나 상업 위주의 지역 사회였다. 진정한 의미에서 귀족 혈통이라고 할 만한 가문은 뉴욕에 많아야 셋밖에 안 된다."

아처 부인과 그녀의 자식들은 뉴욕의 다른 모든 사람들과 마찬가지로 이 특권층이 누구인지 알았다. 그들은 워싱턴 광장의 대거넷 가와 래닝 가, 그리고 밴 더 라이든 가였다. 대거넷 가는 영국의 유서 깊은 지방 명문가의 후손으로 피트 가와 폭스 가⁵와 친척이었고, 래닝 가는 그라스 백작⁶의 후손들과 여러 번 결혼했다. 그리고 밴 더 라이든 가는 최초의 네덜란드인 맨해튼 지사⁷의 직계 후손이자, 혁명 이전에 프랑스와 영국의 귀족들과 여러 번 혼인을 했다.

래닝 가는 고령이지만 활달한 두 노처녀를 통해서만 명맥을 유지하고 있었다. 그들은 가족의 초상화와 치펀데일⁸ 가구들 속에서 옛날을 회상하며 명랑하게 살았다. 대거넷 가는 대가족으로 볼티모어와 필라델피아의 최고 명문가들과 친척이었다. 그러나 그들 모두보다 훨씬 더 명문가였던 밴 더 라이든 가는 쇠락해서 일종의 우주적

---

4  battle of saratoga : 1777년 9월과 10월에 벌어진 미국 독립 전쟁의 전환점이 된 전투. 현재의 뉴욕 주 올버니 북쪽 약 50km 지점에서 벌어졌으며, 영국의 장군 존 버고인이 호레이쇼 게이츠 장군에게 항복했다.
5  피트 가는 18세기에 두 영국 수상인 윌리엄 대(大) 피트와 윌리엄 소(小) 피트를 배출했다. 찰스 제임스 폭스는 미국 혁명 동안 왕의 정책에 반대한 휘그당 지도자였다.
6  Count de Grasse : 미국 혁명 동안 프랑스 해군 지휘관을 지낸 인물로, 식민지에 대한 그의 지지가 중요한 역할을 했다.
7  Peter Minuit(1580~1638).
8  Chippendale : 프랑스의 로코코 양식을 바탕으로 고딕풍, 중국풍 등 여러 시대, 여러 지역의 양식을 절충한 가구 양식으로 18세기 유럽에서 유행했다.

인 여명기로 접어들었고, 이 무렵에는 헨리 밴 더 라이든 부부 두 사람만이 두각을 나타내고 있었다.

헨리 밴 더 라이든 부인은 루이자 대거넷으로, 그녀의 어머니는 콘월리스[9] 휘하에서 싸웠고 전쟁 후에는 세인트 오스트리 백작의 다섯 번째 딸인 앤젤리카 트리베나와 함께 메릴랜드에 정착한, 유서 깊은 채널 아일랜드 가문의 뒤 락 대령의 손녀였다. 대거넷 가와 메릴랜드의 뒤 락 가, 그리고 두 가문과 친척인 콘월의 귀족 가문 트리베나 가는 항상 긴밀하고 따뜻한 유대 관계를 이어왔다. 밴 더 라이든 부부는 현재 트리베나 가의 수장인 세인트 오스트리 공작을 콘월의 대저택과 글로스터셔의 세인트 오스트리로 찾아가서 오랫동안 머물다 온 적이 한 번 이상 있었다. 그리고 공작 각하는 언젠가는 (대서양을 무서워하는 공작부인을 대동하지 않은 채) 답방을 하겠다는 뜻을 자주 밝혔다.

밴 더 라이든 부부는 메릴랜드에 있는 저택인 트리베나와 허드슨 강변의 영지인 스카이터클리프를 오가며 지냈다. 스카이터클리프는 유명한 초대 지사에게 네덜란드 정부가 하사한 식민지 교부지 중 하나로 그곳에서는 아직도 밴 더 라이든 부부를 '퍼트룬'[10]이라고 불렀다. 메디슨 가에 있는 그들의 장중한 대저택은 문이 열리는 법이 거의 없었고, 그들은 뉴욕에 오면 가장 가까운 친구들만 그곳으로 맞아들였다.

"뉴랜드, 네가 함께 가면 좋겠구나." 그의 어머니가 브라운 쿠페의 문 앞에서 갑자기 발을 멈추고 말했다. "루이자가 널 좋아하잖

---

9  Charles Cornwallis : 영국의 장군이자 정치가. 1781년에 요크타운에서 그가 항복함으로써 혁명의 마지막 주요 전투가 끝났다.
10  Patroon : 구 네덜란드 식민지 시대의 지주.

니. 물론 내가 이런 조치를 취하는 것은 사랑스러운 메이 때문이지만—또한 우리가 다 함께 뭉치지 않으면 상류 사회라는 것 자체가 남아 있지 않을 것이기 때문이기도 하다."

7

 헨리 밴 더 라이든 부인은 사촌인 아처 부인의 말을 조용히 경청했다.

 밴 더 라이든 부인은 항상 말이 없고, 타고난 천성과 교육에 의해 자기 의견을 분명히 밝히지 않는 것으로 알려졌다. 그러나 그녀는 정말로 자기 마음에 드는 사람에게는 매우 친절하게 대했다. 이런 사실들을 스스로 미리 주지해두는 것이 방문객들의 신상에 좋았다. 이런 사실들을 직접 경험해본 사람조차도 임시로 덮개를 벗겨낸 것이 분명한 흰색 수단 안락의자가 놓여 있고, 도금 벽난로 선반 장식과 게인즈버러가 그린 〈앤젤리카 뒤 락 부인〉의 아름답고 오래된 액자에 아직도 얇은 천이 덮여 있으며, 천장이 높고 벽이 하얀 메디슨 가의 응접실에 앉아 있으면, 오싹하게 한기가 드는 것을 피하지 못했기 때문이었다.

 헌팅턴[1]이 그린 (베네치아 포인트[2]로 장식된 검은색 벨벳 옷을 입은) 밴 더 라이든 부인의 초상화가 아름다운 여자 조상의 초상화를 마주하고 있었다. 그것은 "카바넬[3]의 작품만큼 훌륭하다"는 일

---

1 Daniel Huntington(1816~1906) : 19세기 뉴욕 상류층 화가.
2 코바늘 레이스.
3 Alxandre Cabanel(1823~1889) : 19세기 프랑스 사교계에서 활약한 화가. 고전주의

반적인 평을 받았고, 그려진 지 20년이 지났음에도 여전히 실물과 '완벽하게 똑같았다.' 사실 아처 부인의 이야기를 들으며 초상화 밑에 앉아 있는 밴 더 라이든 부인은 녹색 랩[4] 커튼 앞의 금박 안락의자에 기대어 늘어져 있는 아름답고 아직도 젊은 여성의 쌍둥이 자매 같았다. 밴 더 라이든 부인은 사교계에 나갈 때—아니 (그녀가 남의 집에서 식사하는 경우가 없었기 때문에) 오히려 사교계 사람들을 맞이하려고 자기 집 대문을 활짝 열 때면 아직도 베네치아 포인트로 장식된 검은색 벨벳 옷을 입었다. 백발이 되지는 않고 단지 색만 바랜 그녀의 금발 머리는 이마 위에서 여전히 가운데 가르마를 탔고 연한 푸른색 눈 사이를 가르는 곧은 코는 초상화가 그려졌을 때보다 콧구멍 부분이 약간 더 좁아져 있었다. 사실 뉴랜드 아처는 빙하에 갇힌 시체가 죽었는데도 여러 해 동안 장밋빛 생기를 유지하는 것처럼, 그녀가 완벽하게 흠 하나 없는 생활이라는 진공 상태 속에서 다소 소름 끼치게 보존된 것 같다는 느낌을 항상 받곤 했다.

다른 모든 가족들과 마찬가지로 그는 밴 더 라이든 부인을 존경하고 숭배했지만 그녀의 부드럽고 나긋나긋한 상냥함은, 무슨 부탁인지 듣기도 전에 원칙에 따라 "안 돼"라고 말하는 어머니의 고약한 노처녀 숙모들의 엄격함보다 더 접근하기 어렵다는 것을 알았다.

밴 더 라이든 부인은 승낙도 거절도 하지 않고 항상 자비를 베풀 것처럼 보이다가 가는 입술에 희미한 웃음을 지으며 거의 변치 않는 대답을 하곤 했다. "먼저 남편하고 이 문제를 상의해봐야겠어요."

그녀와 밴 더 라이든 씨는 너무나 똑같아서 아처는 40년 동안 밀

---

적 작품으로 역사화·풍속화·초상화를 그려 명성을 떨쳤다.
4 표면이 골지로 됨.

접한 부부 관계를 이어온 후 거의 일심동체가 된 두 사람이, 상의할 거리 정도의 싸울 여지가 거의 없는 어떤 일 때문에 과연 서로 다른 의견을 가질 수 있을까 생각하곤 했다. 그러나 두 사람 모두 반드시 이 불가사의한 비밀회의에 회부하고 나서야 결정을 내렸기 때문에 아처 부인과 아들은 사건의 전말을 말하고 나서 체념하고 그 익숙한 말이 나오기를 기다렸다.

그러나 어느 누구라도 놀라게 하는 법이 거의 없었던 밴 더 라이든 부인이 지금은 하인을 부르는 종의 줄 쪽으로 긴 손을 뻗으면서 그들을 놀라게 했다.

"헨리도 직접 이야기를 듣는 게 좋을 것 같네요." 그녀가 말했다.

하인이 나타나자 그녀가 엄숙하게 덧붙였다. "밴 더 라이든 씨가 신문을 다 읽으셨으면 여기로 와달라고 여쭤주게."

그녀는 "신문을 다 읽었다"는 말을 장관 부인이 "각료 회의 주재를 마쳤다"고 말하는 어조로 말했다―그것은 그녀가 거만한 마음을 가져서가 아니라, 평생 동안의 습관이 몸에 뱄고 친구와 가족들의 태도로 인해 밴 더 라이든 씨의 사소한 몸짓 하나라도 거의 성직자의 행동만큼 의미가 있는 것으로 간주하게 되었기 때문이었다.

그녀의 즉각적인 조치는 이 사건을 아처 부인만큼 긴급한 문제로 간주했다는 것을 보여주었다. 그러나 자신이 앞서서 결정을 내린 것으로 비춰지지 않도록 그녀는 더할 나위 없이 부드러운 표정으로 덧붙였다. "헨리가 항상 애덜린 당신을 만나는 걸 좋아해서요. 그리고 뉴랜드에게 축하인사도 건네고 싶어 할 거예요."

이중 문이 엄숙하게 다시 열리고 그 사이로 헨리 밴 더 라이든이 나타났다. 그는 키가 크고 홀쭉한 몸매에 프록코트를 입고 있었다. 그의 머리는 색 바랜 금발이었고 아내처럼 코가 곧았으며 연한 푸른색 대신 연한 회색 눈에는 똑같이 차가운 상냥함이 담겨 있었다.

밴 더 라이든 씨는 아처 부인에게 사촌끼리의 다정한 인사를 건네고 뉴랜드에게 자기 아내와 똑같은 표현으로 낮게 축하인사를 건넸다. 그러고 나서 통치 군주처럼 자연스럽게 수단 안락의자에 앉았다.

"막《타임스》를 다 읽었소." 그가 긴 손가락 끝을 한데 모으며 말했다. "시내에 있으면 오전에 너무 할 일이 많아서 점심 먹은 후에 신문을 읽는 것이 더 편한 것 같소."

"아, 그렇게 일정을 짜는 것에 대해 많은 이야기가 있죠 ― 사실 에그몬트 숙부님께서 저녁식사 후까지 조간신문을 안 읽는 것이 마음을 덜 동요시킨다고 말씀하시곤 했던 것 같아요." 아처 부인이 맞장구를 쳤다.

"맞아요. 아버지는 서두르는 것을 싫어하셨소. 그러나 지금의 우리는 끊임없이 서두르면서 살고 있소." 밴 더 라이든 씨가 신중한 어조로 말하면서 아처가 보기에 주인의 이미지와 똑같은, 천으로 덮인 큰 방을 생각에 잠겨 기분 좋게 둘러보았다.

"그런데 당신이 신문을 다 읽으셨길 빌어요, 헨리." 그의 아내가 끼어들었다.

"물론이오 ― 물론이오." 그가 아내를 안심시켰다.

"그렇다면 당신이 애덜린 얘기를 들어주면……."

"아, 사실은 뉴랜드 얘기예요." 그의 어머니가 웃으며 로벨 밍고트 부인이 받은 모욕에 관한 끔찍한 이야기를 다시 한번 더 되풀이했다.

"물론 오거스타 웰렌드와 메리 밍고트 모두 특히 뉴랜드의 약혼을 생각해서 당신과 헨리가 반드시 아셔야 한다고 생각하고 있어요." 아처 부인이 말을 끝냈다.

"아……." 밴 더 라이든 씨가 깊이 숨을 쉬었다.

침묵이 흐르는 동안 흰 대리석 벽난로 선반 위의 커다란 금박 시계의 똑딱거리는 바늘 소리가 분시포[5] 소리만큼 크게 들렸다. 스카이터클리프의 완벽한 잔디밭에서 잘 보이지 않는 잡초를 뽑고 밤이면 함께 카드놀이를 하면서 소박하고 조용하게 사는 편이 훨씬 좋았을 텐데, 운명에 의해 억지로 휘두르게 된 먼 조상의 권위의 대변자로서 총독처럼 딱딱하게 나란히 앉아 있는 노쇠하고 가냘픈 두 사람의 모습을 아처는 경외심을 느끼며 찬찬히 살펴보았다.

밴 더 라이든 씨가 먼저 입을 열었다.

"자네는 정말로 이 일이 로렌스 레퍼츠의 어떤—어떤 의도적인 훼방 때문에 일어났다고 생각하나?" 그가 아처에게 몸을 돌리며 물었다.

"그렇다고 확신합니다. 래리가 최근에 평소보다 상당히 더 심한 짓을 벌이고 다녔습니다—제가 그 사실을 언급하는 걸 사촌 루이자께서 괜찮다고 하실지 모르겠지만—자기 동네 우체국장의 아내인지 아니면 그 비슷한 사람과 엄청난 짓을 벌였답니다. 그리고 불쌍한 거트루드 레퍼츠가 뭔가 낌새를 차리기 시작해서 자신이 곤경에 처할까 두려워질 때마다 그는 이런 소동을 일으켜서 자기가 얼마나 도덕적인 사람인지 보여주고, 자신이 원치 않는 사람을 만나도록 아내를 초청하는 일의 무례함에 대해 목청 높여 떠들어댑니다. 그는 올렌스카 부인을 그저 피뢰침으로 이용하고 있습니다. 전에도 똑같은 짓을 꾸미는 것을 자주 보았습니다."

"레퍼츠 부부가……!" 밴 더 라이든 부인이 말했다.

---

[5] 조난 또는 장례식 때 애도의 표시로 1분에 한 번씩 발사되는 대포.

"레퍼츠 부부가……!" 아처 부인도 그 말을 되풀이했다. "누군가의 사회적 지위에 대해 로렌스 레퍼츠가 자기 의견을 떠들어대는 것을 보셨다면 에그몬트 숙부님이 뭐라고 말씀하셨을까요? 그걸 보면 사교계가 어떤 지경에 이르렀는지 알 수 있다니까요."

"아직 그 지경에는 이르지 않았길 바라야지." 밴 더 라이든 씨가 단호하게 말했다.

"아, 당신과 루이자가 더 자주 나와주면 얼마나 좋을까요?" 아처 부인이 한숨을 쉬었다.

그러나 곧 그녀는 자신의 실수를 깨달았다. 밴 더 라이든 부부는 자신들의 은둔 생활을 비난하는 그 어떤 말에 대해서도 병적으로 예민한 반응을 보였다. 그들은 관습의 조정자이자 대법원이었다. 그들은 그것을 알고 있었고 자신들의 운명에 굴복했다. 그러나 소심하고 사교성이 없는 데다 자신들이 맡은 역할을 천성적으로 좋아하지 않았기 때문에 그들은 스카이터클리프의 고적한 숲에서 최대한 오래 지냈다. 그리고 시내로 오더라도 밴 더 라이든 부인의 건강을 구실로 모든 초대를 거부했다.

뉴랜드 아처가 어머니를 구원하려고 나섰다. "뉴욕 사람들은 모두 당신과 루이자가 어떤 의미를 나타내는 존재인지 잘 압니다. 바로 그런 이유 때문에 밍고트 부인은 당신께 상의도 한번 드리지 않은 채, 올렌스카 백작부인에 대한 이런 모욕을 그냥 넘어가서는 안 된다고 느끼고 계십니다."

밴 더 라이든 부인이 남편을 힐끗 쳐다보자 그도 그녀를 쳐다보았다.

"내 마음에 안 드는 원칙이군." 밴 더 라이든 씨가 말했다. "유력한 가문의 일원이 그 가문의 지지를 받는 한 그것은—확정적인 것으로 간주되어야 하는 법이지."

"제 생각에도 그래요." 마치 새로운 생각을 내놓기라도 하는 것처럼 그의 아내가 맞장구를 쳤다.

밴 더 라이든 씨가 말을 이었다. "상황이 그런 지경에 이르렀다는 게 이해가 안 되는군." 그가 말을 멈추고 다시 아내를 바라보았다. "여보, 올렌스카 백작부인은—메도라 맨슨의 첫 남편을 통해 이미 어느 정도는 친척이나 다름없다는 생각이 들었소. 어쨌든 뉴랜드가 결혼하면 친척이 될 것이고." 그가 젊은이에게 몸을 돌렸다. "오늘 아침 《타임스》를 읽어보았는가, 뉴랜드?"

"아, 네." 대개 아침에 커피를 마시면서 신문 여섯 개를 대충 훑어보는 아처가 대답했다.

남편과 아내가 다시 서로를 쳐다보았다. 그들의 연한 눈빛이 서로 엉켜서 오랫동안 진지하게 상의를 했다. 그러다가 밴 더 라이든 부인의 얼굴에 희미한 웃음이 스치고 지나갔다. 그녀가 눈빛의 의미를 알아차리고 동의한 것이 분명했다.

밴 더 라이든 씨가 아처 부인 쪽으로 몸을 돌렸다. "루이자의 건강이 밖에 나가서 식사를 해도 괜찮을 정도로 좋다면, 저녁식사에 집사람과 내가 로렌스 레퍼츠 부부의 자리를—어—대신 채우고 싶다고 로벨 밍고트 부인에게 전해주길 바라오." 그는 이 말에 들어 있는 풍자가 충분히 전달되도록 잠시 말을 멈췄다.

"아시다시피 이런 일은 있을 수 없어요." 아처 부인의 목소리에는 공감하며 찬성하는 기색이 역력했다.

"하지만 뉴랜드가 오늘 아침 《타임스》를 읽었다고 하니 루이자의 친척인 세인트 오스트리 공작이 다음 주에 러시아호를 타고 도착한다는 기사를 읽었을 거요. 내년 여름에 열리는 국제 경기에 새

슬루프[6] 기니비어를 출전시키고 트리베나에서 들오리 사냥도 조금 하러 오시는 거지." 밴 더 라이든 씨가 다시 말을 멈췄다가 더욱 호의적으로 말을 계속했다. "그분을 모시고 메릴랜드로 가기 전에 여기서 친구 몇 사람을 초대해서 그분을 뵙도록 할 예정이오—그냥 조촐한 저녁식사 자리지—환영회는 나중에 할 거요. 올렌스카 백작부인이 우리 초대 손님에 자신을 포함시키게 해준다면 루이자도 나만큼 기뻐하리라 확신하오." 그가 자리에서 일어나서 사촌을 향해 뻣뻣하지만 친근하게 그의 긴 몸을 구부리고 덧붙였다. "내 생각에는 루이자가 곧 나가서 우리 초대장과 함께—물론 우리 초대장과 함께 말이오—만찬 초대의 뜻을 직접 남기고 올 것 같소."

아처 부인은 이것을 계속 기다려주는 법이 절대 없는 17핸드[7] 길이의 갈색 말들이 현관에 와 있다는 암시라는 것을 깨닫고 서둘러 감사의 말을 중얼거리며 일어섰다. 밴 더 라이든 부인은 아하수에로 왕을 설득한 에스더[8]처럼 아처 부인에게 환한 웃음을 지었지만 그녀의 남편은 손을 내저었다.

"애딜린, 내게 전혀 고마워할 것 없소. 전혀 없소. 뉴욕에서 이런 일은 절대 일어나서는 안 되지. 내가 도울 수 있는 한은 그렇게 안 될 거요." 그가 친척들을 문 쪽으로 이끌면서 군주처럼 상냥하게 선언했다.

두 시간 후 밴 더 라이든 부인이 일년 내내 외출할 때 타고 다니는 멋진 C-스프링 사륜 포장마차[9]가 밍고트 저택 현관 앞에 멈춰

---

6  돛대가 하나인 범선.
7  1핸드는 4인치에 해당하는 측정 단위.
8  성서의 〈에스더서〉에서 유대인인 왕비 에스더가 남편을 설득해서 유대인 학살을 멈추게 한다.

서서 커다란 사각 봉투를 전했다는 소식이 모두에게 알려졌다. 그리고 그날 저녁 오페라하우스에서 실러턴 잭슨 씨는 봉투 안에 밴더 라이든 부부가 다음 주에 사촌인 세인트 오스트리 공작을 위해 개최하는 만찬에 올렌스카 백작부인을 청하는 초대장이 들어 있었다고 전했다.

 클럽박스석에 있던 몇몇 젊은 사람들은 이 발표에 웃음을 주고받으며 로렌스 레퍼츠를 곁눈질로 힐끔거렸다. 그는 박스석 앞쪽에 무심하게 앉아서 긴 금발의 콧수염을 쓰다듬으며 소프라노가 잠깐 노래를 멈춘 동안 "파티[10]가 아니면 어느 누구도 〈몽유병의 여인〉[11]을 부르겠다고 나서면 안 되지"라고 권위 있게 말했다.

---

9 1875년에 만들어진 마차로 대문자 C 형태의 강철 스프링이 달려 있다.
10 Adelina Patti(1843~1913) : 스페인의 소프라노로 19세기 최고의 소프라노로 일컬어진다. 넓은 음역, 순수한 음질 등이 뛰어났으며 연기도 뛰어났는데 특히 코미디에서 큰 성공을 거두었다.
11 La Sonnambula : 빈첸초 벨리니의 벨 칸토 오페라로 19세기의 주요 레퍼토리였다. 시인과 몽유병자 이야기로 꾸며진 단막 발레.

# 8

올렌스카 백작부인의 미모가 "한물갔다"는 것에 대해서는 대부분의 사람들이 공감했다.

뉴랜드 아처가 어렸을 때, 아홉 살이나 열 살가량의 눈부시게 예쁜 꼬마로 그녀가 처음 그곳에 나타났을 때만 해도 사람들은 그녀의 모습을 "초상화로 남겨야 한다"고 입을 모았다. 그녀는 대륙을 떠돌아다닌 부모를 따라 이리저리 돌아다니며 어린 시절을 보냈고 양친을 모두 잃은 후에는, 자신도 떠돌아다니다 '정착하려고' 뉴욕에 돌아가려던 메도라 맨슨에게 맡겨졌다.

두 번 되풀이해서 과부가 된 불쌍한 메도라는 항상 (매번 더 싼 집에) 정착하러 고향으로 돌아오면서 새 남편이나 입양한 아이를 데려왔다. 그러나 몇 달 후면 어김없이 남편과 헤어지거나 보호 중인 아이와 다투고는 손해를 보면서 집을 팔아치우고 다시 방랑길에 올랐다. 그녀의 어머니가 러시워스 가 사람이었고 두 번째 불행한 결혼 상대자가 미친 치버스 가 사람이었기 때문에 뉴욕은 그녀의 기벽을 관대하게 보아주었다. 그러나 그녀가 고아가 된 어린 조카를 데리고 돌아왔을 때, 엘런의 부모가 유감스러운 방랑벽이 있었는데도 인기가 있었기 때문에 사람들은 예쁜 꼬마가 그런 사람의 손에 맡겨진 것을 안됐다고 여겼다.

모든 사람이 어린 엘런 밍고트에게 잘해주고 싶어 했다. 그러나 그녀의 거무스름한 붉은 뺨과 곱슬머리는 부모를 위해 계속 상복을 입고 있어야 마땅한 꼬마에게는 적절치 않은 쾌활한 분위기를 만들어냈다. 그것은 미국인의 애도 예법을 규정하는 불변의 규칙들을 조롱하는, 잘못된 가르침을 받은 메도라가 저지른 수많은 기행 중 하나였다. 그리고 그녀가 증기선에서 내려왔을 때 가족들은 그녀가 오빠를 위해 쓴 검은 크레이프 베일이 올케들의 것보다 7인치나 짧고, 어린 엘런이 집시 고아처럼 진홍색 메리노 옷에 호박 목걸이를 건 모습에 분개했다.

그러나 뉴욕은 이미 오래전에 메도라를 포기했기 때문에 몇몇 노부인들만이 엘런의 화려한 옷차림에 고개를 절레절레 흔들었을 뿐 다른 친척들은 그녀의 좋은 혈색과 밝은 성품에 반해버렸다. 그녀는 겁이 없고 스스럼이 없는 꼬마였다. 당황스러운 질문을 던지고 조숙한 말을 했으며 스페인 숄 춤을 추거나 기타에 맞춰 나폴리 연가를 부르는 등 이국적인 재주를 지니고 있었다. 이모[1](메도라의 진짜 이름은 솔리 치버스 부인이지만 교황의 작위를 받은 첫 남편의 성을 다시 써서 자신을 맨슨 후작부인이라고 불렀다. 이탈리아에서는 그것을 만초니[2]로 바꿀 수 있었기 때문이었다)의 지도 아래 어린 소녀는 사치스럽지만 일관성 없는 교육을 받았다. 이런 교육에는 이전에는 꿈도 꿀 수 없었던 일인 '모델을 직접 보며' 그림을 그리거나 전문 음악가들과 함께 오중주단에서 피아노를 치는 것이 포함되었다.

---

1 이 책에서는 'Aunt Medora'를 '메도라 이모'로 번역했다.
2 Alessandro Manzoni(1785~1873) : 19세기의 유명한 이탈리아 소설가. 이탈리아 낭만주의 최대의 작가로, 역사소설 《약혼자》는 이탈리아 근대소설의 선구가 되었다.

물론 여기서 좋은 결과가 나올 수 없었다. 몇 년 후 불쌍한 치버스가 정신병원에서 세상을 떠나자 (이상한 상복을 휘감은) 그의 미망인은 눈에 띄는 눈매에 키가 크고 깡마른 소녀로 성장한 엘런과 함께 다시 길을 떠났다. 얼마 동안 두 사람에 대한 소식을 들을 수가 없었다. 그러다가 엘런이 튈르리 궁전에서 열린 무도회에서 전설적인 명성을 지닌 엄청나게 부유한 폴란드 귀족을 만나 결혼한다는 소식이 들려왔다. 그에게는 파리와 니스, 피렌체에 대저택이 있고 카우스[3]에는 요트가 있으며 트란실바니아에는 몇 제곱마일의 사냥터가 있다고 전해졌다. 그녀는 용이 유황 냄새를 풍기며 승천한 것처럼 사라졌다. 몇 년 후 메도라가 다시 뉴욕으로 돌아와서 차분해지고 가난한 상태로 세 번째 남편을 애도하며 훨씬 더 작은 집을 구하러 다니자 사람들은 부자 조카가 그녀를 위해 아무 도움도 주지 못했다는 사실에 의아해했다. 그러다가 엘런 자신의 결혼이 불행하게 끝나서 가족들 속에서 휴식을 취하고 지난 일을 잊으러 고향으로 돌아올 것이라는 소식이 전해졌다.

일주일 후 중대한 만찬이 벌어진 저녁에 밴 더 라이든 가의 응접실에 올렌스카 백작부인이 들어오는 모습을 보자 뉴랜드 아처의 마음속에 이런 일들이 스쳐 지나갔다. 이 일은 중대했고 그는 그녀가 어떻게 대처해나갈지 약간 걱정이 되었다. 그녀는 조금 늦게 한 손에는 아직 장갑을 끼지도 못한 채 손목에 팔찌를 채우면서 왔다. 그러나 그녀는 약간 기가 죽을 정도로 뉴욕에서 엄선된 손님들이 모여 있는 응접실로 서두르거나 난처한 기색도 없이 들어왔다.

방 한가운데 그녀가 멈춰 서서 입은 엄숙하게 다물고 눈으로는

---

[3] 영국 해협 와이트 섬에 있는 요트 항구.

웃으며 주변을 둘러보았다. 바로 그 순간 뉴랜드 아처는 그녀의 외모에 대한 사람들의 평을 부정했다. 이전의 빛나던 모습이 사라진 것은 사실이었다. 붉은 뺨은 창백해졌고, 마르고 초췌했으며, 틀림없이 서른에 가까운 실제 나이보다 약간 더 나이 들어 보였다. 그러나 그녀에게는 아름다움의 신비스러운 권위가 있었다. 머리를 든 자세에는 자신감이 배어 있었고, 눈을 움직이는 모습은 조금도 부자연스럽지 않고 고도로 훈련된 것이며 의식적인 힘으로 가득 차 있다는 인상을 그에게 주었다. 동시에 그녀의 태도는 그 자리에 참석한 대부분의 숙녀들보다 더 꾸밈이 없었다. (나중에 제이니에게 들은 바로는) 그녀의 차림새가 더 '세련되지' 않은 것에 실망한 사람이 많았다―뉴욕이 가장 중요하게 생각하는 것이 '세련됨'이었기 때문이다. 그것은 어쩌면 그녀에게서 어린 시절의 생기가 사라졌기 때문일 것이라고 아처는 생각했다. 그녀가 너무 조용했기 때문이다. 몸짓과 목소리, 나직한 말투 모두 조용했다. 뉴욕은 파란만장한 삶을 살아온 젊은 여성에게서 훨씬 더 요란한 것을 기대했다.

만찬을 드는 일은 약간 무시무시했다. 밴 더 라이든 부부와 만찬을 한다는 것만으로도 결코 가벼운 문제가 아닌데 그곳에서 그들의 사촌인 공작과 만찬을 하는 것은 거의 종교적인 엄숙한 행사나 다름없었다. 아처는 옛 뉴욕 사람들만이 그냥 공작인 것과 밴 더 라이든 가의 공작인 것이 (뉴욕 사람들에게) 드러내는 미묘한 차이를 감지할 수 있다는 생각을 하며 재미있어했다. 뉴욕은 이따금 찾아오는 귀족들을 온화하게 맞이했고, (스트러더스 가 부류는 그렇지 않았지만) 심지어는 어느 정도는 의심스러운 눈초리로 거만하게 대하기도 했다. 그러나 그들이 밴 더 라이든 가 같은 명확한 자격 증명 근거를 제시하면 옛 방식으로 정중한 대접을 받았다. 그들이 그런 대접을 받는 이유를 단순히 자신들이 디브렛[4]에 올라 있기 때문이라고 생각한다면 그것은 대단히 잘못된 생각이었다. 바로 그런 구분 때문에 아처는 자신이 속한 옛 뉴욕에 냉소를 금치 못하면서도 그것을 소중히 여겼다.

밴 더 라이든 부부는 이 행사의 중요성을 강조하려고 최선을 다했다. 뒤 락 가의 세브르 자기[5]와 트리베나의 조지 2세 접시[6]가 나왔다. 밴 더 라이든 가의 "로스토프트"(동인도회사)[7]와 대거닛 가의 크라운 더비 자기[8]도 나왔다. 밴 더 라이든 부인은 그 어느 때보다 카바넬의 그림처럼 보였고 할머니에게 물려받은 작은 진주와 에메랄드로 치장한 아처 부인은 아들에게 이자베이[9]의 세밀화를 연상시켰다. 숙녀들은 모두 자신들이 가진 것 중에서 제일 좋은 보석으로 치장을 했지만 보석이 대부분 다소 무거운 구식 세팅이었다는 점이 그 집과 행사의 특징이었다. 설득을 받고 참석한 노처녀 래닝 양은 사실 어머니의 카메오들로 치장하고 스페인산 금색 숄을 두르고 있었다.

만찬석상에서 올렌스카 백작부인이 유일하게 젊은 여성이었다. 그러나 다이아몬드 목걸이와 높이 솟은 타조 깃털들 사이로 반질반질하고 살진 나이 든 얼굴들을 훑어보다가 아처는 이상하게도 그 얼굴들이 오히려 그녀의 얼굴에 비해 미숙해 보인다는 인상을 받았다. 그는 무엇이 그녀와 같은 눈빛을 만들어냈을까 생각하면서 오

---

4 《디브렛 귀족 연감》. 중요한 영국 귀족 인명부.
5 프랑스산 고급 자기.
6 이전 세기에 만들어진 무거운 은접시.
7 유럽과 미국 시장을 겨냥해서 중국에서 만들어진 중국의 수출용 도자기.
8 18세기 중반부터 19세기 중반까지 영국에서 만들어진 최고의 도자기.
9 Jean-Baptiste Isabey(1767~1855) : 주로 세밀화를 그린 프랑스의 화가.

싹함을 느꼈다.

안주인의 오른쪽에 앉은 세인트 오스트리 공작이 당연히 그날 저녁의 주빈이었다. 그러나 올렌스카 백작부인이 기대보다 덜 눈에 띄었다면 공작은 거의 보이지 않았다. 점잖은 사람이었기 때문에 그는 (최근에 방문한 또 다른 공작처럼) 사냥 복장을 한 채 만찬에 오진 않았다. 그러나 그의 야회복은 너무나 초라하고 후줄근했다. 그가 너무 세련되지 못한 모습으로 야회복을 입고 있었기 때문에 (구부정하게 앉은 모습과 덥수룩한 수염이 그의 셔츠 앞섶을 가린 모습과 함께) 만찬에 어울리는 복장을 갖춰 입었다는 인상을 거의 주지 못했다. 그는 키가 작고 등이 굽은 데다 햇볕에 그을렸고 뭉툭한 코에 눈이 작았으며 상냥한 웃음을 지었다. 그러나 말을 거의 하지 않았고 말을 할 때면 목소리가 너무 낮아서 그의 말을 기대하며 테이블 주변에 자주 침묵이 흘렀는데도 그의 말은 옆에 앉은 사람들에게만 겨우 들렸다.

만찬 후에 남자들이 숙녀들과 합류했을 때 공작은 곧장 올렌스카 백작부인에게로 갔다. 두 사람은 구석에 앉아 활발하게 이야기를 나눴다. 공작은 먼저 로벨 밍고트 부인과 헤들리 치버스 부인에게 인사를 드렸어야 했고, 백작부인은 자신을 만나려고 1월부터 4월 사이에는 집 밖에서 식사를 하지 않는다는 철칙을 깬 다정한 우울증 환자 워싱턴 광장의 어번 대거넷 씨와 이야기를 나눴어야 한다는 사실을 두 사람 모두 전혀 모르는 것 같았다. 두 사람은 거의 20분 동안 서로 이야기를 나눴다. 그러다가 백작부인이 일어나 혼자 넓은 응접실을 가로질러 걸어 와서 뉴랜드 아처의 옆에 앉았다.

숙녀가 다른 신사와 어울리려고 같이 있던 신사를 남겨둔 채 일어서서 걸어가버리는 것은 뉴욕의 응접실에서는 관례에 어긋나는 일이었다. 예법에 의하면 숙녀는 자신과 이야기를 나누고 싶어 하는 신사들이 서로 잇달아 곁에 올 때까지 인형처럼 꼼짝하지 않고 기다려야 했다. 그러나 백작부인은 자신이 그런 규칙을 깨뜨렸다는 사실을 깨닫지 못하는 것이 분명했다. 그녀는 아처 옆의 소파 한쪽에 너무나 편하게 앉아서 매우 다정하게 그를 쳐다보았다.

"메이에 대해 나한테 얘기해봐요." 그녀가 말했다.

그녀에게 대답하는 대신 그가 물었다. "공작님과 전부터 아는 사이였습니까?"

"아, 네……. 니스에서 해마다 겨울이면 그분을 뵙곤 했죠. 도박을 굉장히 좋아하시거든요―도박장에 상당히 자주 가시곤 했죠." 그녀는 "그분은 야생화를 좋아해요"라고 말하듯이 너무나 무심하게 말했다. 그리고 잠시 후 그녀가 솔직하게 덧붙였다. "제가 지금까지 만나 본 사람 중에서 제일 재미없는 것 같아요."

이 말이 너무 우스워서 아처는 그녀가 앞서 한 말에 받은 가벼운 충격을 잊어버렸다. 밴 더 라이든 가의 공작을 재미없다고 생각하고 그런 의견을 대담하게 내뱉는 숙녀를 만나는 것은 더할 나위 없이 신나는 일이었다. 그는 그녀가 무심하게 던진 말을 통해 잠깐 동안 너무나 선명하게 들여다본 그 삶에 대해 그녀에게 묻고, 더 많이 듣고 싶었다. 그러나 그는 괴로운 기억을 건드리지 않을까 두려웠다. 그가 무슨 말을 해야 할지 우물쭈물하고 있을 때 그녀는 원래의 주제로 되돌아갔다.

"메이는 정말 사랑스러운 애예요. 뉴욕에서 그렇게 예쁘고 똑똑한 아가씨를 본 적이 없어요. 그 애를 정말 많이 사랑하나요?"

뉴랜드 아처는 얼굴을 붉히며 웃었다. "남자가 사랑할 수 있는 한 최대한으로요."

그가 한 말의 의미를 하나도 놓치지 않으려는 듯이 그녀가 그를 계속해서 곰곰이 뜯어보았다. "그렇다면 한계가 있다고 생각하나요?"

"사랑하는 데요? 한계가 있다 해도 저는 아직 그것을 발견하지 못했습니다!"

그녀의 얼굴이 동감한다는 듯이 환하게 밝아졌다. "아―정말로 진짜 로맨스인가요?"

"로맨스 중에서도 가장 로맨틱하죠!"

"정말 잘된 일이네요. 그리고 그것을 당신네 두 사람 힘으로 찾아낸 거죠―누가 미리 정해놓은 것은 절대 아니죠?"

아처가 믿을 수 없다는 듯이 그녀를 쳐다보았다. "우리 나라 사람들은 자기 결혼을 다른 사람이 대신 정해주는 것을 절대 용납하지 않는다는 사실을 잊었습니까?" 그가 웃으며 물었다.

그녀의 뺨이 새빨개지는 것을 보고 그는 즉시 자기가 한 말을 후회했다.

"그래요. 잊고 있었어요. 제가 때때로 이런 실수를 하더라도 용서해줘요. 이곳에서는 모든 것이 좋다는 사실을 항상 잊어먹곤 해요―내가 온 곳에서는 모든 것이 나빴거든요." 그녀가 독수리 깃털로 만든 비엔나식 부채를 내려다보았다. 그때 그녀의 입술이 떨리는 것이 보였다.

"정말 죄송합니다." 그가 자기도 모르게 말했다. "그렇지만 이곳에는 친구들이 함께 있잖아요."

"그래요―알아요. 어디를 가건 그런 느낌이 들어요. 바로 그 때문에 고향으로 온 거예요. 다른 모든 것을 잊어버리고 밍고트 가와 웰렌드 가, 당신과 당신의 유쾌한 어머니, 그리고 오늘 밤 여기에 와 있는 다른 모든 좋은 사람들처럼 다시 완전한 미국인이 되고 싶어요. 아, 이제 메이가 도착했네요. 그녀에게 서둘러 가고 싶겠죠." 그녀가 몸을 움직이지 않은 채 덧붙였다. 그녀의 시선이 문에서 다시 젊은이의 얼굴로 돌아왔다.

응접실은 만찬 후에 온 손님들로 가득 차기 시작했다. 올렌스카 부인의 시선을 따라 쳐다보던 아처는 메이 웰렌드가 어머니와 함께 들어서는 모습을 보았다. 흰색과 은색의 드레스를 입고 머리에 은색 화환을 쓴 키 큰 아가씨는 사냥하다 막 말에서 내려온 다이애나[10] 여신처럼 보였다.

"아, 경쟁자가 너무 많네요. 그녀가 벌써 사람들로 둘러싸여 있는 게 보이죠. 공작님이 소개를 받는군요." 아처가 말했다.

"그렇다면 나랑 조금만 더 있어줘요." 올렌스카 부인이 나지막하게 말하며 깃털 달린 부채로 그의 무릎을 가볍게 쳤다. 그것은 매우 가벼운 접촉이었지만 손으로 만지기라도 한 것처럼 그를 전율하게 만들었다.

"네, 같이 있게 해주세요." 그는 자기가 무슨 말을 하는지 거의 깨닫지 못한 채 똑같이 나지막하게 대답했다. 바로 그때 밴 더 라이든 씨가 나이 든 어번 대거넷을 대동하고 다가왔다. 백작부인이 정중하게 웃으며 그들에게 인사했고 아처는 질책하는 듯한 주인의 시선을 느끼며 일어서서 자리를 양보했다.

올렌스카 부인이 그에게 작별을 고하듯이 손을 내밀었다.

"그러면 내일 다섯 시 이후에 — 기다리고 있을게요." 그녀가 이렇게 말한 다음 대거넷 씨에게 자리를 만들어주려고 몸을 돌렸다.

"내일……." 약속을 정한 적도 없었고 이야기를 나누는 동안 그

---

10 Diana : 로마 신화에 나오는 사냥과 처녀의 여신. 그리스 신화의 아르테미스와 동일시된다.

녀가 그를 다시 만나고 싶다는 암시를 준 적도 없었지만 아처는 계속 그 말을 혼자 되풀이했다.

그는 자리를 떠나면서 큰 키에 눈이 부시게 차려입은 로렌스 레퍼츠가 소개를 받으러 아내를 이끌고 가는 모습을 보았다. 거트루드 레퍼츠가 백작부인에게 눈치 없이 환하게 웃으며 말하는 소리가 들려왔다. "그런데 우리가 어렸을 때 함께 무용학교에 다녔던 것 같아요……." 레퍼츠 부인 뒤로 백작부인에게 인사를 하려고 차례를 기다리는 사람들 중에서 아처는 로벨 밍고트 부인 댁에서 백작부인을 만나길 거절했던 고집스러운 부부들을 다수 보았다. 아처 부인의 말처럼 밴 더 라이든 부부는 마음만 먹으면 어떻게 본때를 보여줘야 하는지 잘 알고 있었다. 놀라운 점은 그들이 마음먹는 경우가 드물다는 것이었다.

누군가가 아처의 팔을 가볍게 만졌다. 밴 더 라이든 부인이 검은색 벨벳 드레스에 가문의 다이아몬드를 걸친 너무나 고귀한 모습으로 그를 내려다보고 있었다. "친애하는 뉴랜드, 올렌스카 부인에게 그렇게 관대하게 관심을 쏟아주다니 정말 자상도 하지. 내가 헨리에게 당신을 반드시 구해줘야 한다고 말했다네."

그는 그녀에게 건성으로 웃었고 그녀는 그의 타고난 수줍음을 감싸주듯이 덧붙였다. "메이가 지금처럼 아름다운 걸 본 적이 없네. 공작님도 메이가 이 방에서 제일 예쁜 아가씨라고 하시더군."

# 9

올렌스카 공작부인은 "다섯 시 이후"라고 말했다. 그 시간에서 30분이 지난 후 뉴랜드 아처는 약한 주철 발코니를 거대한 등나무가 칭칭 감고, 칠이 벗겨져나간 회반죽 집의 초인종을 울렸다. 그녀는 웨스트 23번 가의 맨 아래쪽에 있는 그 집을 떠돌이 메도라에게 빌렸다.

그곳은 분명히 자리 잡고 살기에는 이상한 거리였다. 소규모 양재사들과 새 박제사들, 그리고 '글 쓰는 사람들'이 그녀와 가장 가까운 이웃들이었다. 그리고 울퉁불퉁한 자갈길 아래쪽 멀리 포장도로 끝에는 아처가 이따금씩 마주치곤 했던 작가이자 신문기자인 윈셋이 자기 집이라고 알려줬던 허름한 목조주택이 보였다. 윈셋은 자기 집으로 사람들을 초대하진 않았지만 저녁에 산책하던 도중 아처에게 자기 집을 알려준 적이 있었다. 아처는 살짝 몸서리를 치면서 다른 대도시에서도 사람들이 그렇게 초라한 곳에서 사는지 궁금해했다.

올렌스카 부인의 집도 창틀 주변에 페인트가 약간 더 칠해졌다는 것만 제외하고는 다를 바가 없어 보였다. 수수한 집 앞쪽으로 향하면서 아처는 폴란드인 백작이 그녀의 환상뿐 아니라 재산도 빼앗아 간 것이 틀림없다고 생각했다.

아처는 그날 하루 종일 불만스러웠다. 그는 웰렌드 가에서 점심을 먹고 나서 메이와 공원으로 산책을 나가고 싶었다. 그는 그녀와 단둘이 시간을 보내면서 그 전날 밤 그녀의 모습이 얼마나 매혹적이었으며 그녀가 얼마나 자랑스러웠는지 말해주고 그녀에게 결혼을 서두르자고 조르고 싶었다. 그러나 웰렌드 부인은 가족들을 방문하는 일이 아직 반도 안 끝났다는 사실을 그에게 단단히 상기시켰다. 그가 결혼 날짜를 앞당기고 싶다는 뜻을 비추자 그녀는 나무라는 듯 눈썹을 찡그리며 한숨을 내쉬었다. "모든 것을 열두 개씩 열두 벌 장만해야 하네―손수 수를 놓아서 말일세."

가족용 사륜마차에 끼여 타고 그들은 친척 집들을 서둘러 돌아다녔다. 오후 방문을 마친 후 아처는 자신이 교묘하게 덫에 빠진 야생 동물처럼 다른 사람들에게 구경거리가 된 것 같다고 느끼면서 약혼녀와 헤어졌다. 아처는 단순하고 자연스럽게 가족 의식을 드러낸 그들의 행동을 자신이 인류학 책들을 읽었기 때문에 그렇게 조잡한 시각에서 바라보았다고 생각했다. 그러나 웰렌드 부부가 다음 가을까지는 결혼식을 올려줄 마음이 없다는 사실을 떠올리고 그때까지 자신의 삶이 어떨지 그려보자 기분이 울적해졌다.

"내일은 치버스 가와 댈러스 가에 갈 걸세." 웰렌드 부인이 그의 뒤에 대고 소리쳤다. 그는 그녀가 알파벳 순서대로 두 가문을 방문할 예정이고, 그 두 가문은 알파벳의 처음 4분의 1에 속해 있다는 사실을 깨달았다.

그는 그날 오후 자신을 방문해달라는 올렌스카 백작부인의 요청―오히려 그녀의 명령―에 대해 메이에게 말할 작정이었다. 그러나 메이와 단둘이 있게 된 짧은 시간 동안 그에게는 더 중요한 할 말들이 있었다. 게다가 그 일을 언급한다는 것이 조금 우스꽝스러울 것 같다는 생각이 들었다. 자신의 사촌에게 친절하게 대해주기를 메이가 어느 누구보다 간절히 바라고 있다는 사실을 그는 잘 알았다. 그들의 약혼 발표를 서둘렀던 것도 바로 그 바람 때문이 아니었던가? 백작부인이 돌아오지 않았더라면 자신이 여전히 자유로운 몸은 아니었을지 몰라도 어쩌면 적어도 되돌이킬 수 없을 정도로 서약에 묶인 상태가 되지는 않았을 것이라는 생각을 하면서 그는 이상한 기분이 들었다. 그러나 메이가 그렇게 하도록 결정했고 자신은 그 이상의 책임을 덜게 되었다고 생각했다―그러므로 그가 원한다면 메이에게 말하지 않고 마음대로 그녀의 사촌을 방문해도 될 것 같았다.

올렌스카 백작부인의 문간에 섰을 때 그에게 맨 먼저 든 감정은 호기심이었다. 그는 자신에게 찾아오라고 청하던 그녀의 어조 때문에 당혹스러웠다. 그는 그녀가 보기보다 덜 단순하다고 결론을 내렸다.

화려한 목도리 아래로 가슴이 크고, 외국인처럼 보이는 가무잡잡한 하녀가 현관문을 열어줬다. 그는 그녀가 시칠리아인일 거라고 막연하게 추측했다. 그녀는 하얀 이를 전부 드러내고 웃으며 그를 맞아주었고, 그의 질문에 못 알아듣는다는 의미로 고개를 저으며 좁은 복도를 지나 벽난로를 피워둔 낮은 응접실로 그를 안내했다. 방은 비어 있었고 하녀는 상당한 시간 동안 그를 혼자 남겨두었다. 그는 그녀가 주인을 찾으러 갔는지, 아니면 그가 그곳에 온 이유를 잘못 알고 그를 시계태엽을 감으러 온 사람이라고 생각한 것은 아닐까―눈에 띄는 유일한 시계가 멈춰 있는 것이 보였다―이런저런 추측을 했다. 그는 남쪽에 사는 종족들[1]이 몸짓언어로 서로 의사소통을 한다는 사실을 알고 있었지만 그녀가 어깨를 으쓱하고 웃음을 짓는 것이 무슨 뜻인지 알 수가 없어서 기분이 나빴다. 마침내 하녀가 램프를 들고 돌아왔다. 아처는 그동안 단테와 페트라르카의 작품에 나오는 구절을 짜맞춰놓았기 때문에 하녀에게 이탈리아어로 대답을 얻어냈다. "주인 마님은 외출하셨어요—그렇지만 곧 만나 볼 수 있을 거예요."[2]

그사이 램프 덕에 그는 지금까지 알았던 어떤 방과도 다른 쇠락했으면서도 꿈 같은 매력을 보았다. 그는 올렌스카 백작부인이 자기가 쓰던 물건들을—그녀는 그것을 난파의 잔해라고 불렀다—몇 가지 가져왔다는 것을 알았다. 짙은 색 나무로 만들어진 몇 개의 작고 폭 좁은 탁자와, 벽난로 선반 위에 놓인 섬세하고 작은 그리스 청동상, 낡은 액자 속에 들어 있는 두 점의 이탈리아풍 그림 뒤로 색바랜 벽지 위에 못으로 걸어놓은 붉은 다마스크 천이 그런 물건들 같았다.

뉴랜드 아처는 자신이 이탈리아 미술에 조예가 깊은 것을 자랑스럽게 생각했다. 그는 러스킨에 심취해서 소년 시절을 보냈고 존 애팅턴 시먼즈[3], 버넌 리[4]의 《유포리온》, P. G. 해머튼[5]의 수필들, 월터 페이터가 쓴 훌륭한 새 책 《르네상스》 같은 최근 책들을 전부 읽었다. 그는 보티첼리에 대해 술술 이야기했고, 프라 안젤리코[6]에 대해서는 약간 깔보는 듯한 투로 말했다. 그러나 방 안의 그림들은 그

---

1 하녀가 시칠리아인이라고 추측했기 때문이다.
2 "주인 마님은 외출하셨어요. 그렇지만 곧 오실 거예요"가 정확한 해석이다.
3 John Addington Symonds(1840~1893) : 영국의 학자·역사가. 《이탈리아의 르네상스》의 저자.
4 Vernon Lee(1856~1935) : 영국의 소설가·수필가·평론가.
5 Philip Gilbert Hamerton(1834~1894) : 영국의 작가·예술 평론가.
6 Fra Angelico(1387~1455) : 이탈리아 피에졸레의 화가이자 도미니크 수도회 수사.

를 당혹스럽게 만들었다. 그 그림들은 그가 이탈리아를 여행할 때 감상하곤 했던 (그래서 감상할 수 있게 된) 그림들과는 완전히 딴판이었다. 어쩌면 자신을 기다리는 사람이 아무도 없는 것이 분명한 이 낯선 텅 빈 집에 와 있다는 기묘함 때문에 그의 관찰력이 무디어진 것인지도 모른다. 그는 메이 웰렌드에게 올렌스카 백작부인의 청에 대해 말하지 않은 것을 후회했다. 약혼녀가 사촌을 만나러 들어올 것 같아 약간 불안했다. 황혼 무렵에 숙녀의 집 난롯가에 홀로 기다리며 친한 사이인 것처럼 그곳에 앉아 있는 그의 모습을 본다면 그녀가 어떻게 생각할까?

그러나 그는 이왕 온 김에 기다릴 작정이었다. 그는 의자에 털썩 주저앉아 장작 쪽으로 두 다리를 뻗었다.

그런 식으로 그를 불러놓고 까맣게 잊고 있다니 이상했다. 그러나 아처는 기분이 나쁘다기보다는 오히려 호기심이 생겼다. 그가 지금까지 들어가본 어떤 방과도 분위기가 달라서 모험을 하는 것 같은 느낌에 다른 사람들을 신경 쓰던 마음이 사라져버렸다. 붉은색 다마스크 천과 '이탈리아풍' 그림들이 걸린 다른 응접실들에 들어가본 적이 있었지만 그의 마음을 끈 것은, 팜파스초[7]와 로저스[8]의 작은 조각상들을 놓은 황폐한 뒷마당이 딸린 메도라 맨슨의 낡은 셋집을 솜씨 좋게 몇 가지 물건들을 잘 활용함으로써 이전의 낭만적인 장면과 정감을 희미하게 풍기는 친숙하면서도 '이국적인' 집으로 바꿔놓은 방식이었다. 그는 의자와 탁자들을 한데 모아 배치한 방식이나 (열두 송이 이하로 사는 사람이 없는) 자크미노 장미를 가까이 있는 길쭉한 꽃병에 딱 두 송이만 꽂아놓은 사실에서, 그

---

7 남아메리카 원산의 참억새 비슷한 풀.
8 John Rogers(1829~1904) : 뉴욕의 조각가.

리고 사람들이 손수건에 뿌리는 그런 향수 냄새가 아니라 멀리 떨어져 있는 시장에서 실려오는 냄새처럼 터키산 커피와 용연향, 말린 장미가 섞인 냄새에 가까운, 희미하게 사방에 퍼져 있는 향기에서 단서를 찾아 그 비결을 분석해보려 했다.

 그의 생각은 어느덧 메이의 응접실이 어떤 모습을 하게 될까 하는 문제로 넘어갔다. 그는 '매우 후하게' 처신하고 있는 웰렌드 씨가 이스트 39번 가에 있는 새 집을 이미 눈여겨보고 있다는 사실을 알고 있었다. 주변이 좀 외진 것 같은 그 집은 차가운 초콜릿 소스처럼 뉴욕을 뒤덮고 있는 단일한 색조의 적갈색 사암에 대한 항의의 표시로 젊은 건축가들이 사용하기 시작한 무시무시한 황록색 돌로 지어졌다. 그러나 배관은 완벽했다. 아처는 집 문제는 미뤄두고 여행을 가고 싶었다. 그러나 웰렌드 부부는 유럽에서의 장기 신혼여행은 (어쩌면 이집트에서 겨울을 보내는 것조차) 허락했지만 여행에서 돌아온 부부에게 집이 필요하다는 것에 대해서는 확고했다. 아처는 자신의 운명이 완전히 결정되었다고 느꼈다. 남은 생애 동안 그는 매일 저녁 그 황록색 현관 계단의 주철 난간 사이로 올라가서 폼페이식 현관을 지나 니스 칠한 노란색 목재로 징두리 벽을 두른 현관 홀로 들어가게 될 것이다. 그러나 그의 상상은 그 이상 이어지지 않았다. 그는 위층 응접실에 내민창이 있다는 것 정도는 상상할 수 있었지만 메이가 그것을 어떻게 꾸밀지는 상상할 수가 없었다. 그녀는 웰렌드 가의 거실에 있는 자주색 공단과 노란색 술, 가짜 상감 세공 테이블과 현대식 작센 자기[9]로 가득한 금박 유리 장식장에 대해 군말 없이 따랐다. 그는 메이가 그녀 자신의 집에서도

---

9 드레스덴 자기.

다른 것을 원할 거라 추측할 만한 이유가 전혀 없었다. 그의 유일한 위안은 그녀가 서재만큼은 그 자신이 원하는 대로 — 당연히 "꾸밈 없는" 이스트레이크 가구[10]와 유리문이 달리지 않은 수수한 새 책장들이 들어갈 것이다 — 꾸밀 수 있게 해줄 것이라는 생각이었다.

가슴이 큰 하녀가 들어와서 커튼을 치고는 장작을 밀어 넣고 위로하듯이 말했다. "곧 오실 거예요 — 곧요." 그녀가 나가자 아처는 일어서서 이리저리 어슬렁거리기 시작했다. 더 기다려야 할까? 그의 처지가 상당히 우스꽝스러워지고 있었다. 어쩌면 그가 올렌스카 부인의 말을 오해했는지도 모른다 — 어쩌면 그녀는 그를 초대한 것이 아니었는지도 모른다.

조용한 거리의 포석을 따라 앞발을 높이 쳐든 말발굽 소리가 울려 퍼졌다. 집 앞에서 말들이 멈춰 섰고 마차 문이 열리는 소리가 들려왔다. 그는 커튼을 살짝 들추고 초저녁 황혼 속을 내다보았다. 그의 정면에 가로등이 서 있었다. 가로등 불빛 속에서 커다란 얼룩밤색 말이 끄는 줄리어스 보퍼트의 소형 영국제 유개마차와 마차에서 막 내려 올렌스카 부인을 도와주는 은행가의 모습이 보였다.

보퍼트가 모자를 손에 들고 서서 무슨 말인가를 하고 있었다. 아마도 상대방은 그의 말에 부정적인 대답을 하는 것 같았다. 그런 다음 두 사람은 악수를 했다. 그는 마차에 올라탔고 그녀는 계단을 올라갔다.

방에 들어온 그녀는 아처가 그곳에 있는 것을 보고서도 전혀 놀라지 않았다. 놀라움이야말로 그녀가 가장 덜 빠져드는 감정인 것 같았다.

---

10 Charles L. Eastlake(1833~1906) : 빅토리아풍 실내장식을 간소화하자고 주장한 영국 건축가.

"괴상한 우리 집이 마음에 들어요?" 그녀가 물었다. "나한테는 천국 같아요."

이렇게 말하면서 그녀는 작은 벨벳 보닛을 풀어 긴 외투와 함께 던지고는 생각에 잠긴 눈으로 그를 바라보며 서 있었다.

"집을 멋지게 꾸며놓았군요." 그는 자기 말이 무미건조하다는 사실을 깨달았지만 간결하면서도 인상적이고 싶다는 절실한 바람 때문에 오히려 상투적인 표현에 갇혀서 그렇게 대답했다.

"아, 초라하고 작은 집이죠. 우리 친척들은 이 집을 싫어해요. 그렇지만 어쨌든 밴 더 라이든 가 저택보다는 덜 음침해요."

그 말에 그는 전기충격을 받은 것처럼 큰 충격을 받았다. 감히 밴 더 라이든 가의 웅장한 저택을 음침하다고 말할 수 있는 반항심을 가진 사람은 거의 없었기 때문이었다. 그 저택에 들어갈 수 있는 특권을 부여받은 사람들은 그곳에서 몸을 떨며 '훌륭하다'고 입을 모았다. 그러나 사람들 모두가 떠는 이유를 그녀가 말로 분명하게 표현하자 갑자기 그의 기분이 좋아졌다.

"집이 멋져요—이곳을 꾸며놓은 모습이요." 그가 다시 말했다.

"저는 자그마한 이 집이 맘에 들어요." 그녀가 시인했다. "그러나 가장 좋은 점은 여기 내 나라, 내 고향에 와 있다는 행복감일 거예요. 그리고 여기에 혼자 와 있다는 것도 행복해요." 그녀의 목소리가 너무 낮아서 그는 마지막 구절을 거의 알아들을 수가 없었다. 그래서 그는 쑥스러워하면서 다시 그 부분에 대해 물었다.

"혼자 있는 것이 무척 좋다고요?"

"네. 친구들이 외로움을 느끼지 않게 해주는 한은요." 그녀가 난로 옆에 앉으며 말했다. "나스타샤가 곧 차를 가져올 거예요." 그녀가 그에게 안락의자로 돌아가 앉으라는 신호를 보내며 덧붙였다.

"벌써 당신 자리를 골라놓은 것 같군요."

그녀는 몸을 뒤로 기대며 머리 뒤로 팔짱을 낀 채 눈을 내리뜨고 난롯불을 쳐다보았다.

"지금이 내가 제일 좋아하는 시간이에요. ……당신은 안 그런가요?"

순전히 자기 체면을 살려야 한다는 생각 때문에 그가 대답했다. "당신이 시간을 잊어버린 것은 아니었을까 하고 생각했습니다. 보퍼트가 무척 재미있었나 보군요."

그녀가 재미있다는 표정을 지었다. "세상에나―많이 기다렸어요? 보퍼트 씨가 여러 집을 구경시켜줬거든요―이 집에서 계속 지내지 못하게 될 것 같기 때문에요." 그녀는 보퍼트와 그를 모두 깨끗이 잊어버린 것처럼 보였다. 그녀가 말을 계속했다. "이상한 동네에 사는 것에 대해 이렇게 반감이 큰 도시에 살아본 적이 없어요. 어디에 살건 뭐가 그리 중요해요? 이 거리도 상당히 괜찮다는 말을 들었어요."

"세련되진 않았죠."

"세련이라고요? 당신들 모두 그걸 그렇게 중요하다 생각하나요? 각자 나름대로 세련됨을 추구하면 안 되나요? 그렇지만 내가 너무 내 멋대로 산 것 같아요. 어쨌든 당신들 모두가 하는 대로 나도 하고 싶어요―보살핌을 받고 있다고 느끼고 싶고 안전하다고 느끼고 싶어요."

그는 그 전날 밤 자신을 인도해줄 사람이 필요하다는 그녀의 말을 들었을 때처럼 감동을 받았다.

"당신 친구들은 당신이 바로 그렇게 느껴주길 바라고 있어요. 뉴욕은 끔찍하게 안전한 곳이거든요." 그가 살짝 풍자를 섞어서 덧붙였다.

"맞아요, 그렇지 않나요? 사람들이 그렇게 느끼죠." 그녀가 그의 풍자를 알아차리지 못하고 외쳤다. "여기에 와 있는 것은 마치 — 마치 — 말 잘 듣고 공부를 다 끝마쳤을 때 상으로 휴가에 따라오게 된 것과 비슷해요."

좋은 의도로 한 비유였지만 그의 마음에는 전혀 들지 않았다. 그는 자신이 뉴욕에 대해 무례한 말을 하는 것은 개의치 않았지만 누군가가 같은 어조로 이야기하는 것은 듣기 싫었다. 그는 뉴욕이 얼마나 강력한 기관(機關)인지, 그리고 그것이 하마터면 그녀를 깔아뭉갤 뻔했다는 사실을 그녀가 과연 깨달았을지 궁금했다. 그녀는 극한 상황에서 사교계의 온갖 잡다한 인물들을 끌어모아 급조한 로벨 밍고트 가의 만찬을 통해 자신이 너무나 아슬아슬하게 위기를 모면했다는 사실을 깨달아야만 했다. 그러나 그녀는 자신이 재앙을 모면했다는 사실을 줄곧 모르고 있었거나 밴 더 라이든 가의 만찬이 대성공을 거두자 그 사실을 잊어버렸는지도 모른다. 아처는 앞의 추측이 더 맞을 거라고 생각했다. 그녀가 여전히 뉴욕을 제대로 분간해내지 못한다는 생각이 들자 그는 그런 추측에 짜증이 났다.

"어젯밤에는 뉴욕 전체가 당신에게 선을 보였죠. 밴 더 라이든 부부는 어떤 일도 어중간하게 하는 법이 없어요."

"맞아요. 얼마나 친절하신 분들인지! 정말 훌륭한 파티였어요. 모두가 그 두 분을 굉장히 존경하는 것 같아요."

그녀의 말투는 전혀 적절하지 않았다. 노처녀 래닝스 저택에서 열린 티 파티에 대해서라면 그녀가 그런 식으로 말할 수 있었을지 모른다.

"밴 더 라이든 부부는 뉴욕 사교계에서 가장 막강한 영향력을 가지고 있습니다." 아처는 이렇게 말하면서 자신이 잘난 체한다는 느낌이 들었다. "불행히도—부인의 건강 때문에—손님을 맞는 경우가 거의 없지만요."

그녀가 머리 뒤로 끼었던 손을 풀고 생각에 잠긴 눈길로 그를 바라보았다.

"어쩌면 그것이 이유가 아닐까요?"

"이유요……?"

"그분들이 그렇게 막강한 영향력을 갖는 이유 말이에요. 자신들을 매우 귀하게 만드는 거죠."

그가 약간 얼굴을 붉히며 그녀를 빤히 바라보았다—그리고 갑자기 그 말이 얼마나 예리한지 깨달았다. 그녀는 일격에 밴 더 라이든 부부를 찔러 쓰러뜨렸다. 그는 웃으면서 그들을 포기했다.

나스타샤가 손잡이 없는 일본 잔과 뚜껑 달린 작은 접시들과 함께 차를 가져와서 낮은 탁자에 올려놓았다.

"그렇지만 당신이 이것들은 내게 설명해줘요—내가 꼭 알아야 되는 것은 전부요." 올렌스카 부인이 말을 계속하면서 몸을 앞으로 숙여 그에게 잔을 건넸다.

"내게 말해줄 사람은 당신이에요. 너무 오랫동안 바라보는 바람에 더는 볼 수 없는 것들에 눈을 뜰 수 있도록 말이에요."

그녀가 팔찌에 달린 작은 금 담뱃갑을 떼어내서 그에게 건네고는 자신도 담배를 하나 꺼냈다. 벽난로에 담뱃불을 붙이는 데 사용되는 긴 점화용 심지[11]들이 있었다.

"아, 그렇다면 서로 도와줄 수 있겠군요. 그런데 제가 훨씬 더 많

---

11 불을 붙이기 위해 사용되는 길고 가느다란 나무 조각이나 판지 조각.

은 도움이 필요해요. 내가 어떻게 해야 할지 말만 해줘요."

"보퍼트와 함께 마차를 타고 거리를 돌아다니는 모습만 눈에 띄지 않게 하십시오"라는 대답이 튀어나오려 했지만 그는 그녀의 분위기인 방 분위기에 너무 깊이 끌렸고 그런 식으로 조언하는 것은 사마르칸트에서 장미유를 흥정하는 사람에게 뉴욕에서 겨울을 나려면 꼭 덧신을 준비해둬야 한다고 말하는 것이나 마찬가지였다. 뉴욕이 사마르칸트보다 훨씬 더 멀게 느껴졌다. 그리고 그들이 정말로 서로를 도와주려 한다면, 그녀는 이미 그로 하여금 자신의 고향을 객관적으로 바라볼 수 있게 해주는 것으로 서로를 도와주는 일의 시작이라 할 수 있는 도움을 주고 있었다. 그렇게 바라보자 마치 망원경을 거꾸로 들고 볼 때처럼 뉴욕이 황당할 정도로 작고 멀어보였다. 사마르칸트에서 보면 뉴욕이 그렇게 보일 것이다.

장작에서 불꽃이 하나 튀었다. 그녀가 불 위로 몸을 구부리며 가는 두 손을 뻗어 불에 가까이 대자 타원형 손톱 주변으로 희미한 후광이 생겼다. 불빛이 그녀의 땋은 머리에서 빠져나온 동그랗게 말린 검은 머리카락을 적갈색으로 물들여서 그녀의 창백한 얼굴을 더 창백하게 만들었다.

"당신에게 어떻게 처신해야 할지 말해줄 사람은 많아요." 아처가 막연하게 그 사람들을 부러워하면서 대꾸했다.

"아―고모와 숙모요? 그리고 사랑하는 할머니요?" 그녀는 그 생각을 공평하게 곰곰이 따져보았다. "그분들 모두 내가 독립해서 혼자 살려고 하는 것 때문에 약간 화를 내고 계세요―특히 불쌍한 할머니께서요. 할머니는 함께 지내고 싶어 하셨거든요. 그렇지만 난 자유롭게 있어야 했어요……." 그는 그녀가 무시무시한 캐서린에 대해 이렇게 가볍게 이야기하는 것에 깊은 인상을 받았고, 무엇 때문에 올렌스카 부인이 가장 외로운 종류의 자유라 할지라도 그것을 이렇게 갈망하게 되었을까 하는 생각에 가슴이 찡해졌다. 그러나 보퍼트에 대한 생각이 그를 괴롭혔다.

"당신이 어떤 기분인지 알 것 같습니다." 그가 말했다. "그래도 가족들이 당신에게 조언을 해주고 차이점을 설명해주고 길을 알려줄 겁니다."

그녀가 가느다란 검은 눈썹을 치켜떴다. "뉴욕이 그렇게 미로 같은 곳인가요? 나는 위아래로 곧게 뻗어 있다고 생각했어요—5번가처럼 말이에요. 그리고 모든 교차로마다 번호가 매겨져 있고요!" 그녀는 그가 이 말에 살짝 찬성하지 않는다고 추측한 것 같았다. 그래서인지 얼굴 전체를 황홀하게 만들어주는 보기 드문 웃음을 지으며 덧붙였다. "바로 그런 것 때문에 내가 뉴욕을 얼마나 사랑하는지 당신이 알아주면 좋을 텐데—일직선으로 곧게 뻗어 있고 모든 것에 커다랗고 정직하게 이름표가 붙어 있는 거 말이에요!"

그가 기회를 포착했다. "모든 것에는 이름표가 붙어 있는지 모르겠지만—모든 사람에게는 그렇지 않죠."

"어쩌면요. 내가 너무 심하게 단순화시킨 것인지도 모르죠—그렇지만 혹시라도 내가 그러면 당신이 경고해줘요." 그녀가 난롯불에서 몸을 돌려 그를 쳐다보았다. "내가 무슨 말을 하려는 건지 이해해주고, 이것저것 내게 설명해줄 수 있을 것처럼 느끼게 해주는 사람은 이곳에 딱 두 명 있어요. 당신하고 보퍼트 씨요."

아처는 두 사람의 이름이 함께 거론되는 것에 움찔했지만 재빨리 마음을 바꿔 이해하고 공감하고 안쓰러움을 느꼈다. 그녀는 악마들과 너무 가까이 살아왔기 때문에 아직도 그들의 공기 속에서 더 자유롭게 숨을 쉬는 것이 틀림없었다. 그러나 그녀가 그 또한 그녀를 이해해준다고 느끼고 있었기 때문에 그가 해야 할 일은 그녀로 하여금 ― 보퍼트가 나타내는 모든 것과 함께 ― 보퍼트가 정말로 어떤 사람인지 알게 해서 그것을 혐오하게 만드는 것이었다.

그는 상냥하게 대답했다. "이해합니다. 그러나 당장 처음부터 당신 옛 친구들의 손을 놓진 말아요. 당신 할머니 밍고트 부인, 웰렌드 부인, 밴 더 라이든 부인 같은 나이 드신 부인들 말이에요. 그분들은 당신을 좋아하고 당신을 무척 예뻐하세요 ― 당신을 도와주고 싶어 하시고요."

그녀가 고개를 저으며 한숨을 쉬었다. "아, 알아요 ― 알고말고요! 그렇지만 그분들은 불쾌한 말을 듣지 않는다는 조건에서만 그래요. 웰렌드 고모는 분명히 그렇게 못을 박으며 말씀까지 하셨어요. 내가 애써…… 이곳에서는 진실을 알고 싶어 하는 사람이 아무도 없나요, 아처 씨? 진짜 외로움은 가식만을 요구하는 이 모든 친절한 사람들 속에서 사는 거예요!" 그녀가 양손으로 얼굴을 감쌌다. 그녀의 여린 어깨가 흐느낌으로 흔들리는 것이 보였다.

"올렌스카 부인!…… 아, 그러지 마세요, 엘런." 그가 소리치며 벌떡 일어서서 그녀에게 몸을 굽혔다. 그는 그녀의 한 손을 끌어당겨 꼭 쥐고 아이의 손을 쓰다듬듯이 쓰다듬으며 위로의 말을 중얼거렸다. 그러나 곧 그녀가 손을 빼내고는 젖은 속눈썹으로 그를 올려다보았다.

"여기서는 우는 사람도 없나요? 천국에서는 그럴 필요가 없을 것 같군요." 그녀가 이렇게 말하고 웃으면서, 느슨해진 땋은 머리를 매만지고는 찻주전자 위로 몸을 구부렸다. 자신이 그녀를 '엘런'이라고 불렀고 ― 그것도 두 번씩이나 ― 그럼에도 그녀가 그 사실을 전혀 알아채지 못했다는 것이 그의 의식 속에 깊이 새겨졌다. 거꾸로 뒤집힌 망원경 맨 아래쪽에—뉴욕에 있는—메이 웰렌드의 희미한 하얀 모습이 보였다.

갑자기 나스타샤가 고개를 들이밀고 낭랑한 이탈리아어로 뭔가를 말했다.

올렌스카 부인은 다시 한 손으로 머리를 매만지며—이탈리아어로 빠르게 "물론이지—물론이야"라고 말하며—동의하는 소리를 외쳤다. 곧 세인트 오스트리 공작이, 온몸을 모피로 휘감고 엄청나게 큰 검은 가발을 쓴 채 빨간색 깃털 장식을 꽂은 숙녀를 안내하며 들어왔다.

"친애하는 백작부인, 제 오랜 친구인—스트러더스 부인을 당신에게 소개하러 모시고 왔습니다. 어젯밤에 초대를 못 받았는데 당신을 만나고 싶어 해서요."

공작이 모두에게 환하게 웃었고 올렌스카 부인은 환영 인사를 중얼거리며 이 이상한 커플을 향해 앞으로 나아갔다. 그녀는 그들이 얼마나 기묘하게 어울리는지, 공작이 자신의 친구를 데려옴으로써 얼마나 무례하게 행동했는지 전혀 모르는 것 같았다—그리고 정확하게 평가하자면 공작 자신도 그런 사실들을 깨닫지 못하는 것 같다고 아처는 생각했다.

"물론 나는 당신을 만나고 싶었어요." 스트러더스 부인이 대담한 깃털 장식과 야단스러운 가발에 걸맞은 낭랑하게 굴러가는 목소리로 소리쳤다. "나는 젊고 재미있고 매력적인 사람들은 전부 알고 싶어요. 그런데 공작님 말씀이 당신이 음악을 좋아한다고 하던데—맞죠, 공작님? 내 생각엔 피아노도 직접 연주할 것 같은데요. 혹시 사라사테[12] 연주를 듣고 싶으면 내일 저녁에 우리 집으로 와요. 아시다시피 매주 일요일 저녁마다 행사를 열고 있어요—일요일이야말로 뉴욕 사람들이 어떻게 보내야 할지 난감해하는 날이잖아요. 그래서 내가 그들에게 그랬어요. '와서 즐겨봅시다.' 당신이 사라사테에게 끌릴 거라는 공작님 말씀이 있었어요. 친구도 많이 사귈 수 있을 거예요."

올렌스카 부인의 얼굴이 기쁨으로 환하게 빛났다. "이렇게 친절을 베푸시다니! 절 생각해주시다니 공작님은 정말 좋은 분이세요!" 그녀가 티테이블로 의자를 밀어다 주자 스트러더스 부인이 기쁘게 털썩 앉았다. "물론 가게 돼서 너무 기뻐요."

"천만에요. 그리고 당신의 젊은 신사분도 함께 모시고 와요." 스트러더스 부인이 다정한 친구처럼 아처에게 손을 내밀었다. "이름은 기억나지 않지만—그렇지만 만난 적이 있는 것은 분명해요—나는 이곳이나 파리, 혹은 런던에서 사람들을 모두 만났죠. 혹시 외교관 아닌가요? 외교관들은 전부 저한테 오거든요. 음악 좋아해요? 공작님, 이분도 꼭 데리고 오세요."

공작이 긴 수염 속에 파묻힌 입으로 말했다. "그러지요." 아처는 무관심하게 신경도 안 쓰는 어른들 틈에 낀 수줍은 학생처럼 긴장해서 뻣뻣하게 절을 하고 물러났다.

그는 방문이 끝난 것을 섭섭하게 생각하지 않았다. 그는 오히려 방문이 빨리 끝나서 감정 소모를 다소 줄였더라면 좋았을 것이라고 생각했다. 그가 겨울밤 속으로 나가자 뉴욕이 다시 거대하고 가깝게 다가왔고, 메이 웰렌드는 그곳에서 가장 사랑스러운 여성이 되었다. 당황스럽게도 그날 아침 꽃상자 보내는 것을 깜박 잊어버렸다는 사실을 깨달은 그는 매일 그녀에게 한 상자씩 보내는 은방울

---

12 Pablo de Sarasate(1844~1908) : 스페인 작곡가이자 바이올린 거장. 투명하고 부드러우며 감미로운 음색과 함께 화려한 기교의 구사를 특징으로 한다.

꽃을 사려고 단골 꽃가게로 발길을 돌렸다.
 카드를 적고 봉투를 기다리면서 화초로 둘러싸인 가게를 둘러보던 그는 노란 장미 다발에 눈을 반짝 떴다. 그렇게 태양 같은 황금색을 띤 장미를 이전에 본 적이 없었기 때문에 처음에는 은방울꽃 대신 이 장미를 메이에게 보내고 싶은 마음이 솟구쳤다. 그러나 그 꽃은 그녀와 닮지 않았다―그 꽃의 불같은 아름다움에는 너무 화려하고 강렬한 면이 있었다. 돌연 마음을 바꿔서 자신이 무슨 짓을 하고 있는지 깨닫지도 못한 채 그는 화원 주인에게 다른 긴 상자에 장미를 담도록 몸짓을 보내고는 올렌스카 백작부인의 이름을 적은 두 번째 봉투 속으로 자신의 명함을 밀어 넣었다. 막 몸을 돌리려던 그는 다시 명함을 꺼내고 상자 위에 빈 봉투만 남겨두었다.
 "바로 배달되는 거요?" 그가 장미를 가리키며 물었다. 화원 주인은 틀림없이 그럴 것이라고 대답했다.

# 10

다음 날 그는 메이를 설득해서 점심식사 후에 빠져나와 공원으로 산책을 나갔다. 구식 감독파 교회의 관습에 따라 그녀는 일요일 오후에는 보통 부모님과 함께 교회에 갔다. 그러나 웰렌드 부인은 직접 수를 놓아서 적절한 개수의 혼수를 장만할 시간을 갖도록 약혼 기간을 길게 잡아야 할 필요성에 대해 바로 그날 아침에 메이를 설득해서 동의를 얻어냈기 때문에 그녀가 하루쯤 교회를 가지 않더라도 너그럽게 눈감아주었다.

기분 좋은 날이었다. 산책로를 따라 늘어선 앙상한 나무들의 동그란 꼭대기 위로는 청금석 같은 하늘이 펼쳐졌고 아래 가지들은 부서진 수정처럼 반짝이는 눈 위로 활처럼 휘어졌다. 날씨 때문에 메이의 얼굴은 더욱 빛났고 서리 맞은 어린 단풍처럼 발그스름하게 달아올랐다. 아처는 그녀를 향하는 다른 사람들의 시선에 우쭐해졌고, 그녀를 차지하고 있다는 기쁨만으로도 마음속 혼란이 말끔히 씻겨나갔다.

"매일 아침 일어나서 방 안 가득한 은방울꽃 향기를 맡으니까 정말 좋아요!" 그녀가 말했다.

"어제는 꽃을 늦게 보냈소. 오전에 시간이 없어서……."

"그렇지만 늘 제때에 보내도록 주문을 해놓아서 음악 선생님처럼 매일 아침 시간 맞춰 오는 것보다—예를 들면 거트루드와 로렌스 레퍼츠가 약혼했을 때 거트루드가 받은 꽃들이 그랬대요—당신이 제게 매일 꽃을 보내야 한다는 사실을 기억해주는 것 때문에 그 꽃이 더 예뻐 보여요."

"아—그 꽃들이 그랬지!" 아처는 그녀의 예리함에 즐거워하며 웃음을 터뜨렸다. 그는 그녀의 과일 같은 뺨을 곁눈질로 바라보며 마음이 넉넉해지고 안심이 돼서 다음과 같이 덧붙였다. "어제 오후에 당신에게 은방울꽃을 보낼 때 상당히 예쁜 노란색 장미들을 보았소. 그래서 그것을 올렌스카 부인에게 보냈는데 잘한 일이었을까?"

"당신은 정말 다정해요. 그런 종류라면 뭐든지 그녀가 기뻐할 거예요. 그런데 그녀가 그 일에 대해 전혀 언급하지 않은 게 이상하네요. 오늘 우리 집에서 점심을 먹으면서 보퍼트 씨가 멋진 난을 보내줬고 사촌인 헨리 밴 더 라이든이 스카이터클리프에서 카네이션을 바구니 가득 보냈다는 이야기를 했거든요. 꽃을 받게 돼서 무척 놀란 것 같았어요. 유럽에서는 사람들이 꽃을 안 보내나 보죠? 그녀는 그것을 매우 좋은 관습이라고 생각하더라고요."

"아, 글쎄. 당연히 내가 보낸 꽃이 보퍼트 씨 꽃보다 못했겠지." 아처가 성급하게 말했다. 그러다가 그는 장미에 카드를 넣어 보내지 않았다는 사실을 기억해내고는 꽃 얘기를 꺼낸 것에 난처해했다. 그는 "어제 당신 사촌을 찾아갔었소"라고 말하고 싶었지만 망설였다. 올렌스카 부인이 그의 방문에 대해 아무 말도 하지 않았다면 그가 이야기를 꺼내는 것이 어색할 것 같았다. 그러나 말을 하지 않으면 그 일에 그가 싫어하는 비밀스러운 분위기가 생겨나게 되었다. 그 문제를 떨쳐버리려고 그는 그들 자신의 계획과 미래, 약혼 기간을 오래 잡자는 웰렌드 부인의 주장에 대해 말하기 시작했다.

"그걸 길다고 하다니요! 이자벨 치버스와 레기는 약혼 기간이 2년이었고 그레이스와 솔리는 거의 1년 반 동안 약혼을 했어요. 지금 상태로 우리가 매우 잘 지내지 못할 이유가 있나요?"

그것은 전통적인 처녀의 질문이었지만 그는 그 질문을 대단히 유치하다고 생각하는 자기 자신이 부끄러웠다. 당연히 그녀는 자기 대신 다른 사람들이 해준 말을 그냥 되풀이하고 있었다. 그러나 그녀의 스물두 번째 생일이 머지않았고 그는 몇 살이 되어야 '점잖은' 여성들이 스스로를 대변하는 말을 하게 될지 궁금했다.

"절대 못할걸. 우리가 그렇게 하도록 허용해주지 않으면 말이야." 그는 생각에 잠겨 실러턴 잭슨 씨에게 격분해서 소리쳤던 일을 떠올렸다. "여자들도 우리처럼 자유로워져야 합니다······."

현재는 이 젊은 여성의 눈에서 붕대를 떼어내고 세상을 똑바로 바라보게 해주는 것이 그가 해야 할 일이었다. 그러나 지금의 그녀를 있게 한 여자 조상들 중 얼마나 많은 세대가 눈에 붕대를 감은 채 가족 납골당으로 내려갔을까? 그는 과학 서적에서 읽은 새로운 이론들과, 사용할 일이 없어서 눈을 퇴화시킨 켄터키 동굴 물고기의 예를 떠올리며 살짝 몸서리를 쳤다. 그가 메이 웰렌드에게 눈을 뜨라고 명했을 때 그녀의 두 눈이 허공을 멍하게 바라보기만 한다면 어떻게 될까?

"지금보다 훨씬 더 좋을 거요. 우리는 항상 함께 할 거요—여행을 할 수도 있고."

그녀의 얼굴이 환해졌다. "그럼 좋겠네요." 그녀는 여행을 가게 되면 자신은 좋아하겠지만 자기 어머니는 그들이 매사를 남들과 너무 다르게 하고 싶어 하는 것을 이해하지 못할 거라고 털어놓았다.

"'다르게'라는 말만으로는 그 이유가 설명이 안 되는 것 같군!"

구혼자가 우겼다.

"뉴랜드! 당신은 너무 별나요!" 그녀가 즐거워하며 말했다.

그의 가슴이 철렁했다. 똑같은 상황에서 젊은 남자들이 으레 하게끔 되어 있는 말을 그 자신이 그대로 하고 있고, 그녀는—그를 별나다고 부를 정도로까지—본능과 전통이 그녀에게 가르쳐준 대답을 앵무새처럼 따라한다는 사실을 깨달았기 때문이었다.

"별나다고! 우리는 모두 종이를 똑같은 크기로 접어놓고 한 번에 잘라낸 인형처럼 서로 닮았소. 벽에 스텐실로 찍은 무늬 같지. 당신과 내가 우리 힘으로 새로운 길을 갈 수는 없겠소, 메이?"

대화를 나누다 흥분한 그가 발을 멈추고 그녀를 마주 보았다. 밝고 명랑하게 경탄하는 그녀의 두 눈이 그에게 머물렀다.

"세상에—사랑의 도피행각이라도 벌일까요?" 그녀가 웃었다.

"당신이 원한다면……."

"정말 날 사랑하는군요, 뉴랜드! 정말 행복해요."

"그렇다면—더 행복해지면 안 되겠소?"

"그렇지만 우리가 소설 속 주인공들처럼 행동할 수는 없어요, 그렇죠?"

"왜 안 된다는 거요—왜—왜?"

그녀가 그의 고집에 약간 지겨워하는 것처럼 보였다. 그녀는 그들이 그렇게 할 수 없다는 것을 매우 잘 알았지만 이유를 끄집어내야 한다는 것이 성가셨다. "저는 당신과 논쟁을 벌일 만큼 똑똑하지 못해요. 그렇지만 그런 종류의 일은 좀—천박해요, 그렇지 않나요?" 그녀는 확실하게 문제를 종결시킬 단어를 찾아낸 것에 안도하면서 물었다.

"그렇다면 당신은 천박해지는 것이 그렇게 두렵소?"

그녀는 이 말에 분명히 충격을 받은 것 같았다. "물론 싫어요—당신도 그렇잖아요." 그녀가 약간 짜증스럽게 대꾸했다.

그는 말없이 서서 지팡이로 구두코를 신경질적으로 쳤다. 그녀는 자신이 논쟁을 마무리하기에 딱 적당한 방법을 찾아냈다고 생각하면서 쾌활하게 말을 계속했다. "아, 제가 엘런에게 반지 보여준 얘길 했나요? 엘런 말로는 자기가 본 반지 중에서 최고로 아름다운 세팅이라고 하더군요. 뤼 드 라 페[1]에도 그런 건 없대요. 뉴랜드, 당신에게 그렇게 예술적인 면이 있어서 당신을 정말 사랑해요!"

다음 날 오후 아처가 저녁식사 전에 서재에 앉아 시무룩하게 담배를 피우고 있을 때 제이니가 그를 보러 들어왔다. 그는 자신과 같은 계층의 부유한 뉴욕 사람들이 흔히 그렇듯이 느긋하게 법률 관련 일을 했고, 그날은 사무실에서 나와 돌아오는 길에 클럽에 들르지 않았다. 그는 침울했고 약간 짜증이 났다. 날마다 똑같은 시간에 똑같은 일을 하는 것에 대한 지속적인 혐오감이 그의 뇌리를 가득 채웠다.

"똑같아—똑같아!" 그가 중얼거렸다. 판유리 뒤에서 어슬렁거리는 높은 모자를 쓴 낯익은 사람들을 보았을 때 그 말이 뇌리를 맴돌던 가락처럼 그의 머리를 훑고 지나갔다. 대개는 그 시간에 클럽에 들렀지만 그는 대신 집으로 갔다. 그는 그들이 무슨 이야기를 나누고 있을지, 토론에서 각자 어떤 편을 들지 훤히 알았다. 물론 공작이 그들의 중심 화제일 것이다. 검은 말 한 쌍이 모는 노란색 소형 유개마차를 타고 금발의 숙녀가 5번 가에 나타난 일(이 일의 원

---

[1] rue de la Paix : 파리 오페라하우스 근처에 있는 고급 쇼핑가. 멋진 식당과 극장 들로 유명하며 1870년대에는 부유한 외국인들이 즐겨 찾았다.

인은 보퍼트일 것이라는 추측이 일반적이었다) 또한 분명히 철저한 조사를 받을 것이다. (소위) 그런 '여자들'은 뉴욕에서는 극소수였고 그중에서도 자기 소유의 마차를 몰고 다니는 여자들은 훨씬 더 적었기 때문에 패니 링 양이 사람들로 붐비는 5번 가에 출현한 일은 사교계를 발칵 뒤집어놓았다. 그 전날 그녀의 마차가 로벨 밍고트 부인의 마차 옆을 지나가자 밍고트 부인은 즉시 곁에 있던 종을 울려서 마부에게 집으로 마차를 몰도록 명령했다. "밴 더 라이든 부인에게 그런 일이 일어났다면 어떻게 되었을까?" 사람들은 몸서리를 치며 서로에게 물었다. 바로 그 시간에 로렌스 레퍼츠가 사교계의 붕괴에 대해 장광설을 늘어놓는 소리가 아처의 귀에 들리는 것 같았다.

그는 여동생 제이니가 들어오자 짜증스럽게 고개를 들었다가 그녀를 보지 않은 것처럼 재빨리 책으로 (막 꺼낸 스윈번의 《체스터라드》[2]) 몸을 수그렸다. 그녀는 책이 수북이 쌓여 있는 책상을 힐끗 쳐다보고는 《우스운 이야기들》[3]을 펼쳐 보더니 프랑스 고어에 얼굴을 찌푸리며 한숨을 쉬었다. "오빠는 정말 유식한 책들만 읽는군요!"

"그런데……?" 그녀가 불길한 예언자 카산드라처럼 그의 앞에서 서성거리자 그가 물었다.

"어머니가 무척 화가 나 있어요."

"화가 나셨다고? 누구한테? 무엇 때문에?"

---

2 *Chastelard*: 셰익스피어와 엘리자베스 1세, 제임스 1세 시대에 희곡에 쏟은 관심이 나타나 있는 작품으로, 스윈번이 남달리 매료되었던 스코틀랜드 메리 여왕에 관한 3부작 중 1부.

3 *Contes Drôlatiques*: 발자크 지음(1832년).

"소피 잭슨 양이 방금 여기 왔다 갔거든요. 자기 오라버니가 저녁식사 후에 들르겠다는 말을 전하러 왔어요. 그런데 자기 오빠가 하지 말라고 했기 때문에 많은 말을 하진 못했어요. 자신이 직접 자세한 이야기를 전하고 싶어 하나 봐요. 지금은 사촌인 루이자 밴 더 라이든과 함께 있대요."

"제발, 사랑하는 동생 아가씨. 처음부터 다시 얘기해봐. 전지전능한 신이나 네가 무슨 말을 하는 건지 알아듣겠다."

"지금은 그런 불경스러운 말이나 하고 있을 때가 아니에요, 오빠……. 오빠가 교회에 안 간 것 때문에 어머니 기분이 충분히 상했어요."

신음하며 그가 다시 책을 읽기 시작했다.

"오빠! 말 좀 들어요. 오빠 친구 올렌스카 부인이 어젯밤에 레뮤얼 스트러더스 부인 파티에 참석했대요. 공작이랑 보퍼트 씨와 함께 말이에요."

동생이 전하는 이 말의 마지막 구절에 젊은이의 가슴에 까닭 모를 분노가 치밀었다. 그것을 억누르려고 그가 웃음을 터뜨렸다. "그런데 그게 어때서? 그녀가 파티에 참석하려는 걸 알고 있었어."

제이니의 얼굴이 창백해지며 눈이 튀어나오려 했다. "파티에 참석하려고 했다는 걸 알았으면서—말리지도 않았다는 거예요? 경고도 안 했어요?"

"그녀를 말린다고? 경고를 한다고?" 그가 다시 웃었다. "나는 올렌스카 부인하고 결혼하려고 약혼한 게 아니야!" 그 말은 그가 듣기에도 이상했다.

"그녀의 집안으로 장가가는 거잖아요."

"아, 집안—집안이라!" 그가 조소하며 말했다.

"오빠—집안은 신경도 안 쓰는 거예요?"

"눈곱만큼도 신경 안 써."

"사촌 루이자 밴 더 라이든이 어떻게 생각할지도 신경 안 써요?"

"눈곱의 반만큼도 신경 안 쓴다—설사 그녀가 노처녀들처럼 그런 쓸데없는 생각을 한다 해도."

"어머니는 노처녀가 아니잖아요." 아직 결혼하지 않은 그의 여동생이 입술을 바싹 오므리며 말했다.

그는 되받아 소리치고 싶었다. "아니, 노처녀가 맞아. 밴 더 라이든 부부도 그렇고. 우리 모두 그래. 현실의 날개 끝에 의해 좌지우지되는 정도로 보면 말이야." 그러나 동생의 길고 부드러운 얼굴이 일그러지면서 눈물이 나오는 모습을 보자, 그는 자신이 가하는 쓸데없는 고통에 대해 부끄러움을 느꼈다.

"빌어먹을 올렌스카 백작부인! 바보처럼 굴지 마, 제이니—나는 그녀의 보호자가 아니야."

"맞아요. 그렇지만 우리 모두 그녀 편을 들어주도록 오빠가 약혼 발표를 앞당기자고 웰렌드 가에게 부탁한 게 사실이잖아요. 그것만 아니었어도 루이자가 공작을 위한 만찬에 그녀를 초대하는 일은 절대 없었을 거예요."

"그런데—그녀를 초대해서 무슨 해라도 입었니? 그녀가 방에서 제일 멋있어 보이더라. 그녀 덕에 평상시의 밴 더 라이든 연회보다 그날 저녁 만찬이 장례식 분위기를 약간 덜 수 있었잖아."

"우리 친척 헨리가 오빠를 기쁘게 해주라고 루이자에게 부탁한 건 알겠죠? 그가 그녀를 설득했다고요. 그런데 이제는 두 분이 너무 화가 나서 내일 스카이터클리프로 돌아가신대요. 오빠가 직접 내려와보는 것이 좋을 것 같아요. 어머니가 어떤 기분인지 모르는 것 같으니까."

뉴랜드는 거실에서 어머니를 발견했다. 그녀는 바느질을 하다가 수심에 가득 찬 이마를 들어 올리고 물었다. "제이니가 말해줬니?"

"네." 그는 어머니의 어조만큼 차분한 어조로 말하려고 애썼다. "그렇지만 저는 그 문제를 그렇게 심각하게 받아들이지는 않습니다."

"사촌 루이자와 헨리를 불쾌하게 만들었다는 사실이 심각하지 않다는 거냐?"

"그분들이 상스럽다고 간주하는 여자 집에 올렌스카 백작부인이 찾아간 것 같은 그런 사소한 일에 불쾌해한다는 사실이 심각하지 않다는 겁니다."

"어떻게 간주한다고?"

"뭐, 상스럽긴 하죠. 그렇지만 좋은 음악이 있고 뉴욕 전체가 무료해서 죽으려고 하는 일요일 저녁마다 사람들을 즐겁게 해주는 여자죠."

"좋은 음악이라고? 내가 아는 바로는 테이블 위에 올라가서 네가 파리에서 가는 그런 곳에서나 부를 법한 노래들을 부르는 여자가 있었다고 하더구나. 담배도 피우고 샴페인도 마시고 말이야."

"글쎄요─그런 일은 다른 곳에서도 일어납니다. 그래도 세상은 잘 돌아가고요."

"애야, 설마 네가 프랑스식 일요일을 옹호하는 건 아니겠지?"

"어머니, 우리가 런던에 갔을 때는 어머니가 영국식 일요일에 대해 투덜대시는 걸 굉장히 자주 들었던 것 같은데요."

"뉴욕은 파리도 런던도 아니다."

"물론 아니죠!" 아들이 투덜댔다.

"네 말은 이곳 사교계가 못하다는 거냐? 아마도 네 말이 맞을지도 모른다. 그러나 우리는 이곳에 속해 있고 이곳에 온 사람들은 우리 방식을 존중해야 하는 법이다. 특히 엘런 올렌스카는 그래야 한다. 화려한 사교계에서 사람들이 누리는 그런 생활방식에서 벗어나서 돌아왔으니까."

뉴랜드는 아무 대답도 하지 않았다. 잠시 후 그의 어머니가 과감하게 말했다. "보닛을 쓰고 저녁식사 전에 루이자를 보러 가자고 너한테 부탁할 작정이었다." 그가 얼굴을 찡그렸지만 그녀가 말을 계속했다. "네가 방금 전에 한 말을 그녀에게 설명해주면 좋지 않을까 생각했다. 외국의 사교계는 다르고, 사람들이 그렇게 까다롭지도 않으며…… 우리가 그런 일에 대해 어떤 기분일지 올렌스카 부인이 잘 몰랐을지도 모른다고 말이다. 얘야, 너도 알다시피……." 그녀가 순진하면서도 빈틈없이 덧붙였다. "네가 그렇게 해주면 올렌스카 부인에게도 이로울 것이다."

"사랑하는 어머니, 그 문제에 우리가 무슨 관련이 있는 건지 정말 모르겠군요. 공작님이 올렌스카 부인을 스트러더스 부인 댁에 데려갔어요—사실 공작님이 스트러더스 부인을 모시고 올렌스카 부인을 방문했죠. 그분들이 찾아왔을 때 제가 그곳에 있었으니까요. 밴 더 라이든 부부가 누군가와 싸우고 싶다면 진짜 상대는 그들 자신의 지붕 밑에 있어요."

"싸운다고? 뉴랜드, 사촌 헨리가 싸우는 걸 본 적 있니? 게다가 공작님은 그의 손님인 데다 외국인이다. 외국인들은 이것저것 따지지 않지. 그들이 어떻게 그러겠어? 그렇지만 올렌스카 백작부인은 뉴욕 사람이니까 뉴욕의 의견을 존중해야만 했어."

"좋아요. 그들에게 반드시 희생양이 필요하다면 제가 허락해드릴 테니 올렌스카 부인을 그들에게 던지세요." 아들이 분개해서 소리쳤다. "저나—어머니나—그녀의 죄를 속죄하려고 우리 자신을 내놓진 않을 테니까요."

"오, 당연히 너는 밍고트 가 편에서만 생각하는구나." 그의 어머니가 화가 치밀어오르고 있음을 나타내는 신경질적인 어조로 대답했다.

침울한 집사가 응접실 휘장을 뒤로 젖히며 알렸다. "헨리 밴 더 라이든 씨가 오셨습니다."

아처 부인이 바늘을 떨어뜨리고 황급히 한 손으로 앉아 있던 의자를 뒤로 밀었다.

"램프를 하나 더 가져와요." 그녀가 물러가는 하인에게 소리쳤고 제이니는 몸을 굽혀 어머니의 모자를 똑바로 세워주었다.

밴 더 라이든 씨의 모습이 문간에 나타나자 뉴랜드 아처가 앞으로 나가서 사촌을 맞았다.

"막 당신에 대해 이야기를 나누던 중이었습니다."

밴 더 라이든 씨가 그 말에 매우 당황한 것 같았다. 그는 한쪽 장갑을 벗고 숙녀들과 악수를 하고는 높은 모자를 수줍게 매만졌다. 제이니가 안락의자를 앞으로 밀자 아처가 말을 계속했다. "그리고 올렌스카 백작부인에 대해서도요."

아처 부인이 창백해졌다.

"아—매력적인 여성이죠. 방금 전에 그녀를 만나고 왔소." 밴 더 라이든 씨가 이마에 만족스러운 표정을 되찾고 말했다. 그는 의자에 털썩 앉아 모자와 장갑은 옛 방식대로 옆의 바닥에 내려놓고 말을 이어나갔다. "그녀의 꽃꽂이 솜씨가 뛰어나더군요. 스카이터 클리프에서 카네이션을 몇 송이 그녀에게 보냈는데 깜짝 놀랐소. 우리 수석 정원사처럼 큰 다발로 한곳에 담아놓는 대신 여기저기에 대충 흩어놓았더군요……. 어떻게 했는지 말로 표현할 수가 없어요. 공작님께서 그러시더군요. '그녀가 응접실을 얼마나 멋지게 꾸며놓았는지 한번 가서 보시오.' 그런데 정말이더군요. 주변이 그렇게—불쾌하지만 않다면 루이자를 데리고 가서 그녀를 만나게 하고 싶었소."

밴 더 라이든 씨가 평소와 달리 이렇게 말을 쏟아냈는데도 깊은 침묵이 흘렀다. 아처 부인은 아무렇게나 서둘러 집어넣었던 바구니에서 자수감을 끄집어냈고, 아처는 벽난로에 기대어 손으로 벌새 깃털로 만든 가리개[4]를 비틀면서, 놀라 입을 벌린 제이니의 모습이 다가오는 두 번째 램프 불빛으로 환해지는 걸 쳐다보았다.

"사실은 말이오." 밴 더 라이든 씨는 커다란 퍼트룬 인장 반지가 내리누르는 핏기 없는 손으로 회색 바지를 입은 긴 다리를 쓰다듬으며 말을 계속했다. "사실은 내가 보내준 꽃에 대한 답례로 그녀가 보내준 매우 예쁜 카드에 대해 감사를 표하려고 들렀소. 그리고 또한—물론 이것은 우리들끼리의 이야기요—공작이 그녀를 파티에 데려가게끔 허용한 것에 대해 친구로서 경고를 해주려고 들렀소. 들었는지 모르겠지만……."

아처 부인이 관대한 웃음을 지었다. "공작님이 그녀를 파티에 데려가셨나요?"

"영국의 이런 귀족들이 어떤지 아시잖소. 모두 똑같아요. 루이자와 나는 우리 사촌을 무척 좋아합니다—그러나 유럽의 궁정에 익숙한 사람들에게 우리 공화국의 작은 특성들에 신경 써주기를 기대한다는 것은 불가능합니다. 공작님은 즐거운 곳이라면 어디든 가니

---

4 열기를 분산시키기 위한 화열 방지 칸막이.

까요." 밴 더 라이든 씨가 말을 멈췄지만 어느 누구도 입을 열지 않았다. "맞아요. 공작님이 어젯밤에 올렌스카 부인을 레뮤얼 스트러더스 부인 댁에 데려간 것 같더군요. 실러턴 잭슨이 실없는 이야기를 가지고 방금 전에 우리 집을 다녀갔소. 루이자는 상당히 걱정스러워했소. 그래서 간단한 방법은 올렌스카 백작부인에게 곧장 가서 어떤 문제들에 대해서는 뉴욕 사람들이 어떻게 느끼는지 — 아시다시피 그야말로 암시에 의해 — 설명하는 것이라고 생각했소. 무례를 범하지 않은 채 그렇게 할 수 있을 것 같다고 느꼈소. 우리 집에서 함께 만찬을 들었던 그날 저녁에 그녀가 내게 지도를 해주면 고맙겠다는 뜻을 넌지시 비쳤기…… 아니 밝혔기 때문이었소. 그리고 그녀는 정말 고마워했소."

밴 더 라이든 씨는 저속한 열정이 덜 정화된 사람들이 얼굴에 그런 표정을 지었더라면 자기만족이라 할 수 있는 표정으로 방 안을 둘러보았다. 그의 얼굴에서는 그것이 온화한 호의의 표정이 되었고 아처 부인 역시 공손하게 같은 표정을 지었다.

"친애하는 헨리, 두 분 모두 얼마나 친절하신지 — 항상요. 사랑하는 메이와 새로 친척이 될 분들 때문에 뉴랜드가 특히 당신이 베풀어준 일에 대해 감사하게 생각할 거예요."

그녀가 아들에게 경고의 눈길을 보내자 그가 입을 열었다. "대단히 감사합니다. 그렇지만 저는 당신도 올렌스카 부인을 마음에 들어 할 거라고 믿었습니다."

밴 더 라이든 씨가 말할 수 없이 부드러운 표정으로 그를 바라보았다. "나는 좋아하지 않는 사람은 절대 내 집에 초대하지 않는다네. 그리고 방금 전에 실러턴 잭슨에게도 그렇게 말했다네." 시계를 힐끗 본 그가 몸을 일으키고는 덧붙였다. "루이자가 기다리고 있을 걸세. 저녁을 일찍 먹고 공작님을 오페라에 모시고 갈 걸세."
 손님이 나간 후 칸막이가 엄숙하게 닫히자 아처 가 사람들 사이에 침묵이 흘렀다.
 "이런—이렇게 낭만적일 수가!" 마침내 이 말이 제이니에게서 폭발적으로 터져 나왔다. 무엇 때문에 그녀가 이런 밑도 끝도 없는 말을 하게 되었는지 아무도 정확하게 알지 못했다. 그러나 그녀의 가족들은 이미 오래전에 그녀의 말을 해석하려는 노력을 포기했다.
 아처 부인이 한숨을 쉬며 고개를 저었다. "만사가 잘된다면야." 그렇게 되지 않을 것이라고 확신하는 사람의 말투로 그녀가 말했다. "뉴랜드, 나가지 말고 있다가 실러턴 잭슨이 오늘 저녁 오면 만나 보거라. 그분한테 무슨 말을 해야 할지 정말 모르겠구나."
 "불쌍한 어머니! 그는 안 올 거예요······." 그녀의 아들이 웃으면서 몸을 구부려 그녀의 찌푸린 얼굴에 입을 맞췄다.

# 11

약 2주 후에 뉴랜드 아처는 레터블레어, 램슨 앤 로 법률사무소의 자기 방에서 아무 일도 하지 않고 멍하게 앉아 있다가 대표의 호출을 받았다.

3대에 걸쳐 뉴욕 상류 사회에서 인정받은 법률 고문인 고령의 레터블레어 씨는 눈에 띄게 당혹스러운 표정으로 마호가니 책상 앞에 버티고 앉아 있었다. 바싹 깎은 허연 구레나룻을 쓰다듬고 튀어나온 이마 위로 헝클어진 은발 머리카락을 손으로 쓸어 올리는 그의 모습을 보면서, 불손한 후배 변호사는 그가 도저히 진단 불가능한 증상을 지닌 환자 때문에 골머리를 썩는 가족 주치의와 무척 닮았다는 생각을 했다.

"선생……." 그는 항상 아처를 "선생"이라고 불렀다. "한 가지 작은 문제를 검토해달라고 선생을 불렀네. 당분간은 스킵워스 씨나 레드우드 씨에게는 알리고 싶지 않은 문제요." 그가 언급한 두 신사는 사무실의 다른 고참 변호사들이었다. 뉴욕의 오래된 법률사무소에서는 항상 그렇듯이 사무실 간판에 거명된 변호사들은 오래전에 세상을 떠났기 때문이었다. 예를 들어 레터블레어 씨는 정확하게 말하면 간판에 들어간 레터블레어 씨의 손자였다.

그가 이마에 주름을 지으며 몸을 의자에 기댔다. "집안의 문제들 때문에……." 그가 말을 이어나갔다.

아처가 고개를 들었다.

"밍고트 가 일이네." 레터블레어 씨가 변명하듯이 웃음을 짓고 고개를 까딱하면서 말했다. "맨슨 밍고트 부인이 어제 나를 부르셨네. 그분의 손녀딸인 올렌스카 백작부인이 남편에게 이혼 소송을 내고 싶어 한다네. 몇몇 서류들은 이미 확보되었고." 그가 말을 멈추고 책상 위를 쿵쿵 쳤다. "선생이 장차 그 집안 사람이 될 것을 고려해서 다른 조치를 하기 전에 선생과 상의하고 싶었네―이 소송 사건을 선생과 함께 숙고해보고 싶었네."

아처는 관자놀이에 피가 몰리는 것을 느꼈다. 그는 올렌스카 백작부인을 방문한 이후 딱 한 차례, 그것도 오페라하우스의 밍고트 가 박스에서 그녀를 만났다. 그사이에 그녀는 덜 생생하고 덜 절박한 이미지가 되어서 그의 전경에서 물러나고, 그곳에서 메이 웰랜드가 자신의 정당한 자리를 되차지했다. 그는 그녀의 이혼에 대해 아무렇게나 추측해서 떠들어대는 제이니의 말을 처음 들은 후 한 번도 그것에 대해 들어본 적이 없었고 그런 이야기를 근거 없는 가십으로 치부했다. 이론적으로 그는 어머니 못지않게 이혼을 불쾌한 것으로 간주했다. 그래서 레터블레어 씨가 (의심할 여지없이 캐서린 밍고트 노부인의 부추김을 받아서) 그를 이 일에 끌어들이려고 매우 분명하게 작정하고 있다는 사실에 화가 치밀었다. 어쨌든 그런 일을 할 수 있는 남자들은 밍고트 가에 수두룩했고 그는 아직 결혼을 통해 밍고트 가 사람이 되지도 않은 상태였다.

그는 고참 변호사가 말을 계속하길 기다렸다. 레터블레어 씨가 서랍을 열고 서류 다발을 꺼냈다. "이 서류들을 훑어보면……."

아처가 얼굴을 찌푸렸다. "죄송하지만 앞으로의 관계 때문이라도 스킵워스 씨나 레드우드 씨와 상의하시는 것이 좋을 것 같습니다."

레터블레어 씨가 놀라고 약간 불쾌해하는 표정을 지었다. 후배가 그런 일을 거절하는 일은 흔치 않았다.

그가 고개를 숙였다. "선생이 망설이는 것은 이해하지만 이 경우에는 정말로 신중을 기해야 해서 내 요청대로 해줘야 할 것 같네. 사실 그 제안은 내가 한 것이 아니라 맨슨 밍고트 부인과 그 아드님이 한 것이네. 로벨 밍고트도 만났고 웰렌드 씨도 만났지. 그들 모두 선생을 거론했네."

아처는 화가 치미는 것을 느꼈다. 그는 지난 2주 동안 여러 가지 일에 약간 무기력하게 떠밀려 다니면서 밍고트 가 자격을 갖게 되는 것에서 오는 상당히 성가신 부담감을 메이의 아름다운 얼굴과 밝은 성격으로 지워보려 했다. 그러나 밍고트 노부인의 이런 명령을 통해 그는 그 집안 사람들이 장래 사위에게 무엇을 요구할 권리를 가졌다고 생각하는지 깨닫게 되었다. 그는 그 역할에 분노가 치밀었다.

"이 일은 그녀의 숙부들이 나서서 해결해야 합니다." 그가 말했다.

"그렇게 했네. 가족들이 그 문제를 논의했지. 그들은 백작부인의 생각에 반대하고 있네. 그렇지만 그녀의 뜻이 확고하고 법률적인 의견을 고집하고 있어."

젊은이는 침묵을 지켰다. 그는 손에 든 꾸러미를 열어보지도 않았다.

"그녀가 재혼하고 싶어 합니까?"

"그렇다는 이야기가 있지만 그녀는 부인하고 있네."

"그렇다면……"

"아처 선생, 먼저 이 서류들을 살펴봐주면 고맙겠네. 나중에 이 일에 대해 의논하면서 내 의견을 말해주겠네."

아처는 반갑지 않은 서류를 들고 마지못해 물러나왔다. 지난번 만남 이후로 그는 올렌스카 부인의 부담을 떨쳐내려고 사건들과 반(半) 무의식적으로 협력했다. 난로 옆에서 그녀와 단둘이 보낸 시간은 그들을 순간적으로 친밀하게 만들어주었지만 이 친밀감은 세인트 오스트리 공작이 레뮤얼 스트러더스 부인과 불쑥 찾아오고 백작부인이 그들을 기쁘게 맞이함으로써 천만다행으로 깨졌다. 이틀 후에 아처는 그녀가 밴 더 라이든 부부의 호의를 회복하는 희극에 한몫 거들었다. 그는 한 다발의 꽃을 보내준 것에 대해 매우 유력한 신사들에게 그렇게 유효적절하게 감사를 표할 줄 아는 숙녀라면 영향력이 크지 않은 젊은이의 개인적인 위로나 공개적인 옹호는 필요 없을 것 같다고 약간 신랄하게 생각했다.

문제를 이런 관점에서 비춰보자 자신의 태도가 간단명료해졌고 윤기를 잃었던 온갖 가정적인 미덕들이 놀라울 정도로 새로운 광채를 띠게 되었다. 그는 메이 웰렌드가 상상 가능한 어떤 긴급한 상황에서라도 자신의 개인적인 곤경을 알리고 다닌다거나 낯선 남자들에게 자신의 비밀을 거리낌 없이 쏟아내는 모습을 상상할 수 없었다. 그 다음 주에는 메이가 그 어느 때보다도 더 고상하고 아름다워 보였다. 메이가 결혼을 서두르자는 그의 간청에 대해 그를 진정시킬 수 있는 한 가지 답을 찾아냈기 때문에 그는 약혼 기간을 길게 잡자는 그녀의 바람에 굴복하기까지 했다.

"당신도 알다시피 요점을 말하자면 당신 부모님은 당신이 어렸을 때부터 죽 당신 하고 싶은 대로 하게 해주셨잖소." 그가 우기자 그녀는 자신이 지을 수 있는 가장 분명한 표정으로 대답했다. "맞아요. 바로 그것 때문에 부모님이 어린 딸인 제게 부탁하실 수 있는 마지막 청을 거절하기가 너무 어려워요."

그것은 옛 뉴욕식 어조였다. 그것이야말로 그가 항상 아내의 자질이라고 확신하고 싶었던 그런 종류의 대답이었다. 뉴욕의 공기를 습관적으로 마시다 보면 조금만 덜 맑은 공기는 숨이 막힐 것처럼 보이는 때가 있었다.

그가 물러나와 읽은 서류에는 사실 별다른 내용이 없었다. 그러나 서류를 읽다 보니 숨이 막히고 고함을 지르고 싶은 기분에 빠져들었다. 서류는 주로 올렌스키 백작의 변호인들과 백작부인이 재정 문제를 해결하려고 의뢰한 프랑스의 법률사무소가 주고받은 편지였다. 백작이 아내에게 보낸 짧은 편지도 있었다. 그것을 읽고는 뉴랜드 아처는 벌떡 일어서서 서류들을 봉투 속에 쑤셔 넣고 다시 레터블레어 씨의 사무실로 들어갔다.

"여기 편지들이 있습니다. 원하시면 올렌스카 부인을 만나 뵙겠습니다." 그가 굳은 목소리로 말했다.

"고맙네 ─ 고마워, 아처 선생. 오늘 저녁 한가하면 우리 집에 와서 나와 함께 저녁을 먹도록 하세. 나중에 그 문제에 대해서는 논하기로 하지. 선생이 내일 우리 고객을 방문하고 싶다면 말이야."

뉴랜드 아처는 그날 오후 곧장 집으로 걸어갔다. 지붕 위에 순결한 초승달이 떠 있는 투명하게 맑은 겨울 저녁이었다. 그는 그 순수한 달빛으로 영혼의 폐를 채우고 저녁식사 후 레터블레어 씨와 밀담을 나눌 때까지는 어느 누구와도 한마디도 나누고 싶지 않았다. 자신이 결정했던 것과 다른 식으로 결정하는 것은 불가능했다. 그녀의 비밀이 다른 사람들의 시선에 드러나게 하느니 자신이 올렌스카 부인을 만나야 했다. 커다란 동정심의 파도가 밀려와 그의 무관심과 성급함을 휩쓸어갔다. 운명에 맞서 미친 듯이 뛰어들다가 더 상처입지 않도록 어떤 대가를 치르더라도 구원을 받아야 하는, 위험에 노출된 불쌍한 모습으로 그녀가 그 앞에 서 있었다.

그는 그녀의 이력에서 '불쾌한' 것은 모두 삼가달라는 웰렌드 부인의 요청에 대해 그녀가 들려준 말을 기억해내고 어쩌면 이런 마음 자세 때문에 뉴욕의 공기가 그렇게 순수하게 유지된 것 같다는 생각에 움찔했다. "우리는 결국 바리새인[1]일 뿐인가?" 그는 인간의 비열함에 대한 본능적인 혐오감과 인간의 나약함에 대한 똑같은 본능적인 연민을 조화시켜보려는 노력에 부심하면서 그렇게 생각했다.

처음으로 그는 자신의 원칙이 얼마나 초보적인 것이었는지 깨달았다. 그는 모험을 두려워하지 않는 청년으로 통했다. 불쌍하고 어리석은 솔리 러시워스 부인과의 비밀 연애는 그렇게 썩 비밀스럽지는 않아서 그에게 모험에 걸맞은 분위기를 제공해주지 못했다는 것을 그는 알았다. 그러나 러시워스 부인은 어리석고 허영심이 강했으며, 천성적으로 비밀스러웠다. 그녀는 그가 가진 매력과 자질들보다는 연애의 비밀스러움과 아슬아슬함에 더 끌린 '그런 종류의 여자'였다. 그 사실을 깨달았을 때에는 그의 마음이 찢어질 것 같았지만, 이제는 오히려 그것이 그 연애 사건을 보상해주는 특징처럼 보였다. 간단히 말해서 그 연애 사건은 그 나이 또래의 젊은이 대부분이 겪었다가, 사랑과 존경의 대상인 여성들과 쾌락과 동정의 대상인 여성들 사이에는 확연한 차이가 있다는 확고한 믿음을 얻은 채, 양심의 가책도 느끼지 않으며 빠져나오는 그런 종류의 것이었

---

[1] 성경에 나오는 종파로 위선자들로 알려져 있다.

다. 그들의 어머니와 숙모들, 다른 나이 든 여자 친척들이 그런 믿음을 갖도록 열심히 그들을 부추겼다. 이들은 모두 '그런 일이 벌어졌을' 때 당연히 남자가 어리석었지만 죄받을 쪽은 항상 여자라는 아처 부인의 생각에 동의했다. 아처가 아는 나이 든 숙녀들은 모두 경솔하게 사랑에 빠진 여자는 너나 할 것 없이 부도덕하고 음흉하다고 간주했고, 단순한 남자는 그 여자의 손아귀에서 무력할 뿐이라고 간주했다. 할 수 있는 유일한 방법은 최대한 빨리 참한 여자와 결혼하도록 남자를 설득하고 그를 돌보는 일을 그 여자 손에 맡기는 것이었다.

아처는 복잡한 옛날 유럽 사회에서는 사랑 문제가 이렇게 간단하고 쉽게 분류되지는 않았을 것이라고 추측하기 시작했다. 풍요롭고 한가하며 장식적인 사회에서는 틀림없이 그런 상황이 훨씬 더 많이 일어났을 것이다. 그리고 천성적으로 예민하고 초연한 여성이 상황에 밀려, 순전히 자신을 방어할 수 없는 상태와 외로움 때문에, 전통적인 기준으로는 도저히 용납할 수 없는 결혼으로 끌려 들어가는 상황도 일어날 수 있었을 것이다.

집에 도착하자마자 그는 올렌스카 백작부인에게 다음 날 몇 시에 방문해도 좋은지 묻는 짧은 편지를 심부름꾼 소년을 시켜서 보냈다. 심부름꾼 소년은 그녀가 다음 날 아침 스카이터클리프로 떠나서 밴 더 라이든 부부와 일요일을 보낼 예정이지만 그날 저녁식사 후에는 혼자 있을 것이라는 전갈을 가지고 곧 돌아왔다. 그 짧은 편지는 다소 지저분한 반쪽짜리 종이 위에 날짜나 주소 없이 적혀 있었지만 그녀의 필체는 안정되고 자유로웠다. 그는 그녀가 스카이터클리프의 웅장한 고적함 속에서 주말을 보낸다는 생각에 재미있어 했지만 곧 그녀가 다른 어느 곳에서보다 그곳에서 '불쾌한' 것들을 가혹할 정도로 회피하는 사람들의 냉기를 가장 많이 느낄지도 모른다고 생각했다.

그는 저녁식사 후에 곧 자리를 뜰 구실에 기뻐하면서 일곱 시에 정확하게 레터블레어 씨 댁에 도착했다. 그는 넘겨받은 서류들을 통해 이미 자신의 의견을 정립해놓았기 때문에 특별히 고참 변호사와 그 문제를 자세히 논하고 싶지는 않았다. 레터블레어 씨는 홀아비였다. 그들은 단둘이 누르스름하게 변해가는 〈채텀의 죽음〉[2]과 〈나폴레옹 대관식〉[3] 판화가 걸려 있는 어둡고 초라한 방에서 푸짐한 음식을 천천히 먹었다. 찬장 위에는 세로로 홈 무늬가 들어간 셰러턴 칼집 사이로 오 브리옹[4] 병과 (고객에게 선물받은) 오래된 래닝 포트 병이 서 있었다. 이 포도주는 건달인 톰 래닝이 샌프란시스코에서 베일에 싸인 불명예스러운 죽음을 맞이하기 한두 해 전에 팔아 치운 것이었다. 가족들에게는 그의 죽음이 저장고의 포도주를 팔아 넘긴 것보다 오히려 덜 망신스러운 일이었다.

부드러운 굴 수프 다음에는 청어와 오이가 나왔고 다음에는 옥수수 튀김을 곁들인 어린 칠면조 구이가 나왔다. 그 다음에는 건포도 젤리와 샐러리 마요네즈를 곁들인 들오리 요리가 나왔다. 샌드위치와 차로 점심을 때운 레터블레어 씨는 유유히 실컷 저녁을 먹으면서 손님에게도 똑같이 하도록 권했다. 마침내 마지막 의식이 끝나

---

2  Death of Chatham : 미국인 화가 존 싱글턴 코플리가 그린 유명한 그림들 중 하나. 런던 테이트 미술관 소장.
3  Coronation of Napoleon : 자크-루이 다비드의 걸작. 열렬한 나폴레옹 추종자였던 다비드가 역사적 소재를 어떻게 다루었는지 그의 회화관을 엿보게 해주는 작품. 현재 루브르 박물관 소장.
4  Haut Brion : 보르도산 고급 와인.

고 식탁이 치워지고 나서 담배에 불이 붙여졌다. 의자에 몸을 기대고 포트와인을 서쪽으로 밀쳐놓고는 레터블레어 씨가 뒤에 있는 석탄난로 쪽으로 기분 좋게 등을 펴면서 말했다. "온 가족이 이혼에 반대하네. 나도 그게 옳다고 생각하네."

아처는 즉시 자신은 반대편이라고 생각했다. "그런데 왜 그렇습니까? 소송 신청이 있으면……."

"글쎄—그게 무슨 소용이 있겠나? 그녀는 여기 있고—그는 멀리 있는데. 대서양이 그들 사이를 가로막고 있잖은가. 그가 그녀에게 자발적으로 돌려주지 않는 한 그녀는 1달러도 자기 돈을 되찾지 못할 거네. 빌어먹을 그들의 이교도식 혼인 계약서에 그 점이 대단히 잘 명시되어 있지. 저쪽에서 일이 진행되는 동안 올렌스키는 관대하게 행동한 거네. 그녀에게 한 푼도 안 주고 내쫓을 수도 있었지."

아처도 이 점을 알았기 때문에 아무 말도 하지 않았다.

레터블레어 씨가 말을 계속했다. "그렇지만 그녀가 돈을 중요시하는 것 같지는 않네. 그렇다면 가족들 말대로 그냥 덮어두면 좋지 않겠나?"

아처는 한 시간 전에 이 집에 올 때만 해도 레터블레어 씨의 의견에 전적으로 동의했다. 그러나 이 이기적이고 살진 데다 지독하게 냉담한 노인의 입을 통해 말로 표현되자 그것은 갑자기 불쾌한 것이 들어오지 못하도록 바리케이드 치느라 여념이 없는 사회의 바리새인 목소리가 되었다.

"그것은 그녀가 결정할 문제라고 생각합니다."

"흠—그녀가 이혼하기로 결정한다면 어떤 결과가 나타날지 생각해봤나?"

"그녀의 남편이 보낸 편지 속에 들어 있는 협박 말씀인가요? 그게 무슨 의미가 있나요? 불량배가 홧김에 내뱉은 막연한 비난 같은 거죠."

"맞네. 그러나 그가 정말로 소송에 변호하고 나서면 불쾌한 이야기가 될 수도 있네."

"불쾌하다고요……!" 아처가 폭발하듯이 말했다.

레터블레어 씨가 눈썹을 치켜세우며 무슨 일인지 묻는 표정으로 그를 쳐다보았다. 아처가 자기 생각을 설명해봐야 소용없다는 것을 깨닫고 잠자코 고개를 숙이자 상사가 말을 계속했다. "이혼은 항상 불쾌한 일이야."

"내 말에 동의하나?" 레터블레어 씨가 아무 말 없이 기다리다가 말을 계속했다.

"당연한 일이죠." 아처가 말했다.

"그렇다면 선생을 믿겠네. 밍고트 가도 선생을 믿고 있을 걸세. 그럼 생각을 바꾸도록 설득해보겠나?"

아처가 망설이다가 마침내 입을 열었다. "올렌스카 백작부인을 만나보기 전에는 약속드릴 수가 없습니다."

"아처 선생, 이해할 수가 없군. 선생은 수치스러운 이혼 소송에 휘말린 집안으로 장가를 가고 싶은가?"

"그 문제와 소송은 아무 관련이 없다고 생각합니다."

레터블레어 씨가 포트와인 잔을 내려놓고 젊은 동료 변호사를 신중하고 염려하는 눈길로 바라보았다.

아처는 까딱하다간 자신에게 내려진 명령이 철회될 수 있다는 것을 알았다. 어떤 이유에서인지 알 수는 없었지만 그는 그런 가능성이 싫었다. 그 일이 그에게 맡겨진 이상 그것을 내놓고 싶지는 않았다. 그런 가능성을 없애려면 밍고트 가의 법적인 양심인, 상상력이라고는 눈곱만큼도 없는 이 노인을 안심시켜야 했다.
 "보고를 드리기 전까지는 제 뜻을 분명히 밝히지 않겠다는 말씀이었습니다. 제 말 뜻은 올렌스카 백작부인이 무슨 말을 하는지 들어볼 때까지는 제 의견을 말씀드리지 않겠다는 것입니다."
 레터블레어 씨는 뉴욕 최고의 전통이라 할 만한 지나친 신중함에 만족하며 고개를 끄덕였고 젊은이는 약속이 있다는 핑계를 대고 작별 인사를 했다.

## 12

옛 뉴욕 사람들은 7시에 저녁식사를 했다. 저녁식사 이후에 방문하는 관습은 아처의 친구들 사이에서는 비웃음의 대상이었지만, 일반적으로는 아직도 널리 행해졌다. 아처가 웨이벌리 플레이스[1]에서 5번 가로 걸어 올라갈 때 (공작을 위한 만찬이 열린) 레기 치버스가 앞에 서 있는 마차들 무리와 이따금씩 무거운 외투와 머플러를 두르고 갈색 돌계단을 올라왔다가 가스등이 켜진 현관 안으로 사라지는 노신사들의 모습을 제외하고 긴 대로는 왕래가 뜸했다. 그래서 아처는 워싱턴 광장을 가로질러 가면서 노신사 뒤 락 씨가 사촌인 대거넷 가를 방문하는 모습을 보았고 웨스트 10번 가 모퉁이를 돌 때는 래닝스 양을 방문하러 가는 길이 분명한 사무실 동료 스킵워스 씨를 보았다. 5번 가를 조금 더 올라가자 보퍼트가 환한 불빛을 받아 검게 투영된 모습으로 현관 계단에 나타나더니 전용 유개마차를 타고 어딘지 알 수 없지만 아마도 입에 올릴 수 없는 목적지로 사라지는 모습이 보였다. 오페라 공연이 있는 밤도 아니었고 어느 누구도 파티를 열고 있지 않았기 때문에 보퍼트의 외출은 의심할 여지없이 비밀스러움을 띠는 것이었다. 아처는 마음속으로 그

---

1 워싱턴 광장의 바로 북쪽.

것과 최근에 리본으로 꾸민 창문 커튼과 꽃상자가 보이고, 새로 칠한 현관문 앞에서 패니 링 양의 노란색 유개마차가 기다리는 모습이 자주 눈에 띄던 랙싱턴 가 너머 작은 집을 연관시켰다.

아처 부인의 세계를 구성하는 작고 미끄러운 피라미드 너머에는 화가와 음악가, 그리고 '글 쓰는 사람들'이 살고 있는 거의 지도에도 나오지 않는 거리가 있었다. 이렇게 뿔뿔이 흩어진 인류의 조각들은 사회 구조에 통합되고 싶다는 소망을 전혀 보이지 않았다. 이상한 점들을 지니고 있음에도 그들은 대부분 상당히 훌륭한 사람들이라는 평을 들었지만, 다른 사람들과 교제하는 것을 피했다. 메도라 맨슨은 한창 때 '문학 살롱'을 열었지만 문인들이 자주 들르는 것을 꺼려해서 곧 없어지고 말았다.

다른 사람들도 비슷한 시도를 했다. 열정적이고 수다스러운 어머니와 그녀를 닮은 볼품없는 세 딸이 있는 블렌커 가에는 에드윈 부스[2], 패티[3]와 윌리엄 윈터[4], 신인 셰익스피어 연극배우 조지 리그놀드[5], 잡지 편집자들과 음악, 문학 평론가들이 모였다. 아처 부인과 친구들은 이 사람들에 대해 약간의 서먹함을 느꼈다. 그들은 기묘하고 변덕스러웠으며 삶이나 생각의 배후에 다른 사람들은 잘 모르는 것들을 가지고 있었다. 아처 가 사람들은 문학과 예술에 매우 관심이 많았다. 아처 부인은 워싱턴 어빙[6], 피츠-그린 핼럭, 〈죄인 요

---

2 Edwin Booth(1833~1893) : 미국의 배우. 포드 극장에서 〈우리의 미국인 친척〉을 공연하는 도중 그의 형 존 윌크스 부스가 아브라함 링컨을 권총으로 암살했다.
3 Adelina Patti.
4 William Winter(1836~1917) : 유명한 연극 평론가이자 작가.
5 George Rignold(1839~1912) : 영국 배우로 미국에서는 1870년대 말 호평받은 〈헨리 5세〉를 통해 주목받았다. 1866년 이후 오스트레일리아에서 큰 성공을 거뒀다.
6 Washington Irving : 미국 소설가 겸 수필가. 《뉴욕사》를 출간, 경묘한 풍자와 유머러

정)을 쓴 시인 같은 사람들 덕에 사교계가 훨씬 더 유쾌해지고 교양을 갖추게 되었다고 자식들에게 애써 말해주곤 했다. 그 세대의 가장 유명한 작가들은 '신사들'이었다. 그들의 뒤를 이은 무명의 인물들이 설사 신사다운 생각을 지니고 있다 해도, 그들의 태생과 외모, 머리 모양, 연극과 오페라에 조예가 깊다는 점 때문에 옛 뉴욕의 기준이 그들에게 적용될 수는 없었다.

"내가 어렸을 적에는 배터리부터 커낼 가[7]까지 모르는 사람이 없었다. 그리고 누구나 알 만한 사람들만 마차가 있었다. 그때만 해도 누가 누구인지 알아맞히는 것이 식은 죽 먹기였다. 이제는 누구인지 알 수가 없고 굳이 그러려고 하지도 않는다."

도덕적인 편견이 없고 미묘한 구분에 대해 거의 신흥 부호처럼 무관심했던 캐서린 밍고트 노부인만이 그런 깊은 심연을 메워줄 수 있었을 것이다. 그러나 그녀는 책 한번 펼쳐본 적이 없고 그림도 보지 않았다. 그녀가 음악을 좋아한 이유는 단지 그것이 튈르리 궁전에서 승승장구하던 시절에 이탈리아인 대로[8]에서 보냈던 축제의 밤들을 떠올려주었기 때문이었다. 대담함 면에서 그녀와 쌍벽을 이룰 보퍼트라면 두 집단의 융합을 이뤄낼 수 있었을지 모른다. 그러나 그의 웅장한 저택과 실크 스타킹을 신은 하인들은 격의 없는 교제에 장애가 되었다. 더구나 그는 밍고트 부인만큼 무식했고 '글 쓰는 사람들'을 부자들의 오락거리를 돈을 받고 조달해주는 사람들 정도로 치부했다. 그리고 그의 이런 의견에 영향을 미칠 수 있을 만큼 부유

---

스한 필치로 일약 유명해졌으며, 영국의 전통이나 미국의 전설을 그린 《스케치북》을 출판해 미국 작가로서는 최초로 세계적 명성을 얻었다.
7 맨해튼에서 제일 먼저 정착된 구역으로 섬의 남쪽 끝에 있다.
8 19세기 파리에서 밤의 유흥을 즐길 수 있었던 중심지.

한 사람들 중에서 그의 의견에 토를 다는 사람은 아무도 없었다.

뉴랜드 아처는 기억나는 어린 시절부터 줄곧 이런 일들을 알고 있었고 그것을 자신의 우주를 구성하는 구조의 일부로 받아들였다. 그는 화가와 시인들, 소설가들과 과학자들, 심지어는 훌륭한 배우들을 사람들이 공작들만큼 많이 찾는 사교계가 있다는 것을 알고 있었다. 그는 (손에서 떼어놓을 수 없는 책들 중 하나인 《미지의 여인에게 보낸 편지》를 쓴) 메리메[9]나 새커리, 브라우닝[10]이나 윌리엄 모리스[11]에 대한 대화를 주제로 삼는 거실을 친숙하게 느끼며 산다면 어떨까 하는 상상을 가끔 해보곤 했다. 그러나 그런 일은 뉴욕에서는 상상도 할 수 없었고 생각하는 것만도 불온한 일이었다. 아처는 '글 쓰는 사람들'과 음악가들, 화가들을 대부분 알았다. 그는 센추리 클럽[12]이나 막 생겨나기 시작한 작은 음악과 연극 클럽에서 그들을 만났다. 그곳에서는 그들과 즐거운 시간을 보냈지만, 그들이 노획해온 진귀한 물건들이라도 되는 것처럼 주변을 스쳐가는 열정적이고 단정치 못한 여자들과 섞여 있는 블렌커 가에서는 그들을 만나도 지루했다. 그는 네드 윈셋과 평생 가장 흥미진진한 대화를 나눈 후에도 자신의 세계가 좁다면 그들의 세계도 좁으며, 어느 한쪽 세계를 확장시킬 유일한 방법은 서로 자연스럽게 섞일 수 있도록 비

---

9  Prosper Mérimée(1803~1870) : 단편소설을 주로 쓴 프랑스의 작가로 《콜롱바》(1840), 《카르멘》 등의 대표작이 있다. 1874년에 출판된 《미지의 여인에게 보낸 편지》는 그가 연인에게 보낸 편지 모음집이다.
10  영국 빅토리아 시대의 시인(1812~1889).
11  영국의 시인·소설가·화가·건축가(1834~1896).
12  Century : 예술적인 기호를 가진 남성들을 위한 클럽으로 1847년에 세워졌고 회원 수를 백 명으로 한정했기 때문에 센추리라는 이름이 붙게 되었다. 이 클럽은 아처가 살던 시절에는 15번 가에 자리 잡고 있었고 현존해 있다. 5번 가 바로 서쪽에 있는 43번 가에 있는 현재의 건물은 스탠포드 화이트가 설계한 것으로 그의 걸작 중 하나다.

숫한 예의범절을 갖게 되는 것이라고 생각하면서 헤어지곤 했다.

그는 올렌스카 백작부인이 살았고 고통받았으며—어쩌면—신비로운 기쁨을 맛보았을 사회를 그려보다가 이 일을 떠올렸다. 밍고트 할머니와 웰렌드 가 사람들이 그녀가 '글 쓰는 사람들'이 차지하고 있는 '보헤미안' 지역에 사는 것을 반대한다는 이야기를 그에게 전하면서 그녀는 무척 재미있어했다. 그녀의 가족이 질색했던 것은 그 지역의 위험이 아니라 가난이었다. 그러나 그녀는 그런 미묘한 점을 깨닫지 못하고 그저 그들이 문학을 체통을 손상시키는 것으로 간주해서 그러는 것 같다고 생각했다.

그녀 자신은 문학을 전혀 꺼려하지 않았다. (집 안에서 일반적으로 책이 '어울리지 않는다'고 여겨지는 장소인) 그녀의 응접실 여기저기에 흩어져 있는 책들은 주로 소설 작품들이었지만 폴 부르제[13]와 위스망스[14], 공쿠르 형제[15] 같은 처음 보는 이름들로 아처의 관심을 끌었다. 그녀의 집 현관으로 다가가면서 이런 일들을 곰곰이 생각하다가 그는 그녀가 이상한 방식으로 자신의 가치관을 뒤집고 있으며, 그녀가 현재 처해 있는 어려움에 조금이라도 도움이 되려면 자신이 지금까지 알아온 것과는 매우 다른 상황에 처해 있다고 생각해야 할 필요가 있음을 다시금 깨달았다.

나스타샤가 의미를 알 수 없는 웃음을 지으며 문을 열어주었다.

---

[13] Paul Bourget(1852~1935) : 시인이자 소설가이며 수필가. 그의 명저 《현대심리 논총》(1883)으로 스탕달이 재평가되었다. 워튼과 친한 친구 사이이기도 했다.
[14] Huysmans(1848~1907) : 시인이자 예술 비평가이며 소설가.
[15] Edmond de Goncourt(1822~1896)와 Jules de Goncourt(1830~1870) : 19세기 프랑스의 형제 소설가로 사후에 '공쿠르 상'이 설립되었다.

복도의 긴 의자 위에 검은 담비로 안을 댄 외투와, 안감에 금색으로 J. B.라고 새겨진 흐릿한 색깔의 실크로 된 접힌 오페라 모자, 흰색 실크 목도리가 놓여 있었다. 이 값비싼 물건들이 줄리어스 보퍼트의 것이라는 사실은 틀림이 없었다.

아처는 화가 났다. 너무 화가 나서 명함에 한마디만 휘갈겨놓고 나와버리려 했다. 그러다가 올렌스카 부인에게 편지를 보낼 때 너무 과도하게 신중을 기하는 바람에 그녀를 단둘이 만나보고 싶다는 말을 빠뜨렸다는 사실이 생각났다. 그녀가 다른 방문객들에게 문을 열어줬다 해도 그 자신밖에는 탓할 사람이 없었다. 그래서 그는 보퍼트 스스로 자신이 방해가 되고 있다고 느끼게 해서 자기보다 먼저 자리를 뜨게 만들겠다고 단단히 결심하고 응접실로 들어갔다.

은행가는 벽난로 선반에 기대 서 있었다. 선반에는 오래된 자수품이 깔려 있었고 그 위에 놓인 청동 촛대에는 누르스름한 밀랍으로 만든 교회용 양초가 꽂혀 있었다. 그는 가슴을 내밀고 어깨를 선반에 기댄 채 커다란 에나멜 가죽 구두를 신은 한쪽 발로 몸을 지탱하고 있었다. 아처가 들어갔을 때 그는 웃으며 벽난로와 직각으로 놓인 소파에 앉은 집주인을 내려다보고 있었다. 꽃이 쌓인 탁자가 소파 뒤에서 칸막이 역할을 했고 아처가 보기에 보퍼트의 온실에서 가져온 선물임에 틀림없는 난초와 진달래를 배경으로 올렌스카 부인은 한 손으로 머리를 받치고 반쯤 누운 자세였다. 넓은 소매가 벌어져서 팔꿈치까지 맨살이 드러났다.

저녁에 손님을 맞이할 때 숙녀들은 '수수한 디너 드레스'를 입는 것이 상례였다. 그런 드레스는 실크에 고래뼈를 대서 몸에 꽉 맞게 만든 갑옷 같은 옷으로 목 부분에 살짝 틈이 있지만 레이스 러플로 그 틈을 메웠고 주름 장식이 달린 꼭 끼는 소매는 에트루리아식 금

팔찌나 벨벳 밴드가 보일락 말락 할 정도만 손목을 드러냈다. 그러나 전통에 대해 별로 신경 쓰지 않는 올렌스카 부인은 턱 주변과 앞쪽에 반짝이는 검은 모피를 댄 긴 붉은 벨벳 드레스를 입고 있었다. 아처는 파리를 마지막으로 방문했을 때 보았던 신진 화가 카롤루스 뒤랑[16]의 초상화를 떠올렸다. 숙녀가 턱을 모피로 감싸고 대담하게 몸에 끼는 드레스를 입은 그의 그림들은 살롱에서 물의를 일으켰다. 더운 응접실에서 저녁에 모피를 걸친다는 생각과, 목도리를 두른 목과 맨살을 드러낸 조합에는 뭔가 부정하고 도발적인 면이 있었지만 그 효과는 부정할 수 없을 정도로 기분을 상쾌하게 해주었다.

"하느님의 사랑이 있기를—스카이터클리프에서 꼬박 사흘을 보낸다고요!" 아처가 들어갔을 때 보퍼트가 조소하듯 큰 목소리로 이렇게 말하고 있었다. "모피 옷들 전부하고 뜨거운 물병을 가져가는 게 좋을 겁니다."

"왜요? 그 집이 그렇게 추운가요?" 그녀가 이렇게 물으며 자신의 손에 입을 맞춰주길 기대한다는 뜻을 묘하게 비치면서 아처에게 왼손을 내밀었다.

"아니요. 그 댁 마님이 그렇다는 거죠." 보퍼트가 아처에게 건성으로 고개를 끄덕이며 말했다.

"그렇지만 저는 그분이 무척 친절하시다고 생각해요. 절 초대하러 직접 오셨어요. 할머니 말씀이 제가 꼭 가야 한대요."

"물론 할머니는 그렇게 말씀하시겠죠. 다음 일요일에 캄파니니[17]

---

**16** Charles-Auguste-Émile Durand(1838~1917) : 인기 있는 상류 사회 초상화가였다.
**17** Italo Campanini : 이탈리아인 테너. 뉴욕에서는 1873년에 첫 공연을 가졌다. 10년 후 메트의 개막 공연인 구노의 오페라에서 〈파우스트〉를 노래했다.

와 스칼키[18]를 비롯해서 많은 유쾌한 사람들과 함께 델모니코[19]에서 당신을 위해 조촐한 굴 만찬을 열 계획인데 당신이 빠지게 되다니 정말 유감이군요."

그녀가 마음을 정할 수 없다는 표정으로 은행가에서 아처에게로 시선을 돌렸다.

"아—그 말을 들으니 마음이 흔들리는데요! 며칠 전 저녁에 스트러더스 부인 댁에 갔을 때를 제외하고는 이곳에 온 후 예술가를 단 한 사람도 못 만났어요."

"어떤 종류의 예술가 말입니까? 제가 화가를 한두 사람 아는데 굉장히 훌륭한 화가들입니다. 당신만 좋다면 그분들을 모시고 올 수도 있을 텐데요." 아처가 대담하게 말했다.

"화가들이라고요? 뉴욕에 화가가 있소?" 보퍼트는 자신이 그림을 사지 않았기 때문에 화가가 있을 리 없다는 뜻을 풍기는 투로 물었다. 올렌스카 부인이 진지하게 웃으며 아처에게 말했다. "그러면 좋겠네요. 그런데 사실은 극작가들과 가수들, 배우들과 음악가들을 생각하고 한 말이에요. 제 남편의 집에는 항상 그런 사람들이 들끓었거든요."

그녀는 '제 남편'이라는 말에 불길한 연상이 전혀 연결되어 있지 않다는 듯이 결혼 생활의 사라진 즐거움을 슬퍼하는 듯한 투로 그 말을 했다. 아처는 그녀가 자신의 평판에 먹칠할 위험을 무릅쓰고 과거에서 벗어나려고 하는 바로 그 순간, 과거를 그렇게 쉽게 들먹이는 것이 경솔함 때문이지 아니면 짐짓 가장하는 것 때문인지 궁금해하면서 당혹스러운 눈빛으로 그녀를 바라보았다.

---

[18] Sofia Scalchi : 이탈리아인 메조.
[19] Delmonico : 그 시대 뉴욕 최고급 식당 중 하나.

그녀가 두 남자에게 말을 계속했다. "저는 예기치 않은 일이 벌어지면 즐거움이 더 커진다고 생각해요. 정말로요. 어쩌면 매일 똑같은 사람들을 만나는 것이 오히려 잘못된 일일 수 있어요."

"지독하게 지겨운 일이죠. 뉴욕은 따분함으로 죽어가요." 보퍼트가 투덜댔다. "당신을 위해 뉴욕을 활기차게 만들어보려고 하는데 당신이 내게 등을 돌리는군요. 오도록 해요—마음을 바꿔요! 일요일이 당신의 마지막 기회요. 캄파니니가 다음 주에 볼티모어와 필라델피아로 떠난답니다. 내 별실에 스타인웨이 피아노가 있어서 그들이 나를 위해 밤새 노래를 불러줄 것이오."

"정말 근사해요! 생각해보고 내일 아침에 편지를 보내도 될까요?"

그녀가 상냥하게 말했지만 그녀의 목소리에는 아주 희미하게 거절의 뜻이 들어 있었다. 보퍼트는 그것을 분명히 느꼈지만 거절에 익숙하지 않았기 때문에 미간에 고집스러운 주름을 지으며 그녀를 뚫어지게 바라보고 서 있었다.

"지금은 왜 안 됩니까?"

"이렇게 늦은 시간에 결정하기에는 너무 중대한 문제라서 그래요."

"지금 시간을 늦었다고 말합니까?"

그녀는 그의 시선을 냉정하게 마주했다. "네, 제가 잠깐 동안 아처 씨와 일 얘기를 해야 해서요."

"아." 보퍼트가 짧게 내뱉었다. 그녀의 어조에 간청하는 기색이 조금도 없자 그는 가볍게 어깨를 으쓱하면서 평정을 되찾고 그녀의 손을 잡고 능숙한 태도로 그녀의 손에 입을 맞추고는 문간에서 소리쳤다. "뉴랜드, 혹시 백작부인을 잘 설득해서 시내에 머무르게 해준다면 당연히 당신도 만찬에 끼워주겠소." 그가 느리고 거만한 걸음걸이로 방을 떠났다.

잠깐 동안 아처는 레터블레어 씨가 그녀에게 자신의 방문에 대해 미리 알려준 것이 틀림없다고 생각했다. 그러나 그녀의 다음 말이 그것과는 아무 상관이 없었기 때문에 그는 생각을 바꿨다.

"그렇다면 당신이 화가들을 안다는 거죠? 화가들에게 둘러싸여 사나요?" 그녀가 호기심 가득한 눈으로 물었다.

"아, 정확히 그런 건 아닙니다. 이곳에 예술이 자리를 잡았다고 생각하지 않습니다. 어떤 종류의 예술이건요. 예술은 집들이 매우 드문 교외와 비슷해요."

"그렇지만 당신은 그런 것들을 좋아하죠?"

"무척 좋아합니다. 파리나 런던에 가면 전시회를 하나라도 놓치지 않습니다. 뒤처지지 않으려고 애쓰지요."

그녀가 긴 주름 밖으로 살짝 나온 작은 공단 신발코를 내려다보았다.

"나도 옛날에는 무척 좋아했어요. 내 삶은 그런 것들로 가득했죠. 그런데 이제는 그러지 않으려고 해요."

"그러지 않고 싶다고요?"

"네. 이전의 삶은 전부 던져버리고 여기 사는 사람들과 꼭 같아지고 싶어요."

아처의 얼굴이 붉어졌다. "당신은 절대 다른 사람들과 같아지지 않을 겁니다."

그녀가 곧은 눈썹을 약간 치켜떴다. "아, 그런 말 하지 말아요. 내가 다르다는 것을 얼마나 싫어하는지 당신이 알면 좋을 텐데!"

그녀의 얼굴이 비극 속 가면처럼 어두워졌다. 그녀가 앞으로 몸을 기울이며 가느다란 양손으로 무릎을 감싸 안고 그에게서 시선을 돌려 먼 곳을 멍하니 바라보았다.

"그 모든 것에서 벗어나고 싶어요." 그녀가 단언했다.

그는 잠깐 동안 기다렸다가 목청을 가다듬었다. "알아요. 레터블레어 씨가 제게 말씀해주셨어요."

"아?"

"바로 그것 때문에 왔습니다. 그가 부탁을 해서요—아시다시피 그 법률사무소에서 일하거든요."

그녀가 약간 놀란 표정을 지었지만 곧 그녀의 눈빛이 밝아졌다. "그러면 당신이 날 위해 그 일을 해결해줄 수 있다는 건가요? 레터블레어 씨 대신 당신에게 의논할 수 있는 거죠? 아, 그러면 훨씬 더 마음이 편하겠어요!"

그녀의 어조에 그의 마음이 움직였고 자기만족감과 함께 자신감도 커졌다. 그는 그녀가 단지 보퍼트를 떼어내려고 일이 있다고 말했다는 사실을 깨달았고 보퍼트를 쫓아버렸다는 것에 상당한 승리감을 느꼈다.

"그것에 대해 이야기하려고 여기 왔습니다." 그가 다시 한번 말했다.

그녀는 여전히 소파 등에 기댄 팔에 머리를 받치고 아무 말 없이 앉아 있었다. 그녀의 얼굴이 드레스의 화려한 붉은색에 가려서 흐려진 것처럼 창백하고 어두워 보였다. 갑자기 그녀가 애처롭고 심지어는 불쌍한 사람이라는 생각이 들었다.

'이제 곤란한 사실들에 다가가고 있군.' 그는 어머니와 그녀의 동시대 사람들에게 자신이 그렇게 자주 비난했던 것과 똑같은 본능적인 주저함이 자신에게도 있다는 사실을 깨달으면서 그렇게 생각했다. 색다른 상황에 대처하는 수완이 그에게는 거의 갖춰져 있지 않았다. 그런 상황에 대한 용어들이 그에게는 낯설었고, 그것들이 소설이나 연극에나 나오는 말처럼 보였다. 막상 닥쳐오는 일에 직면하자 그는 소년처럼 어색하고 당황스러웠다.

잠깐 말을 멈춘 후 올렌스카 부인이 뜻밖에도 격렬하게 외쳤다. "나는 자유로워지고 싶어요. 모든 과거를 싹 지워버리고 싶어요."

"이해합니다."

그녀의 얼굴이 부드러워졌다. "그러면 날 도와줄래요?"

"먼저······." 그가 머뭇거렸다······. "제가 조금 더 알아야만 합니다."

그녀가 놀란 것처럼 보였다. "내 남편에 대해 알고 있지 않나요—그와 보낸 내 삶을요?"

그가 동의의 표시를 했다.

"그렇다면—도대체—뭐가 더 있겠어요? 이 나라에서는 그런 일을 참아야만 하나요? 나는 개신교도예요—우리 교회에서는 그런 경우에 이혼을 금하지 않아요."

"물론 그렇지요."

두 사람 모두 다시 침묵을 지켰다. 아처는 올렌스키 백작의 편지라는 망령이 그들 사이에서 험상궂게 얼굴을 찡그린 채 도사리고 있다고 느꼈다. 편지는 겨우 반쪽에 불과했고 레터블레어 씨와 이야기할 때 묘사했던 것처럼 불량배가 홧김에 내뱉은 막연한 비난에 불과했다. 그러나 그 뒤에 얼마나 많은 진실이 숨어 있을까? 그것은 올렌스키 백작의 부인만이 알 수 있었다.

"당신이 레터블레어 씨에게 준 서류들을 훑어보았습니다." 그가 마침내 입을 열었다.

"그렇다면—더 혐오스러운 것이 있을 수 있을까요?"

"아니요."

그녀가 자세를 살짝 바꿔서 한 손을 들어 두 눈을 가렸다.

아처가 말을 계속했다. "물론 아시겠지만 남편께서 소송에 맞서기로 하면—협박한 대로……."

"그러면요……?"

"이런저런 말을 할 겁니다. 당신에게—불쾌—아니 안 좋은 말들을요. 공개적으로 그런 말을 해서 퍼져나가면 당신에게 피해를 줄 수 있을 것입니다. 설사……."

"설사……?"

"제 말씀은 그것이 아무리 근거 없는 말이라 할지라도 말입니다."

그녀가 한참 동안 말을 하지 않았다. 그녀의 그늘진 얼굴에 시선을 계속 두고 싶지 않아서 그는 그동안 그녀의 무릎에 놓인 다른 손의 정확한 형태와 넷째손가락과 새끼손가락에 낀 세 반지의 온갖 세부적인 사항들까지 마음에 새겼다. 그중에 결혼반지는 보이지 않았다.

"설사 그가 공개적으로 그런 비난을 가한다 해도 이곳에 있는 내게 무슨 피해를 줄 수 있죠?"

"이 한심한 사람—다른 어느 곳에서보다 훨씬 더 많은 피해를 줄 수 있다고요!"라는 말이 그의 입 밖으로 튀어나오려고 했다. 대신 그는 자기가 듣기에도 레터블레어 씨 같은 목소리로 대답했다. "뉴욕 사교계는 당신이 살았던 사교계에 비하면 무척 작은 세계입니다. 그리고 겉모습과 달리 그것은 몇 사람에 의해 지배되죠—말하자면 상당히 구식 생각을 가진 사람들에 의해서요."

그녀는 아무 말도 하지 않았다. 그는 말을 계속했다. "결혼과 이혼에 대한 우리의 생각은 매우 구식입니다. 법적으로는 이혼을 허락하지만—사회 관습은 그렇지 않습니다."

"절대 허락하지 않나요?"

"글쎄요―아무리 상처를 입었건, 아무리 흠이 없건, 그 여성이 조금이라도 자신에게 불리한 모습을 보이고, 인습에 얽매이지 않는 행동으로―불쾌한 암시의―대상이 된다면 안 되는 거죠."

그녀가 머리를 약간 더 수그렸다. 그는 그녀가 확 분노를 터트리거나 적어도 거부하는 짧은 고함이라도 질러 주길 간절히 기다리면서 다시 기다렸다. 그러나 아무 반응도 없었다.

그녀의 팔꿈치 부근에서 작은 시계가 똑딱거리는 소리를 냈고 장작이 둘로 부러지면서 불티가 쏟아졌다. 숨을 죽인 채 생각에 잠긴 방 전체가 아처와 함께 조용히 기다리는 것 같았다.

"맞아요." 그녀가 마침내 중얼거렸다. "가족들이 내게 바로 그렇게 말했어요."

그는 약간 움찔했다. "무리가 아니죠……."

"우리 가족이군요." 그녀가 말을 고쳤고 아처는 얼굴이 붉어졌다. "당신이 곧 사촌이 될 테니까요." 그녀가 부드럽게 말을 계속했다.

"저도 그러길 바랍니다."

"당신도 그들과 같은 의견인가요?"

그는 이 말에 일어서서 방 안을 이리저리 거닐고는 오래된 붉은색 다마스크 벽지 위에 걸린 그림들 중 하나를 멍하니 바라보다가 머뭇거리며 그녀 곁으로 돌아왔다. "맞습니다. 당신 남편이 암시한 것이 사실이거나 당신이 그것을 부인할 방법이 없다면요"라는 말을 그가 어떻게 할 수 있겠는가?

"진심으로요……." 그가 막 입을 열려는 순간 그녀가 불쑥 이 말을 던졌다.

그는 난롯불을 내려다보았다. "진심으로 말씀드리자면, 그렇다면 온갖 불쾌한 이야기가 나올 가능성이 있는데—아니 확실한데—그것을 보상할 수 있을 만큼 당신이 무엇을 얻을 수 있겠습니까?"

"그렇지만 내 자유는요—그건 아무것도 아닌가요?"

그 순간 편지 속 비난이 사실이고 그녀가 자신과 죄를 저지른 공범과 결혼하고 싶어 한다는 생각이 그의 마음을 불현듯 스치고 지나갔다. 그녀가 실제로 그런 계획을 품고 있다면 미국 법이 그것을 엄하게 막을 것이라는 사실을 그녀에게 어떻게 말해줘야 할까? 그녀가 그런 생각을 품을지도 모른다는 의혹만으로도 그는 그녀에게 가혹해지고 조급해졌다. "그렇지만 당신은 공기처럼 자유롭지 않나요?" 그가 대꾸했다. "누가 당신을 건드릴 수 있겠습니까? 레터 블레어 씨 말로는 재정적인 문제는 해결이 되었다고 하던데요……."

"아, 그래요." 그녀가 냉담하게 말했다.

"그렇다면 지극히 불쾌하고 고통스러울 수 있는 일을 감행할 가치가 있을까요? 신문들을 생각해보세요—그들의 비열함을요! 대단히 어리석고 편협하고 부당하죠—그렇지만 어느 누구도 사회를 뜯어고치진 못합니다."

"못하죠." 그녀가 수긍했다. 그녀의 어조가 너무 가냘프고 쓸쓸해서 그는 자신이 그렇게 가혹한 생각을 한 것에 대해 갑자기 후회하는 마음이 들었다.

"그런 경우에 개인은 집단의 이익이라 여겨지는 것에 거의 항상 희생됩니다. 사람들은 가족을 지켜주고—자식이 있다면 그 자식을 보호해주는—어떤 관습이라도 고수합니다." 그는 그녀의 침묵에 의해 적나라하게 드러난 것처럼 보이는 추한 진실을 덮으려는 강렬한 소망에서 입에서 나오는 대로 온갖 진부한 문구들을 쏟아내며 두서없이 말을 이어나갔다. 분위기를 밝혀줄 말을 그녀가 한마디도 하고 싶지 않았거나 할 수 없었기 때문에, 그의 바람은 자신이 그녀의 비밀을 파헤치려는 것이 아님을 그녀에게 느끼게 해주는 것이었다. 자신이 치유해줄 수 없는 상처를 헤집는 모험을 하느니 신중한 옛 뉴욕식으로 표면에 머무는 것이 나았다.

그가 말을 계속했다. "아시다시피 당신을 가장 아끼는 사람들과 같은 식으로 당신이 이런 문제들을 바라볼 수 있도록 도와주는 것이 제 일입니다. 밍고트 가와 웰렌드 가, 밴 더 라이든 가, 당신의 모든 친구들과 친척들 말입니다. 제가 그런 문제들을 그들이 어떻게 판단하는지 당신에게 정직하게 알려주지 않는다면 공정하지 않은 거겠지요, 그렇지 않은가요?" 그는 하품할 정도의 침묵을 덮고자 하는 열망으로 그녀에게 거의 간청하다시피 끈질기게 말했다.

그녀가 천천히 말했다. "그래요. 그건 공정하지 않은 거죠."

불길이 사그라져서 재로 변했고 램프 하나는 관심을 끌려는 듯 꼬르륵거리는 소리를 냈다. 올렌스카 부인이 일어나서 램프 심지를 돋우고 불가로 돌아왔지만 자리에 다시 앉지는 않았다.

"좋아요. 당신이 원하는 대로 할게요." 그녀가 불쑥 말했다. 그의 이마에 피가 확 쏠렸다. 그녀의 갑작스러운 굴복에 놀란 그는 그녀의 양손을 어색하게 잡았다.

"나는 — 나는 당신을 돕고 싶습니다." 그가 말했다.

"정말로 도움이 되고 있어요. 잘 가요, 사촌."

그는 몸을 굽히고 그녀의 손에 입을 맞췄다. 그녀의 손은 차고 활기가 없었다. 그녀가 손을 빼자 그는 문 쪽으로 몸을 돌려 복도의 희미한 가스등 아래에서 외투와 모자를 찾고는 말 더듬는 사람들의 때늦은 웅변으로 가득한 겨울밤 속으로 뛰어들었다.

# 13

그날 밤 월랙 극장[1]은 사람들로 붐볐다.

연극은 디온 부시코가 주인공을 맡고 해리 몬테규와 에이다 다이어스가 연인으로 나오는 〈방랑자〉[2]였다. 훌륭한 영국 극단의 인기는 절정이었고 〈방랑자〉 공연은 항상 만원이었다. 맨 위층 관람석의 관객들은 거리낌없이 열광을 표출했고, 1층의 일등석과 박스석의 관객들은 진부한 감상적인 장면과 인기를 끌기 위한 말도 안 되는 상황에 가볍게 웃으며 맨 위층 관람석만큼 연극을 즐겼다.

1층부터 꼭대기까지 극장 전체를 사로잡은 장면이 하나 있었다. 그것은 다이어스 양과 헤어지는 슬프고 대사가 거의 없는 장면 이후에 해리 몬테규가 그녀에게 작별을 고하고 돌아서서 가는 장면이었다. 벽난로 선반 가까이 서서 불을 내려다보며 서 있던 여배우는 멋진 고리 장식이나 장신구 없이 큰 키에 꼭 맞게 발끝까지 길게 흘러내리는 회색 캐시미어 드레스를 입고 있었다. 목에는 가는 벨벳 리본을 두르고 끝을 등 뒤로 늘어뜨려 놓았다.

---

1 Wallack's theatre : 브롬 가와 브로드웨이 모퉁이에 위치한 극장으로 1852년부터 1887년까지 문을 열었다.
2 The Shaughraun : 아일랜드 극작가인 디온 부시코의 인기 있는 희극으로 디온 부시코가 주연을 맡고 그가 이끄는 런던극단이 1874년 11월에 월랙 극장에서 개막했다.

애인이 그녀에게서 몸을 돌렸을 때 그녀는 벽난로 선반에 양팔을 올려놓고 얼굴을 묻었다. 문간에서 그가 발을 멈추고 그녀를 쳐다보다가 살금살금 돌아와 벨벳 리본 한쪽 끝을 들어 입을 맞추고는 방을 떠났다. 그러나 그녀는 그의 기척을 조금도 듣지 못하고 자세도 바꾸지 않았다. 그리고 이 조용한 이별 장면 위로 막이 내렸다.

바로 그 특별한 장면을 위해 뉴랜드 아처는 항상 〈방랑자〉를 보러 갔다. 그는 몬테규와 에이다 다이어스의 이별 장면이 크루아제트와 브레상[3]의 파리 공연이나 로버트슨과 켄덜[4]의 런던 공연에서 보았던 것만큼 훌륭했다고 생각했다. 그 장면은 말의 절제와 무언의 슬픔을 통해 그 어떤 유명한 연극 조의 격렬한 감정 토로보다 더 그의 마음을 감동시켰다.

그날 저녁 그 작은 장면은 그에게 일주일이나 열흘 전쯤에 올렌스카 부인과 은밀하게 이야기를 나누고 작별했던 일을 — 이유를 댈 수는 없었지만 — 떠올리게 함으로써 그의 마음을 더욱 아프게 했다.

두 상황에서 비슷한 점을 찾는 것은 관련된 사람들의 외모에서 비슷한 점을 찾는 것만큼 어려웠을 것이다. 뉴랜드 아처는 결코 젊은 영국 배우의 낭만적이고 잘생긴 외모와 닮았다고 자처할 수 없었고, 다이어스 양은 매우 큰 체격에 키가 크고 머리가 붉은 여성으로 창백하고 호감은 가지만 못생긴 그녀의 얼굴은 올렌스카 부인의 발랄한 용모와는 완전히 딴판이었다. 또한 아처와 올렌스카 부인은 가슴 아픈 침묵 속에서 헤어지는 연인들도 아니었다. 그들은 변호

---

[3] Croisette and Bressant : 코메디 프랑세즈 극단의 Sophie Croizette와 Jean-Baptiste Bressant을 가리킨다.
[4] Madge Robertson and Kendal : 런던 무대에서 인기 있던 부부 배우들.

사에게 고객의 사건에 대해 가능한 최악의 인상을 심어준 이야기를 나눈 후 헤어지는 고객과 변호사였다. 그렇다면 어디에 닮은 점이 있어서 이 젊은이는 옛 일을 회상하며 설레듯이 가슴이 뛰었을까? 그것은 일상적인 경험의 연속 밖에서 일어날 수 있는 비극적이고 감동적인 가능성을 암시하는 올렌스카 부인의 신비로운 능력에 있는 것 같았다. 그녀는 그에게 이런 인상을 심어주는 말을 한마디도 하지 않았지만, 그녀의 신비롭고 이국적인 배경이 투사된 것이건 그녀에게 내재된 극적이고 열정적이며 유별난 어떤 점이 투사된 것이건 그것은 그녀의 일부였다. 아처는 사람의 운명을 형성하는 데에 우연과 환경은 어떤 일을 일어나게 만드는 내적인 성향에 비하면 작은 역할밖에 하지 못한다는 생각을 항상 품어왔다. 그는 그런 성향을 처음부터 올렌스카 부인에게서 느꼈다. 조용하고 거의 수동적이기까지 한 그 젊은 여성은 아무리 뒷걸음치고 피하려고 애를 써도 결국에는 수많은 일들을 겪고 마는 그런 종류의 사람이라는 생각이 들었다. 흥미로운 사실은 그녀가 온통 극적인 사건들로 가득한 분위기 속에서 살아왔기 때문에 그런 극적인 사건을 불러일으키는 그녀 자신의 성향은 눈에 띄지 않고 지나간다는 점이었다. 그녀가 큰 소용돌이 속에 있다 빠져나왔다는 느낌을 그에게 준 것은 바로 그녀가 어떤 일에도 이상하게 놀라지 않는다는 점이었다. 그녀가 당연하게 받아들이는 일들을 살펴보면 그녀가 대항했던 것들이 무엇인지 알 수 있었다.

아처는 올렌스키 백작의 비난이 전혀 근거 없는 말은 아니라고 확신하면서 그녀와 헤어졌다. 그의 아내의 과거에서 '비서'로 등장한 그 정체불명의 사람은 아마도 그녀의 탈출에서 자기 몫의 보상을 받았을지도 모른다. 그녀가 도망쳐 나온 상황은 도저히 참을 수 없고 말로 표현할 수 없으며 믿을 수 없는 지경이었다. 그녀는 어렸고 두려움에 휩싸여 있었으며 필사적이었다―자신을 구해준 사람을 고맙게 여기는 것보다 더 자연스러운 일이 있을까? 유감스러운 점은 감사하게 여기는 그녀의 마음 때문에 법과 세상 사람들의 관점에서 보면 그녀나 그녀의 혐오스러운 남편이나 다를 바가 없어지게 되었다는 것이다. 아처는 그렇게 하는 것이 자신의 책임이었기 때문에 그녀에게 이 점을 분명하게 이해시켰다. 그는 그녀가 틀림없이 뉴욕에서 더 큰 관용을 기대하겠지만 순진하고 친절한 뉴욕이야말로 관대함을 절대 바랄 수 없는 곳이라는 점도 분명하게 이해시켰다.

이런 사실을 그녀에게 분명하게 알려줘야 하고―그녀가 그것을 체념하고 받아들이는 모습을 보아야만 하는 것은 그에게 참을 수 없을 정도로 괴로운 일이었다. 마치 침묵으로 고백한 실수 때문에 그녀가 그의 처분에 맡겨져서 초라해지면서 한편으로는 사랑스러운 존재가 된 것처럼, 그는 자신이 질투심과 동정심의 애매한 감정에 의해 그녀에게 끌리는 것을 느꼈다. 그는 그녀가 레터블레어 씨에게 비밀을 털어놓아 차가운 조사를 받거나 가족들에게 털어놓아 당혹스러운 시선을 받지 않고 자신에게 비밀을 털어놓은 것에 기뻐했다. 그는 그녀가 소송을 해봐야 소용없다는 것을 깨닫고 그것을 결정의 근거로 삼아서 이혼하려는 생각을 포기했다는 사실을 즉시 레터블레어 씨와 가족들에게 직접 알렸다. 그들은 안도하면서 그녀가 자신들에게 겪지 않게 해준 '불쾌함'에서 눈을 돌렸다.

"뉴랜드가 잘 해결할 것이라고 믿었네." 웰렌드 부인은 미래의 사위에 대해 자랑스럽게 말했다. 그를 은밀히 만나자고 부른 밍고트 노부인은 그의 수완을 치하하고는 짜증스럽게 덧붙였다. "어리석은 바보야! 그게 얼마나 바보 같은 짓인지 내가 직접 말해줬다네. 기혼녀에 백작부인으로 사는 행운을 놔두고 엘런 밍고트와 노처녀로 통하며 살길 바라다니!"

이 일들은 그에게 올렌스카 부인과 마지막으로 나눈 대화를 너무나 생생하게 기억나게 해주었다. 두 배우가 헤어지는 장면에서 막이 내렸을 때는 그의 눈에 눈물이 가득 차올랐다. 그는 일어나 극장을 떠났다.

나오면서 뒤쪽 옆을 돌아보던 그는 마음속으로 생각하던 숙녀가 보퍼트 부부와 로렌스 레퍼츠, 다른 한두 남자와 함께 박스석에 앉아 있는 것을 보았다. 함께 저녁을 보낸 이후 그는 그녀와 이야기를 나눠본 적이 없었고 그녀와 함께 있는 것을 피하려고 애썼다. 그런데 지금 그들의 눈이 마주쳤고, 동시에 보퍼트 부인이 그를 알아보고 가까이 오라고 힘없이 작은 손짓을 보냈기 때문에 그는 박스석에 가지 않을 수가 없었다.

보퍼트와 레퍼츠가 그에게 지나가도록 길을 비켜줬다. 말은 하지 않고 아름답게 보이는 것을 항상 더 좋아하는 보퍼트 부인과 몇 마디 말을 나누고 나서 아처는 올렌스카 부인 뒤에 앉았다. 박스에는 (몇몇 사람들에 따르면 춤을 추기도 했다는) 레뮤얼 스트러더스 부인의 지난 일요일 환영회에 대해서 은밀하게 낮은 소리로 이야기하는 실러턴 잭슨 외에는 아무도 없었다. 완벽한 웃음을 띠고 1층 일등석에서 옆모습이 보이도록 머리를 직각으로 돌린 채 보퍼트 부인이 열심히 듣고 있는 이 우연한 대화를 틈타서 올렌스카 부인이 몸을 돌려 낮은 목소리로 말을 걸어왔다.

"내일 아침에 저 남자가 여자에게 노란 장미 한 다발을 보낼 거라고 생각하나요?" 그녀가 무대를 바라보며 물었다.

아처의 얼굴이 붉어졌고 심장은 놀라서 쿵쾅거렸다. 그는 올렌스카 부인을 딱 두 번 방문했고 그때마다 그녀에게 노란 장미 상자를 명함 없이 보냈다. 그녀가 한 번도 꽃에 대해 언급한 적이 없었기 때문에 그는 자신이 꽃을 보냈다는 것을 그녀가 전혀 모르는 줄 알았다. 지금 그녀가 갑자기 선물 보낸 것을 인정해주고 그것을 무대 위의 다정한 작별과 연결하자 그의 마음은 흥분된 기쁨으로 가득 찼다.

"저도 그런 생각을 하고 있었습니다―그 장면을 담아가려고 극장을 떠나려던 참이었습니다." 그가 말했다.

놀랍게도 그녀의 얼굴이 천천히 희미하게 붉어졌다. 그녀는 매끄럽게 장갑을 낀 손의 자개로 된 오페라글라스를 내려다보며 잠깐 침묵을 지키다가 말했다. "메이가 없을 때는 뭘 하세요?"

"일에 몰두합니다." 그는 그 질문에 약간 난처해하며 대답했다.

오랫동안 굳어진 관례에 따라, 웰렌드 가 사람들은 약하다고 알려진 웰렌드 씨의 기관지를 염려해서 겨울의 후반부를 보내곤 했던 세인트오거스틴[5]으로 그 전 주에 떠났다. 웰렌드 씨는 뚜렷한 자기 주관은 없지만 여러 가지 습관을 가진 부드럽고 조용한 사람이었다. 이 습관들에 대해서는 어느 누구도 간섭할 수가 없었다. 이 습관 중 하나는 남쪽 지방으로 여행을 갈 때 반드시 아내와 딸을 동반해야 한다는 것이었다. 그가 마음의 평화를 유지하려면 계속적으로 가정 생활을 유지하는 것이 반드시 필요했다. 웰렌드 부인이 곁에서 말해주지 않으면 그는 어디에 머리빗이 있는지, 편지에 붙일 우표를 어떻게 구해야 하는지 전혀 몰랐을 것이다.

---

5  St. Augustine : 플로리다 남부에 있는 휴양 도시.

가족 모두가 서로를 끔찍하게 소중히 여겼고 특히 웰렌드 씨를 떠받들었기 때문에 그의 아내와 메이는 그를 혼자 세인트오거스틴에 보낸다는 생각을 꿈에서도 하지 않았다. 법조계에 있는 두 아들 모두 겨울에는 뉴욕을 떠날 수 없었지만 항상 부활절에는 아버지와 합류했다가 함께 돌아오곤 했다.

아처가 메이에게 아버지와 동행할 필요가 있는가 하는 문제를 놓고 따져봐야 소용없는 일이었다. 밍고트 가 주치의의 명성은 웰렌드 씨가 한 번도 앓아본 적이 없는 폐렴을 바탕으로 해서 주로 쌓인 것이라, 세인트오거스틴에 가라는 그의 주장은 확고 불변한 것이었다. 원래는 메이가 플로리다에서 돌아오고 나서 약혼을 발표할 계획이었지만 더 일찍 발표를 했다는 사실 때문에 웰렌드 씨의 계획이 바뀌리라 기대할 수는 없었다. 아처는 함께 떠나서 약혼녀와 함께 몇 주 동안 햇살과 뱃놀이를 즐기고 싶었다. 그러나 그 역시 관습과 관례에 묶여 있었다. 그의 직무가 그다지 힘들진 않다 해도 그가 한겨울에 휴가를 신청한다면 밍고트 가 사람들 전체에게 경박하다는 낙인이 찍힐 것이다. 그는 결혼 생활의 주된 요소가 되어야만 한다고 깨닫게 된 체념하는 자세로 메이의 출발을 받아들였다.

그는 올렌스카 부인이 눈을 내리뜬 채 자신을 바라본다는 것을 알았다. "당신이 바라던 대로—당신이 조언한 대로 했어요." 그녀가 불쑥 말했다.

"아—잘하셨어요." 그는 그런 순간에 그녀가 그 문제를 끄집어내는 것에 당황해서 대꾸했다.

"알아요—당신이 옳다는 것을요." 그녀가 약간 숨가쁘게 말을 계속했다. "그렇지만 때로는 사는 게 어려워요……. 혼란스럽고요……."

"알아요."

"당신이 옳았다는 것을 나도 잘 안다는 말을 하고 싶었어요. 당신에게 감사한다는 것도요." 박스석 문이 열리고 보퍼트의 쩌렁쩌렁한 목소리가 그들 사이에 끼어들자 그녀가 재빨리 오페라글라스를 눈에 갖다 대며 말을 끝마쳤다.

아처는 일어서서 박스석을 나와 극장을 떠났다.

바로 그 전날 그는 메이 웰렌드에게 편지를 받았다. 편지에서 그녀는 특유의 솔직함으로 그에게 자신들이 없는 동안 "엘런에게 친절하게 대해달라"고 부탁했다. "엘런은 당신을 좋아하고 무척 존경해요—그리고 당신도 아시다시피 겉으로 드러내지는 않지만 엘런은 아직도 매우 외롭고 불행해요. 할머니나 로벨 밍고트 외삼촌이 엘런을 이해한다고는 생각하지 않아요. 그분들은 실제보다 엘런이 훨씬 더 세속적이고 사교계를 좋아하다고 생각해요. 그리고 가족들은 그것을 인정하려 하지 않지만 뉴욕이 엘런에게는 틀림없이 지루하게 여겨질 거라는 것을 잘 알아요. 엘런은 우리에게는 없는 많은 것에 그동안 익숙해졌을 거예요. 멋진 음악과 그림 전시회, 유명인사들—화가들과 작가들, 그리고 당신이 존경하는 모든 똑똑한 사람들—그런 것들 말이에요. 할머니는 엘런이 수많은 만찬과 옷 이외의 것을 바라는 것을 이해하지 못하세요—그렇지만 뉴욕에서 엘런이 정말로 좋아하는 것에 대해 그녀와 말이 통할 수 있는 거의 유일한 사람은 당신이라고 저는 생각해요."

현명한 메이—그런 편지를 보내준 그녀가 얼마나 사랑스러웠는지! 그러나 그는 그 편지가 시키는 대로 따라 할 생각은 없었다. 먼저 그는 너무 바빴고 약혼한 남자로서 너무 눈에 띄게 올렌스카 부인의 기사 역할을 맡고 싶지 않았다. 그는 그녀가 순진한 메이가 상상하는 것보다 훨씬 더 잘 스스로를 돌보는 법을 안다고 생각했다. 그녀의 발치에는 보퍼트가 있었고 밴 더 라이든 씨는 수호신처럼 그녀 머리 위를 맴돌았으며 (로렌스 레퍼츠를 포함한) 수많은 후보들이 중간쯤에서 기회를 기다렸다. 그러나 올렌스카 부인을 보거나 그녀와 대화할 때마다 그는 메이의 순진함이 거의 예언의 재능이나 다름없다고 느끼곤 했다. 엘런 올렌스카는 외롭고 불행했다.

# 14

아처는 로비로 나오다가 친구인 네드 윈셋과 마주쳤다. 그는 제이니가 '똑똑한 사람들'이라고 부르는 부류 중에서 유일하게 아처가 일반적으로 클럽과 식당에서 하는 농담의 수준보다 조금 더 깊게 여러 가지 일들에 대해 함께 이야기하고 싶어 하는 사람이었다.

극장 맞은쪽에서 윈셋의 초라한 굽은 등을 발견한 아처는 즉시 그의 시선이 보퍼트의 박스를 향하고 있음을 알아차렸다. 두 사람은 악수를 했고 윈셋이 모퉁이에 있는 작은 독일 식당에 가서 흑맥주를 한잔 하자고 제안했다. 그런 곳에서 할 법한 그런 종류의 대화를 할 기분이 아니었던 그는 집에 가서 할 일이 있다는 핑계를 대며 거절했다. 그러자 윈셋이 말했다. "아, 그 문제라면 나도 그렇네. 나 역시 부지런한 도제가 될 거야."

두 사람이 함께 걸을 때 윈셋이 곧 입을 열었다. "이보게. 내가 정말로 알고 싶은 것은 자네가 갔던 그 멋진 박스석에 있던 검은 옷을 입은 숙녀의 이름일세—보퍼트 부부와 함께 있지 않았나? 자네 친구인 레퍼츠가 반한 것 같던데."

아처는 이유를 댈 수 없었지만 살짝 신경질이 났다. 도대체 네드 윈셋이 엘런 올렌스카의 이름을 알고 싶어 하는 이유가 무엇인가? 그리고 무엇보다도 윈셋은 왜 그 이름과 레퍼츠의 이름을 연결하는

가? 그런 호기심을 드러내는 것은 윈셋답지 않았다. 그러나 아처는 어쨌든 그가 기자라는 것을 떠올렸다.

"인터뷰를 하려는 건 아니겠지?" 그가 웃으며 물었다.

"글쎄―신문에 실으려는 건 아니고. 그냥 내가 알고 싶어서." 윈셋이 대답했다. "사실은 그녀가 우리 집 근처에 살거든―그런 미인이 살기에는 좀 이상한 동네라서. 그리고 고양이를 쫓아가다가 그녀의 집 근처에서 넘어져서 심하게 다친 우리 아들 녀석한테 그녀가 무척 친절하게 대해줬거든. 맨발로 뛰어나와 아이를 안고 들어가서 얼마나 붕대를 단단하게 잘 감아줬는지 몰라. 너무나 인정도 많고 아름다워서 우리 집사람이 넋이 나가는 바람에 이름도 못 물어봤대."

기분 좋은 만족감이 아처의 마음속으로 퍼져나갔다. 특별한 점이 조금도 없는 이야기였다. 어떤 여자라도 이웃 아이를 위해 그 정도는 했을 것이다. 그러나 맨발로 뛰쳐나가서 아이를 안고 들어오거나 그녀가 누구인지 물어보지도 못할 정도로 윈셋 부인의 넋을 빼놓는 것은 정말 엘런다운 일이라고 그는 생각했다.

"올렌스카 백작부인이야―밍고트 노부인의 손녀지."

"휴―백작부인이라고!" 네드 윈셋이 휘파람을 불었다. "그런데 백작부인이 그렇게 이웃에게 친절한 줄 몰랐는걸. 밍고트 가 사람들은 그렇지 않잖아."

"자네가 기회를 주면 그들도 그럴 거야."

"아, 글쎄……." 사교계에 드나드는 것을 고집스럽게 마다하는 '똑똑한 사람들'의 성향에 대해서 그들은 오랫동안 끊임없이 논쟁을 벌여왔다. 두 사람 모두 그 논쟁을 연장해봐야 아무 소용이 없다는 것을 알았다.

윈셋이 논쟁을 그만두고 물었다. "어떻게 백작부인이 우리가 사는 빈민가에 살게 되었지?"

"그녀가 자신이 어디 사는가 하는 문제나—혹은 우리의 조그만 사회적 푯말 같은 것에 조금도 신경을 쓰지 않기 때문이지." 아처는 그녀에 대한 자신의 묘사에 은밀하게 자부심을 느끼며 말했다.

"흠—더 큰물에 있다 온 것 같군." 윈셋이 자기 의견을 말했다. "흠, 나는 이쪽 길로 돌아가야 해."

그는 구부정한 걸음걸이로 브로드웨이를 가로질러 걸어갔고 아처는 그의 뒷모습을 바라보며 서서 그의 마지막 말을 되새겨보았다.

네드 윈셋에게는 통찰력의 번득임이 있었다. 그것은 그가 가진 가장 흥미로운 점이었고, 대부분의 사람이 아직도 필사적으로 노력을 기울이는 나이에 왜 그는 통찰력의 번득임을 지니고 있는데도 아무렇지도 않게 실패를 받아들이는 것일까 하는 건 항상 아처를 의아하게 만드는 점이었다.

아처는 윈셋에게 처자식이 있다는 것을 알았지만 그들을 만난 적은 한 번도 없었다. 두 사람은 항상 센추리나 윈셋이 흑맥주를 마시러 가자고 했던 식당처럼 기자들과 연극인들이 자주 드나드는 곳에서 만났다. 그는 아처에게 자기 아내가 병자라고 말한 적이 있었다. 그 말이 사실일 수도 있지만, 단지 그녀에게 사교적인 재능이나 이브닝드레스가 없다거나 둘 다 없다는 말일 수도 있었다. 윈셋 자신은 사교적인 관습을 지독하게 혐오했다. 아처는 저녁에 정장을 입는 것이 더 깔끔해 보이고 편했기 때문에 저녁에 정장을 입었고, 적은 예산에서는 깔끔함과 편안함이 돈이 가장 많이 드는 품목이라는 사실을 굳이 따져본 적이 없었다. 아처는 윈셋의 태도를 그 지겨운 '보헤미안적인' 태도의 일부라고 간주했다. 그것은 굳이 따지지 않고 옷을 갈아입고, 부리는 하인 수를 끊임없이 들먹이지 않는 상류층 사람들을 다른 사람들보다 훨씬 더 단순하고 뻔뻔한 사람들처럼 보이게 만드는 태도였다. 그런데도 그는 항상 윈셋에게 자극을 받았고 수염을 기르고 여윈 그 기자의 얼굴과 우울한 눈이 눈에 띄면 그가 있던 곳에서 그를 끌어내 데리고 나가서 한참 동안 이야기를 하곤 했다.

윈셋은 좋아서 기자가 된 것이 아니었다. 그는 문학이 필요 없는 세상에 때를 잘못 타고 태어난 문인이었다. 그러나 간결하고 세련된 문학 평론집 한 권을 출판해서 그중 120부는 팔고 30부는 나눠 주었지만 결국에는 출판사가 더 시장성 있는 책을 놓을 공간을 마련하려고 (계약에 따라) 나머지는 폐기해버린 후, 그는 자신의 천직을 포기하고 유행하는 그릇과 벽지 도안을 뉴잉글랜드 연애소설과 알코올 없는 음료수 광고와 번갈아 싣는 여성 주간지의 부편집장으로 취직했다.

그는 (자신이 일하던 신문인)《가정의 화롯불》에 대해서는 끝없이 재미있는 이야기를 쏟아냈지만 그의 농담 이면에는 시도했다 포기한 아직도 젊은 청년의 무기력한 쓰라림이 숨어 있었다. 그의 대화는 항상 아처에게 자신의 삶을 돌아보고 그 내용물이 얼마나 빈약한지 느끼게 해주었다. 그러나 윈셋의 삶은 더욱 빈약했다. 그리고 비록 지적인 관심과 호기심이라는 두 사람의 공통분모 덕에 대화가 재미있었다 해도 그들의 의견 교환은 대개 사색적인 아마추어 수준을 벗어나지 못했다.

"사실 우리 두 사람 중 어느 누구에게도 삶이 그렇게 잘 맞지는 않는 것 같아." 언젠가 윈셋이 말했었다. "나는 이미 끝났어. 그렇다고 그걸 어떻게 해볼 도리도 없어. 내가 만들 수 있는 것은 딱 하나뿐인데 여기서는 그것을 팔 시장이 없어. 내가 살아 있는 동안에는 계속 그럴 거야. 그러나 자네는 자유롭고 부자잖아. 한번 세상 속으로 뛰어들어보지그래? 그렇게 하는 방법은 딱 한 가지야. 정치에 입문하는 거지."

아처는 고개를 젖히고 웃음을 터뜨렸다. 바로 거기에서 윈셋 같은 사람들과 다른 사람들—아처의 부류—사이에 건널 수 없는 간격이 있다는 사실이 한순간에 드러났다. 품위 있는 상류 사회에 속한 사람은 누구나 미국에서는 '신사는 정계에 뛰어들 수 없다'는 것을 알고 있었다. 그러나 윈셋에게 그것에 대해 그런 식으로 말해줄 수 없었기 때문에 그는 둘러서 대답했다. "미국 정치에서 정직한 사람이 어떻게 되는지 보게. 그들은 우리를 원치 않아."

"'그들'이 누군데? 자네들 모두가 합쳐져서 '그들'이 되면 되지 않겠나?"

아처의 웃음이 약간 잘난 체하는 웃음으로 바뀌며 입술에 머물렀다. 논쟁을 끌어봐야 소용없었다. 뉴욕의 시정이나 주 정치에 깨끗한 경력을 걸고 뛰어든 몇 안 되는 신사들의 슬픈 운명을 모르는 사람이 없었다. 그런 일이 가능했던 시절은 지나갔다. 국정은 정당의 영수들과 이민자들 수중에 들어갔고 점잖은 사람들은 뒤로 물러나서 스포츠나 문화에 의지했다.

"문화라고! 맞아—우리에게 문화라는 것이 있다면! 제초나 타가수정을 해주지 않아 여기저기서 죽어가는 시골의 작은 땅뙈기들 몇밖에 없어. 자네 선조들이 미국 올 때 가져온 옛 유럽 전통의 마지막 자취들 말이야. 그러나 자네들은 불쌍한 소수에 속해 있어. 중심도, 경쟁도, 관객도 없어. 버려진 집 벽에 걸린 그림들 같다고나 할까. '어느 신사의 초상'이지. 소매를 걷어붙이고 진창 속으로 들어가지 않는 한 자네들 중 어느 누구도 대단한 존재는 되지 못할 거야. 그렇게 하거나 아니면 이민을 가거나…… 아! 나도 이민갈 수 있으면 좋으련만……."

아처는 마음속으로 어깨를 으쓱하고는 일정한 것은 아니지만 윈셋이 재미있어하는 책으로 화제를 돌렸다. 이민이라고! 신사가 자기 조국을 버릴 수 있는 것처럼 말하는군! 그렇게 할 수 없는 것은 소매를 걷어붙이고 진창 속에 들어갈 수 없는 것과 마찬가지였다. 신사는 그냥 조국에 머물면서 절제했다. 그러나 윈셋 같은 사람에게 그 점을 납득시킬 수는 없었다. 바로 그런 이유 때문에 문학 클럽과 이국적인 식당들이 있는 뉴욕은 처음에는 만화경 같지만 결국에는 5번 가의 원자들을 모아놓은 것보다 더 단조로운 무늬를 가진 더 작은 상자로 드러났다.

다음 날 아침 아처는 노란 장미를 찾아 시내를 돌아다녔지만 찾을 수가 없었다. 그러다 보니 사무실에 늦게 도착했지만 자신이 지각했다고 해서 어느 누구도 달라진 점이 하나도 없다는 것을 알고 자신의 삶이 치밀하게 공허하다는 사실에 갑자기 분노에 휩싸였다. 그 순간 왜 그는 메이 웰렌드와 함께 세인트오거스틴의 백사장을 걷고 있으면 안 되는 것일까? 그의 일 평계에 속은 사람은 아무도 없었다. 레터블레어 씨가 대표로 있는 법률사무소 같은 구식 법률사무소는 주로 대농장과 '보수적인' 투자를 관리했고 그곳에서는 어김없이 상당히 부유하고 직업적인 야심이 없는 두세 젊은이가 매일 일정 시간 동안 자기 책상에 앉아서 사소한 업무를 처리하거나 그저 신문을 읽었다. 직업을 갖는 것은 괜찮은 것으로 간주되었지만 돈벌이를 한다는 노골적인 사실은 여전히 품위 없는 것으로 여겨졌다. 그리고 법률은 전문직이었기 때문에 사업보다 더 신사다운 직업으로 여겨졌다. 그러나 이런 젊은이들 중 어느 누구도 자신의 직업에서 정말로 성공하고 싶다는 희망이나 그렇게 하려는 어떤 진지한 소망을 가지진 않았다. 그리고 대다수의 그들에게는 기계적으로 일하는 태도가 녹색 곰팡이처럼 이미 눈에 띄게 퍼져갔다.

그것이 자신에게도 퍼져가지 않을까 생각하면서 아처는 몸서리를 쳤다. 물론 그에게는 다른 취향과 관심거리들이 있었다. 그는 유럽 여행을 하면서 휴가를 보냈고, 메이가 말했던 '똑똑한 사람들'과의 교제를 구했으며, 약간 열망을 담아 올렌스카 부인에게 말했듯이 여러모로 '뒤처지지 않도록' 애썼다. 그러나 일단 결혼하고 나면 그의 진짜 경험이 이루어지는 이 좁은 삶의 가장자리는 어떻게 될까? 그는 어쩌면 덜 열렬하긴 했어도 자신과 같은 꿈을 가졌다가 점차 연장자들의 평온하고 화려한 일상 속으로 빠져든 다른 젊은이들을 많이 보아왔다.

사무실에서 그는 심부름꾼을 통해 올렌스카 부인에게 그날 오후에 찾아가도 좋은지 클럽으로 답을 보내달라고 청하는 쪽지를 보냈다. 그러나 클럽에는 아무 답도 와 있지 않았고 그 다음 날에도 편지가 없었다. 이런 예기치 못한 침묵에 그는 터무니없을 정도로 기분이 상했다. 그리고 다음 날 아침 꽃가게 유리창 너머로 화려한 노란 장미 다발을 보았지만 그는 그곳을 지나쳤다. 사흘째 되는 날 아침에야 비로소 그는 올렌스카 백작부인에게서 짧은 전갈을 받았다. 놀랍게도 그것은 스카이터클리프에서 온 것이었다. 공작을 증기선에 태워 보낸 후 밴 더 라이든 부부는 즉시 그곳으로 돌아갔다.

"저는 도망쳤어요." 전갈을 쓴 사람은 (일상적인 서두 없이) 돌연하게 시작했다. "극장에서 당신을 본 다음 날에요. 이 친절한 친구들이 절 받아줬어요. 조용히 있으면서 여러 가지 생각을 정리해 보고 싶었어요. 그분들이 대단히 친절하다는 당신 말이 옳았어요. 이곳에서는 무척 안전하다고 느껴져요. 당신도 우리와 함께 지내면 좋을 텐데요." 그녀는 돌아오는 날짜에 대한 언급 없이 상투적인 "재배(再拜)"라는 말로 끝을 맺었다.

편지의 어조에 아처는 놀랐다. 올렌스카 부인이 무엇을 피해 도망을 쳤으며 왜 안전해질 필요를 느꼈을까? 처음에 떠오른 생각은 해외에서 온 모종의 어두운 협박을 받았다는 것이다. 그러다가 그는 자신이 그녀의 편지 스타일을 일절 모르며 그녀의 스타일은 어쩌면 그럴듯한 과장으로 치우치는 것인지도 모른다고 생각했다. 여자들은 항상 과장을 하는 편이었다. 더구나 그녀는 영어를 완전히 능숙하게 구사하지 못해서 가끔 불어를 번역하는 것처럼 말하곤 했다. "Je me suis évadée……."[1] 그렇게 표현해놓고 보면 첫 문장은 단지 지겨운 약속의 연속에서 벗어나고 싶었는지도 모른다는 것을 즉시 나타냈다. 어쩌면 이것이 사실일 가능성이 높았다. 그가 보기에 그녀는 변덕스러웠고 한순간 즐거움을 느끼다 쉽게 싫증을 냈기 때문이었다.

밴 더 라이든 부부가 그녀를 두 번째 방문에, 이번에는 무기한으로 그녀를 스카이터클리프로 데려갔다고 생각하자 그의 마음이 즐거워졌다. 스카이터클리프의 현관문은 방문객들에게 드물게, 마지못해 열렸다. 그리고 소수의 선택받은 사람들에게 지금까지 제공된 가장 긴 체류 기간은 쌀쌀한 주말이 고작이었다. 아처는 마지막 파리 여행에서 유쾌한 연극인 라비슈[2]의 〈페리숑 씨의 항해〉를 관람

---

[1] 이 문장의 의미는 "저는 도망쳤어요"보다 "저는 벗어났어요"에 더 가깝다.
[2] Labiche : 프랑스 극작가. 부르주아 풍속의 저류를 이룬 인간성을 탐구했다.

했다. 이 연극에서 페리숑 씨는 빙하에서 끌어낸 젊은이에게 끈질기게 낙담하지 않고 집착했다. 밴 더 라이든 부부는 거의 얼음처럼 차가운 운명에서 올렌스카 부인을 구했다. 그리고 그녀에게 끌리는 다른 많은 이유들이 있었지만 아처는 그 이유들 밑에 그녀를 계속 구해주겠다는 따뜻하고 단호한 의지가 들어 있다는 것을 알았다.

그녀가 멀리 떠나 있다는 것을 알게 되었을 때 그는 분명히 실망감을 느꼈다. 그러나 거의 즉시 바로 그 전날 스카이터클리프에서 몇 마일 아래에 있는 허드슨 강가의 레기 치버스 가에서 다음 일요일을 보내라는 초청을 거절했다는 사실이 기억났다.

그는 연안 항해와 아이스보트 타기, 썰매타기와 눈 속에서의 긴 도보 여행을 즐기고 가벼운 희롱과 더 가벼운 현실적인 농담을 주고받는 전반적인 분위기로 가득한 떠들썩하고 친근한 하이뱅크 호수에서의 파티에는 오래전에 싫증이 났다. 런던의 서점에서 새로운 책 한 상자를 막 받았기 때문에 이 전리품과 함께 집에서 조용히 일요일을 보내는 것이 더 좋았다. 그러나 그는 클럽 서재로 들어가서 서둘러 전보를 쓰고는 하인에게 즉시 그것을 부치게 했다. 그는 손님들이 갑자기 마음을 바꾼다고 해도 레기 부인이 싫어하지 않을 것이며 그녀의 융통성 있는 집에는 항상 남는 방이 있다는 것을 알았다.

## 15

뉴랜드 아처는 금요일 저녁에 치버스 저택에 도착했다. 그리고 토요일에는 하이뱅크에서 주말을 보내는 것과 관련된 모든 의식을 성실하게 마쳤다.

오전에는 안주인과 몇몇 용감한 손님들과 아이스보트 타기를 했고 오후에는 레기와 '농장 답사'를 가서 공들여 지은 마구간에서 말에 대해 길고도 감동적인 연설을 들었다. 차를 마시고는 난로를 피워놓은 복도 구석에서 그의 약혼 발표에 가슴이 무너졌다고 고백했음에도 지금은 그녀 자신의 결혼에 대한 소망을 그에게 들려주고 싶어 안달이 난 젊은 숙녀와 함께 이야기를 했다. 그리고 마지막으로 자정 무렵에는 한 손님의 침대에 금붕어를 집어넣는 일을 도와주었고, 겁 많은 숙모의 욕실에 한 사람을 도둑으로 분장시켜서 세워두었으며, 새벽까지 육아실에서 지하실에 걸쳐 벌어진 베개 싸움에 끼었다. 그러나 일요일에는 점심식사 후 작은 썰매를 빌려 스카이터클리프로 갔다.

사람들은 스카이터클리프에 있는 저택이 이탈리아식으로 지어진 주택이라는 말을 들어왔다. 이탈리아에 한 번도 가보지 못한 사람들은 그 말을 믿었고 다녀온 사람들 중 일부도 그 말을 믿었다. 밴더 라이든 씨는 젊었을 때 "대(大)여행"에서 돌아온 후 루이자 대거넷 양과의 결혼을 기대하며 그 저택을 지었다. 커다란 사각 목재 건물에는 연한 녹색과 흰색으로 칠한 사개물림 벽들과 코린트 양식의 주랑 현관, 창문들 사이에 세워진 홈을 판 기둥들이 있었다. 저택이 서 있는 높은 지면에서는 난간과 단지로 테두리를 두른 계단 모양의 뜰들이 강철 판화로 찍어낸 것처럼 똑같은 모양으로 경사져 내려가서 아스팔트 가장자리에 가지를 늘어뜨린 희귀한 침엽수들로 뒤덮인 불규칙한 모양의 작은 호수까지 이어졌다. 오른쪽과 왼쪽으로는 (각각 다른 종류의) '견본' 나무들이 여기저기 산재해 있는, 그 유명한 잡초 하나 없는 잔디밭이 정교한 주철 장식들이 세워져 있는 먼 풀밭까지 계속 펼쳐졌다. 그리고 아래쪽 우묵한 곳에는 1612년에 초대 퍼트룬이 하사받은 땅에 지은 방 네 개짜리 석조 주택이 있었다.

모든 것을 똑같이 덮고 있는 새하얀 눈과 잿빛 겨울 하늘을 배경으로 한 이탈리아식 저택은 다소 무시무시해 보였다. 여름에도 그 집은 친근하게 보이지 않았다. 가장 용감한 꿀풀 화단조차 경외심을 불러일으키는 건물의 전경에 감히 다가가지 못하고 30피트 이상 멀찍감치 떨어져 있었다. 아처가 초인종을 누르자 길게 따르릉거리는 소리가 장려한 무덤 속에 메아리치는 것 같았다. 그리고 마침내 그 초인종 소리에 응답한 집사는 최후의 잠에서 불려나온 것처럼 크게 놀란 표정이었다.

다행히도 아처는 친척이었기 때문에 갑작스럽게 도착하긴 했어도, 올렌스카 백작부인이 정확하게 45분 전에 밴 더 라이든 부인과 함께 오후 예배에 참석하려고 마차를 타고 나가서 집에 없다는 말을 들을 자격이 있었다.

집사가 말을 계속했다. "밴 더 라이든 씨는 안에 계십니다. 그러나 제 생각에는 지금 막 낮잠을 끝내셨거나 어제 자《이브닝포스트》를 읽고 계실 겁니다. 오늘 오전에 교회에 다녀오실 때 저더러 점심 식사 후에 《이브닝포스트》를 샅샅이 읽을 작정이라고 하셨거든요. 원하시면 제가 서재로 가서 문에 대고…….”

그러나 아처는 그에게 고맙다는 인사를 하고는 숙녀들에게 가보겠다고 말했다. 그러자 집사가 눈에 띄게 안심하면서 엄숙하게 문을 닫았다.

마부가 썰매를 마구간으로 가져갔고 아처는 대정원을 지나 큰길로 나갔다. 스카이터클리프 마을은 1.5마일밖에 떨어져 있지 않았지만, 밴 더 라이든 부인이 절대 걸어가지는 않았을 것이기 때문에 마차와 마주치려면 큰길을 따라가야만 했다. 그러나 그가 큰길로 나가는 작은 길을 내려갈 때, 곧 큰 개가 앞장서 달려가고 그 뒤에 빨간 망토를 입은 가냘픈 몸매의 여자가 따라오는 모습이 보였다. 그가 서둘러 앞으로 다가가자 올렌스카 부인이 반갑게 웃으며 멈춰 섰다.

"어, 왔군요!" 그녀가 토시에서 손을 빼며 말했다.

빨간색 망토 때문에 그녀는 처녀 시절의 엘런 밍고트처럼 밝고 생기 있어 보였다. 그는 그녀의 손을 잡고 웃음을 터뜨리며 대답했다. "당신이 무엇을 피해 도망치고 있는지 알고 싶어서 왔어요."

얼굴이 어두워지면서 그녀가 대답했다. "아, 글쎄요—곧 알게 될 거예요."

그는 그 대답에 어리둥절해졌다. "아—당신이 따라잡혔다는 말인가요?"

그녀가 나스타샤처럼 살짝 어깨를 으쓱하고 더 가벼운 어조로 말했다. "계속 걸어갈까요? 예배 후에 너무 추웠어요. 당신이 날 보호하려고 이곳에 와 있는데 그게 뭐가 중요해요?"

그의 관자놀이로 피가 확 솟구쳤다. 그는 그녀의 망토 자락을 붙잡았다. "엘런―무슨 일이에요? 저한테는 말해줘야 합니다."

"아, 곧 할게요―먼저 달리기 경주부터 해요. 발이 땅에 얼어붙으려고 해요." 그녀가 소리치며 망토 자락을 그러모으고 눈밭을 가로질러 뛰어갔다. 개가 도전하듯이 짖어대며 그녀 주변을 뛰어다녔다. 하얀 눈을 배경으로 휙 스쳐 지나가는 빨간 혜성을 눈으로 즐기며 아처는 잠깐 동안 바라보고 서 있다가 그녀를 쫓아가기 시작했다. 공원으로 이어지는 쪽문에서 만난 두 사람은 숨을 헐떡이며 웃음을 터뜨렸다.

그녀가 그를 올려다보며 웃었다. "당신이 올 줄 알았어요!"

"그 말은 내가 그렇게 해주길 바랐다는 거군요." 그는 자신들의 시시한 말장난에서 터무니없는 즐거움을 느끼며 대꾸했다. 하얗게 반짝이는 나무들이 그 자체로 신비로운 빛을 발하는 하늘을 가득 채웠다. 눈 위를 걸을 때 그들 발밑에서 대지가 노래를 부르는 것 같았다.

"어디에서 온 건가요?" 올렌스카 부인이 물었다.

그가 답하고 나서 덧붙였다. "당신 편지를 받았기 때문이었습니다."

잠깐 침묵을 지킨 그녀가 눈에 띄게 쌀쌀해진 목소리로 말했다. "메이가 날 보살펴주라고 부탁한 거군요."

"어떤 부탁도 필요 없었습니다."

"당신 말은―내가 그렇게 무기력하고 무방비한 사람처럼 보이나요? 당신은 날 정말 불쌍한 사람으로 생각하는 게 틀림없군요. 그렇지만 이곳 여자들은 욕구를 조금도 느끼지 못하는 것 같더군요. 천국의 성도들과 마찬가지로요."

그가 목소리를 낮춰 물었다. "어떤 종류의 필요[1] 말인가요?"

"아, 나한테 묻지 말아요! 난 당신네 언어를 쓰지 않아요." 그녀가 화를 버럭 내며 대꾸했다.

그 대답이 비수처럼 그를 덮쳤다. 그는 길에 가만히 서서 그녀를 내려다보았다.

"당신과 같은 언어를 쓰지 않으면 제가 뭐 하러 왔겠습니까?"

"오, 정말—!" 그녀가 그의 팔을 한 손으로 가볍게 잡았다. 그가 진지하게 간청했다. "엘런—무슨 일이 일어났는지 왜 나한테 알려주지 않으려는 건가요?"

그녀가 다시 어깨를 으쓱했다. "천국에서 무슨 일이 일어나던가요?"

그는 침묵을 지켰고 두 사람은 한마디도 하지 않은 채 몇 미터를 걸어갔다. 마침내 그녀가 입을 열었다. "당신에게 말할게요—그런데 어디, 어디, 어디에서요? 큰 신학교 같은 저 집에서는 한순간도 혼자 있을 수가 없어요. 문이란 문은 죄다 활짝 열려 있고 차나 난로에 놓을 장작, 혹은 신문을 들고 하인들이 항상 들락거리는데요. 미국 저택에서는 혼자 있을 곳이 아무 데도 없나요? 당신들은 무척 수줍어하면서도 무척 개방적이에요. 다시 수녀원에 들어온 것 같은 기분이 항상 들어요—아니면 박수 한번 쳐주지 않는 끔찍하게 점잖은 관객들을 앞에 두고 무대에 서 있는 기분이에요."

"아, 당신은 우리를 좋아하지 않는군요!" 그가 소리쳤다.

그들은 낮고 폭이 넓은 벽에 작고 네모난 창문들이 중앙의 굴뚝

---

[1] 올렌스카 부인은 'need'를 욕구라는 의미로 사용한 반면 아처는 이것을 필요라는 의미로 받아들인다.

주변에 몰려 있는 옛 퍼트룬 저택을 지나갔다. 덧문이 활짝 열려 있었고 새로 닦은 창문을 통해 난롯불이 보였다.

"어―집이 열려 있네요!" 그가 말했다.

그녀가 멈춰 섰다. "아니에요. 적어도 오늘만 그러는 거예요. 내가 집 구경을 하고 싶어 했더니 밴 더 라이든 씨가 오늘 오전에 교회 갔다 오는 길에 들릴 수 있도록 난롯불을 지피고 창문을 열어두라고 시키신 거예요." 그녀가 계단을 뛰어올라가서 문을 열어보았다. "아직도 열려 있어요―정말 잘됐네요! 들어와서 조용히 이야기할 수 있겠어요. 밴 더 라이든 부인은 나이 든 숙모님들을 뵈러 라인벡에 갔으니까 한 시간 동안은 집에서 우리를 찾지 않을 거예요."

그는 그녀를 따라 좁은 복도로 들어갔다. 그녀의 마지막 말에 처져 있던 기분이 날아갈 듯이 좋아졌다. 수수한 작은 집이 그들을 맞이하려고 마법으로 만들어진 것처럼, 벽널과 황동 장식들이 난로 불빛에 반짝이며 그곳에 서 있었다. 부엌 난로 바닥에는 오래된 갈고리에 걸린 쇠주전자 밑으로 타다가 잦아든 넓은 깜부기불이 아직도 어슴푸레 빛을 발하고 있었다. 앉을 자리를 골풀로 댄 안락의자 두 개가 타일을 붙인 난로 앞에 마주 놓여 있었고 델프트 접시들이 벽에 달아놓은 선반들 위로 줄줄이 서 있었다. 아처는 몸을 구부려 깜부기불 위로 장작을 하나 던져 넣었다.

올렌스카 부인은 망토를 벗고 의자에 앉았다. 아처는 난로에 기대어 그녀를 쳐다보았다.

"당신은 지금 웃지만 내게 편지를 보냈을 때는 불행했습니다." 그가 말했다.

"맞아요." 그녀가 잠시 말을 멈췄다. "당신이 여기 와 있으니까 불행하다고 느낄 수가 없네요."

"여기 오래 있진 않을 겁니다." 그가 대꾸했다. 그렇게만 말하고 더는 말하지 않으려고 애쓰다 보니 그의 입술이 딱딱하게 굳었다.

"그럼요, 알아요. 그렇지만 나는 앞일은 생각하지 않아요. 행복한 지금 이 순간에 살아요."

그 말이 유혹처럼 살그머니 그에게 다가왔다. 그 유혹에서 오감을 차단하려고 그는 난로에서 떨어져서 눈밭을 배경으로 서 있는 검은 나무줄기를 응시했다. 그러나 그녀 역시 자리를 옮겼는지 자신과 나무들 사이에서 느긋하게 웃으며 난롯불 위로 몸을 수그린 그녀의 모습이 여전히 보였다. 아처의 심장이 억누를 수 없을 정도로 무섭게 뛰기 시작했다. 그녀가 바로 자신에게서 도망치고 있었던 것이라면? 그 말을 하려고 이 비밀스러운 방에 단둘이 있을 때까지 그녀가 기다린 것이라면?

"엘런, 내가 정말로 당신에게 도움이 된다면—내가 오기를 정말로 바랐다면—무슨 일인지 말해줘요. 도대체 당신이 무엇에게서 도망치는 건지 말해줘요." 그가 졸랐다.

그는 자세를 바꾸지 않은 채, 몸을 돌려 그녀를 바라보지 않은 채 말했다. 만약 그 일이 벌어질 거라면 두 사람이 방 이쪽 끝과 저쪽 끝에 멀찌감치 떨어져 있고 그의 시선이 여전히 밖의 눈에 고정되어 있을 때 벌어져야 했다.

오랫동안 그녀는 아무 말도 하지 않았다. 그리고 그 순간 아처는 그녀가 자기 뒤로 살금살금 다가와서 가는 팔로 목을 감싸안는 상상을 하며 거의 소리까지 들은 것 같았다. 다가올 기적 때문에 온몸과 마음을 두근거리며 기다리는 동안 그는 두꺼운 코트를 입고 모피 칼라를 세운 채 저택으로 난 길을 따라 다가오는 남자의 모습을 기계적으로 바라보았다. 그 남자는 줄리어스 보퍼트였다.

"아―!" 아처가 소리치며 웃음을 터뜨렸다.

올렌스카 부인이 벌떡 일어나서 그의 옆으로 다가와 그의 손 안에 자신의 손을 살그머니 집어넣었다. 그러나 창문 밖을 내다본 후 그녀가 창백해진 얼굴로 뒷걸음질을 쳤다.

"그러니까 저거였습니까?" 아처가 비웃듯이 물었다.

"그가 여기 올 줄 몰랐어요." 올렌스카 부인이 중얼거렸다. 그녀의 손은 아직도 아처의 손을 잡고 있었다. 그러나 그는 그녀에게서 손을 빼고 복도로 걸어 나가 저택 문을 활짝 열었다.

"안녕하십니까, 보퍼트 씨―이쪽입니다! 올렌스카 부인이 당신을 기다리고 계십니다."

다음 날 아침 뉴욕으로 돌아오는 길에 아처는 스카이터클리프에서의 마지막 순간을 지칠 정도로 생생하게 되새겨보았다.

보퍼트는 처음에는 아처가 올렌스카 부인과 함께 있는 것에 불쾌해하는 것이 역력했지만, 평소처럼 고압적인 자세로 태연하게 그 상황에 대처했다. 자신을 불편하게 만드는 사람들을 무시하는 그의 방식 때문에 사실 예민한 사람들은 자신들이 보이지 않거나 존재하지 않는 것 같다는 느낌을 받았다. 세 사람이 대정원 사이로 다시 걸어 나갔을 때 아처는 몸과 마음이 따로따로 분리된 것 같은 이상한 기분을 느꼈다. 그것은 그의 허영심에 찬물을 끼얹었지만, 유령처럼 눈에 띄지 않은 채 관찰할 수 있다는 이점도 있었다.

보퍼트는 평소처럼 느긋하고 자신 있게 작은 집으로 들어왔다. 그러나 웃음으로도 미간에 세로로 난 주름을 없애진 못했다. 아처에게 그럴 가능성을 암시하는 말을 하긴 했지만, 올렌스카 부인은 그가 온다는 사실을 몰랐던 것이 거의 확실했다. 어쨌든 그녀는 뉴욕을 떠나면서 어디로 갈 것인지 그에게 말하지 않은 것이 분명했고, 그는 그녀가 아무런 말 없이 떠난 것에 몹시 화가 나 있었다. 그가 온 표면상 이유는 바로 그 전날 밤에 아직 매물로 나오진 않았어도 그녀에게 딱 적당한 '완벽한 작은 집'을 발견했지만 그녀가 잡지 않으면 곧바로 다른 사람이 낚아챌 것이라는 소식이었다. 그는 그 집을 찾아낸 바로 그때 그녀가 도망가버리는 바람에 그녀를 찾아 이리저리 뛰어다녔다며 큰 소리로 그녀에게 비난을 가하는 체했다.

"전선으로 이야기를 나누는 이 새로운 발명 기구가 조금만 더 완벽에 가까웠다면 당신을 쫓아 눈 속을 헤치고 걸어오는 대신 시내에서, 이 순간 클럽의 난롯불에 발을 쬐면서 당신에게 이 모든 이야기를 전했을 것이오." 그는 이런 핑계로 자신이 진짜로 화가 났다는 사실을 감추며 투덜댔다. 그가 꺼낸 이 말을 기회 삼아 올렌스카 부인은 화제의 방향을 언젠가는 서로 다른 거리에 있는 사람들이, 심지어는 다른 도시에 있는 사람들이 실제로 이야기를 나눌 수 있는ㅡ믿을 수 없는 꿈같은 일이다!ㅡ환상적인 가능성 쪽으로 끌고 갔다. 이 말에 세 사람 모두 에드거 포나 쥘 베른[2]을 언급했고, 가장 똑똑한 사람들이 시간을 보내려고 너무 빨리 믿어버리면 순진해 보일 새 발명품에 대해 이야기를 나눌 때 저절로 튀어나오는 그런 상투적인 의견들을 제시했다. 전화 문제에 대해 이야기하면서 그들은 무사히 대저택으로 되돌아가게 되었다.

밴 더 라이든 부인은 아직 돌아오지 않은 상태였다. 아처는 작별 인사를 하고 썰매를 가져오려고 걸어 나갔고 보퍼트는 올렌스카 백

---

[2] Edgar Poe, Jules Verne : 전화 같은 환상적인 과학적 경이로움을 상상했던 작가들.

작부인을 따라 안으로 들어갔다. 예고 없는 방문을 밴 더 라이든 부부가 장려하는 일은 거의 없다 해도, 그는 그들이 자신을 저녁식사에 초대하고 9시 기차를 탈 수 있도록 마차로 역까지 바래다줄 것이라는 기대는 할 수 있었을 것이다. 그러나 그 이상은 분명히 얻지 못했을 것이다. 신사가 짐도 없이 와서 하룻밤 묵어가길 바란다는 것은 집주인들에게 상상할 수도 없는 일이었고, 보퍼트처럼 별로 돈독한 친분을 나누는 사이가 아닌 사람에게 묵어가길 청하는 것은 그들에게 썩 내키는 일이 아니었기 때문이다.

보퍼트는 이 모든 것을 알았고 그것을 예상했음에 틀림없다. 그리고 그렇게 적은 보상을 위해 긴 여행을 했다는 것은 그의 초조함을 가늠할 수 있는 척도가 되었다. 그가 올렌스카 백작부인을 쫓아다닌다는 사실은 의심의 여지가 없었다. 예쁜 여자를 쫓아다닐 때면 보퍼트의 안중에는 딱 그 대상뿐이었다. 그는 재미도 없고 아이도 없는 자기 집에는 이미 오래전에 흥미를 잃었다. 그래서 더 지속적인 위안거리뿐만 아니라 항상 자기와 같은 부류에서 연애 상대를 찾았다. 올렌스카 부인은 바로 이 남자에게서 도망치고 있었던 것이 분명했다. 문제는 그녀가 그의 집요함에 불쾌함을 느껴서 도망쳤느냐, 아니면 그것에 저항할 수 있다고 스스로 확신할 수가 없어서 도망쳤느냐 하는 것이었다. 실제로 도피에 대해 그녀가 한 모든 말이 속임수가 아니고 그렇게 떠난 것이 책략이 아니었다면 말이다.

아처는 그렇지는 않을 것이라고 생각했다. 올렌스카 부인을 실제로 만난 적이 많진 않았다 해도 그는 자신이 그녀의 얼굴을, 얼굴은 아니더라도 목소리는 읽을 수 있다는 생각을 갖기 시작했다. 그녀의 얼굴과 목소리 모두 보퍼트의 갑작스러운 출현에 불쾌감과 심지어는 낙담한 마음을 드러냈다. 그러나 그렇다면, 그를 만나겠다는 명백한 목적 때문에 뉴욕을 떠난 것보다는 그것이 더 낫지 않은가? 그녀가 보퍼트를 만나러 떠난 것이라면 그녀는 더는 관심의 대상이 아니며, 가장 천박한 위선자와 운명을 함께하게 되었다. 일단 보퍼트와 연애 사건에 연루되면 그 여자는 이미 돌이킬 수 없을 정도로 '낙인'이 찍혀버렸다.

아니다. 그녀가 보퍼트를 비판하고 어쩌면 그를 경멸하면서도 주변 다른 남자들보다 그를 더 유리하게 만들어주는 모든 것, 즉 두 대륙과 두 사교계의 습관을 모두 지녔고 예술가들과 배우들, 그리고 세상의 이목을 끄는 사람들과 친밀하게 교제하며 자신이 살고 있는 지역의 편견을 무심하게 경멸하는 점 때문에 그에게 끌리고 있다면, 그것이 천 배는 더 나빴다. 보퍼트는 천박하고 무식하며 돈을 내세우는 사람이었다. 그러나 생활 환경과 타고난 기민함 때문에 그는 도덕적으로나 사회적으로 그보다 더 낫지만 시야의 범위가 배터리 공원과 센트럴 파크를 벗어나지 못한 다른 많은 남자들보다 훨씬 더 대화를 나눌 만한 가치가 있었다. 더 넓은 세계에서 살다 온 사람이라면 당연히 그런 차이를 느끼고 그것에 끌리지 않겠는가?

올렌스카 부인은 버럭 화를 내면서 아처에게 그와 자신이 같은 언어를 쓰지 않는다고 말한 적이 있었다. 그리고 아처는 몇 가지 면에서 그녀의 말이 옳다는 것을 알았다. 그러나 보퍼트는 그녀가 쓰는 언어의 모든 표현을 알았고 그녀가 쓰는 언어를 유창하게 사용했다. 그의 인생관과 어조, 태도는 더 거칠긴 하지만 올렌스키 백작의 편지에 드러난 것들과 비슷했다. 올렌스키 백작의 부인에게는 이것이 보퍼트에게 불리하게 작용하는 것처럼 보일 수 있었다. 그러나 아처는 엘런 올렌스카같이 젊은 여성이 자신의 과거를 떠올리게 해주는 것이 있다고 무조건 뒷걸음질만 치지는 않는다는 것을 모를 만큼 바보는 아니었다. 그녀는 자신이 과거를 철저하게 싫어한다고 믿을지 모른다. 그러나 그녀는 자신을 그 과거 속으로 끌어들였던 것에 자기 의지와 상관없이 여전히 끌릴 수도 있었다.

그렇게 고통스럽지만 공평하게 아처는 보퍼트의 편에서, 다음에는 보퍼트의 희생자 편에서 주장을 펼쳐보았다. 그의 마음속에는 그녀를 깨우쳐주고 싶은 열망이 강하게 일었다. 때로 그는 그녀가 부탁했던 것이 오로지 깨우침을 얻는 것이었다고 상상하기도 했다.

그날 저녁 그는 런던에서 온 책을 풀었다. 허버트 스펜서[3]의 새 책과 다작인 알퐁스 도데의 멋진 이야기 모음집, 최근 서평에서 재미있는 이야기가 많이 나왔던 《미들마치》[4]라는 소설 등 상자에는 그가 가슴 졸이며 기다리던 것들이 가득 들어 있었다. 그는 이 책들을 음미하려고 세 번의 저녁식사 초대를 거절했다. 그러나 책을 좋아하는 사람이 느끼는 감각적인 기쁨을 맛보며 책장을 넘겼지만, 무슨 말인지 머리에 들어오지가 않았고, 한 권씩 내려놓고 말았다. 그러다 갑자기 책들 사이에서, '생명의 집'[5]이라는 제목이 마음에 들어서 주문했던 작은 시집이 보였다. 그는 그것을 집어 들고 책에서 한 번도 맛보지 못했던 분위기에 빠져들었다. 그것은 너무나 따뜻하고 풍요로우면서도 말로 표현할 수 없을 정도로 부드러워서 가장 기본적인 인간의 열정에 새롭고 지속적인 아름다움을 부여했다. 밤새 그는 그 마법의 책장들 속에서 엘런 올렌스카의 얼굴을 한 여

---

3 Herbert Spencer : 사회적 진화론을 주장한 영국의 철학자.
4 *Middlemarch* : 조지 엘리엇 최고의 소설로 1871~1872년에 연재되었던 것이 1874년에 책으로 출판되었다.
5 *The House of life* : 영국의 시인이자 화가인 단테이 가브리엘 로제티(1828~1882)가 쓴 소네트 연작집.

인의 환상을 쫓아갔다. 그러나 다음 날 아침 깨어나서 길 건너편 적갈색 사암 저택들을 바라보며 레터블레어 씨의 사무실에 있는 자기 책상과 그레이스 교회의 가족석을 생각하자, 스카이터클리프의 공원에서 보냈던 시간은 지난밤의 환영만큼 도저히 일어날 수 없는 일처럼 느껴졌다.

"세상에! 오빠, 얼굴이 너무 창백해요." 아침 식탁에서 커피를 마실 때 제니가 그렇게 지적했다. 그러자 그의 어머니도 거들었다. "뉴랜드, 얘야. 최근에 기침을 계속하던데. 너무 과로하지 않았으면 좋겠구나." 아처가 고참 변호사들의 무자비한 독재 하에서 가장 힘든 전문적인 일을 하며 삶을 보내고 있다는 것이 두 숙녀의 확고한 믿음이었기 때문에, 그는 그들의 잘못된 생각을 고쳐줄 필요는 없다고 생각했다.

그 후 2, 3일은 느릿느릿 힘겹게 지나갔다. 평소에 먹던 음식 맛이 숯덩이 같았고, 때로는 자신이 미래 속에 산 채로 묻히는 것처럼 느껴졌다. 올렌스카 백작부인이나 그 완벽한 작은 집에 대한 소식은 조금도 듣지 못했다. 클럽에서 보퍼트를 만났지만 두 사람은 휘스트[6] 테이블 너머로 서로 고개를 끄덕여 인사를 나눴을 뿐이었다. 나흘째 저녁이 되어서야 그가 집에 돌아왔을 때 편지가 기다리고 있었다. "내일 느지막하게 오세요. 당신에게 해명할 게 있어요. 엘런." 편지에는 이 말만 적혀 있었다.

식사하러 나가려던 아처는 편지를 호주머니에 쑤셔 넣고 프랑스풍의 '당신에게'라는 표현에 웃음을 살짝 지었다. 저녁식사 후에 그는 연극을 보러 갔다. 그리고 자정이 넘어 집에 돌아오고 나서 비로

---

[6] 카드 놀이의 일종.

소 올렌스카 부인의 편지를 다시 꺼내서 여러 번 천천히 다시 읽었다. 편지에 답장하는 방법은 여러 가지가 있었다. 그는 조용한 밤에 각각의 방법에 대해 상당한 시간 동안 따져보았다. 아침이 되었을 때 그가 마침내 선택한 방법은 큰 여행용 가방에 옷가지를 집어 넣고 바로 그날 오후에 세인트오거스틴으로 떠나는 배를 타는 것이었다.

# 16

아처는 웰렌드 씨 저택이라고 사람들이 가르쳐준 집을 향해 세인트오거스틴의 모래 깔린 중심가를 걸어 내려가다가 메이 웰렌드가 햇살을 받으며 목련나무 아래 서 있는 것을 보았다. 그는 자신이 무엇 때문에 그렇게 오랫동안 기다리다가 이곳에 오게 되었는지 의아해졌다.

이곳에 진실이 있었고, 이곳에 현실이 있었으며, 이곳에 그에게 속한 삶이 있었다. 임의적인 구속을 무척 경멸한다고 자처했던 그가 사실은 휴가를 몰래 쓰면 사람들이 어떻게 생각할까라는 이유 때문에 책상에서 떠나는 것을 두려워했다니!

그녀가 맨 처음 외친 말은 "뉴랜드—무슨 일이 있었어요?"였다. 그는 자기가 무슨 일 때문에 왔는지 그녀가 눈빛만 보고서도 읽어냈다면 더 '여성스러웠을' 것이라고 생각했다. "그렇소—당신을 꼭 만나야겠다고 생각했소." 그의 대답에 그녀는 행복에 겨워 얼굴을 붉혔고, 놀랐을 때의 쌀쌀맞은 분위기가 사라졌다. 그는 너그러운 가족들이 자신을 쉽게 용서해줄 것이며, 레터블레어 씨의 부드러운 비난조차도 재빨리 웃어넘겨줄 것이라는 사실을 알았다.

이른 시간이었지만 중심가는 형식적인 인사를 제외하고 다른 인사를 나누기 적당한 장소가 결코 아니었다. 아처는 메이와 단둘이 있게 되어 자신의 모든 애정과 조급함을 쏟아낼 수 있길 갈망했다. 웰렌드 가의 늦은 아침식사 시간까지는 아직도 한 시간이 남아 있었다. 그녀는 그에게 집 안으로 들어가자고 청하는 대신 시내 건너편에 있는 오래된 오렌지 농장으로 산책을 가자고 제안했다. 그녀는 강에서 배를 타고 막 돌아온 후였다. 작은 물결 위에 금색 그물을 친 햇빛이 그녀를 그 그물눈 속에 붙잡아둔 것 같았다. 따뜻한 갈색 뺨 위로 나부끼는 그녀의 머리카락이 은색 철사처럼 반짝였다. 그녀의 눈 역시 더 밝아 보였고, 생기 넘치게 투명해서 거의 색이 없는 것처럼 보였다. 아처 옆에서 성큼성큼 경쾌한 걸음걸이로 걸어가는 그녀의 얼굴은 젊은 운동선수 대리석 상처럼 한가한 고요함을 띠고 있었다.

아처의 긴장된 신경에 비친 그 모습이 푸른 하늘과 완만한 강처럼 마음을 진정시켜주었다. 그들이 오렌지나무 아래 벤치에 앉았을 때 그는 그녀의 몸을 한 팔로 두르고 그녀에게 입을 맞췄다. 그것은 햇살을 받고 있는 차가운 샘물을 마시는 것과 같았다. 그러나 그가 의도했던 것보다 더 격렬하게 입술을 눌렀던 것 같았다. 그녀가 얼굴을 붉게 물들이며 놀라서 몸을 뒤로 뺐다.

"왜 그래요?" 그가 웃으며 물었다. 그러자 그녀가 놀란 표정으로 그를 바라보며 대답했다. "아무것도 아니에요."

그들 사이에 약간의 어색함이 감돌자 그녀가 그의 손에서 살그머니 손을 뺐다. 보퍼트 가의 온실에서 몰래 포옹했던 것을 제외하고 그가 그녀의 입술에 키스한 것은 이번이 처음이었다. 그는 그녀가 당황해서 태연한 사내아이 같은 침착함을 잃어버렸다는 것을 알았다.

"하루 종일 뭘 하는지 말해봐요." 그가 뒤로 젖힌 머리 밑으로 양손을 올려 깍지를 끼고 모자를 앞으로 눌러 눈부신 햇빛을 가리며 말했다. 그녀에게 친숙하고 단순한 일들에 대해 이야기를 시키는 것은 그 혼자 딴생각을 할 수 있는 가장 쉬운 방법이었다. 그는 수영과 배타기, 승마로 이루어졌지만 군함이 들어오면 소박한 여관에서 이따금씩 열리는 무도회 정도의 변화가 일어나는 그녀의 단순한 일상 이야기를 들으며 앉아 있었다. 필라델피아와 볼티모어에서 온 몇 명의 유쾌한 사람들이 여관에 소풍을 와 있었고, 셀프리지 메리가 사람들이 기관지염에 걸린 케이트 메리 때문에 3주 동안 내려와 있었다. 그들은 모래사장에 테니스 코트를 만들 계획이었지만 케이트와 메이만 라켓을 가지고 있었고 대부분의 사람들은 그게 무슨 경기인지 들어본 적도 없었다.

이 모든 일로 무척 바빴기 때문에 그녀는 아처가 그 전 주에 보내준 송아지 피지로 된 작은 책,《포르투갈인에게서 온 소네트》[1]를 보기만 했을 뿐 읽을 시간이 없었다. 그러나 그가 그녀에게 처음으로 읽어준 시 중 하나였기 때문에 그녀는 〈그들이 겐트에서 엑스까지 어떻게 좋은 소식을 가져왔나〉[2]를 외우고 있었다. 그녀는 케이트 메리가 로버트 브라우닝이라는 시인의 이름조차 들어본 적이 없다는 사실을 그에게 즐겁게 들려주었다.

곧 그녀가 놀라 일어서며 아침식사에 늦겠다고 외쳤다. 두 사람은 현관에 페인트칠도 안 되어 있고 다듬지 않은 울타리에는 갯질경이와 분홍색 제라늄이 무성하게 핀, 웰렌드가 사람들이 겨울 동안 지내는 허름한 집으로 서둘러 돌아갔다. 웰렌드 씨의 예민한 가

---

[1] *Sonnets from the Portuguese* : 엘리자베스 바렛 브라우닝이 로버트 브라우닝에게 쓴 44편의 사랑의 시로 1850년 출판되었으며 오늘날까지도 널리 사랑받는다.
[2] How they brought the Good News from Ghent to Aix : 로버트 브라우닝의 가장 유명한 시 중 하나로 시집《종과 석류》에 들어 있다.

정적인 성향은 지저분한 남부 호텔의 불편함에 위축되었고, 엄청난 비용과 거의 극복할 수 없는 어려움에 직면한 웰렌드 부인은 어쩔 수 없이 해마다 일부는 불만스러워하는 뉴욕의 하인들과 일부는 인근에서 고용한 흑인들을 동원해서 살림을 급조해야 했다.

"의사 선생님들은 저희 남편을 집에 있는 것처럼 편안하게 해주라고 하세요. 그렇지 않으면 마음이 불쾌해져서 날씨도 그에게 아무런 소용이 없을 거랍니다." 그녀는 겨울마다 공감을 표해주는 필라델피아와 볼티모어 사람들에게 그렇게 설명하곤 했다. 온갖 진수성찬이 기적적으로 차려진 아침 식탁 너머로 환한 웃음을 지으며 웰렌드 씨가 곧 아처에게 말했다. "자네도 보다시피 우리는 야영을 하고 있네—문자 그대로 야영을 하고 있어. 나는 메이와 집사람한테 불편한 생활을 견디는 법을 가르쳐주고 싶다고 말한다네."

웰렌드 부부는 아처의 갑작스러운 도착에 딸만큼 깜짝 놀랐다. 그러나 아처는 지독한 감기에 걸릴 것 같은 기분이 들었다고 즉흥적으로 이유를 만들어냈고 이것은 웰렌드 씨에게 어떤 의무라도 팽개칠 수 있는 충분한 이유가 되는 것 같았다.

"봄까지는 아무리 주의해도 지나치지 않는 법일세." 그가 자기 접시에 밀짚 색깔의 핫케이크를 수북이 담고 그 위에 황금빛 시럽을 넘치도록 뿌리며 말했다. "내가 자네 나이 때 조심했더라면 메이가 늙은 병자와 황야에서 겨울을 나는 대신 지금쯤 여러 모임에 참석해서 춤을 추고 있을 텐데."

"아, 그렇지만 저는 이곳이 좋아요, 아버지. 아버지도 잘 아시잖아요. 뉴랜드만 같이 있을 수 있다면 뉴욕보다 이곳이 천 배는 좋을 거예요."

"감기가 완전히 떨어질 때까지 자네도 이곳에 머물게." 웰렌드 부인이 관대하게 말했다. 그러자 아처는 웃으면서 해야 할 일도 있는 법이라고 말했다.

그러나 그는 법률사무소와 전보를 주고받은 후 일주일 동안 감기를 앓는다고 말하기로 마음을 정했다. 레터블레어 씨의 관대함이 부분적으로는 똑똑한 젊은 후배 변호사가 말썽 많은 올렌스키 이혼 문제를 만족스럽게 처리했기 때문이라는 것을 알고 있었기 때문에, 상황이 아이러니한 면을 띠게 되었다. 레터블레어 씨는 웰렌드 씨에게 아처 씨가 가문 전체에 '지대한 공헌을 했으며' 밍고트 노부인이 특히 기뻐했다는 사실을 알렸다. 메이가 아버지와 함께 그 집의 유일한 마차를 타고 나갔을 때, 웰렌드 부인은 그때를 이용해서 딸이 있는 자리에서는 항상 피했던 화제를 꺼냈다.

"엘런은 우리와 생각이 전혀 다른 것 같아. 메도라 맨슨이 그 애를 유럽으로 다시 데리고 돌아갔을 때 그 애는 겨우 열여덟 살이었다네―그 애가 사교계 데뷔 무도회에 검은 옷을 입고 나타났을 때 벌어졌던 소동이 기억나나? 메도라의 또 다른 독특한 취향이었지―그런데 그 일은 거의 예언이나 마찬가지였어! 그게 적어도 12년 전이었을 거네. 그때 이후 엘런은 한 번도 미국에 다녀가지 않았지. 그 애가 완전히 유럽 사람이 된 건 당연한 일이네."

"그러나 유럽 사교계에서는 이혼을 용납하지 않습니다. 올렌스카 백작부인은 자유를 요구하면서 자신이 미국적인 사고방식을 따르는 것이라고 생각했습니다." 스카이터클리프를 떠난 이후 아처는 처음으로 그녀의 이름을 입에 올렸고 얼굴이 붉어지는 것을 느꼈다.

웰렌드 부인이 동정하는 웃음을 지었다. "그것은 외국인들이 우리에 대해 만들어내는 이상한 이야기들과 마찬가지네. 그들은 우리가 두 시에 저녁을 먹고 이혼을 은근히 장려한다고 생각하지. 바로 그런 이유 때문에 뉴욕에 찾아온 외국인들을 환대하는 것이 내게는 너무 어리석게 보인다네. 실컷 환대를 받아놓고 집에 돌아가서는 똑같은 말도 안 되는 소리들을 반복하니 말일세."

아처는 이 말에 아무 대꾸도 하지 않았다. 웰렌드 부인이 말을 계속했다. "그렇지만 자네가 그 생각을 포기하도록 엘런을 설득해 준 것에 대해 우리가 얼마나 진심으로 고마워하는지 모를 걸세. 할머니와 로벨 숙부도 그 앨 어떻게 할 수 없었으니까. 두 분 다 그 애가 마음을 바꾼 것은 전적으로 자네 덕이라고 편지를 보내셨네─사실 그 애가 그렇게 할머니께 말씀을 드렸다더군. 그 애는 자네에 대해 무한한 존경심을 가지고 있다네. 불쌍한 엘런─그 애는 항상 고집이 센 아이였네. 그 애 운명이 어떻게 될지 모르겠어."

그는 이렇게 대답하고 싶은 기분이 들었다. '우리 모두가 애쓰는 대로 그녀의 운명이 만들어지겠죠. 당신들 모두 그녀가 점잖은 남자의 정식 아내가 되느니 보퍼트의 정부가 되기를 바란다면, 정말 적절한 길을 택한 것 같군요.'

그는 생각만 하는 대신 실제로 그 말을 밖으로 내뱉었다면, 웰렌드 부인이 뭐라고 했을지 궁금했다. 사소한 일들을 평생 동안 통제하며 살다 보니 위엄 있는 분위기를 풍기는 그녀의 침착하고 평온한 얼굴이 갑자기 무너지는 모습을 상상할 수 있었다. 그녀의 얼굴에는 아직도 딸의 미모처럼 신선한 아름다움의 흔적이 남아 있었다. 그는 메이의 얼굴 역시 불굴의 순수함을 띤 중년의 모습으로 두꺼워지게 되는 것은 아닐까 자문했다.

아, 그러면 안 되는데. 그는 메이가 똑같은 종류의 순수함을 갖는 것을 원치 않았다. 그는 상상력이 들어오지 못하도록 정신을 꼭 꼭 닫아버리고 경험이 들어오지 못하도록 가슴을 닫아버리는 그런 순수함은 원치 않았다.

웰렌드 부인이 말을 계속했다. "그 끔찍한 일이 신문에 나면 우리 집 양반에게는 치명타가 될 거라고 진심으로 믿네. 나는 자세한 사실은 모르네. 불쌍한 엘런이 그 문제에 대해 내게 말하려 했을 때 그 애에게 말했던 것처럼 나는 알고 싶지 않다고 부탁할 뿐이지. 돌봐야 할 환자가 있는 나로서는 마음을 항상 밝고 행복하게 유지해야 하거든. 그러나 웰렌드 씨는 몹시 신경을 썼다네. 어떻게 결정이 났는지 소식을 기다리는 동안 매일 아침 그 양반한테 미열이 있었으니까. 그런 일들이 가능하다는 것을 딸이 알게 될까 봐 두려웠던 거라네―물론 뉴랜드, 자네도 그렇게 느꼈을 걸세. 우리 모두 자네가 메이를 끔찍하게 생각하는 걸 알고 있었네."

"저는 항상 메이를 생각합니다." 아처는 대화를 끝내려고 일어서면서 대꾸했다.

그는 웰렌드 부인과 단둘이 이야기할 수 있는 기회를 포착해서 결혼 날짜를 앞당겨달라고 재촉할 작정이었다. 그러나 그녀를 움직일 만한 구실을 생각해낼 수가 없었기 때문에 웰렌드 씨와 메이가 현관으로 마차를 타고 오는 모습을 보고 안도감을 느꼈다.

그의 유일한 희망은 다시 메이에게 간청하는 것이었다. 그래서 떠나기 전날 그녀와 함께 스페인 선교소의 황폐한 정원으로 산책을 갔다. 그 배경은 유럽의 경치를 언급하기에 적합했다. 너무 밝은 눈에 신비로운 그림자를 드리워주는 넓은 테의 모자를 쓴 메이는 가장 사랑스러워 보였다. 그가 그라나다와 알함브라에 대해 이야기를 하자 그녀의 열망이 타오르기 시작했다.

"그 모든 것을 이번 봄에 볼 수도 있소―세비야에서 열리는 부활절 의식조차 말이오." 그가 더 큰 양보를 바라며 자신의 요구를 과장해서 재촉했다.

"세비야에서 부활절을 보낸다고요? 다음 주가 사순절인데요!"

"사순절에 결혼하면 왜 안 되는 거요?" 그가 물었다. 그러나 그녀가 너무 충격을 받은 것 같아서 그는 자신이 실수했다는 것을 깨달았다.

"물론 그럴 작정은 아니오. 그렇지만 부활절 후에 곧 결혼을 하면―4월 말에는 배를 탈 수 있을 거요. 사무실 일은 내가 알아서 조정할 수 있을 거요."

그녀가 그 가능성에 꿈꾸듯이 웃었다. 그러나 그녀에게는 그것을 꿈꾸는 것만으로도 충분한 것 같았다. 그것은 그가 시집에서 현실에서는 절대 일어날 수 없는 아름다운 일들을 낭송해주는 것을 듣는 것과 같았다.

"아, 계속해봐요, 뉴랜드. 당신 설명을 듣는 게 정말 마음에 들어요."

"그런데 왜 그것이 설명으로만 끝나야 하오? 그것을 현실로 만들면 되지 않소?"

"아처, 그렇게 할 거예요. 내년에요." 그녀의 목소리가 그 말에서 약간 머뭇거렸다.

"당신은 그것이 더 빨리 실현되길 바라지 않소? 지금이라도 도망가자고 당신을 설득할 수 없는 것이오?"

그녀가 고개를 숙여 모자챙의 도움을 받아 그에게서 얼굴을 숨겼다.

"왜 또 한 해를 헛되이 보내야 한단 말이오? 날 좀 봐요! 내가 당신을 얼마나 아내로 맞이하고 싶은지 이해하지 못하는 거요?"

잠깐 동안 그녀가 꼼짝도 하지 않다가 너무나 절망스러운 맑은 눈으로 그를 올려다보았다. 그 바람에 그는 껴안고 있던 그녀의 허리를 반쯤 풀었다. 그러나 갑자기 그녀의 표정이 바뀌더니 헤아릴 수 없을 정도로 어두워졌다. "제가 과연 이해한 건지 잘 모르겠어요. 그게—그게 절 계속 사랑할 확신이 없기 때문에 그러는 건가요?"

아처가 자리에서 벌떡 일어섰다. "세상에—어쩌면—나도 모르겠소." 그가 화가 나서 갑자기 소리쳤다.

메이 웰렌드 역시 일어섰다. 두 사람이 서로를 마주 보았다. 그녀의 여성스러운 고매함과 품위가 부쩍 커진 것 같았다. 두 사람은 대화가 전혀 예기치 못했던 방향으로 흘러가는 것에 당황한 것처럼 한동안 아무 말도 하지 않았다. 그러다가 그녀가 낮은 목소리로 말했다. "그렇다면—다른 누군가가 있나요?"

"다른 누군가라니—당신과 나 사이에 말이오?" 그녀의 말을 반쯤만 알아듣고 그 질문을 스스로에게 되물어볼 시간을 원하는 것처럼 그가 그녀의 말을 천천히 반복했다. 그녀는 그의 목소리에서 반신반의하는 기미를 눈치챈 것 같았다. 그녀가 점점 더 낮은 어조로 다음과 같이 말을 계속했기 때문이다. "뉴랜드, 우리 솔직하게 말해봐요. 가끔 당신이 달라진 걸 느꼈어요. 특히 우리 약혼이 발표된 후부터요."

"당신—말도 안 되는 소리요!" 그가 정신을 차리고 소리쳤다. 그녀는 그의 항의에 희미하게 웃었다. "그렇다면 그것에 대해 이야기를 나눠도 괜찮을 거예요." 그녀가 잠깐 말을 멈췄다가 그녀 특유의 우아한 몸짓으로 고개를 들며 덧붙였다. "아니면 설사 그것이 사실이라 해도 왜 우리가 그것에 대해 말해서는 안 되는 거죠? 당신이 너무 쉽게 실수를 저질렀을 수도 있잖아요."

그는 고개를 숙이고 그들 발밑의 햇빛 쏟아지는 길 위에 드리운 검은 나뭇잎 그림자를 바라보았다. "실수란 항상 쉽게 저질러지는 법이오. 그러나 내가 당신이 암시하는 그런 종류의 실수를 범했다면 우리의 결혼을 서두르자고 당신에게 간청할 것 같소?"

그녀 역시 아래를 내려다보며 양산 끝으로 나뭇잎 그림자를 건드리면서 적당한 표현을 찾으려 안간힘을 썼다. "그래요." 그녀가 마침내 입을 열었다. "당신은 그 문제를―말끔하게―해결하고 싶어 할지도 모르는 거죠. 그것이 한 방법이니까요."

그녀가 조용하게 평정을 유지하는 모습에 그는 깜짝 놀랐지만 그녀가 둔감해서 그렇다는 오해는 결코 하지 않았다. 모자챙 밑으로 창백한 그녀의 옆모습이 보였고 굳게 다문 입술 위로 콧구멍이 약간 떨리는 것이 보였다. "그래서요······?" 그는 벤치에 앉아 찡그린 표정이 장난스럽게 보이도록 애쓰며 그녀를 올려다보고 물었다.

그녀가 자리에 털썩 주저앉으며 말을 계속했다. "아무리 처녀라 해도 부모님이 상상하는 것만큼 아무것도 아는 것이 없다고 생각하진 마세요. 다 듣고 보는 게 있어요―자기 감정과 생각도 있고요. 그리고 당연히 당신이 날 좋아한다고 고백하기 오래전부터 당신이 관심을 가지고 있는 다른 사람이 있다는 걸 알고 있었어요. 2년 전에 뉴포트 사람들 모두 그 얘기를 했으니까요. 그리고 한번은 당신이 무도회장에서 그녀와 함께 베란다에 앉아 있는 걸 본 적이 있어요―그러다 그녀가 집 안으로 돌아왔는데 얼굴이 슬퍼 보여서 그녀가 안됐다고 생각했어요. 나중에 우리가 약혼하고 나서 그때 일이 기억났어요."

그녀의 목소리가 가라앉아서 거의 속삭이는 소리가 되었다. 그녀는 양산 손잡이 부분을 양손으로 꼭 쥐었다가 풀었다 하며 앉아 있었다. 아처가 그녀의 양손 위에 한 손을 올려놓고 지그시 힘을 줬다. 그의 마음이 표현할 수 없는 안도감으로 부풀어올랐다.

"메이―그것 때문이었소? 당신이 진실을 알면 좋을 텐데!"

그녀가 재빨리 고개를 들었다. "그렇다면 제가 모르는 진실이 있나요?"

그는 한 손을 계속 그녀의 양손 위에 올려놓았다. "내 말은 당신이 말하는 그 옛날이야기에 관한 진실 말이오."

"그렇지만 뉴랜드, 바로 그것이 제가 알고 싶은 거예요―꼭 알아야 해요. 다른 사람에게 잘못을 저지르면서―부당한 짓을 하면서―행복해지고 싶지는 않아요. 그리고 당신도 마찬가지일 거라고 믿고 싶어요. 그런 바탕 위에서 우리가 어떤 식의 삶을 이뤄나가겠어요?"

그녀의 얼굴이 너무 비장하게 용기를 낸 표정을 띠었기 때문에 그는 그녀의 발밑에 무릎이라도 꿇고 싶었다. "오랫동안 이 말을 하고 싶었어요. 두 사람이 서로 진심으로 사랑한다면 다른 사람들의 의견에 반드시―반드시 맞서는 것이 옳은 그런 상황들이 있을 수 있다고 생각해요. 그리고 우리가 방금 전에 이야기했던 그 사람에게 당신이 어떤 식으로건 서약을―서약을 해놓은 게 있어서―그녀를 이혼하게 만들어서라도―당신의 서약을 지킬 방법이―방법이 있다면, 뉴랜드, 저 때문에 그녀를 포기하지 말아요!"

그녀의 두려움이 솔리 러시워스 부인과의 연애같이 너무나 까마득하고 너무나 완전히 과거지사가 된 사건에 쏠려 있다는 것을 알았을 때 느꼈던 그의 놀라움은 그녀의 의견이 보여주는 관대함에 대한 경탄으로 바뀌었다. 너무나 무모할 정도로 인습을 초월한 태도에는 초인적인 것이 있었다. 그래서 다른 문제들이 그를 압박하지만 않았다면 그는 옛날 정부와 결혼하라고 그에게 재촉하는 웰렌드가 딸의 비범함에 놀라 어찌할 바를 몰랐을 것이다. 그러나 그는 그들이 겨우 피한 낭떠러지의 아찔한 모습에 현기증을 느끼면서, 아가씨의 신비에 대한 새로운 경외심을 가득 품게 되었다.

잠깐 동안 아무 말도 하지 못하던 그가 입을 열었다. "당신이 생각하는 그런 서약 같은 것은 없소―의무도 전혀 없소. 그런 문제들은 항상 그렇게―단순하지만은 않소―그러나 그건 전혀 문제될 게 없소……. 당신의 관대함은 마음에 들어요. 그런 일에 대해서는 나도 당신과 같은 생각이니까……. 각 경우마다 시비곡직에 따라 판단되어야 한다고 생각하오……. 어리석은 관습과 상관없이 말이오……. 내 말은 여자들 각자에게 자유로울 권리가 있다는 거요……." 그는 자신의 생각이 엉뚱한 곳으로 흘러가는 것에 깜짝 놀라 정신을 가다듬고 웃음 띤 얼굴로 그녀를 바라보며 말을 계속했다. "당신이 그렇게 많은 일을 이해해주니까 조금만 더 나아가서, 똑같은 어리석은 관습의 또 다른 형태에 우리가 굴복하는 것이 얼마나 쓸데없는 짓인지 이해해주면 안 되겠소? 우리 사이에 어느 누구도, 어떤 것도 없다면 더 지체하는 것보다 빨리 결혼하는 것이 더 논리에 맞지 않겠소?"

그녀는 기쁨으로 얼굴을 붉히면서 고개를 들고 그의 얼굴을 바라보았다. 그녀의 얼굴 쪽으로 몸을 기울이다가 그는 행복에 겨워 그녀의 두 눈에 눈물이 그렁그렁한 것을 보았다. 그러나 바로 다음 순간 그녀는 고귀한 여성에서 무기력하고 소심한 소녀로 내려온 것처럼 보였다. 그는 그녀의 용기와 주도가 모두 다른 사람들을 위한 것이며, 어느 것도 그녀 자신을 위한 것이 아니라는 사실을 깨달았다. 일부러 침착한 척하며 드러낸 것보다 그녀가 말을 꺼내려고 훨씬 더 큰 노력을 기울였음이 분명했다. 그리고 그녀는 안심시켜주는 그의 말 첫마디를 듣자마자, 지나치게 대담한 행동을 해놓고 어머니의 품으로 도망치는 아이처럼 평소 모습으로 되돌아온 것이 분명했다.

아처는 그녀에게 계속 간청하고 싶은 마음이 없었다. 그는 투명한 눈으로 자신의 마음속을 한 번 꿰뚫어보았던 새로운 존재가 사라져버린 것에 너무 크게 실망했다. 메이는 그의 실망감을 눈치챈 것 같았지만 그것을 어떻게 누그러뜨려야 할지 몰랐다. 두 사람은 일어나서 아무 말 없이 집으로 걸어갔다.

# 17

 "오빠가 없는 동안 오빠 사촌인 백작부인이 어머니를 찾아왔어요." 오빠가 돌아온 날 저녁에 제이니 아처가 그에게 알렸다.

 어머니와 여동생과 함께 저녁식사를 하던 아처는 놀라서 고개를 들었다. 아처 부인이 점잔을 빼며 접시에 시선을 고정하고 있었다. 아처 부인은 자신이 세상에서 은둔한다고 해서 세상에서 잊혀야 한다고 생각하지 않았다. 아처는 올렌스카 부인의 방문에 자신이 놀라자 어머니가 약간 불쾌해하는 것 같다고 생각했다.

 "그녀는 흑석 단추가 달린 검은색 벨벳 폴로네즈[1]를 입고 작은 녹색 원숭이 털토시를 끼고 왔어요. 그녀가 그렇게 멋지게 차려입은 건 처음 봤어요." 제이니가 말을 계속했다. "일요일 이른 오후에 그녀가 혼자 찾아왔는데 다행히도 응접실 난로에 불이 지펴져 있었어요. 그녀의 명함 케이스가 새거던데요. 그녀 말로는 오빠가 너무 잘해줘서 우리와 친하게 지내고 싶대요."

 뉴랜드가 웃음을 터뜨렸다. "올렌스카 부인은 자기 친구들에 대해 항상 그런 식으로 말을 하지. 다시 고향 사람들과 함께 지낼 수 있게 되어서 무척 기쁘게 생각하고 있어."

---

[1] velvet polonaise : 허리받이와 길게 드리운 오버스커트가 달린 드레스로 1870년대에 유행한 스타일.

"그래, 우리한테도 그렇게 말하더구나." 아처 부인이 말했다. "여기 있게 된 걸 고맙게 여기는 것 같더구나."

"그녀가 어머니 마음에 드셨길 바랍니다."

아처 부인이 입술을 오므렸다. "나이 든 사람을 방문할 때조차 마음에 들려고 무척 애를 쓰더구나."

"어머니는 그녀가 단순한 사람이 아니라고 생각하고 계세요." 제이니가 어머니의 얼굴에 시선을 고정한 채 불쑥 끼어들었다.

"그건 그냥 내 구식 느낌일 뿐이다. 귀여운 메이가 내 이상형이지." 아처 부인이 말했다.

"아, 두 사람은 다르죠." 그녀의 아들이 말했다.

아처는 밍고트 노부인에게 전할 말을 잔뜩 받아서 세인트오거스틴을 떠났다. 그는 뉴욕으로 돌아오고 나서 하루 이틀 후에 그녀를 방문했다.

노부인은 평소보다 더 따뜻하게 그를 맞았다. 그녀는 이혼하겠다는 생각을 포기하도록 올렌스카 백작부인을 설득해준 그에게 고마워했다. 그리고 그가 허락도 받지 않은 채 사무실 일을 내팽개치고 그저 메이를 만나보고 싶다는 일념에 세인트오거스틴으로 달려갔다는 이야기를 들려주자 그녀는 살진 사람 특유의 기름진 저음으로 낄낄대면서 말불버섯처럼 부푼 손으로 그의 무릎을 가볍게 쳤다.

"아, 아—그래서 자네가 속박을 걷어찼군, 그렇지? 오거스타와 웰렌드는 탐탁지 않은 얼굴로 세상의 종말이라도 온 것처럼 굴었겠지? 그러나 귀여운 메이는—틀림없이 그 애가 더 분별력 있게 처신했을 거야."

"그래주길 바랐는데, 결국에는 제가 그곳까지 내려가서 요청했던 것에 절대 동의를 안 해주더군요."

"그 애가 정말 그랬나? 그런데 무슨 일이었나?"

"그녀에게서 사월에 결혼하겠다는 약속을 받아내고 싶었습니다. 또 한 해를 낭비하는 게 무슨 소용이 있겠습니까?"

맨슨 밍고트 부인이 작은 입을 오므려 얌전 빼는 사람처럼 얼굴을 찡그리고 심술궂은 눈까풀 아래로 눈을 반짝이며 그를 쳐다보았다. "'어머니에게 물어보세요.' 아마 그렇게 말했겠지 — 뻔하지. 아, 이 밍고트 가 사람들은 — 전부 똑같아! 판에 박힌 모습으로 태어나 거기서 벗어나질 못한다니까. 이 집을 지었을 때 사람들은 내가 캘리포니아로 이주하려는 줄 알았지. 크리스토퍼 콜럼버스가 아메리카를 발견하기 전에 어느 누구도 40번 가 위쪽에 집을 짓지 않았네 — 안 그랬지. 배터리 위쪽으로도 마찬가지였고. 아무도 집을 안 지었어. 그들 중 어느 누구도 다르게 살고 싶어 하지 않지. 사람들은 그것을 천연두처럼 두려워한다네. 아, 친애하는 아처 군. 내가 비천한 스파이서 가 태생이라는 것에 대해 행운의 별에 감사할 지경이네. 그런데 내 자손들 중에서 나를 닮은 녀석은 귀여운 엘런밖에 없다네." 그녀가 갑자기 말을 끊고 여전히 눈을 반짝이며 그를 바라보았다. 그러다 노인들이 그렇듯이 뜬금없이 물었다. "그런데 도대체 왜 자네는 우리 귀여운 엘런과 결혼하지 않았나?"

아처가 웃음을 터뜨렸다. "우선 그녀가 곁에 있었어야 결혼을 하든지 했죠."

"맞아 — 맞는 말일세. 더욱 유감스러운 일이야. 그런데 이제는 너무 늦었어. 그 애의 인생은 끝났어." 그녀는 기대를 한몸에 받았던 청년의 무덤에 흙을 던지는 노인처럼 냉담하고 태평스럽게 말했다. 아처의 마음이 오싹해졌다. 그는 서둘러 물었다. "부인께서 영향력을 발휘해서 웰렌드 부부를 설득해주실 수 없을까요? 제 타고난 성격상 긴 약혼 기간을 참아낼 수가 없습니다."

캐서린 노부인이 알았다는 듯이 그에게 환하게 웃었다. "그렇지. 알고 있네. 자네는 눈치가 빨라. 틀림없이 어렸을 때 음식을 제일 먼저 받아 먹길 좋아했을 거야." 그녀가 고개를 뒤로 젖히며 웃음을 터뜨리자 턱이 잔물결처럼 출렁거렸다.

"아, 엘런이 왔군!" 그녀 뒤쪽의 칸막이 커튼이 열리자 그녀가 소리쳤다.

올렌스카 부인이 웃으며 앞으로 왔다. 그녀의 얼굴은 생기 있고 행복해 보였다. 그녀는 아처에게는 쾌활하게 손을 내밀었고 할머니에게는 몸을 굽혀 입을 맞췄다.

"애야, '왜 우리 귀여운 엘런과 결혼을 안 했느냐'고 아처와 이야기하던 중이었다."

올렌스카 부인이 여전히 웃으며 아처를 바라보았다. "그런데 그가 뭐라고 대답했나요?"

"오, 애야. 그것은 네가 알아보렴. 애인을 보러 플로리다에 다녀왔다는구나."

"네, 알아요." 그녀는 여전히 그를 바라보았다. "당신이 어디 갔는지 여쭤보러 당신 어머니를 만나러 갔었어요. 편지를 보냈는데 답장이 없어서 아프지는 않은가 걱정했거든요."

그는 급하게 불쑥 떠난 것에 대해, 세인트오거스틴에서 그녀에게 편지를 쓸 작정이었다는 것에 대해 뭐라고 중얼거렸다.

"그런데 당연히 그곳에 도착하고 나서는 저에 대해 다시는 생각도 안 했겠군요!" 그녀는 일부러 무관심한 척하는 것일지도 모르는 쾌활한 태도로 그에게 계속 환하게 웃었다.

'설사 그녀에게 내가 여전히 필요하다 해도 그걸 보여주지 않기로 작정했나 보군.' 그는 그녀의 태도에 마음 아파하며 생각했다. 그는 그녀에게 어머니를 만나러 간 것에 고마움을 표시하고 싶었지만, 노부인이 심술궂은 시선으로 보는 앞에서는 말이 나오지 않고 거북함을 느꼈다.

"저 사람을 보렴—결혼을 서두르고 싶어서 작별 인사도 없이 떠나 바보 같은 아가씨에게 무릎을 꿇고 간청하러 달려갔다는구나. 그거야말로 연인다운 행동이지—바로 그런 식으로 미남 밥 스파이서가 불쌍한 내 어머니 마음을 얻었지. 그런데 내가 젖을 떼기도 전에 어머니한테 싫증이 났다는구나—내가 여덟 달 만에 태어났는데도 말이다. 그렇지만 자, 자—자네는 스파이서 태생이 아니지. 자네와 메이를 위해 잘된 일이야. 그들의 나쁜 피를 간직한 사람은 우리 불쌍한 엘런뿐이네. 다른 사람들은 완전히 이상적인 밍고트 가 사람들이야." 노부인이 조소하듯이 소리쳤다.

아처는 할머니 옆에 앉은 올렌스카 부인이 여전히 자신을 주의 깊게 찬찬히 뜯어보고 있다는 것을 알았다. 그녀의 눈에서 쾌활함이 사라지고 그녀가 매우 상냥하게 말했다. "할머니, 아처 씨가 원하는 대로 할 수 있도록 우리끼리 그분들을 꼭 설득해보도록 해요."

아처는 가려고 일어났다. 올렌스카 부인의 손을 잡았을 때, 그는 답장을 받지 못한 편지에 대해 그녀가 그의 말을 기다린다는 느낌을 받았다.

"언제 만나 뵐 수 있을까요?" 함께 방문까지 배웅해준 그녀에게 그가 물었다.

"당신이 좋을 때 언제든지요. 그런데 그 작은 집을 다시 보고 싶으면 서둘러야 해요. 다음 주에 이사를 가거든요."

낮은 장식용 못이 박힌 응접실에서 램프를 켜고 보낸 몇 시간에 대한 추억에 저릿한 아픔이 그의 가슴을 훑고 지나갔다. 고작 몇 시간밖에 되지 않았지만 그 시간들은 추억으로 가득했다.

"내일 저녁은요?"

그녀가 고개를 끄덕였다. "내일은 좋아요. 그러나 일찍 오셔야 해요. 외출해야 하니까요."

다음 날은 일요일이었다. 그녀가 일요일 저녁에 '외출'을 한다면 그것은 당연히 레뮤얼 스트러더스 부인의 집에 가는 것뿐이었다. (그는 밴 더 라이든 부부와 상관없이 그녀가 가고 싶은 대로 가는 것이 더 좋다고 생각했기 때문에) 그녀가 그곳에 가는 것 때문이라기보다, 그곳에서 그녀가 분명히 보퍼트를 만날 것이며, 그를 만날 것을 틀림없이 미리 알고서도 어쩌면 그 목적 때문에 그 집에 가는 건지도 모른다는 생각에 살짝 신경질이 났다.

"아주 좋아요. 내일 저녁에요." 그가 그녀의 말을 되풀이했다. 그는 절대 일찍 가지 않고 그녀의 집에 늦게 도착해서 그녀를 스트러더스 부인 집에 못 가게 하거나 아니면—모든 상황을 고려해볼 때 의심할 여지없이 가장 간단한 해결 방법이 될 수 있는—그녀가 출발한 후 도착하자고 마음속으로 결심했다.

결국 그가 등나무 아래 초인종을 울렸을 때는 겨우 8시 반이었다. 원래 의도했던 것보다 반 시간 일렀지만 그는 이상하게 불안해서 그녀의 집으로 갔다. 그는 스트러더스 부인의 일요일 저녁이 무도회와 다르고 그녀의 손님들은 자신들의 비행을 최소화하려는 듯 대개는 일찍 도착한다는 사실을 떠올렸다. 그는 올렌스카 부인 집 복도에 들어섰을 때 그곳에서 모자와 외투 들을 발견하리라고는 미처 예상하지 못했다. 손님들을 초대해서 저녁식사를 할 예정이었다면 그녀는 왜 그에게 일찍 오라고 했을까? 나스타샤가 받아 놓아둔 자기 외투 옆의 옷들을 더 자세히 살펴보다가 화가 났던 그의 마음은 호기심으로 바뀌었다. 사실 그 외투들은 그가 점잖은 집에서 여태껏 보아온 것들 중에서 가장 이상했다. 언뜻 보아도 그 외투들 중 어느 것도 줄리어스 보퍼트의 것은 아니었다. 하나는 낡은 노란색 얼스터[2] 기성복이었고 다른 하나는 어깨 망토가 달린 매우 낡고 색이 바랜 망토로 프랑스어로는 '맥팔레인'[3]이라 불리는 것과 비슷했다. 엄청나게 큰 체격을 가진 사람을 위해 만들어진 것처럼 보이는 이 옷은 오랫동안 험하게 입은 것이 분명해 보였고 녹색이 감도는 검은색 주름에서는 술집 벽에 오랫동안 닿았다는 것을 드러내며 축축한 톱밥 냄새가 풍겼다. 그 위로는 너덜너덜한 녹색 스카프와 성직자 모자 같은 느낌을 주는 이상한 펠트 모자가 놓여 있었다.

아처가 나스타샤에게 궁금하다는 듯이 눈썹을 치켜뜨자 그녀 역시 눈썹을 치켜뜨며 숙명론적인 "물론이죠!"를 외치고 응접실 문을 활짝 열었다.

아처는 안주인이 방 안에 없다는 것을 즉시 알았다. 그러다가 놀랍게도 다른 숙녀가 난롯가에 서 있는 것을 발견했다. 큰 키에 마르고 옷차림이 단정치 못한 이 여성은 격자무늬와 줄무늬, 단색의 띠가 도저히 가늠할 수 없는 디자인 속에 배열되고 고리와 술 장식이 복잡하게 달린 옷을 입고 있었다. 이제 막 하얗게 세기 시작해서 겨우 색이 바랠 정도가 된 그녀의 머리는 스페인풍 빗과 검은 레이스

---

[2] ulster : 어깨 망토가 달린 무거운 모직 코트. 아일랜드 얼스터 지방의 모직물로 지은 코트.
[3] Macfarlane : 소매 대신 옆이 트인 망토.

스카프로 올림머리를 했고 꿰맨 자국이 보이는 실크 장갑이 류머티즘에 걸린 손을 가리고 있었다.

자욱한 담배연기 속에서 그녀 옆에는 두 외투의 주인들이 서 있었다. 두 사람 모두 아침부터 벗은 적이 없는 것이 분명한 모닝코트를 입고 있었다. 아처는 두 사람 중 한 사람이 네드 윈셋인 것을 알고 놀랐다. 누구인지 알 수 없었지만 거대한 체격으로 보아 '맥팔레인'의 주인임이 분명한, 나이가 더 많은 다른 한 사람은 잿빛 머리카락이 찌부러져서 약간 사자 머리 같은 인상을 풍겼고 무릎을 꿇은 군중에게 축복을 내리는 것처럼 앞발로 크게 차듯이 팔을 움직였다.

이 세 사람은 난로 앞 깔개에 함께 서서 올렌스카 부인이 평소 앉는 소파에 놓인, 단 아랫부분에 자주색 팬지 묶음을 댄 엄청나게 큰 진홍색 장미 다발에 시선을 고정하고 있었다.

"이런 계절에는 꽃값이 엄청났을 텐데—그렇지만 당연히 사람들이 중요하게 여기는 것은 마음이죠!" 아처가 들어갔을 때 그 숙녀가 한숨을 섞어가며 스타카토식으로 말했다.

세 사람이 그의 출현에 놀라 몸을 돌렸다. 숙녀는 그에게 다가오며 손을 내밀었다.

"친애하는 아처 씨—이제 내 친척이나 다름없는 뉴랜드!" 그녀가 말했다. "나는 맨슨 후작부인이오."

아처가 고개를 숙여 인사를 하자 그녀가 말을 계속했다. "엘런이 나를 며칠 묵어가도록 맞아줬어요. 쿠바에서—정말 유쾌하고 훌륭한 사람들로, 스페인의 옛 카스티야 왕국의 최고 귀족들인—스페인 친구들과 겨울을 보내다가 돌아왔소. 당신도 그들을 알게 되면 좋을 텐데. 그런데 여기 있는 우리의 소중하고 훌륭한 친구인 카버 박사가 불러서 돌아왔어요. 사랑의 공동체 계곡의 설립자인 애거턴 카버 박사를 모르나요?"

카버 박사가 사자 머리를 숙여 인사를 했다. 그러자 후작부인이 말을 계속했다. "아, 뉴욕—뉴욕—정신의 활력이 뉴욕에는 거의 도달하질 못했소! 그런데 윈셋 씨하고는 아는 사이죠?"

"아, 그럼요—제가 얼마 전에 그에게 도달했죠. 그런데 그런 경로로는 아니고요." 윈셋이 쌀쌀맞게 웃으며 말했다.

후작부인이 힐책하듯이 고개를 저었다. "당신이 어떻게 알아요, 윈셋 씨? 정신은 자기가 가고 싶은 대로 불어가는 법이에요.⁴

"들어보게—오, 들어보게!"⁵ 카버 박사가 끼어들며 큰 소리로 웅얼거렸다.

"앉아요, 아처 씨, 우리 넷이서 즐겁게 조촐한 저녁식사를 하고 있었소. 우리 아이는 옷 갈아입으러 올라갔어요. 당신을 기다리고 있었소. 곧 내려올 거요. 우리는 방금 전에 이 멋진 꽃들을 보며 감탄하고 있었소. 그 애가 내려오면 아마 깜짝 놀랄 거요."

윈셋은 계속 서 있었다. "저는 가봐야 할 것 같습니다. 올렌스카 부인이 이 거리를 떠나면 우리 모두 길 잃은 것 같은 기분이 들 거라고 부인께 전해주십시오. 이 집은 오아시스와 같았습니다."

"아, 그 애는 결코 당신을 버리지 않을 거요. 시와 예술이 그 애에게는 삶의 숨결이니까. 당신이 쓰는 게 시던가요, 윈셋 씨?"

---

4 "바람은 임의로 분다"는 〈요한복음〉 3장 8절을 인용.
5 "list-oh, list!": 'list'는 위의 문장에서처럼 '원하다'라는 의미도 있지만 카버 박사의 인용문에서처럼 '듣다'를 의미하기도 한다. 카버 박사가 후작부인의 말 끝에 나온 'list'라는 단어를 따다 음이 같은 《햄릿》의 한 구절을 인용한 것이다. 이것은 동음이의어를 이용한 일종의 '펀'이지만 우리 말로 옮기면 소리가 달라져서 효과가 없어져 버린다.

"아, 아닙니다. 그렇지만 가끔 시를 읽습니다." 윈셋은 이렇게 말하고 방 안 모든 사람에게 고개를 숙여 인사를 하고 방을 빠져나갔다.

"신랄한 정신에—6 무척 재치가 있죠. 카버 박사님, 그가 재치 있다고 생각하세요?"

"저는 재치에 대해서는 전혀 생각하지 않습니다." 카버 박사가 엄격하게 말했다.

"아—아—재치에 대해 전혀 생각하지 않는다고요. 우리 약한 인간들에게는 그가 얼마나 무자비한지 몰라요, 아처 씨. 그렇지만 그는 정신의 활기 속에서만 살아요. 오늘 밤에는 곧 블렌커 부인 댁에서 하기로 되어 있는 강연을 마음속으로 준비하고 있어요. 카버 박사님, 블렌커 저택으로 출발하기 전에 직접적인 접촉7에 대한 당신의 계몽적인 발견에 대해 아처 씨에게 설명해줄 시간이 있을까요? 그런데 안 되겠군요. 거의 9시가 다 되었네요. 너무나 많은 사람들이 당신의 계시를 기다리는데 당신을 붙잡아둘 권리가 우리에게는 없죠."

카버 박사는 이 결론에 약간 실망한 것처럼 보였지만 올렌스카 부인의 작은 여행용 시계와 자신의 묵직한 금시계를 비교해보고는 출발하려고 거대한 사지를 마지못해 추슬렀다.

"나중에 뵙도록 하죠, 친애하는 친구." 그가 후작부인에게 말하자 그녀는 웃으며 대답했다. "엘런의 마차가 오자마자 당신과 함께 할게요. 강연이 시작되지 않았기를 바랄 뿐이죠."

카버 박사는 주의 깊게 아처를 바라보았다. "혹시라도 이 젊은

---

6 un peu sauvage : 약간 거칠지만.
7 Direct Contact : 두드리는 소리 같은 물리적인 수단을 통해 죽은 사람들과 의사소통하는 것을 포함한 강신술의 한 형태.

신사분이 제 경험에 관심이 있다면, 당신이 그를 함께 데려온다 해도 블렌커 부인이 괜찮다고 할 겁니다."

"오, 친애하는 친구. 그렇게 한다면 분명히 그녀가 매우 기뻐할 거라 생각해요. 그런데 엘런이 아처 씨를 기다리는 것 같아요."

"유감이군요—여기 내 명함을 드리죠." 카버 박사가 말하며 명함을 아처에게 건넸다. 명함에는 고딕체로 다음과 같이 씌어 있었다.

| 애거턴 카버 |
| :---: |
| 사랑의 골짜기 |
| 뉴욕 키타스쿼타미 |

카버 박사가 인사를 하고 나가자 맨슨 부인이 섭섭함 때문인지, 아니면 안도감 때문인지 한숨을 쉬며 아처에게 앉으라는 손짓을 다시 보냈다.

"엘런이 곧 내려올 거요. 그 애가 오기 전에 자네하고 이렇게 조용히 시간을 보내게 돼서 정말 기쁘오."

아처는 두 사람이 만나게 돼서 기쁘다고 중얼거렸고, 후작부인은 낮게 탄식조로 말을 계속했다. "나도 모두 알아요—친애하는 아처 씨. 당신이 우리 애를 위해 해준 일을 그 애가 전부 나한테 말해주더군요. 당신의 현명한 조언과 당신의 용감한 결단력에 대해서요—너무 늦지 않아서 얼마나 다행인지 모르오!"

아처는 그녀의 말을 들으며 매우 당혹스러웠다. 올렌스카 부인의 개인적인 문제에 그가 개입했다는 사실을 그녀에게 듣지 못한 사람이 도대체 한 사람이라도 있을까 하는 생각이 들었다.

"올렌스카 부인이 과장한 겁니다. 저는 부인의 요청대로 그냥 법률적인 의견을 드렸을 뿐입니다."

"아, 그렇지만 그렇게 하면서—그렇게 하면서 당신이—우리 현대인들은 어떤 단어로 그것을 나타내는지는 모르겠지만—신의 섭리에 대한 무의식적인 도구 역할을 했소, 아처 씨." 그녀가 고개를 한쪽으로 기울이고 눈까풀을 묘하게 내리뜨며 외쳤다. "바로 그 순간—대서양 저쪽 편에서는—누군가 내게 다가와서 간청을 하고 있었다는 사실을 당신은 꿈에도 몰랐을 거요!"

그녀는 누가 엿들을까 걱정하는 듯이 어깨 너머를 힐끗 보고 나서 앉아 있던 의자를 더 가까이 당기고 작은 상아 부채를 입술 부분까지 올리고 속삭였다. "바로 백작 자신이 그랬다니까—불쌍하고 무모하고 어리석은 올렌스키가요. 그는 엘런이 원하는 대로 다 해주겠다며 그 애가 자기에게 돌아와주기만을 바라고 있소."

"세상에!" 아처가 벌떡 일어서며 소리쳤다.

"어이가 없죠? 맞소. 당연해요. 이해해요. 불쌍한 스타니슬라스를 변호하고 싶진 않소. 그렇지만 그는 항상 나를 자기의 제일 친한 친구라고 부르곤 했지." 그녀가 여윈 가슴을 가볍게 두드렸다. "여기 그의 편지가 있소."

"편지라고요?—올렌스카 부인이 그것을 읽었나요?" 아처는 방금 들은 말의 충격으로 머리가 혼란스러워서 더듬거리며 물었다.

맨슨 후작부인이 부드럽게 고개를 저었다. "시간이—시간이 필요해요. 시간을 두고 봐야지. 나는 엘런을 알아요—도도하고 고집이 세지. 용서하는 마음이 조금 없다고 해야 할까?"

"그렇지만, 세상에. 용서하는 것과 그 지옥으로 되돌아가는 것은 별개의……"

"아, 그렇죠." 후작부인이 수긍했다. "그 애가 그렇게 묘사하지—예민한 아이니까. 그러나 물질적인 측면에 대해 몸을 낮추고 그런 것들을 따져본다면 말이오. 당신은 그녀가 어떤 걸 포기하고 있는지 아시오? 소파 위에 놓인 저 장미들 — 니스에 있는 어느 누구의 정원도 따라갈 수 없는 그의 계단식 정원에는 온실과 노천에 저런 장미꽃이 몇 에이커에 걸쳐 피어 있지. 보석은 어떻고 — 역사적으로 유명한 진주와 소비에스키[8] 에메랄드 — 검은 담비 모피들 — 그러나 그 애는 이 모든 것에 관심이 조금도 없소. 내가 항상 그랬던 것처럼 그 애가 그렇게 좋아하고 삶의 목표로 삼았던 예술과 아름다움도 포기했어요. 그리고 그 애를 둘러쌌던 것들도. 그림들과 값비싼 가구며 음악, 훌륭한 대화 — 아, 미안한 이야기지만, 아처씨, 그런 것은 여기서는 아무리 애를 써도 짐작조차 할 수 없는 것이라오. 그 애는 그 모든 걸 다 가지고 있었소. 그리고 가장 훌륭한 사람들에게 온갖 추앙을 받았지. 그 애 말로는 여기 뉴욕에서는 자기를 아름답다고 여기지 않는다고 하던데 — 말도 안 되는 소리요. 그 애의 초상화가 아홉 번이나 그려졌다오. 유럽의 제일가는 화가들이 초상화를 그릴 수 있는 영광을 달라고 간청을 했다니까. 이런 것들이 아무것도 아니란 말이오? 아내를 떠받들어주는 남편의 후회는 또 어떻소?"

맨슨 후작부인의 감정이 점점 격해지면서 그녀의 얼굴은 무아지경 상태에서 회상하는 표정을 지었다. 놀라서 멍한 상태만 아니었다면 아처는 그 모습을 보고 즐거워했을 것이다.

불쌍한 메도라 맨슨을 처음 만날 때 그녀가 사탄의 사자로 가장하고 있을 것이라는 말을 누군가 그에게 예언해줬다면, 그는 웃음을 터뜨렸을 것이다. 그러나 지금 그는 웃을 기분이 아니었다. 그녀

---

8 폴란드의 왕 얀 소비에스키 3세.

는 엘런 올렌스카가 막 도망쳐 나온 지옥에서 곧장 온 사람처럼 보였다.

"그녀는 아직—이 모든 것에 대해—아무것도 모르는 거죠?" 그가 불쑥 물었다.

맨슨 부인이 자줏빛 손가락 하나를 입술 위에 댔다. "직접 들은 것은 없지만—그녀가 눈치채지 않았겠소? 누가 알겠소? 사실은, 아처 씨, 그동안 당신을 만날 날을 기다렸소. 당신이 취한 확고한 태도와 그녀에 미치는 당신의 영향력에 대해 들은 순간부터 당신의 도움에 의지할 수 있지 않을까 바랐지—당신을 설득할 수 있지 않을까……."

"그녀가 반드시 돌아가야 한다는 사실을 말인가요? 차라리 그녀가 죽는 걸 보고 말겠습니다!" 아처가 격하게 소리쳤다.

"아." 후작부인이 별달리 화를 내지 않고 중얼거렸다. 잠깐 동안 그녀는 안락의자에 앉아서 장갑 낀 손가락 사이로 우스꽝스러운 상아 부채를 폈다 접었다. 그러나 갑자기 그녀가 고개를 들고 귀를 기울였다.

"그 애가 오는군." 그녀가 빠르게 속삭이며 말한 다음 소파 위 꽃다발을 가리켰다. "아처 씨, 저게 더 낫다는 당신 생각을 내가 과연 이해할 수 있겠소? 결국 결혼은 결혼이고…… 내 조카는 아직도 유부녀요……."

# 18

"두 분이 함께 무슨 모의를 하고 계시나요, 메도라 이모?" 올렌스카 부인이 방으로 들어서며 소리쳤다.

그녀는 무도회에 가는 것처럼 성장을 하고 있었다. 드레스를 촛불의 불빛으로 짜기라도 한 것처럼 그녀 주변의 모든 것이 희미하게 반짝이고 아른거렸다. 그녀는 방 안 가득한 경쟁자들에게 도전장을 내민 아름다운 여성처럼 고개를 높이 쳐들었다.

"널 놀라게 해줄 아름다운 것이 여기 도착했다는 이야기를 나누고 있었다." 맨슨 부인이 대답하고 일어나서 짓궂게 꽃다발을 가리켰다.

올렌스카 부인이 갑자기 멈춰 서서 꽃다발을 바라보았다. 그녀의 안색이 바뀌진 않았지만 여름에 치는 번개처럼 서슬 푸른 분노의 빛이 그녀를 훑고 지나갔다. 그녀는 아처가 지금까지 한 번도 들어본 적이 없는 날카로운 목소리로 소리쳤다. "아, 나한테 꽃다발을 보내다니 누가 이런 어리석은 짓을 한 거죠? 왜 꽃다발을 보낸 걸까요? 하고 많은 밤 중에서 하필 오늘 밤에요? 나는 무도회에 갈 것도 아니고 약혼한 아가씨도 아닌데. 늘 말도 안 되는 짓을 하는 사람들이 있다니까요."

그녀가 문 쪽으로 몸을 돌려 문을 열고는 소리쳤다. "나스타샤!"

동에 번쩍 서에 번쩍 하는 하녀가 즉시 나타났다. 아처는 올렌스카 부인이 이탈리아어로 말하는 소리를 들었다. 그녀는 그가 알아들을 수 있도록 일부러 또박또박 말하는 것 같았다. "자—이걸 쓰레기통에 던져버려." 그러다가 나스타샤가 항의하듯이 쳐다보자 그녀가 이렇게 말했다. "아니야—불쌍한 꽃들 잘못이 아니지. 꽃을 가져온 소년에게 저 꽃들을 세 집 건너에 있는 윈셋 씨 집에 가져다드리라고 해. 여기서 저녁식사를 했던 가무잡잡한 신사분 말이야. 그분 부인이 아프다고 하더구나—아마 저 꽃들을 가져다주면 그녀가 기뻐할 거야……. 그 소년이 가고 없다는 거야? 그럼 귀여운 애야, 네가 직접 뛰어갔다 오렴. 자, 내 망토를 걸치고 날아가듯 다녀오렴. 저것을 당장 이 집에서 치워버리고 싶어. 그리고 저 꽃을 내가 보냈다는 사실을 죽을 때까지 말해서는 안 된다!"

그녀가 하녀의 어깨에 자신의 벨벳 오페라 망토를 던져주고는 날카롭게 문을 닫고 거실 쪽으로 몸을 돌렸다. 그녀의 가슴이 레이스 아래에서 높이 솟아올랐다. 한순간 아처는 그녀가 울음을 터뜨리려 한다고 생각했다. 그러나 대신 그녀는 웃음을 터뜨리며 후작부인과 아처를 번갈아 보며 불쑥 물었다. "그런데 두 분이서 친구가 됐군요!"

"애야, 그건 아처 씨가 말해줄 거다. 네가 옷을 입는 동안 아처 씨가 참을성 있게 기다리시더구나."

"네—두 분에게 시간을 충분히 드렸죠. 머리가 말을 안 들어서요." 올렌스카 부인이 뒷머리를 땋아서 올린 고수머리에 한 손을 대며 말했다. "그런데 생각해보니 카버 박사가 떠나셨으니 고모는 블렌커 씨 댁에 늦겠어요. 아처 씨, 고모를 마차에 좀 태워주실래요?"

그녀는 후작부인을 따라 복도로 나가서 그녀가 잡다하게 쌓아놓은 덧신과 숄, 털목도리를 챙겨 입는 모습을 지켜보고는 문간에서 소리쳤다. "열 시에 절 태우러 마차가 돌아와야 한다는 걸 잊지 마세요!" 그런 다음 그녀는 응접실로 되돌아갔다. 아처가 거실로 다시 들어가자 그녀는 벽난로 선반 옆에 서서 거울로 자기 모습을 비춰보고 있었다. 뉴욕 사교계에서는 숙녀가 하녀를 '귀여운 애야'라고 부르고 자신의 오페라 망토를 입혀 심부름 보내는 것은 흔한 일이 아니었다. 아처는 감정이 제우스의 번개처럼 빠른 속도로 행동으로 옮겨지는 세계에 들어와 있는 기분 좋은 흥분을 마음속 깊은 감정들을 통해 맛보았다.

그가 올렌스카 부인 뒤에 나타났을 때 그녀는 움직이지 않았다. 잠깐 동안 그들의 눈이 거울 속에서 마주쳤다. 그러자 그녀가 몸을 돌려 소파에 몸을 던지고 한숨을 쉬었다. "담배 한 대 피울 시간은 있어요."

그가 그녀에게 담뱃갑을 건네고 그녀를 위해 불쏘시개에 불을 붙였다. 불꽃이 확 타오르며 그녀의 얼굴을 비추자 그녀가 웃는 눈빛으로 그를 바라보며 물었다. "화내는 저를 어떻게 생각해요?"

아처는 잠깐 생각하다가 돌연 단호하게 대답했다. "당신에 대해 당신 이모님이 하셨던 말씀이 이해가 되더군요."

"이모가 제 얘기를 하셨다는 것은 알아요. 그래서요?"

"이모님 말씀으로는 당신이 여기서는 우리가 결코 당신에게 줄 꿈도 꿀 수 없는 온갖 종류의 것들—화려한 것들과 오락거리들, 자극적인 것들—에 익숙해져 있다고 하더군요."

올렌스카 부인은 입술 주변의 동그란 담배 연기를 바라보며 희미하게 웃었다.

"이모는 어쩔 수 없는 낭만주의자예요. 그 점이 이모에게 굉장히 많은 것들을 보상해줬죠."

아처는 망설이다가 다시 모험을 했다. "이모님의 낭만주의가 정확성과 항상 일치하나요?"

"당신 말은 이모가 사실을 말하느냐는 건가요?" 엘런이 곰곰이 생각했다. "글쎄요. 말씀드릴게요. 이모가 말씀하시는 거의 모든 것이 일부는 사실이고 일부는 사실이 아니에요. 그런데 왜 그걸 묻는 거죠? 고모가 당신에게 무슨 말을 했는데요?"

그는 난롯불로 눈길을 돌렸다가 빛나는 그녀의 모습 쪽으로 눈을 돌렸다. 이것이 두 사람이 그 난롯가에서 보내는 마지막 밤이 될 것이고, 조금 후면 마차가 그녀를 태우러 올 것이라는 생각으로 그의 가슴이 죄어들었다.

"이모님 말씀이—이모님께서는 올렌스키 백작에게 당신을 설득해서 남편에게 돌아갈 수 있게 해달라는 부탁을 받은 것처럼 말씀하시더군요."

올렌스카 부인은 아무 대답도 하지 않았다. 그녀는 반쯤 들어 올린 손에 담배를 든 채 꼼짝도 하지 않고 앉아 있었다. 그녀의 얼굴 표정은 변하지 않았다. 아처는 그녀가 결코 놀라지 않는 분명한 능력을 가지고 있다는 사실을 떠올렸다.

"그렇다면 당신도 알고 있었군요?" 그가 소리를 질렀다.

그녀가 무척 오랫동안 침묵을 지키자 그녀의 담배에서 재가 떨어졌다. 그녀가 재를 바닥으로 털었다. "이모가 편지에 대해 암시를 주셨어요. 불쌍한 이모! 이모의 암시는……."

"이모님이 이곳에 갑자기 오신 게 당신 남편의 요청 때문인가요?"

올렌스카 부인은 이 문제에 대해서도 곰곰이 생각해보는 것 같았다. "다시 말하지만 누가 알겠어요? 이모는 카버 박사님에게 '영적 소환'인지 뭔지를 받았다고 내게 말씀하셨어요. 이모가 카버 박사님과 결혼하지 않을까 걱정스러워요……. 불쌍한 이모. 이모에게는 결혼하고 싶은 사람이 항상 있어요. 그런데 쿠바에 있는 사람들이 이모를 지켜위하는 게 아닐까 싶어요. 내 생각에는 이모가 돈을 받고 친구 노릇을 해주면서 그들과 함께 지냈던 것 같아요. 사실은 나도 왜 이모가 오셨는지 몰라요."

"그렇지만 이모님이 당신 남편의 편지를 가지고 있다고 믿고 있지 않소?"

다시 올렌스카 부인이 조용히 생각에 잠겼다가 대답했다. "어쨌든 예상했던 일이니까요."

아처는 일어서서 벽난로에 기대섰다. 갑작스러운 불안감이 그에게 엄습했다. 시간이 얼마 남지 않았고 어느 순간에라도 돌아오는 마차의 바퀴 소리가 들릴 것 같은 느낌에 그는 말을 할 수가 없었다.

"이모님은 당신이 돌아갈 거라고 믿던데 당신도 그것을 알고 있소?"

올렌스카 부인이 재빨리 고개를 들었다. 그녀의 얼굴에 짙은 홍조가 일더니 목과 어깨로 퍼져나갔다. 그녀가 얼굴을 붉히는 경우가 거의 없었지만, 얼굴을 붉힐 때면 불에 데어 아픈 것처럼 고통스러워했다.

"사람들이 나에 대한 많은 지독한 일들을 사실로 여겨왔죠." 그녀가 말했다.

"오, 엘런―날 용서해줘요. 난 어리석고 잔인한 사람이오!"

그녀가 살짝 웃었다. "당신은 몹시 초조해하고 있어요. 당신 자신의 문제들로 복잡하니까요. 웰렌드 가 사람들이 당신의 결혼에 대해 불합리한 태도를 보인다고 당신이 생각한다는 걸 알아요. 물론 나는 당신 생각에 동의해요. 유럽 사람들은 미국식 긴 약혼을 이해하지 못해요. 그들은 우리만큼 차분하지 못한 것 같아요." 그녀가 '우리'를 약간 강조해서 말하자 그 말이 빈정대는 소리처럼 들렸다.

아처는 빈정거림을 느꼈지만 감히 그것에 응하지 못했다. 어쨌든 그녀는 그녀 자신의 문제들에서 의도적으로 화제를 돌리려 했는지도 모르고, 그의 마지막 말이 그녀에게 분명히 고통을 준 후였기 때문에 그가 할 수 있는 일은 그녀가 하자는 대로 따르는 것밖에 없었다. 그러나 시간이 점점 줄어든다는 느낌 때문에 그는 필사적이 되었다. 그는 언어의 장벽이 그들 사이에 다시 드리워진다는 생각을 견딜 수가 없었다.

"맞아요." 그가 불쑥 말했다. "부활절 후에 나와 결혼해달라고 메이에게 부탁하러 남부에 갔소. 그때 결혼하지 못할 이유가 전혀 없으니까요."

"메이는 당신을 무척 좋아해요—그런데도 메이를 설득하지 못했나요? 나는 메이가 똑똑해서 그런 황당한 미신들의 노예가 되진 않을 거라 생각했는데요."

"물론 메이는 너무 똑똑하죠—미신의 노예는 아니오."

올렌스카 부인이 그를 쳐다보았다. "그렇다면—이해가 안 되는군요."

아처는 얼굴을 붉히고 황급하게 말을 계속했다. "솔직하게 이야기를 나눴소—거의 처음이었죠. 메이는 내가 서두르는 것을 나쁜 징조로 여기고 있소."

"저런, 세상에!—나쁜 징조라니요?"

"메이는 그것이 내가 자기를 계속 사랑할 자신이 없다는 것을 의미한다고 생각합니다. 간단히 말하면 메이는 내가 더 좋아하는 어떤 사람에게서 벗어나려고 자기와 즉시 결혼하고 싶어 한다고 생각합니다."

올렌스카 부인이 이 말을 신기하다는 듯이 따져보았다. "그렇지만 그렇게 생각한다면 — 왜 메이 역시 서두르지 않는 거죠?"

"메이가 그런 사람이 아니니까요. 훨씬 고상한 사람이죠. 메이는 긴 약혼을 더욱더 고집하고 있습니다. 내게 시간을 줘서……."

"다른 여자를 위해 메이를 포기할 시간요?"

"내가 원한다면 말이오."

올렌스카 부인이 난롯불 쪽으로 몸을 기울이고 뚫어지게 바라보았다. 아처는 조용한 거리를 따라 그녀가 타고 갈 마차가 빠르게 다가오는 소리를 들었다.

"고상한 일이네요." 그녀가 약간 갈라진 목소리로 말했다.

"맞소. 그러나 우스꽝스럽죠."

"우스꽝스럽다니요? 당신이 다른 사람을 좋아하지 않기 때문에요?"

"다른 사람과는 결혼할 생각이 없으니까요."

"아." 다시 긴 침묵이 흘렀다. 마침내 그녀가 그를 올려다보며 말했다. "이 다른 여자는 — 그녀는 당신을 사랑하나요?"

"오, 다른 여자는 없소. 내 말은 메이가 생각하는 사람은 없소 — 전에도 없었소……."

"그렇다면 왜 그렇게 서두르나요?"

"당신 마차가 도착했군요." 아처가 말했다.

그녀는 반쯤 몸을 일으키고 멍한 눈길로 주변을 둘러보았다. 부채와 장갑이 그녀 옆의 소파에 놓여 있었다. 그녀는 그것을 기계적으로 집어 들었다.

"그래요. 가야 할 것 같아요."

"스트러더스 부인 댁에 가는 겁니까?"

"네." 그녀가 웃으며 덧붙였다. "초대받은 곳에는 꼭 가야 해요. 그렇지 않으면 너무 외로우니까요. 나랑 같이 가실래요?"

아처는 어떤 대가를 치르더라도 그녀를 곁에 붙들어두고 나머지 저녁 시간을 함께 보내게 해야 한다고 느꼈다. 그녀의 질문을 무시하고 자신에게 그녀의 장갑과 부채를 떨어뜨리게 만드는 힘이 있는지 알아보려고 쳐다보는 것처럼, 그는 그것들을 쥔 그녀의 손에 시선을 고정한 채 벽난로 선반에 계속 기대서 있었다.

"메이의 추측이 맞소." 그가 말했다. "다른 여자가 있소―그러나 메이가 생각하는 사람은 아니오."

엘런 올렌스카는 아무 대답도 하지 않았고 움직이지도 않았다. 잠시 후 그는 그녀 옆에 앉아 그녀의 손을 잡았다가 부드럽게 놓았다. 장갑과 부채가 그들 사이의 소파로 떨어졌다.

그녀가 깜짝 놀라 일어서서 그에게서 벗어나 벽난로의 다른 쪽 끝으로 옮겨가버렸다. "아, 내게 사랑을 구하지 말아요. 너무 많은 사람들이 그렇게 했어요." 그녀가 찡그리며 말했다.

아처는 안색을 바꾸며 일어섰다. 그것은 그녀가 그에게 할 수 있는 가장 혹독한 반박이었다. "당신에게 한 번도 구애한 적이 없소. 앞으로도 그럴 것이오. 그렇지만 당신은 우리 둘 중 어느 누구에게라도 가능했다면 내가 결혼했을 여자요."

"우리 둘 중 어느 누구에게라도 가능했다면요?" 그녀가 솔직하게 놀라움을 표시하며 그를 바라보았다. "당신이 그런 말을 하다니요―그것을 불가능하게 만든 장본인이 바로 당신이면서요?"

단 한줄기 빛의 화살이 깜깜함을 뚫고 길을 내어주는 어둠 속에서 길을 더듬어 찾듯이 그가 그녀를 응시했다.

"내가 그것을 불가능하게 했다고요……?"

"당신이, 당신이, 당신이 그랬어요!" 그녀가 소리를 질렀다. 막 울음을 터뜨리려는 아이의 입술처럼 그녀의 입술이 떨렸다. "내게 이혼을 포기하도록 만든 장본인이 당신이 아니던가요—이혼이 얼마나 이기적이고 사악한 짓인지, 결혼의 존엄성을 보존하고…… 우리 가문이 세상 사람들 입에 오르내리거나 추문으로 얼룩지지 않도록 자기 자신을 어떻게 희생해야 하는지 당신이 내게 알려주었기 때문에 그걸 포기하게 만들지 않았나요? 그리고 내 가족이 곧 당신 가족이 될 것이기 때문에—메이와 당신을 위해서—나는 당신이 시킨 대로, 내가 꼭 해야만 한다고 당신이 입증해준 대로 했어요. 아!" 그녀가 갑작스럽게 웃음을 터뜨렸다. "당신을 위해 그렇게 했다는 것을 굳이 숨기지 않았다고요!"

그녀는 다시 소파에 무너지듯 주저앉아서 괴로워하는 가면무도회 참가자처럼 드레스의 즐거운 잔물결 속에 웅크리고 있었다. 아처는 벽난로 옆에 선 채 움직이지 않고 그녀를 계속 응시했다.

"맙소사." 그가 신음했다. "내가 생각했던 것은……."

"당신이 생각했던 것은요?"

"아, 내가 무슨 생각을 했는지 묻지 마시오."

여전히 그녀를 바라보면서 그는 이전과 똑같이 불타는 듯 짙은 홍조가 그녀의 목에서 얼굴로 천천히 퍼져 올라가는 것을 보았다. 그녀는 똑바로 앉아서 엄정하고 품위 있게 그를 마주보았다.

"당신에게 물어봐야겠어요."

"그렇다면 당신이 내게 읽어보라고 했던 그 편지에 여러 가지 이야기들이 있었소······."

"남편의 편지에요?"

"네."

"나는 그 편지에 대해 두려워할 게 조금도 없어요. 눈곱만큼도요! 내가 두려워했던 것은 가문에—당신과 메이에게—오명과 추문을 끼얹는 것이었어요."

"맙소사." 그가 다시 신음하며 얼굴을 숙여 양손으로 감쌌다.

뒤이은 침묵은 돌이킬 수 없는 최종적인 일들처럼 그들에게 무겁게 내려앉았다. 그것은 아처에게 그 자신의 비석처럼 그를 짓누르는 것 같았다. 광활한 미래 속에는 그의 심장에서 그 짐을 들어 올릴 만한 것이 전혀 보이지 않았다. 그는 있던 자리에서 움직이지도 않았고 손에서 고개를 들지도 않았다. 손으로 가려진 눈은 계속해서 칠흑 같은 어둠을 응시했다.

"적어도 나는 당신을 사랑했소······." 그가 말을 꺼냈다.

벽난로의 다른 쪽 끝에서, 그녀가 여전히 웅크리고 있을 것이라고 그가 생각했던 소파 구석에서 아이의 울음소리처럼 소리 죽여 우는 소리가 희미하게 들려왔다. 그가 깜짝 놀라 일어서서 그녀 쪽으로 다가갔다.

"엘런! 무슨 바보 같은 짓입니까? 왜 당신이 우는 겁니까? 돌이킬 수 없는 일은 전혀 없어요. 나는 여전히 자유의 몸이고 당신도 곧 그렇게 될 거요." 그가 그녀를 양팔로 안고 젖은 꽃 같은 그녀의 얼굴에 입을 맞추자 그들의 온갖 쓸데없는 두려움이 해뜰 무렵의 유령들처럼 오그라졌다. 그를 놀라게 한 것은 서로 멀찌감치 떨어져서 5분 동안 말다툼을 벌였는데 그녀를 만지기만 한 것으로 모든 것이 너무 단순해졌다는 사실이었다.

그녀는 그의 입맞춤에 응했지만 잠시 후 그는 그녀가 자신의 품 안에서 딱딱해지는 것을 느꼈다. 그녀가 그를 밀쳐내고 일어섰다.

"아, 불쌍한 뉴랜드—이럴 수밖에 없었다고 생각해요. 그래도 상황이 조금도 바뀌는 건 없어요."

"내게는 인생 전체가 송두리째 바뀌었소."

"안 돼요, 안 돼—그래서는 안 돼요. 그럴 수도 없고요. 당신은 메이 웰렌드와 약혼한 사이고 나는 결혼한 몸이에요."

얼굴에 홍조를 띠고 단호하게 그도 일어섰다. "말도 안 되는 소리요! 그런 말 하기에는 너무 늦었소. 우리에게는 다른 사람들이나 우리 자신에게 거짓말할 권리가 없어요. 우리가 당신의 결혼에 대해서는 앞으로 아무 말도 하지 않는다 해도, 당신은 내가 이런 일이 있은 후에 메이와 결혼하는 것을 상상할 수 있소?"

그녀는 조용히 일어서서 가느다란 양팔꿈치를 벽난로 선반에 올려놓았다. 그녀의 옆모습이 뒤쪽에 있는 거울에 비쳤다. 땋아 올렸던 머리 한 가닥이 흘러내려 그녀의 목으로 늘어졌다. 그녀의 모습은 수척하고 나이가 들어 보이기까지 했다.

그녀가 마침내 입을 열었다. "당신이 그 질문을 메이에게 할 수 있을 거라고 나는 생각하지 않아요. 당신은 그렇게 생각해요?"

그가 격하게 어깨를 으쓱했다. "지금은 달리 어떻게 해보기에는 너무 늦었소."

"당신이 그렇게 말하는 것은 그것이 사실이기 때문이 아니라 지금 이 순간 가장 쉽게 말할 수 있기 때문이에요. 현실적으로 우리 두 사람이 이미 결정한 것 이외의 어떤 일을 하기에는 너무 늦었어요."

"아, 나는 당신을 이해할 수 없소!"

그녀가 억지로 웃음을 짓자 얼굴이 활짝 펴지는 대신 오히려 일

그러졌다. "당신이 이해하지 못하는 이유는 당신이 날 위해 상황을 어떻게 바꿔놓았는지 아직 전혀 모르기 때문이에요―이미 오래전에 나는 당신이 한 일을 다 알고 있었어요."

"내가 한 일 전부라고요?"

"네. 나는 처음에 이곳 사람들이 날 피한다는 사실을 전혀 몰랐어요―그들이 날 불쾌한 사람 취급한다는 걸요. 만찬에서 날 만나는 것을 거부하기까지 했던 것 같아요. 그런 사실을 나중에야 알았어요. 당신 어머니께 밴 더 라이든 가에 함께 찾아가자고 어떻게 당신이 설득했는지, 하나가 아니라 두 가문이 날 지지해주도록 보퍼트 무도회에서 약혼을 발표하자고 어떻게 당신이 우겼는지도요……."

그 말을 듣고 그가 웃음을 터뜨렸다.

"내가 얼마나 어리석고 무심했는지 생각해봐요. 어느 날 할머니가 그런 말씀을 무심결에 하시기 전까지 이 모든 일을 조금도 몰랐어요. 뉴욕은 내게 그저 평화와 자유를 의미했거든요. 그래서 고향 사람들 속에서 지내게 된 것에 너무 기뻐서 만나는 사람 모두가 친절하고 착하고 날 만나 기뻐하는 것처럼 보였어요." 그녀가 말을 계속했다. "그런데 맨 처음부터 당신만큼 내게 친절한 사람은 없다고 느꼈어요. 처음에는 너무나 어렵고―불필요해―보였던 일을 해야 하는지 내가 납득할 만한 이유들을 알려주는 사람이 아무도 없었어요. 그 착한 사람들은 나를 납득시키지 못했어요. 그 사람들은 한 번도 유혹을 느껴본 적이 없었던 것 같아요. 그러나 당신은 알고 있었어요. 당신은 이해해주었지요. 당신은 바깥세상이 온갖 황금 손으로 사람을 잡아당기는 것을 느껴본 적이 있었어요―그럼에도 당신은 세상이 사람들에게 요구하는 것들을 싫어했어요. 당신은 불충과 잔인함, 무관심으로 획득한 행복은 싫어했어요. 그것은 내가 전에 결코 알지 못했던 것이에요—그리고 그것은 내가 알았던 그 어떤 것보다 더 훌륭해요."

그녀는 눈물을 흘리거나 눈에 띄게 동요하지도 않은 채 차분하게 낮은 목소리로 이야기했다. 그리고 그녀의 입에서 나오는 한마디 한마디가 뜨거운 납 탄환처럼 그의 가슴속에 떨어졌다. 그는 머리를 양손으로 감싼 채 몸을 구부리고 앉아서 벽난로 앞 깔개와 그녀의 드레스 자락 아래로 보이는 공단 신발코를 응시했다. 갑자기 그가 무릎을 꿇고 그 신발에 입을 맞췄다.

그녀가 그에게 몸을 기울이며 양손을 그의 어깨에 올려놓고 그를 바라보았다. 그녀의 눈빛이 너무 깊어서 그는 그녀의 눈길에 묶여 꼼짝도 할 수가 없었다.

"아, 당신이 이미 해놓은 일을 없던 일로 만들지 않도록 해요!" 그녀가 소리쳤다. "이제 와서 다른 쪽으로 생각을 돌릴 수 없어요. 당신을 포기하지 않으면 당신을 사랑할 수 없어요."

그가 그녀를 향해 간절하게 두 팔을 위로 내밀었지만 그녀는 몸을 빼 물러섰다. 두 사람은 그녀의 말이 만들어낸 거리감으로 서로 떨어진 채 마주 보며 서 있었다. 그러다가 급작스럽게 그의 분노가 폭발했다.

"그럼 보퍼트 때문이오? 나 대신 그 사람인가요?"

그 말이 튀어나오는 순간 그는 분노로 이글거리는 답을 들을 각오가 되어 있었다. 그는 자신의 분노를 더욱더 불태울 구실로 그것을 기꺼이 받아들일 참이었다. 그러나 올렌스카 부인은 그저 얼굴이 약간 더 창백해졌을 뿐 질문을 곰곰이 따져볼 때 늘 그렇듯이 몸 앞쪽으로 두 팔을 늘어뜨리고 머리를 약간 기울인 채 서 있었다.

"보퍼트가 지금 스트러더스 부인 댁에서 당신을 기다리고 있소. 그에게 가는 게 어때요?" 아처가 비아냥거렸다.

그녀가 몸을 돌려 종을 울렸다. "오늘 저녁에는 나가지 않을 거야. 마부에게 가서 후작부인을 모시고 오라고 전하렴." 하녀가 오자 그녀가 말했다.

문이 다시 닫힌 후 아처는 계속해서 그녀를 신랄한 눈빛으로 바라보았다. "왜 이런 희생을 하는 거요? 당신이 외롭다고 나한테 말했기 때문에 당신 친구들을 만나지 못하게 할 권리가 나한테는 없소."

그녀가 젖은 속눈썹 아래로 희미하게 웃었다. "이제는 외롭지 않을 거예요. 전에는 외로웠고 두려웠어요. 그러나 공허함과 어둠이 사라졌어요. 이제 나 자신으로 돌아오자 항상 불이 켜져 있는 방으로 밤에 들어가는 아이같이 느껴져요."

그녀의 어조와 표정 때문에 부드럽지만 다가가기 어려운 분위기가 여전히 그녀를 감싸고 있었다. 아처가 다시 신음하듯 말했다. "당신을 이해할 수가 없소!"

"그렇지만 당신은 메이를 이해하잖아요!"

그는 그녀의 대꾸에 얼굴을 붉히면서도 계속 그녀를 쳐다보았다. "메이는 날 포기할 각오가 되어 있소."

"뭐라고요! 당신이 무릎을 꿇고 결혼을 서두르자고 메이에게 간청한 지 겨우 사흘밖에 안 지났잖아요."

"메이가 거절했소. 그러면 내게 권리가……."

"아, 그게 얼마나 추악한 말인지 당신이 내게 가르쳐줬어요." 그녀가 말했다.

그는 극도로 피곤한 느낌이 들어서 얼굴을 돌렸다. 깎아지른 절

벽에서 몇 시간 동안 오르며 안간힘을 쓰다가 애써 꼭대기로 나아가려는 찰나 손을 놓치고 어둠 속으로 곤두박질하는 기분이었다.

그녀를 다시 품에 안을 수 있다면 그는 그녀의 주장을 쓸어내버렸을지도 모른다. 그러나 그녀의 표정과 태도에 감도는 헤아릴 수 없는 냉담한 분위기 때문에, 그녀의 진지함에 그 자신이 눌려 있었기 때문에 그녀는 여전히 그와 거리를 두고 떨어져 있었다. 마침내 그가 다시 변호하기 시작했다.

"우리가 지금 이렇게 하면 나중에는 더 안 좋을 거요—모두에게요……"

"아뇨—아뇨—아니에요!" 그가 그녀를 놀라게라도 한 것처럼 그녀가 거의 비명을 질렀다.

그 순간 집 안에 초인종 소리가 길게 울려 퍼졌다. 마차가 현관에 멈추는 소리를 듣지 못했기 때문에 그들은 놀란 눈으로 서로 바라보며 꼼짝하지 않고 서 있었다.

밖에서 복도를 가로질러 가는 나스타샤의 발소리와 바깥쪽 문이 열리는 소리가 들려왔다. 잠시 후 그녀가 전보를 들고 들어와서 올렌스카 백작부인에게 건넸다.

"부인이 꽃을 받고 매우 기뻐하셨어요." 나스타샤가 앞치마를 매만지며 말했다. "부인은 꽃을 보낸 사람이 남편인 줄 알고 조금 울더니 바보 같은 짓이라고 말하더군요."

그녀의 주인이 웃으며 노란 봉투를 받아 들었다. 그녀는 봉투를 뜯고는 그것을 램프 쪽으로 들고 갔다. 문이 다시 닫히자 그녀가 전보를 아처에게 건네주었다.

그것은 세인트오거스틴에서 올렌스카 백작부인에게 보낸 것이었다. 전보에는 다음과 같이 적혀 있었다. "할머니의 전보 성공. 아버지 어머니 부활절 이후 결혼 허락. 뉴랜드에게 전보 칠 예정. 말할 수 없이 기쁘고 언니를 매우 사랑함. 감사의 마음을 담아 메이."

반 시간 후에 아처는 자기 집 현관문을 열었을 때 현관 탁자 위의 쪽지와 편지 더미 맨 위에 비슷한 봉투가 놓인 것을 발견했다. 봉투 안의 전갈은 메이 웰렌드에게서 온 것이었고 다음과 같은 내용이었다. "부모님이 부활절 후 화요일 열두 시에 그레이스 교회에서 결혼식 올리는 것에 찬성하심 신부 들러리 여덟 명 목사님 만나보기 바람 너무 행복함 사랑하는 메이."

아처는 그렇게 하면 노란 편지지 안에 들어 있는 소식이 없어지기라도 하듯이 편지지를 구겼다. 그러고 나서 작은 수첩을 꺼내서 떨리는 손으로 페이지를 넘겼다. 그러나 원하는 것을 찾지 못하자 주머니에 전보를 구겨 넣으며 계단을 올라갔다.

제이니가 드레스룸 겸 내실로 사용하는 작은 복도 방 문에서 불빛이 새어 나왔다. 아처가 조급하게 문을 두드렸다. 문이 열리고 아주 오래된 자주색 플란넬 실내복을 입고 머리에 '핀을 꽂은' 그의 누이가 나왔다. 그녀의 얼굴은 창백하고 걱정스러운 표정이었다.

"오빠! 그 전보에 나쁜 소식이 없길 빌어요. 일부러 기다렸어요. 혹시라도……." (그에게 온 어떤 편지도 제이니에게서 무사하지 못했다.)

그는 그녀의 질문을 무시했다. "좀 들어보렴—올해 부활절이 언제지?"

그녀는 그런 교인답지 못한 질문에 충격을 받은 것 같았다. "부활절이라고? 오빠! 어쩜, 당연히 사월 첫 주예요. 왜요?"

"첫 주라고?" 그가 다시 수첩으로 눈길을 돌리면서 작은 목소리로 재빨리 따져보았다. "첫째 주라고 했지?" 그가 고개를 뒤로 젖히고 한참 동안 웃었다.

"도대체 무슨 일인데요?"

"아무 문제도 없어. 한 달 후에 결혼하는 것 빼고는."

제이니가 그의 목에 매달리며 자주색 플란넬 가슴으로 그를 눌렀다. "오, 오빠. 정말 잘됐어요! 너무 기뻐요. 그런데 왜 계속 웃어요? 조용히 해요. 그렇지 않으면 어머니 깨시겠어요."

# 2부

# 19

흙먼지로 가득한 신선한 봄바람이 부는 상쾌한 날이었다. 양쪽 집안의 노부인들이 모두 낡은 검은 담비 모피와 누르스름해진 흰 담비 모피를 꺼내 입고 온 바람에 앞자리에서 풍기는 장뇌 냄새가 제단에 가득 쌓인 백합에서 나오는 희미한 봄 냄새를 거의 눌러버렸다.

뉴랜드 아처는 교회 관리인의 신호에 따라 예배실에서 나와 신랑 들러리와 함께 그레이스 교회의 성단소 계단 위에 섰다.

그 신호는 신부와 신부의 아버지를 태운 유개마차가 보인다는 것을 의미했다. 그러나 신부 들러리들이 이미 부활절에 만발한 꽃송이처럼 서성이는 로비에서 정돈하고 상의하는 데 상당한 시간이 걸릴 것이 분명했다. 피할 수 없이 이렇게 시간이 지체되는 동안 신랑은 결혼을 갈망한다는 증거로 모인 하객들의 시선에 혼자서 자신을 내맡기지 않으면 안 되었다. 아처는 19세기 뉴욕의 결혼 의식을 역사의 여명기부터 전해오는 의식처럼 보이게 만드는 다른 모든 예식을 치러낼 때와 마찬가지로 체념하고 이 예식을 치러냈다. 그가 걸어가기로 약속한 길에서는 모든 것이 똑같이 편안했다―혹은 어떤 사람의 표현을 빌리자면 똑같이 고통스러웠다. 그는 자신이 다른 신랑들을 이끌고 똑같은 미로로 안내했던 시절에 그들이 그의 당황스런 명령들에 따랐던 것처럼 경건하게 신랑 들러리의 명령에 따랐다.

지금까지 그는 자신의 의무를 모두 충실하게 수행했다고 꽤 자신했다. 여덟 명의 하객 안내원들이 금과 사파이어로 된 커프스 단추와 신랑 들러리의 묘안석 넥타이핀뿐 아니라 신부 들러리들이 들 하얀 라일락과 은방울꽃으로 만든 여덟 개의 부케를 적당한 시간에 보냈다. 아처는 남자 친구들과 옛 애인들에게서 온 마지막 선물 더미에 대해 말을 바꿔가며 감사 편지를 쓰느라 밤늦게까지 잠자리에 들지 못했다. 교회 감독과 교구 목사에게 줄 사례비는 신랑 들러리의 주머니 속에 안전하게 들어 있었다. 자신의 짐은 결혼식 피로연이 열릴 맨슨 밍고트 부인의 저택에 이미 가 있었고 갈아입을 여행복도 마찬가지였다. 미지의 목적지로 신혼부부를 태워다줄 기차에 개인 전용 객실이 예약되어 있었다—첫날밤을 보낼 장소를 숨기는 것은 선사 시대의 의식 중에서 가장 신성한 금기 중 하나였다.

"반지는 잘 가지고 있지?" 신랑 들러리를 해본 적이 없는 데다가 막중한 책임감에 눌린 젊은 밴 더 라이든 뉴랜드가 속삭였다.

아처는 그동안 무수한 신랑들에게서 보아온 몸짓을 했다. 그는 장갑을 끼지 않은 오른손으로 짙은 회색 조끼 주머니 속을 더듬어 보고는 (안에 뉴랜드가 메이에게 187×년 4월 ××일이라고 새겨진) 작은 금반지가 잘 있다는 것을 확인했다. 그러고 나서 높은 모자와 검은 실로 바느질된 은회색 장갑을 왼손에 들고 다시 이전과 같은 자세로 서서 교회 문을 바라보았다.

머리 위로는 헨델의 행진곡[1]이 인조석으로 된 둥근 천장으로 장

---

1 Handel's March : 오라토리오 〈사울〉에 나오는 곡으로 오르간 연주자들에게는 표준 연주곡이다.

려하게 퍼져나가면서, 음악의 물결을 타고 수많은 결혼식에 대한 희미한 기억이 실려왔다. 그는 즐거우면서도 무관심하게 바로 그 성단소에 서서 다른 신부들이 다른 신랑들을 향해 본당 회중석을 향해 두둥실 떠오듯 다가오는 모습을 지켜보았었다.

"오페라하우스의 개막 공연 밤과 정말 비슷하군!" 그는 같은 박스석(아니 회중석)에 앉아 있는 똑같은 얼굴들을 하나하나 둘러보며 최후의 나팔 소리가 울려 퍼지는 최후의 심판일에도 과연 셀프리지 메리 부인이 보닛에 똑같은 높이 솟은 타조 털을 꽂고 그곳에 있을지, 보퍼트 부인은 똑같은 다이아몬드 귀걸이를 달고 똑같은 웃음을 지으며 그곳에 있을지—아니면 다른 세상에 그들을 위해 1층 일등석의 앞줄에 적당한 자리가 이미 준비되어 있을지, 따져보면서 그런 생각을 했다.

그러고 나서도 앞줄에 앉아 있는 친숙한 얼굴들을 하나씩 살펴볼 시간이 있었다. 여자들은 호기심과 흥분으로 예민해 있었고 남자들은 점심식사 이전에 프록코트를 차려입고 결혼식 피로연에서 음식을 먹으려고 다퉈야만 하는 의무 때문에 부루퉁해 있었다.

"캐서린 노부인 저택에서 아침식사를 하다니 정말 맘에 안 들어." 신랑에게 레기 치버스의 말소리가 들리는 것 같았다. "그런데 로벨 밍고트가 자기네 주방장에게 요리를 시키겠다고 우겼다는 말을 들었어요. 음식을 차지할 수만 있다면 분명히 맛있을 거예요." 그리고 실러턴 잭슨이 권위 있게 덧붙이는 소리도 들리는 것 같았다. "이보게들, 아직 못 들었나? 음식이 새롭게 영국식으로 작은 테이블에 차려진다는군."

아치의 눈길이 잠시 왼쪽 좌석에 머물렀다. 그곳에서는 헨리 밴 더 라이든의 팔짱을 끼고 교회에 들어온 그의 어머니가 앉아 양손에 흰 담비 토시를 끼고 샹티이[2] 베일 아래로 조용히 눈물을 흘리고 있었다.

"불쌍한 제이니!" 그는 누이동생을 바라보며 생각했다. "고개를 돌려봐도 앞쪽 몇 줄에 앉은 사람들밖에 보이지 않을 거야. 게다가 대부분이 초라한 뉴랜드 가와 대거넷 가 사람들이고."

가족석을 구분해주는 하얀 리본 이편에서는 키가 크고 얼굴이 붉은 보퍼트가 거만한 눈길로 여자들을 유심히 바라보고 있었다. 그 옆에는 그의 아내가 온통 은색 친칠라 모피와 보라색으로 치장하고 앉아 있었다. 리본 저쪽에서는 단정하게 빗은 로렌스 레퍼츠의 머리가 의식을 주관하는 '훌륭한 예법'이라는 보이지 않는 신을 지키고 있는 것 같았다.

아처는 레퍼츠의 날카로운 시선이 '훌륭한 예법'이라는 신에 대한 의식에서 얼마나 많은 결점을 찾아냈을지 궁금했다. 그러다가 그는 자신 또한 한때는 그런 문제들을 중요하게 생각했다는 사실을 떠올렸다. 자신의 일상을 차지했던 것들이 이제는 인생에 대한 유치한 패러디나, 어느 누구도 이해하지 못한 형이상학적인 용어들에 대해 중세 신학자들이 벌인 논쟁처럼 보였다. 결혼 선물을 '공개할 것인가'에 대해 격렬한 토론이 벌어지는 바람에 결혼식 전 마지막 몇 시간 동안 분위기가 흐려졌다. 다 큰 어른들이 그런 사소한 일들 때문에 흥분 상태에 빠지고 웰렌드 부인이 분개해서 눈물을 흘리며 "차라리 우리 집에 기자들을 풀어놓는 게 더 낫겠군요."라고 말함으로써 (반대하는 쪽으로) 문제가 마무리된 것을 아처는 도저히 이해할 수 없었다. 그러나 아처가 그런 모든 문제에 명확하고 다소 공격

---

[2] Chantilly : 프랑스 파리 북부 우아즈 주에 있는 샹티이에서 생산되는 레이스.

적인 의견을 갖고, 자신이 속한 작은 부족의 예법과 관습에 관한 모든 것이 세계적인 중요성을 띤다고 생각했던 때가 있었다.

그는 생각했다. '그런데 그 시간 동안 내내 진짜 사람들이 어딘가에 살고 있었고, 진짜 일들이 그들에게 일어나고 있었던 것 같아.'

"드디어 그들이 도착했네!" 신랑 들러리가 흥분해서 속삭였다. 그러나 신랑은 더 잘 알고 있었다.

교회의 문이 조심스럽게 열린 것은 (이따금씩 맡는 교회 관리인 역할을 위해 검은색 가운을 입은) 마차 대여소 경영자 브라운 씨가 예식에 참여할 사람들을 들여보내기 전에 무대를 미리 점검하고 있음을 의미할 뿐이었다. 문이 다시 부드럽게 닫혔다. 그리고 다시 한참 동안 뜸을 들인 후 위엄 있게 문이 활짝 열렸을 때 교회 안에 속삭이는 소리가 울려 퍼졌다. "가족들이 왔어!"

웰렌드 부인이 장남의 팔에 기댄 채 맨 먼저 들어왔다. 그녀의 커다란 핑크빛 얼굴은 적절하게 엄숙한 표정을 짓고 있었고 연한 파란색 장식을 옆에 댄 짙은 보라색 새틴 드레스와 파란색 타조 깃을 단 작은 새틴 보닛은 하객들에게 대체적으로 괜찮다는 반응을 얻었다. 그러나 아처 부인이 좌석 맞은편에 있는 좌석에 장중하게 바스락거리는 소리를 내며 채 자리를 잡기도 전에 하객들은 뒤에 누가 오는지 보려고 목을 길게 빼고 있었다. 맨슨 밍고트 부인이 신체적인 장애를 무릅쓰고 예식에 참석하기로 결심했다는 취지의 터무니없는 소문이 그 전날 파다하게 퍼졌다. 그런 생각은 모험을 좋아하는 부인의 성격과 너무 잘 들어맞았기 때문에 클럽에서는 부인이 회중석으로 걸어가서 자리에 몸을 억지로 쑤셔 넣을 것이라는 예측을 놓고 높은 금액의 내기가 벌어졌다. 부인이 자기 목수를 보내 맨 앞 회중석 의자의 맨 앞쪽 판자를 떼어낼 수 있는지 살펴보고 그렇게 할 경우 좌석과 앞 제단 사이의 공간이 얼마나 되는지 재볼 것을 고집했다고 알려졌다. 그러나 결과는 실망스러웠고 가족들은 그녀가 거대한 배스 의자³를 타고 회중석으로 들어가 성단소 발치에 군림하고 앉아 있을 계획을 세우면서 시간을 보내는 것을 보며 하루를 불안하게 보냈다.

그녀의 몸을 이렇게 터무니없이 드러내겠다는 생각은 친척들에게 너무 괴로운 일이었기 때문에 그들은 의자 폭이 너무 넓어서 교회 출입문부터 보도의 연석까지 펼쳐놓은 차양의 쇠기둥 사이를 지나갈 수 없다는 사실을 갑자기 발견해낸 그 똑똑한 사람의 몸을 금으로 휘감아주고 싶은 심정이었다. 잠시 동안 캐서린 노부인은 차양을 없애볼 가능성을 따져보긴 했지만, 차양을 없앰으로써 차양 근처로 가까이 다가가려고 싸움을 벌이며 밖에 서 있는 양재사들과 신문기자들 떼거리에게 신부를 노출시킬 수 있다는 생각은 노부인의 용기조차 넘어섰다. "어머나! 그 사람들이 우리 애 사진을 찍어서 신문에 실을지 몰라요!" 어머니가 마지막 계획을 넌지시 비치자 웰렌드 부인이 소리쳤다. 상상조차 할 수 없는 이 상스러움에 가족들은 모두 몸서리를 치며 움찔했다. 어쩔 수 없이 노부인이 굴복했다. 그러나 (워싱턴 광장에 살던 한 친척이 말했던 것처럼) 웰렌드가 저택을 코앞에 놔두고 하객들에게 특별 요금을 내면서까지 브라운 마차를 빌려 타고 어딘지도 모를 도시의 다른 쪽 끝으로 가게 만들기가 쉬운 일은 아니었지만 그녀는 결혼식 피로연을 자기 집에서 열어야 한다는 약속을 받아내고서야 겨우 양보했다.

이 모든 처리 과정이 잭슨 가 사람들에 의해 널리 퍼졌는데도 내

---

3 Bath Chair : 환자들을 위해 바퀴를 단 큰 의자.

기를 좋아하는 소수의 사람들은 여전히 캐서린 노부인이 교회에 나타날 것이라는 믿음을 버리지 않았다. 그리고 그녀의 며느리가 그녀를 대신한 것으로 밝혀졌을 때 분위기가 눈에 띄게 썰렁해졌다. 로벨 밍고트 부인은 새옷에 몸을 쑤셔 넣느라 애를 쓴 탓에 그녀와 비슷한 나이와 습관을 가진 숙녀들에게서 나타나듯이 붉은 혈색과 흐릿한 시선을 하고 있었다. 그러나 그녀의 시어머니가 등장하지 않은 것 때문에 유발된 실망감이 일단 가라앉고 나자 모두가 파르마 제비꽃을 꽂은 보닛에, 라일락색 새틴 위로 검은색 샹티이 레이스를 댄 그녀의 드레스가 웰렌드 부인이 입은 푸른색과 짙은 보라색 옷과 즐거운 대조를 이룬다는 사실을 인정했다. 그러나 줄무늬와 술 장식과 나풀거리는 스카프들로 요란하고 단정치 않게 차려입고 밍고트 씨의 팔짱을 낀 채 그 뒤에 나타나서 점잔을 빼며 걷는 수척한 숙녀가 풍긴 인상은 전혀 딴판이었다. 이 마지막 유령 같은 존재의 출현이 시야에 미끄러져 들어오자 아처의 심장이 오그라들며 심장박동이 멈췄다.

맨슨 후작부인이 4주 전쯤에 조카인 올렌스카 부인과 함께 워싱턴으로 떠났기 때문에 그는 당연히 그녀가 아직도 그곳에 머물러 있을 것이라고 생각했다. 사람들은 모두 그들이 갑자기 떠나게 된 이유가 맨슨 부인을 사랑의 골짜기 신입회원으로 끌어들이는 데 거의 성공한 애거턴 카버 박사의 해로운 능변에서 이모를 떼어놓으려는 올렌스카 부인의 바람 때문인 것으로 알고 있었다. 그런 상황에서는 어느 누구도 두 숙녀 중 한 사람이라도 결혼식에 참석하러 돌아올 것이라는 예상을 하지 못했다. 잠깐 동안 아처는 메도라의 유별난 모습에 시선을 고정시킨 채 서서 그녀 뒤에 누가 따라오는지 잔뜩 긴장한 채 살펴보았다. 그러나 작은 행렬은 끝나버렸다. 집안 사람들 모두 자리를 잡고 앉았고 이주 비행을 준비하는 새들이나 곤충들처럼 떼를 지어 모여 있던 하객 안내원 여덟 명은 이미 옆문을 통해 로비로 빠져나가고 있었다.

"뉴랜드—저기, 신부가 입장하네!" 신랑 들러리가 속삭였다.

아처는 깜짝 놀라며 정신을 차렸다.

그의 심장 박동이 멈춘 지 한참 지난 것이 분명했다. 흰색과 장미색 행렬이 이미 본당 회중석을 반쯤이나 올라와 있었고 감독과 목사, 어깨에 흰 천을 두른 두 조수는 꽃이 쌓여 있는 제단 주변을 맴돌고 있었다. 그리고 슈포어의 교향곡 첫 가락이 신부 앞에 꽃 같은 음표들을 흩뿌렸다.

아처는 눈을 뜨고 (그러나 그의 상상대로 그가 정말로 눈을 감고 있었을까?) 심장이 평소처럼 다시 뛰기 시작하는 것을 느꼈다. 음악과 제단 위의 백합 향기, 구름 같은 망사 베일과 오렌지꽃이 점점 더 가까이 다가오는 모습과 행복에 겨워 흐느끼며 갑자기 경련을 일으키는 아처 부인의 얼굴 모습, 낮게 축도를 중얼거리는 교구 목사의 목소리, 분홍색 드레스를 입은 신부 들러리 여덟 명과 검은색 옷을 차려입은 하객 안내원 여덟 명이 질서정연하게 대열을 이루며 움직이는 모습. 그 자체로는 너무나 친숙하지만 그와 새롭게 연관되다 보니 말로 표현할 수 없을 정도로 낯설고 의미 없는 이 모든 광경과 소리와 감각이 그의 머릿속에서 혼란스럽게 뒤섞였다.

'맙소사, 내가 반지를 가지고 있던가?' 이렇게 생각하면서 그는 또다시 신랑 특유의 허둥대는 몸짓을 되풀이했다.

잠시 후 메이가 그의 옆으로 왔고 그녀에게서 엄청난 광채가 흘러나와 마비되어 있던 그에게 희미한 온기를 전해줬다. 그러자 그는 몸을 곧추세우고 그녀의 눈을 바라보며 웃었다.

"친애하는 여러분, 우리는 이곳에 함께 모였습니다." 교구 목사의 말이 시작되었다……

그녀의 손에 반지가 끼워졌고 감독의 축도가 있었다. 신부 들러리들은 다시 행진할 채비를 했고 오르간은 뉴욕에서 신혼부부가 등장할 때마다 반드시 울려 퍼지는 멘델스존의 〈결혼행진곡〉을 터트릴 자세를 갖췄다는 신호를 보여주고 있었다.

'팔을—신부에게 팔을 내주라니까!' 젊은 뉴랜드가 신경질적으로 속삭였다. 또다시 아처는 자신이 미지의 세계에서 멀리 떠돌고 있었음을 깨달았다. 그곳으로 그를 보낸 것은 무엇이었을까? 어쩌면 익랑[4]에 앉아 있는 수많은 익명의 하객 중에서 모자 아래로 늘어뜨린 검은 곱슬머리 한 가닥을 언뜻 본 것 때문이었는지 모른다. 그러나 그 머리카락의 주인공은 코가 긴 낯선 숙녀로 곧 밝혀졌다. 그녀의 모습이 그녀가 연상시킨 이미지를 지닌 사람과 어처구니없을 정도로 하나도 닮지 않았기 때문에 그는 자신이 환각에 시달리게 된 것이 아닐까 자문했다.

이제 그와 그의 아내는 경쾌한 멘델스존의 선율에 실려 본당 회중석을 따라 천천히 걸어 내려갔다. 활짝 열린 문을 통해 봄날이 그들에게 손짓했고 이마에 커다란 흰색 리본 장식을 단 웰렌드 부인의 밤색 말들이 차양 끝에서 뒷발로 뛰어오르며 자태를 뽐냈다.

옷깃에 훨씬 더 큰 흰 리본 장식을 단 마부가 메이를 흰 망토로 덮어주었고 아처는 유개마차에 뛰어올라 그녀 옆에 앉았다. 그녀가 의기양양하게 웃으며 그에게 몸을 돌렸다. 두 사람은 그녀의 면사포 밑으로 서로 손을 맞잡았다.

---

4 십자형 교회당의 좌우의 익부.

"메이!" 아처가 말했다 — 그러자 갑자기 똑같은 검은 심연이 그 앞에 입을 벌렸다. 그는 부드럽고 쾌활한 목소리로 계속 말을 하면서도 그 심연 속으로 점점 더 깊이 가라앉는 것 같았다. "그래요, 당연히 나는 반지를 잃어버린 줄 알았소. 불쌍한 신랑이 그런 일을 겪지 않으면 어떤 결혼식도 완벽할 수 없는 법이오. 그런데 당신이 날 무척 기다리게 했다는 것은 알고 있소? 시간이 남아도니까 일어날지도 모를 온갖 끔찍한 일에 대해 생각했소."

사람들로 가득 찬 5번 가에서 그녀가 갑자기 몸을 돌려 그의 목을 두 팔로 끌어안는 바람에 그는 깜짝 놀랐다. "그렇지만 우리가 함께 있는 한 이제는 어떤 일도 일어날 리 없어요. 그렇죠, 뉴랜드?"

그날은 세부적인 사항까지 너무나 꼼꼼하게 짜여 있었기 때문에 젊은 부부는 시간에 쫓기지 않고 결혼식 피로연 후 여유롭게 여행복으로 갈아입고 웃음을 터뜨리고 있는 신부 들러리들과 눈물을 흘리는 부모들 사이로 넓은 밍고트 가 계단을 내려와서 전통에 따라 쌀과 공단 구두 세례를 받으며 유개마차에 올라탔다. 그렇게 하고도 30분 정도 시간이 남아서 그들은 역에 도착해서 노련한 여행객처럼 신문 가판대에서 주간지 최신호들을 사고, 메이의 하녀가 비둘기색 여행용 망토와 런던에서 주문한 번쩍거리는 새옷 가방을 벌써 가져다놓은 예약 특실에 자리를 잡았다.

라인벡의 뒤 락 아주머니들이 아처 부인과 함께 뉴욕에서 일주일을 보낼 수 있다는 생각에 고무되어 선뜻 신혼 부부 마음대로 쓸 수 있도록 집을 내주었다. 아처는 필라델피아나 볼티모어 호텔의 흔한 '신혼부부 특실'에서 벗어날 수 있게 된 것이 좋아서 아주머니들과 똑같이 선선하게 그 제안을 받아들였다.

메이는 시골에 간다는 생각에 매우 신나 하면서 여덟 명의 신부 들러리들이 그들의 비밀스러운 은신처가 어디 있는지 찾아내려고 헛된 노력을 기울였다는 사실에 어린애처럼 즐거워했다. 시골집을 빌리는 것은 '매우 영국적인' 것으로 간주되었고 그 사실 덕에 그해의 가장 멋진 결혼식이라고 대부분의 사람들에게 인정받은 결혼식을 훌륭하게 마무리할 수 있게 되었다. 그러나 그 집이 어디에 있는지는 신랑 신부의 부모를 제외하고 어느 누구에게도 알려지지 않았다. 부모들은 어디냐는 추궁을 받으면 입을 꼭 다물고 의미심장하게 말하곤 했다. "아, 애들이 우리한테 알려주지 않아서요……." 신랑 신부가 굳이 알려줄 필요가 없었으므로 이 말은 분명히 사실이었다.

일단 특실에 자리를 잡고, 기차가 끝없이 이어지는 교외의 목조 주택들을 지나 아련한 봄 풍경 속으로 들어가자 아처가 예상했던 것보다 대화가 술술 잘 풀렸다. 메이는 모습과 어조 면에서 여전히 어제처럼 단순한 소녀 같았다. 그녀는 결혼식에서의 여러 가지 사건들에 대해 서로 의견을 교환하고 싶어 했고, 신부 들러리가 하객 안내원과 그 사건들을 따져보듯이 공평하게, 그것들에 대해 이야기를 나눴다. 처음에 아처는 이런 초연함이 마음속 불안감을 감추려는 것이라고 생각했다. 그러나 그녀의 맑은 두 눈은 아무것도 눈치 채지 못한 가장 고요한 상태임을 드러낼 뿐이었다. 그녀는 처음으로 남편과 단둘이 있게 되었다. 그러나 그녀의 남편은 어제와 마찬가지로 여전히 매력적인 벗일 뿐이었다. 그녀는 그 어느 누구도 그만큼 좋아하지 않았으며 완벽하게 신뢰하지 않았다. 약혼과 결혼의 모든 즐거운 모험에서 최고의 즐거움은 어른처럼, 실제로 '유부녀' 처럼 그와 단둘이 여행을 떠나는 것이었다.

세인트오거스틴의 선교소 정원에서 그가 깨달았던 것처럼—그 렇게 깊은 감정과 그런 상상력의 부재가 공존할 수 있다니 놀랍기 그지없었다. 그러나 그는 그때도 그녀가 양심의 가책이라는 짐을 내려놓자마자 무표정한 소녀로 금세 되돌아가버림으로써 자신을 놀라게 했던 일을 떠올렸다. 그는 그녀가 새로운 경험을 할 때마다 자신의 능력을 최대한 발휘해서 그것에 대처해나가겠지만 은밀한 시선으로 앞으로 닥칠 일을 예상하는 법은 절대 없이 삶을 살아나 갈 것이라고 생각했다.

　어쩌면 아무것도 눈치채지 못하는 능력 때문에 그녀의 두 눈이 그렇게 투명해 보이고, 그녀의 얼굴은 어쩌면 시민의 미덕 동상이나 그리스 여신의 모델로 선택되었을 것처럼, 한 개인이라기보다 한 유형을 대표하는 표정을 띠게 되었다. 그녀의 맑은 피부 바로 밑을 흐르는 피는 파괴적인 요소라기보다 젊음을 보존해주는 액체였을지 모른다. 그러나 파괴될 수 없는 젊음을 지닌 그녀의 표정은 우둔하거나 둔해 보이지 않고 오히려 원시적이고 순수해 보였다. 한창 이런 생각에 빠져 있다가 아처는 자신이 완전히 낯선 사람처럼 놀란 눈으로 그녀를 바라본다는 것을 깨닫고, 결혼식 피로연과 그곳에 충만하던 밍고트 할머니의 눈부시고 대단한 영향력에 대해 회상하기 시작했다.

　메이는 그 주제에 대해 마음껏 솔직하게 즐거움을 드러냈다. "그렇지만 메도라 아주머니가 오셔서 놀랐어요—당신은 그렇지 않았어요? 엘런이 편지에 두 사람 모두 몸이 좋지 않아서 여행하기 곤란하다고 했거든요. 엘런이 나아서 왔더라면 좋았을 텐데! 엘런이 보내준 정교한 옛날 레이스 봤어요?"

　그는 그 순간이 조만간 닥칠 것이라는 사실을 알고 있었지만 의

지력으로 그것을 잘 막아낼 것이라고 생각했다.

"그랬소―나는―아니요. 맞아요, 예쁘더군." 그는 그녀를 멍하게 바라보면서 그 두 음절을 들을 때마다 조심스럽게 쌓아 올린 세계가 카드로 만든 집처럼 자신의 주변에서 무너져내리는 것은 아닐까 생각하며 대답했다.

"피곤하지 않소? 도착하면 차를 좀 마시면 좋을 텐데―아주머니들이 모든 걸 다 훌륭하게 준비해놓으셨으리라 믿소." 그는 그녀의 손을 잡고 빠르게 지껄였다. 그러자 그녀의 마음은 보퍼트 부부가 보내준 볼티모어산 은제 차와 커피잔 세트로 즉시 옮겨갔다. 그것은 로벨 밍고트 외삼촌이 보내준 쟁반과 접시들과 너무나 완벽하게 '어울렸다'.

봄날의 황혼 무렵에 기차는 라인벡 역에 정차했고 그들은 승강장을 따라 기다리는 마차까지 걸어갔다.

"아, 밴 더 라이든 씨 부부는 정말 친절하시군―스카이터클리프에서 사람을 보내 우리를 맞도록 해주시다니." 아처는 평복을 입은 조용한 남자가 그들에게 다가와 하녀의 가방을 들어주자 감탄했다.

"정말 유감스럽게 생각합니다." 이 사자가 말했다. "뒤 락 양들 댁에 작은 사고가 일어났습니다. 물탱크가 샜습니다. 그 일이 어제 일어났는데 오늘 아침 그 소식을 들으신 밴 더 라이든 씨께서 첫 기차로 하녀를 퍼트룬 저택으로 보내 준비를 갖춰놓게 하셨습니다. 나중에 아시겠지만 상당히 편안하게 지내실 수 있을 것입니다. 그리고 뒤 락 양들께서 요리사를 보내셨습니다. 그래서 라인벡에서 지내시는 것과 똑같을 것입니다."

아처가 말하는 사람을 너무 멍하게 바라보자 그는 훨씬 더 미안해하는 투로 되풀이했다. "똑같을 것입니다. 틀림없이……." 이때 메이가 열렬한 목소리로 끼어들어 난처한 침묵을 깨뜨렸다. "라인벡과 똑같다고요? 퍼트룬 저택이오? 몇십만 배 더 좋을 거예요—그렇지 않나요, 뉴랜드? 그런 배려를 해주시다니 밴 더 라이든 씨는 정말 자상하시네요."

하녀가 마부 옆에 앉고 반짝이는 신혼 가방은 그들 앞쪽 의자에 놓은 채 마차가 출발하자 메이가 흥분해서 계속 떠들어댔다. "정말 놀라워요. 저는 그 안에 한 번도 들어가보지 못했거든요—당신은요? 밴 더 라이든 씨 부부가 그 집은 극소수 사람들에게만 보여준대요. 그런데 그 집을 엘런을 위해서는 열어준 것 같아요. 엘런이 그 집이 얼마나 아담하고 멋진 곳인지 알려줬거든요. 엘런 말로는 미국에서 본 집 중에서 완벽하게 행복을 누리며 지낼 수 있다고 상상이 되는 유일한 집이래요."

"글쎄—우리가 바로 그렇게 될 거요. 그렇지 않소?" 그녀의 남편이 즐겁게 소리쳤다. 그러자 그녀는 특유의 소년 같은 웃음을 지으며 대답했다. "아, 우리의 행운이 막 시작되었어요—우리가 항상 함께할 멋진 행운이오!"

# 20

 "물론 카프리 부인과 저녁식사를 해야지, 여보." 아처가 말했다. 그러자 그의 아내가 숙소의 아침 식탁에 놓인 거대한 브리태니아 식기[1] 너머로 불안한 듯 얼굴을 찡그리며 그를 바라보았다.

 비 내리는 황량한 가을의 런던에서 뉴랜드 아처가 아는 사람은 딱 두 명뿐이었다. 그러나 그들은 외국에서 아는 사람들을 일부러 찾아다니는 것이 '품위 있는' 행동이 아니라는 옛 뉴욕의 전통에 따라 이 두 사람을 계속 피했다.

 아처 부인과 제이니는 유럽을 방문하던 중에 이 원칙을 너무 단호하게 고수하면서 같이 여행하던 여행객들의 친근한 접근에 냉담한 태도로 일관했기 때문에 호텔과 철도역에서 근무하는 사람들을 제외하고 그 어떤 '외국인'과도 한마디도 나누지 않는 기록을 달성할 뻔했다. 그들은—전에 알았거나 인정받은 사람들을 제외하고—같은 나라 사람들을 훨씬 더 드러내놓고 경멸하는 태도로 대했다. 그래서 우연히 치버스 가나 대거넷 가, 혹은 밍고트 가 사람을 만나지 않는다면, 그들은 몇 달 동안 해외에서 보내는 동안 끊임없이 단둘이 마주 보며 지냈다. 그러나 그런 극도의 경계도 때로는

---

1 Britannia : 주석 합금으로 만들어진 싸구려 은식기.

소용이 없었다. 어느 날 밤 보첸[2]에서 복도 맞은편 방에 묵는 두 영국인 숙녀 중 한 사람(그들의 이름과 옷, 사회적인 지위에 대해 제이니는 이미 잘 알고 있었다)이 문을 두드리고 아처 부인에게 혹시 바르는 진통제가 있느냐고 물었다. 불쑥 방을 찾아온 숙녀의 언니인 카프리 부인이 갑자기 기관지염에 걸렸기 때문이었다. 여행할 때마다 완벽한 가정용 약방을 챙겨가는 아처 부인은 다행히 필요한 처방을 해줄 수 있었다.

카프리 부인은 심하게 아픈 데다 동생인 할 양과 단둘이 여행 중이었기 때문에, 적절한 위로를 해주고 병자가 건강해질 때까지 간호를 도와주도록 유능한 하녀를 보내준 아처 모녀를 진심으로 고맙게 여겼다.

아처 모녀는 보첸을 떠날 때 카프리 부인과 할 양을 다시는 만날 생각이 없었다. 아처 부인은 우연히 도움을 줬던 '외국인'을 일부러 찾아가는 것보다 더 '품위 없는' 행동은 없다고 생각했다. 그러나 이런 견해를 전혀 모르고 그것을 도저히 이해할 수 없다고 생각할 카프리 부인과 동생은 보첸에서 대단히 친절하게 대해줬던 '유쾌한 미국인들'과 자신들이 영원히 감사하는 마음으로 연결되어 있다고 생각했다. 아처 부인과 제이니가 유럽 여행을 하는 동안 그들은 감동적일 만큼 충성스럽게 아처 모녀를 만날 기회를 놓치지 않았고, 미국으로 오가는 도중에 언제 런던을 지나가게 될지 알아내는 데 신통력에 가까운 예지력을 보여주었다. 네 사람은 떨어질 수 없을 만큼 친해졌고 아처 부인과 제이니는 브라운 호텔에 발을 들여놓을 때마다 다정한 두 친구가 기다리는 모습을 발견하곤 했다. 그들은

---

[2] Botzen : 남티롤 아래쪽 끝에 있는 북부 이탈리아 알토 아디지의 보첸, 혹은 볼차노를 가리킨다.

아처 모녀와 마찬가지로 테라리움³에 양치식물을 길렀고 마크라메 레이스를 짰으며 분젠 남작부인⁴의 비망록을 읽고, 런던의 주요 설교단을 차지한 사람들에 대해 의견을 가지고 있었다. 아처 부인의 말처럼 카프리 여사와 할 양을 알게 됨으로써 '런던은 특별한 곳'이 되었다. 뉴랜드가 약혼할 무렵에는 두 집안 사이의 유대 관계가 너무나 돈독해져서 두 영국 숙녀에게 결혼 초대장을 보내는 것이 '지당하다'고 간주되었다. 그들은 답례로 알프스 꽃을 눌러 만든 예쁜 꽃다발을 유리 케이스에 담아 보내주었다. 뉴랜드와 그의 아내가 영국으로 배를 타고 떠날 때 부두에서 아처 부인이 마지막으로 한 말은 "메이를 꼭 카프리 부인에게 인사시키렴"이었다.

뉴랜드와 그의 아내는 이 명령에 따를 생각이 조금도 없었다. 그러나 카프리 부인은 평소의 예지력으로 그들을 찾아내서 그들에게 만찬 초대장을 보냈다. 바로 이 초대장을 보면서 메이 아처가 차와 머핀 너머로 이마를 찡그리고 있었다.

"뉴랜드, 당신은 그분들을 아니까 당신이야 괜찮겠죠. 그렇지만 저는 한 번도 만난 적이 없는 많은 사람들 속에서 무척 쑥스러울 거예요. 그리고 어떤 옷을 입어야 하죠?"

뉴랜드는 의자에 기대앉으며 그녀에게 가벼운 웃음을 보였다. 그녀는 그 어느 때보다 더 기품이 있고 더욱더 다이애나 여신처럼 보였다. 영국의 습한 공기 때문에 그녀의 홍조가 더욱 진해졌고 약간 딱딱했던 처녀 적 얼굴이 부드러워졌다. 그 이유가 아니라면 그것은 단지 얼음 밑에서 불빛이 얼음을 뚫고 빛나는 것처럼 마음속에

---

3 유리 상자.
4 Baroness Bunsen: 1860년에 사망한 유명한 프러시아의 외교관이자 학자인 크리스티안 폰 분젠 남작의 부인.

서 환하게 타오르는 행복 때문이었을 것이다.

"옷이라니, 여보? 지난주에 파리에서 가방 가득히 옷이 온 줄로 아는데."

"물론 그랬죠. 제 말은 어떤 옷을 입어야 할지 모른다는 말이었어요." 그녀가 입을 약간 삐죽거렸다. "런던에서는 한 번도 밖에 나가서 식사를 해본 적이 없었잖아요. 우습게 보이고 싶지 않단 말이에요."

그는 그녀의 당혹스러움을 이해하려고 애썼다. "그런데 영국 여성들도 저녁에 다른 사람들과 똑같이 옷을 입지 않소?"

"뉴랜드! 어떻게 그런 이상한 질문을 할 수 있어요? 이곳 여자들은 낡은 무도회 드레스에 맨머리로 저녁에 극장에 간다니까요."

"그렇다면 새 무도회 드레스는 집에서 입나 보군. 어쨌든 카프리 부인과 할 양은 안 그럴 것이오. 그 두 분은 우리 어머니 것과 비슷한 챙 없는 모자를 쓸 거요—그리고 숄도 걸칠 것이오. 아주 부드러운 숄 말이오."

"그럴 거예요. 그런데 다른 여자들은 어떻게 옷을 입을까요?"

"당신만큼 잘 입지 못할 것이오, 여보." 그는 무엇 때문에 그녀가 갑자기 제이니처럼 옷에 병적인 관심을 갖게 되었는지 궁금해하며 대답했다.

그녀는 한숨을 쉬며 의자를 뒤로 밀었다. "뉴랜드, 그렇게 말해 주니 고마워요. 그렇지만 큰 도움은 안 되는군요."

그에게 좋은 생각이 떠올랐다. "결혼식 드레스를 입으면 어떻겠소? 그렇게 한다고 잘못된 것은 아니지 않소?"

"오, 여보! 여기에 그게 있으면 얼마나 좋겠어요? 다음 겨울에 입으려고 수선하도록 파리에 보냈는데 워스[5]가 아직 돌려보내질 않앉아요."

"오, 그래……." 아처가 몸을 일으키며 말했다. "여기 좀 봐요―안개가 걷히고 있소. 국립 미술관에 서둘러 가면 그림들을 대충 훑어볼 수 있을 것 같은데."

 석 달 동안의 신혼여행을 마치고 뉴랜드 아처 부부는 집으로 돌아가는 길이었다. 자신의 여자 친구들에게 편지를 쓸 때 메이는 신혼여행을 막연하게 "더없이 행복하다"고 요약했다.
 그들은 이탈리아의 호반에는 가지 않았다. 아무리 생각해도 아처는 그 특정한 배경 속에 있는 아내의 모습을 상상할 수가 없었다. (파리의 양재점들을 둘러보며 한 달을 보낸 후) 그녀 자신이 7월에는 등산을, 8월에는 수영을 하고 싶어 했다. 그들은 7월에는 인터라켄과 그린델발트에서 지내고 8월에는 누군가가 색다르고 조용하다고 추천한 노르망디 해변의 에트르타[6]라 불리는 작은 마을에서 보내면서 이 계획을 하나도 빠뜨리지 않고 착실하게 실행에 옮겼다. 산에 올랐을 때 한두 번 아처는 남쪽을 가리키며 "저쪽에 이탈리아가 있소"라고 말했다. 메이는 용담꽃 밭에 서서 쾌활하게 웃으며 대답했다. "당신이 뉴욕에 꼭 있지 않아도 된다면 다음 겨울에 그곳에 가면 좋을 것 같아요."
 그러나 사실 그녀는 그가 기대했던 것보다 훨씬 더 여행에 흥미가 없었다. 그녀는 (일단 옷을 주문하고 나자) 여행을 그저 걷고,

---

5  Worth : 파리의 주요 양재사 중 상류층에게 가장 인기가 있었고 미국인들의 후원을 많이 받았던 양재사.
6  프랑스 오트노르망디 주 센마리팀 현에 있는 작은 도시. 알바르트 해안을 낀 절벽이 아름답기로 유명하다.

말 타고, 수영하고, 테니스라는 멋진 새 경기를 해볼 수 있는 기회가 더 많아진 것쯤으로만 간주했다. (2주 동안 머물면서 그의 옷을 주문하기로 되어 있는) 런던으로 그들이 마침내 돌아왔을 때 그녀는 빨리 배를 타고 떠나고 싶다는 열망을 더는 숨기지 않았다.

 런던에는 극장과 상점들 외에 그녀의 흥미를 끌 만한 것이 아무것도 없었다. 그녀는 런던의 극장들이 파리의 카페 샹탕[7]보다 재미가 덜하다고 생각했다. 그녀는 샹젤리제의 꽃이 만발한 마로니에 나무 밑 식당 테라스에서 '매춘부들'이 주를 이루는 청중을 내려다보고, 신부가 들어도 무방하다고 생각되는 노래 부분만 남편이 해석해주는 것을 듣는 신기한 경험을 했다.

 아처는 결혼에 대해 오래전에 지니고 있던 생각들로 되돌아갔다. 구속받지 않던 총각 시절에 장난삼아 매달렸던 이론들을 실천에 옮기려고 애쓰는 것보다 전통을 따르고 친구들이 자기 아내들을 대하는 것과 똑같이 메이를 대하는 것이 덜 성가셨다. 자신이 자유롭지 않다는 생각을 눈곱만큼도 가지고 있지 않은 아내를 해방시키려고 애써봐야 소용없는 짓이었다. 그는 메이 자신이 가지고 있다고 여기는 자유의 유일한 용도가 아내로서 남편을 섬기는 제단에 그것을 바치는 것이라는 사실을 이미 오래전에 알았다. 내적인 품위 때문에 그녀는 절대 그 선물을 비천하게 쓰지 않을 것이다. 그리고 남편을 위해서라고 생각한다면 용기를 내서 (한 번 그랬던 것처럼) 그것을 되찾아오는 날이 올지도 모른다. 그러나 그녀처럼 단순하고 재미없는 결혼관을 가지고 있으면 그런 위기는 자신의 행동에 명백하게 부당한 점이 있을 경우에만 닥쳐올 수 있었다. 그러나 그에 대

---

7 café chantants : '노래하는 카페'로 음악을 연주해주는 카페를 의미한다.

해 그녀는 고상한 감정을 가지고 있었기 때문에 그것은 생각조차 할 수 없는 일이었다. 무슨 일이 일어나건 그녀는 항상 충실하고 용감하며 분개하지 않으리라는 것을 그는 알았다. 그리고 그것은 그에게도 똑같은 덕목을 실천하도록 맹세하게 만들었다.

이 모든 것 때문에 그는 이전에 가지고 있던 사고방식으로 되돌아갔다. 그녀의 단순함이 편협함에서 생겨난 것이었다면 그는 짜증 내며 반발했을 것이다. 그러나 그녀의 성격은 전체적으로는 단순했지만 얼굴과 똑같이 고상한 기질을 띠고 있었기 때문에 그녀는 그가 지닌 모든 옛 전통과 경배의 수호신이 되었다.

그런 자질들은 그녀를 너무나 편안하고 즐거운 동반자로 만들어 주었지만 결코 외국 여행에 활기를 불어넣어주진 못했다. 그러나 그는 그 자질들이 적절한 환경 속에서 어떻게 자리를 잡아갈지 즉시 알았다. 그는 그 자질들 때문에 압박받는 것이 조금도 두렵지 않았다. 그의 예술적이고 지적인 생활은 항상 그래왔던 것처럼 가정이라는 영역 밖에서 계속될 것이기 때문이었다. 그리고 가정 내에서 시시하고 답답한 일은 없을 것이다—그의 아내에게 돌아가는 것은 확 트인 곳을 걸어 다닌 후에 숨 막힐 것 같은 방으로 들어가는 것과 결코 같지 않을 것이다. 그리고 자식들이 태어나면 두 사람 모두의 삶에 나 있던 빈구석들이 채워질 것이다.

메이페어[8]에서 카프리 부인과 동생이 사는 사우스켄싱턴[9]까지 오랫동안 천천히 마차를 타고 가는 동안 그의 마음속으로 이 모든

---

8 Mayfair : 주요 호텔들과 멋진 저택들이 위치한, 런던의 상류층이 모여 사는 하이드파크 동쪽 지역.
9 South Kensington : 메이페어의 서쪽 지역으로 빅토리아 박물관, 알버트 박물관, 로얄 알버트 홀 같은 중요한 문화시설들이 있다.

생각들이 스쳐 지나갔다. 아처 역시 친구들의 환대에서 벗어나는 것을 더 선호했을 것이다. 가족의 전통에 따라 그는 항상 동행들의 존재를 거만하게 의식하지 못하는 체하면서 관광객이자 방관자로서 여행을 다녔다. 딱 한 번 하버드를 졸업한 후 플로렌스에서 유럽화한 미국인들의 이상한 무리와 함께 궁정의 작위를 지닌 숙녀들과 밤새 춤을 추고 인기 있는 클럽의 난봉꾼들, 멋쟁이들과 어울려 낮에는 도박을 하면서 몇 주 동안 즐거운 시간을 보낸 적이 있었다. 그러나 그 모든 일은 세상에서 맛볼 수 있는 가장 큰 즐거움을 선사하긴 했지만 카니발처럼 비현실적으로 느껴졌다. 복잡한 연애에 깊이 빠져서 만나는 사람마다 그 이야기를 옮겨주고 싶은 필요를 느끼는 것처럼 보이는 이런 이상한 세계주의적인 여성들과, 그들의 속내 이야기의 장본인이거나 그 이야기를 들어주는 멋진 젊은 장교들과 염색한 나이 지긋한 재사들은 아처가 어렸을 때 보며 자란 주변 사람들과 너무 다르고, 비싸지만 상당히 악취를 풍기는 온실의 외래 식물과 너무 닮아서 그의 관심을 오래 끌지 못했다. 그런 무리의 사람들에게 자신의 아내를 소개한다는 것은 어불성설이었다. 그리고 여행 중 어느 누구도 그와 사귀고 싶다는 열의를 분명하게 밝힌 적이 없었다.

런던에 도착하고 나서 얼마 지나지 않아 그는 세인트 오스트리 공작을 우연히 만났다. 공작은 즉시 따뜻하게 그를 알아보고 말했다. "한번 들르겠나?"—그러나 제정신인 미국인이라면 절대 그것을 꼭 따라야 할 제안으로 간주하지 않았을 것이다. 그래서 그 만남은 계속되지 않았다. 그들은 은행가와 결혼해서 아직도 요크셔에 사는 메이의 영국 이모를 만나는 것도 간신히 피했다. 사실 그들은 사교철에 도착하게 되면 잘 알지도 못하는 이 친척들에게 주제넘고 속

물스럽게 보이지 않을까 우려해서 일부러 가을까지 런던에 오는 것을 미뤘다.

"어쩌면 카프리 부인 댁에 아무도 없을지 모르오—런던은 이 무렵에 텅 비니까. 당신이 너무 치장을 한 것 같소." 아처는 승합마차의 옆에 앉아 있는 메이에게 말했다. 그녀는 백조 솜털로 테두리를 두른 하늘색 망토를 티끌 하나 없이 너무나 완벽하게 차려입어서 그녀를 런던의 검댕 속에 내놓는 것이 짓궂게 보일 정도였다.

"우리가 미개인처럼 옷을 입는다는 인상을 주고 싶진 않아요." 그녀는 포카혼타스가 들었다면 분개했을 것 같은 경멸하는 투로 대답했다. 그는 가장 소박한 미국 여성들조차 옷의 사회적인 장점에 대해 품고 있는 종교적인 경배에 다시 한번 놀랐다.

'옷은 그들의 갑옷이야. 모르는 사람들에 맞서는 그들의 방어 수단이자 도전이지.' 그는 자기에게 예쁘게 보이려고 제 손으로 머리에 리본 하나 묶을 줄 모르는 메이가 엄청난 양의 옷을 고르고 주문하는 엄숙한 의식을 치를 때 진지했던 이유를 처음으로 이해했다.

카프리 부인 댁에서의 파티가 조촐할 것이라는 그의 예상은 적중했다. 안주인과 그녀의 동생 외에 기다랗고 쌀쌀한 응접실에는 숄을 걸친 또 한 명의 숙녀와 그녀의 남편인 온화한 목사, 카프리 부인이 조카라고 부르는 조용한 청년과 프랑스식으로 이름을 발음하면서 조카의 가정교사라고 소개한, 생기 있는 눈매를 한 키가 작고 거무스름한 신사뿐이었다.

희미하게 불이 켜져 있고 흐릿하게 보이는 사람들 속으로 메이 아처는 지는 햇빛을 받고 있는 백조처럼 두둥실 떠서 들어갔다. 그녀는 그녀의 남편이 보아온 그 어느 때보다도 더 크고 더 고왔으며 더 크게 사각거리는 소리를 냈다. 그는 장밋빛 홍조와 사각거림이 극도로 긴장한 어린애 같은 수줍음의 표시라는 것을 깨달았다.

"도대체 저 사람들은 제게 어떤 이야기를 기대할까요?" 그녀의 눈부신 출현이 그들 자신의 마음속에서 똑같은 불안감을 불러일으키던 바로 그 순간에 그녀는 난감한 눈길로 그에게 간청했다. 그러나 아름다움은 스스로를 믿지 못하고 있을 때조차도 남자의 마음에 자신감을 일깨운다. 곧 목사와 프랑스 이름의 가정교사가 메이를 편안하게 해주고 싶다는 소망을 그녀에게 표출하기 시작했다.

그러나 그들이 최선의 노력을 다했음에도 만찬은 시들해져갔다. 아처는 외국인들에게 편안하게 자신을 보여주는 아내의 방식이라는 것이 말을 할 때마다 처음부터 끝까지 철저하게 자기 고향을 언급하는 것이어서 그녀의 사랑스러움은 감탄을 불러일으켰지만 그녀의 대화는 재치 있는 답을 할 수 없게 재를 뿌리는 역할을 한다는 사실을 알아차렸다. 목사는 곧 애쓰는 것을 포기했다. 그러나 유창하고 세련된 영어를 구사하는 가정교사는 숙녀들이 거실로 올라감으로써 모든 사람들을 안도시킬 때까지 용감하게 메이에게 영어를 쏟아냈다.

포트와인을 한 잔 마시고 나서 목사는 모임이 있어서 서둘러 자리를 떠야 했고 병자처럼 보이는 수줍음 많은 조카는 서둘러 잠자리에 들러 갔다. 그러나 아처와 가정교사는 계속 앉아서 와인을 마셨다. 그러다 아처는 네드 윈셋과 마지막 좌담을 나눈 후 한 번도 대화다운 대화를 나눠보지 못했기 때문에 자신이 열심히 말을 하고 있다는 것을 깨달았다. 나중에 밝혀졌지만 카프리 부인의 조카는 결핵의 징후가 보여서 해로[10]를 떠나 스위스로 가서 레망 호수[11]의

---

10 Harrow : 런던에 있는 훌륭한 공립학교 중 하나.
11 Lake Leman : 제네바 호수의 프랑스식 이름.

따뜻한 기후에서 2년을 보냈다. 조카는 책을 좋아하는 청년이었기 때문에 가정교사인 리비에르 씨에게 맡겨졌고, 함께 영국으로 온 리비에르 씨는 그가 다음 봄에 옥스퍼드에 들어갈 때까지 함께 지낼 예정이었다. 리비에르 씨는 그때가 되면 다른 일자리를 찾아봐야 한다고 간단하게 덧붙였다.

아처는 관심사가 그렇게 다양하고 재능이 많은 그가 오랫동안 일자리를 얻지 못하는 일은 없을 것 같다고 생각했다. 그는 약 서른 살 정도에, 활발한 사고 작용 때문에 표정이 매우 풍부했지만 마르고 못생긴 남자였다(메이는 분명히 그가 평범하게 생겼다고 말할 것이다). 그러나 생기 넘치는 그의 얼굴에는 경박하거나 인색해 보이는 점이 전혀 없었다.

젊어서 세상을 떠난 그의 아버지는 하위직 외교관이었기 때문에 아들도 같은 길을 갈 작정이었다. 그러나 문학에 대한 지칠 줄 모르는 열정 때문에 청년은 신문잡지 기자가 되었고 다음에는 (성공하지 못한 것이 분명한) 작가가 되었다가 마지막으로 — 자신의 말을 듣고 있는 아처에게는 밝히지 않은 여러 가지 시도와 우여곡절을 거친 후에 — 스위스에서 영국인 청년들을 가르치는 가정교사가 되었다. 그러나 그전에는 파리에서 오래 살면서 공쿠르 그르니에[12]에 자주 갔고 글을 쓰지 말라고 모파상[13]에게 충고를 받았으며(그것조차도 아처에게는 엄청난 영예처럼 보였다) 어머니의 집에서 메리메[14]와 자주 이야기를 나눴다. 그는 항상 극도로 가난했고 (부양해야 할

---

12 Goncourt Grenier : 에드몽 드 공쿠르가 개최한 유명한 문학 살롱.
13 Guy de Maupassant(1850~1893) : 소설가이자 단편소설 작가. 장편 《여자의 일생》은 프랑스 사실주의 문학이 낳은 걸작으로 평가되며, 그의 소설에는 이상 성격 소유자, 염세주의적 인물이 많이 등장한다.
14 Prosper Mérimée.

어머니와 결혼하지 않은 여동생 때문에) 걱정 속에서 살아온 것이 분명했으며, 문학적인 포부는 꺾인 것이 명백했다. 사실 그의 상황은 물질적인 면에서 네드 윈셋과 마찬가지로 밝지 않았다. 그러나 그는 자신의 말대로 사상을 사랑하는 사람은 정신적으로 허기를 느끼지 않는 세계에서 살았다. 불쌍한 윈셋이 죽도록 갈망하는 것이 바로 그런 사랑이었기 때문에 아처는 가난 속에서 너무나 풍요롭게 살아가는 이 진지한 무일푼 젊은이를 윈셋을 대신해서 부러워하며 바라보았다.

"선생님, 자신의 인식 능력과 비판적인 독립을 어떤 것에도 예속시키지 않고 지적인 자유를 갖는 것이야말로 가장 가치 있는 일입니다. 그렇지 않나요? 바로 그런 이유 때문에 저는 기자직을 포기하고 가정교사와 개인 비서라는 훨씬 더 재미없는 일을 하게 되었습니다. 물론 단조롭고 힘든 일을 많이 해야 하지만 정신적인 자유를 유지할 수 있습니다. 프랑스어로는 '캉 타 수아(quant à soi, 자존심)'라 부릅니다. 좋은 이야기를 들으면 자기 자신의 의견 외에 다른 어느 누구의 의견과도 타협하지 않은 채 그 대화에 낄 수 있습니다. 혹은 듣고 마음속으로 대답할 수도 있죠. 아, 좋은 대화라―그만한 것이 없죠, 그렇지 않습니까? 사상의 공기만이 들이마실 가치가 있는 유일한 공기입니다. 그래서 저는―자기를 포기하는 것의 두 가지 형태인―외교관이나 기자직을 포기한 것을 한 번도 후회하지 않았습니다." 그가 새 담배에 불을 붙이며 아처를 강렬한 눈빛으로 뚫어지게 쳐다보았다. "아시다시피 삶을 직시할 수 있는 것, 그것을 위해서라면 다락방에 살 가치가 있지 않습니까? 그러나 어쨌든 다락방을 얻을 수 있을 만큼은 돈을 벌어야겠죠. 사실 개인 가정교사로―아니면 '개인'이라는 말이 붙은 어떤 일자리건―나이 들어가는 것은 부쿠레슈티[15]에서 보조 비서로 일하는 것만큼 상상력을 죽이는 것입니다. 가끔은 과감하게 모험을 해야 할 필요가 있다고 생각합니다. 엄청난 모험을 말입니다. 예를 들어 혹시 미국에―뉴욕에―제가 일할 만한 자리가 없을까요?"

아처는 놀란 눈으로 그를 바라보았다. 공쿠르에 자주 갔고 플로베르와 자주 만났던 청년에게, 사상을 추구하는 삶만이 가치 있는 유일한 삶이라고 생각하는 청년에게 뉴욕이라니! 아처는 그가 가진 바로 그 탁월함과 장점이 성공의 가장 확실한 장애물이 될 것이라는 사실을 그에게 어떻게 알려줘야 할지 난감해하면서 당황한 눈길로 리비에르 씨를 계속 쳐다보았다.

"뉴욕이라―뉴욕이라―그런데 특별히 꼭 뉴욕이어야 하나요?" 그는 좋은 대화만이 필요한 것처럼 보이는 젊은이에게 자신의 고향이 어떤 괜찮은 일자리를 제공할 수 있는지 도저히 생각해낼 수가 없어서 더듬거리며 물었다.

리비에르 씨의 창백한 피부 아래로 갑작스럽게 홍조가 피어났다. "저는―저는 그곳이 미국의 대도시라고 생각해서요. 그곳의 지적인 삶이 더 활발하지 않습니까?" 그가 그렇게 대꾸하고는 아처에게 청탁을 했다는 인상을 준 것은 아닌지 우려하듯이 급히 말을 이어나갔다. "사람들은 가끔 밑도 끝도 없이 제안을 하고 그러지 않습니까―다른 사람들에게라기보다 자기 자신에게 말이죠. 사실 당장 그럴 가능성은 조금도 없습니다……." 그가 자리에서 일어서며 조금의 스스럼도 없이 덧붙였다. "그런데 카프리 부인께서는 제가 당신을 위층으로 모시고 올 거라고 생각하실 겁니다."

---

[15] 루마니아의 수도.

마차를 타고 집으로 돌아오는 길에 아처는 이 일을 곰곰이 생각해보았다. 리비에르 씨와 보낸 시간은 그의 가슴에 새로운 공기를 불어넣어주었다. 아처의 첫 번째 충동은 그를 다음 날 저녁식사에 초대하고 싶다는 것이었다. 그러나 그는 결혼한 남자들이 왜 항상 자신들의 첫 번째 충동에 굴복하지 않는지 막 이해해가는 중이었다.

"그 젊은 가정교사는 흥미로운 사람이오. 저녁식사 후에 책과 여러 가지 것에 대해 정말 좋은 대화를 나눴소." 그가 승합마차 속에서 슬쩍 운을 떼보았다.

꿈꾸는 것 같은 침묵에 빠져 있던 메이가 정신을 차리고 깨어났다. 여섯 달 동안의 결혼 생활이 그에게 해답을 제공해주기 전만 해도 그는 그 침묵에서 엄청나게 많은 의미를 읽어내곤 했다.

"그 작은 프랑스 남자요? 너무 품위가 없지 않나요?" 그녀가 차갑게 물었다. 그는 그녀가 목사와 프랑스 가정교사를 만나러 런던으로 초대받아 나갔다 온 것에 마음속으로 실망하고 있었다고 추측했다. 그 실망감은 일반적으로 속물근성이라 규정될 수 있는 감정에서 나온 것이 아니라, 외국에서 뉴욕의 품위가 실추될 위험에 처했을 때 어떤 것이 뉴욕에 합당한 대접을 받는 것인지에 대한 옛 뉴욕식 관념에서 나온 것이었다. 메이의 부모님이 5번 가에서 카프리 자매를 대접했다면 그들은 목사나 선생보다 더 중요한 존재를 내세웠을 것이다.

그러나 아처는 흥분해서 그녀의 말을 가로막았다.

"품위가 없다—어디가 품위가 없다는 말이오?" 그가 캐묻자 그녀가 평소와 달리 재빨리 대꾸했다. "음, 교실에서 말고는 어디에서나 그렇다고 봐야죠. 그런 사람들은 사람들 앞에서는 항상 어색해하잖아요. 그런데……" 그녀가 천진하게 덧붙였다. "그 사람이 약삭빠른 것은 아닌지 제가 알아보지 말았어야 했나 봐요."

아처는 그녀가 '품위 없다'는 말 못지않게 '약삭빠르다'는 말을 쓴 것이 마음에 들지 않았다. 그러나 그는 그녀에게서 마음에 들지 않는 점들에 곰곰이 생각해보는 자신의 습관을 우려하던 차였다. 결국 그녀의 견해는 항상 똑같았다. 그것은 그가 자랄 때 그를 둘러싸고 있던 모든 사람들의 견해였다. 그는 항상 그것을 반드시 필요하지만 무시할 수 있는 것이라고 간주해왔다. 몇 달 전까지 그는 '품위 있는' 여성 중에서 다른 식으로 삶을 바라보는 사람을 만난 적이 없었다. 그리고 남자가 결혼을 하면 상대는 반드시 그 품위 있는 여성들 중 한 사람이어야 했다.

"아―그렇다면 그를 저녁식사에 초대하지 않겠소!" 그가 웃으면서 결론을 내렸고 메이는 당황해하며 되풀이했다. "맙소사―카프리 가 가정교사를 초대한다고요?"

"글쎄, 카프리 가 자매들과 같은 날 초대하자는 것은 아니었지만 당신이 싫다면 그렇게 하지 않겠소. 나는 그저 그와 한 번 더 이야기를 나눠보고 싶었소. 뉴욕에서 일자리를 찾고 있다고 하더군."

그녀의 놀라움은 냉담함과 함께 더욱 커졌다. 그는 남편에게 '외국물'이 들었다고 그녀가 의심하는 것은 아닐까 생각했다.

"뉴욕에서 일자리를요? 어떤 종류의 일을요? 사람들이 프랑스인 가정교사를 두지는 않거든요. 그 사람은 뭘 하고 싶어 하나요?"

"무엇보다도 좋은 대화를 즐길 수 있는 일이라고 알고 있소." 그녀의 남편이 심술궂게 대꾸했다. 그녀는 자신에게도 높은 안목이 있다는 것을 보여주는 웃음을 터뜨렸다. "오, 뉴랜드. 정말 웃겨요. 그게 프랑스식 아닌가요?"

전체적으로 보아 그는 리비에르 씨를 초청하자는 자신의 바람을 그녀가 진지하게 받아들이길 거부함으로써 자신의 문제도 해결된 것에 기뻤다. 한 번 더 저녁식사 후에 이야기를 나누게 되면 뉴욕 문제를 피하기가 어려웠을 것이다. 그리고 아처는 그 문제를 숙고해보면 볼수록 자신이 아는 뉴욕에 대해 생각해낼 수 있는 그 어떤 그림에도 리비에르 씨를 끼워 넣기가 더욱 힘들어졌다.

앞으로도 많은 문제들이 그렇게 그에게 소극적인 방식으로 해결될 것이라는 오싹한 깨달음이 섬광처럼 지나갔다. 그러나 승합마차 삯을 치르고 아내의 긴 옷자락을 따라 집 안으로 들어왔을 때 그는 처음 여섯 달이 항상 결혼 생활에서 가장 어려운 시기라는 진부한 말에서 위안을 얻었다. "그 후에는 우리 각자의 모난 각들이 거의 다 닳게 되겠지." 그는 이렇게 생각했지만, 가장 나쁜 것은 그가 가장 유지하고 싶었던 날카로움을 지닌 바로 그 각들에 메이의 압력이 가해지고 있다는 점이었다.

# 21

 반짝이는 작은 잔디밭이 반짝이는 넓은 바다까지 매끄럽게 펼쳐져 있었다.
 잔디밭 가장자리를 진홍색 제라늄과 콜레우스가 둘렀고, 바다로 이어지는 구불거리는 길을 따라 군데군데 서 있는 초콜릿 색깔로 칠한 주철 화분들이 깔끔하게 청소된 자갈 위로 페튜니아와 아이비 제라늄 꽃들을 고리 모양으로 동그랗게 모아주고 있었다.
 절벽 가장자리와 정사각형 모양의 목조 주택(역시 초콜릿색으로 칠했지만, 차양이라는 것을 나타내려고 노란색과 갈색 줄무늬로 된 베란다의 양철지붕이 달린) 중간쯤에 관목 숲을 배경으로 두 개의 커다란 과녁이 놓여 있었다. 과녁을 마주한 잔디밭 맞은쪽에는 진짜 천막이 세워졌고 그 둘레에는 벤치들과 정원용 의자들이 놓여 있었다. 여름 드레스를 입은 숙녀들과 회색 프록코트를 입고 높은 모자를 쓴 신사들 다수가 풀밭에 서 있거나 벤치에 앉아 있었다. 그리고 이따금씩 빳빳하게 풀을 먹인 모슬린을 입은 날씬한 소녀가 텐트에서 손에 활을 들고 걸어 나와 한 과녁에 화살을 쏘면 구경꾼들은 하던 이야기를 멈추고 결과를 지켜보았다.
 뉴랜드 아처는 집의 베란다에 서서 이 장면을 호기심에 차서 바라보았다. 윤이 나게 페인트칠이 된 계단 양쪽에는 밝은 노란색 자기 받침대 위에 커다란 파란색 자기 화분이 놓여 있었다. 화분마다 뾰족한 초록색 식물이 가득했고, 베란다 아래로는 더 선명해 보이는 붉은 제라늄에 둘러싸인 넓은 파란 수국 화단이 있었다. 그의 뒤쪽으로는 그가 지나온 응접실들의 프랑스식 유리문들을 통해 나풀거리는 레이스 커튼 사이로 사라사 무명천으로 만든 쿠션이 군데군데 놓인 거울처럼 반짝이는 모자이크 무늬 바닥, 소형 안락의자, 은으로 만든 소품들이 가득 놓인 벨벳 탁자가 살짝 보였다.

뉴포트[1] 양궁 클럽은 항상 보퍼트 가 저택에서 8월 모임을 열었다. 지금까지 크로켓 외에는 경쟁 상대가 없는 것으로 알려졌던 양궁은 테니스의 인기에 밀려 뒷전으로 밀려나기 시작했다. 그러나 테니스는 여전히 사교적인 행사로는 너무 거칠고 우아하지 못하다고 여겨졌고, 예쁜 드레스와 우아한 자태를 뽐낼 수 있는 기회로는 활과 화살이 확고한 위치를 고수했다.

아처는 친숙한 광경을 경탄하면서 내려다보았다. 삶에 대한 자신의 반응이 그렇게 완전히 변했는데도 삶이 옛날식으로 그대로 굴러가다니 놀라울 뿐이었다. 그에게 변화의 정도를 처음으로 절감하게 해준 것은 뉴포트였다. 그와 메이는 활 모양으로 내민 창과 폼페이식 현관이 있는 황록색 새집에 정착했다. 그 후 지난겨울에는 뉴욕에서 안도감을 느끼며 사무실에 나가는 예전의 일상생활로 되돌아갔고 이런 일상적인 활동의 재개를 통해 이전의 자신과 연결될 수 있었다. 또한 (웰렌드 가에서 마련해준) 메이의 사륜마차를 끌 화려한 회색 말을 고르며 즐겁게 흥분도 했고, 그의 새 서재를 꾸미며 지속적으로 몰두하고 재미를 느끼기도 했다. 가족들의 의구심과 반

---

1   Newport : 로드 섬 해변 앞의 어쿼드넥 섬에 있다. 상류층 사람들이 모이는 고급 피서지로 별장, 호텔 등이 많다.

대를 무릅쓰고 그는 자신이 꿈꾸어왔던 대로 어두운 돋을새김 문양 벽지에 이스트레이크제 책장과 '진짜' 안락의자들과 테이블을 갖춘 서재를 꾸몄다. 센추리에서 그는 다시 윈셋을 만났고 니커보커[2]에 서는 자신과 같은 부류의 상류층 젊은이들과 어울렸다. 한편으로는 법률 일을 하면서 시간을 보내고, 외식을 하거나 집에서 친구들을 대접하면서 시간을 보내고, 이따금씩 저녁에 오페라나 연극을 보면서 그가 살고 있는 삶은 여전히 상당히 진실하고 필연적인 종류의 일처럼 보였다.

그러나 뉴포트는 의무에서 벗어나 완전하게 휴가를 즐기는 분위기로 빠져드는 것을 의미했다. 아처는 메인 주 해변 앞쪽에 있는 (너무나 적절하게도 사막 섬이라 불리는) 외딴섬에서 여름을 보내자고 메이를 설득해보려 했다. 그곳에는 몇몇 배짱 좋은 보스턴 사람들과 필라델피아 사람들이 '원주민'의 오두막집에서 캠핑을 하고 있었다. 그곳에서 매혹적인 경치와, 숲과 바다에서 야성적으로 거의 사냥꾼과 같은 생활을 하는 이야기가 전해져왔다.

그러나 웰렌드가 사람들은 항상 절벽 위에 작은 별장이 있는 뉴포트에 갔고, 사위인 아처는 자신과 메이가 그들과 합류하지 못할 적당한 이유를 댈 수가 없었다. 웰렌드 부인이 상당히 신랄하게 지적했듯이, 입을 기회도 주어지지 않는다면 메이가 파리에서 굳이 고생하며 여름옷들을 입어본 보람이 없었다. 이런 주장에 아처는 아직 대답할 거리를 찾아내지 못했다.

메이 자신도 여름을 보낼 수 있는 그렇게 합리적이고 유쾌한 방법에 동의하지 않고 모호하게 주저하는 그의 태도를 이해하지 못했

---

[2] Knickerbocker : 센추리와 달리 클럽의 회원은 사회적인 엘리트로 제한되었다.

다. 그녀는 그가 총각 시절에는 항상 뉴포트를 좋아했다는 사실을 그에게 상기시켰고, 이것은 논박할 여지가 없었기 때문에, 그는 그곳에 함께 갈 수 있게 되어 그 어느 때보다 더 그곳이 틀림없이 마음에 들 것 같다고 공언하는 수밖에 달리 도리가 없었다. 그러나 보퍼트가 베란다에 서서 화사하게 사람들로 붐비는 잔디밭을 내다보자니 뉴포트를 조금도 좋아하지 않을 것 않다는 사실이 오싹할 정도로 그의 가슴에 분명하게 와 닿았다.

가엽게도 그것은 메이의 잘못이 아니었다. 여행하는 동안에는 이따금씩 서로 보조가 안 맞는 경우도 있었다. 그러나 그녀가 익숙해 있던 상태로 그들이 되돌아오자 안정을 되찾았다. 그는 그녀가 절대 자신을 실망시키지 않으리라고 항상 예견했고 그의 예견은 옳았다. 그는 (대부분의 젊은이들이 그랬던 것처럼) 별 목적 없는 일련의 감정적인 모험에 일찌감치 넌더리가 나 있던 바로 그 순간에 완벽하게 매력적인 아가씨를 만났기 때문에 결혼했다. 그녀는 평화와 안정, 동지애, 피할 수 없는 의무가 주는 안정된 느낌을 상징했다.

그는 자신이 잘못된 선택을 했다고 말할 수 없었다. 그가 기대했던 모든 것을 그녀가 충족시켜주었기 때문이었다. 뉴욕에서 가장 예쁘고 가장 인기 있는 젊은 유부녀 중 한 사람의 남편이라는 사실은 분명히 만족스러운 일이었다. 특히 그녀가 어느 누구 못지않게 상냥하고 분별 있는 아내인 경우에는 더욱더 그랬다. 아처가 그런 장점들을 느끼지 못한 것은 결코 아니었다. 결혼식 전날 밤에 그에게 밀어닥쳤던 순간적인 광기에 대해서 그는 그것을 폐기된 실험들 중 마지막 실험으로 간주하도록 자기 자신을 다그쳤다. 올렌스카 백작부인과 결혼을 꿈꿀 수 있다는 생각은 제정신으로는 거의 상상조차 할 수 없는 일이 되었고, 그녀는 이제 그의 기억 속에서 한 줄로 늘어선 환영들 중 가장 애처롭고 가슴 아픈 환영으로만 남아 있었다.

그러나 이렇게 모두 추상화를 시키고 제거를 하고 나자 그의 마음은 오히려 메아리가 울려 퍼질 정도로 공허해졌다. 바로 그 때문에 보퍼트가 잔디밭에서 바쁘게 움직이는 사람들이 마치 묘지에서 뛰어노는 아이들처럼 그에게 충격을 주었던 것 같았다.

그의 뒤쪽에서 치맛자락이 바스락거리는 소리가 들려왔다. 맨슨 후작부인이 응접실 유리문을 지나 옷자락을 펄럭이며 다가왔다. 그녀는 평소처럼 이상하게 꽃줄로 장식하고 현란하게 꾸미고 있었다. 머리에는 색 바랜 거즈 천을 여러 겹 감은 후줄근한 레그혼 모자[3]를 쓰고, 조각된 상아 손잡이가 달린 작은 검은색 벨벳 양산을 그보다 훨씬 더 큰 모자챙 위로 우스꽝스럽게 균형을 잡으며 들고 있었다.

"친애하는 뉴랜드, 자네와 메이가 온 줄 몰랐네! 어제서야 왔지? 아, 일 때문에―일이라―직업상의 의무라……. 이해해요. 많은 남편들이 주말이 아니면 이곳에서 아내들과 합류하기가 불가능하지." 그녀가 한쪽으로 고개를 치켜세우고 눈을 찡그리며 생각에 잠긴 표정으로 그를 바라보았다. "그런데 전에 엘런에게도 자주 일깨워주곤 했듯이 결혼이란 오랜 희생이네……."

전에도 그랬듯이 아처의 심장이 이상하게 덜컹 멈춰 섰다. 그것은 자신과 바깥세상 사이에 있는 문을 갑자기 쾅 닫아버리는 것 같았다. 그러나 이런 연속성의 단절은 찰나에 불과했던 것이 틀림없었다. 그가 소리를 내서 물은 것이 분명한 질문에 메도라가 대답하는 소리가 곧 들렸기 때문이다.

---

3 밀짚모자.

"아뇨, 난 여기가 아니라 포츠머스에서 블렌커 가 사람들과 즐겁고 한적하게 묵고 있네. 오늘 아침에 보퍼트 씨가 친절하게도 나한테 빠르기로 유명한 자기 마차를 보내줘서 레지나의 가든파티를 적어도 맛보기로라도 할 수 있게 되었지. 조금 유별나다고 할 수 있는 블렌커 가 사람들이 포츠머스에 소박하고 오래된 농가를 빌려놓고 그곳으로 대표적인 사람들을 불러들였지……." 그녀가 자신을 보호해주는 모자 챙 밑으로 고개를 약간 숙이고 얼굴을 살짝 붉히며 덧붙였다. "이번 주에는 애거턴 카버 박사님이 그곳에서 마음속 생각 모임을 연속적으로 열 예정이네. 세속적인 즐거움을 좇는 이 유쾌한 장면과는 정말로 대조를 이루지―그러나 생각해보면 나는 항상 대조 속에서 살아왔어. 내게 유일한 죽음은 단조로움이라오. 나는 항상 엘런에게 '단조로움을 피하거라. 그것이 모든 치명적인 죄악의 근원이다'라고 말해준다오. 그런데 우리 불쌍한 애는 지금 고양의 단계를, 세상에 대한 혐오의 단계를 거치고 있소. 자네도 알겠지만 그 애는 뉴포트에 묵으라는 초대를, 심지어는 밍고트 할머니의 초대까지 모두 거절했지. 믿을지 모르겠지만 나와 함께 블렌커 가에서 묵자고 아무리 그 애를 설득하려 해도 허사였어! 그 애는 지금 우울하고 부자연스러운 삶을 살고 있어. 아, 가능성이 남아 있을 때 그 애가 내 말을 들었어야 했는데……. 문이 아직 열려 있을 때……. 그건 그렇고 같이 내려가서 재미있는 경기나 보지 않겠나? 메이도 출전했다고 들었는데."

보퍼트가 천막에서 그들을 향해 천천히 걸어왔다. 그는 큰 키의 육중한 몸에 런던제 프록코트를 너무 꼭 끼게 입고 단춧구멍에 난초를 하나 꽂은 채 잔디밭 위로 다가왔다. 두세 달 정도 그를 보지 못했던 아처는 그의 변한 모습에 깜짝 놀랐다. 뜨거운 여름 햇살 아래에서 그의 불그레한 혈색은 활기 없이 부풀어오른 것처럼 보였다. 어깨를 똑바로 펴고 걷는 걸음걸이만 아니었다면 그는 영락없이 너무 많이 먹어댄 데다 잔뜩 옷으로 치장한 노인네처럼 보였을 것이다.

보퍼트에 대해 온갖 소문이 나돌고 있었다. 봄에 그는 새로 산 증기 요트를 타고 서인도제도로 긴 항해 여행을 떠났다. 들리는 소문에 따르면 그가 들렀던 여러 곳에서 패니 링(Fanny Ring)을 닮은 숙녀가 그와 함께 있는 모습이 목격되었다. 클라이드[4]에서 건조되었고 타일을 깐 욕실과 들어보지도 못한 여러 호화 시설을 갖춘 이 증기 요트를 장만하는 데 50만 달러가 들었다고 전해졌다. 그가 돌아오는 길에 아내에게 선물한 진주 목걸이는 속죄의 선물이 그렇듯이 거창했다. 보퍼트의 재산은 그런 무리를 하더라도 견딜 수 있을 만큼 상당했지만 그럼에도 5번 가뿐 아니라 월 스트리트에서도 불안한 소문이 끊이질 않았다. 그가 철도에 투기해서 실패했다고 말하는 사람들도 있었고, 패니 링과 같은 직업을 가진 여자에게 걸려 돈을 뜯기고 있다고 말하는 사람들도 있었다. 그리고 파산 위기에 처했다는 소문이 돌 때마다 보퍼트는 새로 난초 화원들을 줄지어 짓는다거나, 새 경주마들을 한 조 구입하거나, 자기 화랑에 메소니에[5]나 카바넬의 작품을 새로 추가하거나 하는 식으로 새롭게 사치스러운 일을 벌이는 것으로써 그 소문에 응답했다.

그는 평소처럼 반쯤 비웃는 듯한 웃음을 지으며 후작부인과 뉴랜드 쪽으로 다가왔다. "안녕하십니까, 메도라! 말들이 제구실을 하던

---

4 Clyde : 스코틀랜드에 있는 강으로 조선업의 중심지.
5 Jean-Louis-Ernest Meissonier(1815~1891) : 나폴레옹을 회고한 작품으로 많이 알려졌으며, 매우 세련되고 사실주의적인 그림을 그린 인기 화가였다.

가요? 40분 걸렸나요? ……그렇다면 당신을 겁에 질리게 해서는 안 되었다는 점을 고려해서 그 정도면 그리 나쁘진 않군요." 그는 아처와 악수를 나누고는 그들과 함께 돌아서서 맨슨 부인 옆에 선 채 낮은 목소리로 아처가 알아들을 수 없는 말을 몇 마디 건넸다.

후작부인은 그녀 특유의 이상한 외국식의 과격한 몸짓을 하며 프랑스어로 "뭘 원하는 거요?"라고 물었고 이 말에 보퍼트가 더욱 얼굴을 찡그렸다. 그러나 그는 아처를 힐끗 쳐다보고 "메이가 일등 상을 탈 거라는 걸 알고 있겠죠?"라고 말하며 축하의 웃음을 억지로 지어 보였다.

"아, 그렇다면 일등 상은 계속 우리 가족 거군요." 메도라가 속삭였다. 그 순간 그들은 천막에 도달했고 보퍼트 부인이 소녀처럼 풍성한 얇은 자주색 모슬린과 나풀거리는 베일 차림으로 그들을 맞이했다.

메이 웰렌드가 막 천막에서 나오고 있었다. 허리에 연한 녹색 허리띠를 매고 모자에는 담쟁이 화환을 꽂은 채 흰 드레스를 입은 그녀는 약혼하던 날 밤에 보퍼트가 무도회장에 들어설 때와 똑같이 다이애나 여신 같은 초연한 모습을 띠고 있었다. 그동안 그녀의 눈 뒤를 스쳐간 생각이나 그녀 마음속을 스쳐간 감정이 하나도 없었던 것처럼 보였다. 그녀의 남편은 그녀에게 생각하고 느낄 수 있는 능력이 있다는 것을 알았지만 경험이 그녀에게 아무 영향도 미치지 못하고 떨어져 나가버리는 것에 새삼 놀랐다.

그녀는 손에 활과 화살을 들고 잔디 위에 분필로 표시된 자리 위에 서서 활을 어깨 높이로 들어 올리고는 과녁을 겨냥했다. 그 자세에 고전적인 우아함이 넘쳐서 그녀가 등장한 후 감탄하며 속삭이는 소리가 들려왔다. 아처는 일시적으로 행복하다는 착각을 자주 불러일으키곤 했던 소유의 기쁨을 느꼈다. 그녀의 경쟁자들—레기 치버스 부인, 메리 가 딸들, 혈색 좋은 솔리 가 사람들과 대거넷 가 사람들, 밍고트 가 사람들 몇몇—은 그녀 뒤에 예쁜 모습으로 초조하게 모여 서 있었다. 득점표 위로 숙인 갈색 머리들과 금색 머리들, 하얀 모슬린 옷들과 꽃으로 장식된 모자들이 어우러져 부드러운 무지개를 만들어냈다. 모두 젊고 예쁘고 여름에 활짝 핀 꽃처럼 아름다웠다. 그러나 근육을 긴장시키고 행복하게 얼굴을 찡그리며 기량을 발휘할 어떤 일에 온 정신을 쏟아부을 때에는 어느 누구도 그의 아내처럼 요정 같은 여유로움을 지니고 있진 않았다.

"세상에." 로렌스 레퍼츠의 말소리가 아처에게 들려왔다. "저 사람들 중에서 그녀처럼 활을 잡는 사람은 아무도 없다니까요." 그러자 보퍼트가 대꾸했다. "맞아요. 그런데 그것이 그녀가 맞힐 수 있는 유일한 종류의 과녁이죠."

아처는 걷잡을 수 없이 화가 났다. 메이의 '점잖음'에 대한 주인의 경멸에 찬 찬사는 남편이라면 당연히 자기 아내에 대해 듣고 싶어 했어야 할 말이었다. 천박한 남자가 그녀에게 매력이 부족하다고 생각한다면 그것은 그녀의 자질을 보여주는 또 다른 증거일 뿐이었다. 그러나 그 말에 희미한 전율이 그의 가슴을 훑고 지나갔다. 최고의 경지에 이른 '점잖음'이 단지 무(無)일 뿐이며 아무것도 없는 공허 앞에 드리운 커튼이라면 어떻게 될까? 마지막으로 과녁의 정중앙을 맞히고는 상기된 얼굴로 차분하게 돌아오는 메이를 바라보면서 그는 아직 그 커튼을 한 번도 들어 올리지 못했다는 느낌이 들었다.

그녀는 그녀 자신의 최고의 덕목인 담담한 태도로 경쟁자들과 모여 있던 나머지 사람들에게 축하를 받았다. 설사 승리를 놓쳤다 해도 그녀는 똑같이 차분함을 유지했을 것이라는 느낌을 주었기 때문에 어느 누구도 그녀의 승리를 시샘할 수 없었다. 그러나 그녀의 눈길이 남편의 눈과 마주쳤을 때 그의 눈에 깃든 기쁨을 발견한 그녀의 얼굴이 환해졌다.

바구니 세공으로 장식된 웰렌드 부인의 조랑말 마차가 그들을 기다리고 있었다. 메이가 고삐를 잡고 아처는 그녀 옆에 앉아서 그들은 이리저리 뿔뿔이 흩어지는 마차들 사이로 빠져나왔다.

오후의 햇살이 환한 잔디밭과 관목 위에 아직도 남아 있었고 벨뷰 가를 따라 2인승 사륜마차와 개를 태울 공간이 있는 이륜마차, 란다우 마차[6], 마주 보고 앉는 이륜마차들이 보퍼트 가의 가든파티에서 나온 사람들이나 해변 도로를 따라 오후 산책을 마치고 집으로 돌아가는 잘 차려입은 숙녀들과 신사들을 태우고 두 줄로 오가고 있었다.

"할머니를 뵈러 갈까요?" 메이가 갑자기 제안했다. "상 받았다고 할머니께 알려드리고 싶어요. 저녁식사 전까지는 시간이 많이 있어요."

아처가 수긍하자 그녀는 조랑말들을 내려갠셋 가로 돌려 스프링 가를 가로질러 멀리 보이는 바위투성이 황무지를 향해 마차를 몰았다. 항상 선례를 무시하고 돈을 절약했던 캐서린 대제는 젊은 시절에 평판이 좋지 않은 이 지역에 만이 내려다보이는 싼 땅을 사서 뾰족한 지붕이 여러 개 있고 대들보가 있는 그림 같은 전원주택을 직접 지었다. 잘 자라지 못한 떡갈나무 숲속에 위치한 이곳에서는 베란다에서 섬들이 점점이 자리 잡은 바다 위로 시야가 확 트여 있었

---

6 앞뒤 포장을 따로따로 개폐할 수 있는 사륜마차.

다. 구불거리는 마차 길이 제라늄 꽃무더기들 속에 끼워져 있는 철제 수사슴들과 파란 유리 공들 사이를 지나 줄무늬 베란다 지붕 아래 반짝반짝 윤이 나는 현관까지 위로 이어졌다. 현관 안으로는 검은색과 노란색의 별 모양 모자이크 마루가 깔린 좁은 복도가 이어졌고 그 옆으로 이탈리아인 칠장이가 올림포스의 온갖 신들을 그려 놓은 천장 아래 두꺼운 나사지를 바른 네 개의 작은 방들이 자리 잡고 있었다. 밍고트 부인은 엄청나게 살이 찌자 이 방들 중 하나를 침실로 바꾸고, 옆방으로 연결된 문과 창문 사이에 커다란 안락의자를 놓고 거기에 앉아서 낮 시간을 보냈다. 그녀는 계속해서 야자수 잎으로 만든 부채를 흔들어댔지만 엄청나게 튀어나온 가슴 때문에 몸의 다른 부분에서 너무 멀어져서 부채가 일으킨 바람은 팔걸이 덮개 가장자리 부분만 겨우 살랑거리게 할 정도였다.

아처의 결혼식을 앞당기는 견인차 역할을 해주었기 때문에 캐서린 노부인은 도움을 주었을 때 도움을 받은 사람에 대해 생겨나는 따뜻한 정을 그에게 보여주었다. 그녀는 억누를 수 없는 열정이 그가 조급해한 이유라고 확신했다. (돈을 쓰게 만들지만 않는다면) 충동적인 성향을 열렬히 찬미하는 쪽이었기 때문에 그녀는 항상 공범자처럼 다정하게 눈빛을 보내고 다행히 메이는 전혀 알아듣지 못하는 은근한 말장난을 던지며 그를 맞아주었다.

캐서린 노부인은 시합이 끝난 후 메이가 가슴에 꽂아둔 다이아몬드 박힌 활에 많은 관심을 가지고 살펴보며 값을 매기고는, 자기가 젊었을 때는 가는 줄 세공 브로치도 충분하다고 여겨졌을 테지만 보퍼트가 돈을 많이 들여서 행사를 치렀다는 사실은 부정할 수 없을 것이라고 말했다.

"얘야, 가보로 삼을 만하겠구나." 노부인이 쿡쿡대며 웃었다.

"잘 가지고 있다가 큰딸에게 물려줘야겠구나." 그녀는 메이의 흰 팔을 꼬집으며 얼굴에 홍조가 번지는 것을 지켜보았다. "저런, 저런. 내가 무슨 말을 했다고 그렇게 얼굴이 빨개지는 거니? 딸은 안 낳으려고 했나 보구나—아들만 낳겠다고, 허참? 세상에, 얼굴 빨개진 것 가시기 전에 다시 빨개지는 것 좀 봐! 저런—나는 그런 말도 해서는 안 되니? 아이고—내 자식들이 머리 위에 그려져 있는 저 신들과 여신들을 제발 전부 지워버리라고 애걸하면 나는 그 어떤 것에도 충격을 받을 수 없는 누군가를 내 가까이에 두게 되어 얼마나 감사한지 모른다고 말해주곤 한단다."

아처가 웃음을 터뜨렸고 메이도 눈이 빨개지도록 따라 웃었다.

"자, 얘들아. 이제는 파티에 대해 말해보렴. 그 바보 같은 메도라에게서는 파티에 대해 솔직한 말을 한마디도 듣지 못할 테니까." 노마님이 말을 계속하자 메이가 소리쳤다. "메도라 아주머니요? 저는 포츠머스로 돌아가신 줄 알았는데요." 그녀가 차분하게 대답했다. "그럴 거다—그런데 엘런을 데리러 먼저 여기에 들러야 한단다. 아—엘런이 한나절 나와 함께 지내러 온 것을 몰랐나 보구나. 그 애는 여름을 보내러 오지 않겠다고 하는데 그런 말도 안 되는 소리가 어딨겠니? 젊은 사람들하고 말씨름하는 것은 50년 전에 포기했다. 엘런—엘런!" 그녀는 베란다 너머 잔디밭이 보일 만큼 몸을 앞으로 깊이 숙이려고 애를 쓰며 노인 특유의 새된 소리로 외쳤다.

아무 대답이 없자 밍고트 부인은 지팡이로 윤나는 마룻바닥을 조급하게 톡톡 두드렸다. 밝은 색 터번을 두른 흑백 혼혈 하녀가 호출에 응해 나타나서 '엘런 양'이 해변으로 이어진 길을 따라 내려가는 모습을 보았다고 안주인에게 알렸다. 그러자 밍고트 부인이 아처 쪽으로 몸을 돌렸다.

"착한 손녀사위답게 뛰어가서 그 애를 데려오게. 그동안 이 예쁜 숙녀가 나한테 파티 얘기를 해줄 걸세." 그녀의 말에 아처는 마치 꿈을 꾸듯 일어섰다.

올렌스카 백작부인과 마지막으로 만난 이후 1년 반 동안 그는 그녀의 이름이 언급되는 것을 여러 번 들었고 그동안 그녀의 생활에 일어난 중요한 사건들을 잘 알고 있기까지 했다. 그녀가 그 전해 여름을 뉴포트에서 보냈다는 것도 알았다. 그곳에서 그녀는 사교계에 상당히 자주 나갔지만, 가을이 되자 보퍼트가 그녀를 위해 그렇게 애를 쓰며 찾아낸 '완벽한 집'을 갑자기 다시 세놓고 워싱턴에 자리를 잡기로 결정했다. 그는 워싱턴에서 그해 겨울 동안 (워싱턴의 예쁜 여자들에 대한 소식은 항상 들려오기 때문에) 그녀가 행정부의 사교적인 단점들을 보완해주리라 기대되는 '화려한 외교계의 사교계'에서 빛을 발하고 있다는 소식을 들었다. 그는 오래전에 세상을 떠난 사람들에 대한 추억담을 들을 때처럼 초연하게, 이런 소식과 함께 그녀가 어디에 참석해서 어떤 대화를 나눴으며 어떤 견해를 펼치고 누구와 친해졌는지에 대한 여러 상반된 소문들을 들었다. 메도라가 양궁 시합장에서 갑자기 엘런 올렌스카의 이름을 꺼내자 그녀는 다시 그에게 살아 있는 존재가 되었다. 후작부인의 바보 같은 혀 꼬부라진 소리에 벽난로에 불이 타오르던 그 작은 방과 적막한 거리를 따라 돌아오던 마차 바퀴 소리의 환영이 되살아났다. 그는 토스카나 지방의 농부 아이들에 대해 책에서 읽었던 이야기를 떠올렸다. 그들은 길가 동굴 속에서 짚에 불을 지펴놓고, 죽어서 채색된 무덤 속에 누워 있는 사람들의 소리 없는 옛 모습들을 나타나게 만들었다고 한다…….

해변으로 가는 길은 집이 위치한 기슭부터, 늘어진 수양버들이 심어져 있는 물 위 산책로로 이어졌다. 베일같이 늘어진 수양버들 사이로 라임 락[7]이 반짝거리며 보였다. 그곳에는 회칠한 작은 탑과 영웅적인 등대지기 아이다 루이스가 존경스러운 생애의 마지막 몇 년을 살았던 작은 집이 있었다. 그 위로는 평평한 곳과 고트 섬의 흉측한 정부 굴뚝이 자리 잡고 있었다. 만은 금빛으로 희미하게 반짝이며 떡갈나무들이 낮게 자라는 프루던스 섬과 석양의 아련함 속에서 희미하게 보이는 코내니컷 해안까지 펼쳐져 있었다.

버드나무 산책로에서 뻗어 나간 작은 나무 부두 끝에는 탑같이 생긴 정자가 있었다. 그리고 정자 안에 한 여자가 해안을 등지고 난간에 기대어 서 있었다. 아처는 마치 꿈에서 깨어난 것처럼 그 광경에 발을 멈췄다. 과거의 그 환영은 꿈이었지만 머리 위 언덕의 집에서 그를 기다리는 것은 현실이었다. 현관 앞에서 타원형으로 계속 맴돌고 있는 웰렌드 부인의 조랑말 마차가 현실이었고, 부끄러움을 모르는 올림포스 신들 아래 앉아 남모르는 희망으로 얼굴을 반짝이고 있는 메이가 현실이었으며, 벨뷰 가 한쪽 끝에 있는 웰렌드 가 별장과 이미 저녁식사를 위해 옷을 차려입고 손에 시계를 든 채 소화불량에 걸린 사람처럼 초조하게 응접실 마루를 서성이는—정해진 시간에 정확하게 무슨 일이 벌어지는지 항상 알 수 있는 그런 집들 중 하나였기 때문에—웰렌드 씨가 현실이었다.

"나는 누구지? 사위……." 아처는 생각했다.

부두 끝에 있던 사람은 움직이지 않았다. 오랫동안 젊은이는 언덕에서 내려오는 비탈길 중턱에 서서 오고 가는 범선과 요트 증기선들, 어선, 시끄러운 예인선에 묶여 질질 끌려가는 검은 석탄 바지

---

7 Lime Rock : 뉴포트 근처에 등대가 있던 자리로 아이다 루이스는 많은 사람들의 목숨을 구한 것으로 알려져 있다.

선들로 항적이 만들어지는 만을 바라보았다. 정자 안의 숙녀도 같은 광경을 바라보는 것 같았다. 애덤스 요새[8]의 회색 요새 너머로 길게 드리운 석양이 수많은 불꽃으로 부서졌고, 그 광채는 라임 락과 해안 사이의 해협을 지나는 작은 범선[9]의 돛으로 번졌다. 그 광경을 바라보면서 아처는 몬테규가 자신이 방 안에 있다는 사실을 전혀 모르고 있는 에이다 다이어스의 리본에 입을 맞추는 〈방랑자〉의 장면을 떠올렸다.

"그녀는 모르고 있어—짐작도 못했을 거야. 그녀가 내 뒤로 다가온다면 내가 알아채지 못할까?" 그는 생각에 잠겼다. 그러다 갑자기 마음속으로 생각했다. "저 돛단배가 라임 락 등대를 지날 때까지 그녀가 돌아보지 않는다면 되돌아갈 거야."

배는 썰물을 타고 차츰 멀어져갔다. 미끄러지듯 라임 락 앞을 지나 아이다 루이스의 작은 집을 가리더니 등불이 걸린 작은 탑을 지났다. 아처는 섬의 마지막 암초와 선미 사이에서 넓은 바다가 반짝일 때까지 기다렸다. 그러나 정자 안의 인물은 여전히 움직이지 않았다.

그는 돌아서서 언덕을 걸어 올라갔다.

"엘런을 못 찾았다니 섭섭해요—엘런을 다시 만났더라면 좋았을 텐데." 저물어가는 황혼 속으로 마차를 몰고 집으로 가는 길에 메이가 말했다. "그렇지만 어쩌면 엘런은 별로 상관 안 했을 걸요—굉장히 변한 것 같아요."

"변하다니?" 그녀의 남편이 조랑말들의 씰룩거리는 귀에 시선을

---

8 Fort Adams : 뉴포트 항구 입구에 있는 혁명전쟁 요새.
9 cat boat : 수심이 얕은 물에 적당한 작은 배.

고정시키고 덤덤한 목소리로 되물었다.

"친구들한테 너무 무심하다는 말이에요. 뉴욕과 집을 포기하고 그렇게 이상한 사람들과 함께 지내다니요. 블렌커 가에서 엘런이 얼마나 끔찍하게 불편할지 한번 생각해봐요. 엘런은 메도라 아주머니가 엉뚱한 일을 벌이지 못하도록 그렇게 하는 거라고 말해요. 끔찍한 사람들과 결혼하지 못하도록 말이에요. 그렇지만 우리가 엘런을 항상 지겹게 만든 것은 아니었을까 하는 생각이 가끔 들어요."

아처는 아무 대답도 하지 않았다. 그러자 그녀의 솔직하고 신선한 목소리에서 전에는 한 번도 느껴보지 못했던 냉혹함이 담긴 어조로 그녀가 말을 이어나갔다. "어쨌든 저는 엘런이 남편한테 돌아가면 더 행복해지지 않을까 생각해요."

그가 웃음을 터뜨리며 외쳤다. "거룩한 단순함이여!" 그녀가 어리둥절한 표정으로 얼굴을 찡그리며 그를 돌아보자 그가 덧붙였다. "당신이 그렇게 잔인한 말을 하는 건 처음인 것 같소."

"잔인하다고요?"

"글쎄―저주받은 사람들의 뒤틀린 모습을 보는 것이야말로 천사들이 제일 좋아하는 오락일 텐데. 그렇지만 그들조차도 사람들이 지옥에서 더 행복하다고 생각하진 않을 거요."

"그렇다면 엘런이 외국에서 결혼한 것이 유감이죠." 메이는 웰렌드 부인이 남편의 변덕에 응할 때 쓰는 차분한 어조로 말했다. 아처는 자신이 변덕스러운 남편들의 범주 속으로 조용히 밀려났다는 것을 느꼈다.

그들은 벨뷰 가를 내려가서 웰렌드 가 별장으로 들어가는 입구를 표시하는, 주철 램프가 달린 세로 홈 무늬의 나무 문 기둥 사이로 들어갔다. 창문으로 이미 불빛이 흘러나오고 있었다. 마차가 서자 아처는 자신이 그려본 그대로 장인이 손에 시계를 들고 거실을 서성거리면서, 화를 내는 것보다 훨씬 더 효과가 있다는 것을 이미 오래전에 터득한 고통스러운 표정을 짓고 있는 모습을 보았다.

아처는 아내 뒤를 따라 복도로 들어가면서 분위기가 이상하게 반전되어 있음을 깨달았다. 꼭 준수해야 하는 사소한 사항들과 강요들로 꽉 채워진 웰렌드 가의 호사스러움과 빡빡한 분위기에는 마취제처럼 항상 그의 몸에 몰래 스며드는 뭔가가 있었다. 두꺼운 양탄자와 빈틈없는 하인들, 끊임없이 잊지 않도록 일러주는 정확한 시계의 똑딱거림, 복도 탁자 위에 끊임없이 새롭게 쌓이는 카드와 초대장 더미, 시간의 흐름을 옭아매고 집안사람 모두를 집안의 다른 모든 사람들과 옭아매는 잔혹할 정도로 사소한 일들의 끝없는 연속. 이 모든 것 때문에 조금이라도 체계적이지 못하거나 풍요롭지 못한 것은 비현실적이고 불확실하게 보였다. 그러나 이제는 웰렌드 가와, 그 안에서 그가 이끌어가리라 기대되는 삶이 오히려 비현실적이고 부적절해 보였다. 그가 언덕길 중턱에 망설이며 서 있었던 해변에서의 그 짧은 장면이 그의 혈관 속을 흐르는 피만큼 그에게 가깝게 다가왔다.

그는 사라사 무명 벽지로 꾸며진 커다란 침실에서 메이 옆에 누워 밤새 잠들지 못하고 양탄자 위로 비스듬히 비쳐 들어온 달빛을 바라보면서 보퍼트의 마차를 타고 반짝이는 해안을 지나 집으로 돌아가는 엘런 올렌스카를 생각했다.

# 22

"블렌커 가를 위한 파티라고—블렌커 가?"

웰렌드 씨는 나이프와 포크를 내려놓고 점심 식탁 건너편에 있는 자기 아내를 걱정스럽고 믿을 수 없다는 표정으로 바라보았다. 웰렌드 부인은 금테 안경을 고쳐 쓰고 고급 희극 조로 초대장을 큰 소리로 읽었다. "에머슨 실러턴 교수 부부는 8월 25일 3시 정각에 수요일 오후 클럽 모임에서 웰렌드 부부를 모실 수 있는 기쁨을 허락해주시길 요청합니다. 부디 오셔서 블렌커 부인과 블렌커 양들을 만나시길 바랍니다. 캐서린 가, 레드 게이블스. 회신 바람."

"세상에……." 웰렌드 씨는 두 번 읽어야 대단히 터무니없는 상황이 제대로 파악되는 것처럼 숨을 몰아쉬었다.

"불쌍한 에이미 실러턴—남편이 다음에 무슨 일을 벌일지 아무도 모른다니까요." 웰렌드 부인이 한숨을 쉬었다. "실러턴이 블렌커 가를 이제 막 알게 된 것 같아요."

에머슨 실러턴 교수는 뉴포트 사교계 쪽에서 보면 가시 같은 존재였다. 유서 깊고 명망 있는 가계도에서 자라난 가시라 뽑아내버릴 수도 없었다. 사람들 말에 따르면 그는 '온갖 장점'을 다 갖춘 남자였다. 그의 아버지는 실러턴 잭슨의 삼촌이었고 그의 어머니는 보스턴의 페닐로 가 출신이었다. 양친 모두 부와 지위를 갖췄고 서로 잘 어울렸다. 웰렌드 부인이 자주 말했듯이 — 도대체 에머슨 실러턴이 고고학자나 어떤 종류이건 교수가 되어야 할 하등의 이유가 없었다. 또한 그가 겨울에 뉴포트에 와서 살거나 다른 혁신적인 일들을 벌일 이유도 전혀 없었다. 그러나 적어도 전통과 결별하고 사교계를 정면으로 조롱할 작정이었다면 그는 불쌍한 에이미 대거넷과 결혼할 필요가 없었다. 그녀에게는 '다른 뭔가'를 기대할 권리와 자기 마차를 가질 만큼 충분한 돈도 있었다.

밍고트 가 사람들 중 어느 누구도 에이미 실러턴이 왜 머리를 길게 기른 남자들과 단발을 한 여자들로 집을 가득 채우고, 여행 갈 때면 아내를 데리고 파리나 이탈리아에 가는 대신 유카탄[1]에 있는 무덤들을 탐사하게 하는 남편의 기행들을 그렇게 유순하게 따르는지 이해하지 못했다. 그러나 그들은 자기들 방식대로 고집스럽게, 그리고 자신들이 다른 사람들과 다르다는 것을 좀처럼 깨닫지 못한 채 그렇게 그곳에 존재했다. 그들이 따분한 가든파티를 열면 클리프스에 있는 모든 가문은 실러턴-페닐로-대거넷 가와의 관계 때문에 어쩔 수 없이 제비를 뽑아서 내켜 하지 않는 대표를 보냈다.

"요트 경기 날을 선택하지 않은 게 놀랍군요." 웰렌드 부인이 말했다. "2년 전에 줄리아 밍고트의 다과회 겸 무도회 날에 그들이 어떤 혹인을 위해 파티를 열었던 일 생각나세요? 다행히도 이번에는 제가 아는 한 다른 행사는 없군요 — 물론 우리 중 몇 사람은 가봐야 할 테니까요."

웰렌드 씨가 신경질적으로 한숨을 쉬었다. "'우리 중 몇 사람'이라니, 여보 — 한 사람 이상 가야 한다는 말이오? 세 시면 굉장히 곤

---

[1] Yucatan : 멕시코에 있는 반도로 마야 유적지가 많이 있다.

란한 시간이오. 약을 먹으려면 세 시 반에 집에 있어야 하오. 벤컴의 새 치료법은 규칙적으로 따르지 않으면 아무 소용이 없소. 그리고 나중에 당신을 따라간다면 마차 산책을 놓치게 될 거요." 그 생각이 들자 그는 나이프와 포크를 다시 내려놓았고 잔주름 가득한 그의 뺨이 걱정으로 붉어졌다.

"당신이 가실 필요는 전혀 없어요, 여보." 그의 아내가 이제는 습관이 되어버린 명랑한 태도로 대답했다. "벨뷰 가 반대편 끝에 전할 카드가 몇 장 있어서 세 시 반쯤에나 들러서 불쌍한 에이미가 기분 상하지 않을 정도로만 있다 올 거예요." 그녀가 주저하며 딸을 힐끗 쳐다보았다. "그리고 뉴랜드가 오후에 하기로 정해놓은 일이 있다면 어쩌면 메이가 당신을 조랑말로 태워드리면서 새 황갈색 마구도 시험해볼 수 있을 거예요."

웰렌드 가에서는 매일 할 일과 매 시간 할 일이 웰렌드 부인의 표현에 따르면 '정해져' 있어야 한다는 것이 원칙이었다. '시간을 흘려' 보내야만 한다는 우울한 가능성은 (특히 휘스트나 솔리테어 같은 카드 놀이를 좋아하지 않는 사람들에게) 실업자들의 망령이 박애주의자의 마음에서 떠나지 않듯이 그녀의 마음을 줄곧 괴롭히는 환영이 되었다. 그녀가 정해놓은 또 다른 원칙은 출가한 자녀들의 계획에 절대 (적어도 눈에 띄게) 간섭해서는 안 된다는 것이었다. 메이의 독립성에 대한 이런 존중과 웰렌드 씨의 절박한 요구를 잘 조화시키는 난관은 웰렌드 부인 자신의 시간을 1분이라도 허투루 보내지 않도록 시간을 잘 짜는 재주를 발휘하는 경우에만 극복될 수 있었다.

"당연히 제가 아버지를 모시고 나갈게요—뉴랜드는 틀림없이 할 일을 찾아낼 거예요." 메이는 남편이 반응을 보이지 않은 것을 부드럽게 일깨우는 어조로 말했다. 사위가 미리미리 일과를 정해놓는 일에 거의 신경을 쓰지 않는다는 것이 웰렌드 부인에게는 끊임없는 골칫거리였다. 그가 그녀의 집에 와서 2주를 보내는 동안 오후를 어떻게 보낼 작정이냐는 그녀의 질문에 다음과 같이 역설적으로 대답한 경우가 벌써 여러 번 있었다. "아, 저는 시간을 써버리느니 새롭게 시간을 그냥 비축해둘까 합니다." 한번은 웰렌드 부인과 메이가 오랫동안 미뤄왔던 오후 방문을 한 바퀴 하고 와야 했을 때, 그는 오후 내내 집 아래쪽 해변 바위 밑에 누워 있었다고 고백했다.

"뉴랜드는 앞일에 대해 미리 생각하는 법이 없는 것 같구나." 한번은 웰렌드 부인이 딸에게 어렵게 불만을 털어놓자 메이가 차분하게 대답했다. "맞아요. 그렇지만 아시다시피 별로 문제될 것은 없어요. 특별히 할 일이 없으면 그 사람은 책을 읽으니까요."

"아, 그래—자기 아버지처럼!" 웰렌드 부인은 타고난 괴벽을 참작하겠다는 듯이 동의했고 그 후로 뉴랜드가 아무 일도 하지 않고 시간을 보내는 문제는 다시는 입에 올려지는 일이 없게 되었다.

그런데도 실러턴 가의 모임 날이 다가오자 메이는 그의 안위에 대해 당연히 걱정스러워하면서 잠시 동안 그를 혼자 버려두는 것을 보상하려는 방법으로 그에게 치버스 가에서 테니스를 하거나 줄리어스 보퍼트의 외대박이 돛배를 타러 가라고 제안하기 시작했다. "당신도 아시겠지만 여섯 시까지 돌아올 거예요, 여보—아버지는 그 이후에는 마차를 절대 안 타시니까요……." 그녀의 유개마차에 달 두 번째 말을 보러 소형 무개마차를 빌려 타고 섬 위에 있는 말 사육장에 다녀올 생각이라는 그의 말을 듣고 나서야 메이는 안심했다. 그들은 얼마 동안 두 번째 말을 찾던 중이었기 때문에 그 제안이 너무 마음에 든 메이는 "우리 중 어느 누구 못지않게 저 사람이 시간 계획을 잘 세운다는 걸 아시겠죠?"라고 말하듯이 어머니를 힐끗 쳐다보았다.

말 사육장과 유개마차에 달 말 생각은 에머슨 실러턴의 초대가 처음 언급되던 바로 그날 아처의 마음속에 떠올랐다. 그러나 그는 그 계획에 뭔가 은밀한 점이라도 있고 발각되면 실행에 옮길 수 없는 것처럼 그것을 혼자 마음속에 담아두었다. 그러나 그는 평지에서 18마일은 아직 뛸 수 있는 말 대여소의 늙은 말 한 쌍이 모는 소형 무개마차를 미리 예약해두는 사전 조치를 했다. 그리고 두 시가 되자 점심 식탁에서 서둘러 일어나서 가벼운 마차에 튀어 올라 마차를 몰고 떠났다.

완벽한 날이었다. 북쪽에서 부는 미풍에 작은 흰 구름 조각이 군청색 하늘을 가로질러 떠갔고 그 아래로는 빛나는 바다가 펼쳐져 있었다. 벨뷰 가는 그 시간에 텅 비어 있었고 밀 가 모퉁이에서 마부 소년을 내려주고 아처는 올드 비치 가로 내려가서 이스트만 해안을 가로질러 마차를 몰았다.

오전 수업만 있는 날 미지의 세계로 떠날 때처럼 그는 설명할 수 없는 흥분을 느꼈다. 한 쌍의 말을 편안한 속도로 몰면서 그는 파라다이스 락 너머 멀지 않은 곳에 있는 말 사육장에 세 시 이전에 도착할 수 있을 것이라고 계산했다. 그렇게 되면 말을 둘러보고 (괜찮은 말인지 한번 타보고) 난 후에도 마음대로 쓸 수 있는 황금 같은 네 시간이 남을 것이다.

실러턴 가의 파티에 대해 듣자마자 그는 혼자 속으로 맨슨 후작 부인은 틀림없이 블렌커 가 사람들과 함께 뉴포트에 올 것이며 올렌스카 부인은 그걸 기회 삼아 할머니와 한나절을 보낼지도 모르겠다고 생각했다. 어쨌든 블렌커 가의 집은 아마 비어 있을 것이고 그 집에 관한 막연한 호기심을 무모하게 않게 충족시킬 수 있을 것 같았다. 그는 자신이 과연 올렌스카 백작부인을 다시 만나고 싶은지 확신할 수 없었다. 그러나 만으로 내려가는 비탈길에서 그녀를 본 이후, 그녀가 살고 있는 집을 보고 정자에서 실제 모습을 보았던 것처럼 상상 속의 그녀의 모습이 움직이는 것을 눈으로 좇고 싶다는 비이성적이고 말로 설명할 수 없는 욕망을 느꼈다. 밤낮으로 그는 그런 갈망을 느꼈고 그것은 예전에 한번 맛보았지만 오래전에 잊어버렸던 음식이나 술을 갑자기 먹고 싶어 하는 병자의 변덕처럼 끊임없이 솟구치는 정체를 알 수 없는 열망이었다. 그는 그 열망 너머에 무엇이 있는지 알 수 없었고 그것이 어떤 결과로 이어질지 상상할 수가 없었다. 그는 자신에게 올렌스카 부인에게 말을 걸고 싶거나 그녀의 목소리를 듣고 싶은 소망이 있는지조차 알 수 없었기 때문이었다. 그는 그저 그녀가 딛고 걸어 다니는 곳의 모습과 그곳을 하늘과 바다가 어떻게 감싸고 있는지를 마음에 지니고 갈 수만 있다면 나머지 세상이 덜 공허하게 보일 것 같다고 느꼈다.

말 사육장에 도착했을 때 그는 한눈에 자기가 원하던 말이 아님을 알았다. 그럼에도 그는 서두르지 않는다는 것을 스스로에게 보여주려고 그 말을 타고 한 바퀴 돌았다. 그러나 세 시가 되자 그는 말의 고삐를 바짝 당기며 포츠머스로 가는 샛길로 들어섰다. 바람이 그쳤고, 수평선의 희미한 아지랑이는 조수가 바뀔 때 안개가 새커닛 강[2] 위로 몰래 숨어들어가려고 기다린다는 표시였다. 그러나 그를 둘러싼 모든 들판과 숲은 황금빛 빛 속에 잠겨 있었다.

그는 마차를 몰고 과수원의 회색 지붕 농가들과 건초 밭, 떡갈나

---

2  Saconnet : 뉴포트 근처의 강.

무 숲을 지났고, 희미해져가는 하늘 위로 뾰족하게 솟은 하얀 첨탑이 있는 마을들을 지나갔다. 그리고 마침내 들판에서 일하는 남자들에게 길을 물어보려고 잠시 마차를 세운 후 메역취와 가시나무가 있는 높은 언덕들 사이의 좁은 길을 따라 내려갔다. 길 끝에 파란 강물이 반짝였다. 그가 떡갈나무와 단풍나무 숲 앞에 서자 벽 판자에서 하얀 페인트가 벗겨지고 있는 기다랗고 황폐한 집이 왼쪽으로 보였다.

정문을 마주한 길가에는 뉴잉글랜드 사람들이 농기구를 넣어두고 손님들이 타고 온 말들을 매어두는 열린 헛간이 서 있었다. 마차에서 뛰어내린 아처는 말을 끌고 헛간으로 가서 말뚝에 말을 매고 집 쪽으로 향했다. 집 앞의 잔디밭은 잡초밭이 다 되어 있었지만 왼쪽으로는 달리아와 녹병 걸린 장미 덩굴이 가득한 무성한 화단이 한때는 흰색이었지만 유령이 나올 것 같은 격자 구조 정자를 둘러싸고 있었다. 정자 위에서는 나무로 만든 큐피드 조각이 활과 화살은 잃어버렸지만 헛되이 계속 목표물을 겨냥하고 있었다.

잠깐 동안 아처는 대문에 기대어 섰다. 아무도 보이지 않았고 열려 있는 집 창문으로 아무 소리도 들려오지 않았다. 문 앞에서 졸고 있는 회색 뉴펀들랜드종 개도 화살을 잃은 큐피드만큼 집을 지키는 데는 아무 쓸모가 없어 보였다. 이렇게 고요하고 쇠락한 집이 시끌벅적한 블렌커 가 사람들의 집이라고 생각하니 이상했다. 그러나 아처는 집을 잘못 찾은 것이 아니라고 확신했다.

그는 경치를 바라보는 것에 만족하며 경치의 몽롱한 매력에 점차 빠져들어 오랫동안 그곳에 서 있었다. 그러다 마침내 시간이 지나간다는 깨달음에 퍼뜩 정신이 들었다. 실컷 보고 나서 마차를 타고 떠나야 할까? 망설이며 서 있다가 그는 갑자기 올렌스카 부인이 지내는 방을 그려볼 수 있도록 집 안이 보고 싶어졌다. 현관으로 올라가서 초인종을 누르지 못할 이유가 전혀 없었다. 그의 추측대로 그녀가 나머지 일행과 함께 나가고 없다면 그는 쉽게 자기 이름을 대고 응접실에 들어가서 쪽지를 남겨도 되는지 허락을 구할 수 있었다.

그러나 대신 그는 잔디밭을 가로질러 화단 쪽으로 갔다. 화단으로 들어서자 정자 안에 밝은 색깔 물건이 보였고 그는 곧 그것이 분홍색 양산이라는 것을 알았다. 양산이 그를 자석처럼 끌어당겼다. 그는 양산이 그녀 것이라고 확신했다. 그는 정자로 들어가서 망가질 것 같은 자리에 앉으며 실크 양산을 집어 들고 향기가 나는 희귀한 목재로 만들어진, 조각이 새겨진 양산 손잡이를 바라보았다. 아처는 그 손잡이를 들어 올려 입술에 댔다.

화단에 스치는 치맛자락의 바스락거리는 소리가 들려오자 그는 꼼짝도 하지 않고 앉아서 양손으로 양산 손잡이를 꼭 움켜쥔 채 몸을 숙이고 바스락거리는 소리가 더 가까이 다가와도 눈을 들지 않았다. 그는 기필코 이런 일이 일어날 줄 알고 있었다…….

"오, 아처 씨!" 크고 앳된 목소리가 들려왔다. 그가 고개를 들자 그 앞에 블렌커 가의 막내이자 몸집이 제일 크고 금발에 얼굴이 붉고 추레한 딸이 지저분한 모슬린 옷을 입고 나타났다. 한쪽 뺨에 난 빨간 자국은 방금 전까지 베개에 뺨을 대고 누워 있었다는 것을 보여주는 것 같았다. 잠에서 덜 깬 그녀의 두 눈은 반갑기는 하지만 영문을 모르겠다는 눈빛으로 그를 빤히 쳐다보았다.

"세상에—어디서 오신 거예요? 제가 해먹에서 깊이 잠이 들었던 게 분명해요. 다른 분들은 모두 뉴포트에 가셨어요. 초인종을 누르셨어요?" 그녀가 두서없이 물었다.

당혹스러운 것으로 따지자면 아처가 그녀보다 더했다. "저는—

아니요―그러니까 막 누르려던 참이었습니다. 말을 보러 섬에 올라와야 했거든요. 그래서 온 김에 블렌커 부인과 손님들을 뵈려고 왔습니다. 그런데 집이 비어 있는 것 같더군요―그래서 앉아서 기다렸습니다."

블렌커 양은 잠기운을 떨쳐내고 더욱더 흥미롭다는 표정으로 그를 바라보았다. "집에 아무도 없어요. 어머니도 여기 안 계시고 후작부인도요―절 빼고 아무도 없어요." 그녀의 시선에 약간 힐난하는 기색이 보였다. "실러턴 교수님 부부께서 어머니와 저희 모두를 위해 오늘 오후에 가든파티를 연다는 사실을 모르셨나요? 전 정말 운이 없어서 가지 못했어요. 제가 목감기에 걸려서 어머니는 오늘 저녁에 마차를 타고 집으로 돌아오는 걸 우려하셨어요. 이렇게 실망스러운 일이 또 있을까요?" 그러고는 그녀가 즐겁게 덧붙였다. "물론 당신이 오신다는 걸 알았다면 그 반만큼도 신경 쓰지 말았어야 했는데."

육중한 몸으로 교태를 부리려는 조짐이 그녀에게서 눈에 띄게 드러나기 시작했다. 아처는 용기를 내서 그녀의 말에 끼어들었다. "그런데 올렌스카 부인은―그녀도 함께 뉴포트에 갔습니까?"

블렌커 양이 놀란 표정으로 그를 쳐다보았다. "올렌스카 부인요? 그녀가 연락을 받고 떠난 걸 모르셨어요?"

"연락을 받고 떠나다니요?"

"오, 제가 가진 양산 중에서 제일 좋은 건데! 리본 색과 잘 맞아서 바보 같은 케이티 언니한테 빌려줬더니 그 칠칠치 못한 언니가 여기다 흘려놓은 게 분명해요. 우리 블렌커 가 사람들은 다 그렇다니까요……. 진짜 보헤미안들이에요!" 억센 손으로 양산을 되찾아 간 그녀가 양산을 펼쳐서 머리 위로 장밋빛 둥근 지붕을 들어 올렸다. "맞아요. 엘런이 어제 연락을 받고 떠났어요. 아시다시피 그녀가 저희에게 엘런이라 부르게 해주었어요. 보스턴에서 전보가 왔거든요. 엘런은 이틀 동안 가 있을 거라고 했어요. 저는 정말로 엘런의 헤어스타일이 마음에 들어요. 안 그러세요?" 블렌커 양이 장황하게 이야기를 늘어놓았다.

아처는 그녀의 몸이 투명하기라도 한 것처럼 그녀를 지나 먼 곳을 멍하니 바라보았다. 그의 눈에는 낄낄대는 그녀의 머리 위로 동그랗게 분홍색을 펼쳐놓은 천박한 양산밖에 들어오지 않았다.

잠시 후 그가 과감하게 물었다. "혹시 올렌스카 부인이 왜 보스턴에 갔는지 모릅니까? 나쁜 일 때문이 아니길 바랍니다."

블렌커 양은 쾌활하게, 믿기지 않는다는 태도로 이 말을 받아들였다. "오, 그렇지 않을 거예요. 전보 내용이 무엇인지 우리에게 알려주지는 않았어요. 엘런은 후작부인에게도 알리고 싶지 않은 것 같았어요. 그런데 엘런이 너무 낭만적으로 생기지 않았나요? 엘런이 〈제럴딘 부인의 구애〉[3]를 읽고 있을 때는 스콧-시든스 부인[4]이 생각나지 않나요? 엘런이 시 낭송하는 걸 들어본 적 없으세요?"

아처는 밀려드는 생각을 서둘러 정리했다. 그의 미래 전체가 갑자기 그 앞에 펼쳐지는 것 같았다. 그 끝없는 공허함을 따라 내려가다 보니 아무 일도 겪지 못한 채 점점 더 작아져가는 남자의 모습이 보였다. 그는 다듬지 않은 정원과 쓰러져가는 집, 땅거미가 깔리는 참나무 숲을 둘러보았다. 그곳에서는 꼭 올렌스카 부인을 찾을 수 있을 것 같았다. 그러나 그녀는 멀리 떠나가버렸고 분홍색 양산조

---

3 Lady Geraldine's Courtship : 엘리자베스 배럿 브라우닝의 시.
4 Mrs Scott-Siddons : 메어리 프랜시즈 스콧-시돈스(1844~1896). 영국의 여배우이자 새러 시든스의 손녀.

차 그녀의 것이 아니었다…….

그는 얼굴을 찡그리며 망설였다. "잘 모르겠지만—내일 제가 보스턴에 갑니다. 혹시 그녀를 어떻게라도 만날 수 있게 된다면……."

그는 블렌커 양이 여전히 웃지만 자기에게 흥미를 잃어간다는 것을 느꼈다. "오, 그래야죠. 정말 친절하시군요. 엘런은 파커 하우스[5]에 묵어요. 이런 날씨에 그곳에 있으면 끔찍할 거예요."

그 후 아처는 간간히 정신을 차리고 그녀와 대화를 나눴다. 그가 기억할 수 있었던 것은 가족들이 돌아올 때까지 기다렸다가 집으로 돌아가기 전에 그들과 차를 마시고 가라는 그녀의 간청을 단호하게 거절했다는 사실뿐이었다. 마침내 그녀와 나란히 걸어 나온 그는 목제 큐피드의 사정 범위를 지나 말을 풀어서 마차를 타고 출발했다. 길모퉁이에서 보니 블렌커 양이 대문가에 서서 분홍 양산을 흔들고 있었다.

---

5  Parker House : 트레몬트 가와 스쿨 가에 현존해 있다.

# 23

다음 날 아침 아처는 폴 리버 기차[1]에서 내려 푹푹 찌는 한여름의 보스턴에 나타났다. 기차역 근처 거리마다 맥주와 커피 냄새, 과일 썩는 냄새로 진동했고, 하숙생들이 속옷 차림으로 제멋대로 욕실로 가는 복도를 따라 내려갈 때처럼 셔츠 바람의 사람들이 거리를 지나갔다.

아처는 아침을 먹으려고 승합마차를 타고 서머싯 클럽으로 갔다. 상류층이 모여드는 거리조차 아무리 날씨가 더워도 유럽의 도시들은 절대 빠져들지 않을 단정치 못한 집안 같은 분위기를 풍겼다. 옥양목 옷을 입은 관리인들이 부잣집 현관 계단에서 빈둥거렸고 공원은 프리메이슨들이 소풍을 다녀가고 난 직후의 유원지처럼 보였다. 도저히 어울릴 것 같지 않은 장소에 있는 엘런 올렌스카를 그려본다면, 더위에 지치고 한산한 보스턴보다 그녀와 어울리기 힘든 곳을 생각해낼 수 없었을 것이다.

그는 멜론 한 조각부터 시작해서, 토스트와 스크램블 에그를 기다리는 동안 신문을 읽으면서, 맛있게 순서대로 아침을 먹었다. 그 전날 밤 메이에게 보스턴에 볼일이 있어서 그날 밤 폴 리버 배를

---

[1] Fall River train : 로드 섬 경계 근처 매사추세츠 주에 있으며 당시에는 뉴포트에서 가장 가까운 기차역이었다.

타고 다음 날 저녁에는 뉴욕에 가야 한다고 전한 이후 그는 새로운 활기와 원기가 솟구치는 것을 느꼈다. 사람들은 이미 그가 주초에 뉴욕으로 되돌아가는 것으로 줄곧 알고 있었지만 그가 포츠머스에서 돌아왔을 때 사무실에서 편지가 와 있었다. 이 편지를 운명의 여신은 복도 탁자 위 한구석에 눈에 띄게 놓아두었고, 그 덕에 그의 갑작스러운 계획 변경이 정당화되었다. 그는 모든 일이 너무 술술 잘 풀려서 오히려 민망하기조차 했다. 그는 방종한 생활을 위해 로렌스 레퍼츠가 교묘하게 꾸며냈던 계략들이 떠올라서 잠깐 동안 마음이 불편했다. 그러나 따져보고 분석할 기분이 아니었기 때문에 그는 이것 때문에 오랫동안 마음이 불편하지는 않았다.

아침식사를 마친 다음 그는 담배를 피우며 〈커머셜 애드버타이저〉[2]를 훑어보았다. 그가 이렇게 시간을 보내는 동안 그와 친분이 있는 사람들이 두셋 들어와서 일상적인 인사를 나누었다. 그가 시간과 공간의 그물을 빠져나왔다는 그런 이상한 기분을 느끼고 있다 해도 결국은 같은 세상이었다.

그는 시계로 9시 반이 된 것을 확인하고 서재로 들어가서 몇 줄 적어 사환에게 파커 하우스로 승합마차를 타고 가서 기다렸다가 답신을 받아오라고 시켰다. 그런 다음 그는 다른 신문을 들고 앉아서 파커 하우스까지 승합마차로 얼마나 걸릴지 계산해보았다.

"부인께서 외출 중이셨습니다." 갑자기 그의 팔꿈치 부근에서 사환의 목소리가 들려왔다. 그는 더듬거리며 물었다. "외출 중이라고?" 마치 그 말이 낯선 나라의 언어라도 되는 것처럼 그가 물었다.

그는 일어서서 홀로 들어갔다. 실수임에 틀림없었다. 그 시각에

---

2 *Commercial Advertiser* : 뉴욕의 일간 경제신문.

그녀가 외출했을 리가 없었다. 그는 자기 자신의 어리석음에 화가 나서 얼굴을 붉혔다. 도착하자마자 편지를 왜 안 보냈던가?

그는 모자와 지팡이를 찾아서 거리로 나왔다. 먼 나라에서 온 여행객처럼 도시가 갑자기 낯설고 막막하고 공허해졌다. 잠깐 동안 현관 계단에 서서 망설이던 그는 파커 하우스에 가보기로 결정했다. 사환이 잘못 알아서 그녀가 여전히 그곳에 있다면 어떻게 할 것인가?

그는 공원을 가로질러 걷기 시작했다. 나무 아래 첫 번째 벤치에 그녀가 앉아 있는 것이 보였다. 그녀는 머리 위에 회색 실크 양산을 쓰고 있었다―그는 어떻게 분홍색 양산을 쓴 그녀의 모습을 상상할 수 있었을까? 가까이 다가가던 그는 그녀가 멍한 태도로 앉아 있는 것을 보고 깜짝 놀랐다. 그녀는 아무것도 할 일이 없는 사람처럼 그곳에 앉아 있었다. 그는 축 처진 그녀의 옆모습과 진한 모자 밑 목덜미에 낮게 묶은 머리 매듭, 양산을 들고 있는 주름진 긴 장갑을 보았다. 그가 한 발짝 두 발짝 더 가까이 다가가자 그녀가 몸을 돌려 그를 바라보았다.

"아."―그녀가 말했다. 처음으로 그는 그녀의 얼굴에서 깜짝 놀란 표정을 보았다. 그러나 다음 순간 놀란 표정은 천천히 경탄하고 만족스러워하는 웃음으로 바뀌었다.

"아."―그가 그녀를 내려다보면서 서 있자 그녀가 다른 어조로 다시 중얼거렸다. 그녀는 일어서지 않은 채 그에게 벤치에 앉을 자리를 내줬다.

"이곳에 일이 있어서 왔습니다―막 도착했습니다." 아처는 설명을 하고 나서 이유는 알 수 없었지만 갑자기 그녀를 만나서 너무 놀란 것처럼 굴기 시작했다. "그런데 도대체 당신은 이 황무지에서 무얼 하고 있는 것입니까?" 그는 자기가 무슨 말을 하는지 몰랐다. 자신이 끝없이 먼 곳에 있는 그녀를 향해 소리치고 있고 그녀를 따라잡기 전에 그녀가 다시 사라져버릴 것 같은 기분이 들었다.

"나요? 아, 나도 볼일이 있어서 왔어요." 그녀가 대답하며 그를 향해 고개를 돌리자 두 사람은 서로를 마주 보게 되었다. 그녀의 말이 그의 귀에 거의 들어오지 않았다. 그녀의 목소리와, 그의 기억 속에 그 목소리의 반향이 하나도 남아 있지 않았다는 놀라운 사실만 알 수 있었다. 그는 그녀의 목소리가 낮고 자음을 약간 거칠게 발음한다는 것을 기억조차 하지 못했다.

"머리 모양이 달라졌군요." 그가 말했다. 돌이킬 수 없는 말을 한 것처럼 그의 가슴이 뛰었다.

"달라졌다고요? 아니에요―나스타샤가 없을 때 제가 제일 잘 할 수 있는 머리 모양일 뿐이에요."

"나스타샤요? 그런데 같이 오지 않았소?"

"아니에요. 나 혼자예요. 이틀 동안인데 굳이 데려오지 않아도 돼서요."

"혼자 있군요―파커 하우스에요?"

그녀가 한순간 예전의 적의를 번득이며 그를 바라보았다. "위험하다고 생각되나요?"

"아니요, 위험하기는요……"

"그럼 관습을 벗어났나요? 아, 그런 것 같군요." 그녀가 잠깐 동안 생각에 잠겼다. "거기까지 내 생각이 미치진 못했군요. 훨씬 더 관습에서 벗어난 일을 방금 전에 해치웠으니까요." 그녀의 눈빛이 희미하게 신랄함을 띠었다. "방금 전에 상당한 액수의 돈을 돌려받길 거절했거든요―원래 내 돈이었죠."

아처가 벌떡 일어나서 한두 발자국 뒤로 물러섰다. 그녀는 양산을 접고 자갈 위에 멍하니 그림을 그리며 앉아 있었다. 곧 그가 돌아와 그녀 앞에 섰다.

"누군가―당신을 만나려 이곳에 왔소?"

"네."

"이 제안을 듣고요?"

그녀가 고개를 끄덕였다.

"그런데 당신이 거절했군요―조건들 때문이오?"

"내가 거절했어요." 그녀가 잠시 후 말했다.

그는 다시 그녀 곁에 앉았다. "조건들이 무엇이었소?"

"아, 조건들이 번거롭진 않았어요. 그냥 이따금씩 그의 식탁 상석에 앉아달라는 것이었어요."

다시 침묵이 흘렀다. 아처의 심장이 전처럼 이상하게 쾅 하고 멈춰 섰다. 그는 할 말을 찾아보려 했지만 찾지 못한 채 앉아 있었다.

"그는 당신이 돌아오길 바라는군요―어떤 대가를 치르더라도."

"글쎄요―상당한 액수였어요. 적어도 나한테는 그 액수가 상당했어요."

그는 다시 말을 멈추고 반드시 꺼내야 한다고 생각했던 질문을 넌지시 던졌다.

"당신이 여기 온 게 그를 만나기 위해서였소?"

그녀가 눈을 동그랗게 뜨더니 웃음을 터뜨렸다. "그를 만나러요―내 남편을요? 여기에서요? 그가 항상 카우스나 바덴에 가 있는 이 시기에요?"

"사람을 보냈습니까?"

"네."

"편지와 함께요?"

그녀가 고개를 저었다. "아뇨. 그냥 전갈만 있었어요. 그 사람은 편지를 안 써요. 그에게서 편지를 받은 적이 한 번밖에 없었던 것 같아요." 그런 언급에 그녀의 뺨이 붉어졌고 아처 역시 빨갛게 얼굴을 붉혔다.

"왜 그는 편지를 안 씁니까?"

"왜 그가 편지를 써야 하는데요? 비서들을 왜 두겠어요?"

아처의 얼굴이 더욱더 붉어졌다. 그녀는 자기 어휘에서는 비서라는 말에 다른 중요한 의미가 들어 있지 않다는 투로 그 말을 입에 올렸다. 잠깐 동안 "그렇다면 그가 그의 비서를 보냈습니까?"라는 질문이 그의 입에서 튀어나오려 했다. 그러나 올렌스키 백작이 자기 아내에게 보낸 유일한 편지에 대한 기억이 그의 마음에 너무나 생생하게 남아 있었다. 그는 다시 말을 멈추고는 다시 용감하게 돌진했다.

"그러면 그 사람은요?"

"사자요?" 올렌스카 부인이 여전히 웃으며 대꾸했다. "나야 상관없지만 그 사자는 이미 떠났을지 몰라요. 오늘 저녁까지 기다리겠다고 우기긴 했어요……. 혹시나…… 기회가 오지 않을까 기대하면서요……."

"그렇다면 당신은 그 기회에 대해 생각해보려고 여기에 나와 있습니까?"

"바람 좀 쐬려고 나왔어요. 호텔은 너무 숨이 막혀서요. 오후 기차로 포츠머스로 돌아갈 거예요."

그들은 서로 보지 않고 길을 따라 지나가는 사람들을 똑바로 바라보면서 조용히 앉아 있었다. 마침내 그녀가 그의 얼굴 쪽으로 눈길을 돌리며 말했다. "당신은 변하지 않았네요."

그는 "변했었소. 당신을 다시 보기 전까지는"이라고 대답하고 싶었지만 대신 벌떡 일어서서 주변의 지저분한 무더운 공원을 둘러보았다.

"여기는 끔찍하군요. 잠깐 만에 나가보지 않을래요? 미풍이 부는 걸 보니 더 시원해질 겁니다. 증기선을 타고 포인트 알리까지 갈 수도 있고요." 그녀가 주저하면서 그를 올려다보자 그가 말을 계속했다. "월요일 오전에는 배에 아무도 없을 거요. 나는 저녁에 기차를 타고 뉴욕으로 돌아갈 예정이오. 왜 안 된다는 거요?" 그가 그녀를 내려다보며 우겼다. 갑자기 그가 소리를 질렀다. "우리가 할 수 있는 일은 모두 하지 않았소?"

"아."—그녀가 다시 중얼거렸다. 그녀는 일어서서 양산을 다시 펴고는, 경치에서 조언을 구해 그곳에 계속 머무는 것은 불가능하다는 것을 스스로에게 확인이라도 하려는 듯이 주변을 둘러보았다. 그러고 나서 그녀의 시선이 그의 얼굴로 되돌아왔다. "나한테 그런 말을 해서는 안 돼요." 그녀가 말했다.

"당신이 좋아하는 말이라면 뭐든지 하겠소. 아니면 아무 말도 안 하겠소. 당신이 입을 열라고 하지 않는 이상은 입을 열지 않겠소. 그것이 어느 누구에게라도 무슨 해를 끼칠 수 있소? 내가 원하는 것은 당신의 말을 듣고 싶다는 것뿐이오." 그가 더듬거리며 말했다.

그녀는 에나멜을 칠한 시곗줄이 달린 작은 금장 시계를 꺼냈다. "아, 시간을 재지 말아요." 그가 큰 소리로 외쳤다. "오늘 하루는 나에게 맡겨줘요! 당신을 그 남자에게서 떼어놓고 싶소. 그 사람이 몇 시에 올 예정이오?"

그녀가 다시 얼굴을 붉혔다. "열한 시에요."

"그럼 지금 당장 갑시다."

"당신이 걱정할 필요는 없어요—설사 내가 안 간다 해도요."

"당신도 걱정할 필요 없소—설사 당신이 간다 해도. 당신이 무얼 하며 지냈는지 듣고 싶을 뿐이오. 우리가 만난 지 백 년은 된 것 같소—또다시 백 년은 지나야 우리가 다시 만나겠죠."

그녀는 여전히 망설이며 불안한 눈빛으로 계속 그의 얼굴을 바라보았다. "할머니 댁에 있던 날 왜 나를 데리러 해변으로 내려오지 않았나요?" 그녀가 물었다.

"당신이 뒤돌아보지 않아서 그랬소—당신이 내가 그곳에 있다는 것을 몰랐기 때문이었소. 당신이 돌아보지 않으면 당신을 데리러 가지 않겠다고 맹세를 했으니까." 그 고백이 너무 유치하다는 생각이 들어서 그가 웃음을 터뜨렸다.

"그런데 나는 일부러 돌아보지 않았어요."

"일부러요?"

"당신이 거기 있는 걸 알았어요. 당신이 마차를 타고 들어왔을 때 조랑말을 보고 알았어요. 그래서 해변으로 내려갔던 거예요."

"최대한 멀리 내게서 벗어나려고 말이오?"

그녀가 낮은 목소리로 되풀이했다. "당신에게서 최대한 멀리 벗어나려고요."

그가 다시 웃음을 터뜨렸다. 이번에는 소년 같은 만족감에서 나온 웃음이었다. "그런데 당신도 알다시피 그래 봐야 아무 소용 없소." 그가 덧붙였다. "내가 여기 온 것이 순전히 당신을 찾기 위해서였다는 걸 당신에게 알려주는 게 낫겠군요. 그런데 지금 출발하지 않으면 배를 놓칠 거요."

"배라니요?" 그녀가 당황한 표정으로 얼굴을 찡그리더니 곧 웃음을 지었다. "아, 그런데 먼저 호텔에 돌아가야 해요. 편지를 남겨 둬야 해요……."

"얼마든지 쓰고 싶은 대로 써요. 여기서도 쓸 수 있소." 그가 지갑과 새 만년필을 한 자루 꺼냈다. "봉투도 가지고 있소—모든 게 얼마나 잘 예정돼 있는지 봐요! 자—그걸 무릎 위에 잘 놓아요. 그러면 내가 금세 만년필이 잘 써지도록 해주겠소. 그것들은 조심스럽게 다뤄야 합니다. 잠깐만요……." 그가 만년필을 들고 있던 손을 벤치 등에 대고 세게 쳤다. "온도계 속에 있는 수은을 흔들어서 떨어뜨리는 것과 같소. 그저 요령을 부리는 거죠. 자 이제 써봐요……."

그녀는 웃으면서 그가 자기 지갑 위에 올려준 종이 위로 몸을 기울여서 편지를 쓰기 시작했다. 아처는 몇 걸음 떨어져서, 바라보기는 해도 아무것도 들어오지 않는, 행복으로 반짝이는 눈으로 지나가는 사람들을 살펴보았다. 그들은 그들 나름대로 발을 멈추고서 멋지게 차려입은 여자가 공원 벤치에 앉아 무릎 위에 종이를 놓고 편지를 쓰는 이례적인 광경을 쳐다보았다.

올렌스카 부인은 편지지를 봉투에 밀어 넣고 그 위에 이름을 적고는 호주머니 속에 집어넣었다. 그리고 나서 그녀 역시 일어섰다.

그들은 비콘 가 쪽으로 되돌아 걸어갔다. 클럽 근처에서 아처는 파커 하우스로 자기 편지를 전해주었던, 플러시 천으로 안감을 댄 '허딕 마차'[3]와 모퉁이 수도에서 이마를 씻으며 심부름을 다녀온 후 쉬고 있는 마부를 발견했다.

"당신에게 모든 것이 예정되어 있다고 말했죠? 우리를 위해 여

---

3 herdic : 말이 끄는 택시의 일종으로 창시자 피터 허딕의 이름을 땄다.

기 승합마차가 있소. 봐요!" 그들은 그 시간에, 도무지 마차가 있을 것 같지 않은 그곳에서, 승합마차 정류장이 여전히 '외국의' 색다른 풍물로 여겨지는 도시에서 승합마차를 만나게 된 기적에 놀라워하며 웃음을 터뜨렸다.

아처는 시계를 보면서 파커 하우스에 들렀다가 증기선 선착장에 가도 시간이 되겠다고 생각했다. 그들은 덜커덩거리며 무더운 거리를 지나 호텔 문 앞에 멈춰 섰다.

아처는 편지를 달라고 손을 내밀었다. "내가 갖다 놓고 올까요?" 그가 물었다. 그러나 올렌스카 부인은 고개를 저으며 마차에서 뛰어내려 유리문 안으로 사라졌다. 겨우 열 시 반밖에 안 되었지만 그녀의 답을 빨리 듣고 싶을 뿐만 아니라 달리 시간을 보낼 방법도 알지 못한 사자가, 그녀가 들어갈 때 언뜻 보였던, 차가운 음료수들을 곁에 두고 앉아 있는 여행객들 틈에 벌써 자리를 잡고 앉아 있다면 어떻게 될까?

그는 허딕 마차 앞을 서성이며 기다렸다. 나스타샤와 눈매가 비슷한 시칠리아 청년이 구두를 닦으라고 권했고 한 아일랜드 여성은 그에게 복숭아를 사라고 했다. 몇 분마다 문이 열리고 밀짚모자를 뒤로 확 젖혀 쓴, 더위에 벌겋게 된 남자들이 나왔고, 그들은 지나가면서 그를 힐끔거리며 보았다. 그는 문이 그렇게 자주 열린다는 사실과, 문으로 나오는 사람들 모두가 서로서로, 미국 방방곡곡에서 그 시각에 호텔의 흔들거리는 문을 끊임없이 들락거리는 더위에 벌겋게 된 다른 모든 남자들과 너무나 비슷하게 생긴 것에 놀랐다.

그러다가 다른 얼굴들과 구별되는 얼굴이 갑자기 나타났다. 그는 서성거리며 왔다 갔다 하던 범위 중 가장 먼 지점에 가 있었기 때문에 그 얼굴을 언뜻 보았을 뿐이었다. 호텔 쪽으로 몸을 막 돌리고 있을 때 그는 전형적인 얼굴들—마르고 지친 얼굴, 둥글고 놀란 얼굴, 수척하고 부드러운 얼굴—속에서 동시에 너무나 많은 모습을, 너무나 다른 모습을 지닌 이 다른 얼굴을 보았다. 그것은 창백하고 더위 때문인지, 걱정 때문인지, 아니면 두 가지 모두 때문인지 몹시 지친 듯한 젊은이의 얼굴이었지만 어딘가 더 민첩하고 더 생기 있으며 더 지각이 있어 보이는 얼굴이었다. 어쩌면 그가 너무 달랐기 때문에 그렇게 보였는지도 모른다. 아처는 잠깐 동안 가느다란 기억의 실마리에 매달려보았지만 실마리가 뚝 끊어지면서 사라져가는 얼굴과 함께 두둥실 떠내려가버렸다—외국인 사업가가 분명한 그 얼굴은 그런 곳에서는 두 배로 외국인처럼 보였다. 그는 지나가는 사람들의 물결 속으로 사라져버렸고 아처는 다시 서성거리기 시작했다.

그는 호텔이 보이는 곳에서 손에 시계를 들고 있는 모습을 보이고 싶지 않았다. 시계의 도움 없이 시간의 경과를 추측해본 결과 그는 올렌스카 부인이 다시 나타나기까지 그렇게 오랜 시간이 걸렸다면 그것은 오로지 그녀가 사자를 만나서 그에게 붙잡혔기 때문일 것이라고 결론을 내렸다. 거기에 생각이 미치자 아처의 걱정은 고통으로 바뀌었다.

"그녀가 곧 나오지 않으면 내가 안으로 들어가서 찾아봐야겠군." 그가 말했다.

다시 문이 활짝 열리고 그녀가 그의 옆으로 왔다. 그들은 허딕 마차에 탔다. 마차가 출발하자 그는 시계를 꺼내보고 그녀가 들어갔다 온 시간이 고작 3분밖에 지나지 않았다는 것을 깨달았다. 이야기를 나눌 수 없을 정도로 흔들거리는 창문의 덜컥거리는 소리 속에서 그들은 울퉁불퉁 튀어나온 자갈들에 부딪히며 부두로 갔다.

반쯤 빈 배의 긴 의자에 나란히 앉았을 때 그들은 서로 할 말이 거의 없다는 것을 깨달았다. 아니면 그들이 해야 하는 말은 서로에게서 놓여나 혼자 있을 때의 마음 편한 침묵 속에서 가장 잘 전달되었다는 것을 깨달았다.

외륜이 돌고 부두와 배들이 열기의 장막 속으로 멀어지기 시작하자 아처에게는 습관으로 익숙한 옛 세계 속의 모든 것이 함께 멀어지는 것처럼 보였다. 그는 올렌스카 부인도 같은 기분인지 묻고 싶었다. 그는 두 사람이 절대 돌아오지 않을 긴 여행을 떠나는 기분을 느꼈다. 그러나 그는 그 말이나, 그녀가 자신에 대해 가지고 있는 신뢰감의 미묘한 균형을 깨뜨릴 수 있는 말을 감히 하기가 두려웠다. 수많은 낮과 밤 동안 그들이 키스를 나눴던 기억이 그의 입술을 뜨겁게 달구고 달구었다. 그 전날에도 포츠머스로 마차를 몰고 가면서 그녀에 대한 생각이 불처럼 뜨겁게 그의 온몸을 훑고 지나갔다. 그러나 그녀가 그의 곁에 있고 그들이 이 미지의 세계로 서서히 나아가는 지금, 그들은 건드리기만 해도 부서질 수 있는 그런 종류의 더 깊은 가까움에 도달한 것처럼 보였다.

배가 항구를 떠나 바다로 향하자 그들 주변으로 미풍이 일었고 만은 길고 매끄럽게 파도치며 갈라졌다가 물보라를 날리며 잔물결로 부서졌다. 무더운 안개가 여전히 도시 위로 드리웠지만, 앞에는 일렁이는 바다와 멀리 등대들이 햇살을 받으며 서 있는 갑들로 이루어진 새로운 세계가 펼쳐져 있었다. 올렌스카 부인은 배 난간에 몸을 기대고 서서 입을 벌리고 시원한 공기를 들이마셨다. 그녀는 모자에 긴 베일을 감고 있었기 때문에 얼굴이 고스란히 드러났다. 아처는 그녀가 평온하고 유쾌한 표정을 짓고 있는 것에 깜짝 놀랐다. 그녀는 그들의 모험을 당연한 일로 받아들이는 것 같았고 예기치 않은 만남을 두려워하거나 (더욱 나쁜 것은) 그런 가능성에 심하게 들뜬 것 같지도 않았다.

아처는 그들 단둘이기를 바랐지만 선실의 휑뎅그렁한 식당에는 순진해 보이는 젊은 남녀들 — 주인이 그들에게 알려준 바로는 휴가 중인 학교 선생님들 — 이 귀에 거슬릴 정도로 시끄럽게 파티를 열고 있었다. 그들이 내는 소음 속에서 이야기를 나눠야 한다는 생각에 아처의 가슴이 철렁하고 내려앉았다.

"여기는 어쩔 수가 없겠군요 — 별실을 달라고 부탁해보겠습니다." 그의 말에 올렌스카 부인은 조금도 반대하지 않고 그가 별실을 찾으러 안으로 들어간 동안 기다렸다. 방은 긴 목제 베란다에 면해 있었고 창문으로 바다가 훤히 눈에 들어왔다. 방은 별 장식 없이 시원했고, 거친 체크 무늬 천이 덮여 있는 식탁은 피클 병과 덮개를 씌워놓은 블루베리 파이로 장식되어 있었다. 은밀한 커플에게 은신처가 되어준 별실 중에서 이보다 더 순진해 보이는 방은 없었을 것이다. 올렌스카 부인이 맞은편에 앉아 짓고 있는 약간 즐거워하는 웃음에서 아처는 방이 그녀에게 안도감을 불러일으켰다고 생각했다. 남편에게서 도망친 — 소문으로는 다른 남자와 함께 — 여자는 모든 것을 당연하게 받아들이는 기술을 터득했을 가능성이 높았다. 그러나 그녀가 보여주는 침착함의 특질에는 그의 빈정대는 태도를 진정시켜주는 뭔가가 있었다. 너무나 조용하고 너무나 동요가 없으며 너무나 담백한 태도를 취함으로써, 그녀는 관습을 무시했음에도 그로 하여금 서로 할 말이 너무 많은 두 옛 친구가 단둘이 있을 곳을 찾는 것이 당연한 일이라고 느끼게끔 만들어주었다…….

# 24

그들은 말을 쏟아내다가 중간중간 침묵을 지키며 천천히 생각에 잠겨 점심을 먹었다. 일단 주문(呪文)이 풀리자 그들에게는 할 말이 많았지만 말하는 순간은 긴 침묵의 대화에 딸린 반주에 불과했기 때문이었다. 아처는 특별한 의도가 있어서가 아니라 그녀가 어떻게 지냈는지 한마디도 놓치고 싶지 않았기 때문에 자기 이야기는 꺼내지 않았다. 식탁에 기대서 깍지 낀 양손에 턱을 괴고 그녀는 그들이 마지막으로 만난 이후의 1년 반 동안에 대해 그에게 들려주었다.

그녀는 사람들이 '사교계'라고 부르는 것에 넌더리가 났다. 뉴욕은 친절했고 거의 숨이 막힐 정도로 호의적으로 맞아주었다. 그녀는 뉴욕이 얼마나 따뜻하게 자신을 다시 맞아주었는지 결코 잊지 못할 것이다. 그러나 처음에 신기해하던 흥분이 사라진 후 그녀의 표현을 빌리면 그녀는 자신이 너무 '달라서' 뉴욕이 중요하게 여기는 것들을 좋아하지 않는다는 것을 깨달았다—그래서 그녀는 워싱턴에서 살아보기로 결정했다. 그곳에서는 더 다양한 사람들의 의견을 접할 수 있을 것이라 기대했기 때문이다. 그리고 전반적으로는 그녀가 워싱턴에 정착해서 불쌍한 메도라에게 가족이 되어줘야만 할 것 같았다. 메도라에게 보살핌이 가장 절실하게 필요하고 결혼의 위험에서 보호받아야 할 필요성이 가장 절실하던 바로 그런 때에, 메도라와 연고가 있는 다른 모든 사람들은 그녀에 대한 인내심을 다 써버린 상태였다.

"그런데 카버 박사는요—당신은 카버 박사에 대해 걱정하지 않소? 그가 당신과 함께 블렌커 가에 묵었던 것으로 들었는데요."

그녀가 웃음을 지었다. "아, 카버 박사에 대해서는 더는 걱정하지 않아요. 그분은 매우 영리한 사람이에요. 자기 계획에 자금을 대줄 부자 아내를 원하는데 메도라 이모는 개종한 사람으로서 좋은 광고용일 뿐이에요."

"무엇으로 개종한 사람 말입니까?"

"온갖 종류의 새롭고 무모한 사회 계획으로요. 그런데 우리의 친구들 사이에서 보게 되는 전통—다른 누군가의 전통—에 대한 맹목적인 순응보다 그 계획들이 나한테는 더 흥미롭다는 거 아세요? 다른 나라의 복사판으로 만들려고 미국을 발견했다니 한심해 보이죠." 그녀가 식탁 맞은편에서 웃었다. "당신은 크리스토퍼 콜럼버스가 셀프리지 메리 가 사람들과 오페라하우스에 가려고 그 고생을 했을 거라고 생각해요?"

아처의 안색이 변했다. "그렇다면 보퍼트는요—이런 얘기를 보퍼트에게도 합니까?" 그가 불쑥 물었다.

"그 사람을 못 만난 지 오래되었어요. 그런데 그전에는 그랬죠. 그 사람은 이해해줘요."

"아, 바로 그게 내가 항상 당신에게 했던 말이오. 당신은 우리를 좋아하지 않아요. 그리고 보퍼트가 우리와 너무 다르기 때문에 당신이 그를 좋아하고요." 그는 장식 없는 수수한 방과, 황량한 해변과 해안선을 따라 줄지어 늘어선 새하얀 시골집들을 둘러보았다. "우리는 지독하게 따분하죠. 개성도 없고 색깔도 없고 다양하지도 않아요.—궁금하군요." 그가 갑자기 소리를 질렀다. "왜 안 돌아가는 겁니까?"

그녀의 눈빛이 어두워졌다. 그는 그녀가 분개해서 대꾸할 것이라 예상했다. 그러나 그녀는 그가 한 말을 곰곰이 생각하는 것처럼 조용히 앉아 있었다. 그는 그녀가 자기도 역시 궁금하다고 대답하지나 않을까 점차 무서워졌다.

마침내 그녀가 대답했다. "당신 때문이라고 생각해요."

그보다 더 냉정하게, 아니 고백받는 사람의 허영심을 그보다 더 부추겨주지 않는 어조로 그런 고백을 하기도 불가능할 것이다. 아처는 관자놀이까지 얼굴이 빨개져서 감히 움직이지도, 말을 하지도 못했다. 그녀의 말이 희귀한 나비와 같아서 조그만 움직임도 그것을 놀라 날아가버리게 만들 수 있지만, 가만히 내버려두면 나비 떼를 불러 모을 것 같았다.

그녀가 말을 계속했다. "어쨌든 따분함 밑에 너무나 고상하고 예민하며 미묘한 것들이 있어서 이전의 삶에서 내가 가장 좋아했던 것들조차 그에 비하면 천박해 보인다는 사실을 깨닫게 해준 사람은 바로 당신이었어요. 내 마음을 어떻게 표현해야 할지 모르겠어요."—그녀가 괴로운지 이마를 찡그렸다—"그런데 최상의 기쁨을 얻으려면 어렵고 초라하고 천한 것을 얼마나 많이 대가로 치러야 하는지 전에는 전혀 깨닫지 못했던 것 같아요."

"최상의 기쁨이라—그런 기쁨을 누렸다는 것은 대단한 거죠!" 그는 그렇게 대꾸하고 싶었지만 간청하는 그녀의 눈빛에 입을 다물었다.

그녀가 말을 계속했다. "당신에게는 백 퍼센트 솔직하고 싶어요—나 자신에게도 말이에요. 오랫동안 이런 기회가 오길 기다렸어요. 당신이 날 어떻게 도와주었는지, 당신이 나를 어떻게 변화시켰는지 말할 기회를요……."

아처는 이마를 찡그린 채 빤히 바라보며 앉아 있다가 웃으면서 그녀의 말에 끼어들었다. "그러면 당신은 나를 어떻게 변화시켰다고 생각하오?"

그녀가 약간 창백해졌다. "당신을요?"

"그래요. 내가 당신을 변화시킨 것보다 당신이 날 더 많이 변화시켰소. 나야말로 또 다른 여자가 그렇게 하라고 시켰기 때문에 한 여자와 결혼한 남자니까요."

그녀의 창백한 얼굴이 잠깐 동안 붉어졌다. "당신이 오늘은 그런 말을 안 할 거라고 생각했는데요―당신이 그렇게 약속했고요."

"아―정말 여자답군요! 당신네 여자들은 안 좋은 일에서는 빠지려고만 든다니까요!"

그녀가 목소리를 낮췄다. "이게 안 좋은 일인가요―메이에게?"

그는 창가에 서서 올린 창틀을 두드리며, 사촌동생의 이름을 말할 때 부러워하는 듯한 부드러운 그녀의 목소리를 온몸으로 느꼈다.

"바로 그것을 우리는 항상 염두에 둬야 하니까요―그렇지 않나요―당신 자신이 말한 대로."

"내가 말한 대로?" 그가 멍한 눈길로 여전히 바다를 바라보면서 되물었다.

그녀가 자기 생각을 애써 열심히 따라가면서 말을 계속했다. "그렇지 않다면, 다른 사람들을 환멸과 불행에서 구하려고 많은 것을 포기하고 버렸던 게 아무 가치가 없다면, 나를 고향으로 돌아오게 만든 모든 것이, 이전의 삶을 너무나 비천하고 초라하게 보이도록 만든 모든 것이―그곳에서는 어느 누구도 그것을 중요하게 여기지 않았으니까요—이 모든 것이 거짓이거나 꿈이겠죠……."

그는 서 있던 곳에서 움직이지 않은 채 몸을 돌렸다. "그렇다면 도대체 당신이 돌아가지 못할 이유가 없는 것 아니오?" 그가 그녀 대신 결론을 내렸다.

그녀의 눈이 그를 절박하게 쳐다보았다. "아, 아무 이유가 없다고요?"

"내 결혼의 성공에 당신의 모든 걸 건다면 그렇죠." 그가 잔인하게 말했다. "내 결혼이 당신을 여기에 붙잡아둘 구경거리가 되진 않을 텐데요." 그녀는 아무 대답도 하지 않았고 그는 말을 계속했다. "그게 무슨 소용이 있소? 당신은 내게 진짜 삶을 처음으로 보게 해주고 바로 그 순간 계속 가짜 삶을 살라고 부탁했소. 그것은 인간이 도저히 견딜 수 없는 일이오—그게 전부요."

"아, 그런 말 하지 말아요. 나도 그걸 견디고 있잖아요!" 그녀가 눈물이 그렁그렁해서 소리쳤다.

그녀는 양팔을 식탁 위에 축 늘어뜨린 채 절망적인 위험에도 개의치 않는다는 태도로 그의 시선에 자신의 얼굴을 내맡긴 채 앉아 있었다. 그 얼굴은 영혼이 담긴 그녀의 존재 전부라도 되는 것처럼 그녀를 고스란히 드러냈다. 아처는 그 얼굴이 갑자기 전해주는 것에 압도되어 멍하니 서 있었다.

"당신도—아, 줄곧, 당신도 역시?"

대답 대신 눈물이 그녀의 눈에서 천천히 흘러내렸다.

그들 사이에는 방 너비의 반이 여전히 자리 잡고 있었고 어느 누구도 움직일 기미를 보이지 않았다. 아처는 자신이 그녀의 신체적인 면에 이상할 정도로 무관심하다는 것을 깨달았다. 23번 가 작은 집에서 그녀의 얼굴을 보지 않으려고 그녀의 손에 시선을 고정시켰던 때처럼 식탁 위에 뻗은 그녀의 한 손이 그의 시선을 끌지 않았다면 그는 그녀의 신체적인 면을 거의 의식하지 못했을 것이다. 이제 그의 상상은 소용돌이 가장자리를 도는 것처럼 그 손을 중심으로 돌았다. 그러나 여전히 그는 더 가까이 다가가려는 노력을 조금도 하지 않았다. 그는 애무를 통해 더욱더 불타오르고 애무를 부채질하는 그런 사랑을 알고 있었다. 그러나 마음속 깊은 곳에서 우러나온 이 열정은 결코 피상적으로 충족될 수 없는 것이었다. 그의 유일한 두려움은 그녀가 한 말의 소리와 인상을 지워버릴 수 있는 행동을 하는 것이었다. 유일한 생각은 다시는 혼자라고 느끼지 않을 거라는 것이었다.

그러나 잠시 후 시간을 허비하고 망치고 있다는 느낌이 그를 압도했다. 그곳에서 그들은 남들이 보이지 않는 곳에 안전하게 서로 가까이 있었다. 그러나 각자의 운명에 너무 얽매여 있었기 때문에 두 사람은 지구 반 바퀴쯤 떨어져 있는 편이 더 나을 것 같았다.

"무슨 소용이 있겠소—당신이 돌아간다면?" 그가 큰 소리로 외쳤다. 이 말 밑에는 '도대체 어떻게 하면 당신을 붙잡을 수 있소?'라는 매우 절망적인 절규가 깔려 있었다.

그녀는 눈을 내리뜬 채 꼼짝도 하지 않고 앉아 있었다. "아—아직은 가지 않을 거예요!"

"아직은 아니라고요? 그렇다면 언젠가는 간다는 말이오? 당신이 언제 갈지 이미 정해놓았다는 말이오?"

그 말에 그녀가 맑디맑은 눈을 들었다. "당신에게 약속할게요. 당신이 견디고 있는 한은 가지 않을게요. 우리가 이렇게 서로 똑바로 쳐다볼 수 있는 한은 가지 않을게요."

그가 의자에 털썩 주저앉았다. 그녀의 대답이 나타내는 진짜 의미는 "당신이 손가락 하나만 까딱해도 당신이 날 돌아가게 내모는 거예요. 당신이 알고 있는 그 모든 혐오스러운 것들로, 당신이 반도 추측할 수 없는 온갖 유혹으로요"였다. 그는 그녀가 자기 입으로 그 말을 직접 한 것처럼 분명하게 이해했고, 그 생각 때문에 감동적이고 신성한 복종의 마음으로 앉아 있던 식탁 쪽에서 꼼짝도 하지 않았다.

"당신에게 너무 가혹한 삶이오!" 그가 신음하듯 말했다.

"아—내 삶이 당신 삶의 일부인 한 안 갈 거예요."

"그리고 내 삶은 당신 삶의 일부가 되고요?"

그녀가 고개를 끄덕였다.

"그리고 그게 전부가 될 거라는 거죠—우리 두 사람 모두에게?"

"그래요. 그게 전부예요. 아닌가요?"

그 말에 그는 사랑스러운 그녀의 얼굴 외에 모든 것을 잊어버린 채 벌떡 일어섰다. 그녀 역시 그를 맞이하거나 그에게서 피하려는 것이 아니라 가장 힘든 일이 끝나서 기다리는 것밖에 없는 것처럼 조용히 일어섰다. 너무나 조용히 일어나서 그가 가까지 다가가자 그녀가 죽 내민 양손은 그를 막으려는 것이 아니라 그를 이끄는 것처럼 작용했다. 그녀의 손이 그의 손 안에 잡혔지만 단단하지는 않아도 쭉 뻗은 그녀의 양팔은 그를 밀어냈고 대신 체념한 얼굴이 나머지 이야기를 했다.

그렇게 오랫동안 서 있었다. 아니 아주 잠깐 그렇게 서 있었는지 모른다. 그러나 그 시간은 그녀가 침묵을 통해 해야 할 이야기를 모두 할 수 있을 만큼, 그에게 딱 한 가지만 중요하다는 것을 느끼게 해줄 만큼 충분히 긴 시간이었다. 그는 이번 만남이 마지막으로 만들 짓을 절대 해서는 안 되었다. 그는 그들의 미래를 그녀에게 맡기고 그것을 꼭 붙들고 있으라고 부탁해야만 했다.

"절대―절대 불행해하지 말아요." 그녀가 손을 빼면서 갈라진 목소리로 말했다. 그가 대답했다. "돌아가지 않을 거죠―돌아가지 않을 거죠?" 그것이 참을 수 없는 단 한 가지 가능성인 것처럼 그가 물었다.

"돌아가지 않을 거예요." 그녀가 이렇게 말하고 몸을 돌려 문을 열고 일반 식당 쪽으로 나갔다.

시끄러운 학교 선생님들은 뿔뿔이 흩어져서 부두로 달려갈 채비를 하며 소지품을 챙기고 있었다. 바닷가 건너편에는 부두에 하얀 증기선이 정박해 있었고 햇빛에 반짝이는 바다 위로는 길게 드리운 안개 속에 어렴풋이 보스턴이 보였다.

## 25

 다시 배 위에서 다른 사람들 앞에 있게 되자 아처는 마음이 평온해지는 것을 느꼈다. 그런 마음의 평온함에 그는 기운이 나기도 했지만 놀랍기도 했다.
 일반적인 평가 기준으로 보면 그날은 상당히 터무니없는 실패였다. 그는 올렌스카 부인의 손에 입맞춤조차 하지 못했고 다음 기회를 기약하는 말 한마디 끌어내지 못했다. 그런데도 이루지 못한 사랑을 그리워하고 열정의 대상과 기약 없이 헤어져야 하는 남자로서 그는 부끄러울 정도로 침착함과 편안함을 느꼈다. 그를 그렇게 흔들어놓았으면서도 그를 진정시킨 것은 그녀가 다른 사람들에 대한 그들의 의무와 서로에 대한 진실 사이에서 완벽하게 균형을 잡아주었기 때문이었다. 그 균형은 그녀가 눈물과 더듬는 말을 통해 보여주었듯이 인위적으로 계산된 것이 아니라 흔들림 없는 진심에서 자연스럽게 나온 것이었다. 이제 위험은 사라졌기 때문에 그의 마음은 그 균형에 대한 다정한 경외감으로 가득 찼고, 그 어떤 개인적인 허영심이나 수준 높은 관객들 앞에서 한 배역을 연기하고 있다는 느낌 때문에 그녀를 유혹하려는 마음을 갖지 않게 해준 운명에 감사했다. 두 사람이 폴 리버 역에서 작별 인사로 악수를 하고 그 혼자 돌아선 후에도 그는 그녀와의 만남에서 자신이 잃은 것보다 얼은 것이 훨씬 더 많다는 확신을 계속 품고 있었다.

그는 천천히 걸어 클럽으로 돌아가서 텅 빈 서재에 혼자 앉아 두 사람이 함께 보낸 시간을 하나하나 마음속으로 되새겨보았다. 그녀가 결국 유럽으로—남편에게로—돌아가기로 결정한다면 그것은 새롭게 제안받은 조건들까지 가세된 상태에서 그녀가 예전의 삶에 이끌려서가 아니라는 점이 분명해졌고 더 자세히 따져보면 볼수록 더욱더 그 점이 분명해졌다. 절대 아니었다. 그녀는 자신이 아처를 유혹하는 존재가 되고 있다는 생각이 드는 경우에만, 자신이 두 사람이 세워놓은 기준에서 벗어나도록 그를 유혹하는 존재가 되고 있다는 생각이 드는 경우에만 갈 것이다. 그녀의 선택은 그가 그녀에게 더 가까이 다가오라고 요구하지 않는 한 그의 곁에 머물러 있겠다는 것이었다. 그것은 그가 안전하지만 멀찌감치 떨어진 바로 그곳에 그녀를 그대로 내버려둘 수 있는가 하는 문제에 달려 있었다.

기차에서도 그는 여전히 이런 생각들에 빠져 있었다. 그 생각들이 그를 일종의 황금빛 안개로 감싸주었기 때문에 그 안개 너머로 보이는 주변 사람들의 얼굴은 아련하고 흐릿했다. 그가 같은 기차에 탄 사람들에게 말을 걸면 그들이 그의 말을 알아듣지 못할 것 같은 느낌이 들었다. 이렇게 멍한 상태에서 그가 다음 날 아침 눈을 뜨자 뉴욕의 숨 막히는 9월의 하루라는 현실이 기다리고 있었다. 긴 기차 안에서 더위에 지친 얼굴들이 줄지어 그를 지나갔고 그는 전날과 같이 황금빛 안개를 통해 계속 그들을 쳐다보았다. 그러나 역을 막 나서려고 할 때 갑자기 한 얼굴이 떨어져 나와 가까이 다가오더니 그의 의식 속으로 밀고 들어왔다. 그는 즉시 그 얼굴이 그 전날 파커 하우스 앞에서 보았던 젊은이의 얼굴이라는 것을 생각해냈다. 그 얼굴을 보면서 어떤 유형에도 속하지 않고 미국의 호텔에서는 볼 수 없는 얼굴이라는 느낌이 들었었다.

지금도 똑같은 느낌이 들었고, 전에 만난 적이 있는 것 같은 기분이 다시 들었다. 그 젊은이는 미국 여행으로 혼쭐이 나서 얼떨떨한 외국인 같은 분위기를 풍기며 서서 주변을 둘러보다가 아처에게 다가와 모자를 들고 인사를 하며 영어로 물었다. "선생님, 분명히 우리가 런던에서 만나지 않았나요?"

"아, 맞아요. 런던에서요!" 아처는 그의 말에 동감하며 호기심에 차서 그의 손을 잡았다. "그래서 결국에는 이곳으로 정말 왔군요?" 그가 외치며 카프리 가 조카의 프랑스인 가정교사의 기민하고 야윈 작은 얼굴을 의아해하는 눈으로 바라보았다.

"아, 왔습니다―맞아요." 리비에르 씨가 입술을 오므리며 웃었다. "그런데 오래 있진 않을 겁니다. 모레 돌아갑니다." 그는 단정하게 장갑 낀 한 손으로 가벼운 여행 가방을 들고 서서 아처의 얼굴을 초조하고 당혹스러워하며, 거의 애원하듯이 뚫어지게 바라보았다.

"선생님, 이렇게 선생님을 우연히 만나게 되다니 저한테는 대단한 행운입니다. 혹시 제가……."

"나도 막 말을 꺼내려던 참이었는데 같이 점심이나 합시다. 내 말은 시내에서 말이오. 내 사무실로 찾아오면 근처의 훌륭한 식당으로 모시고 가겠습니다."

리비에르 씨는 분명히 감동하고 놀란 것 같았다. "참 친절하십니다. 그런데 저는 뭔가 전달해야 하는데 어떻게 보내야 하는지 여쭤보려던 참이었습니다. 짐꾼도 없고 이곳에서는 어느 누구도 귀를 기울여주지 않는 것 같습니다……."

"맞아요. 이곳 미국의 기차역에 틀림없이 놀랐을 것입니다. 짐꾼을 부르면 껌을 주는 식이죠. 날 따라오면 당신을 도와드리겠습니다. 그러면 꼭 점심식사를 함께 해야 합니다."

젊은이는 약간 망설이더니 대단히 고마워하면서 별로 설득력이 없는 어조로 선약이 있다고 대답했다. 그러나 그들이 거리로 나와 어느 정도 안도할 수 있는 곳에 이르게 되자 그가 그날 오후에 찾아가도 되겠느냐고 물었다.

한여름이라 사무실이 한가해서 여유로웠던 아처는 시간을 정하고 주소를 적어주었다. 프랑스인은 여러 번 감사 인사를 하고 과장된 동작으로 모자를 벗으며 종이를 호주머니에 넣었다. 그는 마차가 끄는 트롤리버스[1]를 탔고 아처는 걸어갔다.

정확하게 약속 시간에 맞춰 리비에르 씨가 면도를 하고 옷매무새를 다듬었지만 여전히 찡그린 진지한 모습으로 나타났다. 사무실에는 아처뿐이었고 젊은이는 그가 권한 의자에 앉기 전에 불쑥 말을 시작했다. "어제 보스턴에서 선생님을 분명히 뵌 것 같은데요."

그 말이 크게 중요하지 않았기 때문에 막 동의하려던 순간 아처는 손님의 집요한 눈길에서 뭔지 알 수는 없지만 의미심장한 것이 느껴져서 말을 멈췄다.

리비에르 씨가 말을 계속했다. "제가 지금 처한 이런 상황에서 선생님을 만나다니 이상하군요. 정말 이상합니다."

"어떤 상황을 말하는 겁니까?" 아처는 혹시 그에게 돈이 필요한 것은 아닌지 약간 노골적으로 의심하면서 물었다.

리비에르 씨가 주저하는 눈빛으로 그를 계속 유심히 쳐다보았다. "지난번에 선생님을 만났을 때 말씀드린 것처럼 저는 일자리를 찾

---

1 horse-car : 무궤도 버스.

으러 온 것이 아니라 특별한 임무를 띠고 왔습니다……."

"아―!" 아처가 소리쳤다. 한순간에 두 번의 만남이 그의 마음 속에서 서로 연결되었다. 그는 그렇게 갑자기 밝혀진 상황을 받아 들이려고 잠시 말을 멈췄고 리비에르 씨 또한 자신이 이미 한 말로 충분했다는 것을 깨달은 것처럼 침묵을 지켰다.

"특별한 임무라." 아처가 마침내 이 말을 반복했다.

젊은 프랑스인은 두 손바닥을 펴서 살짝 들어 올렸고 두 사람은 사무실 책상을 사이에 두고 계속 서로를 바라보았다. 그러다가 아처가 먼저 나서서 말했다. "앉으세요." 그러자 리비에르 씨가 절을 하고 멀리 떨어진 의자에 앉아서 다시 기다렸다.

"나와 상의하고 싶다는 것이 그 임무에 관한 것입니까?" 마침내 아처가 물었다.

리비에르 씨가 고개를 숙였다. "저를 위한 일은 아닙니다. 그 점에 대해서는 제가―제가 충분히 처리했습니다.―괜찮으시다면― 올렌스카 백작부인에 대해 선생님과 이야기를 나눠보고 싶습니다."

아처는 몇 분 전부터 이 말이 나올 것이라 예상하고 있었다. 그러나 막상 이 말을 듣자 덤불숲에서 휘어졌다 튕겨 나온 가지에 걸리기라도 한 것처럼 관자놀이로 피가 몰려왔다.

"그렇다면 누구를 위해서 당신이 이 일을 하고자 하는 것입니까?"

리비에르 씨가 그 질문에 확고하게 대답했다. "글쎄요―외람되게 들리지 않는다면 부인을 위해서라고 말할 수 있습니다. 말을 바꿔볼까요? 추상적인 정의를 위해서라고?"

아처가 비꼬는 표정으로 그를 주시했다. "다른 말로 하면 당신이 올렌스키 백작의 사자라는 말입니까?"

그는 리비에르 씨의 창백한 얼굴이 자신의 얼굴보다 더 붉어지는 것을 보았다. "선생님께 보낸 사자가 아닙니다. 선생님을 찾아온 것은 완전히 다른 이유 때문입니다."

"이런 상황에서 당신에게 다른 이유로 올 권리가 있습니까?" 아처가 대꾸했다. "사자로 왔다면 당신은 사자일 뿐입니다."

젊은이가 이 말에 대해 곰곰이 생각했다. "제 임무는 끝났습니다. 올렌스카 백작부인에 관한 한 임무는 실패했습니다."

"그 점은 내가 도와줄 수 없습니다." 아처가 여전히 빈정대는 어조로 대꾸했다.

"맞습니다, 그러나 선생님께서 도와주실 수……." 리비에르 씨가 말을 멈추고 아직도 장갑을 꼭 끼고 있던 손으로 모자를 돌려서 안감을 들여다보다가 아처의 얼굴로 시선을 돌렸다. "선생님, 부인의 가족들에게도 제 임무가 똑같이 실패한 것이 되도록 도와주실 수는 있으리라고 확신합니다."

아처가 의자를 뒤로 밀치고 일어섰다. "좋아요—기필코 그렇게 하리다!" 그가 소리쳤다. 그는 호주머니에 손을 찌르고 서서 자그마한 체구의 프랑스인을 분노에 가득 차서 내려다보았다. 그 역시 일어섰는데도 그의 얼굴은 여전히 아처의 눈높이보다 1, 2인치 정도 아래에 있었다.

리비에르 씨의 얼굴이 원래의 창백한 상태로 되돌아갔다. 그의 안색은 더 창백해질 수 없을 정도로 창백했다.

아처가 폭발해서 말을 계속했다. "올렌스카 부인과 내 관계 때문에 나한테 그런 부탁을 하는 모양인데 도대체 무슨 이유로 내가 부인의 가족들과 반대되는 태도를 취하고 있다고 생각했습니까?"

리비에르 씨는 얼굴 표정의 변화로 잠깐 동안 대답을 대신했다.

그의 얼굴은 겁에 질렸다가 무척 고민하는 표정으로 바뀌었다. 평소 기민한 태도를 보여주었던 젊은이로서 그보다 더 경계심을 풀고 무방비 상태가 된 모습을 보이기 힘들었을 것이다. "아, 선생님……."

아처가 말을 계속했다. "백작부인과 훨씬 더 가까운 사람들이 있는데도 당신이 날 찾아온 이유를 알 수가 없습니다. 당신이 가지고 온 논리를 내가 더 잘 받아들일 거라고 당신이 생각한 이유는 더더욱 모르겠군요."

리비에르 씨가 이 맹공격을 당황스러울 정도로 겸손하게 받아들였다. "선생님께 말씀드리고 싶었던 논리는 제 자신의 논리이지 제 임무와는 별개입니다."

"그렇다면 더더욱 그 논리를 들을 이유가 없다고 봅니다."

리비에르 씨는 이 마지막 말이 모자를 쓰고 떠나라는 충분히 노골적인 암시는 아닌지 따져보는 것처럼 다시 모자를 뚫어지게 살펴보았다. 그러다가 그가 갑자기 결단력 있게 입을 열었다. "선생님─한 가지만 말씀해주시겠어요? 선생님께서 문제 삼으시는 게 제가 여기 올 권리가 있느냐 없느냐는 것입니까? 아니면 모든 문제가 이미 종결되었다고 생각하시는 건가요?"

그의 조용한 주장에 아처는 자신의 호통이 얼마나 꼴사나웠는지 깨달았다. 리비에르 씨는 자신의 의견을 관철시키는 데 성공했다. 아처는 살짝 얼굴을 붉히고 다시 의자에 털썩 주저앉으며 젊은이에게 앉으라는 신호를 보냈.

"미안하지만 왜 그 문제가 종결되지 않았다는 겁니까?"

리비에르 씨가 괴로운 표정으로 그를 마주보았다. "그렇다면 제가 가져온 새로운 제안들에 직면했을 때 올렌스카 부인이 남편에게 돌아가지 않는 것이 거의 불가능하다는 다른 가족들의 의견에 선생님은 동의하십니까?"

"세상에!" 아처가 소리쳤다. 그러자 손님은 확인해주는 말을 나지막이 중얼거렸다.

"부인을 만나기 전에—올렌스키 백작의 요청에 따라—로벨 밍고트 씨를 뵙고 보스턴으로 가기 전에 여러 번 말씀을 나눴습니다. 그분의 의견이 곧 그분 어머니의 의견이고, 맨슨 밍고트 부인이 가족 전체에 지대한 영향력을 행사하신다고 알고 있습니다."

미끄러지는 절벽 가장자리에 매달린 기분으로 아처는 조용히 앉아 있었다. 이 협상에 관여하지 못하도록 자신이 배제당했고, 협상이 진행되고 있다는 사실조차 몰랐다는 것을 알게 되자 그는 지금 막 알게 된 사실에 대한 더 격심한 놀라움으로도 절대 완화되지 않는 충격을 받았다. 집안 사람들이 더는 그와 상의하지 않기로 했다면 그것은 깊은 부족적인 본능이 그들에게 그가 더는 자기들 편이 아니라는 것을 경고해주었기 때문이라는 깨달음이 섬광처럼 스쳐갔다. 그는 양궁 모임이 있던 날 맨슨 밍고트 부인 댁으로 마차를 몰고 가는 동안 "어쨌든 엘런은 남편에게 돌아가는 게 더 행복할지도 몰라요"라고 했던 메이의 말을 떠올렸고 그 말이 무슨 뜻이었는지 깨달으며 흠칫 놀랐다.

새로 알게 된 사실들로 혼란스러운 와중에도 아처는 자신이 분개하면서 소리를 질렀던 일과 그 이후에는 아내가 올렌스카 부인의 이름을 그에게 한 번도 꺼내지 않았다는 사실을 떠올렸다. 그녀가 무심코 던진 말은 그의 의중을 떠보기 위한 것이었음이 분명했다. 그 결과가 가족들에게 전해졌고 그 후 아처는 그들의 협의에서 암묵적으로 제외되었다. 이런 결정에 메이를 굴복하게 만든 부족의 규율에 아처는 감탄을 금치 못했다. 메이가 양심의 가책을 느꼈다면 결코 그렇게 하지 않았으리라는 것을 그는 잘 알았다. 어쩌면 그녀 역시 올렌스카 부인이 별거하는 아내로 사느니 불행한 아내로 사는 편이 더 나을 것이며, 거북하게도 가장 기본적인 일들을 갑자기 당연하게 받아들이지 않는 것 같은 뉴랜드와 이 일을 상의해봐야 소용이 없다는 가족의 의견에 동의했는지도 모른다.

아처가 눈을 들자 손님의 걱정스러운 시선과 마주쳤다. "선생님, 가족들이 백작부인에게 남편의 마지막 제안을 거절하라고 조언할 권리가 자신들에게 있는 것인지 회의를 갖기 시작했다는 사실을 모르십니까—선생님이 모르신다는 게 가능합니까?"

"당신이 가져온 제안 말입니까?"

"제가 가져온 제안 말입니다."

아처는 자신이 무엇을 알건 혹은 모르건 리비에르 씨가 상관할 바가 아니라고 외치고 싶은 마음이 굴뚝같았다. 그러나 리비에르 씨의 시선에서 느껴지는 겸손하면서도 용감한 집요함 속에 들어 있는 뭔가가 그에게 이런 결론을 포기하게 만들었다. 그는 젊은이의 질문에 다른 질문으로 대처했다. "이런 문제를 내게 이야기하는 목적이 무엇입니까?"

그의 대답을 기다릴 필요가 없었다. "선생님께 간청하기 위해서입니다—제 힘 닿는 데까지 선생님께 간청하려고요. 그녀가 돌아가지 않게 막아달라고요.—아, 제발 막아주세요!" 리비에르 씨가 소리쳤다.

아처는 더욱 놀라 그를 쳐다보았다. 그가 진심으로 괴로워하고 있으며 결의가 확고하다는 것에는 의심의 여지가 없었다. 그는 자기 태도를 분명하게 밝혀야 할 극도의 필요성을 제외하고 다른 모든 것을 실패로 돌아가게 내버려두겠다는 각오를 단단히 한 것이 분명했다.

아처가 마침내 입을 열었다. "이것이 올렌스카 백작부인에 대해 당신이 취했던 태도인지 물어봐도 됩니까?"

리비에르 씨가 얼굴을 붉혔지만 그의 눈빛은 머뭇거리지 않았다. "아닙니다, 선생님. 저는 좋은 뜻에서 이 임무를 맡았습니다. 저는—굳이 선생님께 말씀드릴 필요가 없는 여러 가지 이유에서—올렌스카 부인이 자신의 위치와 재산, 그녀의 남편의 지위가 제공해주는 사회적 중요성을 되찾는 것이 더 나을 것이라고 진심으로 믿었습니다."

"그랬을 거라고 추측했습니다. 그런 임무를 다른 식으로 받아들일 수는 없었을 것입니다."

"맡지 말았어야 했습니다."

"그런데 그랬다가—?" 아처가 다시 말을 멈췄다. 두 사람의 시선이 마주치며 또다시 오랫동안 서로를 탐색했다.

"아, 선생님. 부인을 만나고 난 후, 그분의 말을 듣고 난 후, 여기 계시는 편이 훨씬 더 낫다는 것을 알았습니다."

"알았다고요—?"

"선생님, 저는 제 임무를 충실하게 이행했습니다. 저는 백작님의 생각을 전했고 제 의견을 전혀 덧붙이지 않은 채 그분의 제안을 그대로 말씀드렸습니다. 백작부인은 너그럽게도 참을성 있게 제 말을 들어주셨습니다. 친절하게도 저를 두 번이나 만나주셨고요. 그분은 제가 와서 전해드린 모든 말씀을 공정하게 고려해보셨습니다. 그리고 이 두 번의 대화 도중에 제가 마음을 바꾸게 되었고 상황을 다르게 보게 된 것입니다."

"무엇 때문에 이런 변화가 생긴 건지 물어봐도 되겠습니까?"

"그저 그분에게 일어난 변화를 보았기 때문입니다." 리비에르 씨가 대답했다.

"그분에게 일어난 변화라니요? 그렇다면 전부터 그녀를 알았단 말입니까?"

젊은이의 얼굴이 다시 붉어졌다. "그분 남편 댁에서 뵙곤 했습니다. 여러 해 동안 올렌스키 백작을 알고 지냈습니다. 백작님이 그런 임무를 모르는 사람에게 맡겨서 보내지는 않았으리라는 것은 쉽게 아실 수 있을 겁니다."

아처의 시선은 사무실의 텅 빈 벽 쪽으로 향하다가 벽에 걸린 미국 대통령의 울퉁불퉁한 얼굴 밑에 실린 달력에 머물렀다. 그의 통치를 받고 있는 몇백만 제곱마일 내에서 그런 대화가 이루어지고 있다는 사실이야말로 상상할 수 있는 것 중에서 가장 기묘해 보였다.

"변화라―어떤 종류의 변화를 말하는 건가요?"

"아, 선생님께 말씀드릴 수만 있다면!" 리비에르 씨가 말을 멈췄다. "들어보십시오―제가 이전에는 상상도 못했던 발견이었습니다. 그분이 미국인이라는 것 말입니다. 그리고 선생님이 그분과 비슷한 부류의―선생님과 비슷한 부류의―미국인이라면 다른 사회에서는 용납되거나 적어도 일반적으로 편리한 타협의 일부로 용인되는 것들이 도저히 생각할 수조차 없는 일이 된다는 것도 말입니다. 올렌스카 부인의 친척 분들이 이런 것들이 무엇인지 이해하신다면 틀림없이 부인이 돌아가는 것을 부인 자신처럼 무조건적으로 반대하실 겁니다. 그러나 친척 분들은 부인을 돌아오게 하려는 부인 남편의 소망을 가정 생활을 꾸려가고자 하는 억누를 길 없는 소망의 증거로 간주하는 것 같습니다." 리비에르 씨가 잠시 말을 멈췄다가 덧붙였다. "그런데 그것은 그렇게 간단하지가 않습니다."

아처는 미국 대통령에게 다시 눈길을 돌렸다가 책상과 그 위에 흩어져 있는 서류를 내려다보았다. 1, 2초 동안 그는 입을 열어 말할 자신이 없었다. 이러는 사이에 리비에르 씨가 의자를 뒤로 밀치는 소리가 들려왔고 그가 일어섰다는 것을 알았다. 다시 눈길을 들었을 때 그는 손님이 자기만큼 감동했다는 것을 알았다.

"고맙소." 아처가 간단하게 말했다.

"선생님, 제게 고마워하실 필요가 조금도 없습니다. 오히려 제가……." 리비에르 자신에게도 말하는 것이 힘든 것처럼 말을 끊었다. "그런데 한 가지만 덧붙이고 싶습니다." 그가 더 단호한 목소리로 말을 계속했다. "제가 올렌스키 백작에게 고용되어 있느냐고 물으셨죠? 지금 이 순간에는 그렇습니다. 저는 아프고 나이 든 식구들이 딸린, 어느 누구에게나 일어날 수 있는 그런 개인적인 필요성 때문에 몇 달 전에 백작에게 되돌아갔습니다. 그러나 이런 말씀을 드리러 선생님께 찾아오기로 한 조치를 취한 순간부터 저는 제 자신을 해고된 것으로 간주하고 있습니다. 돌아가면 곧바로 백작님께 그렇게 알리고 그 이유를 말씀드리겠습니다. 이게 전부입니다, 선생님."

리비에르 씨가 절을 하고 한 걸음 뒤로 물러섰다.

"고맙습니다." 악수를 나누면서 아처가 다시 말했다.

# 26

 해마다 10월 15일이면 5번 가는 덧문을 열고 양탄자를 깔고 창문에 세 겹으로 된 커튼을 달았다.
 11월 1일까지는 이런 집안일 행사가 끝났고, 사교계는 주변을 둘러보면서 스스로를 평가하기 시작했다. 15일경에는 사교철이 절정에 이르렀고, 오페라하우스와 극장에서는 매력적인 새 작품을 선보였으며, 만찬 약속이 쌓이고 무도회 날짜가 정해졌다. 그리고 어김없이 이때쯤이면 아처 부인은 잊지 않고 뉴욕이 정말 많이 변했다는 말을 하곤 했다.
 직접 관여하지 않는 사람의 높은 관점에서 관찰하면서 그녀는 실러턴 잭슨과 소피 양의 도움으로 표면에 새로 생긴 틈새를 추적했고, 질서정연하게 줄지어 심은 사교계의 채소들 사이로 뚫고 나오는 온갖 생소한 잡초들을 추적할 수 있었다. 아처는 젊었을 때 어머니의 이런 연례 선언을 기다렸고, 자신의 부주의한 시선이 간과했던 분열의 미세한 조짐을 어머니에게서 자세하게 듣는 것이 즐거웠다. 아처 부인이 보기에 뉴욕은 바뀔 때마다 항상 나쁜 쪽으로 바뀌었다. 그리고 소피 잭슨 양은 이 견해에 진심으로 동의했다.
 실러턴 잭슨 씨는 세상 물정에 밝은 사람답게 판단을 유보하고 숙녀들의 한탄을 즐거워하며 공평하게 경청했다. 그러나 그조차도 뉴욕이 변했다는 사실을 부인하지 않았다. 그리고 결혼 후 두 번째 겨울에 뉴랜드 아처는 뉴욕이 크게 변한 것은 없었다 해도 분명히 변하는 중이라는 사실을 인정하지 않을 수 없었다.

이런 문제점은 여느 때처럼 아처 부인의 추수감사절 만찬에서 제기되었다. 한 해의 축복에 감사하는 일이 그녀에게 공식적으로 요구되는 그날, 자신이 속한 세계에 대해 가혹하지는 않다 해도 음울하게 평가를 내리고 무엇에 감사해야 할지 모르겠다고 말하는 것이 그녀의 습관이었다. 어쨌든 사교계의 상태는 감사해야 할 대상이 아니었다. 사교계가 존재한다고 한다면 그것은 성경의 저주를 내려 달라고 빌어야 할 정도로 가관이었다—사실 애쉬모어 박사가 추수감사절 설교로 《예레미야서》(2장 25절)[1] 구절을 선택했을 때 그가 무슨 말을 하려고 했는지 모두가 알고 있었다. 애쉬모어 박사는 매우 '진보적'이었기 때문에 성 마태 교회의 새 교구 목사로 선택되었다. 그의 설교는 생각이 과감하고 언어가 참신한 것으로 간주되었다. 상류 사회를 맹렬히 공격할 때 그는 항상 '유행'을 언급했다. 아처 부인은 자신이 유행을 만들어가는 공동체의 일부라고 느끼면서 한편으로는 끔찍해했고 한편으로는 황홀해했다.

"애쉬모어 박사님 말씀이 지당하다는 것에는 의심의 여지가 없죠. 분명히 유행이 있으니까요." 그녀는 유행이라는 것이 집에 생긴 금처럼 눈에 보이고 측정이 가능한 것처럼 말했다.

"그래도 추수감사절에 그것에 대해 설교를 하는 것은 조금 이상했어요." 잭슨 양이 자신의 의견을 말하자 그녀를 초대한 안주인이 냉담하게 대꾸했다. "아, 목사님 말씀은 남아 있는 것에 감사하라는 거죠."

아처는 매년 어머니의 이런 예언을 웃으며 듣곤 했다. 그러나 올해는 그조차도 변화의 열거를 들으면서 '유행'이 명백하게 눈에 띈다는 것을 인정하지 않을 수 없었다.

"드레스가 얼마나 사치스러운지……." 잭슨 양이 말을 시작했다. "실러턴이 저를 오페라 개막공연 밤에 데려갔는데 작년에 입은 옷을 또 입은 사람은 제인 메리밖에 없었다니까요. 그런데 그 드레스조차 앞 색동 장식을 바꿨더라고요. 겨우 2년 전에 워스에게서 맞춰온 드레스라는 걸 제가 알거든요. 그녀가 파리에서 가져온 드레스들을 입어보기 전에 제 단골 재봉사가 항상 가서 고쳐주니까요."

"아, 제인 메리도 우리들 중 하나죠." 숙녀들이 자기 시대와 달리 자물쇠를 채운 옷장 속에 묵혀두지 않고 세관에서 나오자마자 새 파리 드레스를 떨쳐입고 사방으로 자랑하고 다니는 시대에 사는 것이 그리 바람직한 일은 아니라는 듯이 아처 부인이 한숨을 쉬며 말했다.

잭슨 양이 맞장구를 쳤다. "맞아요. 그녀도 몇 안 되는 사람들 중 하나죠. 제가 젊었을 때는 최신 유행에 따라 옷을 입으면 천박하다고 여겼으니까요. 에이미 실러턴은 보스턴에서는 파리 드레스를 2년 동안 묵혀두었다 입는 것이 관례라고 항상 말하곤 했어요. 손이 컸던 백스터 페니로 노부인은 1년에 벨벳 드레스 두 벌, 새틴 드레스 두 벌, 실크 드레스 두 벌, 포플린과 최고급 캐시미어 여섯 벌, 총 열두 벌을 주문하시곤 했어요. 고정 주문인 데다 돌아가시기 전에 2년 동안 아프셔서 박엽지에서 전혀 꺼낸 적이 없는 옷이 마흔여덟 벌이었대요. 그래서 그 집안 딸들이 탈상하고 나서 배당받은 드레스를 처음 입고 교향악단 연주회에 갔는데도 유행을 앞선 것처럼 보이지 않았어요."

"아, 보스턴이 뉴욕보다 더 보수적이에요. 그래도 한 계절 동안은 프랑스 드레스를 묵혀두는 것이 숙녀가 따라야 할 안전한 관례라고 나는 항상 생각해요." 아처 부인이 양보했다.

"새옷이 도착하자마자 재빨리 자기 아내한테 입혀서 새 유행을 시작한 사람은 바로 보퍼트예요. 때로는 레지나가 다르게 보이려고 온갖 공을 다 들이는 것 같아요. 누구와 다르게 보이려 하느냐 하면…… 누구와……." 잭슨 양이 식탁을 둘러보다가 제이니의 휘둥그레진 눈과 마주치자 알아들을 수 없게 웅얼거리며 말을 얼버무렸다.

"그녀의 경쟁자들과 다르게 보이려고 말이지." 실러턴 잭슨이 경구를 인용하듯이 말했다.

"아……." 숙녀들이 중얼거리자 아처 부인이 금지된 주제에서 딸의 관심을 돌릴 겸해서 덧붙였다. "불쌍한 레지나! 추수감사절에 그녀가 썩 즐겁지만은 않았을 거예요. 보퍼트의 투기에 대한 소문은 들으셨어요, 실러턴?"

잭슨 씨가 무관심하게 고개를 끄덕였다. 모두가 문제의 소문을 들어서 알았고 그는 이미 다 알고 있는 이야기를 확인해주는 것을 경멸했다.

우울한 침묵이 사람들 모두에게 드리웠다. 보퍼트를 진심으로 좋아하는 사람이 없었기 때문에 그의 사생활에 닥친 최악의 상황을 생각해보는 일이 전적으로 안타깝기만 한 것은 아니었다. 그러나 그의 처가에 재정적인 불명예를 안겨준다는 사실은 너무나 충격적이어서 그의 원수들조차 마음껏 즐거워할 수는 없었다. 아처가 살던 뉴욕은 사적인 관계에서는 위선을 용인했다. 그러나 사업상 문제에서는 투명하고 완벽한 정직함을 요구했다. 유명한 은행가가 불명예스럽게 파산하는 일은 근래에는 일어나지 않았다. 그러나 비슷한 종류의 사건이 마지막으로 일어났을 때 그 회사 중역들이 사교적으로 매장되었던 일은 모두 기억했다. 보퍼트의 실력과 레지나의 인기에도 아랑곳없이 보퍼트 가에도 똑같은 일이 벌어질 것이다. 보퍼트의 불법적인 투기에 대한 소문이 조금이라도 사실로 밝혀지면 댈러스 친척들이 아무리 똘똘 뭉쳐 힘을 합쳐도 불쌍한 레지나를 구하지 못할 것이다.

덜 불길한 화제로 대화가 넘어갔다. 그러나 건드리는 주제마다 유행이 가속화되고 있다는 아처 부인의 느낌을 확인해주는 것처럼 보였다.

"뉴랜드, 메이를 스트러더스 부인 댁에 일요일 저녁마다 가게 한 것으로 알고 있다……." 그녀가 말을 시작하자 메이가 명랑하게 끼어들었다. "아, 어머님도 아시다시피 요즘에는 모두 스트러더스 부인 댁에 가잖아요. 그분도 지난번 할머니 댁 환영회에 초대받았어요."

아처는 뉴욕이 그렇게 변화를 이루어냈다고 생각했다. 사람들은 변화가 완전히 끝날 때까지 모두 공모해서 무시하다가 그 변화가 이전 시대에 일어났다고 진심으로 믿었다. 성채에는 항상 반역자가 있었다. 그리고 그나 (아니면 일반적으로는 그녀가) 열쇠를 넘기고 나서, 그 성채가 난공불락인 척해봐야 무슨 소용이 있겠는가? 일단 스트러더스 부인이 베푸는 편안한 일요일의 환대를 맛보고 나면 사람들은 그녀의 샴페인이 사실은 구두약이 둔갑한 것이라고 생각하면서 집에 가만히 앉아 있을 가능성이 높지 않았다.

"나도 알고 있다. 얘야, 알고 있어." 아처 부인이 한숨을 쉬었다. "사람들이 여흥이라는 것을 찾아나서는 한 그런 것들이 존재해야만 한다고 생각한다. 그러나 네 사촌인 올렌스카 부인이 제일 먼저 나서서 스트러더스 부인을 후원한 것을 완전히 용서하진 못했다."

젊은 아처 부인의 얼굴이 확 붉어졌다. 그것을 보고 식탁 주변의 다른 손님들 못지않게 그녀의 남편도 깜짝 놀랐다. 그녀는 자기 부모님이 "아, 블렌커 가 사람들……"이라고 말할 때와 똑같이 비난하고 업신여기는 어조로 "아, 엘런……"이라고 중얼거렸다.

그것은 엘런이 백작의 설득에 계속 완고한 태도를 보임으로써 가족들에게 놀라움과 불편을 준 이후, 그들이 올렌스카 백작부인의 이름을 언급할 때마다 버릇처럼 말하는 어조였다. 그러나 메이의 입술을 통해 나오자 그것은 생각해보지 않으면 안 될 문제가 되었다. 아처는 메이가 자기 가족들과 거의 같은 어조로 말할 때 이따금씩 그에게 밀려드는 낯섦을 느끼며 그녀를 바라보았다.

평소보다 분위기 파악을 잘 못하고 있는 그의 어머니는 여전히 자기주장을 밀고 나갔다. "귀족 사회에서 살아온 올렌스카 백작부인 같은 사람들이 이곳 사교계의 특성을 무시하지 말고 그것을 지켜나가도록 도와줘야 한다는 게 내 평소 생각이에요."

메이는 계속 얼굴을 붉히고 있었다. 그것은 올렌스카 부인의 사교적인 신조가 잘못되었다는 사실을 인정한다는 것 이상의 의미를 가진 것처럼 보였다.

"외국인들에게는 우리 모두가 다 비슷해 보일 거라 확신해요." 잭슨 양이 신랄하게 말했다.

"엘런이 사교계를 좋아하는 것 같진 않아요. 그런데 그녀가 정확하게 무엇을 좋아하는지 누가 알겠어요." 확실한 의견을 밝히지 않는 애매한 표현을 찾고 있었던 것처럼 메이가 말을 계속했다.

"아, 거 참……." 아처 부인이 다시 한숨을 쉬었다.

올렌스카 백작부인이 이제는 더는 가족들의 총애를 받고 있지 않다는 사실을 모두 알았다. 그녀를 헌신적으로 옹호해주었던 맨슨 밍고트 노부인조차도 남편에게 돌아가지 않으려는 그녀를 변호해줄 수 없었다. 밍고트 가는 자신들이 찬성하지 않는다는 사실을 공공연하게 천명하지는 않았다. 그들의 결속감은 너무 강했다. 그들은 그저 웰렌드 부인의 말처럼 '불쌍한 엘런이 마땅한 곳에 자리를 잡도록' 내버려두었다. 굴욕적이고 이해할 수 없는 사실이었지만 그곳은 블렌커 가가 판치고 '글 쓰는 사람들'이 지저분한 의식을 즐기는 어두침침한 구렁텅이였다. 엘런이 자신의 모든 기회와 특권에도 아랑곳없이 그저 보헤미안이 되었다는 것은 도저히 믿을 수 없는 일이었지만 그것은 사실이었다. 그 사실 때문에 그녀가 올렌스키 백작에게 돌아가지 않음으로써 치명적인 실수를 범했다는 주장이 강력하게 제기되었다. 어쨌든 젊은 여성의 자리는 남편의 지붕 아래에 있었다. 굳이 자세히 들여다봤다면…… 글쎄…… 그런 상황에서 그녀가 그 자리를 박차고 나왔을 때는 특히 남편의 그늘로 돌아가야 했다.

"올렌스카 부인은 신사들에게 인기가 많아요." 소피 양은 자신이 사실은 비수를 꽂고 있다는 걸 알면서도 겉으로는 유화적인 말을 하고 싶다는 태도로 말했다.

"아, 올렌스카 부인 같은 젊은 여성은 항상 그런 위험에 노출되어 있지." 아처 부인이 쓸쓸하게 동의했다. 이런 결론을 내린 숙녀들은 옷자락을 모아 잡고 응접실의 둥근 카르셀 등을 찾아갔고 아처와 실러턴 잭슨은 고딕식 서재로 물러났다.

일단 벽난로 앞에 자리를 잡고 담배의 완벽함으로 저녁식사의 불완전함을 달래고 나자 잭슨 씨는 엄숙한 태도로 이야기를 시작할 상태가 되었다.

"보퍼트가 파산하면 여러 가지 사실들이 폭로될 걸세." 그가 선언했다.

아처는 재빨리 고개를 들었다. 그는 보퍼트의 이름을 들을 때마다 모피와 신발을 잔뜩 껴입은 채 스카이터클리프의 눈밭을 헤치며 걸어오던 그의 육중한 모습이 선명하게 떠올랐다.

"틀림없어. 가장 지저분한 종류의 마무리 과정이 뒤따를 걸세. 그가 레지나에게만 돈을 쓰진 않았으니까."

"아, 글쎄요—그건 부풀려진 이야기로 무시되고 있지 않습니까? 저는 아직은 그가 잘 빠져나갈 거라고 생각합니다."

"어쩌면—그럴지도 모르지. 그가 오늘 영향력 있는 사람들을 몇 명 만나기로 했다는 걸 알고 있네." 잭슨 씨가 머뭇거리며 인정했다. "물론 그가 잘 헤쳐나갈 수 있도록 그들이 도와주리라 희망하고 있네—어쨌든 이번에는 말일세. 불쌍한 레지나가 파산자들을 위한 외국의 초라한 온천 휴양지 같은 곳에서 여생을 보낼 거라는 생각은 하고 싶지 않네."

아처는 아무 말도 하지 않았다. 그에게는—아무리 비극적이라 해도—잘못된 방법으로 번 돈은 가혹하게 대가를 치르는 것이 너무나 당연해 보였기 때문에 그의 생각은 보퍼트 부인의 운명에 오래 머물지 않고 더 가까이 있는 문제들로 되돌아갔다. 올렌스카 백작부인이 언급되었을 때 메이가 얼굴을 붉힌 것은 무슨 의미였을까?

올렌스카 부인과 함께 보냈던 그 한여름 날 이후 넉 달이 지났다. 그 후 그는 그녀를 한 번도 보지 못했다. 그녀가 워싱턴으로, 메도라 이모와 함께 그곳에 얻은 작은 집으로 돌아갔다는 것은 알았다. 그는 그녀에게—언제 다시 만날 수 있는지 묻는 짤막한—편지를 한 번 보냈지만 그녀는 훨씬 더 짤막하게 "아직은 안 돼요"라는 답장을 보내왔다.

그때 이후 그들 사이에 그 이상의 연락은 없었다. 그는 마음속에 그녀가 그의 비밀스러운 생각과 갈망 한가운데 군림하고 있는 일종의 성소를 지었다. 조금씩 그것은 그의 진정한 삶의 장이 되었고 그의 유일한 이성적인 활동의 장이 되었다. 그는 자신이 읽은 책들과, 마음의 자양분이 되어준 생각과 느낌, 그의 판단과 상상을 그곳으로 가져갔다. 그 바깥 실제 삶의 장에서 그는 자신이 점점 더 비현실적이고 불충분하다는 느낌을 받으면서 움직였고, 넋이 나간 사람이 자기 방의 가구에 계속 부딪히듯이 친숙한 편견과 전통적인 관점과 충돌했다. 넋이 나갔다—그가 바로 그런 상태였다. 주변 사람들에게는 너무나 지극히 현실적이고 가까운 모든 것에서 그의 넋이 저 멀리 나가 있었기 때문에 그는 사람들이 여전히 자신이 옆에 있다고 생각한다는 사실에 깜짝 놀라곤 했다.

그는 잭슨 씨가 더 많은 폭로를 하기 위한 준비로 목청을 가다듬고 있다는 것을 깨달았다.

"물론 사람들이—그러니까 올렌스카 부인이 남편의 최근 제안을 거절한 일에 대해—무슨 말을 하는지 자네 처가에서 어느 정도까지 아는지 모르겠네."

아처가 아무 말도 하지 않자 잭슨 씨가 에둘러서 말을 계속했다. "그녀가 그것을 거절하다니 유감일세—유감이고말고."

"유감이라고요? 도대체 왜요?"

잭슨 씨가 반짝이는 펌프스와 이어지는 주름 하나 없는 양말까지 자기 다리를 쭉 아래로 훑어보았다.

"그러니까—가장 낮은 차원에서 따져보면—그녀가 이제는 뭘 먹고 살겠나?"

"이제는……?"

"보퍼트가……."

아처는 벌떡 일어나서 주먹으로 책상의 검은 호두나무 가장자리를 내리쳤다. 놋쇠로 만든 이중 잉크스탠드에 담긴 잉크병 두 개가 받침대 속에서 춤을 췄다.

"도대체 무슨 말씀을 하시는 겁니까?"

잭슨 씨가 의자에서 자세를 살짝 바꾸면서 젊은이의 벌겋게 달아오른 얼굴을 조용히 응시했다.

"글쎄—상당히 훌륭한 소식통에게서—사실 캐서린 노마님 본인에게서 들었네. 올렌스카 백작부인이 남편에게 돌아가길 분명하게 거부했을 때 가족들이 그녀의 생활비를 삭감해버렸다고 하더군. 그리고 이렇게 재결합을 거부하는 바람에 결혼할 때 그녀에게 물려주기로 한 돈도 몰수당했다네—올렌스키는 그녀가 돌아오면 그 돈을 돌려줄 작정이었다네. 그런데 여보게. 나한테 무슨 말을 하느냐고 묻다니 자네야말로 도대체 무슨 말을 하는 건가?" 잭슨 씨가 기분 좋게 대꾸했다.

아처는 벽난로 선반 쪽으로 가서 몸을 숙이고 난로 속으로 담뱃재를 털었다.

"저는 올렌스카 부인의 사적인 문제들에 대해서 아는 바가 없습니다. 확인하려고 제가 그런 걸 알 필요는 없겠죠. 선생님께서 암시하신 사실이……"

"아, 내가 암시한 게 아니네. 그렇게 말한 사람을 한 명 대자면 레퍼츠라네." 잭슨 씨가 끼어들었다.

"레퍼츠라고요—그녀에게 치근대다 완전히 묵살당한 인간이!" 아처가 경멸스럽다는 듯이 외쳤다.

"아—그가 그랬나?" 덫을 놓은 이유가 정확하게 이 사실 때문이었다는 듯이 상대방이 맞받아 소리쳤다. 그는 여전히 난로에서 비스듬히 앉아 있었기 때문에 그의 빈틈없는 노련한 시선이 강철 용수철처럼 아처의 얼굴을 붙잡고 놓아주지 않았다.

"저런, 저런. 보퍼트가 추락하기 전에 그녀가 돌아가지 않은 것이 유감이네." 그가 같은 말을 되풀이했다. "그녀가 지금 돌아가면, 그리고 그가 파산하면, 세간에 널리 퍼진 생각을 확인해주는 꼴만 되고 말 걸세. 레퍼츠 혼자만 그런 생각을 하는 것은 아니라네."

"아, 그녀는 이제 돌아가지 않을 것입니다. 그 어느 때보다도 더더욱 안 돌아갈 것입니다!" 아처는 말을 마치자마자 잭슨 씨가 바로 그 말을 기다리고 있었다는 느낌을 다시 받았다.

노신사가 그를 찬찬히 주시했다. "그건 자네 의견인가, 응? 글쎄, 틀림없이 자네도 알겠지. 그런데 메도라 맨슨이 남긴 몇 푼 안 되는 돈이 모두 보퍼트 수중에 있다고 모두가 자네에게 말해줄 걸세. 보퍼트가 도와주지 않으면 그 두 여자가 어떻게 빚 안 지고 자기 힘으로 살아갈 수 있을지 상상이 안 되네. 물론 올렌스카 부인이 돌아가지 않고 남아 있는 것을 가장 혹독하게 반대해온 캐서린 노부인의 마음을 그녀가 풀어드릴 가능성이 아직 남아 있지. 그렇게 되면 캐서린 노부인이 그녀에게 원하는 만큼 생활비를 마련해줄 수도 있을 걸세. 그렇지만 우리 모두 알다시피 노부인은 큰돈을 내놓길 싫어하시네. 그리고 나머지 가족들도 올렌스카 부인을 이곳에 붙잡아두는 일에 특별히 관심을 가지고 있지도 않고 말일세."

아처는 아무 소용 없는 분노로 견딜 수가 없었다. 그는 자신이 어리석은 짓을 저지른다는 것을 뻔히 알면서도 어리석은 짓을 저지르고 마는 바로 그런 상태에 빠져 있었다. 그는 올렌스카 부인이 할머니와 다른 가족들과 불화를 겪고 있다는 사실을 자신이 모르고 있다는 사실에 잭슨 씨가 즉시 놀랐으며, 아처가 가족 논의에서 배제된 이유에 대해 이 노신사가 나름대로 결론을 내렸다는 것을 알았다. 이런 사실은 아처에게 신중해지라는 경고를 보냈다. 그러나 보퍼트에 대한 암시 때문에 그는 분별을 잃었다. 그러나 그는 자신의 위험에는 주의를 기울이지 않았다 해도, 적어도 잭슨 씨가 자기 어머니의 지붕 아래 있으며 결과적으로 자신의 손님이라는 사실에는 주의했다. 옛 뉴욕은 손님 접대의 예법을 철저하게 지켰다. 손님과의 어떤 대화도 불화로 절대 변질되어서는 안 되었다.

"위로 올라가서 어머니와 합류할까요?" 잭슨 씨가 마지막 담뱃재를 놋쇠 재떨이에 털 때 아처가 퉁명스럽게 제안했다.

집으로 마차를 몰고 돌아오는 길에 메이는 이상하게 침묵을 지켰다. 어둠 속으로 그는 그녀가 위협적인 홍조에 싸여 있다는 것을 여전히 느꼈다. 홍조의 위협이 무엇을 의미하는지 그는 도저히 추측할 수가 없었다. 그러나 올렌스카 부인의 이름이 그것을 불러일으켰다는 사실로 그는 충분히 경고를 받았다.

그들은 위층으로 올라갔고 그는 서재로 향했다. 그녀는 대개 그를 따라왔지만 이번에는 그녀가 계속 복도를 따라 침실로 가는 소리가 들렸다.

"메이!" 그가 조급하게 소리를 지르자 그녀가 그의 어조에 약간 놀란 눈으로 돌아왔다.

"이 램프에서 다시 연기가 나고 있소. 램프 심지 끝이 잘 잘려 있는지 하인들이 잘 살펴봐야 하는 것 아니오?" 그가 신경질적으로 투덜댔다.

"정말 미안해요. 다시는 그런 일이 없을 거예요." 그가 어머니에게서 배운 흔들림 없는 밝은 어조로 대답했다. 그녀가 벌써 자신을 젊은 웰렌드 씨처럼 다루기 시작했다는 생각에 아처는 화가 치밀었다. 그녀가 몸을 굽혀 심지를 낮출 때 불빛에 그녀의 하얀 어깨와 얼굴의 선명한 곡선이 드러나는 것을 보면서 그는 생각했다. "메이는 참 젊구나. 얼마나 긴 세월 동안 이런 삶이 계속되어야 하는 걸까!"

그는 자기 자신의 강한 젊음과 혈관 속에서 약동하는 피가 두렵게 느껴졌다. "내 말 좀 들어봐요." 그가 갑자기 말했다. "며칠 동안 워싱턴에 가봐야 할 것 같소―곧, 다음 주쯤 말이오."

그녀는 램프 심지 조절 나사에 손을 올린 채 천천히 그에게 고개를 돌렸다. 램프 불꽃에서 나오는 열기 때문에 그녀의 얼굴이 다시 붉어졌지만 그녀가 고개를 들자 창백해졌다.

"업무 차 가는 건가요?" 생각할 수 있는 다른 이유가 있을 리 만무하며 단지 그의 말을 대신 마무리해주려는 것처럼 자동적으로 질문을 던졌다는 의미를 나타내는 어조로 그녀가 물었다.

"당연히 업무 차 가는 거요. 대법원에 올라갈 특허 건이 있소……." 그는 발명가의 이름을 대고 로렌스 레퍼츠처럼 능수능란하게 세부적인 사항들을 꾸며댔다. 그녀는 주의 깊게 들으며 간간이 "네, 알겠어요"라고 말했다.

"변화를 주는 게 당신에게 좋을 거예요." 그가 말을 마치자 그녀가 그렇게 간단하게 말했다. "그리고 꼭 엘런을 찾아가봐요." 그녀가 어두운 기색이라곤 조금도 없는 웃음 띤 얼굴로 그의 눈을 똑바로 쳐다보며, 가족에 대한 지루한 의무를 소홀히 하지 말라고 그를 재촉할 때 썼을 법한 어조로 덧붙였다.

그 문제에 대해 그들이 주고받은 말은 그것이 전부였다. 그러나 그들 모두가 훈련받아온 암호로는 그 말은 다음과 같은 의미였다. "당연히 사람들이 엘런에 대해 해온 말을 제가 전부 알고 있고 엘런을 남편에게 돌아가게 하려는 가족들의 노력에 제가 진심으로 찬성한다는 걸 아실 거예요. 또한 당신이 제게 말해주지 않기로 결정한 어떤 이유 때문에 당신이 할머니뿐 아니라 집안 모든 남자 어른들이 찬성하신 이런 방침과 반대되는 조언을 했고 당신의 부추김 때문에 엘런이 우리 모두의 뜻을 거스르고 오늘 저녁 실러턴 잭슨 씨가 어쩌면 당신에게 했던 그런 종류의 비판에, 당신을 그렇게 분개하게 만들었던 암시에 자신을 노출시키고 있다는 것도 알고 있어요……. 사실 지금까지 준 암시가 모자라진 않았을 거예요. 그러나 당신이 다른 사람들에게서 그런 암시를 받고 싶어 하지 않는 것 같아서 제가 직접 나서서 당신에게 이런 암시를 주는 거예요. 우리처럼 점잖은 사람들이 불쾌한 말을 서로에게 전할 수 있는 유일한 형태로요. 바로 당신이 워싱턴에 가면 엘런을 만날 작정이고 어쩌면 그 때문에 그곳에 급히 갈 예정이라는 걸 제가 안다는 걸 당신에게 알려주는 거예요. 또한 당신이 분명히 엘런을 만날 것이기 때문에 당신이 전폭적이고 분명한 제 찬동을 얻어서 엘런을 만나는 것이며―기회를 봐서 당신이 부추긴 행동 방향이 어떤 결과를 낳을지 엘런에게 알려주기를 제가 바란다는 것을 당신에게 알려주는 거죠."

이 무언의 메시지의 마지막 단어가 그에게 전달되었을 때도 그녀의 손은 여전히 램프의 심지 조절 나사에 얹혀 있었다. 그녀는 심지를 돌려 내리고는 유리 갓을 올리고 연기 나는 불꽃을 입으로 불었다.

"불어서 꺼버리면 냄새가 덜 나요." 그녀가 특유의 쾌활한 주부다운 태도로 설명했다. 문간에서 그녀는 몸을 돌리고 그의 키스를 받으려고 잠깐 발을 멈췄다.

# 27

다음 날 월 스트리트에 보퍼트의 상황에 대해 더 희망적인 소식이 전해졌다. 그 소식은 확실하지는 않았지만 희망적이었다. 긴급 상황에는 그가 유력가들을 찾아갈 수 있으며 실제로 성공적으로 그렇게 했다는 사실을 사람들이 모두 알고 있었다. 그리고 그날 저녁에 보퍼트 부인이 예전과 다름없는 웃음을 지으며 새 에메랄드 목걸이를 걸고 오페라하우스에 나타났을 때 사교계는 안도의 한숨을 내쉬었다.

뉴욕은 사업상 불법 행위에는 가차 없이 단죄했다. 정직이란 원칙을 어긴 사람들은 반드시 대가를 치러야 한다는 암묵적인 규칙에 지금까지 한 번의 예외도 없었다. 보퍼트와 그의 아내조차도 주저 없이 이 원칙에 제물로 바쳐지리라는 것을 모두 알았다. 그러나 어쩔 수 없이 그들을 제물로 바치는 것은 고통스러울 뿐만 아니라 불편한 일이었다. 보퍼트 가가 사라지면 그들의 꽉 짜인 작은 집단에 상당히 큰 구멍이 생길 것이다. 그리고 너무 무식하거나 너무 무신경해서 도덕적 재앙에 전율하지 않는 사람들은 뉴욕 최고의 무도회장을 잃게 될까 봐 미리 슬퍼했다.

아처는 워싱턴에 가기로 굳게 결심했다. 그는 메이에게 말한 법률 소송이 개시되어서 그 날짜와 방문 날짜가 일치하기만을 기다렸다. 그러나 다음 화요일에 레터블레어 씨에게 그 소송이 몇 주 동안 연기될지도 모른다는 소식을 들었다. 그럼에도 그는 그날 오후에 퇴근하면서 어떤 일이 있더라도 다음 날 저녁에 출발하기로 작정했다. 그의 업무에 대해 아무것도 모르고 관심도 표명한 적이 없는 메이가 설사 소송이 연기된다 해도 그 사실을 알지 못할 것이며 그녀 앞에서 소송 당사자들의 이름이 언급된다 해도 그 이름을 기억하지 못할 가능성이 높았다. 어쨌든 그는 올렌스카 부인을 만나는 일을 더는 미룰 수 없었다. 그녀에게 해야 할 이야기가 너무 많았다.

수요일 아침에 사무실에 도착했을 때 레터블레어 씨가 걱정스러운 얼굴로 그를 맞았다. 결국에는 보퍼트가 '위기를 넘기지' 못했다. 그러나 그는 위기를 넘겼다는 소문을 퍼뜨림으로써 예금주들을 안심시켰고 전날 밤까지 은행에 거액의 납입금이 쏟아져 들어왔다. 그러나 전날 밤부터 불안한 소문들이 다시 우세해지기 시작했다. 그 결과 예금을 인출하려는 사람들이 은행으로 몰려들기 시작했고 오늘이 가기 전에 은행은 문을 닫을 것 같았다. 보퍼트의 비겁한 술책에 대해 온갖 추한 이야기들이 쏟아졌고 그의 파산은 월 스트리트 역사상 가장 불명예스러운 것 중 하나가 될 것 같았다.

엄청난 재난에 레터블레어 씨는 하얗게 질려서 속수무책 상태였다. "살면서 나쁜 일들을 많이 보아왔네. 그러나 이번 일이 최악일세. 우리가 아는 사람들 모두에게 어떤 식으로건 불똥이 튈 걸세. 그리고 보퍼트 부인은 어떻게 되겠나? 그녀에게 어떻게 해줄 수 있겠나? 어느 누구보다 맨슨 밍고트 부인이 안 됐네. 그 연세에 이번 일이 그분에게 어떤 영향을 미칠지 알 수가 없으니. 항상 보퍼트를 믿고—그를 친구로 대해주셨는데! 그리고 댈러스 가족 전체가 걸려 있지. 불쌍한 보퍼트 부인은 선생 집안 모두와 친척이지. 그녀에게 남은 유일한 선택은 남편을 떠나는 걸세―그렇지만 누가 그녀에게 그런 말을 할 수 있겠나? 그녀가 해야 할 일은 남편 곁을 지키는 거지. 다행히도 그녀는 항상 남편의 사적인 약점들에 대해서는 아무것도 모르는 것 같더군."

노크 소리가 들리자 레터블레어 씨가 고개를 홱 돌렸다. "무슨 일인가? 방해하지 말라니까."

직원이 아처에게 편지를 가져다주고 물러났다. 자기 아내의 필적임을 알아본 젊은이는 봉투를 열어보았다. "최대한 빨리 시내로 와줘요. 할머니께서 어젯밤에 가벼운 뇌졸중을 일으키셨어요. 불가사의하게도 할머니가 은행에 대한 이 끔찍한 소식을 어느 누구보다 먼저 알아내셨어요. 로벨 외삼촌은 사냥하러 가셔서 안 계시고 불쌍한 아버지는 체면이 깎였다는 생각에 너무 예민해지셔서 열이 나는 바람에 방 밖으로 나가실 수가 없어요. 어머니가 당신을 애타게 찾고 계세요. 바로 출발해서 할머니 댁으로 와주었으면 좋겠어요."

아처는 편지를 상사에게 건네고는 몇 분 후에는 붐비는 철도 마차를 타고 북쪽으로 천천히 향하다가 14번 가에서 5번 가로 가는 비틀거리는 높은 승합마차[1]로 갈아탔다. 힘겹게 달린 이 마차가 그를 캐서린 노부인 댁 앞에 내려주었을 때는 정오가 지나 있었다. 그녀가 대개 군림하고 앉아 있던 1층의 응접실 창문가는 딸 웰렌드 부인이 그 자리에 앉기에는 부족한 모습으로 차지하고 있다가 아처를 보자 수척한 모습으로 어서 오라는 신호를 보냈다. 현관문 앞에서 메이가 그를 맞아주었다. 현관홀은 갑자기 병마가 침범한 잘 가꾸어진 집 특유의 부자연스러운 모습을 띠고 있었다. 의자 위에는

---

1 omnibuses : 말이 끄는 12인용 버스.

외투와 모피가 많이 쌓여 있었고 의사의 가방과 외투가 탁자 위에 놓여 있었으며 그 옆에는 편지와 카드들이 아무 관심을 받지 못한 채 쌓여 있었다.

메이는 창백했지만 웃어 보였다. 막 두 번째 왕진을 온 벤컴 박사는 더 희망적인 견해를 취했다. 살아서 낫고자 하는 밍고트 부인의 불굴의 의지가 이미 가족들에게 영향을 미치고 있었다. 침실로 들어가는 미닫이문들이 닫혀 있고 문 위로 두꺼운 노란색 다마스크 휘장이 드리운 노부인의 거실로 메이가 아처를 이끌고 들어갔다. 이곳에서 웰렌드 부인은 놀란 목소리로 나지막하게 그에게 어떻게 재난이 일어났는지 상세히 들려주었다. 그 전날 밤에 끔찍하고 불가사의한 일이 벌어진 것 같았다. 밍고트 부인이 저녁식사 후면 항상 즐기는 솔리테어 게임을 끝낸 직후 현관 벨이 울리고 하인이 누구인지 알아볼 수 없을 정도로 베일로 얼굴을 칭칭 감싼 숙녀가 집에 들어오기를 청했다.

귀에 익은 목소리를 들은 집사는 거실 문을 활짝 열고 "줄리어스 보퍼트 부인이 오셨습니다"라고 알리고는 두 사람만 남겨둔 채 다시 문을 닫았다. 집사 말로는 두 사람이 한 시간쯤 함께 있었다고 했다. 밍고트 부인이 종을 울렸을 때 보퍼트 부인은 이미 눈에 띄지 않은 채 빠져나간 후였고 큰 몸집에 하얗게 질려서 소름 끼친 모습의 노부인이 큰 의자에 혼자 앉아 있다가 집사에게 방으로 데려다 달라고 신호를 보냈다. 그때만 해도 노부인은 정신적으로는 타격을 받은 것이 분명했지만 자기 몸과 마음을 완전히 통제할 수 있는 상태였다. 혼혈 하녀가 그녀를 침대에 눕히고 평소처럼 차 한 잔을 가져다주고는 모든 것을 정돈하고 방을 나갔다. 그러나 새벽 세 시에 다시 종이 울려서 (캐서린 노부인은 대개 아기처럼 곤히 잤기 때문에) 두 하인이 이 이례적인 호출에 서둘러 가보니 주인마님이 얼굴에 일그러진 웃음을 지으며 거대한 팔에 달린 작은 손을 축 늘어뜨린 채 베개에 기대 앉아 있었다.

그녀가 알아들을 수 있게 말을 하고 원하는 바를 알릴 수 있는 것으로 보아 뇌졸중 증세는 가벼운 것임이 분명했다. 의사가 첫 번째 왕진을 온 직후부터 그녀는 얼굴 근육을 자기 뜻대로 움직이기 시작했다. 그러나 가족들은 크게 놀랐고, 밍고트 부인의 단편적인 말을 통해서 레지나 보퍼트가 그녀에게 남편을 지원해주고 자신들이 위기를 헤쳐나갈 수 있게 해달라고— 그녀의 표현을 빌리면 자신들을 '버리지' 말아달라고, 즉 집안 전체에게 그들의 끔찍한 불명예를 덮어주고 용서해줄 것을 설득해달라고—부탁하러 온 것—도저히 믿을 수 없는 뻔뻔한 짓이다!—을 알았을 때 크게 놀란 만큼 크게 분개했다.

"그래서 내가 그녀에게 이렇게 말했다. '맨슨 밍고트의 집에서는 명예는 항상 명예였고 정직은 정직이었다. 내가 이 집에서 죽어 실려 나갈 때까지 그럴 것이다.'" 노부인은 딸의 귀에다 부분적으로 마비된 탁한 목소리로 더듬거리며 말했다. "그러자 그녀가 그러더구나. '그렇지만 아주머니—제 이름은 레지나 댈러스예요.' 그래서 내가 그랬다. '그가 널 보석으로 휘감아주었을 때 네 이름이 보퍼트였다면 그가 널 수치로 휘감아준 지금도 네 이름은 보퍼트로 남아 있어야 한다.'"

웰렌드 부인은 불쾌하고 불명예스러운 것들을 마침내 직시해야 하는 이례적인 의무에 얼굴이 창백해지고 초죽음이 된 채, 눈물을 흘리고 두려움에 숨 막혀 하며 그렇게 이야기를 전해주었다. "자네 장인어른이 부디 그 일을 모르고 지나가게 해야 할 텐데! 그이는 항상 이렇게 말하곤 한다네. '오거스타, 제발 내 마지막 환상을 깨지 말아주오'—그런데 어떻게 하면 이런 끔찍한 일들을 그에게 알리지 않을 수 있을까?" 불쌍한 부인이 울부짖었다.

"어머니, 어쨌든 아버지가 그들을 직접 보시는 일은 없을 거예요." 딸이 이렇게 말하자 웰렌드 부인이 한숨을 쉬었다. "아, 그래야지. 그이가 안전하게 누워 계시니 다행이다. 어머니가 나아지시고 레지나가 어딘가로 사라질 때까지 벤컴 박사님께서 그이를 누워 있게 하겠다고 약속하셨다."

아처는 창가에 앉아서 한적한 거리를 멍하니 내다보았다. 그는 특별한 도움을 줄 수 있어서라기보다 놀라 힘들어하는 숙녀들에게 정신적으로 힘이 될 수 있도록 불려온 것이 분명했다. 로벨 밍고트 씨에게는 전보를 쳤고 뉴욕에 사는 친척들에게는 인편으로 전갈을 보냈다. 그러는 동안 낮은 목소리로 보퍼트의 불명예와 그의 아내의 정당화할 수 없는 행동이 가져올 결과에 대해 의견을 나누는 것 외에는 달리 할 일이 없었다.

편지를 쓰느라 다른 방에 있던 로벨 밍고트 부인이 곧 다시 나타나서 대화에 가세했다. 나이 든 숙녀들은 자신들이 젊었을 때에는 사업에서 불명예스러운 일을 저지른 남자의 아내는 앞에 나서지 않고 뒤로 물러서서 남편과 함께 사라질 생각만 했다고 입을 모았다. "불쌍한 스파이서 할머니의 경우가 있었다. 네 증조할머니 말이다, 메이." 웰렌드 부인이 서둘러 덧붙였다. "물론 네 증조부의 금전적인 어려움은 개인적인 것이었다—카드놀이에서 돈을 잃었다거나 누군가에게 어음을 써줬다거나 하는 것처럼 말이다. 어머니가 절대 그런 말씀을 하시지 않았기 때문에 나는 정확하게는 알지 못했다. 그러나 정확하게는 모르겠지만 불명예스러운 일이 있은 후 할머니가 뉴욕을 떠나야만 했기 때문에 어머니는 시골에서 자라셨지. 두 분은 어머니가 열여섯 살이 될 때까지 단둘이 허드슨 강 위쪽에서 살았다. 스파이서 할머니는 레지나가 그랬듯이 가족들에게 '호의를 베풀어달라'고 부탁하는 일은 생각조차 하지 못했을 거다. 개인적인 불명예는 몇백 명의 무고한 사람들을 파멸시킨 추문에 비하면 아무 것도 아닌데도 말이다."

"맞아요. 다른 사람들의 호의에 대해 이야기하기보다 레지나 자신의 얼굴을 감추는 것이 더 적절한 행동일 거예요." 로벨 밍고트 부인이 동의했다. "지난주 금요일에 오페라하우스에서 그녀가 걸고 있던 에메랄드 목걸이는 오후에 볼 앤 블랙[2]에서 써보고 좋으면 사겠다는 조건으로 하고 온 거래요. 그 사람들이 목걸이를 돌려받을 수나 있을지 모르겠어요."

아처는 이구동성으로 가하는 혹독한 평을 냉정하게 들었다. 신사가 지켜야 할 규약 중 첫 번째 법으로서 금전적인 면에서 완전무결하게 정직해야 한다는 생각이 그의 마음속에 깊이 박혀 있었기 때문에 그것을 약화시킬 수 있는 감상적인 고려의 여지가 없었다. 레뮤얼 스트러더스 같은 모험가는 수많은 수상한 거래로 몇백만 달러의 구두약 회사를 세울 수 있을지 모르지만, 흠 하나 없는 정직성은 옛 뉴욕 재계에서 노블레스 오블리주였다. 보퍼트 부인의 운명도 아처의 마음을 크게 움직이지는 못했다. 당연히 분개한 그녀의 친척들보다는 그녀를 동정했지만 그는 남편과 아내의 유대 관계가 잘 살 때는 깨질 수 있어도 불행한 일이 닥쳤을 때는 오히려 확고해야 한다고 생각했다. 레터블레어 씨가 말했듯이 남편이 곤경에 처했을

---

[2] Ball, Black & Co. : 윌리엄 블랙과 헨리 볼이 1851년 설립한 뉴욕의 보석상.

때 아내의 자리는 남편 곁이었다. 그러나 사교계는 보퍼트 곁에 있지 않았고, 보퍼트 부인이 뻔뻔하게 주제를 모르고 나선 결과 그녀는 거의 공범이 된 것처럼 보였다. 아내가 남편의 사업상 불명예를 막아달라고 친정에 간청한다는 생각은 용납할 수 없는 일이었다. 바로 그것이야말로 하나의 제도로서 가문이 할 수 없는 유일한 일이었기 때문이다.

혼혈 하녀가 로벨 밍고트 부인을 현관홀 쪽으로 불렀고 잠시 후 부인은 이마를 찌푸린 채 돌아왔다.

"어머님이 엘런 올렌스카에게 전보를 치길 원하시네요. 물론 엘런과 메도라에게 편지를 보냈지만 지금은 그것으로 충분하지 않은 것 같아요. 얼른 엘런에게 전보를 쳐서 혼자서 오라고 알려야겠어요."

그녀가 이렇게 알리자 아무도 말을 하지 않았다. 웰렌드 부인은 체념하며 한숨을 쉬었고 메이는 자리에서 일어나서 바닥에 흩어진 신문을 주워 모았다.

"그렇게 해야 할 것 같아요." 누군가 반대해주길 바라는 것처럼 로벨 밍고트 부인이 말을 계속했다. 그러자 메이가 방 한가운데로 되돌아왔다.

"당연히 그렇게 해야죠." 그녀가 말했다. "할머니께서는 자신이 무엇을 원하는지 명확하게 아시잖아요. 우리는 할머니가 원하시는 대로 전부 해드려야 해요. 외숙모, 제가 대신 전보를 칠까요? 즉시 보내면 엘런이 내일 아침 기차를 탈 수 있을 거예요." 그녀는 은종 두 개를 치듯이 이상할 정도로 또렷하게 그 이름의 음절들을 발음했다.

"글쎄, 당장은 못 보낼 것 같구나. 재스퍼와 찬방 조수 아이 둘 다 편지와 전보를 들고 나갔으니까."

메이가 웃으며 남편 쪽으로 몸을 돌렸다. "그런데 무슨 일이든지 기꺼이 해줄 각오를 하고 뉴랜드가 여기 와 있잖아요. 전보 좀 쳐줄래요, 뉴랜드? 점심식사 전까지 시간이 적당히 있을 거예요."

아처는 기꺼이 하겠다는 말을 중얼거리며 일어섰고 그녀는 캐서린 노부인의 자단 책상에 앉아 큼지막한 어린아이 같은 필체로 전할 말을 적었다. 전보를 다 쓰자 그녀는 그것을 깨끗하게 압지로 눌러서 아처에게 건넸다.

"당신과 엘런이 서로 길이 엇갈리게 되다니 유감이네요!" 그녀가 자기 어머니와 외숙모 쪽으로 몸을 돌리며 덧붙였다. "뉴랜드는 대법원으로 상정될 특허 법률 소송이 있어서 워싱턴에 가야만 한대요. 로벨 외삼촌은 내일 밤에 돌아오시고 할머니가 많이 좋아지고 계시니까 뉴랜드에게 중요한 회사 약속을 포기하라고 요구하는 것이 옳지 않은 것 같아요 — 그렇죠?"

그녀는 대답을 기다리는 것처럼 말을 멈췄고 웰렌드 부인이 재빨리 선언했다. "그렇고말고, 애야. 네 할머니께서는 절대 그걸 원치 않으실 게다." 아처는 전보를 가지고 방을 나서면서 장모가 아마 로벨 밍고트 부인에게 말하는 것 같은 소리를 들었다. "그런데 도대체 어머니는 왜 엘런 올렌스카에게 전보를 치라고 하시는 거죠……." 그러자 메이가 맑은 목소리로 대꾸하는 소리가 들렸다. "어쨌든 엘런이 해야 할 일은 남편에게 돌아가는 것이라고 다시 한번 일깨워 주려고 그러시는 건지도 모르죠."

아처가 나온 후 바깥 대문이 닫히자 그는 서둘러서 전신국을 향해 걸어갔다.

# 28

"올—올—철자가 어떻게 되는 거죠?" 아처가 웨스턴 유니온 전신국 놋쇠 선반 너머로 아내의 전보를 밀어주자 젊은 여자가 신경질적으로 물었다.

"올렌스카—올—렌—스카요." 메이가 휘갈겨 쓴 글씨 위에 외국어 음절들을 적어주려고 전보가 적힌 종이를 다시 끌어당기면서 그가 되풀이했다.

"뉴욕 전신국에서는 듣기 힘든 이름이군. 적어도 이 지역에서는." 뜻밖의 소리가 들려왔다. 아처가 몸을 돌리자 로렌스 레퍼츠가 바로 지척에서 언제나 태연해 보이는 콧수염을 쓰다듬으며 쪽지를 보지 않는 척하고 서 있었다.

"잘 지냈나, 뉴랜드? 여기서 자네를 만날 거라 생각했지. 밍고트 노부인의 뇌졸중 소식을 방금 전에 듣고 막 부인 댁으로 가던 중에 자네가 이 길로 돌아가는 걸 보고 따라왔네. 그 댁에서 나오는 길이었던 것 같은데?"

아처가 고개를 끄덕이고 전보를 격자 창 아래로 밀어 넣었다.

"매우 심각하신가?" 레퍼츠가 말을 계속했다. "가족들에게 연락을 하는 것 같은데. 올렌스카 백작부인한테까지 전보를 보내는 걸 보면 상태가 정말 심각한 것 같군." 아처의 입술이 굳어졌다. 자기 곁에 있는 갸름하고 자만하는 잘생긴 얼굴에 주먹을 날리고 싶은 강한 충동이 일었다.

"왜 그러나?" 그가 물었다.

토론을 꺼리는 것으로 알려진 레퍼츠는 격자 창구 뒤에서 자신들을 바라보는 아가씨에 대해 상대방에게 경고하면서 빈정거리는 표정으로 얼굴을 찡그리고 눈썹을 치켜떴다. 그 표정은 공공장소에서 분노를 드러내는 것보다 '예의범절'에 더 어긋나는 일은 없을 것이라는 사실을 아처에게 상기시켰다.

아처는 예의범절의 필수 조건들을 지금처럼 무시해본 적이 한 번도 없었다. 그러나 로렌스 레퍼츠에게 물리적인 위해를 가하고 싶다는 충동은 순간적인 것일 뿐이었다. 그런 때에 어떤 도발을 받고서건 엘런 올렌스카의 이름을 그와 주고받는다는 생각은 상상조차 할 수 없는 일이었다. 그는 전보 요금을 냈고 두 젊은이는 함께 거리로 나왔다. "밍고트 부인은 훨씬 좋아지셨어. 의사 선생님은 전혀 걱정을 안 하시네." 그러자 레퍼츠는 무척 안도하는 표정을 지었고, 보퍼트에 대해 몹시 끔찍한 소문이 다시 나돌고 있다는 소식을 들었느냐고 그에게 물었…….

그날 오후 보퍼트의 파산을 알리는 기사가 모든 신문에 실렸다. 맨슨 밍고트 부인의 뇌졸중에 대한 소식은 그것에 가려졌고, 두 사건의 이상한 관계에 대해 소문을 들은 극소수의 사람들은 캐서린 노부인이 결코 비만과 고령 때문에 병에 걸린 것이 아니라고 생각했다.

뉴욕 전체가 보퍼트의 불명예에 대한 이야기로 어두워졌다. 레터 블레어 씨 말처럼 그가 기억하는 한 그보다 더 나쁜 사건은 없었고,

회사를 설립하고 자기 이름을 붙인 아득히 먼 옛날의 레터블레어 씨가 기억하는 한도 마찬가지였다. 은행은 파산이 이미 정해진 일이 된 후에도 하루 종일 계속 예금을 받아들였다. 고객 중 다수가 이런저런 유력 가문 사람들이었기 때문에 보퍼트의 이중성은 두 배로 냉소를 받았다. 보퍼트 부인이 그런 불운(그녀 자신이 한 표현)이 '우정을 시험해보는 잣대'라는 어조만 취하지 않았더라면, 그녀에 대한 동정심 때문에 그녀의 남편에 대한 사람들의 분노가 누그러졌을지도 모른다. 그러나 그녀는 그런 어조를 취했고, 특히 그녀가 맨슨 밍고트 부인을 밤에 방문한 목적이 알려진 후로는 그녀의 냉소적인 태도는 남편의 것을 능가하는 것으로 여겨졌다. 또한 그녀에게는 자신이 '국외자'라 그랬다고 변명할 구실이 없어졌다— 그녀를 국외자라 비난하던 사람들 역시 만족감을 얻을 일이 없어져버렸다. (자기 주식이 화를 입지 않은 사람들에게는) 보퍼트가 국외자라는 사실을 스스로에게 상기시킬 수 있는 것이 그나마 약간의 위안이 되었다. 그러나 어쨌든 사우스캐롤라이나의 댈러스 가 사람이 사건에 대한 보퍼트의 주장을 받아들여서 그가 곧 '재기'할 것이라고 그럴듯하게 떠들어댄다면, 그 주장은 설득력을 잃었고, 사람들은 결혼의 확고불변함에 대한 이 끔찍한 증거를 받아들이는 수밖에 달리 할 일이 없었다. 사교계는 보퍼트 가 없이도 잘 굴러갈 것이고, 그렇게 그 일은 끝이 났다—물론 메도라 맨슨과 불쌍한 래닝 자매들, 훌륭한 가문의 잘못 인도된 몇몇 다른 숙녀들처럼 운 나쁜 재난의 피해자들은 예외였다. 그들이 헨리 밴 더 라이든 씨의 말을 들었더라면 좋았을 것을······.

"보퍼트 부부가 할 수 있는 최선의 방법은 노스캐롤라이나에 있는 레지나의 작은 집에 가서 사는 거야." 아처 부인이 병을 진단하고 치료 과정을 처방해주듯이 사건을 요약하면서 말했다. "보퍼트는 항상 경주마를 길렀고 훌륭한 종자의 빠른 말들을 소유했잖아. 말 장수로 성공할 자질을 모두 갖추고 있었다고 할 수 있겠지." 모두 그녀의 말에 동의했지만 보퍼트 부부가 실제로 어떻게 할 작정인지 굳이 나서서 물어보는 사람은 없었다.

다음 날 맨슨 밍고트 부인의 병세가 훨씬 좋아졌다. 그녀는 어느 누구도 보퍼트 부부에 대해 입도 벙긋 하지 말라고 명령을 내릴 정도로 충분히 목소리를 회복했다. 벤컴 박사가 왔을 때―그녀는 도대체 가족들이 자기 건강에 대해 그렇게 법석을 떠는 이유가 무엇이냐고 물었다.

"내 나이 또래의 사람들이 저녁에 치킨 샐러드를 먹으려 하면 무슨 일이 벌어지겠는가?" 그녀가 물었다. 의사가 시기적절하게 그녀의 식단을 바꿨기 때문에 뇌졸중은 소화불량으로 바뀌었다. 그러나 확고한 어조와는 다르게 캐서린 노부인은 삶에 대한 이전의 태도를 완전히 회복하지는 못했다. 이웃에 대한 그녀의 호기심이 줄어들지는 않았다 해도 고령으로 인해 점점 더 그들과 멀어지면서, 그들의 곤경에 대해 사실 살아오면서 매우 활발하게 느껴본 적이 없던 동정심이 그나마 더욱 무뎌졌다. 그래서 그녀는 큰 어려움 없이 보퍼트 재난을 마음속에서 떨쳐버린 것처럼 보였다. 그러나 처음으로 그녀는 자기 자신의 병세에 열중하게 되었고 지금까지는 경멸하며 무관심하게 대했던 가족들 중 몇 사람에게 다정한 관심을 갖게 되었다.

특히 웰렌드 씨는 그녀의 관심을 끄는 특권을 누렸다. 사위들 중에서 그는 그녀에게서 가장 철두철미하게 무시를 당해왔다. 그리고 (그가 '마음만 먹었다면' 될 수 있었던) 강인한 성격과 뛰어난 지적

능력을 가진 남자로 그를 보이게 하려는 아내의 온갖 노력은 조롱 섞인 비웃음만을 낳았을 뿐이었다. 그러나 병약자로서 유명했기 때문에 이제는 그가 지대한 관심의 대상이 되었고, 밍고트 부인은 그의 체온이 내려가는 대로 와서 식단을 비교해보라는 막중한 임무를 부여해 그를 호출했다. 캐서린 노부인이 이제는 체온에 아무리 주의를 기울여도 지나치지 않다는 것을 인정한 첫 번째 사람이 되었기 때문이었다.

올렌스카 부인에게 전보를 보낸 후 24시간이 지났을 때, 그녀가 다음 날 저녁에 워싱턴에서 도착할 것이라는 전보가 왔다. 마침 뉴랜드 아처 부부는 웰렌드 가에서 점심을 먹고 있었고 저지시티로 누가 그녀를 마중하러 나갈 것인가라는 문제가 즉시 제기되었다. 웰렌드 가가 전초 부대라도 되는 것처럼 분투하고 있는 구체적인 어려움들 때문에 논의가 뜨거워졌다. 웰렌드 부인은 그날 오후에 캐서린 노부인 댁에 가는 남편과 동행해야 했기 때문에 저지시티에 갈 수 없는 것으로 의견이 모아졌다. 그리고 웰렌드 씨가 장모님의 발병 이후 처음으로 그녀를 보았다가 '충격'을 받으면 그 자리에서 곧바로 집으로 모시고 와야 하기 때문에 유개마차를 내줄 수 없는 상황이었다. 웰렌드 가 아들들은 당연히 '아래쪽 시내에' 가 있을 것이고, 로벨 밍고트 씨는 사냥에서 서둘러 돌아오는 중이라 밍고트 가 마차는 그를 마중 나가기로 예정되어 있었다. 설사 메이가 자기 마차를 타고 간다 해도 겨울날 해질 무렵에 저지시티까지 혼자 배를 타고 가달라고 그녀에게 부탁할 수는 없었다. 그럼에도 올렌스카 부인이 도착했을 때 역에 맞아주는 가족이 한 사람도 나와 있지 않는다면 그녀를 제대로 환대하지 않는 것처럼 보일 수도 있었다―또한 캐서린 노부인의 분명한 바람에도 역행하는 것이었다. 웰렌드 부인의 지친 목소리는 "집안사람들을 이런 곤경에 처하게 만들다니 참으로 엘런답다"는 생각을 은연중에 드러냈다. "산 너머 산이네요." 불쌍한 부인이 오랜만에 운명을 탓하며 한탄했다. "벤컴 박사님이 인정하는 것보다 어머니 상태가 더 안 좋은 게 틀림없어요. 마중 나가기가 이렇게 불편한데도 엘런을 즉시 불러오라는 어머니의 이 지나친 바람을 보면 그런 생각을 안 가질 수가 없다니까요."

짜증스럽게 내뱉은 말이 흔히 그렇듯이 그 말은 경솔했다. 웰렌드 씨가 갑자기 그 말을 듣고 몰아세웠다.

"오거스타." 얼굴이 창백해지며 그가 포크를 내려놓고 물었다. "벤컴을 이전보다 더 신뢰할 수 없다고 생각할 만한 다른 이유가 있소? 내 병이나 장모님 병을 치료하는 데 평소보다 덜 성실한 모습을 보였소?"

자신의 실수가 낳은 끝없는 결과가 눈앞에서 펼쳐지자 이제는 웰렌드 부인이 하얗게 질릴 차례였다. 그러나 그녀는 간신히 웃으며 굴찜 요리를 두 접시째 덜고는 예전처럼 쾌활함으로 중무장했던 상태로 되돌아가려고 애쓰며 입을 열었다. "여보, 어떻게 그런 일을 상상할 수 있어요? 제 말은 남편에게 돌아가는 것이 엘런의 의무라고 어머니가 그렇게 단호한 태도를 보이시더니, 불러들일 수 있는 다른 손주들이 여섯이나 되는데도 굳이 엘런을 만나겠다고 이렇게 갑자기 변덕을 부리시는 것이 이상해 보인다는 말이었어요. 그러나 놀랄 만큼 기운이 넘치신다 해도 어머니가 노인이라는 사실을 절대 잊으면 안 돼요."

웰렌드 씨의 이마에는 수심이 그대로 남아 있었고, 이미 동요를 일으킨 그의 상상력은 즉시 아내의 마지막 말을 붙잡고 늘어졌다. "맞소. 장모님은 연세가 무척 많으시오. 어쩌면 벤컴이 노인 분들을 썩 잘 치료하지 못할 수도 있소. 당신 말대로 산 넘어 산이구려. 10년이나 15년 후에 새 주치의를 찾아다녀야 하는 즐거운 의무가 생길지 어떻게 알겠소? 절실하게 필요해지기 전에 미리 그런 변화를 주는 것이 오히려 더 나은 법이오." 이렇게 스파르타식으로 엄격하게 결정에 이르자 웰렌드 씨는 단호하게 포크를 집어 들었다.

웰렌드 부인은 점심 식탁에서 일어나 자주색 새틴과 공작석으로 어수선한 안쪽 응접실로 앞장서 들어가면서 다시 말을 시작했다. "엘런을 내일 저녁에 어떻게 여기로 데려올 것인지 모르겠구나. 적어도 하루 전에는 모든 문제를 해결해놓았으면 좋겠는데."

아처는 둥근 오닉스 장식이 박힌 팔각형 흑단 액자 속에서 주연을 벌이는 두 추기경을 그린 작은 그림에 빠져 열심히 바라보다가 시선을 돌렸다.

"제가 그녀를 마중 나갈까요?" 그가 제안했다. "메이가 마차를 나루터로 보내주면 제가 사무실에서 시간 맞춰 그곳으로 나가서 마차를 받으면 되는데요." 이렇게 말할 때 그의 가슴이 흥분으로 두근거렸다.

웰렌드 부인은 감사의 한숨을 쉬었고 창문 쪽으로 가 있던 메이는 그에게 찬성의 웃음을 방긋 지어 보였다. "자, 어머니. 이제는 모든 것이 하루 전에 다 해결될 거예요." 그녀가 몸을 구부려 어머니의 걱정스러운 이마에 입을 맞추며 말했다.

메이의 마차가 문 앞에서 그녀를 기다리고 있었다. 그녀는 아처가 브로드웨이 철도 마차를 타고 사무실로 출근할 수 있도록 아처를 유니온 광장까지 태워다줄 예정이었다. 자기 자리에 앉아서 그녀가 말했다. "새롭게 문제를 제기해서 어머니께 걱정을 끼치고 싶지 않았어요. 당신은 워싱턴에 갈 거면서 어떻게 내일 엘런을 마중나가서 뉴욕으로 데려올 수 있어요?"

"아, 안 가기로 했소." 아처가 대답했다.

"안 간다고요? 어머나, 무슨 일이 있었어요?" 그녀의 목소리는 종소리처럼 맑았고 아내로서 당연히 걱정하는 마음이 가득 차 있었다.

"소송이 중단되었소—연기된 거지."

"연기되었다고요? 참 이상하네요! 오늘 아침에 레터블레어 씨가 어머니께 보낸 편지를 보았는데 대법원에서 있을 큰 특허 소송의 변론을 위해 내일 워싱턴에 갈 예정이라고 하던데요. 특허 소송이라고 당신이 말하지 않았나요?"

"음—그렇소. 그렇지만 사무실 전체가 갈 수는 없잖소. 레터블레어 씨가 오늘 아침에 가기로 결정했소."

"그렇다면 연기된 게 아니잖아요." 그녀가 평소와 다르게 너무 끈질기게 물고 늘어지자, 그는 그녀가 이례적으로 모든 전통적인 신중함에 반하는 행동을 하는 것이 부끄럽다는 듯 자기 얼굴이 확 붉어지는 것을 느꼈다.

"소송이 연기된 것이 아니고, 내가 가는 것만 연기되었소." 그는 워싱턴에 가려는 목적을 밝히면서 불필요한 설명을 했던 것을 저주하고, 똑똑한 거짓말쟁이는 세세하게 설명을 하지만 진짜 똑똑한 거짓말쟁이는 그렇게 하지 않는다는 말을 어느 책에서 읽었을까 헤아려보면서 대답했다. 그는 메이에게 거짓말하면서 마음이 아팠지만 그 아픔은 그녀가 자신의 마음을 간파하지 않은 척 애쓰는 것을 보았을 때에 비하면 반도 되지 않았다.

"나는 나중에 갈 것이오. 처가의 편의를 위해서 다행이오." 그가 빈정거리는 것으로 치사하게 회피하면서 말을 계속했다. 그는 말을 하면서 그녀가 자신을 계속 쳐다보는 것을 느끼고 그녀의 시선을 피하는 것처럼 보이지 않으려고 그녀를 마주 쳐다보았다. 그들의 시선이 잠깐 동안 마주쳤고 어쩌면 그들은 각자 원했던 것보다 더 깊숙이 상대방 마음속을 꿰뚫어 볼 수 있었다.

"맞아요. 어쨌든 당신이 엘런을 마중하러 나갈 수 있게 되어 정말 편해졌어요. 당신이 그렇게 해주겠다고 나서준 것에 어머니가 얼마나 고마워하는지 봤잖아요."

"아, 그렇게 할 수 있어서 내가 기쁘오." 마차가 멈췄고 그가 뛰어내리자 그녀가 그에게 몸을 숙이며 자기 손을 그의 손 위에 얹었다. "잘 가요, 여보." 그녀가 말했다. 그녀의 눈이 너무 푸르러서 그는 나중에 그녀의 눈이 눈물 때문에 반짝였던 것은 아니었나 생각했다.

그는 몸을 돌려 서둘러 유니온 광장을 가로질러 가며 마음속으로 노래를 부르듯이 자기 자신에게 되풀이해 말했다. "저지시티에서 캐서린 노부인 댁까지 꼬박 두 시간이야. 꼬박 두 시간—아니 더 걸릴 수도 있지."

# 29

나루터에는 (결혼식 때 칠한 도색이 그대로 있는) 아내의 짙은 푸른색 마차가 아처를 기다리다가 저지시티에 있는 펜실베이니아 종착역까지 그를 편안하게 태워다주었다.

눈 내리는 음울한 오후였고 소리가 울려 퍼지는 큰 역에는 가스 등이 켜져 있었다. 워싱턴에서 오는 급행열차를 기다리며 플랫폼을 서성이면서 그는 언젠가는 펜실베이니아 철도 기차가 뉴욕으로 곧장 갈 수 있도록 허드슨 강 밑으로 터널이 뚫릴 것이라고 생각하는 사람들이 있다는 사실을 떠올렸다. 그들은 닷새 안에 대서양을 횡단할 수 있는 배의 건조와, 비행기와 전기 조명의 발명, 무선 전화 통신과 《아라비안나이트》에 나오는 여러 가지 신기한 물건들의 발명을 예언한 몽상가 무리였다.

'터널이 아직 뚫리지 않은 한 그들의 공상 중에서 어느 것이 실현될지는 관심 없어.' 아처는 그렇게 생각했다. 그는 철없는 학생처럼 들떠서 앞으로 일어날 일을 그려보았다. 마담 올렌스카가 기차에서 내리고 그는 멀리 의미 없는 얼굴들 무리 속에서 그녀를 발견할 것이다. 그녀를 마차로 안내할 때 그녀가 그의 팔짱을 낄 것이다. 그들은 미끄러지듯 달리는 말들과 짐 실은 짐마차들, 고함지르는 마부들 사이를 뚫고 천천히 부두로 다가갈 것이다. 그러고 나서 놀라울 정도로 고요한 나룻배에 올라 움직이지 않는 마차 안에서 눈을 맞으며 나란히 앉게 될 것이다. 땅은 그들 아래에서 미끄러지듯 지나가서 태양 반대쪽으로 굴러가는 것처럼 보일 것이다. 믿기지 않을 정도로 그녀에게 해야 할 말이 많을 것이며 그 말들이 너무나 자연스러운 순서대로 그의 입을 통해 흘러나올 것이다…….

땡그렁거리는 소리와 신음 소리를 내며 기차가 더 가까이 다가와서는 먹잇감을 지고 굴로 들어가는 괴물처럼 비틀거리며 천천히 역으로 들어왔다. 아처는 인파를 팔꿈치로 밀치며 공중에 높이 달린 객차의 창문들을 하나하나 미친 듯이 쳐다보면서 앞으로 밀고 나갔다. 바로 그때 갑자기 올렌스카 부인의 창백하고 놀란 얼굴이 바로 곁에 있는 것이 보였다. 그녀가 어떻게 생겼는지 그동안 까맣게 잊어버리고 있었다는 자괴감이 다시 들었다.

그들은 서로에게 다가가 손을 잡았다. 그는 그녀의 팔을 끌어당겨 팔짱을 끼게 했다. "이쪽입니다—마차를 가지고 왔소." 그가 말했다.

그 후에는 그가 꿈꾼 대로 모든 일이 일어났다. 그는 그녀가 마차에 오르는 것을 도와주고 가방을 실었다. 다음에 한 일은 할머니에 대해 적절하게 안심을 시켜주고 보퍼트의 상황을 간단하게 설명해준 것(그는 그녀가 "불쌍한 레지나!"라고 다정한 반응을 보인 것에 깜짝 놀랐다)만 희미하게 그의 기억에 남아 있을 뿐이었다. 그러는 사이 마차는 혼란스러운 역 주변을 빠져나와, 휘청거리는 석탄 마차와 허둥거리는 말들, 헝클어진 속달 편지 우편마차와 빈 영구차—아, 그 영구차!—의 위협을 받으며 부두를 향해 미끄러운 비탈을 엉금엉금 기어 내려갔다. 영구차가 지나가자 그녀가 눈을 감고 아처의 손을 꽉 잡았다.

"저게 그런 의미는 아니었으면 — 불쌍한 할머니!"

"아, 아뇨. 아니에요 — 할머니는 훨씬 좋아지셨소 — 정말로 괜찮으세요. 봐요 — 지나왔잖소!" 그는 그게 대단히 중요한 일이라도 되는 것처럼 소리쳤다. 그녀의 손이 여전히 그의 손을 잡고 있었다. 마차가 비틀거리며 배다리를 건너 나룻배에 오르자 그는 몸을 숙여 그녀의 꽉 끼는 갈색 장갑의 단추를 풀고 유물에 입을 맞추듯 그녀 손바닥에 입을 맞췄다. 그녀가 살짝 웃으며 손을 뺐다. "오늘 내가 나올 줄 몰랐소?" 그가 물었다.

"아, 네."

"당신을 만나러 워싱턴에 갈 작정이었소. 모든 준비를 다 했는데 — 하마터면 기찻길에서 당신과 엇갈릴 뻔했소."

"아……." 그들이 엇갈리는 것을 아슬아슬하게 모면했다는 사실에 놀란 것처럼 그녀가 소리를 냈다.

"알고 있소? — 내가 당신을 거의 기억하지 못했다는 것을?"

"날 거의 기억하지 못했다니요?"

"내 말은, 어떻게 설명할까? 나는 — 항상 그렇소. 매번 당신을 만날 때마다 처음 만나는 것 같소."

"아, 그래요. 무슨 말인지 알아요! 알고말고요!"

"그럼 — 나도 그렇소? 당신에게?" 그가 재촉했다.

그녀가 창밖을 내다보며 고개를 끄덕였다.

"엘런 — 엘런 — 엘런!"

그녀는 아무 대답도 하지 않았고 그는 조용히 앉아서 창문 너머 눈발이 휘날리는 황혼을 배경으로 점점 더 불분명해지는 그녀의 옆모습을 바라보았다. 그는 그 긴 넉 달 동안 그녀가 무엇을 하면서 지냈는지 궁금했다. 결국 그들이 서로에 대해 아는 것이 너무 없었다! 귀중한 순간들이 덧없이 흐르고 있었다. 그러나 그는 그녀에게 하려고 했던 말을 깡그리 잊어버렸고, 가까우면서도 먼 그들 사이의 수수께끼에 대해 그저 속수무책으로 곰곰이 생각해볼 뿐이었다. 그 수수께끼는 서로 그렇게 가까이 앉아 있으면서도 서로의 얼굴을 바라볼 수 없다는 사실을 통해 상징적으로 드러나는 것 같았다.

"마차가 너무 예쁘네요. 메이 건가요?" 그녀가 갑자기 창문에서 고개를 돌리며 물었다.

"그렇소."

"그렇다면 당신에게 날 마중 나가게 한 사람이 메이였군요. 친절하기도 해라!"

잠깐 동안 아무 대답도 하지 않던 그가 폭발해서 말했다. "우리가 보스턴에서 만난 다음 날 당신 남편의 비서가 날 만나러 왔었소."

그녀에게 보낸 짧은 편지에서 그는 리비에르 씨의 방문에 대해 한마디도 언급하지 않았다. 그는 그 사건을 가슴속에 묻어두고자 했다. 그러나 그들이 지금 그의 아내의 마차를 타고 있다는 그녀의 지적을 받자 그는 발끈해서 앙갚음해주고 싶은 충동이 일었다. 그는 그녀가 메이를 들먹일 때 그가 느끼는 기분보다 자신이 리비에르를 들먹일 때 그녀가 느끼는 기분이 더 나은지 보고 싶었다. 항상 침착한 그녀의 태도를 흔들어놓을 것이라 기대했던 다른 몇몇 경우와 마찬가지로 그녀는 놀란 기색을 조금도 드러내지 않았다. "그렇다면 그가 그녀에게 편지를 쓴 거군"이라고 그는 즉시 결론을 내렸다.

"리비에르 씨가 당신을 만나러 갔다고요?"

"그렇소. 몰랐소?"

"네." 그녀가 간단하게 대답했다.

"그런데도 놀라지 않는군요."

그녀가 머뭇거렸다. "왜 놀라야 하는 거죠. 당신을 안다고 그 사람이 보스턴에서 알려줬어요. 당신을 영국에서 만난 것이겠지 했어요."

"엘런— 당신에게 한 가지만 물어봅시다."

"그러세요."

"그를 만난 후 묻고 싶었지만 편지에 쓸 수가 없었소. 당신이 도망칠 때— 당신이 남편을 떠날 때— 도와준 사람이 리비에르였소?"

숨이 막힐 정도로 그의 가슴이 방망이질쳤다. 그녀는 과연 이 질문에도 똑같이 침착하게 대응할까?

"맞아요. 그 사람한테 많은 신세를 졌어요." 그녀가 한 점 흔들림 없이 조용한 목소리로 대답했다.

그녀의 어조가 너무나 자연스럽고 거의 무심할 정도여서 아처의 흥분이 가라앉았다. 그가 자신은 관습을 완전히 내던져버렸다고 생각하는 바로 그 순간, 그녀는 전혀 꾸밈없는 태도로 그가 어리석게도 얼마나 관습에 얽매여 있는지를 깨닫게 해주었다.

"당신은 내가 지금까지 만나 본 여자 중에서 가장 솔직한 사람인 것 같소!" 그가 소리쳤다.

"아, 아니에요— 아마 가장 덜 소란스러운 여자에 속할 거예요." 그녀가 웃음 섞인 목소리로 대답했다.

"당신 좋을 대로 불러요. 당신은 사물을 있는 그대로 보는군요."

"아— 그래야만 했어요. 고르곤[1]을 보아야만 했어요."

"그런데— 고르곤이 당신을 장님으로 만들지 않았군요! 당신은

---

[1] Gorgon: 고대 신화 속의 괴물 메두사를 의미한다. 그녀의 시선과 마주치는 사람은 아처의 말처럼 장님이 되는 것이 아니라 돌로 변했다.

그녀가 다른 악귀들과 마찬가지로 그저 늙은 악귀에 불과하다는 것을 본 것이오."

"고르곤은 사람을 눈멀게 하지 않아요. 눈물을 마르게 하죠."

그 대답은 아처의 입에서 막 나오려던 탄원을 막아버렸다. 그것은 그가 알 수 없는 깊은 경험에서 우러나오는 것 같았다. 천천히 앞으로 가던 나룻배의 움직임이 멈췄다. 뱃머리가 나뭇조각을 쌓아 만든 선대에 세게 부딪혀서 마차가 흔들리는 바람에 아처와 올렌스카 부인의 몸이 부딪쳤다. 아처는 몸을 떨며 그녀의 어깨가 자기 몸을 누르는 것을 느끼고 팔로 그녀를 감쌌다.

"당신이 눈멀지 않았다면 이런 상태가 오래가지 않는다는 것을 틀림없이 알 것이오."

"뭐가 오래가지 않나요?"

"우리가 함께 있으면서 — 함께 있지 않는 것 말이오."

"맞아요. 당신이 오늘 나오지 말았어야 했어요." 그녀가 달라진 목소리로 말하고 갑자기 몸을 돌려 두 팔로 그를 안으며 그의 입술에 자신의 입술을 눌렀다. 바로 그 순간 마차가 움직이기 시작했고 선대 앞쪽의 가스등 불빛이 창문 안까지 들어왔다. 그녀가 몸을 뺐고 마차가 선착장 주변의 북적이는 마차들 사이를 간신히 뚫고 지나가는 동안 그들은 아무 말 없이 꼼짝도 하지 않고 앉아 있었다. 그들이 길로 들어섰을 때 아처가 서둘러 말하기 시작했다.

"날 두려워하지 말아요. 그렇게 당신 자리로 돌아가서 쪼그리고 있을 필요 없어요. 도둑 키스는 내가 원하는 것이 아니오. 봐요. 당신 재킷의 소맷자락도 건드리지 않으려고 애쓰고 있잖소. 우리 사이의 이 감정을 평범한 비밀 연애로 전락시키고 싶지 않은 당신의 이유들을 내가 모른다고 생각하지 마시오. 서로 떨어져 지냈고 당신을 만날 일을 고대할 때는 모든 생각이 하나의 커다란 불꽃으로 타올랐기 때문에 어제였다면 내가 이런 말을 할 수 없었을 것이오. 그러나 그러다가 당신이 왔소. 당신은 내가 기억하고 있던 것을 훨씬 뛰어넘는 그 이상이오. 내가 당신에게 원하는 것은 당신을 갈망하면서 기다림으로 시간을 허비하며 어쩌다 한 번씩 한두 시간 정도 같이 시간을 보내는 것을 훨씬 뛰어넘는 것이오. 그래서 내 마음속의 그 다른 꿈을 품고 그것이 언젠가는 이루어질 것이라 그저 조용히 믿으면서 이렇게 당신 곁에 더할 나위 없이 가만히 앉아 있을 수 있는 것이오."

잠깐 동안 그녀는 아무 대답도 하지 않았다. 그러다가 그녀가 속삭이는 것이나 다름없는 목소리로 물었다. "그것이 이루어지길 믿는다는 말이 무슨 뜻이죠?"

"그야—당신도 그것이 이루어지리라는 것을 알고 있소, 그렇지 않소?"

"당신과 내가 함께하리라는 당신의 꿈 말인가요?" 그녀가 갑자기 격렬하게 웃음을 터뜨렸다. "그런 말을 내게 할 장소를 잘도 골랐군요."

"우리가 내 아내의 마차를 타고 있기 때문에 그러는 거요? 그렇다면 내려서 걸을까요? 눈을 조금 맞아도 괜찮겠소?"

그녀가 이번에는 조금 부드럽게 다시 웃었다. "아니에요. 되도록 빨리 할머니 댁에 가는 것이 내가 할 일이니까 내려서 걷지 않을래요. 그리고 당신도 그대로 내 곁에 앉아서 함께 꿈이 아니라 현실을 봐요."

"현실이라니 무슨 말인지 모르겠소. 내게 유일한 현실은 이것이오."

그녀는 그 말에 오랫동안 아무 말도 하지 않았다. 그동안 마차는 어두운 골목을 지나 불이 환하게 켜진 5번 가로 들어섰다.

"그렇다면 내가 당신의 아내가 될 수는 없으니 당신의 정부로 당신과 살아야 한다는 게 당신 생각인가요?" 그녀가 물었다.

질문이 너무 노골적이어서 그는 깜짝 놀랐다. 그와 같은 상류층 여성들은 대화가 그 주제로 아무리 가까이 다가가더라도 그 말은 애써 피했다. 그는 올렌스카 부인의 어휘에서 그 말이 당당하게 한 자리를 차지하는 것처럼 그녀가 그 말을 입에 올렸다고 생각했다. 혹시 그녀가 도망쳐 나온 그 끔찍한 삶에서는 그 말이 그녀 면전에서 익숙하게 사용되었던 것이 아닐까 하는 생각이 들었다. 그 질문에 그는 갑자기 할 말을 잃고 멈췄다가 허둥댔다.

"내가 바라는 것은—내가 바라는 것은 그런 단어들이 — 그런 범주들이 — 존재하지 않는 세계로 당신과 함께 어떻게든 떠나는 것이오. 우리가 서로 사랑하고 서로에게 삶의 전부가 되는 그저 두 인간으로 살 수 있는, 그 외의 다른 모든 것은 문제가 되지 않는 그런 곳으로 말이오."

그녀가 깊이 한숨을 쉬다가 다시 웃기 시작했다. "아, 세상에—그런 나라가 어디에 있어요? 그곳에 가본 적 있어요?" 그녀가 물었다. 그가 부루퉁해서 아무 말도 하지 않자 그녀가 말을 계속했다. "그런 나라를 찾으려고 애쓴 사람들을 나는 너무나 많이 알아요. 그런데 내 말을 믿어요. 그들 모두 실수로 중간 역에서 내렸어요. 볼로뉴나 피사, 혹은 몬테카를로 같은 곳에서요—그런데 그곳은 자신들이 떠나온 이전 세계와 조금도 다를 바가 없고 오히려 더 좁고 지저분하고 난잡할 뿐이었어요."

그는 그녀가 그런 어조로 말하는 것을 들어본 적이 없었다. 그는

351

그녀가 조금 전에 쓴 표현을 떠올렸다.

"그렇군요. 고르곤이 당신의 눈물을 마르게 해버렸군요." 그가 말했다.

"글쎄요. 내 눈을 뜨게도 해주었어요. 고르곤이 사람들의 눈을 멀게 한다고 말하는 것은 잘못된 생각이에요. 정반대 일을 해요— 계속 눈을 뜨고 있도록 눈꺼풀을 고정시켜서 사람들이 다시는 축복 받은 어둠 속에 있지 않게 만들어주는 거죠. 중국에 그런 고문이 있지 않나요? 틀림없이 있을 거예요. 아, 내 말을 믿어요. 그곳은 불행한 작은 나라니까요!"

마차가 42번 가를 지났다. 메이의 마차를 끄는 튼튼한 말은 켄터키의 준마라도 되는 것처럼 빠르게 그들을 북쪽으로 데려갔다. 아처는 헛되이 시간을 보내고 있고 공허한 말을 주고받는다는 느낌에 숨이 막혔다.

"그렇다면 우리를 위한 당신의 계획은 정확하게 뭐요?" 그가 물었다.

"우리를 위해서요? 그런 의미에서의 우리는 없어요! 우리는 서로 멀리 떨어져 있을 때만 서로 가까이 있어요. 그러면 우리는 우리 자신이 될 수 있어요. 그렇지 않으면 우리는 그저 우리를 신뢰하는 사람들 등 뒤에서 행복해지려고 애쓰는 엘런 올렌스카의 사촌의 남편 뉴랜드 아처와 뉴랜드 아처의 아내의 사촌 엘런 올렌스카일 뿐이에요."

"아, 나는 그것을 뛰어넘었소." 그가 신음하듯 말했다.

"아뇨. 그렇지 않아요! 당신은 한 번도 그래 본 적이 없었어요. 그렇지만 나는 그랬어요." 그녀가 낯선 목소리로 말했다. "나는 그곳이 어떻게 생겼는지 알아요."

그는 말로 표현할 수 없는 고통으로 멍해져서 침묵을 지키며 앉아 있었다. 그러다가 마차 안의 어둠 속을 더듬어서 마부에게 명령을 내리는 작은 종을 찾았다. 그는 메이가 마차를 세우고 싶을 때 종을 두 번 울렸다는 것을 떠올렸다. 그가 종을 누르자 마차가 길가에 멈춰 섰다.

"왜 여기서 멈추는 거죠? 여기는 할머니 댁이 아닌데요." 올렌스카 부인이 소리쳤다.

"그렇소. 난 여기서 내리겠소." 그가 문을 열고 차도로 뛰어내리며 중얼거렸다. 가로등 불빛에 그녀의 놀란 얼굴과 그를 붙잡으려는 그녀의 본능적인 동작이 보였다. 그는 문을 닫고 잠깐 동안 창으로 몸을 기울였다.

"당신 말이 맞았소. 오늘 나오지 말았어야 했소." 그는 마부에게 들리지 않도록 목소리를 낮춰서 말했다. 그녀가 몸을 앞으로 기울이며 뭔가 말하려는 것처럼 보였다. 그러나 그가 이미 출발하라고 외친 후였고 마차는 모퉁이에 서 있는 그를 뒤로하고 멀어져갔다. 눈이 그치고 얼얼할 정도로 매서운 바람이 불어와 바라보고 서 있는 그의 얼굴을 강타했다. 갑자기 속눈썹 위에 뭔가 뻣뻣하고 차가운 게 느껴졌다. 그는 자신이 울고 있었고 바람에 눈물이 얼었다는 것을 깨달았다.

그는 호주머니에 양손을 쑤셔 넣고 빠른 걸음으로 5번 가를 지나 집으로 갔다.

## 30

그날 저녁 아처가 저녁식사 전에 내려왔을 때 응접실이 텅 비어 있었다.

맨슨 밍고트 부인이 병에 걸린 후로 모든 가족 모임이 연기되었기 때문에 그는 메이와 단둘이 식사를 해왔다. 메이가 두 사람 중에서 시간을 더 잘 지켰기 때문에 그는 그녀가 먼저 와 있지 않아서 놀랐다. 옷을 입는 동안 그녀의 방에서 움직이는 소리가 들렸기 때문에 그는 그녀가 집에 있다는 것을 알고 있었다. 무엇 때문에 그녀가 늦는지 궁금했다.

그는 자기의 생각을 현실에 꽉 붙잡아 매두는 수단으로 그런 추측을 해보는 방법을 시작했다. 때로는 장인이 왜 사소한 일에 몰두하는지 그 단서를 찾아낸 것 같은 기분이 들기도 했다. 어쩌면 웰렌드 씨조차 오래전에 현실도피와 공상을 해본 적이 있었고 그것들에서 자신을 지키려고 온갖 잡다한 가정사를 끌어들이는 것인지도 모른다.

메이가 나타났을 때 그는 그녀가 피곤해 보인다고 생각했다. 그녀는 가장 비공식적인 자리에 입고 나가도록 밍고트 가 예법이 정해놓은 목이 많이 파이고 허리가 꼭 끼는 디너 드레스를 입고 금발 머리는 평소처럼 감아올리고 있었다. 그러나 그와는 대조적으로 그녀의 얼굴은 창백해서 거의 백지장 같았다. 그녀는 평소처럼 상냥하게 그를 밝은 표정으로 대했고 그녀의 눈에는 그 전날처럼 푸른 빛이 감돌았다.

"여보, 어떻게 된 일이에요?" 그녀가 물었다. "할머니 댁에서 기다리는데 엘런 혼자 와서는 당신에게 급한 볼일이 있어서 중간에 당신을 내려줬다고 하더군요. 안 좋은 일이 있나요?"

"편지 보낼 일을 잊어버리고 있었던 것뿐이었소. 저녁식사 전에 보내고 싶었소."

"아……." 그녀가 그렇게 말하고는 잠깐 후에 덧붙였다. "당신이 할머니 댁에 왔더라면 좋았을 텐데— 급한 편지가 아니었다면요."

"급한 편지였소." 그가 그녀의 집요함에 놀라서 대꾸했다. "게다가 내가 왜 할머니 댁에 갔어야 했는지 모르겠소. 당신이 거기 있는 줄 몰랐잖소."

그녀는 몸을 돌려 벽난로 선반 위에 걸린 거울 쪽으로 갔다. 그녀가 그곳에 서서 긴 팔을 올려 복잡하게 감아올린 머리에서 비어져 나온 머리 한 가닥을 거두어 올릴 때 아처는 기운이 하나도 없고 처진 그녀의 태도에 깜짝 놀랐다. 혹시 끔찍하게 단조로운 그들의 삶이 그녀 또한 짓누르고 있었던 것은 아니었을까 하는 생각이 들었다. 그러다가 그날 아침 그가 집을 나설 때 그녀가 계단을 내려가던 그에게 같이 마차를 타고 집에 올 수 있도록 할머니 댁에서 만나자고 소리쳤던 일이 퍼뜩 떠올랐다. 그는 기분 좋게 "알았소!"라고 소리쳐 대답해놓고 다른 공상에 빠져서 그 약속을 까맣게 잊어버렸다. 그는 양심의 가책을 느꼈지만, 결혼 생활을 한 지 거의 2년이 지났음에도 여전히 그런 사소한 일을 잊어버린 것을 가지고 섭섭해하며 마음에 담아두다니 짜증이 났다. 그는 뜨거운 열정은 없고 온갖 의무만을 강요하는 미지근한 신혼 생활을 계속하는 것에 싫증이 났다. 메이가 불만을 털어놓았다면 (그는 그녀에게 불만이 많을 거라고 추측했다) 그는 그것을 웃어넘겼을 것이다. 그러나 그녀는 스파르타식 웃음 뒤에 가상의 상처를 숨기도록 길들여져 있었다.

짜증이 나는 것을 감추려고 그는 할머니 안부를 물었고 그녀는 밍고트 부인이 여전히 좋아지고 있지만 보퍼트 가에 대한 최근 소식 때문에 좀 심란해한다고 대답했다.

"무슨 소식이오?"

"뉴욕에 계속 머물 작정인가봐요. 보험 사업 같은 일을 시작할 것 같아요. 작은 집을 찾는 중이래요."

너무 터무니없어서 논할 여지도 없었기 때문에 그들은 저녁을 먹으러 식당으로 갔다. 저녁식사를 하는 동안 그들의 대화는 평소의 한정된 범위 내에서 이루어졌다. 그러나 아처는 아내가 올렌스카 부인이나 캐서린 노부인이 그녀를 맞이한 일에 대해서는 전혀 언급하지 않는 것을 눈치챘다. 그는 그 사실에 고마워하면서도 막연하게 불길함을 느꼈다.

그들은 커피를 마시러 서재로 올라갔다. 아처는 담배에 불을 붙이고 미슐레[1]의 책을 들고 앉았다. 그는 자신이 시집을 들고 있는 것을 볼 때마다 메이가 소리 내어 읽어달라고 부탁하는 경향을 보인 이후로 저녁 시간에 역사서를 읽기 시작했다. 자신의 목소리를 좋아하지 않아서가 아니라 그가 읽은 것에 대해 그녀가 어떤 평을 가할지 뻔히 알 수 있었기 때문이었다. (그가 이제야 깨달은 사실이

---

[1] Jules Michelet(1798~1874) : 훌륭한 프랑스 역사학자로 역사에서 지리적 환경의 영향을 중시하고 민중의 관점에서 반동적 세력에 저항했다.

지만) 약혼 시절에 그녀는 그의 말을 그대로 따라했을 뿐이었다. 그러나 그가 더는 그녀에게 자기 의견을 말해주지 않자 그녀는 자기 의견을 내놓는 모험을 하기 시작했고 그 결과 메이가 책에 대해 평을 하면 그 책을 읽는 그의 즐거움이 사라져버렸다.

그가 역사서를 고른 것을 보고 그녀는 바느질 바구니를 가져와서 녹색 갓을 씌운 독서용 등 가까이 안락의자를 당기고는 소파에 두려고 수를 놓던 쿠션을 꺼냈다. 그녀는 바느질 솜씨가 좋은 편은 아니었다. 그녀의 큼지막하고 유능한 손은 승마와 노 젓기, 야외 활동에 적합했다. 그러나 다른 아내들이 남편을 위해 쿠션에 수를 놓았기 때문에 그녀는 헌신적인 애정을 구성하는 이 마지막 고리를 빠트리고 싶어 하지 않았다.

그녀가 가만히 자리에 앉아 있었기 때문에 아처는 눈을 들기만 해도 수틀 위로 구부린 그녀의 모습과 단단하고 토실토실한 팔에서 흘러내리는 프릴을 단 칠 부 소맷자락, 금으로 된 두꺼운 결혼반지 위로 왼손에서 반짝이는 사파이어 약혼반지와 천천히 공을 들여 천에 바늘을 꽂는 오른손을 볼 수 있었다. 그녀의 깨끗한 이마 위로 램프 불빛을 가득 받으며 그렇게 그녀가 앉아 있을 때, 그는 그 이마 뒤에 무슨 생각이 들어 있는지 항상 뻔히 알 것이며, 앞으로 다가올 모든 시간 동안 그녀가 예상치 못한 기분이나 새로운 생각, 약점이나 잔인함, 혹은 감정으로 그를 놀라게 하는 일은 결코 없을 것이라고 마음속으로 생각하면서 몰래 낙담했다. 그녀는 짧은 연애 기간 동안 자신의 시(時)와 로맨스를 다 써버렸다. 이제는 그럴 필요가 없어졌기 때문에 시와 로맨스의 역할은 소진되어버렸다. 이제 그녀는 그저 어머니의 복사판으로 점점 더 변해갈 뿐이었고 불가사의하게도 바로 그 과정을 통해 그를 웰렌드 씨 같은 사람으로 바꾸어가는 중이었다. 그는 책을 내려놓고 조바심을 내며 일어섰다. 즉시 그녀가 고개를 들었다.

"왜 그래요?"

"방 안이 갑갑하오. 바람 좀 쐬어야겠소."

그는 서재에 응접실 커튼처럼 금박 커튼 박스에 못으로 고정된 채 여러 겹의 레이스 위로 움직일 수 없게 고리 모양으로 늘어진 커튼 대신 밤이면 칠 수 있도록 봉에 끼워 앞뒤로 밀칠 수 있는 커튼을 달아야 한다고 우겼다. 그는 커튼을 걷고 창틀을 밀어 올리고는 얼음처럼 차가운 밤 속으로 몸을 내밀었다. 그의 탁자 옆, 램프 아래 앉아 있는 메이를 보지 않는다는 사실만으로도, 다른 집들과 지붕과 굴뚝을 보고 자신의 삶 바깥에 다른 삶들이 있고 뉴욕 너머에는 다른 도시들이 있으며 그의 세계 너머에는 완전한 세계가 있다는 느낌을 얻는다는 사실만으로도 그의 머리가 맑아지고 숨쉬기가 더 쉬워졌다.

몇 분 동안 그가 어둠 속에 몸을 내밀고 있자 메이 목소리가 들려왔다. "뉴랜드! 제발 창문 좀 닫아요. 그러다 독감에라도 걸려 죽겠어요."

그가 창틀을 내려서 닫고 돌아섰다. '독감에 걸려 죽는다고!' 그가 그 말을 되뇌었다. 그는 '그렇지만 나는 이미 독감에 걸렸소. 나는 죽은 몸이오—이미 죽은 지 오래되었소'라고 덧붙이고 싶었다.

그러다 갑자기 그 말장난에 터무니없는 생각이 번개처럼 스치고 지나갔다. 죽은 사람이 메이라면 어떨까? 그녀가 죽는다면—곧 죽어서—그를 자유롭게 놓아준다면! 그 따뜻하고 친숙한 방에서 그녀를 바라보며 그녀가 죽기를 바라면서 그곳에 서 있는 느낌이 너무 이상하고, 너무 매혹적이며, 너무 압도적이었기 때문에 그는 그것이 얼마나 큰 죄악인지 바로 깨닫지 못했다. 그는 그런 기회를 통해 자신의 병든 영혼이 매달릴 수 있는 새로운 가능성을 얻었다고 느낄 뿐이었다. 그렇다. 메이가 죽을지도 모른다—사람들은 죽는다. 그녀처럼 젊고 건강한 사람들도 죽었다. 그녀가 죽어서 갑자기 그를 자유롭게 해방시켜줄지도 모른다.

그녀가 그를 올려다보았다. 그는 그녀의 휘둥그레진 눈을 보고 자신의 눈빛이 틀림없이 이상해 보였을 것이라고 생각했다.

"뉴랜드! 어디 아파요?"

그는 고개를 저으며 안락의자로 갔다. 그녀는 수틀 위로 몸을 구부렸다. 그는 지나가면서 그녀의 머리에 손을 올렸다. "불쌍한 메이!" 그가 말했다.

"불쌍하다니요? 왜 불쌍해요?" 그녀가 억지로 웃으며 되물었다.

"내가 창문을 열 때마다 당신이 걱정할 테니 말이오." 그 또한 웃으며 대꾸했다.

잠깐 동안 그녀가 아무 말도 하지 않았다. 그러다가 그녀가 일감 위로 머리를 숙인 채 매우 낮게 말했다. "당신이 행복하다면 걱정하지 않을 거예요."

"아, 여보. 창문을 열 수 없다면 절대 행복하지 않을 거요!"

"이런 날씨에요?" 그녀가 항의했다. 그는 한숨을 쉬면서 책에 파묻혔다.


6, 7일 정도가 지났다. 아처는 올렌스카 부인에게서 아무 소식도 듣지 못했다. 그는 자기 면전에서 가족들 중 어느 누구도 그녀의 이름을 언급하지 않는다는 사실을 깨달았다. 그는 만나려고 애쓰지 않았다. 사람들이 지키고 있는 캐서린 노부인의 침대 맡에서 그녀

를 만나는 것은 거의 불가능했다. 불확실한 상황에서 그는 자기 생각 속으로 들어가, 서재 창문 밖의 얼음처럼 차가운 밤 속으로 몸을 내밀었을 때 떠오른 결심 속으로 들어가서, 마음대로 표류하고 다니도록 자신을 의식적으로 내버려두었다. 결심이 워낙 굳었기 때문에 기다리면서 아무런 티를 내지 않는 것이 쉬웠다.

그러던 어느 날 메이가 맨슨 밍고트 부인이 그를 보고 싶어 한다는 말을 전했다. 노부인이 꾸준히 회복 중이었고 다른 손자사위들보다 아처가 더 마음에 든다고 공언해왔기 때문에 그런 요청이 놀라운 일은 아니었다. 메이는 기쁨을 감추지 못하며 그 말을 전했다. 그녀는 캐서린 노부인이 자기 남편을 인정해주는 것이 자랑스러웠다.

잠깐 침묵이 흘렀고 아처는 의무감에서 물었다. "괜찮소. 오늘 오후에 함께 갈까?"

아내가 얼굴이 환해지면서 곧 대답했다. "아, 당신 혼자 가는 게 훨씬 좋을 것 같아요. 똑같은 얼굴을 너무 자주 보면 할머니가 지겨우실 거예요."

맨슨 밍고트 노부인 댁의 초인종을 누를 때 아처의 가슴이 미친 듯이 두근거렸다. 그는 이번 방문으로 올렌스카 백작부인과 단둘이 한마디라도 나눌 기회를 얻을 수 있을 것이라고 확신했기 때문에 무슨 일이 있어도 혼자 오고 싶었다. 그는 자연스럽게 기회가 올 때까지 기다리기로 작정했다. 그리고 마침내 그 기회가 왔고 그는 현관 계단에 서게 되었다. 문 뒤에, 현관홀 옆방의 노란색 다마스크 커튼 뒤에 그녀가 분명히 그를 기다릴 것이다. 곧 그녀를 보게 될 것이고 그녀가 그를 병실로 안내하기 전에 그녀와 이야기를 나눌 것이다.

그는 딱 한 가지 질문만 하고 싶었다. 그 후에는 그의 진로가 분명해질 것이다. 그가 묻고 싶었던 것은 그저 그녀가 워싱턴으로 돌아가는 날짜뿐이었다. 그녀가 그 질문에 대한 답을 거절할 수는 없을 것이다.

그러나 노란색 응접실에서 그를 기다리는 사람은 혼혈 하녀였다. 피아노 건반처럼 빛나는 하얀 이를 드러내며 그녀가 미닫이문을 밀치고 그를 캐서린 노부인이 있는 곳으로 안내했다.

노부인은 침대 옆에 놓인 거대한 왕좌처럼 보이는 안락의자에 앉아 있었다. 그녀 옆에 놓인 마호가니 스탠드에는 조각이 새겨진 유리 갓을 씌운 청동 램프가 달렸고 그 위로는 녹색 종이 갓이 얹혀 있었다. 가까이에 책이나 신문은 놓여 있지 않았고 여성다운 일감의 흔적도 보이지 않았다. 대화만이 밍고트 부인의 유일한 취미였고 수예에 관심이 있는 척하는 것은 경멸했을 것이다.

아처는 뇌졸중 후유증으로 조금이라도 얼굴이 뒤틀린 흔적을 그녀에게서 발견할 수 없었다. 비만으로 살이 접히고 들어간 부분의 그늘이 더 짙어지고 얼굴이 더 창백해 보였을 뿐이었다. 홈이 새겨진 주름 장식 실내용 모자를 쓰고 풀 먹인 모자 끈을 첫 번째 턱과 두 번째 사이에 리본 모양으로 묶어놓은 채 높이 부풀어오른 자주색 실내복 위로 모슬린 천을 목에 두른 그녀는 식탁의 즐거움에 너무 마음껏 이끌린 기민하고 상냥한 부인 자신의 조상처럼 보였다.

그녀는 거대한 허벅지 위의 움푹 들어간 곳에 애완동물처럼 놓여 있던 작은 손을 내밀며 하녀에게 소리쳤다. "어느 누구도 들여보내지 말거라. 내 딸이나 며느리가 오거든 잔다고 해라."

하녀가 사라지자 노부인이 손자사위에게 몸을 돌렸다.

"이보게. 내 꼴이 무척 흉하지?" 그녀가 쾌활하게 물으며 한 손을 뻗어 보기 드물게 방대한 가슴 위의 모슬린 주름을 더듬기 시작했다. "내 나이에 그런 게 무슨 상관이 있느냐고 딸과 며느리가 묻지—마치 흉측한 모습을 숨기기가 더 힘들어지면 힘들어질수록 흉측한 모습이 더욱더 상관없다는 듯 말이야!"

"할머님, 어느 때보다도 더 고우십니다!" 아처가 부인과 똑같은 어조로 대꾸하자 그녀가 고개를 뒤로 젖히고 웃음을 터뜨렸다.

"아, 엘런만큼 곱진 못하지!" 그녀가 불쑥 말해놓고 장난기로 반짝이는 눈으로 그를 보며 그가 대답할 틈도 없이 덧붙였다. "나룻배에서 그 애를 마차로 데려오던 날 그 애가 그렇게 예뻤나?"

그가 웃음을 터뜨리자 그녀가 말을 계속했다. "자네가 그 애한테 그런 말을 해서 그 애가 중간에 자네를 내려놓은 건 아니었나? 내가 젊었을 때는 젊은 남자가 예쁜 여자를 버려두고 가는 경우는 여자한테 쫓겨날 때뿐이었네." 부인이 다시 낄낄대고 웃다 멈추고는 거의 불만을 토로하듯이 말했다. "자네가 그 애와 결혼하지 않은 게 유감일세. 나는 항상 그 애한테 그렇게 말한다네. 그랬더라면 내가 이렇게 걱정하지 않아도 되었을 텐데. 그런데 할머니 걱정을 덜어주겠다는 생각을 하는 사람이 어디 있겠나?"

아처는 그녀가 병 때문에 정신이 흐려진 것은 아닐까 생각했지만 그녀가 갑자기 불쑥 소리쳤다. "그런데 어쨌든 이제는 해결되었네. 나머지 가족들이 뭐라고 하건 이제는 그 애가 나와 함께 지낼 걸세! 그 애가 여기 오고 5분도 채 안 되어서 나는 그 애를 붙잡아두려고 무릎이라도 꿇고 간청하려고 했다네—지난 20년 동안 마룻바닥이 어디 있는지 볼 수도 없었지만 말일세!"

아처는 아무 말 없이 듣기만 했고 그녀가 말을 계속했다. "당연히 자네도 알겠지만 모두 날 설득했지. 로벨과 레터블레어, 오거스타 웰렌드와 다른 가족들 모두 그 애가 올렌스키에게 돌아가는 것이 그 애의 의무라는 것을 어쩔 수 없이 깨닫게 될 때까지 나더러 버티면서 그 애의 생활비 지원을 중단해야 한다고 설득했어. 비서인지 뭔지가 마지막 제안을 가지고 왔을 때 그들은 내가 설득되었다고 생각했지. 솔직히 말하면 썩 괜찮은 제안이었네. 어쨌든 결혼은 결혼이고, 돈은 돈이네 — 두 가지 모두 나름대로 유용한 것들이지……. 나는 뭐라고 대답할지 모르겠더군……." 그녀가 갑자기 말을 멈추고, 말하기가 힘이 드는 듯 길게 숨을 쉬었다. "그러나 그 애를 보는 순간 말했지. '애야, 예쁜 새 같은 것! 널 그 새장에 다시 가둔다고? 절대 안 되지!' 이제는 그 애가 여기 남아서 할미가 살아 있는 동안 돌봐주는 것으로 결정이 났네. 썩 즐거운 전망은 아니겠지만 그 애는 꺼려하지 않네. 당연히 레터블레어에게는 그 애에게 적당한 생활비를 주도록 말해뒀지."

젊은이는 그녀의 말을 들으며 온몸의 피가 끓어오르는 것처럼 흥분했다. 그러나 마음이 혼란스러워서 그녀의 소식이 기쁨을 가져다준 것인지 아니면 고통을 가져다준 것인지 알 수가 없었다. 앞으로 어떤 길을 취할지 너무나 명확하게 정해두었기 때문에 그 순간에는 생각을 새로 정리할 수가 없었다. 그러나 어려움이 밀려나고 기적적으로 기회가 주어졌다는 기분 좋은 느낌이 서서히 그에게 다가왔다. 엘런이 할머니에게 와서 함께 살기로 동의했다면 그것은 분명히 그녀가 그를 포기하기가 불가능하다는 것을 인정했기 때문일 것이다. 그것은 며칠 전 그의 마지막 호소에 대한 그녀의 답이었다. 그가 촉구했던 극단적인 조치를 취하지는 않더라도 마침내 그녀는 임시방편이라도 따르기로 한 것이 분명했다. 그는 모든 것을 걸 각오가 되어 있다가 갑자기 안전함이라는 위험한 달콤함을 맛보는 남자처럼 무의식적으로 안도감을 느끼며 생각에 빠져들었다.

"그녀는 돌아갈 수 없었을 것입니다―그건 불가능합니다!" 그가 소리쳤다.

"아, 여보게. 자네가 그 애 편이었다는 것은 늘 알고 있었네. 바로 그것 때문에 내가 오늘 자네를 보자고 한 것이네. 바로 그것 때문에 자네 예쁜 처가 같이 오겠다고 했을 때 이렇게 말해줬지. '아니다, 애야. 뉴랜드가 보고 싶구나. 나의 도취감을 어느 누구와도 나누고 싶지 않구나.' 자네도 알다시피……." 그녀가 턱이 허용하는 데까지 머리를 뒤로 젖히고 그의 눈을 정면에서 쳐다보았다. "자네도 알다시피 한판 싸움이 벌어질 걸세. 가족들은 그 애가 여기 있는 것을 원치 않아. 내가 그동안 아팠고, 병약한 노인네이기 때문에 그 애한테 설득을 당했다고들 할 거야. 내가 그들과 일일이 싸울 수 있을 만큼 몸이 낫진 않았네. 그러니까 자네가 나를 위해 그 일을 해줘야 하네."

"제가요?" 그가 더듬거렸다.

"자네 말이네. 왜 안 된다는 건가?" 그녀의 동그란 눈이 갑자기 주머니칼처럼 날카로워지며 그녀가 그에게 냅다 소리쳤다. 그녀의 손이 의자 팔걸이에서 떨리며 날아와 그의 손 위에 내려앉더니 새 발톱처럼 작은 핏기 없는 손톱으로 그의 손을 움켜잡았다. "왜 안 된다는 건가?" 그녀가 엄하게 다시 물었다.

아처는 그녀의 시선을 받으며 평정을 되찾았다.

"아, 저는 중요하지 않은 사람입니다―저는 너무 보잘것없는 사람이라서요."

"그렇지만―자네는 레터블레어와 같이 일하지 않는가? 레터블레어를 통해서 그들과 연락해야 하네. 특별한 이유가 없다면 말일세." 그녀가 우겼다.

"아, 할머님. 제 도움 없이도 식구들 모두와 혼자 힘으로 맞서 싸우실 수 있도록 제가 후원하겠습니다. 그렇지만 제 도움이 필요하시다면 언제든지 돕겠습니다." 그가 그녀를 안심시켰다.

"그렇다면 우리는 안전하군!" 그녀가 한숨을 쉬었다. 그러고 나서 쿠션에 머리를 기대면서 너무나 노회한 표정으로 그에게 웃음을 보냈다. "자네가 날 지원해주리라는 것을 알고 있었네. 집으로 돌아가는 것이 그 애의 의무라고 식구들이 얘기를 하면서도 자네 말은 한 번도 언급하지 않았기 때문이지."

그는 그녀의 놀라운 통찰력에 약간 움칠했지만 "그럼 메이는요? 그분들이 메이의 말은 언급하던가요?"라고 묻고 싶었다. 그러나 질문을 바꾸는 것이 더 안전하다고 판단했다.

"그럼 올렌스카 부인은요? 언제 그녀를 만날 수 있습니까?" 그가 물었다.

노부인이 낄낄 웃으며 눈꺼풀에 자글자글한 주름을 잡고는 장난기 가득한 몸짓을 해 보였다. "오늘은 안 되네. 한 번에 한 사람씩만 만나게나. 올렌스카 부인은 외출했네."

그가 실망감으로 얼굴을 붉히자 그녀가 말을 계속했다. "여보게, 그 애는 외출했어. 내 마차를 타고 레지나 보퍼트를 만나러 갔네."

그녀는 이 말의 효과가 나타날 때까지 잠시 말을 멈췄다. "그렇게 하도록 그 애가 날 벌써 굴복시켰다네. 여기 도착한 다음 날 제일 좋은 보닛을 쓰고 레지나 보퍼트를 찾아가겠다고 아주 차분하게 말하더군. '난 그 여자를 모른다. 누군데?' 내가 말했지. 그랬더니 '할머니 조카의 딸이잖아요. 지금 매우 불행한 처지에 있는 여자예요'라고 그 애가 그러더군. 그래서 내가 '그 여자는 악당의 마누라야'라고 대답했지. '흠, 저도 마찬가지예요. 그런데도 우리 식구들은 전부 제가 그에게 돌아가길 바라고 있어요'라고 하더군. 그 말에 내가 끽소리 못하고 그 애를 가도록 허락해주었네. 그러다가 어느 날 그 애가 비가 너무 심하게 내려서 걸어갈 수가 없다고 내 마차를 빌려달라고 하더군. 내가 '무엇 하려고?'라고 묻자 '사촌 레지나 좀 보러 가려고요'라고 그 애가 대답하더군. 사촌이라고! 그런데 여보게. 창밖을 내다보니까 비가 한 방울도 내리지 않았지. 그래도 나는 그 애가 무슨 말을 하는지 알아듣고 마차를 타고 가게 했네……. 어쨌든 레지나는 용감한 여자야. 그 애도 마찬가지고. 나는 항상 무엇보다도 용기 있는 사람을 좋아했다네."

아처는 몸을 구부리고 아직도 자기 손을 잡고 있는 작은 손에 입을 맞췄다.

"어—어—어! 지금 누구 손이라고 생각하고 키스를 한 건가, 여보게—자네 처의 손인 줄 아나?" 노부인이 깔깔거리고 웃는 척하며 소리쳤다. 그가 일어서서 가려 하자 그녀가 그 뒤에 대고 외쳤다. "자네 처한테 할머니가 안부 전하더라 말해주게. 그런데 우리가 나눈 얘기에 대해서는 아무 말도 하지 않는 것이 좋을 걸세."

# 31

 아처는 캐서린 노부인이 들려준 소식에 어안이 벙벙했다. 올렌스카 부인이 할머니의 호출을 받고 워싱턴에서 서둘러 돌아온 것은 당연한 일이었다. 그러나—특히 밍고트 부인이 건강을 거의 회복한 지금—그녀의 집에 머물기로 결정했다는 것은 설명하기가 더 어려웠다.
 아처는 올렌스카 부인의 결정이 금전적인 상황에 영향을 받은 것은 아니라고 확신했다. 그는 그녀가 남편과 별거할 때 남편이 그녀에게 지급한 얼마 안 되는 수입의 정확한 액수를 알고 있었다. 할머니의 생활비 보조가 없다면 그 액수의 돈은 밍고트 가 사람들이 사용하는 말의 어떤 의미에서건 먹고살기에 결코 충분하지 않았다. 그리고 그녀와 함께 살고 있는 메도라 맨슨이 파산했기 때문에 그런 적은 액수의 돈으로는 두 사람의 의식 문제를 해결하기 힘들 지경이었다. 그러나 아처는 올렌스카 부인이 불순한 동기에서 할머니의 제안을 받아들이지는 않았을 것이라고 확신했다.
 그녀는 많은 재산에 익숙해져 있고 돈에 무관심했던 사람들이 그렇듯이 무분별하게 관대했고 이따금씩 낭비를 했다. 그러나 그녀는 친척들에게는 필수불가결한 것으로 간주되는 것들이 없어도 잘 지낼 수 있었다. 로벨 밍고트 부인과 웰렌드 부인은 올렌스키 백작 집

안의 국제적인 호사를 누렸던 사람이 '세상이 어떻게 돌아가는지' 그렇게 신경을 안 쓰는지 모르겠다고 자주 한탄하곤 했다. 게다가 아처도 알듯이 그녀의 생활비가 끊긴 지 벌써 몇 달이 지난 상태였다. 그러나 그동안 그녀는 할머니의 도움을 다시 받아내려고 아무런 노력도 기울이지 않았다. 그러므로 그녀가 행동 방침을 바꿨다면 그것은 틀림없이 다른 이유에서였을 것이다.

그는 그 이유를 멀리서 찾지 않았다. 나룻배에서 내려서 오는 도중에 그녀는 그에게 서로 멀리 떨어져 있어야 한다고 말했다. 그러나 그 말을 할 때 그녀는 그의 가슴에 머리를 대고 있었다. 그는 그녀의 말에 계산된 교태가 조금도 없었다는 것을 알았다. 그가 자신의 운명과 싸웠던 것처럼 그녀는 그녀 자신의 운명과 싸웠고 자신들을 신뢰하는 사람들의 믿음을 깨서는 안 된다는 결심을 필사적으로 고수했다. 그러나 뉴욕으로 돌아온 후 지나간 열흘 동안 그녀는 어쩌면 그가 다시는 되돌아갈 수 없는 결정적인 조치를 할 생각을 한다는 것을 그의 침묵을 통해 추측했는지도 모른다. 그런 생각을 하자 그녀는 그녀 자신의 연약함에 대한 갑작스러운 공포에 휩싸였고 결국에는 그런 경우에 흔히 있듯이 타협을 받아들이고 저항을 최소화하는 방법을 택하는 것이 더 낫겠다고 생각했는지도 모른다.

한 시간 전에 밍고트 부인 댁의 초인종을 눌렀을 때 아처는 자기가 갈 길이 분명하다고 생각했다. 그는 올렌스카 부인과 단둘이 이야기를 할 작정이었다. 그것이 실패하면 할머니에게서 어느 날 어떤 기차로 그녀가 워싱턴으로 돌아가는지 알아낼 작정이었다. 그 기차 안에서 그는 그녀를 만나 그녀와 함께 워싱턴까지 가거나 그녀가 가고자 하는 데까지 훨씬 더 멀리라도 갈 생각이었다. 자신이 가고 싶은 곳은 일본이었다. 어쨌든 그녀는 자신이 어디를 가건 그가 같이 갈 것이라는 사실을 즉시 깨달을 것이다. 메이에게는 다른 어떤 여지도 남겨두지 않는 편지를 남길 작정이었다.

그는 자신에게 이런 모험을 할 용기가 있을 뿐 아니라 간절하게 모험을 하고 싶어 한다고 상상했다. 그럼에도 상황의 진행 과정이 바뀌었다는 말을 들었을 때 그가 느낀 첫 번째 감정은 안도감이었다. 그러나 지금 밍고트 부인 댁에서 나와 집으로 걸어가면서 그는 자기 앞에 펼쳐진 상황에 대해 혐오감이 점점 더 커지는 것을 느꼈다. 그가 가려고 했던 길에는 그가 모르거나 친숙하지 않은 것은 없었다. 그러나 그가 이전에 그 길을 갔을 때는 자유의 몸이었기 때문에 자기 행동에 대해 어느 누구에게도 책임질 필요가 없었고, 역할에 필요한 경계와 발뺌, 숨기기와 순종의 게임에 재미있어하며 초연하게 전력을 다할 수 있었다. 이 과정은 '여성의 명예를 보호'하는 일이라고 불렸다. 그는 연장자들이 저녁식사 후 나누는 대화와 더불어 최고의 소설 작품들을 통해 이미 오래전에 그 과정의 세부적인 규칙들을 속속들이 전수받았다.

지금 그는 그 문제를 새로운 관점에서 보게 되었다. 그 과정에서 그의 역할은 엄청나게 줄어든 것처럼 보였다. 사실 아무것도 모르는 물러터진 남편에게 솔리 러시워스 부인이 연기한 것 중에서 그가 남몰래 멍청하게 바라본 것은 바로 웃고 조롱하고 비위를 맞춰주고 조심하면서 끊임없이 해대는 거짓말이었다. 날마다 밤마다 거짓말이었고 만질 때마다 바라볼 때마다 거짓이 들어 있었으며 모든 애무와 모든 싸움에 거짓이 들어 있었고 모든 말과 모든 침묵에 거짓이 들어 있었다.

아내가 자기 남편에게 그렇게 하는 것이 전반적으로 더 쉽고 덜 비열했다. 사람들은 암묵적으로 진실성에 대한 여성의 기준이 더 낮다고 간주했다. 여성은 복종하는 존재고 예속된 사람들의 여러 기교에 능통했다. 게다가 여성은 항상 기분과 신경을 변명으로 내세울 수 있었고, 너무 엄격하게 책임 추궁을 당하지 않을 권리가 있었다. 그래서 아무리 엄격한 사회에서조차 비웃음의 대상은 항상 남편이었다.

아처가 속한 작은 세계에서는 어느 누구도 기만당한 아내를 비웃지 않았고 결혼 후에도 여자들 꽁무니를 쫓아다니는 남자들에게는 어느 정도 경멸이 쏟아졌다. 남자들은 살아가면서 젊은 시절에 한때 방탕한 생활을 할 수도 있었다. 그러나 그것을 눈감아줄 수 있는 것은 딱 한 번뿐이었다.

아처는 전부터 이런 견해에 공감했다. 그는 마음속으로 레퍼츠를 비열한 남자라고 생각했다. 그러나 엘런 올렌스카를 사랑한다고 해서 레퍼츠 같은 남자가 되는 것은 아니었다. 아처는 처음으로 자신이 개별적인 사례라는 무서운 논법에 직면해 있음을 깨달았다. 엘런 올렌스카는 다른 여성들과 완전히 달랐다. 그도 다른 남자들과 완전히 달랐다. 그러므로 그들의 상황은 어느 누구의 상황과도 닮지 않았다. 그리고 그들은 그들 자신의 판단 외에는 어떤 심판도 받을 필요가 없었다.

그렇다. 그러나 10분 후면 그는 자기 집 현관 계단을 오르게 될 것이다. 그곳에는 메이와, 습관과, 명예와, 그와 주변 사람들이 한결같이 믿어온 온갖 오래된 예의범절이 있었다······.

집으로 가는 모퉁이에서 그는 망설이다가 5번 가를 따라 걸어 내려갔다.

겨울밤에 불이 꺼져 있는 큰 집의 모습이 그의 앞에 어렴풋이 보였다. 가까이 다가가면서 그는 그 집에 휘황하게 불이 밝혀지고, 계단에 차양이 드리우고, 양탄자가 깔리고, 마차들이 보도 연석에서 두 줄로 기다리던 모습을 자신이 과연 몇 번이나 보았는지 생각했다. 그가 메이와 첫 키스를 나눈 것은 골목으로 긴 그림자를 드리운 온실에서였다. 메이가 젊은 다이애나 여신처럼 큰 키에 은처럼 빛나는 모습으로 등장했던 것은 무도회장의 무수한 촛불 아래에서였다.

지금 그 집은 지하실에 켜진 가스등의 희미한 불빛과, 차양을 내리지 않은 위층의 한 방에 켜진 불빛을 제외하고 무덤처럼 깜깜했다. 모퉁이에 이른 아처는 현관 앞에 서 있는 마차가 맨슨 밍고트 부인의 것이라는 것을 알았다. 실러턴 잭슨이 우연히 지나간다면 그는 얼마나 대단한 정보를 얻게 될까? 아처는 보퍼트 부인에 대해 올렌스카 부인이 어떤 태도를 보여줬는지 캐서린 노부인의 설명을 듣고 크게 감동받았다. 그 설명은 뉴욕의 정당한 비난이 오히려 곤경에 처한 사람을 못 본 체하는 것이나 마찬가지인 듯 보이게 만들었다. 그러나 그는 수많은 클럽과 응접실에서 엘런 올렌스카가 사촌을 방문한 일을 사람들이 어떻게 해석할지 잘 알았다.

그는 걸음을 멈추고 불 켜진 창문을 올려다보았다. 틀림없이 두 숙녀가 그 방에 함께 앉아 있을 것이다. 어쩌면 보퍼트는 다른 곳에서 위안을 찾고 있을지도 모른다. 그가 패니 링과 함께 뉴욕을 떠났다는 소문도 있었지만 보퍼트 부인의 태도는 그런 소문이 사실이 아닌 것처럼 보이게 만들었다.

아처는 5번 가의 밤 풍경을 거의 독차지했다. 그 시간에 대부분의 사람들은 집 안에서 저녁식사를 위해 옷을 갈아입고 있었다. 그는 엘런이 나올 때 다른 사람들 눈에 띄지 않을 것 같아서 내심 기뻐했다. 그런 생각이 그의 마음을 스치고 있을 때 문이 열리고 엘런이 나왔다. 그녀 뒤로 희미한 불빛이 보였다. 나가는 길을 비춰주려고 계단을 따라 누군가가 들고 내려온 것 같았다. 그녀가 몸을 돌려 누군가와 이야기를 나눴다. 곧 문이 닫히고 그녀가 계단을 내려왔다.

"엘런." 그녀가 보도에 이르렀을 때 그가 낮은 목소리로 불렀다.

그녀는 약간 놀라서 발을 멈췄고 바로 그때 멋지게 차려입은 젊은 남자 둘이 다가오는 모습이 보였다. 외투와 흰 타이 위에 고급스러운 실크 머플러를 두른 모습에는 낯익은 분위기가 감돌았다. 그는 그들과 같은 사회적 신분을 가진 젊은이들이 어떻게 그렇게 이른 시간에 저녁을 먹으러 나가게 되었는지 의아했다. 그러다가 몇 집 위에 있는 레기 치버스 가에서 그날 저녁에 〈로미오와 줄리엣〉에 출연한 아델라이드 닐슨[1]을 초대해서 큰 파티를 연다는 사실이 기억났다. 그는 두 사람이 초대를 받아 가는 길이라고 추측했다. 그들이 가로등 밑을 지나갈 때, 그는 그들이 로렌스 레퍼츠와 젊은 치버스라는 것을 알았다.

보퍼트 가의 현관 앞에 있는 올렌스카 부인의 모습이 다른 사람들 눈에 띄지 않았으면 좋겠다는 비겁한 바람은 온몸으로 전해지는 그녀 손의 온기를 느끼자 사라졌다.

"이제는 당신을 만날 것이오—우리는 함께할 것이오." 그는 자신이 무슨 말을 하는지도 모른 채 불쑥 외쳤다.

"아, 할머니가 말해줬나 보군요." 그녀가 대답했다.

그녀를 바라보면서 그는 레퍼츠와 치버스가 길모퉁이 끝에 이르자마자 조심스럽게 5번 가를 가로질러 가버린 것을 깨달았다. 그것

---

[1] Adelaide Neilson(1848~1880) : 1872년 뉴욕에서 줄리엣 역을 처음 맡은 영국의 여배우.

은 자신도 자주 행했던 일종의 남자들 사이의 결속력 같은 것이었다. 그러나 그는 그들이 못 본 체하고 가버린 것이 역겨웠다. 그녀는 정말로 그와 자신이 이렇게 살 수 있다고 생각하는 것일까? 그렇지 않다면 그녀는 달리 어떤 생각을 하고 있을까?

"내일 당신을 꼭 만나야겠소 — 우리 둘만 있을 수 있는 곳에서."
그는 자신이 들어도 거의 화난 것처럼 들리는 목소리로 말했다.

그녀가 망설이다 마차를 향해 움직였다.

"전 내일 할머니 댁에 있을 거예요 — 당분간은요." 그녀는 자신의 계획이 바뀐 것에 대해 약간의 설명이 필요하다는 것을 아는 것처럼 그렇게 덧붙였다.

"우리 둘만 있을 수 있는 곳에서요." 그가 우겼다.

그녀가 살짝 웃었고 그 웃음이 그에게는 거슬렸다.

"뉴욕에서요? 교회도 없고…… 기념비도 없잖아요."

"미술관[2]이 있소 — 공원 안에." 그녀가 당혹스러운 표정을 지을 때 그는 말을 계속했다. "두 시 반에 봅시다. 정문에서 기다리겠소……"

그녀는 아무 대답도 없이 몸을 돌려 재빨리 마차에 탔다. 마차가 출발하자 그녀는 몸을 앞으로 내밀었고 그는 그녀가 어둠 속에서 손을 흔들었다고 생각했다. 그는 상반되는 감정의 소용돌이 속에서 눈으로 계속 그녀를 쫓았다. 사랑하는 여자가 아니라 다른 여자와, 쾌락을 얻었지만 이미 싫증이 난 여자와 이야기를 나눈 것 같은 느낌이 들었다. 그는 이런 진부한 어휘에서 벗어나지 못하는 자신이 싫었다.

---

2 메트로폴리탄 미술관.

"그녀는 올 거야!" 그는 거의 경멸하듯이 혼잣말을 했다.

주철과 채색 타일이 기묘할 정도로 지천에 널려 있는 메트로폴리탄 미술관의 주요 전시관들 중 한 곳에서는 일화 같은 캔버스로 가득한 '울프 전시회'[3]가 인기를 끌고 있었다. 그들은 이것을 피해서 '세뇰라 유물'[4]이 찾는 사람 하나 없이 외롭게 사그라지고 있는 방으로 이어지는 통로를 따라갔다.

그들은 이 우울한 은신처를 독차지하고는 중앙난방식 스팀 라디에이터 주변에 빙 둘러놓은 긴 의자에 앉아 흑단색 나무 위의 유리 상자를 조용히 바라보았다. 그 안에는 트로이에서 발견된 유물의 파편들이 들어 있었다.

"이곳에 한 번도 온 적이 없다니 이상해요." 올렌스카 부인이 말했다.

"아, ─ 언젠가는 훌륭한 미술관이 될 거라고 생각하오."

"맞아요." 그녀가 멍하게 동의했다.

그녀는 일어서서 방 안을 서성거렸다. 아처는 앉아서 그녀의 모습을 바라보았다. 무거운 모피를 걸쳤는데도 그녀는 소녀 같은 자태로 가볍게 움직였다. 털모자에는 백로 깃털이 날렵하게 꽂혀 있었고, 검은 고수머리는 납작하게 눌린 나사 모양 덩굴처럼 귀 위쪽 양볼에 자리 잡고 있었다. 그녀와 만나게 되면 처음에 항상 그랬던 것처럼 그의 마음은 그녀를 다른 누가 아닌 그녀 자신으로 만들어 주는 기분 좋은 모습 하나하나에 완전히 빠져들었다. 곧 그가 일어

---

[3] Wolfe collection : 새 미술관이 개관했을 때 처음으로 전시된 캐서린 로릴러드 울프의 유품들.
[4] Cesnola antiquities : 키프로스에서 나온 잡다한 유물 전시품.

나서 그녀가 서 있는 상자 앞으로 다가갔다. 상자 안 유리 선반에는 유리와 점토, 변색된 청동, 세월의 흐름으로 인해 분명하지 않게 된 재료들로 만들어진 작은 깨진 물건들—거의 알아볼 수 없는 가정용품들과 장식품들, 개인용품들—이 가득했다.

"잔인해 보여요. 시간이 어느 정도 지나고 나면 아무것도 중요하지 않게 된다는 게……. 이 작은 물건들과 마찬가지로요. 잊힌 사람들에게 한때는 꼭 필요하고 중요했을 텐데요. 이제는 확대경 밑에 놓여 무엇에 쓰이던 물건이었을까 추측이나 되어야 하고 '용도 불명'이라는 표시나 붙어 있으니 말이에요."

"맞소. 그렇지만 한편으로는……."

"아, 한편으로는……."

긴 물개가죽 코트를 입고, 작고 둥근 토시에 양손을 집어넣고, 베일을 투명한 가면처럼 코끝까지 늘어뜨리고, 빠르게 들이쉬는 숨결에 그가 가져다준 제비꽃 다발을 파르르 떨게 하면서 그곳에 서 있는 그녀의 모습을 보자 선과 색의 이 순수한 조화가 어리석은 변화의 법칙에 굴복해야 한다니 도저히 믿겨지지가 않았다.

"한편으로는 모든 것이 중요해요—당신과 관계된 것은." 그가 말했다.

그녀가 생각에 잠겨 그를 바라보다가 의자로 되돌아갔다. 그는 그녀 옆에 앉아 기다렸다. 그러나 갑자기 저 멀리 빈방들 쪽에서 발소리가 들려오자 그는 시간이 촉박하다고 느꼈다.

"내게 무슨 말을 하고 싶었나요?" 그녀 역시 같은 경고를 받은 것처럼 물었다.

"내가 당신에게 하고 싶은 말이오?" 그가 대꾸했다. "음, 나는 당신이 두려워서 뉴욕에 왔다고 생각해요."

"두려워서요?"

"내가 워싱턴으로 가는 것 말이오."

그녀가 토시를 내려다보았다. 그녀의 두 손이 그 안에서 불안하게 움직였다.

"어떻소……?"

"글쎄요……. 그래요." 그녀가 말했다.

"두려웠소? 알고 있었소……?"

"네, 알고 있었어요……."

"그래서요?" 그가 졸랐다.

"그러니까 이게 더 낫지 않나요?" 그녀가 질문하는 듯이 긴 한숨을 쉬며 대답했다.

"더 낫다고요?"

"다른 사람들에게 상처를 덜 주게 될 거예요. 당신이 줄곧 바랐던 게 그것 아닌가요?"

"이곳에 당신을 두고, 당신 말은—가까이 두고서도 다가갈 수 없는 상태로 있으라는 말이오? 이런 식으로 몰래 당신을 만나라는 것이오? 그것은 내가 바라는 것의 정반대요. 내가 원하는 것이 무엇인지 며칠 전에 말했잖소."

그녀가 주저했다. "그러면 당신은 아직도 이것이 더 나쁘다고 생각하는 건가요?"

"천 배나 나쁘오!" 그가 잠시 말을 멈췄다. "당신한테 거짓말하기는 쉽소. 그러나 진실을 말하자면 나는 그것이 싫소."

"아, 나도 그래요." 그녀가 깊게 안도의 한숨을 쉬며 소리쳤다.

그가 참지 못하고 벌떡 일어섰다. "그렇다면—이제는 내가 물을 차례요. 도대체 당신이 더 낫다고 생각하는 것은 무엇이오?"

그녀가 고개를 떨구고 토시 안에서 계속 양손을 모았다가 풀었다. 발소리가 더 가까워지더니 끈으로 테두리를 두른 모자를 쓴 관리인이 공동묘지를 살금살금 지나가는 유령처럼 노곤한 태도로 방을 지나갔다. 그들은 동시에 맞은편에 있는 상자에 눈을 고정시켰고, 관리인의 모습이 미라와 석관들 사이로 사라지자 아처가 다시 말을 시작했다.

"당신은 뭐가 더 낫다고 생각하는 거요?"

대답 대신 그녀가 중얼거렸다. "여기 있는 것이 더 안전할 것 같아서 할머니와 함께 지내겠다고 약속했어요."

"나에게서 안전하다는 거요?"

그녀가 그를 쳐다보지 않고 고개를 살짝 숙였다.

"나를 사랑하는 것에서 더 안전하다는 거요?"

그녀의 옆모습은 아무 동요도 없었지만 그녀의 속눈썹을 타고 눈물이 흘러나와 베일 망사에 맺혔다.

"돌이킬 수 없는 해를 끼치는 것에서 더 안전하다는 거예요. 우리는 절대 다른 사람들처럼 되지 말아요!" 그녀가 항변했다.

"다른 사람들 누구를 말하는 거요? 내가 나와 비슷한 부류의 사람들과 다르다고 말하지는 않겠소. 나도 그들과 똑같은 욕구와 갈망에 사로잡혀 있소."

그녀가 두려워하는 듯한 표정으로 그를 바라보았다. 그녀의 뺨이 살짝 붉어졌다.

"그러면 일단 당신에게 갔다가 집으로 돌아가야 할까요?" 그녀가 갑자기 낮고 분명한 목소리로 용감하게 물었다.

젊은이의 이마로 피가 확 쏠렸다. "내 사랑!" 그가 움직이지 않은 채 말했다. 마치 가득 차서 조금이라도 움직이면 넘쳐흐를 수 있는 물잔을 든 듯 자기 심장을 자기 손으로 든 것처럼 그는 움직일 수가 없었다.

그러다가 그녀의 마지막 구절이 귀에 들어오자 그의 얼굴이 어두워졌다. "집으로 돌아가다니? 그게 무슨 말이오?"

"남편이 있는 집으로요."

"당신은 내가 그 말에 동의할 거라고 생각했소?"

그녀가 괴로운 눈을 들어 그의 눈을 바라보았다. "그럼 다른 방법이 뭐가 있나요? 나는 여기 머물면서 내게 친절을 베푼 사람들에게 거짓말을 할 수 없어요."

"바로 그런 이유 때문에 내가 당신에게 멀리 가자고 한 것이오!"

"새 삶을 살 수 있도록 나를 도와준 사람들의 삶을 망쳐놓고요?"

아처는 벌떡 일어서서 말로 표현할 수 없는 절망감을 느끼며 그녀를 내려다보고 서 있었다. "그래요, 와요. 일단 와요"라고 말하기는 쉬웠을 것이다. 그는 그녀가 동의해주면 자신에게 얼마나 큰 힘이 될지 알았다. 그러면 남편에게 돌아가지 말라고 그녀를 설득하는 데 아무 어려움이 없을 것이다.

그러나 뭔가가 입 밖으로 튀어나오려는 "오라"는 그 말을 막았다. 그녀에게서 느껴지는 강렬한 정직함 같은 것 때문에 그녀를 통속적인 함정 속으로 끌어들이려는 것은 생각할 수조차 없는 일이 되었다. '그녀를 내게로 오게 한다 해도 그녀를 다시 떠나보내야 할 거야.' 그는 마음속으로 생각했다. 그리고 그것은 상상조차 해서는 안 되는 일이었다.

그러나 그는 그녀의 젖은 뺨에 드리운 속눈썹의 그림자를 보고 다시 망설였다.

그가 다시 말을 시작했다. "어쨌든 우리에게는 우리 자신의 삶이 있소……. 불가능한 것을 시도해봐야 소용이 없소. 당신은 어떤 것들에 대해서는 편견에서 너무나 자유롭고 당신 말대로 고르곤을 바라보는 것에도 대단히 익숙해져 있소. 그런데도 당신이 우리 상황을 직면해서 있는 그대로 바라보길 두려워하는 게 이해가 되지 않소—그렇게 희생할 만한 가치가 없다고 느끼지 않는 이상은 말이오."

그녀 또한 일어서서 얼굴을 찡그리며 입술을 꽉 다물었다.

"그렇다면 마음대로 생각해요—나는 가야겠어요." 그녀가 가슴에서 작은 시계를 꺼내며 말했다.

그녀가 몸을 돌려서 갔고, 그는 쫓아가서 그녀의 손목을 붙잡았다. "그렇다면 일단 내게로 와요." 그가 말했다. 그녀를 잃을지도 모른다는 생각에 갑자기 머리가 빙글빙글 돌았다. 1, 2초 동안 그들은 거의 원수처럼 서로를 바라보았다.

"언제 오겠소?" 그가 재촉했다. "내일?"

그녀가 망설였다. "그 다음 날에요."

"내 사랑……!" 그가 다시 말했다.

그녀는 손목을 뺐다. 그러나 잠깐 동안 그들은 계속해서 서로의 눈에서 시선을 떼지 않았다. 그리고 그는 매우 창백해진 그녀의 얼굴이 마음속 깊은 광채로 흘러넘치는 것을 보았다. 그의 심장이 경외심으로 두근거렸다. 사랑이 이렇게 눈에 보이는 것을 한 번도 경험해본 적이 없었던 것처럼 느껴졌다.

"아, 늦겠어요—안녕. 안 돼요. 더는 가까이 오지 말아요." 그녀가 그의 눈 속에 비친 광채에 놀란 것처럼 긴 방을 따라 급히 걸어나가며 소리쳤다. 문에 이르렀을 때 그녀는 잠깐 동안 몸을 돌려 손을 흔들어 재빨리 작별을 고했다.

아처는 혼자 집으로 걸어갔다. 그가 집 안으로 들어섰을 때는 밖이 어두워지고 있었다. 그는 무덤 반대편에서 바라보듯이 현관홀 안의 친숙한 물건들을 둘러보았다.

그의 발소리를 듣고 하녀가 위쪽 층계참에 있는 가스등을 밝히려고 계단을 뛰어올라갔다.

"마님이 집에 계신가?"

"아뇨. 점심식사 후에 마차로 나가셨는데 아직 안 돌아오셨어요."

안도감을 느끼며 그는 서재로 들어가서 안락의자에 몸을 던졌다. 하녀가 독서용 스탠드를 들고 따라 들어와서 꺼져가는 난롯불 위로 석탄 몇 개를 넣었다. 하녀가 방을 나갈 때도 그는 팔꿈치를 무릎에 받치고 깍지 낀 두 손 위에 턱을 괴고서 붉게 달아오른 쇠살대에 시선을 고정시킨 채 꼼짝도 하지 않고 계속 앉아 있었다.

그는 의식적인 생각도 하지 않고 시간의 흐름을 느끼지도 않은 채, 삶을 재촉하기보다 정지시키는 것처럼 보이는 깊고 엄숙한 놀라움을 느끼며 그곳에 앉아 있었다. "이렇게 할 수밖에 없었어, 그때는…… 이렇게 할 수밖에 없었어." 그는 운명의 손아귀에 붙잡혀 있는 것처럼 자기 자신에게 그 말을 되풀이했다. 그가 꿈꿨던 것이 너무 특별한 것이었기 때문에 그는 황홀해하면서도 대단히 오싹함을 느꼈다.

문이 열리고 메이가 들어왔다.

"제가 너무 늦었어요—걱정하지 않았죠, 그렇죠?" 그녀가 그의 어깨에 한 손을 올리고 오랜만에 애무하듯이 쓰다듬으며 물었다.

그가 놀라 고개를 들었다. "시간이 늦었소?"

"일곱 시가 넘었어요. 잠이 들었나 보군요!" 그녀가 웃으며 모자 핀을 뽑고는 소파에 벨벳 모자를 던졌다. 평소보다 더 창백해 보였지만 이례적으로 활기에 차서 반짝였다.

"할머니를 뵈러 갔다가 막 떠나려는 순간 엘런이 산책에서 돌아왔어요. 그래서 더 있으면서 엘런과 긴 이야기를 나눴어요. 한참 만에 진짜 대화다운 대화를 나눴어요……." 그녀는 그의 의자 맞은편에 놓인, 평소에 앉던 안락의자에 털썩 주저앉아 손가락으로 헝클어진 머리를 쓸어내렸다. 그는 그녀가 자신이 뭔가 말을 해주길 기대한다고 생각했다.

"정말로 좋은 대화였어요." 그녀는 아처가 보기에 부자연스러울 정도로 발랄하게 웃으며 말을 계속했다. "엘런이 무척 다정하게 대해줬어요……. 예전 엘런처럼요. 최근에 엘런에게 공평하게 대하지 못했던 것 같아요. 가끔 드는 생각이……."

아처는 일어서서 램프 불빛에서 벗어나 벽난로 선반에 몸을 기댔다.

"가끔 드는 생각이―?" 그녀가 말을 멈추자 그가 그녀의 말을 되풀이했다.

"어쩌면 제가 엘런을 부당하게 대했던 것 같아요. 엘런은 너무 달라요―적어도 표면적으로는 말이에요. 너무나 이상한 사람들하고 어울리잖아요―튀어 보이는 걸 좋아하는 것 같아요. 그런 방탕한 유럽 사교계에서 그렇게 살아온 게 아닌가 싶어요. 틀림없이 엘런에게는 우리가 끔찍하게 지루해 보일 거예요. 그렇지만 엘런을 편파적으로 판단하고 싶진 않아요."

그녀가 이례적으로 길게 말을 하느라 약간 숨이 차서 말을 멈추고는, 입술을 약간 벌리고 양볼을 붉게 물들인 채 앉아 있었다.

그녀를 바라보면서 아처는 세인트오거스틴의 선교소 정원에서 그녀의 얼굴을 가득 채웠던 홍조를 떠올렸다. 그는 그녀가 그전과 똑같이 확실치는 않지만 뭔가 노력한다는 것을, 눈에 보이지 않는 뭔가를 붙잡으려고 애쓴다는 것을 알아차렸다.

'엘런을 미워하고 있어. 그래서 그 감정을 극복하려고, 그것을 극복할 수 있도록 내가 자기를 도와주도록 만들려고 애쓰는 거야.' 그는 생각했다.

그는 그 생각에 마음이 움직여서 한순간 그들 사이의 침묵을 깨고 그녀에게 자비를 청할 뻔했다.

"당신은 가족들이 때로 왜 짜증을 내는지 알 거예요. 그렇지 않나요? 처음에는 우리 모두 엘런을 위해 우리가 할 수 있는 일을 다 했지만 엘런은 도무지 이해하지 못하는 것 같았어요. 이제는 보퍼트 부인을 만나러 갈 생각을 하다니요. 할머니 마차를 타고 말이에요! 엘런이 밴 더 라이든 가와 완전히 사이 나빠지게 만들어놓은 것 같아요……."

"아." 아처가 짜증스럽게 웃음을 터뜨렸다. 그들 사이에 열렸던 문이 다시 닫혀버렸다.

"옷 입을 시간이오. 저녁 먹으러 나갑시다. 안 그럴 거요?" 그가 난로 앞을 떠나며 물었다.

그녀 역시 일어섰지만 난롯가에서 잠시 꾸물거렸다. 그가 그녀 곁을 지나가려 할 때 그녀가 그를 붙잡으려는 것처럼 불쑥 앞으로 나왔다. 두 사람의 시선이 마주쳤을 때 그녀의 눈은 그가 마차를 타고 저지시티로 떠날 때처럼 눈물이 맺혀 푸른색을 띠었다.

그녀가 그의 목에 양팔을 두르고 뺨을 그의 뺨에 댔다.

"오늘은 키스를 안 해줬어요." 그녀가 속삭이며 말했다. 그는 그녀가 품속에서 떠는 것을 느꼈다.

# 32

"튈르리 궁전에서는 그런 일들이 상당히 공개적으로 묵인됩니다." 실러턴 잭슨 씨가 추억에 잠겨 웃음을 지으며 말했다.

뉴랜드 아처가 미술관을 다녀온 다음 날 저녁, 메디슨 가에 위치한 밴 더 라이든 가의 검은색 호두나무로 꾸민 식당에서 실러턴 잭슨 씨가 이 말을 하고 있었다. 밴 더 라이든 씨 부부는 보퍼트의 파산 발표에 서둘러 스카이터클리프로 피해 갔다가 시내에 며칠 머무르러 왔다. 이 개탄스러운 사건으로 사교계가 빠지게 된 혼란으로 인해 자신들이 시내에 머물러야 할 필요성이 그 어느 때보다 더 절실해졌다는 사실을 그들이 납득한 것이다. 그것은 아처 부인의 표현처럼 오페라하우스에 모습을 드러내고 자기 집 문을 활짝 열어주는 것으로 '사교계에 대한 의무를 다해야 하는' 그런 경우들 중 하나였다.

"친애하는 루이자, 레뮤얼 스트러더스 부인 같은 사람들이 레지나의 자리를 차지하도록 내버려두는 것은 결코 좋지 않아요. 꼭 그런 때 새로운 사람들이 밀고 들어와서 기반을 구축한다니까요. 스트러더스 부인이 처음 뉴욕에 나타난 겨울에 남편들이 스트러더스 부인 집으로 빠져나간 것은 수두가 유행병으로 번진 것 때문이에요. 아내들은 아이들 방에서 아이들을 돌보고 있었으니까요. 루이자, 항상 그랬던 것처럼 당신과 헨리가 이 난국을 타개해줘야 해요."

밴 더 라이든 부부는 그런 요청을 못 들은 체할 수가 없어서 주저하면서도 영웅적으로 시내로 돌아와 집 안의 덮개들을 벗겨내고는 두 번의 만찬과 한 번의 저녁 환영회 초대장을 발송했다.

이 특별한 밤에 그들은 그해 겨울 〈파우스트〉를 처음 공연하는 오페라하우스에 실러턴 잭슨과 아처 부인, 뉴랜드 부부를 초대했다. 밴 더 라이든 가에서는 모든 것이 격식을 갖춰 이루어졌다. 손님이 네 명밖에 없었지만 서두르지 않고 적절한 코스대로 식사를 하고는 신사들이 편하게 앉아 담배를 피울 수 있도록 식사는 일곱 시에 정확하게 시작되었다.

아처는 그 전날 저녁부터 메이를 보지 못했다. 그날 아침에는 사무실에 일찍 출근해서 산더미처럼 쌓인 중요하지도 않은 일에 몰두했다. 오후에는 고참 변호사 한 사람이 근무 시간 이후에 그를 불쑥 찾아왔다. 그가 집에 너무 늦게 도착하는 바람에 메이가 밴 더 라이든 저택으로 그보다 먼저 가서 마차를 돌려보냈다.

스카이터클리프에서 가져온 카네이션과 푸짐한 음식 접시 너머로, 메이는 창백하고 기운이 없어 보였다. 그러나 그녀의 눈은 반짝였고 이야기를 할 때는 과장되게 생기를 띠었다.

실러턴 잭슨이 가장 좋아하는 비유를 끌어낸 주제는 안주인에 의해 제기되었다(아처는 그녀가 아무런 의도 없이 우연히 그런 것은 아닐 거라고 생각했다). 보퍼트의 파산, 아니 정확히는 파산 이후 보퍼트의 태도는 응접실의 도덕가인 실러턴 잭슨에게는 여전히 유효한 주제였다. 그 주제에 대해 철저한 조사와 비난이 이루어지고 나서 밴 더 라이든 부인이 메이 아처 쪽으로 엄격한 시선을 돌렸다.

"내가 들은 말이 사실일까? 자네 할머니 밍고트 부인의 마차가 보퍼트 부인의 현관 앞에 서 있는 것을 본 사람들이 있다는 말을 들었네." 그녀가 그 불쾌한 여성을 더는 레지나라는 세례명으로 부르지 않는다는 사실이 눈에 띄었다.

메이의 얼굴이 붉어졌고 아처 부인이 서둘러 끼어들었다. "마차가 거기 있었다면 틀림없이 밍고트 부인 모르게 그랬을 거예요."

"아, 당신 생각은……?" 밴 더 라이든 부인은 말을 멈추고 한숨을 쉬며 남편을 쳐다보았다.

"올렌스카 부인이 친절한 마음씨 때문에 경솔하게도 보퍼트 부인을 방문한 것 같소." 밴 더 라이든 씨가 말했다.

"아니면 이상한 사람들을 좋아하는 그녀의 취향 때문이던가요." 아처 부인이 아들의 눈을 천진하게 바라보며 쌀쌀맞게 끼어들었다.

"올렌스카 부인이 그런 일을 했다고 생각하면 유감스러워요." 밴 더 라이든 부인이 말하자 아처 부인이 중얼거렸다. "아, 저런— 두 번이나 그녀를 스카이터클리프로 초대해줬는데 말이죠!"

바로 이때 잭슨 씨가 기회를 놓치지 않고 자신이 가장 좋아하는 비유를 들었다.

"튈르리에서는요." 일동이 모두 기대에 찬 시선을 자기에게 보내는 것을 보며 그가 되풀이했다. "어떤 면에서 기준이 지나칠 정도로 느슨했습니다. 제가 아는 바로는 모르니[1]의 돈의 출처는—! 아니면 궁정 미녀들의 빚을 갚아준 사람은……."

"실러턴, 혹시 우리도 그런 기준을 채택해야 한다는 말은 아니겠죠?" 아처 부인이 말했다.

잭슨 씨가 침착하게 대답했다. "절대 아닙니다. 그러나 올렌스카

---

[1] 나폴레옹 3세의 이복형제인 Morny 공작.

부인이 외국에서 자랐기 때문에 예의범절을 덜 까다롭게 따지는 것은 아닌가 하는……."

"아." 나이 많은 두 부인이 한숨을 쉬었다.

"그렇지만 할머니의 마차를 채무 불이행자 집 앞에 세워두다니!" 밴 더 라이든 씨가 항변했다. 아처는 그가 23번 가의 작은 집으로 보내준 카네이션 바구니를 기억하면서 분개하는 것이라고 추측했다.

"당연히 모든 것에 대해 그녀의 관점이 상당히 다르다고 제가 항상 말씀드렸잖아요." 아처 부인이 재빨리 평가를 내렸다.

메이의 이마가 붉어졌다. 그녀는 식탁 너머로 남편을 바라보며 돌연 말했다. "엘런이 친절한 마음에서 그렇게 했다고 저는 확신해요."

"경솔한 사람들이 가끔 친절하지." 그 사실이 정상참작의 이유가 조금도 되지 않는 것처럼 아처 부인이 말했다. 밴 더 라이든 부인은 중얼거렸다. "누군가와 상의를 했더라면 좋았을 텐데……."

"아, 그녀가 그런 일은 절대 안 하죠!" 아처 부인이 대꾸했다.

이때 밴 더 라이든 씨가 자기 아내를 쳐다보자 그녀는 아처 부인 쪽으로 머리를 살짝 숙였다. 남자들이 담배를 피우려고 자리를 잡는 동안 세 여자의 반짝이는 드레스 자락은 문 밖으로 빠져나갔다. 밴 더 라이든 씨는 오페라를 관람하는 밤에는 길이가 짧은 시가를 내놓았다. 그러나 담배 맛이 너무 좋았기 때문에 손님들은 밴 더 라이든 씨가 칼같이 시간을 지키는 것을 애석해했다.

1막이 끝나고 아처는 일행에서 빠져나와 클럽 박스 뒤쪽으로 향했다. 그곳에서 그는 치버스 가, 밍고트 가, 러시워스 가 사람들 어깨 너머로 2년 전 엘런 올렌스카를 처음 만났던 날 밤에 보았던 똑같은 장면을 보았다. 그는 밍고트 노부인의 박스에 그녀가 다시 보일지도 모른다는 기대를 어느 정도 했지만 그곳은 비어 있었다. 그가 꼼짝 않고 앉아서 빈 박스에서 눈을 떼지 못할 때, 갑자기 닐슨 부인이 청아한 소프라노 목소리로 "마암 마, 논 마암 마……"를 부르기 시작했다.

아처는 무대로 시선을 돌렸다. 그곳에서는 커다란 장미와 펜 홈치개처럼 생긴 팬지꽃으로 장식된 낯익은 배경에서, 예전과 동일하게 체격이 큰 금발 희생자가 예전과 동일하게 작은 몸집의 갈색 머리 유혹자의 유혹에 넘어가고 있었다.

무대에서 벗어난 그의 시선은 U자 모양 관람석 끝부분으로 향했다. 그곳에는 메이가 2년 전 그 밤에 로벨 밍고트 부인과 갓 도착한 '외국인' 사촌언니 사이에 앉아 있던 것처럼 나이 많은 두 부인들 사이에 앉아 있었다. 그날 밤처럼 그녀는 온통 흰옷을 입고 있었다. 그녀가 무슨 옷을 입었는지 알아차리지 못했던 아처는 그것이 그녀가 결혼식에서 입었던 오래된 레이스가 달린 푸르스름한 흰 새틴 웨딩드레스라는 것을 깨달았다.

옛 뉴욕에서는 신부들이 신혼 1, 2년 동안 이 사치스런 웨딩드레스를 입고 나오는 것이 관례였다. 그는 불쌍한 제이니가 은회색 포플린 드레스를 입고 들러리 없는 결혼식을 하는 것이 더 '적절하게' 여겨지는 나이에 이르고 있음에도 혹시라도 언젠가 제이니가 입을지 모른다는 희망에서 어머니가 자신의 웨딩드레스를 박엽지에 싸서 잘 보관해두고 있다는 것을 알았다.

아처는 유럽에서 돌아온 이후 메이가 새틴 웨딩드레스를 거의 입지 않았다는 사실을 깨닫고, 웨딩드레스를 입은 그녀의 모습에 놀라 그녀의 현재 모습과 2년 전에 자기가 그렇게 행복한 기대에 차서 바라보았던 처녀 적 모습을 비교해보았다.

여신 같은 체격이 예견해주었듯이 메이의 몸에 살짝 살이 붙긴 했지만, 운동선수같이 곧은 자세와 소녀같이 투명한 표정은 변하지 않았다. 최근에 아처가 그녀에게서 느끼듯이 기운이 약간 없어 보이는 것만 빼면 그녀는 약혼한 날 저녁에 은방울꽃 다발을 만지작거리던 소녀의 모습 그대로였다. 그 사실에 그는 그녀가 더욱 안쓰러워졌다. 그런 순수함은 아이가 완전히 믿는 마음으로 손을 잡는 것처럼 감동적이었다. 그러다가 그는 그 호기심 없는 침착함 아래 숨어 있는 뜨거운 관대함을 떠올렸다. 그는 자신이 보퍼트 가 무도회에서 약혼을 발표하자고 재촉했을 때 그녀가 보냈던 이해심 가득한 시선을 기억했다. 선교소 정원에서 "다른 사람에게 잘못을 저지르면서 행복해지고 싶지는 않아요"라고 말하던 그녀의 목소리가 귓전에 생생했다. 그러자 그는 그녀에게 진실을 말하고 그녀의 관대함에 호소해서 자신이 한때 거절했던 자유를 달라고 요청하고 싶은 억제할 수 없는 충동에 사로잡혔다.

뉴랜드 아처는 조용하고 자제력이 강한 젊은이였다. 작은 사교계의 규율을 따르는 것은 그에게 거의 제2의 천성이 되었다. 그는 너무 감상적이고 튀는 행동이나, 밴 더 라이든 씨가 혐오하고 클럽 박스석에 앉은 사람들이 바람직하지 못한 태도라고 비난할 만한 행동은 어느 것이건 대단히 혐오스러워했다. 그러나 갑자기 그는 클럽 박스도 밴 더 라이든 씨도, 관례라는 따뜻한 안식처에 그를 그렇게 오랫동안 가둬두었던 모든 것을 의식하지 않게 되었다. 그는 극장 뒤쪽의 반원형 통로를 따라 걸어가서, 미지의 세계로 들어가는 입구인 것처럼 밴 더 라이든 부인의 박스 문을 열었다.

"마암 마!" 당당한 마르그리트의 목소리가 울려 퍼졌다. 박스에 앉아 있던 사람들이 아처가 들어오는 것을 보고 놀라 위를 쳐다보앉다. 그는 자기가 속한 세계의 규칙을 이미 깨버렸다. 독창 중에는 박스에 들어가는 것이 아니었다.

밴 더 라이든과 실러턴 잭슨 사이로 살짝 들어간 그는 자기 아내 쪽으로 몸을 구부렸다.

"머리가 지독하게 아프오. 아무에게도 말하지 말고 집에 갑시다. 그러지 않겠소?" 그가 속삭였다.

메이가 알겠다는 시선을 그에게 보내고는 그의 어머니에게 속삭이자 그녀 역시 이해한다는 듯이 고개를 끄덕였다. 그러고 나서 메이는 밴 더 라이든 부인에게 양해의 말을 중얼거렸고, 마르그리트가 파우스트의 품에 안기는 바로 그 순간 자리에서 일어섰다. 아처는 오페라 망토를 입는 메이를 도와주면서 나이 많은 두 부인들이 의미심장한 웃음을 교환하는 것을 알아차렸다.

마차를 타고 출발하자 메이가 수줍게 그의 손에 자기 손을 올려놓았다. "당신이 몸이 안 좋다니 너무 안됐어요. 사무실에서 다시 당신을 너무 혹사시키는 것은 아닌가 걱정이 되네요."

"아뇨—그런 게 아니오. 창문 좀 열어도 괜찮겠소?" 그는 당황해서 대꾸하고 자기 쪽 창유리를 내렸다. 그는 멍하니 밖을 내다보며 앉아서, 아내가 옆에서 아무 말 없이 질문하듯이 주의 깊게 자신을 바라본다는 것을 느끼며, 지나가는 집들에 시선을 계속 고정시켰다. 집 앞에 이르러 그녀는 마차 계단에서 치맛자락을 밟아 그에게로 쓰러졌다.

"다치지 않았소?" 그가 팔로 붙잡으며 물었다.

"아뇨. 그런데 이 아까운 드레스—어떻게 찢어졌는지 봐요!" 그녀가 외쳤다. 그녀는 몸을 구부리고 진흙 묻은 드레스 자락을 모아 잡은 채 그를 따라 현관홀로 올라가는 계단을 올라갔다. 하인들이 그들이 그렇게 일찍 돌아올 줄 몰랐기 때문에 위쪽 층계참에는 가스등 하나만 희미하게 빛을 발하고 있었다.

아처는 계단을 올라가서 램프 나사를 돌려 불을 더 환하게 밝히고 서재 벽난로 선반 양쪽에 있는 브래킷 가스등에 성냥불을 붙였다. 커튼을 치자 따뜻하고 친근한 방의 모습이 마치 떳떳하게 밝힐 수 없는 일을 하다가 마주친 낯익은 얼굴 모습처럼 그에게 확 다가왔다.

그는 아내의 얼굴이 매우 창백하다는 것을 깨닫고 브랜디를 좀 가져다줄 테니 마시겠느냐고 물었다.

"아, 아니에요." 그녀가 망토를 벗다가 살짝 얼굴을 붉히며 소리쳤다. "그런데 당신은 바로 잠자리에 드는 게 낫지 않겠어요?" 그녀는 그가 탁자에 놓인 은상자를 열고 담배를 한 개비 꺼내자 덧붙였다.

아처는 담배를 던져놓고 평소 잘 서 있던 난로 옆으로 걸어갔다.

"아니요. 두통이 그 정도로 심하진 않소." 그가 말을 멈췄다. "당신에게 하고 싶은 말이 있소. 당신에게 당장 해줘야 할 중요한 이야기요."

그녀가 안락의자에 기대앉아 있다가 그의 말에 고개를 들었다. "그래요, 여보?" 그녀가 너무 부드럽게 대답을 했기 때문에 그는 이렇게 말을 꺼냈는데도 그녀가 별로 놀라지 않는 것에 놀랐다.

"메이……." 그는 그녀가 앉아 있는 의자에서 몇 피트 떨어진 곳에 서서, 그들 사이의 짧은 거리가 메울 수 없는 심연이라도 되는 것처럼 그녀를 넘겨다보며 말을 시작했다. 그의 목소리가 아늑한 정적을 뚫고 기묘하게 퍼져 나갔다. 그가 되풀이했다. "당신에게 해야 할 이야기가 있소……. 나 자신에 대해서……."

그녀는 꼼짝하지 않고, 속눈썹 하나 떨지 않은 채 조용히 앉아 있었다. 그녀의 얼굴은 여전히 매우 창백했지만, 어떤 비밀스러운 마음속 원천에서 끌어온 것처럼 보이는 이상하게 고요한 표정을 짓고 있었다.

아처는 상투적인 자책의 말이 입 밖으로 튀어나오려는 것을 막았다. 그는 헛된 반론이나 변명 없이 용감하게 상황을 설명하기로 작정했다.

"올렌스카 부인은……." 그가 말했다. 그러나 그 이름에 그의 아내가 그의 말을 막으려는 듯 손을 들었다. 그러자 금으로 된 결혼반지가 가스등 불빛에 반짝였다. "아, 왜 우리가 오늘 밤 엘런에 대해 이야기해야 하죠?" 그녀가 참지 못하고 입을 약간 삐죽거리며 물었다.

"진작 말했어야 했소."

그녀의 얼굴은 계속 침착했다. "정말로 그럴 가치가 있나요, 여보? 때때로 제가 엘런에게 부당하게 대했다는 것은 알고 있어요— 어쩌면 우리 모두 그랬을 거예요. 당연히 당신이 저보다 엘런을 더 잘 이해했죠. 당신은 항상 엘런에게 친절했으니까요. 그렇지만 모든 것이 다 끝난 마당에 뭐가 문제인가요?"

아처가 그녀를 멍하니 쳐다보았다. 그가 느끼기에 자신이 붙잡혀 있던, 현실에서 유리되어 살고 있다는 느낌이 아내에게 전달된 것일까?

"다 끝나다니—무슨 말이오?" 그가 불분명하게 더듬거리며 물었다.

메이가 투명한 눈으로 여전히 그를 바라보고 있었다. "그러니까—엘런이 곧 유럽으로 돌아가기로 했으니까요. 할머니도 그걸 승낙하시고 이해하셨으니까. 그리고 남편에게서 독립해서 살 수 있도록 준비를 해주셨어요…….."

그녀가 갑자기 말을 중단했다. 아처는 심하게 떨리는 한 손으로 벽난로 선반 모서리를 붙잡고 그것에 몸을 지탱하며 빙글빙글 도는 생각도 똑같이 통제해보려고 안간힘을 썼지만 허사였다.

아내의 차분한 목소리가 이어졌다. "오늘 저녁에는 당신이 업무 처리를 하느라 사무실에 계속 붙잡혀 있었던 것으로 알아요. 오늘 아침에 그렇게 결정된 것 같아요." 그녀가 그의 멍한 시선에 눈을 내리깔았고 그녀의 얼굴에 또다시 잠깐 동안 홍조가 스쳐 지나갔다.

그는 자신이 눈을 똑바로 뜨기 힘든 상태라는 것을 깨닫고 몸을 돌려 벽난로 선반에 팔꿈치를 올려놓고 얼굴을 감쌌다. 그의 귓전에 심하게 쿵쿵거리고 쩽그렁거리는 소리가 들려왔다. 피가 혈관을 흐르며 내는 맥박 소리인지, 아니면 선반 위 시계가 똑딱거리는 소리인지 알 수가 없었다.

메이는 시계가 천천히 5분을 흐르는 동안 움직이지 않은 채 아무 말 없이 앉아 있었다. 쇠살대 안에서 석탄 덩어리가 앞으로 떨어졌고, 그녀가 일어나서 그것을 뒤로 밀어 넣는 소리를 들으면서 아처가 마침내 몸을 돌려 그녀와 마주했다.

"말도 안 되는 일이오." 그가 소리쳤다.

"말이 안 되다니요……?"

"어떻게 알았소 — 방금 전에 나한테 한 얘기 말이오?"

"어제 엘런을 만났어요 — 할머니 댁에서 엘런을 보았다고 당신에게 말했잖아요."

"그녀가 그때 그 말을 해준 건 아니었겠지?"

"네. 오늘 오후에 엘런에게서 편지를 받았어요 — 편지를 보고 싶어요?"

그 말이 입 밖으로 나오질 않았다. 그녀가 방을 나갔다가 곧바로 돌아왔다.

"당신이 알 거라 생각했어요." 그녀가 간단하게 말했다.

그녀가 탁자에 종이 한 장을 올려놓자 아처는 손을 내밀어 그것을 집어 들었다. 편지에는 몇 줄만 적혀 있었다.

사랑하는 메이. 내 방문이 방문으로 끝날 수밖에 없다는 사실을 드디어 할머니께 납득시켜드렸어. 할머니는 그 어느 때보다 더 친절하고 관대하셨어. 내가 유럽으로 돌아가면 혼자 살거나 불쌍한 메도라 이모와 살아야 한다는 사실을 할머니가 이제는 이해하셔. 메도라 이모는 나와 함께 갈 거야. 짐을 꾸려야 해서 서둘러 워싱턴으로 돌아갈 예정이야. 다음 주에 배를 탈 거야. 내가 가고 나면 할머니께 꼭 잘해드리렴—나한테 항상 잘해줬던 것처럼 말이야, 엘런.

혹시 내 마음을 돌리려고 설득하고 싶어 하는 친구가 있다면 그래 봐야 아무 소용없다고 말해줘.

아처는 편지를 두세 번 읽고 나서 그것을 내던지고 웃음을 터뜨렸다.

그는 자기 웃음소리에 깜짝 놀랐다. 그 웃음소리를 듣자 결혼 날짜가 앞당겨졌다는 메이의 전보를 받고 이해할 수 없는 웃음을 터뜨리며 비틀거리는 그를 보고 제이니가 한밤중에 놀랐던 일이 떠올랐다.

"그녀가 왜 이 편지를 썼소?" 그는 온갖 노력을 다해 웃음을 참으며 물었다.

메이가 흔들리지 않고 솔직하게 그 질문에 답했다. "우리가 어제 여러 가지에 대해 나눈 이야기 때문일 거예요……."

"어떤 것들 말이오?"

"그동안 엘런에게 부당하게 대한 것 같다고 말했어요―친척이긴 하지만 낯설고, 상황을 잘 알지도 못하면서 비판할 권리가 있다고 생각하는 많은 사람들 사이에서 엘런 홀로 여기서 지내기가 얼마나 힘들었을지 제가 항상 이해하지 못했다고요." 그녀가 말을 멈췄다. "엘런에게는 당신이 항상 의지할 수 있었던 유일한 친구였다는 것을 알아요. 그리고 당신과 내가 똑같다는 것을 엘런에게 알려 주고 싶었어요―우리의 모든 감정이 똑같다고요."

그녀는 그의 말을 기다리는 것처럼 망설이다 천천히 덧붙였다. "엘런은 이 말을 하고 싶어 하는 절 이해해줬어요. 엘런은 모든 걸 다 이해해주는 것 같아요."

그녀는 아처에게 다가가 그의 차가운 손을 잡아 재빨리 자기 볼에 대고 눌렀다.

"저도 머리가 아프네요. 잘 자요, 여보." 그녀가 이렇게 말하고 나서 문 쪽으로 몸을 돌려 찢어지고 진흙투성이인 웨딩드레스를 질질 끌며 방을 가로질러 갔다.

# 33

 아처 부인이 웃으며 웰렌드 부인에게 말했듯이 젊은 부부가 처음으로 큰 만찬을 여는 것은 대단한 일이었다.

 뉴랜드 아처 부부는 가정을 꾸린 후 비공식적으로 많은 손님을 접대했다. 아처는 서너 명의 친구를 저녁식사에 초대하는 것을 좋아했고 메이는 어머니가 결혼 생활에서 모범을 보여준 대로 적절히 기꺼워하며 그들을 맞았다. 그녀의 남편은 혹시 그녀에게 맡겨놓았다면 과연 그녀가 집에 어느 누구라도 초대했을까 의심스러워했다. 그러나 그는 전통과 훈련으로 그녀를 주조해낸 틀에서 그녀의 진짜 자아를 분리해내려는 노력을 오래전에 포기했다. 뉴욕에 사는 부유한 젊은 부부들은 비공식적인 접대를 많이 해야만 했고, 아처 가로 출가한 웰렌드 가의 딸은 두 배로 그 전통을 따라야 했다.

 그러나 요리사를 고용하고 하인을 두 명 빌려오고, 로만 펀치에 핸더슨 꽃집에서 산 장미와 금테 두른 카드에 적힌 메뉴판을 갖춰야 하는 큰 만찬은 다른 문제였고 가볍게 시작할 일이 아니었다. 아처 부인의 말처럼 로만 펀치는 그 자체 때문이 아니라 그것이 함축하는 여러 가지 의미 때문에 매우 중요했다―그것은 들오리나 식용 거북 요리 중 하나, 두 가지 수프, 뜨거운 단 음식과 차가운 단 음식, 완전히 목과 어깨를 드러낸 짧은 소매 드레스, 그 자리에 걸

맞은 중요한 손님들을 의미했다.

젊은 부부가 3인칭으로 첫 초대장을 내보내면 그것은 항상 흥미로운 행사였기 때문에, 경험이 많고 초대받는 곳이 많은 사람들조차 그들의 초대를 거절하는 법이 거의 없었다. 그렇긴 해도 밴 더 라이든 부부가 메이의 요청에 따라 올렌스카 백작부인을 위한 송별 만찬에 참석하려고 뉴욕 체류 기간을 연장했다면 그 만찬은 누가 보아도 성공적이었다.

행사 당일 오후에 시어머니와 장모는 메이의 응접실에 앉아, 아처 부인은 가장 두껍게 금박으로 테두리를 두른 티파니제 판지에 메뉴를 썼고, 웰렌드 부인은 종려나무와 플로어 램프 설치를 감독했다.

아처가 사무실에서 늦게 돌아왔을 때 그들은 아직도 그곳에 있었다. 아처 부인은 식탁에 놓을 명패로 관심을 돌렸고, 웰렌드 부인은 피아노와 창문 사이에 또 하나의 '구석'이 만들어지도록 커다란 금박 소파를 앞으로 당겼을 때의 효과를 따져보고 있었다.

두 사람이 전하는 말에 따르면 메이는 식당에서 긴 식탁 중앙에 산더미처럼 쌓아놓은 자크미노 장미와 공작고사리 다발을 살펴보고 큰 촛대 사이 은제 망사 바구니에 마이야르 봉봉을 놓고 있었다. 피아노 위에는 밴 더 라이든 씨가 스카이터클리프에서 보내준 커다란 난 바구니가 놓여 있었다. 간단히 표현하면 다가오는 중요한 행사에 걸맞게 모든 것이 갖춰졌다.

아처 부인은 생각에 잠긴 표정으로 목록을 훑어보며 뾰족한 금색 펜으로 이름을 하나씩 점검했다.

"헨리 밴 더 라이든—루이자—로벨 밍고트 부부—레기 치버스 부부—로렌스 레퍼츠와 거트루드—(그래, 메이 말대로 그들을 초대하길 잘한 것 같아)—셀프리지 메리 부부—실러턴 잭슨, 밴 뉴랜드와 그의 아내. (시간이 얼마나 잘도 가는지! 그가 네 신랑 들러리를 한 게 어제 같은데, 뉴랜드)—그리고 올렌스카 백작부인—그래, 이게 전부인 것 같다……."

웰렌드 부인이 사위를 다정하게 훑어보았다. "뉴랜드와 메이가 엘런에게 멋진 송별회를 해주지 않았다고 아무도 말할 수 없을 걸세."

"아, 그렇죠. 우리가 결코 야만인이 아니라고 사촌이 외국 사람들에게 말해주길 바라는 메이의 마음을 이해해요." 아처 부인이 말했다.

"엘런이 분명히 고마워할 거예요. 아마 오늘 아침에 도착했을 걸요. 마지막으로 무척 좋은 인상을 받겠죠. 배 타기 전날 밤은 대개 너무 울적하니까요." 웰렌드 부인이 쾌활하게 말을 계속했다.

아처가 문 쪽으로 몸을 돌리자 장모가 그에게 소리쳤다. "안으로 들어가서 식탁을 한번 슬쩍 보고 오게. 그리고 메이가 너무 무리하지 않게 해주게." 그러나 그는 그 말을 못 들은 체하고 계단을 뛰어 올라가서 서재로 들어갔다. 공손하게 점잔을 빼는 낯선 외국인의 얼굴처럼 방이 그를 바라보았다. 방은 인정사정없이 말끔하게 '정리되어' 있었고 신사들이 들어와 담배를 피울 수 있도록 재떨이와 삼나무 상자들이 적절히 배치된 채 준비를 갖추고 있었다.

'아, 어쨌든 오래 걸리진 않을 거야…….' 그는 그렇게 생각하며 옷방으로 갔다.


올렌스카 부인이 뉴욕을 떠난 지 열흘이 지났다. 그 열흘 동안 그가 그녀에게서 받은 소식은 박엽지로 싸서 그녀가 직접 주소를 쓰고 밀봉한 봉투에 넣어 그의 사무실로 보내준 열쇠를 돌려받으며 전달된 소식뿐이었다. 그의 마지막 호소에 대한 이런 대답은 익숙한 게임에서라면 전형적인 행동으로 해석될 수도 있었다. 그러나 아처는 그것에 다른 의미를 부여하기로 결정했다. 그녀는 여전히 자신의 운명에 맞서 싸우고 있었다. 그러나 그녀는 유럽으로 가기로 했지만 남편에게는 돌아가지 않을 것이다. 그러므로 그 어떤 것도 그가 그녀 뒤를 따라가는 것을 막을 수 없었다. 그리고 일단 그가 돌이킬 수 없는 조치를 하고, 그것을 돌이킬 수 없다는 걸 그녀에게 증명하고 나면, 그는 그녀가 자신을 절대 돌려보내지 않으리라 믿었다.

미래에 대한 이런 확신 때문에 그는 흔들림 없이 현재 자신이 맡은 역할을 충실히 수행해나갈 수 있었다. 그런 확신이 있었기 때문에 그는 그녀에게 편지를 쓰지 않았고 어떤 표시나 행동을 통해서도 자신의 불행과 울분을 드러내지 않을 수 있었다. 그들 사이에 벌어지는 지독한 침묵의 게임에서 그는 자신이 여전히 으뜸패를 쥐고 있다고 생각했고 그래서 기다렸다.

그럼에도 견디기 힘든 순간들이 있었다. 예를 들어 올렌스카 부인이 떠난 다음 날 레터블레어 씨가 그를 불러서 맨슨 밍고트 부인이 손녀를 위해 만들고 싶어 하는 신탁의 세부 사항을 검토해보도록 했다. 두 시간 동안 아처는 상사와 함께 증서의 조건을 검토하면서, 그가 이런 요청을 받았다면 그것은 자기가 사촌이라는 명백한 이유 이외의 다른 이유 때문일 것이며, 협의가 끝나면 그 이유가 드러날 것이라고 줄곧 막연하게 느꼈다.

"자, 그 부인도 잘 처리되었다는 것을 부정할 수 없을 걸세." 레터블레어 씨가 재산 양도의 개요를 중얼거리며 읽어본 후 요약했다. "사실 그녀가 두루두루 상당히 좋은 대우를 받았다고 말하지 않을 수가 없네."

"두루두루요?" 아처가 비웃는 투로 되풀이했다. "그녀에게 그녀 자신의 돈을 돌려주겠다는 남편의 제안을 말씀하시는 건가요?"

레터블레어 씨의 숱 많은 눈썹이 살짝 위로 올라갔다. "선생, 법은 법이네. 선생 처의 사촌은 프랑스 법에 따라 결혼했네. 그게 무슨 의미인지 그녀는 알고 있었을 걸세."

"그녀가 그랬다 해도 그 후에 일어난 일은……." 그러나 아처는 말을 멈췄다. 레터블레어 씨가 펜 손잡이를 주름진 큰 코에 대고 미덕이 무지와 결코 동의어가 아니라는 것을 후배들이 알아주길 바랄 때 고결한 나이 지긋한 신사들이 짓는 표정을 지으며 그것을 내려다보았다.

"선생, 백작이 잘못한 일들을 변호해주고 싶지는 않네. 그러나—그러나 다른 한편으로는…… 나라면 불속에 손을 집어넣는 위험한 짓은 하지 않을 걸세……. 그러니까 눈에는 눈, 이에는 이 식으로 보복하는 일은 안 했겠지……. 그 젊은 추종자와……." 레터블레어 씨가 서랍을 열고 접혀 있는 서류 한 장을 아처에게 밀어주었다. "이 보고서는 신중하게 조사한 결과라네……." 그러고 나서 그는 아처가 서류를 쳐다보거나 제안을 거부할 노력을 조금도 기울이지 않자 약간 단호하게 말을 계속했다. "선생도 알 듯이 그걸로 결론이 났다고는 말할 수 없네. 결코 아니지. 그러나 붙잡을 지푸라기들이 보이네……. 그리고 이런 품위 있는 해결책에 도달하게 되어 전체적으로 양측 모두에게 대단히 만족스러워."

"아, 대단히요." 아처가 동의하며 서류를 다시 밀어 보냈다.

하루나 이틀 후에 맨슨 밍고트 부인의 호출에 응하자마자 그의 마음은 큰 시련에 부딪혔다.

노부인은 침울하고 심술이 나 있었다.
"그 애가 날 버렸다는 걸 알고 있나?" 그녀가 즉시 말을 시작하더니 그의 대답도 기다리지 않았다. "아, 이유는 나한테 묻지 말게! 그 애가 너무 이유를 많이 대는 바람에 하나도 기억이 안 나니까. 나는 개인적으로 그 애가 지루함을 견딜 수 없었다고 생각하네. 어쨌든 오거스타와 내 며느리도 그렇게 생각하네. 그 애가 전적으로 잘못했다고는 생각하지 않네. 올렌스키는 더할 나위 없는 악당이지. 그러나 그랑 함께하는 삶이 5번 가에서 사는 것보다 훨씬 더 즐거운 게 틀림없네. 우리 식구들은 그렇게 생각하지 않을 걸세. 그들은 5번 가를 뤼 드 라 페가 곁들여진 천국이라 생각하니까. 물론 불쌍한 엘런은 남편에게 돌아갈 생각이 조금도 없네. 그 애는 그 문제에 대해서는 여전히 확고하게 버티더군. 그래서 그 바보 같은 메도라와 파리에 정착할 예정이라네……. 어쨌든 파리는 파리야. 그곳에서는 거의 공짜나 다름없는 돈으로 마차를 가질 수 있어. 그러나 그 애는 새처럼 쾌활하더군. 그 애가 보고 싶을 거야." 눈물 두 방울이, 노인의 마른 눈물 두 방울이 통통한 뺨을 타고 흘러내려 가슴 사이 심연으로 사라졌다.

"내가 원하는 것은 식구들이 날 더는 괴롭히지 말았으면 하는 걸세. 멀건 죽이나 소화시키게 날 내버려두었으면 좋겠네……." 그리고 그녀는 약간 안타까워하면서 아처에게 눈을 반짝였다.

그날 저녁 집에 돌아오자마자 메이가 사촌에게 송별 만찬을 열어 주겠다는 의향을 알렸다. 올렌스카 부인이 워싱턴으로 급히 돌아간 이후 그들 사이에 그녀의 이름이 언급된 적은 없었다. 아처는 놀라서 아내를 바라보았다.

"만찬이라니—무슨 일로 말이오?" 그가 물었다.

그녀가 얼굴을 붉혔다. "당신은 엘런을 좋아하잖아요—당신이 기뻐할 줄 알았는데요."

"정말 고맙소—당신이 그렇게 말해주니. 그렇지만 정말 모르겠소……."

"정말 그렇게 하려고요, 뉴랜드." 그녀가 말하고는 조용히 일어나서 책상으로 갔다. "여기 초대장을 전부 써놓았어요. 어머니가 절 도와주셨어요—우리가 그렇게 해야 한다고 어머니도 찬성하셨고요." 그녀가 쩔쩔매면서도 웃으며 말을 멈췄다. 아처의 눈앞에 갑자기 가족의 구체화된 이미지가 펼쳐졌다.

"아, 알겠소." 그는 멍한 눈으로 그녀가 손에 쥐어준 손님 명단을 보면서 말했다.

만찬 전에 그가 응접실에 들어갔을 때 메이는 난롯불 위로 몸을 구부리고, 통나무들이 타일에 그을음 하나 없는 낯선 환경에서 잘 타오르도록 통나무들을 구슬리고 있었다.

키 큰 등은 모두 불을 밝혔고 밴 더 라이든 씨가 보내준 난은 현대적인 자기와 울퉁불퉁한 은제 화병 같은 다양한 용기에 꽂아 눈에 잘 띄는 곳에 배치해놓았다. 뉴랜드 아처 부인의 응접실은 전반적으로 크게 호평을 받았다. 앵초와 시네라리아를 제때에 시간 맞춰 새로 꽂아두는 금박 대나무 화분이 돌출 창 앞에 놓여 있었다 (구식인 사람들은 그곳에 청동으로 축소된 밀로의 비너스 상[1]을 두었을 것이다). 플러시 천을 씌우고 은제 장난감과 도자기 동물들, 꽃피는 사진 액자들을 빼곡하게 올려놓은 작은 탁자들을 중심으로 하얀 수

---

[1] Venus of Milo : 파로스 섬의 대리석으로 만든 고대 그리스 말기의 비너스 상. 원본은 현재 루브르 박물관에 있다.

단 소파와 안락의자들이 솜씨 좋게 배치되었다. 장밋빛 갓을 씌운 키 큰 램프들은 야자나무 사이에서 열대의 꽃처럼 빛을 발했다.

"엘런은 이 방에 불을 밝혀둔 걸 본 적이 없는 것 같아요." 메이가 애를 쓰느라 붉게 상기된 얼굴로 일어서서 지나치지 않을 정도로 자랑스러워하는 시선으로 주변을 둘러보았다. 난로 옆에 세워놓은 놋쇠 부젓가락이 넘어지면서 쨍그렁거리는 바람에 남편의 대답이 묻혀버렸다. 그가 미처 부젓가락을 제자리에 세워놓기도 전에, 밴 더 라이든 부부의 도착을 알리는 소리가 들려왔다.

밴 더 라이든 부부가 제시간에 식사하는 것을 좋아한다는 사실이 이미 널리 알려져 있었기 때문에 다른 손님들도 곧 뒤따라 도착했다. 방은 거의 꽉 찼고 아처는 웰렌드 씨가 크리스마스 선물로 메이에게 준, 반짝반짝 윤이 나는 페어베크호벤[2]의 〈양 스케치〉를 셀프리지 메리 부인에게 보여주다가 바로 옆에 올렌스카 부인이 서 있는 것을 발견했다.

그녀는 무척 창백했고, 창백함 때문에 검은 머리가 그 어느 때보다도 더 숱이 많아 보이고 무거워 보였다. 그 때문인지, 아니면 그녀가 목에 몇 줄의 호박 구슬 목걸이를 걸고 있다는 사실 때문이었는지, 메도라 맨슨이 그녀를 처음 뉴욕에 데려왔을 때 아이들의 파티에서 함께 춤을 췄던 꼬마 엘런 밍고트가 갑자기 떠올랐다.

호박 구슬 목걸이가 그녀의 안색과 어울리지 않았거나 어쩌면 그녀의 드레스가 어울리지 않았는지도 모른다. 그녀의 얼굴은 윤기 없이 거의 보기 흉할 정도였다. 그러나 그는 그 순간만큼 그 얼굴을 사랑한 적이 없었다. 그들이 손을 잡았을 때 그녀의 목소리가 들리

---

2 Engene Joseph Verbeckhoven(1798~1881) : 벨기에의 동물화가.

는 것 같았다. "그래요, 우리는 내일 러시아호로 떠나요……." 그때 문을 여는 무의미한 소리가 들렸고 잠시 후 메이의 목소리가 들려왔다. "뉴랜드! 만찬 준비가 다 되었대요. 엘런을 식당으로 안내해줄래요?"

올렌스카 부인이 한 손으로 그의 팔짱을 꼈다. 그는 그 손에 장갑을 끼지 않았다는 것을 깨닫고, 23번 가의 그 작은 응접실에서 그녀와 함께 앉아 있을 때 자신이 그 손에서 시선을 떼지 못했던 일을 떠올렸다. 그녀의 얼굴에서 떠난 모든 아름다움이 그의 소매 위에 놓인 긴 창백한 손가락들과 살짝 들어간 손가락 마디들로 피난을 간 것처럼 보였다. "그녀의 손을 다시 보려면 그녀를 따라가야겠지……."

밴 더 라이든 부인이 주인 왼쪽에 앉는 수모를 견딜 수 있었던 것은 표면상으로 '외국인 손님'을 위해 베푼 연회에서뿐이었다.[3] 이 작별 선물보다 더 교묘하게 올렌스카 부인이 '외국인'이라는 사실을 강조할 수는 없었을 것이다. 밴 더 라이든 부인은 자신이 허락했다는 것에 의심의 여지를 전혀 남기지 않는 상냥한 태도로 자리 배치를 받아들였다. 반드시 해야 하고 어차피 할 바에는 근사하고 철저하게 해야 하는 일들이 있었다. 그리고 옛 뉴욕의 관례 중에서 이런 일 중 하나는 바로 부족에서 곧 제거될 여성을 중심으로 모이는 부족 집회였다. 그녀가 유럽으로 배를 타고 떠나기로 정해졌기 때문에 올렌스카 백작부인에 대한 변함없는 애정을 천명하기 위해 웰렌드 가와 밍고트 가가 하지 못할 일은 아무것도 없었다. 식탁의 상석에서 아처는 그녀의 인기를 되찾아주고, 그녀에 대한 불만을 잠

---

[3] 일반적으로 사회적 지위가 가장 높은 여성이 주인의 오른쪽에 앉곤 했다.

재우며, 그녀의 과거를 묵인하고, 가족의 승인으로 그녀의 현재를 빛내주려고 침묵 속에서 지칠 줄 모르는 활동이 벌어지는 것을 보면서 감탄하며 앉아 있었다. 밴 더 라이든 부인은 진심을 보여주려고 최대한 노력한 결과인 희미한 호의를 올렌스카 부인에게 비춰주었고, 밴 더 라이든 씨는 메이의 오른쪽에 앉아 스카이터클리프에서 자기가 보내준 모든 카네이션을 정당화시키려고 식탁 너머로 아무렇지도 않은 듯한 시선을 던졌다.

 샹들리에와 천장 사이 어디쯤엔가 떠 있는 것처럼 극히 가벼운 이상한 상태로 그 장면을 거드는 것처럼 보였던 아처는 그 과정 속에서 그 어느 것보다 자신이 맡은 역할에 더 많이 놀라고 말았다. 평온하고 살진 얼굴을 하나씩 훑어보면서 그는 메이의 들오리 요리를 열심히 먹는 악의 없어 보이는 사람들 모두가 말 없는 음모자들의 무리고, 자신과 그의 오른편에 앉아 있는 창백한 여성이 그들의 음모의 중심이라는 것을 알았다. 그러다가 그들 모두에게는 그와 올렌스카 부인이 연인 사이이며, '외국의' 어휘에서나 찾아볼 수 있는 극단적인 의미에서의 연인 사이라는 것이, 여러 갈래로 갈라져서 내리치는 거대한 번갯불 섬광처럼 그의 뇌리를 스쳐 지나갔다. 그는 자신이 여러 달 동안 말없이 주시하는 무수한 시선과 끈기 있게 곤두세운 귀들의 중심이었을 것이라고 추측했다. 그는 자신이 아직은 모르는 방법으로 자신과 그의 죄를 같이 지은 상대자를 떼어놓는 일이 성공적으로 이루어졌고, 그래서 모두 아무것도 모르거나 어떤 것도 상상해본 적이 없다는 암묵적인 전제 하에, 그리고 이 접대 행사는 메이 아처가 친구이자 사촌에게 다정한 작별을 고하고 싶은 당연한 바람으로 만들어진 자리일 뿐이라는 전제 하에, 일족 전체가 자기 아내 주변에 몰려들었다는 것을 알았다.

그것은 '피 한 방울 흘리지 않고' 목숨을 빼앗는 옛 뉴욕의 방식이었으며, 병보다 추문을 더 두려워하고 용기보다 품위를 더 중요하게 여기며 소동을 일으킨 사람의 행동을 제외하면 '소동'을 일으키는 것보다 더 교양 없는 짓은 없다고 간주하는 사람들의 방식이었다.

이런 생각들이 마음속에서 꼬리를 물고 이어지자 아처는 자신이 무장한 군대의 한가운데에 잡혀와 있는 포로같이 느껴졌다. 그는 식탁을 둘러보고 플로리다산 아스파라거스를 먹으며 보퍼트 부부를 거론하는 어조를 통해 자신을 사로잡은 사람들의 무자비함을 미루어 짐작했다. '나한테 무슨 일이 일어날게 될지 보여주려는 것이군.' 그는 생각했다. 그러자 직접적인 행동보다 함축과 비유가 더 뛰어나며, 분별없는 말보다 침묵이 더 뛰어나다는 무시무시한 느낌이 가족 납골당의 문처럼 그에게 몰려들었다.

그가 웃음을 터뜨렸고, 밴 더 라이든 부인이 그를 놀란 눈으로 쳐다보았다.

"그게 웃을 일이라고 생각해요?" 그녀가 굳은 웃음을 지으며 물었다. "물론 뉴욕에 남아 있겠다는 불쌍한 레지나의 생각에 우스운 면이 있죠." 아처가 중얼거렸다. "네, 그렇죠."

이때 그는 올렌스카 부인 옆에 앉은 사람이 그의 오른쪽에 있는 숙녀와 얼마 동안 열심히 대화하고 있었다는 것을 깨달았다. 바로 그 순간 그는 밴 더 라이든 씨와 셀프리지 메리 씨 사이에 차분하게 군림하던 메이가 재빨리 식탁을 죽 훑어보는 것을 보았다. 분명히 주인과 그의 오른쪽에 앉은 숙녀가 식사 내내 아무 말도 하지 않고 앉아 있을 수는 없었다. 그는 올렌스카 부인 쪽으로 몸을 돌렸고 그녀의 창백한 웃음이 그를 맞이했다. "아, 끝까지 잘해보죠." 그 웃음은 그렇게 말하는 것 같았다.

"오시는 길이 힘들지 않았습니까?" 그는 스스로도 놀랄 정도로 자연스러운 목소리로 물었다. 그녀는 힘들기는커녕 불편한 점이 그 어느 때보다 적었다고 대답했다.

"아시다시피 기차 안이 끔찍하게 더웠던 것만 빼고요." 그녀가 덧붙였다. 그는 그녀가 가게 될 나라에서는 그런 특정한 고충은 겪지 않을 것이라고 말했다.

"사월에 칼레와 파리를 오가는 기차를 탔을 때 추위서 얼어 죽을 뻔했습니다." 그가 강하게 말했다.

그녀는 당연히 그랬을 것이라며 어쨌든 항상 여분의 담요를 들고 다닐 수 있고 여행의 형태마다 나름대로 어려운 점들이 있다고 말했다. 그 말에 그는 멀리 떠날 수 있는 축복에 비하면 그런 것들은 아무 문제가 되지 않는다고 불쑥 대꾸했다. 그녀의 안색이 변했고 그는 갑자기 목소리 어조를 높여서 덧붙였다. "곧 저도 여행을 많이 할 작정입니다." 그녀의 얼굴에 전율이 스치고 지나갔다. 그는 레기 치버스 쪽으로 몸을 기울이며 큰 소리로 외쳤다. "레기, 세계 일주 어떻겠나? 곧, 다음달쯤 말이야. 자네만 좋다면 나는 기꺼이 갈 걸세……." 이 말에 레기 부인은 부활절 주에 시각장애인들을 위해 개최하는 마사 워싱턴 무도회가 끝날 때까지는 레기를 놓아줄 수 없다고 소리 높여 말했다. 그녀의 남편은 그때쯤이면 국제 폴로 경기 대회를 위해 연습을 해야 할 것이라고 조용히 말했다.

그러나 셀프리지 메리는 '세계 일주'라는 말을 붙들고 늘어졌다. 그는 한때 자기 소유의 증기 요트로 세계 일주를 했기 때문에 이것을 기회 삼아 지중해 항구들이 얼마나 수심이 얕은지에 대해 몇 가지 놀라운 사실들을 좌중에게 들려주었다. 그러나 그는 아테네와 스미르나, 콘스탄티노플을 보고 나면 더 볼 게 없기 때문에 그게 별 문제는 되지 않는다고 덧붙였다. 그러자 메리 부인은 열병 때문에 나폴리에는 절대 가지 못하게 한 벤컴 박사에게 말할 수 없이 고맙다고 말했다.

"그러나 인도를 제대로 보려면 3주는 있어야 합니다." 그녀의 남편은 자신이 결코 세계를 정신없이 돌아다니는 경박한 사람이 아니라는 것을 알리고 싶어 안달하며 말했다.

그러고 나서 숙녀들은 응접실로 올라갔다.

서재에서는 더 중요한 인물들이 있었는데도 로렌스 레퍼츠가 주도권을 잡았다.

대화는 여느 때와 마찬가지로 보퍼트 가 쪽으로 바뀌었고 밴 더 라이든 씨와 셀프리지 메리 씨조차도 그들을 위해 암묵적으로 비워둔 영예로운 안락의자에 앉아 잠시 말을 멈추고 자신들보다 젊은 로렌스 레퍼츠의 격론에 귀를 기울였다.

레퍼츠는 기독교적인 남성다움을 미화시키고 가정의 신성함을 찬미하는 정서를 그렇게 충만하게 보여준 적이 없었다. 분개했기 때문에 그는 더욱 통렬한 웅변을 토해냈고, 혹시 다른 사람들이 그를 본보기로 삼아서 그가 말한 대로 행동으로 옮겼다면 분명히 사교계는 보퍼트 같은 외국의 졸부를 받아들여야 할 정도로 약해지지 않았을 것이다—설사 그가 댈러스 가 사람 대신 밴 더 라이든 가 사람이나 래닝 가 사람과 결혼했다 해도 절대 받아들이지 않았을 것이다. 그리고 레뮤얼 스트러더스 부인 같은 사람들이 그의 뒤를 좇아 환심을 사게 된 것처럼, 그가 어떤 집안들의 환심을 이미 사놓지 않았더라면, 과연 댈러스 가 같은 그런 집안으로 장가를 들 수 있는 확률이 얼마나 있었겠느냐고 레퍼츠가 격분해서 물었다. 사교계가 천박한 여성들에게 그 문호를 개방하기로 한다면 얻는 것은 확실치 않지만 그 피해는 그리 크지 않다. 그러나 사교계가 불확실한 태생과 부정한 재산을 가진 남자들을 용인해주는 길로 들어서면 그 결말은 완전한 붕괴다─그것도 멀지 않은 시일 내에 그렇게 될 것이다.

"상황이 이런 속도로 계속된다면 우리 자식들이 사기꾼들 집에 초대받으려고 다투고 보퍼트의 사생아와 결혼하는 것을 보게 될 것입니다." 레퍼츠가 풀[4]이 지은 옷을 입고 아직 돌팔매질을 당해보지 않은 젊은 예언자 같은 모습으로 호통을 쳤다.

"아, 제발─진정하게!" 레기 치버스와 젊은 뉴랜드가 항변했다. 반면에 셀프리지 메리 씨는 진심으로 놀란 표정이었고 밴 더 라이든 씨의 예민한 얼굴에는 고통과 혐오의 표정이 자리 잡았다.

"그에게 사생아가 있소?" 실러턴 잭슨이 귀를 쫑긋 세우고 소리쳤다. 레퍼츠는 웃음으로 얼버무리면서 그 질문을 넘어가려고 했지만, 노신사는 아처의 귀에 대고 재잘대듯 말했다. "이상해. 항상 세상을 바로잡아보고 싶어 하는 저 사람들 말이야. 제일 형편없는 요리사를 둔 사람들이 밖에 나가 밥을 먹으면 꼭 식중독에 걸렸다고 한단 말이지. 그런데 우리 친구 로렌스가 저렇게 통렬하게 비난하는 데는 절박한 이유가 있다고 들었네─이번에는 타자수라는군……."

멈춰야 한다는 것을 모르기 때문에 무심한 강물이 계속해서 흘러가듯이 대화는 아처를 스쳐 지나갔다. 그는 주변 얼굴들에서 관심과 즐거움, 심지어는 환희의 표정을 보았다. 그는 자기보다 젊은 남자들의 웃음소리와, 밴 더 라이든 씨와 메리 씨가 생각에 잠겨 즐기

---

[4] Poole : 귀족계급과 상류층 남성들이 애호하는 런던의 재단사. 턱시도를 처음으로 만들었다.

던 아처 가의 마데이라 백포도주에 대한 칭찬에 귀를 기울였다. 그러는 내내 그는 자신을 향해 모두가 친근한 태도를 보여준다는 사실을 희미하게 느꼈다. 그것은 마치 스스로도 포로 같다고 느끼는 간수가 포로의 속박 상태를 조금이라도 누그러뜨려주려고 애쓰는 것 같았다. 그런 사실을 깨닫자 자유로워지고 싶다는 그의 강렬한 결의가 더욱 커졌다.

그들은 곧 응접실로 나가 숙녀들과 합석했다. 그곳에서 그는 메이의 의기양양한 시선과 마주쳤고 그 눈빛에서 만사를 훌륭하게 '치러냈다'는 확신을 읽어냈다. 메이가 올렌스카 부인 옆에서 일어서자 밴 더 라이든 부인이 즉시 자기가 앉아 있던 금박 소파 옆 자리로 올렌스카 부인을 불렀다. 셀프리지 메리 부인이 방을 가로질러 가서 그들과 합석했다. 아처에게는 이곳에서도 복권(復權)과 말살의 음모가 진행된다는 것이 분명해졌다. 그의 작은 세계를 지탱하는 이 조용한 조직은 올렌스카 부인의 행실이 방정했고 아처의 가정적인 행복이 완벽했다는 것을 한순간도 의심해본 적이 없었다고 결언하게 공언하기로 작정했다. 상냥하면서 가차 없는 이 모든 사람들은 그 반대를 암시하는 최소한의 암시조차 듣지도, 의심하지도, 심지어는 가능하다고 생각해본 적도 없는 척하고 있었다. 서로 시치미를 떼는 이 정교한 조직(組織)에서 아처는 뉴욕이 자신을 올렌스카 부인의 연인으로 믿는다는 사실을 다시 한번 끌어냈다. 그는 아내의 눈에서 승리감이 반짝이는 것을 보았고 그녀 역시 그렇게 믿는다는 사실을 처음으로 깨달았다. 그것을 깨닫고 나자 레기 치버스 부인과 젊은 뉴랜드 부인과 함께 마사 워싱턴 무도회에 대해 이야기를 나누려고 온갖 노력을 기울이는 내내 그의 마음속에서 악마의 웃음소리가 울려 퍼졌다. 어떻게 멈춰서야 하는지 모르는 무심한 강물처럼 그렇게 밤은 계속 흐르며 휙휙 지나갔다.
 마침내 올렌스카 부인이 일어서서 작별을 고하는 모습이 보였다. 그는 잠시 후면 그녀가 사라질 것을 알았다. 그래서 저녁식사를 하며 그녀에게 한 말을 기억해내려고 해봤지만 그녀와 나눈 말이 한 마디도 생각나지 않았다.
 그녀는 메이에게 다가갔고 나머지 일동은 가까이 다가가는 그녀 주변을 동그랗게 에워쌌다. 두 젊은 여성은 손을 맞잡았고 메이는 몸을 숙여 사촌에게 키스했다.
 "확실히 두 사람 중에서 우리 안주인의 인물이 훨씬 더 낫군요." 아처는 레기 치버스가 뉴랜드 부인에게 낮게 말하는 소리를 들었다. 그는 보퍼트가 메이의 매력 없는 아름다움에 대해 상스럽게 비웃었던 일을 기억했다.
 잠시 후 그는 현관홀에서 올렌스카의 어깨에 망토를 걸쳐주었다.
 마음이 혼란스러웠지만 줄곧 그는 그녀를 놀라게 하거나 동요시킬 말을 절대 하지 말자는 결심을 굳게 지켰다. 그 어떤 힘도 그의 목표에서 그의 마음을 돌릴 수 없다고 확신했기 때문에 그는 상황이 돌아가는 대로 내버려둘 수 있는 기운을 얻었다. 그러나 올렌스카 부인을 따라 현관홀로 들어가면서 그는 그녀의 마차 문 앞에서 잠시라도 단둘이 있고 싶은 돌연한 갈망을 느꼈다.
 "당신 마차가 여기 있소?" 그가 묻자 그 순간 다른 사람의 도움을 받으며 당당하게 검은 담비 모피 속으로 몸을 집어넣던 밴 더 라이든 부인이 부드럽게 말했다. "우리가 엘런을 집에 데려다줄 거요."
 아처의 심장이 움찔했고 올렌스카 부인은 한 손에 망토 자락과 부채를 쥐고 다른 손을 그에게 내밀었다. "잘 있어요." 그녀가 말했다.
 "잘 가요―그런데 파리에서 곧 당신을 만나게 될 거요." 그가 큰 소리로 대답했다 — 그는 자신이 그 말을 크게 외쳤다고 생각했다.
"아." 그녀가 중얼거렸다. "메이와 함께 오면 좋겠네요……!"
밴 더 라이든 씨가 다가와 그녀에게 팔을 내밀었고 아처는 밴 더 라이든 부인에게 몸을 돌렸다. 잠깐 동안 커다란 사륜마차 안의 소동돌이치는 어둠 속에서 그는 희미한 계란 모양 얼굴과 계속 반짝이는 두 눈을 보았다 — 그리고 그녀는 떠나갔다.
계단을 올라가다가 그는 아내인 거트루드와 함께 내려오는 레퍼츠와 마주쳤다. 레퍼츠는 집주인의 소매를 붙잡고 거트루드가 지나가도록 뒤로 물러섰다.
"이보게, 친구. 내일 밤에 클럽에서 자네와 저녁식사를 하는 것으로 말해둬도 괜찮겠지? 매우 고맙네, 친구! 잘 자게."


"정말 훌륭하게 치러냈어요, 그렇지 않나요?" 메이가 서재 문간에 서서 물었다.
아처는 깜짝 놀라 일어섰다. 마지막 마차가 떠나고 나서 그는 서재로 올라가 틀어박혀 있으면서 아래층에 아직도 머물러 있는 아내가 곧장 자기 방으로 가길 바랐다. 그러나 창백하고 일그러진 얼굴로, 극도로 피곤한 사람이 억지로 끌어낸 기운을 발산하면서 그곳에 그녀가 서 있었다.
"들어가서 얘기 좀 해도 되나요?" 그녀가 물었다.
"물론이오, 당신이 좋다면. 그런데 틀림없이 당신이 무척 졸릴 텐데……."
"아니에요, 졸리지 않아요. 잠깐만 당신과 앉아 있고 싶어요."
"좋소." 그가 말하며 그녀의 의자를 난롯불 가까이로 밀었다.
그녀가 자리를 잡고 앉았고 그도 자기 자리에 다시 앉았다. 그러나 한참 동안 어느 누구도 입을 열지 않았다. 마침내 아처가 불쑥 입을 열었다. "당신이 피곤하지 않고 이야기를 하고 싶다니까 당신에게 할 말이 있소. 며칠 전 밤에 말하려고 했는데……."

그녀가 그를 재빨리 살펴보았다. "그래요, 여보. 당신 자신에 관한 건가요?"

"그렇소. 당신은 피곤하지 않다고 했지만, 음, 나는 그렇소. 지독하게 피곤하오……."

한순간에 그녀의 얼굴이 온통 다정하게 걱정스러운 표정으로 바뀌었다. "아, 그럴 줄 알았어요. 심하게 과로를 해왔잖아요……."

"어쩌면 그럴지도 모르겠소. 어쨌든 나는 좀 쉬고 싶소……."

"쉬다니요? 변호사 일을 그만두겠다는 건가요?"

"어쨌든 멀리 떠나고 싶소─당장 말이오. 오래 여행을 가고 싶소. 아주 먼 곳으로─모든 것에서 벗어나서 말이오……."

그는 자신이 변화를 갈망하지만 너무 지쳐서 그것을 기쁘게 맞이할 수도 없는 사람처럼 무심하게 말하려 했지만 그렇게 하지 못했다는 것을 깨닫고 말을 멈췄다. 어떻게 하건 간절한 마음이 묻어 나왔다. "모든 것에서 벗어나서 말이오……." 그가 되풀이했다.

"아주 먼 곳으로요? 예를 들면 어디로요?" 그녀가 물었다.

"아, 잘 모르겠소. 인도나─일본쯤?"

그녀가 자리에서 일어섰다. 그가 고개를 숙이고 양손에 턱을 괴고 앉아 있을 때 그녀가 따뜻하게, 향기를 풍기며 그의 몸 위쪽에서 감돌고 있는 것이 느껴졌다.

"그렇게 멀리요? 그렇지만 그렇게 못할 것 같아요, 여보……." 그녀가 불안정한 목소리로 말했다. "당신이 절 데리고 간다면 모르겠지만요." 그렇게 말하고는 그가 아무 말도 하지 않자 그녀는 음절하나하나가 작은 망치로 그의 뇌를 두드리는 것처럼 너무나 또박또박하고 고른 어조로 말을 계속했다. "제 말은 의사 선생님들이 가도 된다고 허락해주면요……. 그런데 안 해줄 것 같아요. 왜냐하면 뉴랜드, 오늘 아침부터 제가 그렇게 원하고 바라던 것을 확신하게 되었어요……."

그는 힘없이 그녀를 올려다보았다. 그녀가 눈물을 글썽이고 얼굴을 온통 붉게 물들이며 쓰러지듯 주저앉아 그의 무릎에 얼굴을 묻었다.

"아, 여보." 그가 차가운 손으로 그녀의 머리를 쓰다듬으며 그녀를 끌어안았다.

한참 동안 침묵이 흘렀고 마음속 악마들이 귀에 거슬리는 웃음으로 그 침묵을 가득 채웠다. 그러고 나서 메이가 그의 품에서 빠져나와 일어섰다.

"당신은 짐작하지 못했어요……?"

"했소―나는, 아니 못했소. 물론 바라고는 있었지만……."

그들은 잠깐 동안 서로를 바라보았고 다시 침묵이 흘렀다. 그러다가 그가 그녀에게서 눈을 돌리며 갑자기 물었다. "혹시 다른 사람에게 알렸소?"

"친정어머니하고 시어머니한테만 알려드렸어요." 그녀가 잠시 말을 멈췄다가 곧 황급히 덧붙였다. 그녀의 이마가 벌겋게 물들었다. "그러니까―엘런에게도 말했어요. 언젠가 오후에 우리가 오랫동안 이야기를 나눴다고 당신한테 말해줬잖아요―그때 그녀가 얼마나 제게 다정하게 대해줬는지……."

"아……." 아처는 심장이 멎는 것 같았다.

그는 아내가 자신을 주의 깊게 쳐다본다는 것을 느꼈다. "제가 그녀에게 먼저 말해서 기분이 언짢은가요, 뉴랜드?"

"언짢다니, 왜 그러겠소?" 그는 정신을 가다듬으려고 안간힘을 썼다. "그런데 그것은 2주 전이었소, 그렇지 않소? 오늘에야 확실해졌다고 당신이 말한 것 같은데."

그녀가 얼굴을 더욱더 붉혔지만 그의 시선을 똑바로 쳐다보았다. "그래요, 그때는 확실하지 않았어요—그래도 엘런에게 확실하다고 말했어요. 그런데 내 말이 맞았잖아요!" 그녀가 파란 눈을 승리의 눈물로 적시며 소리쳤다.

# 34

뉴랜드 아처는 이스트 39번 가에 있는 자기 서재의 책상에 앉아 있었다.

그는 메트로폴리탄 미술관의 새 전시관 개막을 축하하는 성대한 공식 리셉션에서 막 돌아온 후였다. 여러 시대의 유물들로 가득 찬 그 큰 방들에서 상류층 사람들이 무리를 지어 과학적으로 분류된 일련의 보물들 사이를 도는 광경을 보자 녹슨 기억이 용수철처럼 갑자기 튀어나왔다. "상황이 이런 속도로 계속된다면 우리 자식들이 사기꾼들 집에 초대받으려고 다투고 보퍼트의 사생아와 결혼하는 것을 보게 될 것입니다."

"어머나, 여기는 옛날에 세뇰라 전시실 중 하나였는데." 누군가가 그렇게 말하는 소리가 들려왔다. 그러자 한순간에 그를 둘러싼 모든 것이 사라졌다. 그가 라디에이터 앞의 딱딱한 긴 가죽의자에 홀로 앉아 있을 때 긴 물개가죽 망토를 걸친 가냘픈 형체가 초라한 시설을 갖춘 옛 미술관 내부의 긴 조망을 따라 사라졌다.

그 환영은 다른 많은 연상을 불러일으켰다. 그는 30년 넘게 자신의 고독한 사색의 장이자 가족 간의 모든 담소의 장이었던 서재를 새로운 시선으로 바라보며 앉아 있었다.

그것은 그의 삶에서 진정으로 중요한 일들 대부분이 일어났던 방이었다. 거의 26년 전에 그곳에서 그의 아내는 신세대 젊은 여성들을 웃음 짓게 할 일이겠지만 얼굴을 붉히며 완곡한 표현을 써서 아이를 가졌다는 소식을 그에게 전했다. 그리고 너무 약해서 한겨울에 교회에 데려갈 수 없었던 맏아들 댈러스는 그곳에서 그들의 오랜 친구였고 오랫동안 교구의 긍지이자 광채를 더해주었던 풍채 좋고 당당하며 누구와도 바꿀 수 없는 뉴욕 주교에게 세례를 받았다. 메이와 유모가 문 앞에서 웃으며 바라볼 때 그곳에서 댈러스가 처음으로 마루를 가로질러 뒤뚱뒤뚱 걸음마를 하며 "아빠"라고 외쳤다. 그곳에서 (자기 엄마를 쏙 빼닮은) 둘째 메리는 레기 치버스의 여러 아들들 중에서 가장 둔하지만 가장 믿을 만한 아들과 약혼했다는 소식을 알렸다. 그리고 그곳에서 아처는 그레이스 교회로—나머지 모든 것은 토대부터 흔들리는 세상에서 '그레이스 교회에서의 결혼식'은 변하지 않는 관례로 남아 있었기 때문에—가려고 자동차가 있는 곳으로 내려가기 전에 면사포 위로 메리에게 키스를 해주었다.

아처와 메이는 바로 그 서재에서 자식들의 미래를 의논했다. 예를 들어 그들은 댈러스와 그의 동생 빌의 학업이나 '교양'에 대한 메리의 지독한 무관심과 스포츠와 자선에 대한 그녀의 열정, '예술'을 막연히 선호하더니 결국에는 떠오르는 뉴욕의 건축사 사무소에 자리 잡은 부산하고 호기심 많은 댈러스에 대해 상의했다.

요즘 젊은이들은 법과 사업에서 해방되어 온갖 종류의 새로운 일을 시작하고 있었다. 주 정치나 시정 개혁에 관심이 없다면, 그들은 혁명 이전에 지어진 자기 조국의 건물들에 날카로운 학문적인 관심을 가지거나 조지 왕조풍 건축 양식을 연구하고 변형시키는 일이나 '식민지 시대'라는 단어의 무의미한 사용에 반대하는 일에—요즘에는 교외의 백만장자 잡화상들을 제외하고는 아무도 '식민지 시대'풍의 집에 살지 않았다 — 관심을 가지고, 중앙아메리카 고고학이나 건축 혹은 조경 일에 뛰어들 수도 있었다.

그러나 무엇보다도 — 때로는 아처 자신이 무엇보다 중요하게 여기듯이 — 뉴욕의 주지사[1]가 저녁식사를 하고 하룻밤 묵어가기 위해 올버니에서 왔다가 주인 쪽으로 몸을 돌리더니 주먹으로 탁자를 내리치며 분개하면서 "망할 놈의 직업 정치가들! 아처, 당신 같은 사람을 조국은 원하고 있소. 그런 놈들을 싹 쓸어내려면 당신 같은 분들이 도와줘야 하오"라고 말했던 것도 바로 그 서재에서였다.

"당신 같은 분들……"이라는 말에 아처는 얼마나 마음이 뜨거워졌던가! 그가 얼마나 간절하게 그 부름에 응했던가! 그것은 소매를 걷고 진창으로 뛰어들라고 네드 윈셋이 오래전에 권했던 말을 되풀이하는 것이었지만, 행동으로 본보기를 보여준 사람이 직접 한 말이어서 그를 따르라는 부름을 물리칠 수가 없었다.

옛일을 되돌아보면서 아처는 시어도어 루스벨트가 가리킨 적극적인 봉사를 위해 자기 같은 사람들이 정말로 조국에 필요했는지 확신할 수 없었다. 실제로는 그가 절실하게 필요하진 않았던 것 같다. 그는 주 의회에서 1년을 일한 뒤 재선에 실패했고, 유용하긴 하지만 눈에 띄지 않는 시정 활동을 하는 것으로 기꺼이 물러났고, 조국을 무관심 상태에서 흔들어 깨우려고 애쓰는 개혁 성향의 주간지에 가끔 글을 쓰는 일로 되돌아갔다. 그것에 대해 되돌아보고 말고 할 것도 거의 없었지만, 자기와 같은 세대와 계층의 젊은이들이 기대했던 것 — 틀에 박힌 제한된 영역에서의 돈벌이, 스포츠, 사교로

---

1 Theodore Roosevelt가 1899년부터 1900년까지 뉴욕 주지사를 지냈다. 그는 진보적이었고 인기가 많았다.

시야가 제한되었다 — 을 떠올려보면 잘 만들어진 담에 벽돌 하나하나가 중요하듯이 그의 작은 기여조차 새로운 상황에 중요한 역할을 한 것처럼 보였다. 그는 공적인 생활을 거의 하지 않았다. 그는 천성적으로 항상 사색가이자 딜레탕트였다. 그러나 그에게는 고상한 사색거리와, 기쁨을 느끼게 해주는 멋진 대상들, 그에게 힘이 되고 자랑이 될 한 위대한 사람과의 우정이 있었다.

간단히 말해서 그는 그 시절 사람들이 막 사용하기 시작한 표현을 빌리면 '선량한 시민'이었다. 뉴욕에서는 과거 오랫동안 인도주의적인 것이건 아니면 시정이나 예술에 관한 것이건 새로운 운동이 일어날 때마다 그의 의견에 귀를 기울였고 그의 이름을 원했다. 최초의 장애 어린이 학교를 세우거나, 메트로폴리탄 미술관을 개편하고, 그롤리에 클럽[2]을 설립하고 새 도서관[3]을 개관하거나, 새 실내악단을 계획할 때면 사람들은 "아처에게 물어보라"고 했다. 그의 나날은 충실했고 품위 있게 채워졌다. 그는 그것이야말로 남자로서 더는 바랄 것이 없는 삶이라고 생각했다.

그는 자신이 뭔가를 놓쳤다는 것을, 인생의 꽃을 놓쳤다는 것을 알았다. 그러나 이제는 그것이 너무나 도달하기 어렵고 불가능해 보여서 그것에 대해 한탄하는 것은 복권에서 일등으로 당첨되지 않았다고 절망하는 것과 같다고 생각하게 되었다. 그의 복권에는 몇 억만 장의 표가 있었고 일등은 하나밖에 없었다. 일등에 당첨될 확률은 그에게 절대적으로 불리했다. 그가 엘런 올렌스카를 생각할 때면 책이나 그림 속에 존재하는 가상의 연인을 생각하는 것처럼

---

2 희귀서와 훌륭한 책 감식을 전문으로 하는 클럽으로 1884년에 설립되었다.
3 new Library : 새 뉴욕 공공 도서관은 1895년에 설립되었다. 40번 가와 42번 가 사이의 5번 가에 있는 멋진 도서관 건물은 1909년에 문을 열었다.

추상적이고 평온했다. 그녀는 그가 놓친 모든 것을 보여주는 종합적인 환영이 되었다. 비록 희미하고 희박하다 해도 그 환영 때문에 그는 다른 여자를 생각할 수가 없었다. 그는 소위 충실한 남편이었다. 막내를 간호하다 폐렴에 전염되어서 메이가 갑자기 세상을 떠났을 때 그는 진심으로 그녀의 죽음을 슬퍼했다. 그들이 함께 보낸 긴 세월을 돌아보며 그는 결혼 생활이 의무의 존엄성을 유지하는 한 그것이 지루한 의무라 할지라도 크게 문제가 되지 않는다는 것을 깨달았다. 의무의 존엄성에서 벗어나게 되면 결혼 생활은 추악한 욕구들의 투쟁이 될 뿐이었다. 자신의 주변을 둘러보면서 그는 자신의 과거에 경의를 표하며 그것에 대해 슬퍼했다. 어쨌든 옛 방식에는 좋은 점이 있었다.

그의 시선은—댈러스가 영국제 동판과 치펀데일 양식의 장식장들, 멋진 갓을 씌운 청백색 전등으로 꾸며준—방을 한 바퀴 휙 둘러보고는 절대 없애버리려 하지 않았던 낡은 이스트레이크 책상과, 잉크스탠드 옆에 아직도 놓여 있는 메이에게서 받은 그녀의 첫 번째 사진으로 되돌아왔다.

사진 속에서 메이는 그가 선교소 정원의 오렌지 나무 밑에서 그녀를 보았을 때처럼 빳빳하게 풀 먹인 모슬린을 입고 펄럭이는 밀짚모자를 쓴 채 큰 키와 봉긋한 가슴에 가냘픈 몸매를 하고 있었다. 그녀는 그날 그가 보았던 모습 그대로 남아 있었다. 항상 같은 높이는 아니었지만 그렇다고 해서 그 높이에서 아주 밑으로 내려간 적도 없이 그녀는 너그럽고 충실했으며 꾸준했다. 그러나 상상력이 너무나 빈약하고 성장이라는 것을 모르는 사람이었기 때문에 그녀는 젊은 시절의 세계가 산산이 부서져서 다시 지어졌어도 그 변화를 전혀 눈치채지 못했다. 이 견고하고 밝은 맹목 덕분에 그녀 눈앞의 세계는 외관상 조금도 변하지 않은 채 남아 있을 수 있었다. 그녀가 변화를 인정하지 못했기 때문에, 아처가 자기 생각을 그녀에게 감췄던 것처럼 자식들도 자기 생각을 어머니에게 감췄다. 처음부터 아버지와 자식들이 무의식적으로 협력해서 모든 것이 변함없이 똑같은 척하는 일종의 가족 간의 위선 같은 것이 존재했다. 그래서 그녀는 세상이 자기 집처럼 사랑이 넘치고 조화로운 가정들로 가득 찬 좋은 곳이라고 생각하면서 죽었고, 무슨 일이 일어나건 뉴랜드가 댈러스에게 그의 부모들의 삶을 형성했던 똑같은 원칙과 편견을 계속해서 가르쳐줄 것이고 (뉴랜드가 자기 뒤를 따라오면) 댈러스가 차례로 그 신성한 신탁을 빌에게 전수해줄 것이라고 믿으면서 순순히 세상을 떠났다. 그리고 그녀는 자기 자신만큼 메리를 믿었다. 그렇게, 무덤에서 빌을 재빨리 구해내놓고 그러는 와중에 자기 목숨을 내놓았기 때문에, 메이는 성 마가 교회의 아처가 납골당에 있는 자기 자리로 흡족해하면서 갔다. 그곳에는 이미 아처 부인이 며느리는 한 번도 의식하지 못했던 무시무시한 '유행'에서 벗어나 안전하게 누워 있었다.

메이의 사진 맞은편에는 딸의 사진이 놓여 있었다. 메리 치버스는 자기 어머니만큼 키가 크고 미인이었지만 허리가 굵고 가슴이 납작했으며 변화된 유행이 요구하는 대로 약간 구부정한 자세를 하고 있었다. 메리 치버스가 운동으로 이룬 대단한 업적은 하늘색 허리띠를 가볍게 두른 메이 아처의 20인치 허리로는 불가능했을 것이다. 그 차이는 상징적으로 보였다. 어머니의 삶은 허리띠로 동여진 허리만큼 꽉 동여져 있었다. 어머니 못지않게 관습에 얽매여 있고, 어머니와 마찬가지로 지적이지 않았지만, 그래도 메리는 더 폭넓은 삶을 살았고 더 포용력 있는 관점을 가졌다. 새로운 질서에도 좋은 점은 있었다.

전화가 울렸고 아처는 사진에서 눈을 떼고 팔꿈치 옆에 있던 송화기를 들었다. 놋쇠 단추를 단 사환 소년의 다리가 뉴욕에서 유일하게 신속한 연락 수단이었던 시절에서 그들은 얼마나 멀리 왔는가?

"시카고에서 온 전화입니다."

아…… 아이디어가 풍부한 젊은 백만장자를 위해 지을 레이크사이드의 대저택 설계를 상담하려고 시카고에 출장 간 댈러스에게서 온 장거리 전화가 틀림없었다. 회사에서는 그런 일에 항상 댈러스를 보냈다.

"여보세요, 아버지—네, 저 댈러스예요. 그런데—수요일에 배 타고 여행하시는 것에 대해 어떻게 생각하세요? 모리타니아호[4]요. 네, 다음주 수요일에요. 결정하기 전에 고객이 저더러 이탈리아 정원을 몇 군데 둘러봐달라고 하면서 다음 배를 타달라고 부탁해서요. 6월 1일에는 돌아와야 해요……." 그의 목소리가 계면쩍어 하는 유쾌한 웃음으로 바뀌었다—"그래서 서둘러야 해요. 그러니까 아버지, 아버지 도움이 필요해요. 제발 같이 가주세요."

댈러스가 방에서 말하는 것 같았다. 마치 그가 제일 좋아하는 난롯가 안락의자에 느긋이 기대앉아 있는 것처럼 그의 목소리가 너무나 가깝고 자연스럽게 들렸다. 장거리 전화가 전기 조명과 닷새 만에 배로 대서양을 횡단하는 것만큼 당연지사가 되었기 때문에 평소라면 아처가 그런 사실에 놀라지 않았을 것이다. 그러나 그는 그의 웃음소리에 정말로 깜짝 놀랐다. 숲과 강, 산과 평원, 법석대는 도

---

[4] Mauretania: 1907년부터 1929년까지 대서양을 가장 빠르게 횡단했던 큐나드 선박회사의 배.

시들과 무관심하게 바삐 움직이는 몇백만 명의 사람들을 지나 그 먼 거리를 왔음에도 댈러스의 웃음이 "물론이죠. 무슨 일이 일어나건 1일까지는 돌아와야 해요. 패니 보퍼트와 제가 5일에 결혼할 예정이니까요"라는 의미를 전달할 수 있다니 대단히 놀라운 일이었다.

그의 목소리가 다시 말을 시작했다. "생각해보실 거죠? 안 돼요, 아버지. 1분도 안 돼요. 지금 바로 승낙하셔야 해요. 왜 안 되는지 말씀해주시겠어요? 한 가지 이유라도 대실 수 있다면ㅡ아뇨, 그건 알고 있었어요. 그럼 가시는 거예요, 네? 내일 제일 먼저 큐나드 선박회사 사무실에 전화부터 걸어주시리라 믿고 있을게요. 그리고 마르세유에서 출항하는 배를 타고 돌아오도록 예약해두시는 게 좋을 거예요. 아버지, 함께 시간을 보낼 수 있는 마지막 기회가 될 거예요. 이런 식으로 말이에요ㅡ아, 좋아요! 그러실 줄 알았어요."

시카고에서 전화를 끊었고 아처는 일어서서 방 안을 서성이기 시작했다.

이런 식으로 함께 시간을 보내는 마지막 기회가 될 것이다. 아들 말이 옳았다. 물론 댈러스가 결혼하고 나서도 그들은 다른 식으로 같이 시간을 보낼 기회가 많을 것이라고 그의 아버지는 확신했다. 두 사람은 죽이 척척 맞는 동무였고 패니 보퍼트는 사람들이 그녀를 어떻게 생각하건 부자간의 친밀한 관계를 훼방 놓을 것 같지는 않았다. 오히려 그가 그녀를 겪어본 바로는 그녀가 두 사람의 관계에 자연스럽게 들어올 것 같다는 생각이 들었다. 그렇지만 변화는 변화고 차이는 차이였다. 아무리 그가 미래의 며느리에게 마음이 많이 끌린다고 해도, 아들과 함께 단둘이 시간을 보낼 마지막 기회를 갖는다는 것에 마음이 솔깃해졌다.

그가 여행 습관을 잃어버렸다는 중요한 이유 말고는 그 기회를 붙잡지 말아야 할 이유가 없었다. 메이는 아이들을 바다나 산으로 데려가는 것처럼 타당한 이유가 없으면 움직이는 걸 싫어했다. 그녀는 39번 가에 있는 집이나 뉴포트의 웰렌드 가 별장에 있는 편안한 숙소를 떠나야 할 다른 동기를 상상할 수조차 없었다. 댈러스가 학위를 받은 후 그녀는 여섯 달 동안 여행을 하는 것이 그녀의 의무라고 생각했다. 그래서 온 가족이 영국과 스위스, 이탈리아를 옛날식으로 여행했다. (이유는 아무도 몰랐지만) 시간이 빠듯했기 때문에 그들은 프랑스를 제외했다. 아처는 랭스[5]와 샤르트르[6] 대신 몽블랑을 고려해보라는 요청을 받고 댈러스가 분통을 터뜨렸던 일을 기억했다. 그러나 메리와 빌은 등산을 원했고 댈러스의 뒤를 따라 영국의 대성당들을 둘러볼 때부터 이미 하품을 해댔다. 메이는 항상 아이들에게 공정했기 때문에 체육을 선호하는 성향과 예술을 선호하는 성향을 공평하게 균형을 잡아줘야 한다고 주장했다. 사실 그녀는 남편에게 2주 동안 파리에 가 있다가 자신들이 스위스를 '구경하고' 나면 이탈리아 호수에서 합류하라고 제안했다. 그러나 아처는 "함께 붙어 있겠소"라고 말하며 거절했다. 메이는 그가 댈러스에게 그런 좋은 본보기를 보여주자 얼굴이 환해졌다.

거의 2년 전에 그녀가 세상을 떠난 후 그가 똑같은 일상을 계속해야 할 이유는 없었다. 자식들은 그에게 여행을 하라고 권했다. 메리 치버스는 외국에 가서 '미술관을 관람하면' 아버지에게 좋을 것 같다고 확신했다. 그런 치유 방법이 지닌 바로 그 신비로움 때문에 그녀는 그 효능에 대해 더욱더 확신을 갖게 되었다. 그러나 아처는

---

[5] 파리 북동부에 위치한 도시로 샴페인과 중세 프랑스 국왕의 축성식, 잔 다르크와 고딕식 사원인 랭스 사원으로 유명하다.
[6] 파리 서남쪽 94km에 있는 마을로 고딕식 사원인 샤르트르 노트르담 성당이 있다.

자신이 습관과 추억에 붙잡혀 있고 새로운 것들에서 갑자기 놀라 움츠러드는 것에 붙잡혀 있다는 것을 알았다.

지금 그는 과거를 되돌아보면서 자신이 얼마나 깊이 틀 속에 박혀 있는지 깨달았다. 의무를 다하는 것의 가장 나쁜 점은 그것 때문에 다른 일을 하기에 부적합해진다는 것이다. 적어도 그것이 그가 속한 세대의 남자들이 취했던 관점이었다. 옳고 그름, 정직함과 부정직함, 점잖음과 그렇지 못한 것 사이의 명확한 구분 때문에 예기치 못한 일이 발 디딜 여지가 거의 없었다. 상상력은 자기가 살고 있는 곳에 너무 쉽게 제압당해버리지만, 갑자기 일상적인 수면 위로 떠올라 꼬불거리며 길게 펼쳐진 운명을 내려다보는 순간들이 있다. 아처는 그곳에 높이 떠서 물었다…….

그가 자랐고, 그 기준으로 그를 굴복시키고 속박했던 그 작은 세계에는 무엇이 남아 있는가? 그는 바로 그 방에서 여러 해 전에 불쌍한 로렌스 레퍼츠가 빈정대듯이 내뱉은 예언을 떠올렸다. "상황이 이런 속도로 계속된다면 우리 자식들이 사기꾼들 집에 초대받으려고 다투고 보퍼트의 사생아와 결혼하는 것을 보게 될 것입니다."

아처의 평생의 긍지인 그의 장남이 바로 그 일을 하려고 하지만 어느 누구도 놀라거나 비난하지 않았다. 약간 나이가 많은 젊은 시절 모습과 하나도 변한 게 없는 아들의 고모 제이니조차도 분홍색 솜에 싸둔 어머니의 에메랄드와 작은 진주들을 꺼내서 씰룩거리는 손으로 직접 미래의 신부에게 전해주었다. 패니 보퍼트는 파리의 보석상에서 만든 '세트'를 받지 못한 것에 실망한 기색을 보이지 않고 보석의 고풍스러운 아름다움에 감탄하면서 그것들을 걸치면 이자베이의 세밀화 같은 기분이 들 것 같다고 말했다.

부모가 세상을 떠난 후 열여덟 살에 뉴욕에 나타난 패니 보퍼트는 30년 전에 올렌스카 부인이 그랬던 것처럼 뉴욕을 사로잡았다. 그녀를 의심하고 두려워하는 대신 사교계는 그녀를 당연하게 여기며 기쁘게 받아들였다. 그녀는 예쁘고 재미있었으며 교양이 있었다. 그 이상 더 무엇을 바라겠는가? 그녀의 아버지의 과거와 그녀 자신의 태생에 관해 거의 잊힌 사실들을 긁어모아 들이댈 만큼 속좁은 사람은 아무도 없었다. 나이 든 사람들만이 보퍼트의 파산 같은 뉴욕 경제사에서 너무나 하찮은 사건이나, 보퍼트가 아내와 사별한 후 악명 높은 패니 링과 조용히 결혼식을 올리고는 새 아내와, 어머니의 미모를 고스란히 물려받은 어린 딸과 함께 미국을 떠났다는 사실을 기억했다. 그 후 그가 콘스탄티노플에, 다음에는 러시아에 있다는 소문이 들려왔다. 그리고 십여 년 후에는 미국 여행자들이 그가 큰 보험 회사를 차린 부에노스아이레스에서 그에게 극진한 대접을 받았다. 보퍼트 부부는 그곳에서 부유하게 살다 세상을 떠났고 어느 날 고아가 된 그들의 딸은 메이 아처의 올케인 잭 웰렌드 부인에게 맡겨져서 뉴욕에 나타났다. 그녀의 남편이 그 소녀의 후견인으로 정해졌기 때문이었다. 그런 사실 때문에 그녀는 뉴랜드 아처의 아이들과 사촌이나 다름없이 지내게 되었고 댈러스의 약혼 발표에 아무도 놀라지 않았다.

세상이 얼마나 많이 변했는지 그보다 더 분명하게 보여줄 수 있는 것은 없을 것이다. 요즘 사람들은—개혁과 '운동'으로, 유행과 맹목적인 숭배의 대상들, 쓸데없는 일들로—너무 바빠서 이웃에 크게 신경 쓸 겨를이 없었다. 그리고 사회의 모든 구성원들이 같은 면에서 빙빙 돌아가는 거대한 만화경 속에서 누군가의 과거가 뭐 그리 대수겠는가?

뉴랜드 아처는 호텔 창밖으로 당당하고 화려한 파리의 거리들을 내다보면서 젊은 시절의 혼란과 열망으로 가슴이 두근거리는 것을 느꼈다.

나이 들수록 넓어지는 조끼 밑에서 심장이 그렇게 심하게 들썩거리다가 다음 순간 가슴이 허탈해지고 관자놀이가 뜨거워지는 느낌을 가져보는 게 오랜만이었다. 그는 패니 보퍼트 양 앞에서는 아들의 심장도 그렇게 뛰는지 궁금했지만 그렇지 않다고 결론을 내렸다. "물론 매우 팔팔하게 뛰겠지만 리듬이 달라." 그는 약혼 발표를 하고 가족이 찬성하리라는 것을 당연하게 받아들이면서 아들이 얼마나 냉정하고 침착했는지 떠올리며 그렇게 생각했다.

"차이점은 이 젊은 애들은 자기들이 원하는 것을 얻게 되리라는 것을 당연하게 여기는 반면 우리는 얻지 못하리라는 것을 거의 항상 당연하게 여긴다는 것이지. 단지 궁금한 것은―미리 어떤 것에 대해 그렇게 확신을 가지고 있으면 과연 그것 때문에 심장이 그렇게 격렬하게 뛸 수 있느냐는 거야."

그들이 파리에 도착한 다음 날 봄 햇살 때문에 아처는 방돔 광장의 드넓은 은빛 경치를 내려다보며 열린 창문 앞에 계속 서 있었다. 댈러스와 함께 해외 여행을 하기로 동의하면서 그가 요구한 조건들 중 하나는―거의 유일한 조건―파리에서 절대 최신식 '궁전' 같은 호텔들에 자기를 억지로 데려가서는 안 된다는 것이었다.

"아, 좋아요―물론이죠." 댈러스가 흔쾌히 동의했다. "지독하게 구식인 곳으로 모셔다 드릴게요―브리스틀 호텔 같은 곳으로요……." 그의 아버지는 왕들과 황제들이 백 년 동안 살았던 집이 이제는 예스런 불편함과 남아 있는 향토색을 맛보려는 사람들이 찾아오는 구식 호텔로 일컬어지는 것에 할 말을 잃었다.

아처는 처음 몇 년 간은 애가 타서 파리로 떠나는 장면을 무수히 그려보았다. 그러다가 개인적인 환상은 희미해졌고 그는 파리를 그저 올렌스카 부인이 살아가는 곳으로 간주하려고 애썼다. 식구들이 모두 잠자리에 들고 난 후 그는 밤에 홀로 서재에 앉아서, 마로니에 가로수길들을 따라 찬란하게 분출되는 봄의 기운, 공원의 꽃들과 조각상들, 꽃수레에서 풍겨오는 라일락 향기, 멋진 다리들 밑으로 웅장하게 굽이치는 강물, 힘찬 동맥을 터질 정도로 채워주는 예술과 학문과 기쁨의 삶을 떠올렸다. 이제 그 광경이 장관을 이루며 그의 눈앞에 펼쳐져 있었다. 그 광경을 내려다보던 그는 자기 자신이 겁 많고 구식이며 부족한 사람처럼 느껴졌다. 자신이 되고 싶었던 거침없는 당당한 인물에 비하면 그는 겨우 잿빛 얼룩 같은 존재처럼 느껴졌다…….

댈러스가 기운차게 그의 어깨에 손을 얹었다. "안녕하세요, 아버지. 여기 근사하죠, 그렇지 않아요?" 그들은 잠깐 동안 아무 말 없이 밖을 내다보았다. 그러다가 아들이 말을 계속했다. "그런데 아버지에게 전해드릴 말이 있어요. 올렌스카 백작부인이 5시 반에 우리 두 사람을 만나고 싶어 하세요."

그는 다음 날 저녁 피렌체행 기차가 출발하는 시간같이 가벼운 사실을 전하듯이 가볍고 무심하게 그 말을 전했다. 아처는 그를 바라보면서 그의 밝은 젊은 눈에서 증조할머니 밍고트 부인의 장난기가 언뜻 스치고 지나간 것 같다고 생각했다.

"아, 제가 말씀 안 드렸어요?" 댈러스가 말을 계속했다. "패니가 저더러 파리에 있는 동안 반드시 세 가지 일을 해야 한다고 맹세를 시켰어요. 드뷔시 말년의 노래 악보를 구해다주는 것하고 그랑-기뇰[7]에 가는 것, 그리고 올렌스카 부인을 만나는 것, 이 세 가지요.

보퍼트 씨가 성모 승천일에 패니를 부에노스아이레스에서 파리로 보냈을 때 그분이 패니에게 끔찍하게 잘해주셨대요. 패니는 파리에 친구가 하나도 없었는데 올렌스카 부인이 패니에게 친절하게 대해주시고 휴일마다 데리고 다녀주셨고요. 올렌스카 부인이 보퍼트 씨의 첫 번째 부인과 친한 친구 사이였대요. 물론 우리 친척이기도 하고요. 그래서 오늘 아침에 나가기 전에 그분에게 전화를 걸어서 아버지와 제가 여기서 이틀을 지낼 예정인데 만나 뵙고 싶다고 말씀드렸어요."

아처는 계속 그를 뚫어지게 바라보았다. "내가 여기 왔다고 그녀에게 말했다고?"

"물론이죠—그러면 안 되나요?" 댈러스가 눈썹을 변덕스럽게 치켜떴다. 아무 대답을 듣지 못하자 그는 은근하게 누르며 슬쩍 아버지의 팔짱을 꼈다.

"저, 아버지. 그분은 어떤 분이었어요?"

아처는 아들의 뻔뻔스러운 눈길에 얼굴이 붉어지는 것을 느꼈다. "자, 털어놔보세요. 아버지와 그분이 무지 친하셨다면서요, 아니에요? 그분이 제일 아름답지 않았나요?"

"아름답다고? 모르겠다. 그녀는 달랐지."

"아—바로 그거예요! 항상 그런 식이에요, 그렇지 않나요? 그녀가 나타났는데 다른 거죠—그런데 왜 그런지는 아무도 몰라요. 제가 패니한테 느끼는 게 바로 그거예요."

그의 아버지는 뒤로 한 걸음 물러서며 팔을 빼냈다. "패니한테서? 그렇지만 얘야—그래야지! 그저 잘 모르겠다……."

---

7 Grand-Guignol : 19세기 말 프랑스 파리에서 유행한 살인이나 폭동 따위를 다룬 무시무시하고 섬뜩한 연극을 전문으로 공연하는 극장.

"세상에, 아버지. 노인네처럼 굴지 마세요. 그분이 — 한때 — 아버지의 패니가 아니었나요?"

댈러스는 머리끝부터 발끝까지 완전히 신세대였다. 그는 뉴랜드 아처와 메이 아처의 맏이였지만 그에게 마음속 생각을 조금이라도 담아두는 법을 가르쳐주는 것은 하늘에 별 따기처럼 불가능했다. "굳이 아리송하게 굴어봐야 무슨 소용이 있어요? 오히려 파헤쳐보고 싶은 호기심만 자극할 뿐이죠." 그는 신중을 기하라는 말을 들으면 항상 불만스러워했다. 그러나 아처는 그의 눈을 마주보면서, 놀리는 눈빛 아래에서 아들의 애정을 보았다.

"나의 패니였다고……?"

"그러니까 그 사람을 위해서라면 기꺼이 모든 것을 다 포기할 수 있는 그런 여자 말이에요. 아버지는 그러시지 않으셨지만 말이에요." 그를 계속 놀라게 만드는 아들이 말을 계속했다.

"그래, 그렇게 안 했지." 아처가 엄숙하다 할 수 있는 투로 되풀이했다.

"네, 아버진 정말 고리타분해요. 그런데 어머니 말씀이……."

"네 어머니 말이냐?"

"네. 돌아가시기 전날이었어요. 절 혼자 부르셨어요 — 기억나세요? 어머니는 우리가 아버지와 함께 있으면 안전하고 또 항상 그럴 것이라는 걸 안다고 하셨어요. 옛날에 어머니가 아버지께 부탁했더니 아버지가 자신이 가장 원하던 것을 포기하셨다고요."

아처는 이 이상한 이야기를 아무 말 없이 들었다. 그의 눈은 창문 아래쪽에 인파로 가득한 햇살 좋은 광장을 멍하니 바라보았다. 마침내 그가 낮은 목소리로 말했다. "네 어머니가 나한테 부탁한 적이 없었다."

"맞아요, 잊어버리고 있었어요. 두 분은 서로에게 아무것도 부탁하지 않았어요, 그렇죠? 두 분은 서로 아무 말도 하지 않았어요. 그저 앉아서 서로 바라보면서 마음속으로 무슨 생각을 하고 있을까 추측만 했어요. 사실 농아 보호시설 같았다니까요. 그렇지만 우리가 우리 자신의 생각을 알아낸 것보다 부모님 세대가 서로의 마음속 생각을 더 많이 알고 있었다는 점에서 부모님 세대를 지지해요. — 저, 아버지." 댈러스가 갑자기 말을 멈췄다. "저한테 화나신 것 아니죠? 그렇다면 빨리 화 푸시고 앙리 식당에 가서 점심 먹어요. 그러고 나면 저는 곧장 베르사유로 뛰어가야 해요."

아처는 아들과 함께 베르사유에 가지 않았다. 그는 혼자서 파리 전역을 정처 없이 돌아다니면서 오후를 보내고 싶었다. 그는 자기 주장을 표현하지 않고 한평생 살아오면서 틀어막아놓았던 후회와 억눌러놓았던 추억을 한꺼번에 해결해야 했다.

얼마 정도 시간이 지나자 댈러스의 무분별함이 섭섭하지 않았다. 누군가가 자기 마음을 헤아려서 안쓰럽게 생각했다는 것을 알고 나니 그의 심장을 조이던 쇠 띠를 떼어낸 것 같이 느껴졌다……. 그리고 그 사람이 바로 자기 아내였다는 것에 그는 말로 표현할 수 없는 감동을 받았다. 댈러스는 다정한 통찰력을 가지고 있었지만 그것을 이해하지 못했을 것이다. 당연히 아들에게는 그 일화가 헛된 좌절에 대한, 허비한 힘에 대한 한심한 예일 뿐이었다. 그러나 그것이 정말로 그뿐이었을까? 곁에서는 삶의 물결이 지나가고 있었지만 아처는 샹젤리제 벤치에 오랫동안 앉아서 그 문제에 대해 생각했다.

몇 개의 거리만 지나가면, 몇 시간만 있으면, 엘런 올렌스카를 만날 수 있었다. 그녀는 남편에게 절대 돌아가지 않았고 몇 년 전에 남편이 세상을 떠났을 때도 생활 방식을 전혀 바꾸지 않았다. 이제는 그녀와 아처를 갈라놓을 것이 조금도 없었다—그리고 그날 오후에 그는 그녀를 만날 예정이었다.

그는 일어서서 콩코르드 광장과 튈르리 정원을 가로질러 루브르 박물관으로 걸어갔다. 예전에 그녀가 그곳에 자주 간다는 말을 그에게 들려주었기 때문에 그는 그녀가 최근에 다녀갔을 것이라고 생각되는 곳에서 남는 시간을 보내고 싶었다. 한 시간 정도 그는 오후의 눈부신 햇살을 받으며 전시관들을 돌아다녔다. 그림들이 하나씩 반쯤 잊혔던 광채를 발하며 그에게 나타나서 아름다움의 긴 반향을 남기며 그의 영혼을 채워주었다. 결국 그의 삶은 너무 굶주려 있었다…….

눈부신 티치아노의 그림 앞에 섰을 때 갑자기 그가 중얼거렸다. "그런데 내 나이 겨우 쉰일곱인데……." 그리고 그가 돌아섰다. 그런 한여름의 꿈을 꾸기에는 너무 늦었다. 그러나 그녀 가까이에서 소리 없이 즐거운 마음으로 지내면서 조용히 우정이나 동지애 같은 결실을 거두기에는 너무 늦지 않았다.

그는 댈러스와 만나기로 되어 있는 호텔로 돌아갔다가 함께 나와 다시 콩코르드 광장을 지나 하원으로 이어지는 다리를 건넜다.[8]

아버지가 무슨 생각을 하는지 모르는 댈러스는 베르사유에 대해 신나게 열심히 떠들어댔다. 그는 가족과 함께 스위스로 가게 되는 바람에 못 보게 될 명소들을 전부 몰아보려고 기를 썼던 그 휴가 여

---

[8] 센 강을 건넜다는 의미다. 엘런은 센 강 좌안에 살았는데 그곳에는 귀족들의 오래된 대저택들뿐만 아니라 대학과, 지식인들이 자주 다니는 카페, 파리의 보헤미안 삶이 있었다. 워튼 자신도 파리에 머물던 시절에 그 지역에서 살았다.

행 중에 베르사유를 딱 한 번 살짝 구경한 적밖에 없었다. 그의 입술에서는 시끌벅적한 열광과 독단적인 비평이 서로 충돌하며 튀어나왔다.

아처는 아들의 말을 들으며 자기 자신이 부족하고 표현력이 없다는 느낌을 더욱더 갖게 되었다. 아들이 둔감하진 않다는 것을 그는 알고 있었다. 거기에다 아들에게는 운명을 주인이 아니라 동등한 존재로 간주할 때 생겨나는 능수능란함과 자신감이 있었다. "바로 그거야. 그들은 모든 것을 감당할 수 있다고 느끼고 있어—어떻게 일을 해야 하는지 아는 거지." 그는 아들을 옛 경계표와 더불어 표지판과 위험 신호기까지 전부 쓸어내버린 신세대의 대변자라고 생각하면서 깊은 생각에 잠겼다.

갑자기 댈러스가 멈춰 서며 아버지 팔을 잡았다. "와, 저것 좀 보세요." 그가 소리쳤다.

그들은 앵발리드[9] 앞의 나무가 가득한 넓은 광장으로 들어섰다. 이제 막 잎이 나기 시작한 나무들과 회색 건물의 길쭉한 정면 위로 망사르 돔이 공기처럼 가볍게 떠 있었다. 그 돔은 오후의 햇살을 모두 끌어 모으면서 인류의 영광을 보여주는 가시적인 상징처럼 그곳에 떠 있었다.

아처는 올렌스카 부인이 앵발리드에서 방사선으로 뻗어나간 대로 한 곳에 가까운 광장에 산다는 것을 알고 있었다. 그는 그곳이 중심부를 밝혀주는 광채를 잊은 채 조용하고 외진 곳일 거라고 상상했다. 이제는 기묘한 연상 과정에 의해 그 황금빛은 그녀가 살고 있는 곳까지 골고루 비춰주는 빛이 되었다. 그동안의 그녀의 삶에

---

9 Invalides : 루이 14세가 상이용사 요양원으로 설립했고, 밑에 나폴레옹 무덤이 있는 이곳 교회의 돔은 센 강 좌안에서 두드러진 건물이 되었다.

대해 그는 너무 이상할 정도로 아는 게 거의 없었지만 거의 30년 동안 그녀는 그의 폐가 들이마시기에는 너무 진하면서도 너무 자극적으로 느껴지는 이 풍요로운 대기 속에서 살아왔다. 그는 그녀가 다녔을 극장들, 그녀가 관람했을 그림들, 그녀가 자주 들렀을 엄숙하고 멋진 옛집, 그녀와 이야기를 나눴을 사람들, 태곳적부터의 예법을 지닌 배경 속에서 대단히 사교적인 국민들이 쏟아냈을 온갖 잡다한 생각과 호기심과 이미지와 연상 들을 생각했다. 문득 언젠가 프랑스인 청년이 그에게 했던 말이 떠올랐다. "아, 좋은 대화라 — 그만한 것이 없죠, 그렇지 않나요?"

아처는 거의 30년 동안 리비에르 씨를 만난 적도, 소식을 들은 적도 없었다. 그 사실은 그가 올렌스카 부인의 생활에 대해 얼마나 모르고 있었는지를 여실하게 보여주는 것 같았다. 인생의 반 이상 그들은 떨어져 지냈고 그녀는 그사이 긴 세월 동안 그가 전혀 모르는 사람들 속에서 그가 어렴풋이 추측할 수 있을 뿐인 사교계에서, 그가 절대로 다 이해할 수 없을 환경에서 살았다. 그 시간 동안 그는 그녀에 대한 젊은 시절의 추억을 품고 살아왔다. 그러나 그녀는 틀림없이 더 구체적인 다른 친분 관계를 맺었을 것이다. 어쩌면 그녀 역시 그에 대한 추억을 따로 떼어놓고 간직해왔을지 모른다. 그러나 그랬다 해도 그것은 날마다 찾아가서 기도할 시간을 낼 수는 없는, 작고 어두침침한 성당에 안치된 유골 같은 존재였을 것이다…….

그들은 앵발리드 광장을 지나 건물 옆으로 난 도로를 따라 걸어가고 있었다. 그 찬란한 광채와 역사에도 아랑곳없이 그곳은 조용한 지역이었다. 이런 풍경들은 소수의 무심한 사람들에게만 향유되었기 때문에 그 사실은 파리가 활용할 수 있는 부가 얼마나 많은지를 보여주었다.

햇살이 남은 부드러운 안개 속으로 날이 저물어갔고 안개 속 여기저기에는 노란 가로등이 박혀 있었다. 그들이 들어선 작은 광장에는 지나가는 사람이 드물었다. 댈러스가 다시 발을 멈추고 위를 올려다보았다.

"여기쯤이 틀림없어요." 그는 아버지가 쑥스러워하며 피하지 않을 몸짓으로 슬그머니 아버지의 팔짱을 끼면서 말했다. 두 사람은 함께 서서 그 집을 올려다보았다.

그것은 두드러질 만한 특징이 없는 현대적인 건물이었지만 창문이 많았고 넓은 크림색 정면에 보기 좋게 발코니가 달려 있었다. 광장에 심은 마로니에 나무들의 둥그스름한 꼭대기 훨씬 위쪽에 자리잡은 위쪽 발코니들 중 한 발코니 위로는 방금 전까지 햇빛이 비쳤던 것처럼 여전히 차양을 쳐놓았다.

"몇 층일까요……?" 댈러스가 추측해보며 마차 출입구로 가서 머리를 마부 숙소에 들이밀었다가 돌아와서 알렸다. "5층이래요. 차양을 친 곳이 틀림없어요."

아처는 순례의 목적지에 도달한 것처럼 위쪽 창문들을 바라보며 꼼짝 않고 그대로 서 있었다.

"저, 아버지. 여섯 시가 다 되었어요." 그의 아들이 마침내 그에게 일깨워주었다.

아버지는 나무들 아래 빈 벤치 쪽으로 시선을 돌렸다.

"저기에 잠깐 앉아 있겠다." 그가 말했다.

"왜요―어디 안 좋으세요?" 그의 아들이 소리쳤다.

"아니다. 더할 나위 없이 좋다. 그런데 너 혼자 올라가주면 좋겠구나."

댈러스는 눈에 띄게 당황스러운 표정으로 그의 앞에서 말을 못 하고 서 있었다. "그렇지만 아버지. 안 올라가시겠다는 말씀이세요?"

"잘 모르겠구나." 아처가 천천히 말했다.

"아버지가 안 올라가시면 그분이 의아해하실 거예요."

"먼저 가라, 얘야. 나중에 널 뒤따라갈 수도 있고."

댈러스가 어스름 속에서 그를 한참 동안 바라보았다.

"그렇지만 도대체 뭐라고 말씀을 드리죠?"

"얘야, 너는 항상 무슨 말을 해야 할지 알지 않니?" 아버지가 웃으며 대꾸했다.

"좋아요. 아버지가 구식이라 승강기 타는 것을 안 좋아하셔서 5층까지 걸어 올라오신다고 말씀드릴게요."

그의 아버지가 다시 웃었다. "내가 구식이라고만 말하렴. 그걸로 충분하다."

댈러스가 다시 그를 쳐다보더니 도저히 믿을 수 없겠다는 몸짓을 하고는 아치형 현관 아래로 사라졌다.

아처는 벤치에 앉아서 차양을 친 발코니를 계속 바라보았다. 그는 아들이 승강기를 타고 5층까지 올라가서 초인종을 누르고 현관 홀로 들어서서 응접실로 안내되기까지 걸릴 시간을 계산했다. 그는 댈러스가 빠르고 자신감 있는 걸음걸이로 기분 좋게 웃으며 그 방에 들어가는 모습을 그려보고는 아들이 "자기를 닮았다"는 사람들의 말이 맞는지 생각해보았다.

그러고 나서—사교 모임을 갖기 좋은 그런 시간에는 다른 사람들이 와 있을 가능성이 있었기 때문에—이미 방에 와 있는 사람들을 그려보려 했다. 그러면 그들 중에서 창백하고 가무잡잡한 검은 머리 숙녀가 재빨리 위를 바라보고 반쯤 몸을 일으켜서 반지 세 개를 낀 가느다란 긴 손을 내밀 것이다……. 그는 그녀가 진달래꽃을 가득 쌓아놓은 탁자를 뒤로하고, 난로 가까이에 놓인 소파 구석에 앉아 있을 것이라고 생각했다.

"내게는 위로 올라간 것보다 여기 앉아 상상하는 게 더 생생하게 느껴지는군." 갑자기 그가 자기도 모르게 중얼거렸다. 생생함의 마지막 그림자가 희미해지지 않을까 두려워서 그는 그 자리에 꼼짝도 하지 않은 채 계속 앉아 있었다.

그는 점점 더 짙어지는 어스름 속에 발코니에서 한 번도 시선을 떼지 않은 채 벤치에 오랫동안 앉아 있었다. 마침내 창문을 통해 불빛이 흘러나왔고 잠시 후 남자 하인이 발코니로 나와 차양을 올리고 덧문을 닫았다.

그것이 자신이 기다렸던 신호이기라도 한 것처럼 마침내 뉴랜드 아처는 천천히 일어나서 혼자 호텔로 걸어갔다.

**작품 해설**

 영국을 대표하는 여성 작가로 제인 오스틴(1775~1817)이 있다면 미국을 대표하는 여성 작가로는 이디스 워튼(1862~1937)을 꼽을 수 있다. 영국과 미국이라는 공간적 차이와 거의 백 년이라는 시간적 간극이 있음에도 두 사람 모두 결혼이라는 주제에 몰두했고 자신들이 속해 있던 사회를 익살스럽게, 그러나 통렬하게 비판했다는 공통점을 지니고 있다. 오스틴이 사회적 지위와 경제적 안정을 확보하기 위해 결혼에 의지할 수밖에 없는 여주인공들을 주로 그린다면 워튼은 결혼이라는 사회적 관습이 개인의 행복 추구와 어떻게 상충되며 어떻게 그것을 억압하는지 보여준다. 그래서 오스틴이 주인공들이 결혼에 이르기까지의 과정에 집중하는 반면 워튼은, 《환락의 집》의 릴리 바트의 경우는 예외지만, 주로 결혼한 부부들이 다른 사람을 사랑하면서 겪는 갈등과 좌절을 보여준다. 두 사람의 공통 주제는 결혼이었지만 오스틴은 결혼 이전에, 워튼은 결혼 이후에 집중한다. 여자 주인공들이 사회적 지위와 경제적 안정을 위해 결혼에 의지할 수밖에 없는 엄연한 현실을 그리고 있다 해도 오스틴의 작품에 나타나는 결혼은 사랑의 결실이자 해피엔딩이지만 워튼의 작품에 나타나는 결혼은 주인공들의 행복과 사랑을 가로막는 장애물로 그려진다. 오스틴의 작품들이 쓴맛보다 달콤함이 더 강한 밀크 초콜릿이라면 워튼의 작품들은 쓴맛이 더 강한 다크 초콜릿에 비유할 수 있을 것이다.

이디스 워튼은 주로 상류사회를 풍자하는 작품들을 썼고 《순수의 시대》(1920)로 여성 최초의 퓰리처상 수상자가 되었다. 워튼의 작품에 나타나는 주된 주제는 사회적 성취와 개인적 성취 사이의 갈등, 사회적 관습과 행복 추구 사이의 갈등, 엄격한 사회적 기대와 개인적 욕망 사이의 갈등으로 요약될 수 있다. 이 주제는 그녀의 대표작이라 할 수 있는 《환락의 집》(1905)과 《이선 프롬》(1911), 《순수의 시대》에 반복해서 나타난다. 워튼의 작품 중 최초의 중요한 소설로 간주되고 상업적으로도 크게 성공했던 《환락의 집》은 결혼을 통해 사치스러운 상류사회의 생활을 영위하길 갈망하면서도 가난한 변호사인 로렌스 셀든에 대한 사랑 사이에서 갈등하는 릴리 바트의 몰락을 그린다. 그녀는 부유한 상대와 결혼할 수 있는 기회를 모두 고의적으로 놓치고, 도박 빚과 유부남과의 불륜 소문에 연루되어 사교계에서 완전히 내몰렸다 수면제 과용으로 죽고 만다. 뉴욕의 사교계를 배경으로 전개되는 《환락의 집》과 달리 《이선 프롬》은 뉴잉글랜드 지방을 배경으로 전개되는 중산층 출신 주인공 이선 프롬의 비극적인 사랑 이야기다. 이선 프롬은 병약한 아내 대신 집안일을 도와주는 아내의 사촌 매티를 사랑하게 되고 그녀와 사랑의 도피를 계획하기도 하지만 그 계획은 실패로 끝난다. 이선과 매티가 헤어지던 날 매티는 마지막 순간을 함께 하자며 나무들이 많은 언덕 아래로 썰매를 타고 내려갈 것을 제안하고 이선도 그 자살 제안을 받아들인다. 그러나 죽는 대신 매티는 전신마비가 되고 이선 역시 정도는 약하지만 겨우 걸을 수 있을 정도의 불구가 된다. 두 작품 모두 결혼이나 사교계로 대변되는 사회적 관습으로 인해 사랑으로 대변되는 개인적 욕망이 좌절당하는 과정을 비극적으로 보여준다.

작품의 완성도 면에서, 그리고 이후에 다른 뚜렷한 작품이 나오지 않았다는 점에서 워튼의 작품들 중 정점이라 할 수 있는《순수의 시대》에는《환락의 집》과《이선 프롬》이 교차되어 나타난다.《환락의 집》에서는 뉴욕의 상류사회라는 배경이,《이선 프롬》에서는 아내의 사촌을 사랑하는 남자 주인공의 모습이《순수의 시대》에서 반복된다.《순수의 시대》는 1870년대의 뉴욕을 배경으로 아내의 사촌인 엘런 올렌스카를 사랑하지만 결혼이라는 사회적 관습의 벽을 넘어서지 못하고 좌절하는 뉴랜드 아처의 사랑 이야기다. 이 작품은 개인의 행복이란 지배적인 문화를 지속시키는 데 희생되어야 하는 부수적인 존재일 뿐이라는 상류사회의 논리를 적나라하게 보여준다. 그러나《순수의 시대》에서는 사랑을 추구하며 결혼제도에 맞선 행위에 대한 처벌의 강도가《환락의 집》이나《이선 프롬》보다 훨씬 약화된다. 아처와 엘런은 사랑을 포기해야 하는 고통을 감수할 뿐 적어도 죽거나 불구가 되지는 않는다. 또한 위트 넘치는 원숙한 워튼의 문체가 냉정하고 위선적인 뉴욕 상류사회에 대한 비판의 예리함을 많이 상쇄시켜준다.

워튼의 풍자적인 면모가 가장 잘 드러나는 것은 '순수의 시대(The Age of Innocence)'라는 소설의 제목이다. 이것은 겉으로는 세련되고 품위 있지만 속에서는 위선과 허식, 부정과 속임수의 물밑작업이 끊임없이 벌어지는 1870년대 뉴욕 상류사회를 풍자한 반어적인 표현으로 해석될 수 있다. 어느 독자가 인터넷 서점 아마존에 남긴 서평처럼 워튼이《순수의 시대》에서 그리는 1870년대 뉴욕 상류사회는 "결코 순수하지만은 않은" 시대였기 때문이다. 그럼에도 뉴욕 사회는 품위와 권위로 구현되는 순수함을 유지하기 위해 속임수와 음모를 불사한다. 겉으로는 순진하고 착해 보이지만 결정적인 순간마다 교묘하게 아처의 발목을 잡는 권모술수가 같은 면모를 지닌 메이 웰렌드는 뉴욕 사회의 전형이라 할 수 있다. 그렇다면 뉴욕 상류사회는 왜 그렇게 그 시대의 사회적 관습을 유지하기 위해, 순수함을 유지하기 위해 집단적인 노력을 기울였을까? 그런 집단적인 노력은 단지 1870년대의 뉴욕 상류사회에만 한정되는 것일까? 이 질문에 대한 가능한 한 가지 답의 실마리를 줄리아 크리스테바의 비체화(abjection) 이론에서 찾아본다.

주체의 형성 과정에 대한 자크 라캉의 이론에 따르면 아이는 거울단계에서 거울이미지와의 동일시를 통해 자신을 처음으로 인식하게 된다. 그러나 아이가 '나'로 규정한 거울이미지는 외부에 존재하는 전도된 이미지일 뿐만 아니라 아이에게 존재하지 않는 신체적 통일성과 총체성을 가정하는 허구적인 이미지다. 거울이미지나 어머니와의 동일시처럼 같지 않은 것을 같은 것으로 동일시하는 관계가 상상계이고 이런 상상계적인 동일시를 통해 형성된 '나'가 자아다. 상상계의 가장 큰 특징은 타자성, 즉 차이를 배제하고 동질성만을 고수하려 하는 것이다. 비체화란 주체가 깨끗하고 정결한 자아를 획득하기 위해, 내부와 외부, 주체와 대상, 자아와 타자의 경계를 정하기 위해, 자아의 동질성을 위협하는 깨끗하고 적절치 못한 자아의 일부를 추방하고 배제하는 것을 의미한다. 예를 들면 배설물, 땀, 침, 눈곱처럼 우리 몸속에 들어 있을 때는 우리의 일부지만 외부로 배출될 수 있는 가능성을 가진 것들이 비체다. 이것들은 일단 외부로 배출되면 더러운 대상으로 전락해서 혐오스러운 존재, 즉 비체가 된다. 비체는 그 자체로 더럽거나 불결한 것이 아니라 제자리에 있지 않음으로써 주체와 대상, 자아와 타자, 내부와 외부의 경계를 교란시키고 전복시킬 수 있는 가능성 때문에 추방과 배제 대상이 된다. 비체는 개인적인 영역에서는 자아의 동질성과 통일성을 위협하는 공간을 지칭하고 사회적인 영역에서는 공동체와 국가의 정체성을 위협하는 공간을 지칭한다.

《순수의 시대》에서 엘런 올렌스카는 1870년대 뉴욕 상류사회에서 비체로 작용한다. 그녀는 맨슨 밍고트 노부인의 손녀로 뉴욕 상류사회 출신이지만 동시에 뉴욕 상류사회와는 섞일 수 없는 이국적인 존재다. 그녀는 미국인이지만 폴란드 백작과 결혼해서 귀족과 화가들, 음악가들과 도박꾼들과 교류하며 화려한 삶을 살아온 유럽적인 인물이다. 소문에 따르면 그녀는 백작의 비서와 바람을 피우고 잔인하고 비양심적인 백작을 떠나 뉴욕으로 돌아와 이혼을 준비한다. 그러나 뉴욕 상류사회는 수많은 결혼으로 긴밀하게 얽혀 있는 가문들이 의지하고 있는 제도를 치명적으로 약화시킬 이혼을 절대 용납하지 않는다. 남편에게 아무리 부당한 대우를 받았다 해도 이혼한 여자는 혐오 대상이자 사회의 정체성을 위협하는 위험한 존재다. 또한 엘런은 주변 사람들의 시선에 아랑곳없이 자유분방하고 거리낌 없이 행동한다. 그녀는 오페라 가족석에 공개적으로 모습을 드러내고 방탕한 사생활로 악명 높은 줄리어스 보퍼트와 거리를 활보하며 출신이 의심스러운 스트러더스 부인의 파티에 참석하고 뉴욕 사교계에서 배척당한 보퍼트 부인을 방문한다. 그녀는 뉴욕 상류사회가 고수해온 원칙에 정면으로 배치되는 존재로 뉴욕의 도덕적 기준을 위협하는 인물이다. 가족인 웰렌드 부인마저도 그녀에게 그녀의 이력에서 '불쾌한' 것은 언급하지 말아달라고 부탁한다. 엘런은 뉴욕에 다시 돌아온 순간부터 뉴욕의 순수함과 청결함을 해치는 '불쾌한' 비체로 작용하고 뉴욕 상류사회는 그 정체성을 지키기 위해 그녀를 배제하는 작업을 시작한다. 뉴욕의 상류사회는 밴 더 라이든 부부의 중재로 잠시 그녀를 사회의 일원으로 받아들이는 것 같지만 메이와 아처의 결혼 생활이 위태로워질 상황에서는 다함께 공모해서 그녀를 다시 파리로 돌아가게 만든다. 아처의 서술을 빌려 표현하면 "그것은 피 한 방울 흘리지 않고 목숨을 빼앗는 옛 뉴욕의 (비체화) 방식이었으며, 병보다 추문을 더 두려워하고 용기보다 품위를 더 중요하게 여기며 소동을 일으킨 사람의 행동을 제외하고 '소동'을 일으키는 것보다 더 교양 없는 짓은 없다고 간주하는 사람들의 (비체화) 방식이다." 이런 비체화를 통해 뉴욕의 상류사회는 더럽혀지지 않은 상태를 유지한다.

그러나 1870년대의 뉴욕 상류사회가 더럽혀지지 않은 완전무결한 상태인 것은 아니다. 줄리어스 보퍼트는 정부들을 두고 있고 래리 레퍼츠는 유부녀들과 염문을 뿌리고 다니며 아처 또한 유부녀와 비밀 연애를 한다. 자신에게 없는 총체성과 통일성을 토대로 허구적인 자아를 형성하는 아이처럼 1870년대의 뉴욕 상류사회 역시 허구적인 순수함을 가정하는 상상계적인 동일시에 빠져 있다. 이런 순수함에 대한 이데올로기가 허구의 산물일 뿐이라는 사실은 시대가 변하면서 뉴욕 상류사회의 가치와 기준이 어떻게 바뀌는지를 통해 드러난다. 어느 누구도 다른 사람의 과거에 신경 쓰지 않으며, 보퍼트의 사생아인 패니와 아처의 아들 댈러스의 결혼에 아무도 이의를 제기하지 않는다. 아처와 엘런을 굴복시키고 속박했던 '옳고 그름, 정직함과 부정직함, 점잖음과 그렇지 못한 것의 명확한 구분'이 사라져버린다. 매 시대마다 순수함에 대한 새로운 이

데올로기가 등장하고 비체의 대상도 달라진다. 매 시대가 나름대로의 순수함을 지향하는 순수의 시대다. 그런 의미에서 '순수의 시대'라는 소설의 제목은 순수함을 지향하는 한 시대의 환상과 그 환상의 순진함을 동시에 보여준다.

'순수의 시대'라는 제목만큼 소설의 결말 역시 궁금증을 불러일으킨다. 왜 아처는 계단만 올라가면 엘런을 다시 만날 수 있는 상황에서 그녀를 만나지 않고 돌아섰을까? 메이는 이미 오래전에 세상을 떠났고 엄격했던 뉴욕 사회의 규범도 많이 느슨해져서 더는 그들의 사랑을 막을 것이 아무것도 존재하지 않는 것처럼 보이는 상황에서 그는 왜 엘런을 만나지 않았을까? 아처가 환하게 불 켜진 오층 발코니를 바라보며 벤치에 앉아 있는 소설의 마지막 장면에서 한 가지 실마리를 찾아본다. 아처에게 엘런은 메이에게 결여되어 있는 모든 것을, 뉴욕의 상류사회가 억압하는 모든 것을 의미한다. 그녀는 자유분방하고 열정적이며 예술을 사랑하고 관습을 두려워하지 않는다. 그녀는 아처에게 결핍을 메워줄 수 있는 존재이자 완전함을 약속해주는 존재로 라캉의 용어를 빌려 표현하면 욕망의 대상이다. 그러나 욕망의 대상은 도달할 수 없는 불가능성을 항상 내포하고 있고 성취 불가능할 경우에만 욕망의 대상으로 작용한다. 엘런이 아처에게 욕망의 대상으로 작용한다는 사실은 아처와 엘런 사이에 성관계가 없었다는 사실로 드러난다. 소설 후반부에서 엘런이 마침내 아처와 잠자리를 같이하기로 약속하지만 그 약속은 지켜지지 않는다. 욕망은 끊임없이 연기되고 욕망의 대상인 엘런은 아처의 기억과 환상 속에서 도달할 수 없는 불가능성의 기표가 되어 저 멀리 오층 발코니 높이만큼 올라가 있다. 엘런을 만나기 위해 오층에 올라가거나, 엘런을 일층으로 끌어내리는 것은 욕망의 대상으로서의 그녀의 위치를 단순한 사랑의 대상으로 전락시키는 일일 것이다. 그래서 아처는 일층에 앉아 있는 것이 오층으로 올라간 것보다 더 생생하다는 말로 엘런과의 만남을 포기한 것인지 모른다.

　이 번역은 2006년에 출판된 옥스퍼드 월드 클래식 시리즈를 텍스트로 삼았다. 소설 속에 등장하는 'Aunt Medora'를 이 책에서는 '메도라 이모'로 번역했다. 텍스트에 메도라 맨슨과 엘런 부모의 관계가 명확하게 제시되어 있지 않기 때문에 가능성이 낮은 호칭부터 배제하고 가능성이 가장 높은 호칭을 선택했다. 메도라가 엘런의 할머니인 밍고트 부인의 딸이나 며느리가 아니기 때문에 고모나 숙모라는 호칭은 제외했다. 엘런이 메도라의 첫 남편 맨슨을 통해 친척이나 다름없게 되었다는 헨리 밴 더 라이든의 말을 근거로 외숙모라는 호칭 역시 제외했다. 메도라가 엘런의 외숙모라면 메도라의 남편은 엘런의 외삼촌이 되고, 메도라의 첫 남편이 맨슨 가 사람이기 때문에 엘런의 어머니를 비롯한 외가 식구들이 모두 맨슨 가 사람이 된다. 그러나 헨리 밴 더 라이든은 엘런이 메도라의 첫 남편을 통해 친척이나 다름없게 되었다고 말함으로써 메도라만이 결혼을 통해 맨슨 가의 일원이 되었음을 밝힌다. 그러므로 메도라가 엘런의 외숙모가 될 가능성은 사라지게 된다. 소설 속 여러 가지 정황을 토대로 'aunt'로 불릴 수 있는 호칭 중에서 가장 가능성이 높은 호칭인 '이모'를 선택했다.

　훌륭한 작품의 중요한 요소들 중 하나는 독자들에게 생각할 거리를 많이 제공해준다는 점일 것이다. 작품 해설에 제시된 해석은 그저 여러 가능한 해석들 중 하나일 뿐이다. 이 책을 읽으면서 독자 스스로 여러 가지 질문을 제시하고 그것에 답하면서 《순수의 시대》를 단순한 불륜 이야기로만 받아들이지 말고 사랑과 결혼의 본질에 대해 생각해 볼 수 있는 기회로 삼길 바란다.

옮긴이 이미선

옮긴이 **이미선**

경희대학교 영문학과를 졸업하고 동 대학원에서 박사 학위를 받았다. 옮긴 책으로는 《자크 라캉 : 욕망이론》(공역), 《자크 라캉》, 《무의식》, 《대통령을 키운 어머니들》, 《도둑맞은 인생》, 《프랑켄슈타인》, 《빌헬름 라이히》, 《연을 쫓는 아이》, 《어린 예수》, 《로스트 페인팅》, 《프랭크 바움》, 《라캉의 정신분석학과 페미니즘 이론을 통한 아동문학작품 읽기》, 《창조적 글쓰기》, 《블루의 불행학 특강》 등이 있다. 저서로는 《라캉의 욕망 이론과 셰익스피어 텍스트 읽기》가 있다.

# 순수의 시대

1판 1쇄 발행 2010년 9월 20일
2판 1쇄 발행 2025년 8월 18일

지은이 이디스 워튼 | 옮긴이 이미선
펴낸곳 (주)문예출판사 | 펴낸이 전준배
출판등록 2004. 02. 11. 제 2013-000357호 (1966. 12. 2. 제 1-134호)
주소 04001 서울시 마포구 월드컵북로 21
전화 02-393-5681 | 팩스 02-393-5685
홈페이지 www.moonye.com | 블로그 blog.naver.com/imoonye
페이스북 www.facebook.com/moonyepublishing | 이메일 info@moonye.com

ISBN 978-89-310-2562-0 04800
ISBN 978-89-310-2365-7 (세트)

• 잘못 만든 책은 구입하신 서점에서 바꿔드립니다.

&문예출판사® 상표등록 제 40-0833187호, 제 41-0200044호

# ■ 문예세계문학선

★ 서울대, 연세대, 고려대 필독 권장 도서   ▲ 미국대학위원회 추천 도서
● 《타임》 선정 현대 100대 영문 소설   ▽ 《뉴스위크》 선정 세계 100대 명저

- 1 젊은 베르테르의 슬픔 괴테 / 송영택 옮김
- ▲▽ 2 멋진 신세계 올더스 헉슬리 / 이덕형 옮김
- ▲●▽ 3 호밀밭의 파수꾼 J. D. 샐린저 / 이덕형 옮김
- 4 데미안 헤르만 헤세 / 구기성 옮김
- 5 생의 한가운데 루이제 린저 / 전혜린 옮김
- 6 대지 펄 S. 벅 / 안정효 옮김
- ●▽ 7 1984 조지 오웰 / 김승욱 옮김
- ▲●▽ 8 위대한 개츠비 F. 스콧 피츠제럴드 / 송무 옮김
- ▲●▽ 9 파리대왕 윌리엄 골딩 / 이덕형 옮김
- 10 삼십세 잉게보르크 바흐만 / 차경아 옮김
- ★▲ 11 오이디푸스왕 · 안티고네 소포클레스 · 아이스킬로스 / 천병희 옮김
- ★▲ 12 주홍글씨 너새니얼 호손 / 조승국 옮김
- ▲●▽ 13 동물농장 조지 오웰 / 김승욱 옮김
- ★ 14 마음 나쓰메 소세키 / 오유리 옮김
- ★ 15 아Q정전 · 광인일기 루쉰 / 정석원 옮김
- 16 개선문 레마르크 / 송영택 옮김
- 17 구토 장 폴 사르트르 / 방곤 옮김
- 18 노인과 바다 어니스트 헤밍웨이 / 이경식 옮김
- 19 좁은 문 앙드레 지드 / 오현우 옮김
- ★▲ 20 변신 · 시골 의사 프란츠 카프카 / 이덕형 옮김
- ★▲ 21 이방인 알베르 카뮈 / 이휘영 옮김
- 22 지하생활자의 수기 도스토옙스키 / 이동현 옮김
- ★ 23 설국 가와바타 야스나리 / 장경룡 옮김
- ★▲ 24 이반 데니소비치의 하루 A. 솔제니친 / 이동현 옮김
- 25 더블린 사람들 제임스 조이스 / 김병철 옮김
- ★ 26 여자의 일생 기 드 모파상 / 신인영 옮김
- 27 달과 6펜스 서머싯 몸 / 안흥규 옮김
- 28 지옥 앙리 바르뷔스 / 오현우 옮김
- ★▲ 29 젊은 예술가의 초상 제임스 조이스 / 여석기 옮김
- ▲ 30 검은 고양이 애드거 앨런 포 / 김기철 옮김
- ★ 31 도련님 나쓰메 소세키 / 오유리 옮김
- 32 우리 시대의 아이 외된 폰 호르바트 / 조경아 옮김
- 33 잃어버린 지평선 제임스 힐턴 / 이경식 옮김

- 34 지상의 양식 앙드레 지드 / 김붕구 옮김
- 35 체호프 단편선 안톤 체호프 / 김학수 옮김
- 36 인간 실격 다자이 오사무 / 오유리 옮김
- 37 위기의 여자 시몬 드 보부아르 / 손장순 옮김
- ●▽ 38 댈러웨이 부인 버지니아 울프 / 나영균 옮김
- 39 인간희극 윌리엄 사로얀 / 안정효 옮김
- 40 오 헨리 단편선 O. 헨리 / 이성호 옮김
- ★ 41 말테의 수기 R. M. 릴케 / 박환덕 옮김
- 42 파비안 에리히 케스트너 / 전혜린 옮김
- ★▲▽ 43 햄릿 윌리엄 셰익스피어 / 여석기 옮김
- 44 바라바 페르 라게르크비스트 / 한영환 옮김
- 45 토니오 크뢰거 토마스 만 / 강두식 옮김
- 46 첫사랑 이반 투르게네프 / 김학수 옮김
- 47 제3의 사나이 그레이엄 그린 / 안흥규 옮김
- ★▲▽ 48 어둠의 속 조셉 콘래드 / 이덕형 옮김
- 49 싯다르타 헤르만 헤세 / 차경아 옮김
- 50 모파상 단편선 기 드 모파상 / 김동현 · 김사행 옮김
- 51 찰스 램 수필선 찰스 램 / 김기철 옮김
- ★▲▽ 52 보바리 부인 귀스타브 플로베르 / 민희식 옮김
- 53 페터 카멘친트 헤르만 헤세 / 박종서 옮김
- ★ 54 몽테뉴 수상록 몽테뉴 / 손우성 옮김
- 55 알퐁스 도데 단편선 알퐁스 도데 / 김사행 옮김
- 56 베이컨 수필집 프랜시스 베이컨 / 김길중 옮김
- ★▲ 57 인형의 집 헨리크 입센 / 안동민 옮김
- ★ 58 소송 프란츠 카프카 / 김현성 옮김
- ★▲ 59 테스 토마스 하디 / 이종구 옮김
- ★▽ 60 리어왕 윌리엄 셰익스피어 / 이종구 옮김
- 61 라쇼몽 아쿠타가와 류노스케 / 김영식 옮김
- ▲▽ 62 프랑켄슈타인 메리 셸리 / 임종기 옮김
- ▲●▽ 63 등대로 버지니아 울프 / 이숙자 옮김
- 64 명상록 마르쿠스 아우렐리우스 / 이덕형 옮김
- 65 가든 파티 캐서린 맨스필드 / 이덕형 옮김
- 66 투명인간 H. G. 웰스 / 임종기 옮김
- 67 게르트루트 헤르만 헤세 / 송영택 옮김
- 68 피가로의 결혼 보마르셰 / 민희식 옮김

(뒷면 계속)

- ★ 69 팡세 블레즈 파스칼 / 하동훈 옮김
- 70 한국 단편 소설선 김동인 외
- 71 지킬 박사와 하이드 로버트 L. 스티븐슨 / 김세미 옮김
- ▲ 72 밤으로의 긴 여로 유진 오닐 / 박윤정 옮김
- ★▲▽ 73 허클베리 핀의 모험 마크 트웨인 / 이덕형 옮김
- 74 이선 프롬 이디스 워튼 / 손영미 옮김
- 75 크리스마스 캐럴 찰스 디킨슨 / 김세미 옮김
- ★▲ 76 파우스트 요한 볼프강 폰 괴테 / 정경석 옮김
- ▲ 77 야성의 부름 잭 런던 / 임종기 옮김
- ★▲ 78 고도를 기다리며 사뮈엘 베케트 / 홍복유 옮김
- ★▲▽ 79 걸리버 여행기 조너선 스위프트 / 박용수 옮김
- 80 톰 소여의 모험 마크 트웨인 / 이덕형 옮김
- ★▲▽ 81 오만과 편견 제인 오스틴 / 박용수 옮김
- ★▽ 82 오셀로 · 템페스트 윌리엄 셰익스피어 / 오화섭 옮김
- ★ 83 맥베스 윌리엄 셰익스피어 / 이종구 옮김
- ▽ 84 순수의 시대 이디스 워튼 / 이미선 옮김
- ★ 85 차라투스트라는 이렇게 말했다 니체 / 황문수 옮김
- ★ 86 그리스 로마 신화 에디스 해밀턴 / 장왕록 옮김
- 87 모로 박사의 섬 H. G. 웰스 / 한동훈 옮김
- 88 유토피아 토머스 모어 / 김남우 옮김
- ★▲ 89 로빈슨 크루소 대니얼 디포 / 이덕형 옮김
- 90 자기만의 방 버지니아 울프 / 정윤조 옮김
- ▲ 91 월든 헨리 D. 소로 / 이덕형 옮김
- 92 나는 고양이로소이다 나쓰메 소세키 / 김영식 옮김
- ★ 93 폭풍의 언덕 에밀리 브론테 / 이덕형 옮김
- ★▲ 94 스완네 쪽으로 마르셀 프루스트 / 김인환 옮김
- ★ 95 이솝 우화 이솝 / 이덕형 옮김
- ★ 96 페스트 알베르 카뮈 / 이휘영 옮김
- ▲ 97 도리언 그레이의 초상 오스카 와일드 / 임종기 옮김
- 98 기러기 모리 오가이 / 김영식 옮김
- ★▲ 99 제인 에어 1 샬럿 브론테 / 이덕형 옮김
- ★▲ 100 제인 에어 2 샬럿 브론테 / 이덕형 옮김
- 101 방황 루쉰 / 정석원 옮김
- 102 타임머신 H. G. 웰스 / 임종기 옮김
- ● 103 보이지 않는 인간 1 랠프 엘리슨 / 송무 옮김
- ● 104 보이지 않는 인간 2 랠프 엘리슨 / 송무 옮김
- ▲ 105 훌륭한 군인 포드 매덕스 포드 / 손영미 옮김
- 106 수레바퀴 아래서 헤르만 헤세 / 송영택 옮김
- ▲ 107 죄와 벌 1 표도르 도스토옙스키 / 김학수 옮김
- ▲ 108 죄와 벌 2 표도르 도스토옙스키 / 김학수 옮김
- 109 밤의 노예 미셸 오스트 / 이재형 옮김
- 110 바다여 바다여 1 아이리스 머독 / 안정효 옮김
- 111 바다여 바다여 2 아이리스 머독 / 안정효 옮김
- 112 부활 1 레프 톨스토이 / 김학수 옮김
- 113 부활 2 레프 톨스토이 / 김학수 옮김
- ▲ ● 114 그들의 눈은 신을 보고 있었다 조라 닐 허스턴 / 이미선 옮김
- 115 약속 프리드리히 뒤렌마트 / 차경아 옮김
- 116 제니의 초상 로버트 네이선 / 이덕희 옮김
- 117 트로일러스와 크리세이드 제프리 초서 / 김영남 옮김
- 118 사람은 무엇으로 사는가 레프 톨스토이 / 이순영 옮김
- 119 전락 알베르 카뮈 / 이휘영 옮김
- 120 독일인의 사랑 막스 뮐러 / 차경아 옮김
- 121 릴케 단편선 R. M. 릴케 / 송영택 옮김
- 122 이반 일리치의 죽음 레프 톨스토이 / 이순영 옮김
- 123 판사와 형리 F. 뒤렌마트 / 차경아 옮김
- 124 보트 위의 세 남자 제롬 K. 제롬 / 김이선 옮김
- 125 자전거를 탄 세 남자 제롬 K. 제롬 / 김이선 옮김
- 126 사랑하는 하느님 이야기 R. M. 릴케 / 송영택 옮김
- 127 그리스인 조르바 니코스 카잔차키스 / 이재형 옮김
- 128 여자 없는 남자들 어니스트 헤밍웨이 / 이종인 옮김
- 129 사양 다자이 오사무 / 오유리 옮김
- 130 슌킨 이야기 다니자키 준이치로 / 김영식 옮김
- 131 실종자 프란츠 카프카 / 송경은 옮김
- 132 시지프 신화 알베르 카뮈 / 이가림 옮김
- 133 장미의 기적 장 주네 / 박형섭 옮김
- 134 진주 존 스타인벡 / 김승욱 옮김
- 135 황야의 이리 헤르만 헤세 / 장혜경 옮김